MAIS SOMBRIO

STEPHEN KING

MAIS SOMBRIO

CONTOS

TRADUÇÃO
Regiane Winarski

Copyright © 2024 by Stephen King
Publicado mediante acordo com o autor através da The Lotts Agency, Ltd.

*Grafia atualizada segundo o Acordo Ortográfico da Língua Portuguesa de 1990,
que entrou em vigor no Brasil em 2009.*

Título original
You Like It Darker: Stories

Capa
Will Staehle/ Unusual Corporation

Imagens de capa
AdobeStock

Preparação
Angélica Andrade

Revisão
Huendel Viana
Nestor Turano Jr.

Dados Internacionais de Catalogação na Publicação (CIP)
(Câmara Brasileira do Livro, SP, Brasil)

King, Stephen
     Mais sombrio : Contos / Stephen King ; tradução
Regiane Winarski. — 1ª ed. — Rio de Janeiro : Suma,
2024.

     Título original : You Like It Darker : Stories.
     ISBN 978-85-5651-220-8

     1. Ficção de suspense 2. Ficção norte-americana
I. Título.

24-193954	CDD-813

Índice para catálogo sistemático:
1. Ficção de suspense : Literatura norte-americana   813

Cibele Maria Dias – Bibliotecária – CRB-8/9427

Todos os direitos desta edição reservados à
EDITORA SCHWARCZ S.A.
Praça Floriano, 19, sala 3001 — Cinelândia
20031-050 — Rio de Janeiro — RJ
Telefone: (21) 3993-7510
www.companhiadasletras.com.br
www.blogdacompanhia.com.br
facebook.com/editorasuma
instagram.com/editorasuma
twitter.com/editorasuma

Para os gêmeos, Thomas e Edward

SUMÁRIO

Dois *fio* da mãe talentosos 9

O Quinto Passo 71

Willie Esquisitão 80

O sonho ruim de Danny Coughlin 92

Finn 252

Na estrada da Pousada Slide 274

Tela vermelha 295

O especialista em turbulência 305

Laurie 320

Cascavéis 344

Os sonhadores 437

O Homem das Respostas 471

Posfácio 523

DOIS *FIO* DA MÃE TALENTOSOS

1

Meu pai — meu *famoso* pai — morreu em 2023, aos noventa anos. Dois anos antes de falecer, recebeu um e-mail de uma escritora freelancer chamada Ruth Crawford, pedindo uma entrevista. Eu o li para ele, como fazia com toda a sua correspondência pessoal e profissional, porque o homem já havia desistido dos aparelhos eletrônicos: primeiro do PC, depois do laptop e finalmente do amado celular. A visão continuou boa até o fim, mas ele dizia que olhar para a tela do iPhone o deixava com dor de cabeça. Na recepção que ocorreu depois do enterro, o dr. Goodwin me disse que meu pai talvez tenha sofrido uma série de miniderrames que levaram ao derradeiro.

Na época em que ele desistiu do celular, uns cinco ou seis anos antes de morrer, me aposentei de modo precoce do emprego de superintendente escolar do condado de Castle e fui trabalhar para o meu pai em tempo integral. Havia muito o que fazer. Ele tinha empregada, mas as tarefas dela ficavam comigo à noite e aos fins de semana. Eu o ajudava a se vestir de manhã e se despir à noite. Cozinhava a maioria das vezes e limpava sujeiras ocasionais quando ele não conseguia chegar ao banheiro no meio da noite.

Ele também tinha um faz-tudo, mas, àquela altura, Jimmy Griggs estava chegando aos oitenta, então acabei assumindo as tarefas que Jimmy não conseguia cumprir, desde adubar os amados canteiros de flores do meu pai até desentupir as calhas. Nunca cogitamos uma casa de repouso, embora fosse óbvio que meu pai poderia ter bancado; uns dez romances megabest-sellers ao longo de quarenta anos o haviam deixado em excelente situação financeira.

O último desses "tijolos cativantes" (Donna Tartt, *New York Times*) foi publicado quando meu pai tinha oitenta e dois anos. Ele fez o circuito de entrevistas obrigatório, posou para as fotos obrigatórias e anunciou a aposentadoria. Para a imprensa, fez isso de forma graciosa, com aquele "humor característico" (Ron Charles, *Washington Post*). Para mim, disse: "Graças a Deus a encheção de saco terminou". Com exceção da entrevista informal que deu a Ruth Crawford por cima da cerquinha de casa, ele nunca mais falou nada oficialmente. Pediram muitas vezes, mas meu pai sempre recusou; alegava que já havia dito tudo que tinha para dizer, inclusive algumas coisas que deveria ter guardado apenas para si.

— Se você dá entrevistas demais — disse ele uma vez —, é capaz de acabar metendo os pés pelas mãos uma vez ou outra. São essas as citações que ficam, e, quanto mais velho você estiver, mais provável de acontecer.

Mas os livros dele continuaram vendendo, e os compromissos de trabalho continuaram acontecendo. Eu examinava as renovações de contrato, as propostas de capa e ocasionais projetos de filme ou televisão com ele, e li cada pedido de entrevista quando ele não era mais capaz de ler sozinho. Meu pai sempre dizia não, inclusive para a proposta de Ruth Crawford.

— Dá a resposta de sempre pra ela, Mark: fico lisonjeado com o convite, mas não, obrigado.

Apesar disso, ele hesitou, porque aquela era meio diferente.

Crawford queria escrever um artigo sobre o meu pai e um velho amigo dele, David "Butch" LaVerdiere, que morreu em 2019. Meu pai e eu fomos ao enterro na Costa Oeste em um Gulfstream fretado. Ele sempre foi comedido com o dinheiro; não um pão-duro, mas comedido. E a despesa altíssima com essa viagem revelou muito sobre o que ele sentia pelo homem que cresci chamando de "tio Butch". Esse sentimento se manteve forte, apesar de os dois terem ficado dez anos ou mais sem ver a cara um do outro.

Pediram que o meu pai testemunhasse no funeral. Não achei que fosse aceitar; a rejeição que nutria pelos holofotes públicos se dava em todas as instâncias, não só entrevistas. Mas ele aceitou. Não foi até o púlpito, apenas se levantou onde estava, com a ajuda da bengala. Sempre havia sido bom orador, e isso não mudou com a idade.

— Butch e eu fomos crianças que estudaram em uma escola de uma sala só antes da Segunda Guerra Mundial. Crescemos em uma cidade com ruas de terra e sem sinal de trânsito, consertando carros, remendando as latarias e praticando esportes como jogadores e como treinadores. Quando adultos, nós nos metemos na política da cidade e cuidamos do lixão, que são dois trabalhos bem parecidos, agora que penso nisso. Caçamos, pescamos, apagamos incêndios no mato no verão e limpamos a neve das ruas durante o inverno. Também derrubamos uma boa cota de caixas de correspondência no processo. Eu o conheci quando ninguém sabia o nome dele, nem o meu, fora de um raio de trinta quilômetros. Eu devia ter vindo vê-lo nos últimos anos, mas estava ocupado com as minhas coisas. Ficava pensando que haveria tempo. A gente sempre pensa isso, acho. Mas o tempo passa. Butch era um grande artista, mas também era um bom homem. Acho isso mais importante. Talvez alguns aqui não achem e tudo bem, tudo bem. A questão é que eu sempre estava lá, do lado dele, e ele do meu.

Ele fez uma pausa e abaixou a cabeça, pensando.

— Na minha cidadezinha do Maine, se diz uma coisa sobre amigos assim. Nós ficávamos na nossa.

Ficavam mesmo, e isso incluía os segredos deles.

Ruth Crawford tinha um histórico dos bons, eu chequei. Tinha publicado artigos, a maioria perfis de personalidades, em uma dezena de veículos, muitos locais ou regionais (*Yankee, Downeast, New England Life*), mas alguns nacionais, inclusive um sobre a sombria cidade de Derr na *New Yorker*. Quando se tratava de Laird Carmody e Dave LaVerdiere, achei que havia um bom gancho para proposta dela. A tese de Crawford havia surgido superficialmente em artigos sobre o meu pai e sobre o tio Butch, mas ela queria ir mais fundo: dois homens da mesma cidadezinha do Maine que tinham ficado famosos em dois campos de empreendimentos culturais. E não só isso; tanto Carmody quando LaVerdiere haviam alcançado a fama aos quarenta e poucos anos, uma época em que a maioria dos homens e mulheres havia desistido das ambições da juventude. Como meu pai falou certa vez, se meteram em um buraco e começaram a mobiliá-lo. Ruth queria explorar como uma coincidência tão improvável havia acontecido… supondo que fosse *mesmo* coincidência.

— Precisa ter um motivo? — perguntou meu pai quando terminei de ler a carta da sra. Crawford. — É isso que ela está sugerindo? Acho que ela nunca ouviu falar dos irmãos gêmeos que ganharam valores altos na loteria estadual, cada um no próprio estado, no mesmo dia.

— Bom, isso pode não ter sido uma *total* coincidência — falei. — Supondo, claro, que você não tenha inventado a história agora.

Dei espaço para ele comentar, mas o meu pai ofereceu apenas um sorriso que poderia ter significado qualquer coisa. Ou nada. Então insisti.

— Os gêmeos podem ter crescido em uma casa em que jogar era importante. Isso tornaria tudo um pouco menos improvável, né? Além do mais, e todos os bilhetes de loteria que compraram e que não deram em nada?

— Não estou entendendo aonde você quer chegar, Mark — disse ele. Ainda com o sorrisinho. — Você quer chegar a algum lugar?

— É só que eu entendo o interesse dessa mulher em explorar o fato de você e Dave virem do Fim do Mundo e ascenderem no meio da vida. — Eu levantei as mãos ao lado da cabeça, como se emoldurando uma manchete. — Poderia ser... *destino*?

Meu pai refletiu, esfregando uma das mãos na barba branca por fazer na lateral do rosto cheio de linhas de expressão. Achei que pudesse estar prestes a mudar de ideia e concordar. Mas ele balançou a cabeça.

— Escreve pra ela uma das suas cartas simpáticas, diz que vou recusar e que desejo sucesso nas empreitadas futuras.

Foi o que fiz, embora algo na expressão do meu pai tenha me chamado a atenção. Era a expressão de um homem que poderia dizer muito sobre como ele e o amigo Butch haviam alcançado a fama e a fortuna... mas que escolhia não falar. Que escolhia, na verdade, ficar na dele.

Talvez Ruth Crawford tenha ficado decepcionada com a recusa do meu pai à entrevista, mas não desistiu do projeto. Nem o abandonou quando eu também me recusei a ser entrevistado, dizendo que o meu pai não iria querer que eu falasse depois de ele ter se negado, e, além do mais, a única coisa que eu sabia era que meu pai sempre havia gostado de histórias. Que lia muito, que não ia a lugar nenhum sem um livro enfiado no bolso de trás da calça. Ele me contava histórias maravilhosas na hora de dormir, e às vezes as escrevia em cadernos. Quanto ao tio Butch? Ele pintou um mural no meu quarto, com garotos jogando beisebol, garotos pegando vaga-lumes, garotos com varas de pescar. Ruth queria ver, claro, mas as ilustrações haviam sido cobertas por tinta muito tempo antes, quando eu cresci e deixei as coisas infantis para trás. Quando o meu pai e o tio Butch decolaram como foguetes, eu estava na Universidade do Maine, tirando um diploma de educação avançada. Porque, como dizem por aí, quem não sabe fazer ensina, e quem não sabe ensinar ensina os professores. O sucesso do meu pai e do seu melhor amigo foi, eu disse, tão surpreendente para mim quanto para qualquer outra pessoa da cidade. Tem outra frase que diz que nada de bom sai de Nazaré.

Escrevi isso em uma mensagem para a sra. Crawford, porque me senti mal (um pouco) por não dar a entrevista. Nela, falei que os dois sem dúvidas tinham sonhos, a maioria dos homens tem, e, como a maioria dos homens, eles guardavam os sonhos para si. Eu tinha suposto que as histórias do meu pai e as pinturas alegres do tio Butch eram apenas hobbies, como entalhar em madeira ou tocar violão, até o dinheiro começar a entrar. Eu digitei isso e escrevi depois, à mão: *E que bom pra eles!*

Há vinte e sete municípios no condado de Castle. Castle Rock é o maior; Gates Falls é o segundo maior. Harlow, onde nasci como filho de Laird e Sheila Carmody, não está nem entre os dez maiores. Mas a cidade cresceu consideravelmente desde que eu era criança, e às vezes o meu pai, que também passou a vida toda em Harlow, dizia que mal a reconhecia. Ele estudou em uma escola com uma sala só; eu estudei em uma com quatro (duas séries em cada sala); hoje em dia, tem uma escola com oito salas com aquecimento e resfriamento geotérmico.

Quando meu pai era criança, todas as ruas da cidade eram de terra, menos a rodovia 9, a estrada de Portland. Quando nasci, apenas as ruas Deep Cut e Methodist eram de terra. Hoje, são todas pavimentadas. Nos anos 1960, só havia um mercado, o Brownie, onde os homens velhos ficavam sentados em volta de um barril de picles de verdade. Agora, há dois ou três, e uma espécie de centro (se é que podemos chamar assim) na rua Quaker Hill. Temos uma pizzaria, dois salões de beleza e, difícil acreditar, mas é verdade, um salão de manicure que parece ser uma preocupação constante. Mas não tem ensino médio; isso não mudou. As crianças de Harlow têm três opções: a Castle Rock High, a Gates Falls High ou a Mountain View Secondary, mais conhecida como Academia Crente. Somos um bando de caipiras acanhados: andamos de picape, ouvimos música country e tomamos café com conhaque, um monte de provincianos com tendências republicanas. Não tem muito a dizer a nosso favor, exceto quanto aos dois homens que nasceram lá: o meu pai e o amigo dele, Butch LaVerdiere. Dois *fio da mãe* talentosos, como o meu pai falou durante a breve conversa informal com Ruth Crawford.

Sua mãe e seu pai passaram a vida toda lá?, uma pessoa da cidade poderia perguntar. *E depois VOCÊ passou sua vida toda lá? Você é maluco?*

Não.

Robert Frost disse que lar é o lugar em que, quando você chega, as pessoas têm que te acolher. É também o lugar de onde você começa e, se for um dos sortudos, é onde termina. Butch morreu em Seattle, um estranho em terra estranha. Talvez para ele não fosse problema, mas eu preciso me perguntar se no final ele não teria preferido uma estradinha de terra e a floresta perto do lago conhecida como o Bosque de 30 Milhas.

Apesar de boa parte da pesquisa de Ruth Crawford, da *investigação* dela, ter se concentrado em Harlow, onde os dois sujeitos cresceram, não tem motel lá, não tem nem pousada, então sua base de operações foi o Gateway Motel em Castle Rock. Existe mesmo uma casa de repouso para idosos em Harlow, e lá Ruth entrevistou um homem chamado Alden Toothaker, que estudou com o meu pai e o amigo dele. Foi Alden que contou como Dave ganhou o apelido. Ele sempre carregava um tubo de cera de cabelo Lucky Tiger Butch Wax no bolso da calça, e a usava com frequência para deixar o topete bem empinado na frente. Usou o cabelo (o que restou) assim a vida toda. Virou marca registrada. Se ele ainda carregava a cera Butch Wax quando ficou famoso, eu sei tanto quanto você. Não faço ideia nem se ainda fabricam isso.

— Eles viviam juntos na escola — contou Alden. — Só dois garotos que gostavam de pescar e caçar com os pais. Cresceram vendo gente trabalhando muito e não esperavam nada diferente. Você pode falar com gente da minha idade que vai dizer que aqueles garotos iam ser alguém na vida, mas eu não sou uma dessas pessoas. Os dois eram caras comuns até a hora que não eram mais.

Laird e Butch estudaram em Gates Falls High. Foram matriculados no que à época era chamado de curso de "educação geral", destinado a garotos que não planejavam fazer faculdade. Ninguém dizia que os dois não eram inteligentes o bastante para isso; só se supunha. Eles faziam aulas de "matemática do dia a dia" e "inglês comercial", em que várias páginas do livro explicavam como dobrar corretamente uma carta comercial, com diagramas e tudo. Passavam muito tempo fazendo carpintaria e em oficinas de automóveis. Ambos jogavam futebol americano e basquete, embora meu pai passasse a maior parte do tempo na reserva. Os dois terminaram a escola com média B e se formaram juntos, no dia 8 de junho de 1951.

Dave LaVerdiere foi trabalhar com o pai, encanador. Laird Carmody e o pai consertavam carros na fazenda da família e vendiam para o Peewee's Car Mart em Gates Falls. Também tinham uma barraca de hortaliças na estrada de Portland que rendia um bom dinheiro.

O tio Butch e o pai dele não se davam muito bem, e Dave acabou indo trabalhar sozinho, consertando ralos, colocando encanamentos e às vezes cavando poços em Gates e Castle Rock. (O pai dominava os negócios em Harlow e não queria dividir nada.) Em 1954, os dois amigos formaram a L&D Transportes, que basicamente levava o lixo dos veranistas para o lixão. Em 1955, eles *compraram* o lixão e a cidade ficou feliz de se ver livre do lugar. Removeram tudo, fizeram queimas controladas, instituíram um programa básico de reciclagem e deixaram o local livre de insetos. A cidade pagava um estipêndio que era um bom acréscimo aos empregos deles. Pedaços de metal, principalmente fios de cobre, geravam mais dinheiro. Na cidade, eram chamados de Gêmeos do Lixo, mas Alden Toothaker — e um pessoal mais velho com memória intacta — garantiu a Ruth Crawford que isso era uma brincadeira inofensiva e que todo mundo encarava como tal.

O lixão tinha uns dois hectares e era protegido por uma cerca alta feita de tábuas. Dave a pintou com murais que representavam a vida da cidade, acrescentando alguma coisa a cada ano. Apesar de a cerca não existir mais (e o lixão ter se tornado um aterro), há fotografias. Esses murais fazem as pessoas pensarem no trabalho posterior de Dave. Havia grupos de bordado que se mesclavam com jogos de beisebol, jogos de beisebol que se mesclavam com caricaturas de residentes falecidos de Harlow, e cenas de plantio de primavera e colheita de outono. Todos os aspectos da vida na cidade pequena foram retratados, mas o tio Butch também pintou Jesus seguido pelos apóstolos — o último da fila era Judas, com um sorriso de quem comeu merda. Não havia nada de impressionante em nenhuma das cenas, mas eram exuberantes e bem-humoradas. Eram, podemos dizer, *prenúncios*.

Pouco depois da morte do tio Butch, um quadro pintado por LaVerdiere de Elvis Presley e Marilyn Monroe de mãos dadas no caminho central coberto de serragem de um parque de diversões de cidade pequena foi vendido por três milhões de dólares. Era mil vezes melhor do que os murais do tio Butch no lixão, mas a obra teria combinado perfeitamente: o mesmo senso de humor deturpado, misturado com um tom de desespero e, talvez, desprezo. Os murais do lixão do Dave foram o botão; *Elvis & Marilyn* era a flor.

O tio Butch não se casou, mas meu pai, sim. Ele tinha uma namorada da época da escola chamada Sheila Wise, que foi para a Faculdade de Educação do estado de Vermont depois da formatura. Quando ela voltou para dar aulas no quinto e sexto anos da Harlow Elementary, meu pai ficou feliz da vida de saber que ela continuava solteira. Ele a cortejou e a conquistou. Os dois se casaram em agosto de 1957. Dave LaVerdiere foi padrinho do meu pai. Cheguei um ano depois, e o melhor amigo do meu pai se tornou o meu tio Butch.

Li uma crítica do primeiro livro do meu pai, *A tempestade de raios*, e o autor disse o seguinte: "Não acontece muita coisa nas primeiras cem páginas do novelo de suspense do sr. Carmody, mas o leitor fica atraído mesmo assim, porque há violinos".

Achei um jeito inteligente de expressar a ideia. Havia poucos violinos para Ruth Crawford ouvir; a imagem de pano de fundo que ela conseguiu com Alden e os outros habitantes da cidade era de dois homens decentes e íntegros e praticamente um tédio quando o assunto era honestidade. Eram homens do interior que haviam levado vidas do interior. Um era casado, e o outro era o que se chamava, na época, de "solteirão convicto", mas não tinha nem um cheirinho de escândalo na vida particular.

A irmã mais nova do Dave, Vicky, aceitou ser entrevistada. Ela contou a Ruth que às vezes Dave ia "lá pra cima" — falando de Lewiston — para visitar casas noturnas na parte inferior da rua Lisbon.

— Ele ficava de miolo mole no Holly — disse ela, referindo-se ao Holiday Lounge, fechado havia muito tempo. — Era mais provável que ele fosse se a Pequena Jonna Jaye estivesse se apresentando. Nossa, ele era doidinho por ela. Nunca trouxe *ela* pra casa, nunca deu essa sorte! Mas nem sempre voltava sozinho.

Vicky fez uma pausa aí, Ruth me contou depois, e acrescentou:

— Eu sei o que você deve estar pensando, *dona* Crawford, quase todo mundo pensa assim quando um homem passa a vida sem uma relação firme com uma mulher, mas não foi nada disso. Meu irmão pode ter virado um artista famoso, mas com certeza não era *gay*.

Os dois homens eram adorados; todo mundo dizia isso. E eram *bons vizinhos*. Quando Philly Loubird teve um ataque cardíaco, em meio a um campo de feno parcialmente cortado e com tempestades a caminho, meu pai o levou para o hospital em Castle Rock enquanto Butch reunia alguns dos amigos coletores de lixo para terminarem o trabalho antes que as primeiras gotas caíssem. Lutaram contra incêndios no mato e incêndios residenciais com o corpo de bombeiros voluntários da cidade. Se não tivesse carros demais para consertar ou trabalho para fazer no lixão, meu pai saía com a minha mãe arrecadando dinheiro para o que na época era chamado de Fundo dos Pobres. Eles eram treinadores de jovens em vários esportes. Cozinhavam lado a lado, porco assado para o jantar dos bombeiros voluntários na primavera e o churrasco de frango que marcava o fim do verão.

Eram apenas homens do interior que levavam vidas do interior.

Sem violinos.

Até que houve uma orquestra inteira.

Eu sabia muito a respeito disso. Descobri mais pela própria Ruth Crawford no Korner Koffee Kup, em frente ao Gateway Motel e a um quarteirão do correio. Era lá que o meu pai recebia a correspondência, e costumava haver bastante. Eu sempre parava no Koffee Kup depois de pegar as cartas. O café java do Kup até que é bom, apesar de não ser incrível, mas os muffins de mirtilo? Não existe nenhum melhor.

Eu estava olhando as cartas, separando o que era lixo, quando alguém disse:

— Posso me sentar?

Era Ruth Crawford, esbelta e impecável, de calça branca, uma blusinha rosa sem mangas e uma máscara combinando: era o primeiro ano da covid. Ela já estava deslizando no sofazinho do outro lado da mesa, o que me fez rir.

— Você não desiste, né?

— A timidez nunca fez uma bela donzela ganhar o prêmio Nobel — disse ela, e tirou a máscara. — Que tal o café aqui?

— Até que não é ruim. Como você deve saber, já que está hospedada do outro lado da rua. Os muffins são melhores. Mas continuamos sem entrevista. Desculpa, sra. Crawford, eu não posso.

— Sem entrevista, entendido. Tudo que dissermos é extraoficial, tudo bem?

— O que quer dizer que você não pode usar.

— É isso mesmo que quer dizer.

A garçonete se aproximou, Suzie McDonald. Perguntei se ela continuava nas aulas noturnas. A mulher sorriu por trás da máscara e disse que sim. Ruth e eu pedimos café e muffins.

— Você conhece *todo mundo* das três cidades? — perguntou Ruth quando do Suzie se afastou.

— Nem todo mundo, não. Eu conhecia mais, e muito mais gente, quando do ainda era superintendente escolar. Extraoficial, né?

— Claro.

— Suzie teve um bebê quando tinha dezessete anos e os pais a expulsaram de casa. Crentes fanáticos da Igreja do Cristo Redentor. Foi morar com a tia em Gates. Depois disso, terminou o ensino médio e está fazendo umas aulas na Extensão do Condado, associada à Faculdade Bates. Quer ser veterinária. Acho que vai conseguir, e a filhinha dela está indo bem. E você? Está se divertindo? Descobrindo muita coisa sobre o meu pai e o tio Butch?

Ela sorriu.

— Fiquei sabendo que o seu pai gostava de meter o pé no acelerador antes de se casar com a sua mãe. Sinto muito pela sua perda, aliás.

— Obrigado.

Se bem que, naquele verão de 2021, minha mãe estava morta havia cinco anos.

— Seu pai capotou com o Dodge de um fazendeiro e ficou com a habilitação suspensa por um ano, você sabia?

Não sabia, e disse isso a ela.

— Descobri que Dave LaVerdiere gostava dos bares de Lewiston e era caidinho por uma cantora que se chamava Pequena Jonna Jaye. Descobri que ele largou o Partido Republicano depois de Watergate, mas o seu pai não.

— Não, meu pai vai votar nos republicanos até o dia que morrer. Mas...
— Eu me inclinei para a frente. — Ainda extraoficialmente?

— Claro!

Ela sorria, mas com olhos brilhando de curiosidade.

Eu baixei a voz até quase sussurrar.

— Ele não votou no Trump na segunda vez. Não conseguiu votar no Biden, mas estava de saco cheio do Donald. Espero que você leve essa informação para o túmulo.

— Prometo. Descobri que Dave ganhou o concurso anual de comer torta da feira da cidade de 1960 a 1966, quando se aposentou da competição. Descobri que o seu pai se voluntariou para ser derrubado na água em uma brincadeira na feira Old Home Days da cidade até 1972. Tem umas fotos engraçadas dele usando um daqueles trajes de banho antiquados e um chapéu-coco... à prova d'água, suponho.

— Eu morria de vergonha. Pegavam tanto no meu pé na escola — comentei.

— Descobri que, quando Dave foi para o oeste, colocou tudo que achava necessário nos alforjes da Harley-Davidson dele e foi embora. O seu pai e a sua mãe venderam todos os outros pertences dele em um bazar de quintal e enviaram o dinheiro. Seu pai também cuidou da venda da casa dele.

— Com um belo lucro — falei. — E isso foi bom. O tio Butch já estava pintando em tempo integral e usou esse dinheiro até começar a vender o trabalho.

— E o seu pai já estava escrevendo em tempo integral.

— Estava, e ainda cuidava do lixão. Fez isso até vendê-lo de volta pra cidade no começo dos anos 1990. Foi quando virou um aterro.

— Ele também comprou o PeeWee's Car Mart e vendeu depois. Deu o lucro pra cidade.

— Sério? Ele nunca me contou.

Mas eu tinha certeza de que a minha mãe sabia.

— Sério, sim, e por que não? Ele não precisava do dinheiro, né? Àquela altura, escrever era o trabalho dele e todas as coisas da cidade eram hobby.

— Bons trabalhos nunca são hobby — falei.

— Seu pai te ensinou isso?

— Minha mãe.

— O que *ela* achou da mudança repentina no montante da fortuna da família? Sem mencionar a fortuna do seu tio Butch?

Pensei na pergunta enquanto Suzie trazia os nossos muffins e cafés. E então respondi:

— Eu não quero falar disso, sra. Crawford.

— Pode me chamar de Ruth.

— Ruth, então… mas eu continuo sem querer falar disso.

Ela passou manteiga no muffin. Estava me olhando com uma espécie de perplexidade aguçada, não sei de que outra forma chamar, que me deixou incomodado.

— Com o que eu tenho, posso escrever um ótimo artigo e vender pra revista *Yankee* — disse ela. — Dez mil palavras, cheia dos tons locais e de historinhas divertidas. Todas as merdas do Maine de que as pessoas gostam, um monte de trejeitos caipiras e expressões locais tipo *sorrir e beijar um porco*. Tenho fotos do seu pai, o autor famoso, usando um traje de banho estilo 1920 enquanto o pessoal da cidade tenta derrubá-lo em um tanque de água.

— Duas pratas por três arremessos no tanque gigante. Todos os lucros direcionados a várias caridades. Eles comemoravam sempre que ele se estatelava na água.

— Eu tenho fotos deles servindo frango pra turistas e veranistas, os dois de avental e chapéu dizendo PODE BEIJAR O COZINHEIRO.

— Um monte de mulheres beijava.

— Tenho histórias de pescaria, histórias de caça, de atos gentis, como quando recolheram o feno do homem que teve o ataque cardíaco. Tenho a história de Laird dirigindo a toda e perdendo a habilitação. Tenho tudo isso e não tenho *nada*. Digo, coisas de substância. As pessoas amam contar histórias sobre eles: eu conheci Laird Carmody *quando*, eu conheci Butch LaVerdiere *quando*, mas ninguém explica o que eles *se tornaram*. Entende aonde quero chegar?

Falei que entendia.

— Você deve saber algo sobre isso, Mark. Que porra *aconteceu*? Você não vai me contar?

— Não tem nada pra contar — falei.

Eu estava mentindo, e acho que ela sabia.

Eu me lembro de uma ligação que recebi no outono de 1978, da mãe do dormitório — existia esse tipo de coisa na época — que foi bufando até o terceiro andar do Roberts Hall e disse que a minha mãe estava ao telefone e parecia abalada. Desci correndo para o apartamentinho da sra. Hathaway, com medo do que iria ouvir.

— Mãe? Tudo bem?

— Tudo. Não. Não sei. Aconteceu alguma coisa com o seu pai quando eles estavam na viagem de caça no Bosque de 30 Milhas. — E, como uma conclusão posterior: — E com Butch.

Senti um buraco no estômago; meus testículos pareceram se contrair e subir a caminho de encontrá-lo.

— Sabe se foi algum acidente? Eles se machucaram? Alguém...? — Eu não consegui terminar, como se perguntar se alguém havia morrido fosse fazer com que acontecesse de verdade.

— Eles estão bem. Fisicamente bem. Mas aconteceu alguma coisa. Seu pai parece que viu um fantasma. E Butch... está na mesma. Eles me contaram que se perderam, mas isso é baboseira. Aqueles dois conhecem o 30 Milhas como a palma da mão. Eu queria que você viesse pra casa, Mark. Não agora, mas no fim de semana. Talvez você consiga arrancar algo dele.

Mas, quando perguntei, meu pai insistiu que os dois tinham apenas se perdido e acabaram encontrando o caminho de volta para o riacho Jilasi (uma versão norte-americana deturpada da palavra Micmac para "oi") e saíram atrás do cemitério Harlow, como se nada tivesse acontecido.

Não acreditei na mentira, assim como a minha mãe não havia acreditado. Voltei para a faculdade e, antes do recesso de Natal, algo terrível surgiu na minha mente: um deles poderia ter atirado em outro caçador, o que acontece várias vezes ao longo do ano na temporada de caça, e o matado, depois enterrado no bosque.

Na véspera de Natal, depois que a minha mãe havia ido dormir, eu finalmente reuni coragem e perguntei a ele. Estávamos sentados na sala, olhando a árvore. Meu pai pareceu surpreso... e depois riu.

— Meu Deus, não! Se uma coisa assim tivesse acontecido, teríamos comunicado a polícia e aceitado as consequências. Só nos perdemos. Acontece com os melhores, moleque.

A palavra da minha mãe voltou à minha mente e eu quase falei: baboseira.

Meu pai tinha um senso de humor ácido, e ficou mais evidente do que nunca quando seu contador foi de Nova York até a casa dele (isso na época em que o último livro do meu pai foi publicado) e contou que os rendimentos dele passavam de dez milhões de dólares. Não eram números dignos de J.K. Rowling — nem mesmo de James Patterson —, mas eram consideráveis. Meu pai pensou um pouco e falou:

— Acho que livros servem pra bem mais do que decoração.

O contador pareceu intrigado, mas eu entendi a referência e dei risada.

— Não vou te deixar sem nada, Markey — disse o meu pai.

Ele deve ter me visto fazer uma careta, ou talvez só percebido a implicação nas próprias palavras. Meu pai se inclinou e deu um tapinha na minha mão, como fazia quando eu era criança e algo me incomodava.

Eu não era mais criança, mas estava sozinho. Em 1988, me casei com Susan Wiggins, uma advogada na promotoria do condado. Ela dizia que queria ter filhos, mas ficava adiando. Um pouco depois do nosso aniversário de doze anos de casamento (quando comprei para ela um colar de pérolas), ela me disse que me deixaria para ficar com outro homem. Tem bem mais coisa na história, acho que sempre tem, mas você não precisa saber do resto porque esta história aqui não é sobre mim. Mas quando o meu pai falou em não me deixar sem nada, o que eu pensei, o que acredito que nós dois pensamos, foi para quem *eu* deixaria aqueles dez milhões, ou o que restasse deles, quando a minha hora chegasse?

Provavelmente para o Distrito Administrativo Escolar 19 do Maine. Escolas sempre precisam de dinheiro.

* * *

— Você deve saber — Ruth me disse naquele dia no Koffee Kup. — Você *deve* saber. Extraoficialmente, lembra?

— Oficialmente ou extraoficialmente, eu não sei — falei.

Só sabia que algo havia acontecido ao meu pai e ao tio Butch em novembro de 1978, durante a caçada anual dos dois. Depois disso, o meu pai virou escritor bestseller de livros enormes, do tipo que os críticos chamam de tijolão, e Dave LaVerdiere ganhou fama primeiro como ilustrador e depois como pintor "que combina o surrealismo de Frida Kahlo com o romance norte-americano de Norman Rockwell" (*ArtReview*).

— Talvez eles tenham ido até a encruzilhada — disse ela. — Sabe? Tipo o que Robert Johnson supostamente fez. E aí firmaram um acordo com o diabo.

Soltei uma gargalhada, embora fosse mentira se eu dissesse que a mesma ideia não passava pela minha mente, em geral em noites tempestuosas de verão quando não conseguia dormir por causa dos trovões.

— Se fizeram, o contrato deve ter sido por bem mais do que sete dias. O primeiro livro do meu pai foi publicado em 1980, o mesmo ano em que o retrato que o tio Butch fez de John Lennon saiu na capa da *Time*.

— Quase quarenta anos pra LaVerdiere, e o seu pai está aposentado, mas ainda firme e forte — refletiu ela.

— Forte talvez seja uma palavra forte demais — falei, pensando nos lençóis mijados que eu havia trocado naquela manhã antes de partir para Rock. — Mas ele ainda *está* firme. E você? Quanto tempo vai passar no nosso fim de mundo, remexendo na lama pra saber de Carmody e LaVerdiere?

— É um jeito meio merda de falar, esse aí.

— Desculpa. Foi uma piada ruim.

Ela havia comido o muffin — eu avisei que era bom — e estava pegando as migalhas que restaram com o indicador.

— Mais um ou dois dias. Quero voltar à residência de idosos em Harlow e talvez conversar de novo com a irmã de LaVerdiere se ela estiver disposta. Vou sair disso com um texto bem vendável, mas não vai chegar nem perto do que eu queria.

— Talvez o que você queria seja algo que não pode ser encontrado. Talvez a criatividade deva permanecer um mistério.

Ela torceu o nariz e disse:

— Guarde a sua metafísica pra esfriar o mingau. Posso pagar a conta?

— Não.

Todo mundo em Harlow sabe onde fica a nossa casa na rua Benson. Às vezes, os fãs dos livros do meu pai que moram longe dão uma passada para espiar se por acaso estiverem de férias, embora costumem ficar decepcionados com a construção; é só uma caixa quadrada típica da Nova Inglaterra em uma cidade cheia de casas iguais. Um pouco maior do que a maioria, com um gramado de bom tamanho à frente, cheio de canteiros de flores. Minha mãe plantou todos e cuidou deles até morrer. Agora, Jimmy Griggs, nosso faz-tudo, molha e poda tudo. Exceto pelos lírios-de-um-dia que crescem junto à cerquinha da frente, claro. Meu pai gosta de cuidar ele mesmo dessas flores, porque eram as que a minha mãe mais amava. Quando meu pai as molha, ou só anda por entre elas, mancando devagar apoiado na bengala, acho que faz isso para se lembrar da mulher que sempre chamou de "minha querida Sheila". Às vezes, ele se curva para acariciar uma das flores, coroas que se formam de caules sem folhas chamados escapos. São amarelas, cor-de-rosa e laranja, mas ele gosta mais das vermelhas, que diz que lembram as bochechas da minha mãe quando ela ruborizava. A persona pública dele era rabugenta e meio cínica, fora que havia aquele senso de humor ácido, mas no coração ele sempre foi um romântico e às vezes era meio brega. Ele me disse uma vez que escondia essa parte porque era fácil de machucar.

Ruth sabia onde ficava a casa, óbvio. Eu a havia visto passar por lá no pequeno Corolla várias vezes, e uma vez ela parou para tirar fotos. Também tenho certeza de que ela sabia que era mais comum que o meu pai andasse pela cerca para olhar os lírios-de-um-dia no meio da manhã, e se você ainda não entendeu que ela era uma mulher muito determinada, eu não fiz meu trabalho direito.

Dois dias depois da nossa conversa extraoficial no Koffee Kup, Ruth passou devagar pela rua Benson e, em vez de seguir direto, parou ao lado das plaquinhas dos dois lados do portão. Uma diz RESPEITE A NOSSA PRIVACIDADE. A outra diz O SR. CARMODY NÃO DÁ AUTÓGRAFOS. Eu estava caminhando com o meu pai, como sempre fazia quando ele inspecionava os lírios-de-um-dia; ele havia completado oitenta e oito anos naquele verão de 2021 e, mesmo com a bengala, às vezes cambaleava.

Ruth saiu do carro e se aproximou da cerca, embora não tenha feito nenhum esforço de tentar passar pelo portão. Persistente, mas também atenta aos limites. Eu gostava dela por isso. Ora, eu gostava dela, ponto. Ruth estava usando uma máscara florida. Meu pai não estava, dizia que dificultava a respiração, mas não havia se oposto à vacinação.

Ele olhou para Ruth com curiosidade, mas também com um leve sorriso. Ela era bonita, principalmente à luz de uma manhã de verão. Camisa xadrez, saia jeans, meias brancas e tênis, o cabelo preso em um rabo de cavalo adolescente.

— Como diz a placa, senhorita, eu não dou autógrafos.

— Ah, acho que não é isso que ela quer — falei.

Eu estava achando graça da ousadia dela.

— Meu nome é Ruth Crawford, senhor. Escrevi pra pedir uma entrevista. O senhor recusou, mas pensei em tentar mais uma vez pessoalmente antes de pegar a estrada pra Boston.

— Ah — disse meu pai. — Eu e o Butch, né? E o acaso ainda é a sua abordagem?

— É. Apesar de achar que não cheguei realmente ao cerne da questão.

— O coração das trevas — disse ele, e riu. — Piada literária. Tenho várias, mas estão pegando poeira desde que eu me aposentei das entrevistas. Uma promessa que pretendo cumprir, apesar de você parecer bacana, e Mark aqui me diz que você tem boas intenções.

Fiquei surpreso e satisfeito ao vê-lo estender a mão por cima da cerca. Ela também pareceu surpresa, mas a segurou, tomando o cuidado de não apertar com força.

— Obrigada, senhor. Achei que tinha que tentar. Suas flores são lindas, a propósito. Eu amo lírios-de-um-dia.

— Ama mesmo ou só está dizendo pra agradar?

— Amo mesmo.

— Minha esposa também amava. E como você foi gentil a ponto de elogiar o que a minha querida Sheila amava, vou oferecer a você um acordo típico de conto de fadas.

Os olhos dele cintilavam. A boa aparência dela, ou talvez a ousadia, o havia animado do jeito que um jato de água parecia animar as flores de sua querida Sheila.

Ela sorriu.

— E qual seria, sr. Carmody?

— Você pode fazer três perguntas e pode usar as minhas respostas no seu artigo. Que tal?

Fiquei feliz, e Ruth Crawford pareceu feliz também.

— Simplesmente excelente — disse ela.

— Pode perguntar, minha jovem.

— Preciso de um segundo. Estou me sentindo pressionada.

— Verdade, mas é a pressão que transforma carvão em diamante.

Ela não perguntou se podia gravar, o que achei inteligente. Bateu com o indicador nos lábios, mantendo contato visual com o meu pai.

— Tudo bem, pergunta número um. De que você mais gostava no sr. LaVerdiere?

Ele nem parou para pensar.

— Da lealdade. Da confiabilidade. Acabam dando no mesmo, acho, ou quase. Os homens têm sorte se tiverem pelo menos um bom amigo. As mulheres, desconfio, têm mais... mas você deve saber melhor do que eu.

Ela parou para pensar.

— Acho que tenho duas amigas a quem confiaria os meus segredos mais profundos. Não... três.

— Então você tem sorte. Próxima pergunta.

Ela hesitou, porque devia ter umas cem e aquela breve entrevista por cima da cerca, para a qual não havia se preparado, seria a sua única chance. E o sorriso do meu pai, que não era totalmente gentil, deixava claro que sabia a posição em que a havia colocado.

— O tempo está passando, srta. Crawford. Daqui a pouco, vou ter que entrar para repousar os meus cambitos velhos e cansados.

— Tudo bem. Qual sua melhor lembrança do tempo que passou com o seu amigo? Eu gostaria de saber o pior momento também, mas prefiro poupar a minha última pergunta.

Meu pai riu.

— Vou te dar essa de graça, porque gosto da sua persistência e porque você é um colírio para os olhos. O pior momento foi em Seattle, acho que a última viagem de um canto a outro do país que terei feito na vida, pra olhar pro caixão sabendo que o meu velho amigo estava lá dentro. A mão direita talentosa imóvel pra sempre.

— E o melhor?

— Caçar no 30 Milhas — respondeu ele, na hora. — Nós íamos pra lá na segunda semana de novembro desde que éramos adolescentes, até Butch montar no pônei de aço e partir para o oeste. Ficávamos em um chalezinho no bosque que o meu avô construiu. Butch alegava que o avô *dele* participou na hora de fazer o telhado, o que pode ou não ser verdade. Ficava coisa de quatrocentos metros depois do riacho Jilasi. Tínhamos um jipe Willys velho e, até 1954 ou 1955, dirigíamos pela ponte de tábuas, parávamos do outro lado e subíamos para o chalé com as mochilas e os rifles. Mas depois paramos de confiar no Willys na ponte porque as enchentes haviam afetado a estrutura, então a gente estacionava no lado da cidade e atravessava andando.

Ele suspirou e olhou ao longe.

— Com todo o desmatamento pela Diamond Match e o empreendimento imobiliário no lago Dark Score, onde ficava aquela casa dos Noonan, o Bosque de 30 Milhas agora está mais pra 20 Milhas. Mas na época tinha floresta à beça pra dois garotos… depois, dois jovens… percorrerem. Às vezes, a gente atirava em algum cervo, e uma vez atiramos em um peru que acabou sendo duro e azedo, mas a caça era só um pretexto. Nós só gostávamos de ficar sozinhos por aqueles cinco, seis ou sete dias. Acho que muitos homens vão pro mato pra poder beber e fumar, talvez ir a uns bares e viver uma noite de putaria, mas nunca fizemos essas coisas. Ah, claro que a gente bebia um pouco, mas, se levássemos uma garrafa de Jack, durava a semana toda e ainda sobrava, aí a gente jogava no fogo pra ver as chamas crescerem. A gente conversava sobre Deus, os Red Sox, política e que o mundo podia acabar em fogo nuclear.

"Lembro que uma vez a gente estava sentado em um tronco e um cervo, o maior que eu já vi, com chifre de dezoito pontas, talvez o maior que *qualquer pessoa* já tenha visto, pelo menos por estas bandas… ele veio andando pelo brejo abaixo de nós, com toda delicadeza do mundo. Levantei o rifle e Butch botou a mão no meu braço. 'Não', disse ele. 'Por favor, não. Não esse.' Eu não atirei.

"À noite, a gente acendia a lareira e tomava uma ou duas doses de Jack. Butch levava um bloco e desenhava. Às vezes, quando estava desenhando, ele me pedia pra contar uma história, e eu contava. Uma dessas histórias acabou virando o meu primeiro livro, *A tempestade de raios*."

Eu notei que Ruth estava tentando memorizar tudo. Era como ouro para ela, e foi como ouro para mim. Meu pai nunca falava sobre o chalé.

— Por acaso você não leu um ensaio chamado "Come Back to the Raft Ag'in, Huck Honey", leu?

Ruth fez que não.

— Não? Não, óbvio que não. Ninguém mais lê Leslie Fiedler, o que é uma pena. Ele era afrontoso, um matador de vacas sagradas, e isso o tornava divertido. No ensaio, ele argumenta que o homoerotismo era o grande motor da literatura norte-americana. Que as histórias de laços masculinos eram na verdade de desejo sexual reprimido. Baboseira, claro, isso provavelmente diz mais sobre Fiedler do que sobre a sexualidade masculina. Porque... Por quê? Algum de vocês sabe me dizer?

Ruth parecia temer que eu rompesse a magia — a que o meu pai havia lançado sobre si mesmo, assim como sobre ela —, então eu falei.

— É raso. Transforma a amizade masculina em uma piada suja.

— Simplificado demais, mas não está errado — disse meu pai. — Butch e eu éramos amigos, não amantes, e durante aquelas semanas no chalé, apreciávamos essa amizade no mais puro estado. E isso é um tipo de amor. Não é que eu amasse Sheila menos, nem que Butch gostasse menos das idas à cidade... ele era louco por rock 'n' roll, que ele chamava de bop. Mas, no 30 Milhas, todos os perrengues, agitações e ruídos do mundo sumiam.

— Vocês ficavam na de vocês — falei.

— Ficávamos mesmo. Hora da sua última pergunta, senhorita.

Ela nem hesitou.

— O que aconteceu? Como foi que vocês deixaram de ser homens de cidade de interior e passaram a ser homens do mundo? Ícones culturais?

Algo no rosto dele mudou, e me lembrei da ligação aflita da minha mãe quando eu estava na faculdade: *Seu pai parece que viu um fantasma*. Se tinha visto, achei que ele estava vendo de novo. Mas ele sorriu, e o fantasma sumiu.

— Nós éramos só dois *fio* da mãe talentosos. — Vamos deixar assim. Agora, eu preciso entrar e sair do sol forte — finalizou ele.

— Mas…

— Não. — Ele falou em tom seco, e Ruth recuou um pouco. — Nós acabamos.

— Acho que você conseguiu mais do que esperava — falei para ela. — Fique satisfeita com isso.

— Acho que vou ter que ficar. Obrigada, sr. Carmody.

Meu pai levantou uma mão artrítica em resposta. Eu o guiei para casa e o ajudei a subir os degraus da varanda. Ruth Crawford ficou parada lá por um tempo, depois entrou no carro e foi embora. Nunca mais a vi, mas claro que li o artigo que ela escreveu sobre o meu pai e o tio Butch. Foi animado e cheio de historinhas divertidas, ainda que faltasse uma visão profunda real. Saiu na revista *Yankee*, com o dobro do tamanho que costumavam ceder aos artigos. Tenho certeza de que ela conseguiu mais do que esperava quando passou pela nossa casa ao ir embora da cidade, e isso incluiu o título: "Dois *fio* da mãe talentosos".

Minha mãe, Sheila Wise Carmody, Nossa Dama dos Lírios-de-Um-Dia, morreu em 2016, com setenta e oito anos. Foi um choque para todos que a conheciam. Ela não fumava, só tomava uma rara taça de vinho em ocasiões especiais, e não era magra demais nem acima do peso. A mãe dela viveu até os noventa e sete anos, a avó até os noventa e nove, mas a minha mãe teve um ataque cardíaco fulminante quando estava dirigindo de volta para casa do IGA de Castle Rock, com um monte de compras no porta-malas. Ela parou no acostamento de Sirois Hill, puxou o freio de mão, desligou o carro, cruzou as mãos no colo e foi para a escuridão que cerca esse brilho intenso que chamamos de vida. Meu pai ficou abalado pela morte do velho amigo Dave LaVerdiere, mas a morte da esposa o deixou inconsolável.

— Ela devia ter vivido — disse ele, no funeral. — Alguém do departamento eclesiástico cometeu um erro terrível.

Não foi muito eloquente, não foi o seu melhor momento, mas ele estava em choque.

Por seis meses, dormiu no andar de baixo, no sofá-cama. Finalmente, por insistência minha, arrumamos o quarto onde os dois haviam passado mais de vinte e uma mil noites. A maioria das roupas da minha mãe foi para o Goodwill de Lewiston, que era a instituição de caridade favorita dela. Ele distribuiu as joias entre amigos, com exceção da aliança de noivado e a de casamento, que carregou no bolsinho da calça jeans até o dia em que morreu.

A arrumação foi difícil para ele (para nós dois), mas quando chegou a hora de organizar o pequeno escritório dela, pouco mais do que um armário ao lado do saguão da casa, o meu pai se recusou terminantemente.

— Eu não posso, Mark — disse. — Não posso mesmo. Acabaria comigo. Vai ter que ser você. Enfia os papéis dela em umas caixas e leva pro porão. Alguma hora eu dou uma olhada pra decidir o que precisa ser guardado.

Mas, até onde sei, ele nunca olhou. As caixas ainda estão onde deixei, debaixo da mesa de pingue-pongue que ninguém usa desde que minha mãe e eu fazíamos disputas animadas lá embaixo, ela xingando com gosto sempre que eu dava uma cortada que não conseguia pegar. Limpar a "salinha de pensar" dela, como a minha mãe a chamava, foi difícil. Olhar a mesa de pingue-pongue empoeirada com a rede verde frouxa foi mais ainda.

Um dia ou dois depois da entrevista extraordinária do meu pai com Ruth Crawford por cima da cerca, eu me vi lembrando de como havia me fortificado com um Valium antes de entrar na sala de pensar dela com duas caixas vazias. Quando cheguei à gaveta de baixo da escrivaninha, encontrei uma pilha de cadernos espiral e, quando abri um, vi a caligrafia inclinada inconfundível do meu pai. Eram anteriores à estreia de sucesso dele, depois da qual todos os livros, até o primeiro, se tornaram campeões de vendas.

Os primeiros três livros, escritos antes dos processadores de palavras e os computadores virarem itens comuns, foram compostos em uma IBM Selectric, que ele levava para casa todas as tardes da prefeitura de Harlow. Ele me deu os manuscritos datilografados para ler e eu me lembrava bem deles. Havia partes em que o meu pai havia rabiscado palavras e acrescentado outras entre as linhas, e ele fazia um tracinho de caneta por um parágrafo ou dois se ficavam longos… era assim que se fazia antes de inventarem o botão de deletar. Às vezes, ele usava a tecla *x*, onde *Um dia lindo e adorável* podia virar *Um dia lindo x xxxxxxxx*.

Estou falando disso porque houve poucos cortes e substituições no manuscrito concluído de *A tempestade de raios*, *A geração terrível* e *Rodovia 19*. Os cadernos, por outro lado, estavam cheios de riscos, alguns tão pesados que chegaram a rasgar o papel. Outras páginas haviam sido totalmente rabiscadas, como num ato de fúria. Havia notas nas margens, tipo *O que acontece com Tommy?* E *Se lembra da escrivaninha!!!* Havia uns dez cadernos desses no total, e o de baixo era uma tentativa clara de escrever *A tempestade de raios*. Não era péssimo... mas também não era muito bom.

Pensando na pergunta final de Ruth (e na ligação aflita da minha mãe em 1978), procurei a caixa com aqueles cadernos velhos. Peguei o que queria e li uma parte sentado de pernas cruzadas debaixo de uma lâmpada exposta.

Uma tempestade estava chegando!

~~Jason~~ Jack estava na varanda observando as nuvens escuras se formarem no oeste. Um trovão ribombou! Raios ~~caíram por toda parte!~~ acertaram o chão como aríetes de fogo! O vento começou a ~~soprar~~ uivar. Jack estava morrendo de medo, mas não conseguiu parar de olhar. Fogo antes da chuva, pensou ele. FOGO ANTES DA CHUVA!

Havia uma imagem nessas palavras, e havia uma narração, mas era, na melhor das hipóteses, banal. Naquela página e nas seguintes, eu via o meu pai se esforçar para descrever o que via. Como se soubesse que o que estava fazendo não era muito bom e continuasse tentando, tentando, tentando deixar melhor. Foi sofrido porque ele *queria* ser bom... mas não era.

Desci e peguei um exemplar de *A tempestade de raios* na estante de provas no escritório do meu pai. Abri na primeira página e li o seguinte:

Havia uma tempestade a caminho.

Jack Elway parou na varanda, mãos enfiadas nos bolsos, observando nuvens escuras surgirem no oeste como fumaça, bloqueando as estrelas conforme surgiam. Um trovão resmungou. Raios acenderam as nuvens, fazendo com que parecessem cérebros, pensou ele. O vento começou a ficar mais forte. *Fogo antes da chuva*, pensou o garoto. *Fogo antes da chuva*. A ideia o apavorou, mas ele não conseguiu parar de olhar.

Ao comparar o manuscrito ruim (mas que se esforçava ao máximo para ser bom) à versão terminada do livro, eu me vi pensando primeiro nos murais de Butch LaVerdiere no lixão e na pintura de Elvis e Marilyn no parque de diversões que tinha sido vendida por três milhões de dólares. Pensei de novo que os primeiros eram os brotos e a outra era flor.

Por todo o país, por todo o *mundo*, homens e mulheres estão pintando quadros, escrevendo histórias, tocando instrumentos. Alguns desses aspirantes frequentam seminários e oficinas e aulas de arte. Alguns contratam professores. O fruto do trabalho deles é devidamente admirado por amigos e parentes, que dizem coisas como *Uau, é ótimo!*, e então esquecem. Sempre gostei das histórias do meu pai quando era criança. Eu ficava encantado e pensava *Uau, é ótimo, pai!* Assim como sei que as pessoas passando na rua do lixão viam os murais do tio Butch retratando a vida da cidade e pensavam *Uau, são ótimos!*, e seguiam caminho. Porque tem sempre alguém pintando quadros, alguém contando histórias, alguém tocando "Call Me the Breeze" no violão. A maioria é esquecível. Alguns são competentes. Uns poucos são indeléveis. Por que é assim, não sei. E como aqueles homens do interior deram o salto de bom para bom o suficiente para ótimo... eu também não sabia.

Mas descobri.

Dois anos depois da curta entrevista a Ruth Crawford, o meu pai estava inspecionando os lírios-de-um-dia que cresciam perto da cerquinha, mostrando para mim que haviam começado a aparecer também do outro lado da cerca e até do outro lado da rua Benson, quando ouvi um estalo abafado. Achei que ele talvez tivesse pisado em um galho quebrado. Meu pai me olhou de olhos arregalados, a boca aberta, e pensei (me lembro disso claramente) *Meu pai era assim quando era criança.* E então ele se inclinou para o lado. Estendeu a mão para segurar a cerca. Segurei o braço dele. Nós dois erramos. Ele caiu na grama e começou a gritar.

Nem sempre estou com o celular, não sou da geração que usa celular tanto quanto cuecas, mas, naquele dia, eu estava. Liguei para o atendimento de emergência e falei que precisava de uma ambulância na rua Benson 29 porque o meu pai havia sofrido um acidente.

Eu me ajoelhei ao lado do meu pai e tentei estender a perna dele. Ele berrou e disse não-não-não, dói, Markey, dói muito. O rosto dele estava branco como neve, como a barriga da Moby Dick, como amnésia. Não costumava me sentir velho, provavelmente porque o homem com quem eu vivia era muito mais velho que eu, mas me senti um idoso naquela hora. Falei a mim mesmo que não podia desmaiar. Falei a mim mesmo que não podia ter um ataque cardíaco. E torci para que o veículo emergencial de Harlow (que o meu pai e Butch haviam pagado) estivesse na área, porque uma ambulância de Gates Falls levaria meia hora e uma de Rock talvez levasse muito mais.

Ainda consigo ouvir os gritos do meu pai. Pouco antes do veículo aparecer, ele desmaiou. Foi um alívio. Colocaram-no atrás, em uma maca, e o levaram para St. Stephen's, onde ele foi estabilizando — se é que um homem de noventa anos *pode* ser estabilizado — e tiraram raios X. O quadril esquerdo dele tinha se partido. Não havia causa visível; simplesmente aconteceu. E não foi só uma fratura, disse o ortopedista. Havia explodido.

— Não sei bem como proceder — disse o dr. Patel. — Se ele tivesse a sua idade, eu recomendaria uma cirurgia de prótese, mas o sr. Carmody está sofrendo de osteoporose avançada. Os ossos dele parecem vidro. Todos. E, claro, ele tem uma idade avançada. — O médico abriu as mãos acima dos raios X. — Você precisa me orientar.

— Ele está acordado?

Patel fez uma ligação. Perguntou. Ouviu. Desligou.

— Ele está confuso por causa da medicação pra dor, mas está consciente e consegue responder a perguntas. Ele quer falar com você.

Mesmo com a covid em declínio, espaço era algo precioso no St. Stevie's. Mesmo assim, meu pai ganhou um quarto individual. Isso foi porque ele podia pagar, mas também porque era uma celebridade. E amado no condado de Castle. Uma vez eu dei uma camiseta para ele que dizia ESCRITOR ROCKSTAR, e ele a usava.

Já não estava mais branco como a barriga da Moby Dick, mas parecia murcho. Tinha o rosto abatido e brilhando de suor. O cabelo estava todo desgrenhado.

— Quebrei a porcaria do quadril, Markey. — A voz dele era pouco mais do que um sussurro. — Aquele médico paquistanês diz que é impressionante não ter acontecido quando a gente foi ao enterro do Butch. Se lembra daquilo?

— Claro que lembro.

Eu me sentei ao lado dele e tirei meu pente do bolso.

Ele ergueu a mão com o velho gesto imperioso de *pare*.

— Não faz isso, eu não sou um bebê.

— Eu sei, mas você parece um maluco.

A mão desceu para o lençol.

— Tudo bem. Mas só porque eu já troquei suas fraldas cagadas.

Eu achava que aquele trabalho devia ter sido da minha mãe, mas não discuti, só ajeitei o cabelo dele do melhor jeito que deu.

— Pai, o médico está tentando decidir se você deve passar por uma cirurgia de prótese…

— Silêncio — disse ele. — Minha calça está no armário.

— Pai, você não vai a lugar nenh…

Ele revirou os olhos.

— Meu Deus do céu, eu sei disso. Traz o meu chaveiro.

Eu o encontrei no bolso esquerdo da frente, embaixo de umas moedas. Ele o segurou perto dos olhos com a mão trêmula (odiei ver aquele tremor) e mexeu nas chaves até encontrar uma pequena e prateada.

— Esta abre a gaveta de baixo da minha escrivaninha. Se eu não sair dessa merda toda…

— Pai, você vai ficar b…

Ele levantou a mão com as chaves, o gesto antigo.

— Se eu não sair, você vai encontrar a explicação do meu sucesso e do Butch nessa gaveta. Tudo que aquela mulher… não me lembro do nome dela agora… queria saber. Ela não teria acreditado, e você não vai acreditar, mas é verdade. Pode chamar de minha última epístola para o mundo.

— Tudo bem. Entendi. Agora, e a operação?

— Bom, vamos ver. Vamos refletir. Se eu não fizer, o que acontece? Cadeira de rodas? E alguém pra cuidar de mim, acredito. Não uma enfermeira bonita, um sujeito grandão e peludo com a cabeça raspada que usa English Leather. Você não vai conseguir ficar me carregando por aí, não na sua idade.

Achei que era verdade.

— Acho que vou aceitar. Posso morrer na mesa de cirurgia. Posso sair, fazer seis semanas de fisioterapia e quebrar o outro quadril. Ou o braço. Ou o ombro. Deus tem um senso de humor ridículo.

Os ossos dele estavam frágeis, mas o cérebro ainda funcionava muito bem, mesmo dopado até a alma. Fiquei feliz de ele não ter deixado a responsabilidade da decisão e as consequências dela nas minhas costas.

— Vou falar com o dr. Patel.

— Faz isso, e fala pra ele preparar o trem do analgésico. Eu te amo, filho — disse ele.

— Eu também te amo, pai.

— Traz minhas chaves de volta se eu sair dessa. Olha na gaveta se eu não sair.

— Pode deixar.

— Como era o nome da mulher? Crockett?

— Crawford. Ruth Crawford.

— Ela queria uma resposta. Uma explicação. A Teoria do Campo Unificado da Criatividade, Deus salve a Rainha. E, no final, tudo que eu poderia ter dado a ela era um mistério maior. — Os olhos dele se fecharam. — O que me deram deve ser forte. Não estou mais sentindo dor. Vai voltar, mas agora acho que consigo dormir.

Ele dormiu, e nunca mais acordou. O sono virou coma. Anos antes, ele havia assinado um documento pedindo para não ser ressuscitado. Eu estava sentado ao lado dele, segurando a sua mão, quando o coração parou, às 21h19 da noite seguinte. Ele nem ganhou o obituário principal do *New York Times* porque um ex-secretário de estado morreu em um acidente de carro na mesma noite. Meu pai teria dito que era uma história antiga: na morte, assim como na vida, a política quase sempre pisa na arte.

Praticamente todo mundo de Harlow foi ao funeral na Igreja Batista da Graça, além de um bom contingente da imprensa. Ruth Crawford não foi, ela estava na Califórnia, mas mandou flores e um lindo bilhete de condolências. Por sorte, o diretor funerário sabia o que esperar e deixou alto-falantes no gramado da igreja para quem não coube dentro. Deu a ideia de incluir telões; eu recusei com base no fato de ser um funeral, e não um show de rock.

A cerimônia de enterro foi menor e menos frequentada, e quando apareci uma semana depois com flores (lírios-de-um-dia, claro), estava sozinho… a última folha da árvore genealógica dos Carmody, agora assumindo um tom de marrom outonal. *Sic transit gloria mundi.*

Eu me ajoelhei para encostar o vaso na lápide.

— Oi, pai… estou com a chave que você me deu. Vou respeitar seu desejo final e abrir aquela gaveta, mas se tiver alguma coisa lá que explica qualquer coisa, eu vou ser… como é que você dizia? Um testículo de macaco.

A primeira coisa que encontrei foi um envelope pardo. Ou o danadinho não tinha deixado de usar o laptop de vez ou tinha pedido a alguém da biblioteca para imprimir para ele, porque a página de cima era um artigo da revista *Time* de 23 de maio de 2022. A manchete dizia CONGRESSO FINALMENTE COMEÇA A LEVAR OVNIS A SÉRIO.

Passei os olhos pelo texto e descobri que atualmente os OVNIS são chamados UAPS — Fenômeno Anômalo Não Identificado, na sigla em inglês. As audiências do Congresso, presididas por Adam Schiff, foram as primeiras a respeito do assunto desde o Projeto Livro Azul, cinquenta anos antes, e todo mundo que testemunhou estava ávido para observar que o foco não eram os homenzinhos verdes de Marte nem de nenhum outro lugar. Todas as testemunhas disseram que, embora aeronaves de origem extraterrestre não pudessem ser descartadas, eram consideradas muito improváveis. A preocupação era com a possibilidade de que algum outro país, como Rússia ou China, tivesse desenvolvido tecnologia hipersônica melhor do que a nossa.

Embaixo da folha impressa havia recortes, amarelados e meio frágeis, de setembro e outubro de 1978. Um do *Press Herald* dizia na manchete LUZES MISTERIOSAS VISTAS SOBRE MARGINAL WAY. O do *Castle Rock Call* dizia "OVNI" EM FORMA DE CHARUTO VISTO SOBRE CASTLE VIEW. Havia uma foto de View, com a Escadaria Suicida enferrujada — tão inexistente agora quanto os murais do lixão do meu tio Butch — ziguezagueando pela lateral. Mas não havia sinal da Coruja Branca voadora.

Abaixo da pasta de recortes havia um caderno. Abri a capa, esperando ver outro dos esforços iniciais do meu pai, uma tentativa de *A geração terrível*, talvez, ou *Rodovia 19*. Era a caligrafia inclinada dele, inconfundível, mas não havia riscos, rabiscos nem desenhos enquanto ele se esforçava para dar um jeito de expressar o que estava pensando. Não era nada como os primeiros cadernos que eu havia encontrado depois que a minha mãe morreu. Aquilo era Laird Carmody no controle total da habilidade de escrita, embora algumas letras estivessem meio trêmulas. Não tinha certeza, mas achei que a narrativa havia sido escrita em algum momento depois de ele decretar a aposentadoria.

Meu pai era um romancista completo, respeitado pela habilidade de contar histórias, e bastaram três páginas para eu decidir que aquilo era outra história, ainda que uma com pessoas reais — Laird Carmody e Dave LaVerdiere — como personagens inventados. Metaficção, em outras palavras. Não era incomum; uma boa quantidade de bons escritores se aventurou pelo conceito (ou talvez se chame esse tipo de coisa de presunção). Meu pai devia ter pensado que Dave não podia protestar, uma vez que o velho amigo estava morto. Se no quarto de hospital meu pai havia alegado que aquilo era real, foi só porque ele estava alterado pelas drogas e pela dor. Essas coisas aconteciam. No fim da vida, Nathaniel Hawthorne não confundiu a si mesmo com o Reverendo Dimmesdale? Emily Dickinson não partiu do mundo dizendo "Tenho que ir, a neblina está subindo"?

Meu pai nunca havia escrito fantasia *nem* metaficção, e aquilo era ambos, mas ele estava à vontade com os bons e velhos truques mesmo assim. Fui logo capturado e li as páginas do caderno sem parar. E não só porque conhecia as pessoas e os ambientes de Harlow. Laird Carmody sempre soube contar uma história, até os seus críticos mais rigorosos admitiam isso, e aquela era boa. Mas verdade?

Achei que era tudo baboseira.

2

Nos velhos tempos, quando Butch e eu cuidávamos do lixão da cidade, tínhamos a Terça da Coleta. Foi ideia do Butch. (Nós também tínhamos o Sábado dos Ratos, mas essa é outra história.)

— Se vão coletar — disse Butch —, a gente devia separar um dia pra isso, pra ficar de olho no pessoal e ter certeza de que um bêbado ou viciado não vai cortar uma perna e pegar gangrena.

Um alcoólatra das antigas que aparecia na maioria das terças era Rennie Lacasse. Ele era o que o pessoal do Maine chama de matraca, devia falar até dormindo. Toda vez que falava do passado, começava dizendo "Aquela ibagem nunca xaiu da minha memória".

É como me sinto sobre a viagem de caça em 1978 que mudou a nossa vida. Aquelas ibagens nunca xaíram da minha memória.

Fomos no dia 11 de novembro daquele ano, um sábado, e o plano era voltar no dia 17 ou 18, talvez antes se um de nós ou os dois pegasse um cervo. Se acontecesse, teríamos tempo suficiente para que fosse preparado no Açougue Ordway's, em Gates Falls. Todo mundo gostava de comer carne de veado no Dia de Ação de Graças, principalmente Mark, que chegaria da faculdade no dia 21.

Butch e eu nos juntamos para comprar um jipe Willys que havia sido do Exército no começo dos anos 1950. Em 1978 ela já era uma senhora idosa, mas ainda perfeita para carregar nossos equipamentos e alimentos e sacolejar pelo bosque. Sheila me dizia todo ano que NellyBelle ia soltar uma biela ou que o câmbio ia quebrar no meio do 30 Milhas, mas nunca aconteceu. Dirigimos aquele Willys até Butch ir para o oeste. Só que não caçamos muito depois de 1978. Até evitávamos o assunto. Mas pensávamos naquilo, claro. Era difícil não pensar. Àquelas alturas, eu já havia vendido o meu primeiro livro, e Butch ganhava dinheiro com quadrinhos e HQs. Não chegava nem perto do dinheiro que ele passou a ganhar depois, mas era uma boa quantia, como Rennie Lacasse poderia ter dito.

Dei um beijo na Sheila, Butch deu um abraço nela, e nós partimos. A estrada Chapel nos levou até a estrada Cemetery, depois a três estradas menores, cada uma com mais mato do que a outra. Já estávamos no meio do 30 Milhas e logo ouviríamos o riacho Jilasi. Em alguns anos, era só um chiado, mas naquele verão e naquele outono haviam caído baldes de chuva e o velho Jilasi estava rugindo.

— Espero que a ponte ainda esteja lá — disse Butch.

Estava, mas meio virada para estibordo. Havia uma placa amarela pregada em um pilar com uma palavra nela: INSTÁVEL. Quando chegou o derretimento de neve da primavera no ano seguinte, a ponte foi completamente levada. Depois disso, seria necessário percorrer trinta e dois quilômetros correnteza abaixo para atravessar o Jilasi. Quase em Bethel.

A placa não era necessária. Havia anos que não ousávamos dirigir por aquela ponte, e naquele dia nem a gente sabia se ousaria atravessar a pé.

— Bom, eu que não vou dirigir trinta e dois quilômetros pela rodovia 119 e mais trinta e dois de volta — disse Butch.

— Você seria parado por um policial se tentasse — falei, e bati na lateral do Willys. — NellyBelle não tem adesivo de vistoria desde 1964.

Ele pegou a mochila e o saco de dormir e andou até o começo da ponte de madeira velha e bamba. Lá ele parou e olhou para trás.

— Você vem?

— Acho que vou esperar pra ver se você chega do outro lado — falei. — Se a ponte cair, eu tiro você da água. E se a correnteza te levar antes disso, posso dar tchauzinho. — Na verdade, eu não queria nós dois em cima dela ao mesmo tempo. Isso seria desafiar o destino.

Butch começou a atravessar. Ouvi o estalo oco dos saltos das botas dele acima do som do riacho. Quando chegou do outro lado, ele largou o equipamento no chão, abaixou a calça e mostrou a bunda para mim.

Ao atravessar a ponte, senti-a tremendo como se estivesse viva e sofrendo. Voltamos, um de cada vez, e pegamos as caixas de comida. Estavam cheias de coisas que os homens comem no bosque: ensopado Dinty Moore, sopa enlatada, sardinha, ovo, bacon, copinhos de pudim, café, muito pão de fôrma, dois fardos de seis cervejas cada e a nossa garrafa anual de Jack Daniel's. Também duas bistecas. Comíamos muito naquela época, ainda que nada muito saudável. Na última viagem, havíamos levado os rifles e o kit de primeiros socorros. Era grande. Nós dois éramos dos bombeiros voluntários de Harlow, e o curso de treinamento em primeiros socorros era obrigatório. Sheila insistia para que levássemos o kit dos bombeiros com a gente porque acidentes podem acontecer no bosque. Às vezes, uns bem ruins.

Quando cobrimos NellyBelle com uma lona para que ela não ficasse cheia de chuva, Butch disse:

— É agora que um de nós vai cair na água, vai vendo.

Não caímos, mas aquela última viagem tivemos que fazer juntos, cada um segurando uma alça do kit de primeiros socorros, que pesava quinze quilos e era do tamanho de um baú. Pensamos em deixar no jipe, mas acabamos levando.

Do outro lado da ponte havia uma pequena clareira. Teria sido um bom lugar para pescar, só que o Jilasi passava por Mexico e Rumford antes de chegar a nós, e qualquer peixe que pegássemos seria tóxico devido aos dejetos das indústrias têxteis. Depois da clareira, havia um caminho de uns quatrocentos metros, cheio de mato, até o nosso chalé. Era arrumadinho na época, com dois quartos, um fogão a lenha na metade da sala principal que era a cozinha e um banheiro de compostagem nos fundos. Não havia eletricidade, claro, mas havia uma bomba manual para água. Tudo que dois caçadores robustos poderiam querer.

Quando conseguimos levar tudo para o chalé, estava quase escuro. Fiz comida (Butch sempre se dispunha a fazer uma parte, mas aquele homem era capaz de queimar até água, Sheila dizia), e Butch acendeu a lareira. Eu me acomodei com um livro — não tem nada como uma Agatha Christie quando se está no bosque —, e Butch estava com um bloco de desenho Strathmore, que enchia de esboços, caricaturas e cenas de floresta. A Nikon dele estava na mesa ao seu lado. Nossos rifles estavam apoiados no canto, descarregados.

Conversamos um pouco, como sempre fazíamos lá, um tanto sobre o passado e um tanto sobre as nossas esperanças para o futuro. Essas esperanças já estavam morrendo, nós estávamos no começo da meia-idade, mas elas sempre pareciam um pouco mais realistas, um pouco mais alcançáveis, lá no bosque, onde era sempre tão tranquilo e a vida parecia menos... agitada? Não é bem isso. Menos aglomerada. Não havia telefones tocando nem incêndios, tanto os literais quanto os metafóricos, para apagar. Acho que nunca fomos ao bosque para caçar, não de verdade, embora, se um cervo surgisse na nossa frente, quem éramos nós para dizer não? Acho que íamos para lá para sermos as nossas melhores versões. Bem... nossas versões honestas, talvez. Eu sempre tentava ser a melhor versão de mim com Sheila.

Lembro que fui para a cama naquela noite, puxei a coberta até o queixo e ouvi o vento suspirar entre as árvores. Lembro que pensei que o desaparecer das esperanças e ambições era quase totalmente indolor. Isso era bom, mas também era meio horrível. Eu queria ser escritor, mas começava a achar que ser bom nisso não era para mim. Se fosse, o mundo continuaria a girar. Você relaxava a mão… abria os dedos… e algo saía voando. Eu me lembro de ter pensado: *Acho que não tem problema.*

Pela janela, em meio aos galhos que oscilavam, dava para ver algumas estrelas.

Aquela ibagem nunca xaiu da minha memória.

No dia 12, colocamos nossos coletes laranja e chapéus laranja e fomos para o bosque. Nos separamos pela manhã e nos encontramos para almoçar e comparar informações: o que tínhamos visto e o que não tínhamos. Naquele primeiro dia nos encontramos no chalé e eu fiz um panelão de macarrão com queijo e duzentos gramas de bacon. (Chamava isso de goulash húngaro, mas qualquer húngaro de respeito teria dado uma conferida e coberto os olhos.) Naquela tarde, caçamos juntos.

No dia seguinte, fizemos um piquenique na clareira no almoço, olhando para a margem oposta do riacho, que estava mais como um rio naquele dia, para NellyBelle. Butch fez uns sanduíches, o que dava para confiar que ele conseguiria fazer. Havia a água doce do poço para beber e tortinhas de frutas Hostess para depois: mirtilo para mim, maçã para Butch.

— Você viu algum cervo? — perguntou Butch, lambendo a cobertura dos dedos.

Bom… aquelas tortinhas de frutas não têm bem uma *cobertura*, mas têm uma calda bem gostosa em cima.

— Não. Nem hoje, nem ontem. Mas você sabe o que os mais velhos dizem: os cervos sabem quando novembro chega e se escondem.

— Acho até que isso pode ser verdade — disse Butch. — Eles têm uma tendência a desaparecer depois do Halloween. Mas e tiros? Ouviu algum?

Pensei.

— Uns dois ontem. Nenhum hoje.

— Vai me dizer que nós somos os únicos caçadores no 30 Milhas?

— Deus do céu, não. O bosque entre aqui e o lago Dark Score deve ter a melhor caça do condado, você sabe disso. Vi uns dois caras hoje de manhã logo depois que saí, mas eles não me viram. Acho que um deles talvez fosse aquele esquisito do Freddy Skillins. O que gosta de dizer que é carpinteiro.

Ele assentiu.

— Eu estava naquela crista arredondada e vi três homens do outro lado. Vestidos como modelos da L.L.Bean's e carregando rifles com mira telescópica. Deviam ser de fora. E, pra cada um que nós vemos, deve ter mais uns cinco ou dez. Deve acontecer um bangue-bangue danado em breve, porque nem *todos* os cervos decidiram dificultar as coisas e subir para o Canadá, né?

— Parece improvável — falei. — Os cervos estão por aí, Butchie.

— Então por que a gente não viu? Escuta!

— O que eu devo escut...

— Só cala a boca um minuto e você vai ouvir. Quer dizer, não vai.

Calei a boca. Ouvi o Jilasi rugir, sem dúvida desgastando a sustentação da ponte enquanto estávamos sentados na grama mastigando o finzinho das tortinhas de frutas. Ouvi o ruído distante de um avião, provavelmente a caminho do aeroporto de Portland. Fora isso, nada.

Olhei para Butch. Ele estava me olhando sem sorrir. Solene.

— Não tem pássaros — falei.

— Não. E o bosque deveria estar cheio deles.

Nessa hora, um corvo soltou um único grasnido alto.

— Aí está — falei, e até senti um alívio real.

— Um corvo — disse ele. — Grande coisa. Cadê os tordos?

— Voaram para o sul?

— Ainda não, não todos. A gente deveria estar ouvindo trepadeiras e cardeais. Talvez um pintassilgo e um monte de chapins. Mas não tem nem uma porra de um pica-pau.

Costumo ignorar a trilha sonora do bosque, a gente se acostuma com ela. Mas, agora que ele tinha falado, onde *estavam* os pássaros? E outra coisa.

— Os esquilos — falei. — Deveriam estar correndo para todo lado, se preparando para o inverno. Acho que vi uns dois...

Parei de falar porque não tinha certeza nem disso.

— São alienígenas — disse Butch, em voz baixa, fingindo medo. — Podem estar vindo na nossa direção pelo bosque agorinha. Com as armas desintegradoras.

— Você viu aquele artigo no *Call* — falei. — Sobre o disco voador.

— Não era um disco, era um charuto — disse Butch. Um cha-ru-to voador.

— O Tiparillo que veio do planeta X.

— Com desejo por mulheres terráqueas!

Olhamos um para o outro e rimos.

Tive uma ideia de história naquela tarde, que bem depois virou um livro chamado *A geração terrível*, e fiz anotações em um dos meus cadernos à noite. Tentava pensar em um bom nome para o jovem vilão no coração da história quando a porta do chalé se abriu de repente e Butch entrou correndo.

— Vem cá, Lare. Você tem que ver isso.

Ele pegou a câmera.

— Ver o quê?

— Vem logo!

Encarei os olhos arregalados dele, deixei o caderno de lado e o segui pela porta. Enquanto andávamos pelos quatrocentos metros até a clareira e o riacho, ele me disse que havia ido ver se a inclinação da ponte aumentara (teríamos ouvido se tivesse desabado de vez). Mas aí ele notou o que havia no céu e esqueceu completamente a ponte.

— Olha — disse ele, quando chegamos à clareira, e apontou para cima.

Tinha começado a chover, apenas um chuvisco leve. Estava um breu, e não daria para enxergar as nuvens baixas, mas consegui porque estavam iluminadas por círculos de luzes intensas que se moviam devagar. Cinco, sete, nove. Eram de diferentes tamanhos. O menor devia ter uns dez metros de largura. O maior podia ter trinta. Não estavam se refletindo nas nuvens, como um holofote ou uma lanterna poderosa; estavam *nas* nuvens.

— O que é isso? — perguntei, quase sussurrando.

— Não sei, mas tenho certeza absoluta de que não é charuto.

— Nem corujas brancas — falei, e começamos a rir. Não como se ri quando algo é engraçado; mas como se ri quando se está embasbacado de espanto.

Butch tirou fotos. Isso foi anos antes que a tecnologia de chips permitisse gratificação imediata, mas eu as vi depois que ele as revelou no seu quartinho escuro. Foram decepcionantes. Apenas uns círculos grandes de luz acima das copas irregulares das árvores. Vi fotos de OVNIS depois (ou UAPS, se você preferir), e quase sempre são decepcionantes: formas borradas que poderiam ser qualquer coisa, inclusive fotografias adulteradas por trapaceiros. Era preciso estar lá para entender como foi maravilhoso e estranho: luzes enormes e sem som que se moviam pelas nuvens, parecendo quase valsar.

O que lembro com mais clareza — fora a sensação de assombro — foi como a minha mente ficou dividida pelos cinco ou dez minutos que isso levou. Queria ver o que estava gerando aquelas luzes... mas também não queria. Estava com medo, entenda, de estarmos perto de artefatos, talvez até seres inteligentes, de outro mundo. Isso me agitava, mas também me apavorava. Ao pensar naquele primeiro contato (com certeza foi isso), acho que nossas únicas opções eram rir ou gritar. Se eu estivesse sozinho, tenho quase certeza de que teria gritado. E corrido, provavelmente para me esconder embaixo da cama como uma criança e negar que havia visto alguma coisa. Como estávamos juntos e éramos homens adultos, nós rimos.

Digo cinco ou dez minutos, mas podem ter sido quinze. Não sei. Foi o suficiente para o chuvisco virar chuva de verdade. Dois dos círculos luminosos ficaram menores e desapareceram. Depois, mais dois ou três. O maior ficou mais tempo, mas também começou a sumir. Não se moveu de um lado para outro; só encolheu para o tamanho de um prato, depois uma moeda de cinquenta centavos, uma moeda de um centavo, um pontinho brilhante... e sumiu. Como se tivesse disparado para cima.

Ficamos parados na chuva, esperando que mais alguma coisa acontecesse. Não aconteceu nada. Depois de um tempo, Butch pôs a mão no meu ombro. Soltei um gritinho.

— Desculpa, desculpa — murmurou ele. — Vamos entrar. O show de luzes acabou, e estamos ficando encharcados.

Foi o que fizemos. Eu nem tinha colocado um casaco, então reacendi o fogo, que estava só no carvão, e tirei a camisa molhada. Estava esfregando os braços e tremendo.

— A gente pode contar pras pessoas o que viu, mas ninguém vai acreditar — disse Butch. — Ou vão dar de ombros e dizer que foi algum fenômeno maluco do tempo.

— Pode ser que tenha sido. Ou... qual é a distância para o aeroporto de Castle Rock?

Ele deu e ombros.

— Deve ficar a uns quarenta, cinquenta quilômetros a leste daqui.

— As luzes da pista de pouso... talvez com as nuvens... a umidade... poderia, sabe... um efeito prismático...

Ele estava sentado no sofá, a câmera no colo, me olhando. Sorria, mas só um pouco. Sem dizer nada. Não precisou.

— Isso é baboseira, né? — falei.

— É. Não sei o que era, mas não eram luzes do aeroporto e não era uma porra de um balão meteorológico. Eram oito ou dez daqueles troços, talvez doze, e eram *grandes*.

— Tem outros caçadores no bosque. Eu vi Freddy Skillins, e você viu três caras que deviam ser de fora. Eles podem ter visto.

— Talvez, mas duvido. Eu por acaso estava no lugar certo, a clareira na beira do riacho, na hora certa. De qualquer modo, acabou. Vou dormir.

Choveu durante todo o dia seguinte, dia 14. Nenhum de nós dois queria sair e ficar encharcado à procura de cervos que provavelmente não encontraríamos. Li e trabalhei um pouco na ideia da minha história. Fiquei tentando pensar num bom nome para o garoto malvado, mas não tive sorte, talvez porque não tivesse uma noção clara de por que o garoto malvado era malvado. Butch passou a maior parte da manhã com o bloco. Fez três desenhos das luzes nas nuvens e desistiu, revoltado.

— Espero que as fotos fiquem boas, porque isto aqui está um horror — disse ele.

Olhei para os desenhos e falei que estavam bons, mas não estavam. Não estavam um horror, mas não cobriam a estranheza do que tínhamos visto. A *enormidade*.

Olhei para todos os nomes riscados do meu suposto vilão. *Trig Adams.* Não. *Vic Ellenby.* Não. *Jack Claggart.* Na cara demais. *Carter Cantwell.* Ah, porcaria. A história que eu tinha em mente parecia amorfa: eu tinha uma ideia, mas nada específico. Nada em que me segurar. Lembrava-me do que tínhamos visto na noite anterior. Havia algo ali, mas era impossível identificar, porque estava nas nuvens.

— O que você está fazendo? — perguntou Butch.

— Me fodendo. Acho que vou dar uma dormidinha.

— E o almoço?

— Não quero.

Ele pensou nisso e olhou pela janela para a chuva forte. Nada é mais frio do que a chuva fria de novembro. Passou pela minha cabeça que alguém deveria escrever uma música sobre isso... e alguém acabou escrevendo mesmo.

— Uma dormidinha parece a coisa certa — disse Butch. Ele botou o bloco de lado e se levantou. — Vou te dizer uma coisa, Lare. Eu vou desenhar a vida toda, mas nunca vou ser artista.

A chuva parou lá pelas quatro da tarde. Às seis, as nuvens haviam sumido e dava para ver as estrelas e uma fatia da lua: a unha de Deus, os antigos diziam. Comemos a bisteca no jantar — com um monte de pão para pegar o molho — e fomos para a clareira. Não falamos sobre isso, só fomos. Ficamos lá por meia hora mais ou menos, inclinando o pescoço. Não havia luzes, nem pires, nem charutos voadores. Voltamos para dentro, Butch encontrou um baralho no armário e jogamos cribbage até quase dez da noite.

— Dá para ouvir o Jilasi até daqui — falei, quando terminamos a última rodada.

— Percebi. A chuva não ajudou a ponte em nada. Por que tem uma porra de ponte ali, aliás? Você já se perguntou isso?

— Acho que alguém teve alguma ideia de exploração nos anos 1960. Ou foram os madeireiros. Devem ter desmatado aqui antes da Primeira Guerra Mundial.

— O que você acharia de caçar mais um dia e ir embora?

Achei que ele estava pensando em mais do que ir para casa, provavelmente de mãos vazias. Ver aquelas luzes nas nuvens havia provocado algo nele. Poderia ter causado algo em nós dois. Não vou chamar de um momento de aceitar Jesus nem nada. Mas às vezes você vê uma coisa, luzes no céu ou uma certa sombra a uma certa hora do dia, como ela atravessa seu caminho. Você encara como sinal e decide seguir em frente. Diz a si mesmo que quando era criança falava como criança, entendia como criança, pensava como criança, mas uma hora chega o momento de deixar de lado as coisas infantis.

Ou poderia não ter sido nada.

— Lare?

— Claro. Mais um dia e a gente volta. Tenho que limpar as calhas antes que a neve caia, e eu fico adiando toda hora.

O dia seguinte foi frio, limpo e perfeito para a caça, mas nenhum de nós viu um único movimento de uma única cauda branca. Não houve nenhum canto de pássaro, apenas o grasnar ocasional de corvos. Fiquei de olho nos animais, mas não vi nenhum. Nada de esquilos, e o bosque deveria estar cheio da movimentação deles. Ouvi alguns tiros, mas foram distantes, perto do lago, e caçadores atirando não significava que o alvo eram cervos. Às vezes, os caras só ficam entediados e querem soltar uns disparos, ainda mais se tiverem decidido que não tem caça para espantar.

Nos encontramos no chalé para almoçar e sair juntos. Não esperávamos mais ver cervos, e não vimos, mas o dia estava lindo para um passeio ao ar livre. Andamos junto ao riacho por um quilômetro e meio, sentamos em um tronco caído e abrimos latas de Bud.

— Não é normal — disse Butch —, e não estou gostando nada disso. Eu diria para irmos embora hoje à tarde, mas quando terminarmos de carregar o carro vai ter escurecido, e eu não confio nos faróis da NellyBelle nessas estradas do bosque.

Uma brisa repentina soprou, sacudindo as folhas nas árvores. Eu me assustei com o som e olhei para trás. Butch fez o mesmo. Olhamos um para o outro e rimos.

— Assustado, é? — perguntei.

— Só um pouco. Lembra quando a gente entrou na casa do velho Spier em um desafio? Foi em 1946 mais ou menos, não foi?

Eu lembrava. O velho Spier voltou de Okinawa sem um olho e estourou a própria cabeça na sala com um rifle. Foi o assunto da cidade.

— Diziam que a casa era assombrada — falei. — A gente tinha... quantos anos? Treze?

— Acho que era. A gente entrou e pegou umas coisas pra mostrar aos nossos amigos que tínhamos entrado.

— Eu peguei um quadro. Uma paisagem antiga que tirei da parede. O que você pegou?

47

— Uma porra de almofada de sofá — disse ele, e riu. — Quanta idiotice! Pensei na casa do Spier porque o que senti na época é o que estou sentindo agora. Sem cervos, sem pássaros, sem esquilos. Aquela casa talvez não fosse assombrada, mas este bosque...

Ele deu de ombros e bebeu um pouco de cerveja.

— A gente pode ir embora hoje. Acho que os faróis vão funcionar direitinho.

— Não. Amanhã. A gente arruma tudo hoje, dorme cedo e vai embora assim que clarear. Se estiver tudo bem pra você.

— Tudo bem pra mim.

As coisas teriam sido bem diferentes para nós se tivéssemos confiado nos faróis da NellyBelle. Às vezes, acho que confiamos. Às vezes, acho que tem um Laird Fantasma e um Butch Fantasma que levaram vidas fantasma. O Butch Fantasma nunca foi para Seattle. O Laird Fantasma nunca escreveu nenhum livro, muito menos doze. Esses fantasmas foram homens decentes que tiveram vidas comuns em Harlow. Cuidaram do lixão, eram donos de uma companhia de transporte, faziam as coisas da cidade do jeito que deveriam ser feitas; o que significa que o orçamento bate na reunião da prefeitura em março e tem menos reclamação dos reacionários que ficariam felizes de trazer de volta os abrigos de pobres. O Butch Fantasma se casou com uma garota que conheceu em um bar de rock de Lewiston e teve uma ninhada de criancinhas fantasmas.

Agora eu digo a mim mesmo que foi bom que nada disso tenha acontecido. Butch dizia a mesma coisa para si. Sei porque a gente falava disso quando conversava no telefone ou, depois, pelo Skype ou FaceTime. Foi tudo bom. Claro que foi. Ficamos famosos. Ficamos ricos. Nossos sonhos viraram realidade. Não tem nada de errado com isso, e se eu já tive alguma dúvida sobre o rumo da minha vida, não é algo que todo mundo tem?

Você não tem?

Naquela noite, Butch jogou os restos de comida em uma panela e chamou o resultado de ensopado. Comemos com pão de fôrma e tomamos água do poço, que foi a melhor parte da refeição.

— Eu nunca mais vou deixar você cozinhar — falei para Butch enquanto lavávamos a pouca louça.

— Depois desse horror, eu vou te cobrar isso — disse ele.

Arrumamos o que tínhamos levado e deixamos do lado da porta. Butch deu um chute de lado com o tênis no kit de primeiros socorros.

— Por que a gente sempre traz esse troço?

— Porque a Sheila insiste. Tem certeza de que um de nós vai cair em um buraco e quebrar uma perna ou levar um tiro. Provavelmente de um estrangeiro com rifle de mira telescópica.

— Baboseira. Acho que ela só é supersticiosa. Acredita que a única vez que a gente não trouxer pra cá é quando vamos precisar. Quer ir dar outra olhada?

Não precisei perguntar o que ele queria dizer.

— Por mim, tudo bem.

Fomos até a clareira olhar para o céu.

Não havia luzes lá em cima, mas tinha algo na ponte. Ou melhor, alguém. Uma mulher, caída de bruços nas tábuas.

— Que porra é essa? — disse Butch, e saiu correndo para a ponte.

Fui atrás. Não gostei da ideia de nós três sobre a ponte ao mesmo tempo, e tão perto uns dos outros, mas não íamos deixá-la deitada lá inconsciente, talvez até morta. Ela tinha cabelo preto comprido. Havia uma brisa na noite e reparei, quando o vento soprou, que o cabelo dela voou em blocos, como se as mechas estivessem coladas. Não havia fios soltos voando em volta, só aquele amontoado.

— Segura os pés — disse Butch. — A gente tem que tirar ela daqui antes que a porra da ponte caia na porra do riacho.

Ele tinha razão. Dava para ouvir os pilares de sustentação gemendo e o Jilasi trovejando, com força total graças à chuva forte.

Peguei os pés dela. A mulher estava de botas e com uma calça de veludo, e também havia algo de esquisito em ambos. Mas estava escuro e eu estava com medo e, naquele momento, só queria que houvesse terra firme debaixo dos meus pés. Butch a ergueu pelos ombros e deu um grito de repulsa.

— Que foi? — perguntei.

— Deixa pra lá, Vem, anda logo!

Nós a tiramos da ponte e a levamos até a clareira. Só vinte metros, mas pareceu levar uma eternidade.

— Coloca ela no chão, coloca ela no chão. Meu Deus! Meu Deus do céu!

Butch largou a parte de cima, e a mulher caiu de cara, mas ele não deu atenção. Cruzou os braços e começou a esfregar as mãos nas axilas, como se para se livrar de algo nojento.

Comecei a ajeitar as pernas dela no chão, mas paralisei, sem conseguir acreditar no que achei que estivesse vendo. Meus dedos pareciam ter afundado nas botas como se fossem feitas de argila em vez de couro. Eu a soltei e olhei como um idiota para as marcas dos meus dedos, que foram sumindo.

— Meu Deus!

— Parece… porra, parece que ela é feita de massinha, sei lá.

— Butch.

— Que foi? Pelo amor de Deus, *que foi*?

— As roupas dela não são roupas. Parece… pintura corporal. Ou camuflagem. Ou alguma outra coisa assim.

Ele se curvou na direção da mulher.

— Está escuro demais. Você trouxe…?

— Uma lanterna? Não. Não trouxe. O cabelo dela…

Toquei nele e afastei a mão. Não era cabelo. Era uma coisa sólida, mas maleável. Não peruca, parecia mais um entalhe. Eu não sabia o que era.

— Ela está morta? — perguntei. — Está, né…

Mas, nessa hora, a mulher respirou fundo, com um chiado. Uma das pernas dela tremeu.

— Me ajuda a virar o corpo dela — disse Butch.

Segurei uma das pernas, tentando ignorar a estranha maleabilidade. Um pensamento — *Gumby* — surgiu na minha cabeça como um meteoro e sumiu. Butch segurou o ombro dela e a rolamos. Mesmo no escuro, dava para ver que era jovem, bonita e branca como um fantasma. Deu para ver outra coisa também. Era o rosto de um manequim de lojas de departamento, liso e sem linhas. Os olhos estavam fechados. Só as pálpebras tinham cor; pareciam machucadas.

Isso não é um ser humano, pensei.

Ela respirou de novo com um chiado. Quando expirou, a respiração pareceu entalar na garganta como se estivesse presa em ganchos. Ela não respirou outra vez.

Acho que eu teria ficado onde estava, paralisado, e a deixado morrer. Foi Butch que a salvou. Ele caiu de joelhos, usou dois dedos para puxar a mandíbula e levou a boca até a dela. Apertou o nariz da mulher e respirou. O peito subiu. Butch virou a cabeça de lado, cuspiu e respirou fundo de novo. Soprou dentro dela de novo, e o peito subiu de novo. Ele levantou a cabeça e me encarou, os olhos esbugalhados.

— É tipo beijar plástico — disse ele, e fez de novo.

Enquanto estava curvado sobre ela, os olhos da mulher se abriram. Ela olhou para mim em meio aos fios do cabelo curtinho do Butch. Quando Butch recuou, ela respirou com dificuldade de novo, um som gutural.

— O kit — disse Butch. — EpiPen. Inogen também. Anda logo! Corre, porra!

Eu fiquei tonto e por um momento achei que fosse desmaiar. Dei um tapa na minha própria cara para desanuviar a cabeça e saí correndo até o chalé. *Seja lá o que ela for, vai estar morta quando eu voltar*, pensei (eu falei, nada disso nunca saiu da minha memória). *Isso provavelmente vai ser bom.*

O kit de primeiros socorros estava do lado da porta, com as nossas mochilas em cima. Eu as empurrei para o lado e o abri. Havia duas gavetas dobráveis. Três EpiPens na de cima. Peguei duas e fechei as gavetas, prendendo o indicador no processo. Depois a unha ficou preta e caiu, mas na hora nem senti. Minha cabeça latejava. Parecia que eu estava com febre.

O frasco de oxigênio Inogen com a máscara acoplada e o controle estava no fundo, junto com sinalizadores, rolos de atadura, gaze, uma tala de plástico, uma tornozeleira, vários tubos de pomadas. Também havia uma Penlite. Peguei isso também e voltei correndo pelo caminho com as luzes balançando na minha frente.

Butch ainda estava de joelhos. A mulher ainda ofegava de forma intermitente, tentando respirar. Os olhos dela continuavam abertos. Quando fiquei de joelhos ao lado de Butch, ela parou de respirar de novo.

Ele se curvou, colocou a boca sobre a dela e soprou o ar dentro. Levantou a cabeça e disse:

— Coxa, coxa!

— Eu sei, eu fiz o curso.

— Então vai!

Ele respirou de novo e se abaixou para ela outra vez. Tirei a tampa da Epi, encostei na coxa da mulher, que parecia uma calça de veludo mas não era, era a coxa mesmo, e prestei atenção no clique. Contei até dez. No cinco, ela deu um sacolejo.

— Segura, Lare, segura!

— Estou segurando. Você acha que eu devia usar a outra?

— Espera, ela está respirando de novo. Seja lá o que ela for. Meu Deus, o gosto dela é tão *estranho*. Tipo uma daquelas capas transparentes que cobrem os móveis. Trouxe o oxigênio?

— Aqui.

Dei a máscara e o frasco para ele. Butch segurou a máscara sobre a boca e o nariz dela. Apertei o botão do controle e vi a luz verde.

— Fluxo alto?

— Sim, sim, manda ver.

Vi uma gota de suor da testa dele bater na máscara de plástico e descer pela lateral como uma lágrima.

Empurrei o botãozinho todo até FLUXO ALTO. O oxigênio começou a chiar. No alto, o oxigênio não duraria mais do que cinco minutos. E apesar de haver mais de um de quase tudo no kit (havia um motivo para ser tão pesado), aquele era o único Inogen. A gente se entreolhou por cima dela.

— Isso não é um ser humano — falei. — Não sei o que é, talvez algum ciborgue supersecreto, mas não é humano.

— Não é ciborgue.

Ele apontou com o polegar para o céu.

Quando o oxigênio acabou, Butch retirou a máscara, e ela — a gente pode muito bem chamá-la assim — continuou respirando sozinha. O chiado diminuiu. Virei a lanterna em direção ao rosto, e ela fechou os olhos por causa da luz.

— Olha — falei. — Olha o rosto dela, Butchie.

Ele olhou, depois olhou para mim.

— Está diferente.

— Está mais humano agora, é isso que você quer dizer. E olha as roupas. Também parecem melhores. Mais... caramba, mais realistas.

— O que a gente faz com ela?

Apaguei a lanterna. Os olhos dela se abriram. Perguntei:

— Está me ouvindo?

Ela assentiu.

— Quem você é?

Ela fechou os olhos. Sacudi o ombro dela, e meus dedos não afundaram mais.

— *O que* você é?

Nada. Eu olhei para Butch.

— Vamos levá-la para o chalé — disse ele. — Eu a carrego. Fica com a outra EpiPen pronta caso ela comece a sufocar e ofegar de novo.

Butch a pegou nos braços. Eu o ajudei a se levantar, mas ele a carregou com facilidade depois que ficou de pé. O cabelo escuro ficou pendurado e, quando a brisa soprou, esvoaçou como um cabelo normal. O amontoado havia sumido.

Eu tinha deixado a porta do chalé aberta. Ele a levou para dentro, a colocou no sofá e se curvou com as mãos nos joelhos para recuperar o fôlego.

— Eu quero a minha câmera. Está na minha mochila. Você pode pegar?

Eu a encontrei enrolada em umas camisetas e a entreguei para Butch. A mulher (agora ela *quase* se parecia com uma mulher) estava olhando para ele. Os olhos eram de um azul desbotado, como os joelhos de uma calça jeans velha.

— Dá um sorriso — disse Butch.

Ela não sorriu. Ele tirou a foto mesmo assim.

— Qual é seu nome? — perguntei.

Ela não respondeu.

Butch tirou outra foto. Eu me inclinei para a frente e encostei a mão no pescoço dela. Achei que se afastaria, mas ela não fez nada. Parecia pele (a não ser que você olhasse com atenção), mas não dava a sensação de pele. Deixei a mão lá por uns vinte segundos e a afastei.

— Ela não tem pulsação.

— Não?

Butch não pareceu surpreso, e eu não me senti surpreso. Estávamos em choque, com o nosso equipamento de processamento sobrecarregado.

Butch tentou enfiar a mão no bolso frontal direito da calça de veludo dela, mas não conseguiu.

— Não é um bolso de verdade — disse ele. — Nada é. Parece... uma fantasia. Acho que *ela* é uma fantasia.

— O que a gente faz com ela, Butch?

— Eu não tenho a menor ideia.

— Chama a polícia?

Ele ergueu as mãos e as baixou, um gesto de indecisão atípico de Butch.

— O telefone mais próximo é da loja Brownie. Fica a quilômetros daqui. E o Brownie fecha às sete. Eu teria que carregá-la pela ponte até o jipe...

— Eu revezaria com você — falei, com firmeza, mas fiquei pensando em como meus dedos haviam afundado no que pareciam botas e não eram.

— Teríamos que testar a ponte de novo — disse ele. — Quanto a transportá-la, ela está estável agora, mas... o que foi? Por que você está sorrindo?

Eu indiquei a mulher, o que parecia ser uma mulher, no sofá.

— Ela não tem pulsação, Butchie. Está clinicamente morta. Não dá pra ficar mais estável do que isso.

— Mas ela está respirando! E... — Ele olhou para ter certeza. — E está nos olhando. Escuta, Laird... você está preparado pra aparecer na primeira página de todos os jornais e ser o personagem principal das notícias de todos os canais de televisão não só do Maine nem dos Estados Unidos, mas do mundo todo? Porque, se a gente levar ela pra fora daqui, vai ser isso. Ela é *alienígena*. Veio da porra do espaço *sideral*. E não com desejo por mulheres terráqueas.

— A não ser que seja lésbica — falei. — Aí é possível que ela tenha desejo por mulheres terráqueas.

Começamos a rir como acontece quando se está tentando não enlouquecer. Ela continuava nos olhando. Sem sorrir, sem franzir a testa, sem nenhum tipo de expressão. Uma mulher que não era uma mulher, que não tinha pulsação, mas estava respirando, que usava peças de roupas que não eram roupas, mas se pareciam cada vez mais com roupas. Eu achava que, se Butch tentasse enfiar a mão no bolso dela naquele momento, a mão entraria. Ele talvez até encontrasse umas moedas ou um pacotinho de pastilhas pela metade.

— Por que ela foi parar na ponte? O que você acha que aconteceu?

— Não sei. Acho que…

Nunca ouvi o que ele achava. Nessa hora, uma luz inundou a janela virada para o leste da sala principal do chalé. Pensamentos surgiram na minha cabeça, derrubando uns aos outros como dominós. O primeiro foi que o tempo havia passado eu não sabia como e o sol já estava nascendo. O segundo foi que o nascer do sol nunca era forte assim no nosso chalé porque havia árvores demais daquele lado. O terceiro foi que alguma organização do governo tinha ido buscar a mulher e aquelas eram as luzes do resgate. O quarto foi que alguém tinha ido buscá-la, sim… mas não era o governo.

A luz ficou ainda mais forte. Butch apertou os olhos e levantou a mão para protegê-los. Fiz o mesmo. Eu me perguntei se estávamos recebendo uma dose alta de radioatividade. Pouco antes da sala ficar tão iluminada que a minha visão ficou branca, olhei para a mulher no sofá. Lembra quando falei que, como o velho Rennie Lacasse, aquelas ibagens nunca xumiram da minha memória? Tem uma exceção. Não consigo lembrar o que vi quando olhei para ela naquele brilho todo. Ou talvez tenha bloqueado a memória. Seja como for, acho que não estava olhando *para* ela. Acho que estava olhando *dentro* dela. Quanto ao que eu vi, consigo me lembrar de ter pensado só em uma palavra: *gânglios*.

Cobri os olhos. Não adiantou. A luz brilhou através das minhas mãos e pelas minhas pálpebras fechadas. Não havia calor, mas queimaria o meu cérebro até virar cinzas mesmo assim. Ouvi Butch gritar. Foi nessa hora que perdi a consciência, e fiquei feliz de apagar.

Quando voltei a mim, o brilho horrível havia sumido. A mulher também. No sofá onde ela estava antes havia um jovem, devia ter uns trinta anos, talvez mais jovem, com cabelo louro penteado, reto como uma régua. Usava uma calça cáqui e um colete acolchoado. Havia uma bolsinha pendurada na lateral do seu corpo por uma alça atravessada no peito. Meu primeiro pensamento foi que ele era um caçador de fora do estado, um estrangeiro com munição na bolsa e um rifle com mira telescópica por perto.

O segundo foi *acho que não*.

Tínhamos umas seis lanternas a pilha, e ele havia ligado todas. Emitiam bastante luz, mas nada como aquele brilho extraterrestre (literalmente) que tinha invadido nosso chalé mais cedo. O quão mais cedo era algo que eu não sabia dizer. Eu nem sabia se ainda era a mesma noite. Olhei para o meu relógio, mas estava parado.

Butch se sentou, olhou em volta, me viu, viu o recém-chegado. Fez uma pergunta que foi ao mesmo tempo insana e, considerando as circunstâncias, completamente lógica.

— Você é ela?

— Não — disse o jovem. — Aquela se foi.

Tentei ficar de pé e consegui. Não me senti como se estivesse de ressaca, nem atordoado. Na verdade, revigorado. E, embora já tivesse visto mais de dez filmes sobre invasores malignos do espaço, não tinha a sensação de que aquele jovem queria nos fazer mal. Também não acreditava que fosse um jovem, assim como a mulher da ponte não era uma mulher.

Havia uma jarra de água e três latas de cerveja que haviam sobrado no nosso cooler. Pensei e peguei uma cerveja.

— Me dá uma — disse Butch.

Joguei para ele, que a pegou com uma das mãos.

— E o senhor? — perguntei.

— Por que não?

Dei a última lata para ele. Nosso visitante parecia normal, como qualquer jovem em viagem de caça com os amigos ou o pai, mas tomei cuidado para não tocar nos dedos dele mesmo assim. Posso escrever o que aconteceu, mas quanto ao que senti… é bem mais complicado. A única coisa que posso fazer é reiterar que não me senti ameaçado, e Butch disse o mesmo. Claro que estávamos em choque.

— Você não é humano, é? — perguntou Butch.

O jovem abriu a cerveja.

— Não.

— Mas está em melhor condição do que ela estava.

— Aquela estava muito ferida. Vocês salvaram a vida dela. Acho que foi o que vocês chamam de "sorte". Poderiam ter injetado algo que a teria matado.

— Mas a EpiPen funcionou — falei.

— É assim que vocês chamam? Epi? EpiPen?

— É abreviação de epinefrina. Então acho que foi uma alergia que acabou com ela.

— Pode ter sido uma ferroada de abelha — disse Butch e deu de ombros. — Você sabe o que são abelhas?

— Sei. Você também deu a ela a sua respiração. *Isso* foi o que a salvou de verdade. Respiração é vida. *Mais* do que vida.

— Eu fiz o que nos ensinaram. Laird teria feito o mesmo.

Gosto de pensar que isso era verdade.

O jovem tomou um gole de cerveja.

— Posso levar a lata quando for embora?

Butch se sentou no braço de uma das poltronas velhas.

— Bom, meu velho, você vai me roubar os dez centavos do depósito, mas, considerando as circunstâncias, claro. Só porque você é de outro planeta, sabe como é, né?

Nosso visitante sorriu como as pessoas sorriem quando percebem que é uma piada, mas não entendem a graça. Ele não tinha sotaque, nada carregado na fala, mas tive a sensação clara de ouvir um homem que estava falando uma língua adquirida. Ele abriu a bolsa. Não havia zíper. Ele só passou o dedo pelo comprimento, e ela abriu. Ele enfiou a lata de Bud lá dentro.

— A maioria das pessoas não teria feito o que vocês fizeram. A maioria teria fugido.

Butch deu de ombros.

— Instinto. E um pouco de treinamento, acho. Laird e eu somos dos bombeiros voluntários. Sabe o que é isso?

— Vocês impedem a combustão antes que ela se espalhe.

— Acho que é um jeito de expressar a ideia.

O jovem enfiou a mão na bolsa e tirou um objeto que parecia um estojo de óculos. Era cinza com uma forma prateada senoide entalhada na tampa. Ele a segurou no colo. E repetiu:

— A maioria das pessoas não teria feito o que vocês fizeram. Temos uma dívida com vocês. Por Ylla.

Eu conhecia aquele nome, e apesar de o jovem ter pronunciado *Yella*, eu sabia a grafia correta. E consegui ver nos seus olhos que ele sabia que eu sabia.

— Isso é de *As crônicas marcianas*. Mas o senhor não é de Marte, é?

Ele sorriu.

— Não mesmo. Nem estamos aqui por desejarmos as mulheres terráqueas.

Butch colocou a cerveja de lado com cuidado, como se uma batida forte pudesse estilhaçar a lata.

— Você está lendo a nossa mente.

— Às vezes. Nem sempre. É assim. — Com um dedo, ele fez a forma da onda no estojo cinza. — Pensamentos não importam pra nós. Eles vêm, passam, são substituídos por outros. Efêmeros. Estamos mais interessados no motor que os move. Para criaturas inteligentes, isso é... central? Poderoso? Significativo? Não sei a palavra correta. Talvez vocês não tenham.

— Fundamental? — falei.

Ele assentiu, sorriu e tomou um gole de cerveja.

— Isso. Fundamental. Ótimo.

— De onde você vem? — perguntou Butch.

— Não importa.

— Por quê? — perguntei. — Por que você vem?

— Essa é uma pergunta interessante, e como vocês salvaram Ylla, vou responder. Nós coletamos.

— Coletam o quê? — perguntei, e pensei em histórias que havia lido (e visto na televisão) sobre alienígenas que sequestravam pessoas e enfiavam sondas no cu delas. — Pessoas?

— Não. Outras coisas. Itens. Mas não assim. — Ele enfiou a mão na bolsa e mostrou a lata de cerveja vazia. — Isto é especial pra mim e não significa nada. Tem uma boa palavra pra isso, talvez em francês. Um *venir*?

— Souvenir — falei.

— Isso. É o meu souvenir desta noite incrível. Vamos a bazares de garagem.

— Você está brincando.

— São chamados de jeitos diferentes em lugares diferentes. Na Itália, *vendita in cantiere*. Em samoano, *fanua fa'tau*. Pegamos alguns desses itens para lembrar, outros para estudar. Temos um filme da morte do seu Kennedy por um tiro. Temos uma foto autografada da Juhjudi.

— Espera. — Butch estava com uma careta. — Você está falando da juíza Judy?

— Sim, Juhjudi. Temos uma foto de Emmett Till, um jovem cujo rosto sumiu. Do Mickey Mouse e o seu Clube. Temos um motor a jato. Isso veio de um repositório de objetos descartados.

Eles são catadores de lixo, pensei. *Não são muito diferentes de Rennie Lacasse.*

— Pegamos esses itens para lembrar do seu mundo, que vai acabar em breve. Fazemos o mesmo em outros, mas não são muitos. O universo é frio. Vida inteligente é algo raro.

Eu não ligava para o quanto era raro.

— Em quanto tempo o nosso vai acabar? Você sabe ou só está supondo? — E, antes que ele pudesse responder, acrescentei: — Você *não tem como* saber. Não com certeza.

— Pode ser o que vocês chamam de um século se tiverem, como dizem, "sorte". E isso é só um piscar de olhos na passagem do tempo.

— Eu não acredito nisso — disse Butch. — Temos os nossos problemas, mas não somos suicidas. — Mas aí, talvez pensando nos monges budistas do Vietnã que atearam fogo neles mesmos algum tempo antes: — Não a maioria.

— É inevitável — disse o jovem. Ele parecia lamentar. Talvez estivesse pensando na *Mona Lisa* ou nas pirâmides. Ou talvez só que não haveria mais latas de cerveja nem fotos autografadas da Juhjudi. — Quando a inteligência ultrapassa a estabilidade emocional, é só questão de tempo. — Ele apontou para o canto do chalé. — Vocês são crianças brincando com armas. — Ele se levantou. — Tenho que ir. Isto é para vocês. Um presente. Nosso jeito de agradecer por salvarem Ylla.

Ele ofereceu o estojo cinza. Butch o pegou e examinou.

— Não tem como abrir.

Peguei o estojo. Ele tinha razão. Não havia dobradiça nem fecho.

— Respirem na onda — disse o jovem. — Não agora, depois que eu for embora. Damos a vocês uma chave de respiração porque você deu a sua a Ylla. Deu a ela parte da sua vida.

— Isso é pra nós dois? — perguntei.

Apenas Butch havia feito boca a boca na mulher, afinal.

— Sim.

— O que faz?

— Não existe uma palavra para o que faz, exceto *fundamental*. Um jeito de usar o que vocês não estão usando, por causa… — Ele se curvou para a frente, a testa franzida, e olhou para a frente. — Por causa do *ruído* na *vida* de vocês. Por causa dos seus *pensamentos*. Pensamentos não servem para nada. Pior, são perigosos.

Fiquei intrigado.

— Isso concede desejos? Como num conto de fadas?

Ele riu e depois pareceu surpreso... como se não soubesse que *era capaz* de rir.

— Nada pode te dar algo que já não está lá. Isso é axiomático.

Ele foi até a porta e olhou para trás.

— Sinto muito por vocês. Seu mundo é um sopro vivo em um universo quase todo cheio de luzes apagadas.

Ele foi embora. Esperei a luz inundar o chalé, mas não aconteceu. Exceto pelo estojo cinza que Butch segurava, todo o interlúdio poderia nunca ter ocorrido.

— Lare, isso aconteceu mesmo?

Apontei para o estojo.

Ele abriu um sorriso, aquele sorriso ousado que tinha desde quando éramos crianças e subíamos e descíamos a Escadaria Suicida em Castle Rock, sentindo-a tremer embaixo dos nossos tênis.

— Quer experimentar?

— Tem um ditado antigo, cuidado com gregos trazendo presentes...

— Tá, mas e aí?

— Porra, claro que quero. Dá aí sua respiração fundamental, Butchie.

Ele sorriu, balançou a cabeça e ofereceu o estojo.

— Você primeiro. E, se isso te matar, prometo que cuido da Sheila e do Mark.

— Mark já está quase na idade de se cuidar — falei. — Tudo bem, abre-te, Sésamo.

Soprei com cuidado na onda. O estojo se abriu. Estava vazio. Mas, quando inspirei, senti um aroma suave de hortelã. Acho que foi isso.

O estojo fechou sozinho. Não havia linha no ponto em que a tampa encontrava a base, nem onde dobrar. Parecia totalmente maciça.

— Nada? — perguntou Butch.

— Nada. Tenta você.

Ofereci o estojo para ele.

Ele o pegou e respirou na onda. A tampa se abriu. Ele se curvou, deu uma cheirada tímida e respirou fundo. O estojo se fechou.

— Gaultéria?

— Pensei em hortelã, mas acho que dá no mesmo.

— E não teve nada de grego trazendo presentes — disse ele. — Lare… não foi nenhum tipo de golpe, né? Sabe como é, uma garota e um cara fingindo ser… tipo um truque, sabe? — Ele parou. — Não, né?

— Não.

Ele apoiou o estojo cinza na mesinha ao lado do bloco de desenho.

— O que você vai contar pra Sheila?

— Nada, acho. Eu preferiria que a minha esposa não achasse que eu fiquei maluco.

Ele riu.

— Boa sorte. Ela consegue te ler como se você fosse um livro.

É claro que ele tinha razão. E, quando Sheila insistiu, e insistiu mesmo, eu disse que não, que não tínhamos nos perdido, que passamos um aperto no bosque. Um caçador havia disparado no que achou que era um cervo e a bala passou entre nós. Falei que não tínhamos chegado a ver quem era… e quando ela perguntou ao Butch, ele confirmou. Ele disse que devia ter sido algum caçador de fora. Butch havia visto alguns, essa parte era verdade.

Butch bocejou.

— Vou pra cama.

— Você consegue *dormir*? — Mas também bocejei. — Que horas são, aliás?

Butch olhou para o relógio e balançou a cabeça.

— Parou. O seu?

— É, e… — Bocejei de novo. — É de corda. Deveria estar funcionando, mas não está.

— Lare? O que a gente inspirou… acho que era algum tipo de sedativo. E se era venenoso?

— Aí a gente vai morrer — falei. — Eu vou pra cama.

Foi o que fizemos.

Sonhei com fogo.

Estava claro quando acordei. Butch estava na parte da cozinha do salão principal. O bule de café estava no fogão, bufando. Ele perguntou como eu estava me sentindo.

— Bem — falei. — Você?

— Belo como tinta... seja lá o que signifique. Café?

— Sim. Aí a gente devia ir ver se a ponte ainda está lá. Se estiver, vamos embora. Voltamos antes do planejado.

— A gente faz isso às vezes mesmo — disse ele.

E então serviu o café. Preto, intenso e forte. Bem o que precisávamos depois de um encontro com criaturas de outro mundo. Na luz do dia, tudo deveria parecer alucinação, mas não parecia. Não para mim, e, quando perguntei ao Butch, ele disse o mesmo.

O pão de fôrma tinha acabado, mas havia umas tortinhas de frutas. Imaginei Sheila balançando a cabeça e dizendo que só homens no bosque comeriam tortas de frutas Hostess no café da manhã.

— Delícia — disse Butch, mastigando.

— Sim. Excelente. Você teve algum sonho por causa daquela coisa que a gente respirou, Butchie?

— Não. — Ele refletiu. — Pelo menos não que eu lembre. Mas olha isso.

Ele pegou o bloco e mostrou os desenhos que havia feito naquelas noites, os rabiscos e caricaturas de sempre, inclusive um de mim com um sorriso enorme na minha cabeça de balão, virando panquecas em uma frigideira. Perto do final, parou e virou o bloco para mim. Era o nosso jovem visitante da noite anterior: cabelo louro, colete, calça cáqui, a bolsa. Não era caricatura; era aquele homem (podemos muito bem chamá-lo assim) igualzinho... com uma exceção. Butch havia enchido os olhos dele com estrelas.

— Puta merda, está incrível. Há quanto tempo você está acordado? — perguntei.

— Cerca de uma hora. Fiz isso em vinte minutos. Simplesmente sabia o que fazer. Como se já estivesse ali. Não mudei uma única linha. Loucura, né?

— Loucura — concordei.

Pensei em contar para ele que eu havia sonhado com um celeiro em chamas. Foi um sonho inacreditavelmente vívido. Antes, eu tentara diversas formas de começar uma história sobre uma tempestade bizarra com a qual vinha brincando havia um tempo. Anos, na verdade; a ideia surgiu quando eu tinha a idade que o meu filho tinha naquele momento. Eu tentava um personagem, depois outro, depois uma vista geral da cidade onde queria que a história se passasse; uma vez, até tentei começar com um boletim meteorológico.

Nada dava certo. Eu me sentia como se estivesse tentando abrir um cofre depois de ter esquecido a combinação. Mas aí, naquela manhã, por cortesia do meu sonho, vi um raio acertando um celeiro. Vi o catavento, um galo, ficar vermelho de calor quando os dedos de fogo se espalharam pelo telhado. Pensei em tudo que viria depois. Não; eu soube.

Peguei aquilo que parecia um estojo de óculos onde tínhamos deixado na noite anterior e joguei de uma mão para outra.

— Foi isso — falei, e joguei para Butch.

Ele a pegou e disse:

— Claro. O que mais poderia ter sido?

Tudo isso foi há mais de quarenta anos, mas o passar do tempo nunca me fez acreditar que a minha lembrança daquela noite seja falha. A dúvida nunca surgiu, e as imagens nunca sumiram da minha memória.

Butch também lembrava tão bem quanto eu: Ylla, a luz, o desmaio, o jovem, o estojo de óculos. O estojo, até onde eu sei, ainda está no chalé. Fomos lá em alguns outros meses de novembro antes de Butch ir para o oeste, e cada um se revezou soprando na onda entalhada, mas o estojo nunca mais se abriu para nós. E não vai se abrir para mais ninguém, tenho certeza. A não ser que alguém tenha roubado (e por que alguém faria isso?), ainda está na prateleira acima da lareira, onde Butch o colocou da última vez que fomos lá.

A última coisa que Butch me disse quando saímos do chalé naquele dia foi que não queria mais desenhar no bloco, pelo menos por um tempo.

— Eu quero pintar — falou. Estou com mil ideias.

Eu só tinha uma: o celeiro em chamas que se tornou a primeira cena de *A tempestade de raios*. Mas tinha certeza de que outras viriam depois. A porta estava aberta. Eu só precisava passar.

Às vezes, sou assombrado pela ideia de ser uma fraude. Antes de morrer, Butch disse a mesma coisa em várias entrevistas.

Isso é surpreendente? Acho que não. Éramos uma coisa quando entramos no bosque no outono de 1978; e éramos outra depois. Nos tornamos o que nos tornamos. Acho que a pergunta tem a ver com talento: estava em nós ou foi algo dado como uma caixa de bombons, porque salvamos a vida da Ylla? Podíamos sentir orgulho do que alcançamos, tipo por termos andado com os próprios pés, ou éramos só dois impostores, levando crédito pelo que nunca teríamos feito se não fosse aquela noite?

Que porra *é* talento, aliás? Eu me faço essa pergunta às vezes quando estou me barbeando ou, na época em que divulgava os meus livros, enquanto esperava para aparecer na televisão e vender minha mais nova dose de faz de conta, ou quando estou molhando os lírios-de-um-dia da minha falecida esposa. Principalmente nessa hora. O que é talento, de verdade? Por que eu seria escolhido quando tantos outros se esforçam tanto e dariam qualquer coisa para sê-lo? Por que há tão poucos no topo da pirâmide? Talento, em teoria, é uma boa resposta, mas de onde vem e como cresce? *Por que* cresce?

Bem, digo a mim mesmo, *nós chamamos de dom e dizemos que temos uma dádiva, mas dons nunca são realmente conquistados, são? Apenas dados. Talento é a graça tornada visível.*

O jovem disse *nada pode te dar algo que já não está aí. Isso é axiomático.* Eu me agarro a isso.

Claro, ele também disse que sentia muito por nós.

3

A história do meu pai acabava aí. Talvez ele tenha perdido interesse na versão fantasiosa daquela viagem de caça em 1978, mas não acho que tenha sido isso. As últimas linhas me pareceram um clímax.

Peguei uma prova de *A tempestade de raios* na prateleira acima da escrivaninha, talvez a mesma que eu tinha olhado depois da morte da minha mãe.

Um raio irregular atingiu o celeiro. Acertou com um estrondo seco, como o ruído de uma arma abafado por um cobertor. Jack quase não teve tempo de registrar antes que o trovão berrasse em seguida. Ele viu o catavento — um galo de ferro — ficar vermelho de calor e começar a girar freneticamente enquanto balançava e rios de fogo se espalhavam pelo telhado do celeiro.

Não batia exatamente com a cópia no documento manuscrito, mas era bem próximo. E melhor, pensei.

O que não quer dizer nada, falei a mim mesmo. *Ele se agarrou àquelas linhas, àquela* imagem, *porque era boa... ou boa o bastante. É só isso.*

Pensei na ligação da minha mãe naquele dia em novembro de 1978. Isso foi muitos anos atrás, mas eu tinha certeza da primeira coisa que ela disse: *Aconteceu alguma coisa com seu pai quando eles estavam na viagem de caça... e com Butch.* Ela disse que não queria que eu fosse para casa imediatamente, porque os dois estavam bem. Mas naquele fim de semana, sim. Eles alegavam ter se perdido, apesar de os dois conhecerem o 30 Milhas bem demais para isso acontecer.

— Como a palma da mão — murmurei. — Foi o que ela disse. Mas...

Voltei ao manuscrito do meu pai.

Eu disse... passamos um aperto no bosque. Um caçador havia disparado no que achou que era um cervo e a bala passou entre nós.

Qual versão era verdade? De acordo com o manuscrito, nenhuma das duas. Acho que foi nessa hora que comecei a acreditar na história do meu pai. Ou... não, não é bem isso, porque ainda era fantástica demais. Mas foi aí que a porta para a crença se abriu.

Será que o meu pai contou a ela o que achava que era a história real? Era possível? Eu pensei que sim. Casamento é honestidade; também é um repositório de segredos compartilhados.

Ele só tinha preenchido metade do caderno; o restante das páginas estava em branco. Eu o peguei com a intenção de colocar de volta na gaveta de baixo, e uma folha de papel que estava entre a última página e a capa caiu. Eu a segurei e vi que era um recibo do Município de Harlow, feito para a L&D Transportes, uma empresa que eu achava que estava acabada havia pelo menos cinquenta anos e talvez até mais. A L&D tinha pagado impostos de propriedade de 2010 a 2050 ("no valor atual de 2010") por uma área de terra no limite do riacho Jilasi e a área municipal da TR-90. O pagamento foi efetuado de uma só vez.

Eu me sentei na cadeira do meu pai e fiquei olhando para o valor pago. Acho que soltei um *puta que pariu*. Pagar adiantado em valores de 2010 devia ser um negócio incrível, mas pagar *quarenta anos* adiantado, em uma cidade em que a maioria das pessoas estava com impostos *atrasados*, era inédito. De acordo com aquele documento, a L&D Transportes — Laird Carmody e Dave LaVerdiere, em outras palavras — gastara cento e dez mil dólares. Claro que já podiam pagar isso tudo na época, mas por quê?

Só uma resposta parecia adequada: eles queriam proteger o chalezinho de caça deles do desenvolvimento da região. Por quê? Porque aquele estojo de óculos de outro mundo ainda estava lá? Era improvável; meu palpite era que invasores já tinham tirado tudo de valor do chalé havia muito tempo. O que *parecia* provável, e agora era um pouco mais fácil de acreditar, era que meu pai e o amigo haviam decidido preservar o local onde os dois tinham encontrado seres de outro mundo.

Decidi ir lá.

A rede de estradas do bosque que o meu pai e o tio Butch pegavam para chegar ao riacho Jilasi não existia mais. Há um condomínio e um parque de trailers lá agora, ambos chamados Hemlock Run. A TR-90 também já não existe. Hoje é o município de Pritchard, batizado em homenagem a um herói da região que morreu no Vietnã. Ainda é o Bosque de 30 Milhas nos mapas e no GPS, mas agora tem apenas uns dezesseis quilômetros de floresta, no máximo. Talvez cinco. A ponte bamba não existe mais, mas tem outra, estreita e firme, um pouco mais abaixo no riacho. Sua *raison d'être* é a Igreja Batista da Graça de Jesus, que fica na margem do riacho do lado de Pritchard. Atravessei-a de carro e parei no estacionamento da igreja, embora naquele dia o Jilasi estivesse tão baixo que eu quase poderia ter ido a pé se estivesse de botas.

Segui riacho acima e encontrei os cotocos quebrados da velha ponte no meio do mato, entre os juncos. Virei-me e vi a trilha até o chalé, coberta de folhas e arbustos. Estava marcada por uma placa que dizia PROIBIDO CAÇAR PROIBIDO ENTRAR POR ORDEM DO GUARDA FLORESTAL. Fui (com cuidado, com medo de hera venenosa) andando pelos arbustos. Quatrocentos metros, o meu pai havia escrito, e eu sabia das minhas idas até lá (poucas; eu não tinha interesse em atirar em criaturas que não tinham como atirar de volta) que era isso mesmo.

Cheguei a um portão trancado do qual não me lembrava. Havia outra placa ali, que mostrava um sapo acima das palavras PULA PULA PULA FORA DA MINHA PROPRIEDADE. Uma das chaves do meu pai abria a porta. Fiz uma curva, e lá estava o chalé. Ninguém havia cuidado da manutenção. O telhado não tinha afundado pelos anos de nevascas, talvez porque ficasse meio protegido pelos galhos entrelaçados de pinheiros e abetos antigos, mas estava torto e não duraria muito. As laterais de tábuas, antes pintadas de marrom, tinham uma cor de nada desbotada. As janelas estavam cobertas de sujeira e pólen. O local era a imagem do abandono, mas não parecia ter sofrido vandalismo, o que achei um milagre. Versos de um poema antigo, provavelmente lido no ensino médio, vieram à minha cabeça. *Faz-lhe à volta três círculos no piso, e cerra os olhos com temor sagrado.*

Encontrei a chave certa no chaveiro do meu pai e entrei em meio a mofo, poeira e calor. Também em meio ao barulho dos moradores atuais: ratos ou esquilos. Provavelmente, ambos. Um baralho Bicycle havia sido espalhado pela mesa de jantar e no chão, jogado pelos sopros de vento que entravam pela chaminé. Houve uma época em que meu pai e o amigo dele jogavam cribbage com aquelas mesmas cartas. Um leque de cinzas se espalhava na frente da lareira, mas não havia pichação nem latas ou garrafas vazias.

Um círculo foi feito em volta deste lugar, pensei.

Falei para mim mesmo, *repreendi* a mim mesmo, disse que estava sendo ridículo, mas talvez não estivesse. Hemlock Run, as duas partes, ficava tão perto. Claro que garotos teriam explorado aquela área do bosque, e claro que PULA PULA PULA FORA DA MINHA PROPRIEDADE não impediria ninguém de entrar. Mas parecia que *havia, sim,* impedido.

Olhei para o sofá. Se me sentasse nele, a poeira subiria em uma nuvem e camundongos talvez saíssem correndo de dentro, mas eu conseguia imaginar um jovem de cabelo louro sentado ali, um estranho que meu tio Butch havia desenhado com estrelas no lugar de olhos. Era mais fácil acreditar que isso tinha acontecido agora que eu estava ali, em um chalé que o meu pai e o tio Butch pagaram para deixar protegido (ainda que não cuidado) até metade do século.

Bem mais fácil.

É possível que algum deles tivesse ido até lá de novo para pegar um estojo que parecia que guardava óculos? Não Butch, ao menos não depois que foi para a Costa Oeste... mas acho que meu pai também não tinha voltado. Nenhum dos dois queria mais saber daquele lugar, e apesar de eu ser herdeiro do meu pai, me sentia um invasor.

Atravessei a sala e olhei para a prateleira acima da lareira, não esperando encontrar nada, mas o estojo cinza estava lá, coberto por uma camada de poeira. Estendi a mão para pegá-lo e fiz uma careta quando o agarrei, como se estivesse com medo que me desse um choque. Não deu. Limpei a poeira e vi a onda, dourado intenso gravado no que poderia ter sido camurça cinza. Só que não parecia camurça ao tato, e não parecia metal. Não havia fenda no estojo. Era perfeitamente liso.

Estava me esperando, pensei. *Era tudo verdade, cada palavra, e agora isto é parte da minha herança.*

Naquela hora, acreditei na história do meu pai? Quase. Ele tinha deixado o estojo para mim? Essa resposta é mais difícil. Eu não podia perguntar aos dois *fio* da mãe talentosos que haviam ido lá caçar em novembro de 1978 porque ambos estavam mortos. Ambos tinham deixado a própria marca no mundo, quadros, histórias, e ido embora.

O jovem que não era um jovem disse que o presente era para eles, porque meu pai havia injetado a não mulher com a EpiPen e o tio Butch havia dado a ela sua — e aqui eu cito literalmente — "respiração fundamental". Mas ele não disse que era *só* para os dois, disse? E se a respiração do meu pai tivesse aberto o estojo, será que a minha não faria igual? Mesmo sangue, mesmo DNA. O abre-te, Sésamo, funcionaria para mim? Eu ousava tentar?

O que eu contei sobre mim? Vamos ver. Você sabe que fui superintendente escolar do condado de Castle por muitos anos, antes de me aposentar e me tornar secretário do meu pai... sem contar o cara que trocava o lençol se ele se molhava à noite. Você sabe que fui casado e que a minha esposa me deixou. Sabe que, no dia em que estive em um chalé velho, olhando para um estojo cinza de outro mundo, eu estava sozinho: pais mortos, esposa longe, sem filhos. Isso é o que você sabe, mas tem um universo de coisas que você não sabe. Acho que isso é verdade sobre todos os homens e mulheres do mundo. Não vou te contar muito, não só porque demoraria, mas porque você morreria de tédio. Se eu contasse que bebia demais depois que Susan me deixou, você se importaria? Que tive um breve romance com pornografia da internet? Que eu pensava em suicídio, mas nunca muito a sério?

Vou contar duas coisas, apesar de as duas me constrangerem quase — mas não tanto assim! — ao ponto de me dar vergonha. São coisas tristes. As fantasias de homens e mulheres de "certa idade" são sempre tristes, eu acho, porque vão contra os futuros sem sal que temos pela frente.

Tenho certo talento para a escrita (como espero que este relato demonstre) e sonhei em escrever um grande romance, um marcante. Amava meu pai e ainda o amo, mas viver na sombra dele se tornou cansativo. Eu fantasiava com os críticos dizendo "A profundidade do romance de Mark Carmody faz o trabalho do pai dele parecer fraco. O pupilo definitivamente superou o mestre". Não quero sentir isso, e em geral não sinto, mas parte de mim sente e sempre será assim. Essa parte de mim é um morador das cavernas que abre muitos sorrisinhos de boca apertada, mas nunca sorri de verdade.

Sei tocar piano, mas não muito bem. Sou chamado para acompanhar os hinos na igreja Congo apenas se a sra. Stanhope estiver fora da cidade ou doente. Bato nas teclas com muita força. Minha capacidade de ler partituras é de nível de terceiro ano. Sou bom só nas três ou quatro peças que decorei, e as pessoas se cansam de ouvir essas.

Fantasio em escrever aquele grande romance, mas esse não é o sonho mais grandioso que tenho. Será que conto qual é? Depois de chegar tão longe, por que não?

Estou em uma casa noturna e todos os meus amigos estão lá. Meu pai também. A banda saiu do palco e eu pergunto se posso tocar uma canção no piano. O líder da banda, diz que sim, claro. Meu pai resmunga: "Meu Deus, Markey, 'Bring It on Home to Me' de novo, não!". Respondo (com apropriada modéstia): "Não, eu aprendi uma nova", e começo a tocar o clássico de Albert Ammons, "Boogie Woogie Stomp". Meus dedos voam! As conversas param! Todos me olham, impressionados, admirados! O baterista volta ao assento e acompanha a batida. O saxofonista começa a tocar um sax alto, como o de "Tequila". A plateia começa a aplaudir junto. Alguns até dançam.

E quando termino, me levantando para o glissando final com a mão direita no melhor estilo Jerry Lee Lewis, eles se levantam e gritam pedindo mais.

Você não pode me ver, mas estou corando enquanto escrevo isto.

Não apenas porque é a minha fantasia mais querida, mas porque é muito comum. No mundo todo, agora mesmo, mulheres estão tocando guitarra no ar como Joan Jett e homens estão fingindo conduzir a Quinta de Beethoven nas suas salas. São fantasias comuns dos que dariam qualquer coisa para serem escolhidos, mas não são.

Naquele chalé empoeirado e quase desmoronando onde dois homens uma vez se encontraram com um ser de outro mundo, eu pensei que adoraria tocar "Boogie Woogie Stomp" como Albert Ammons apenas uma vez. Uma vez seria suficiente, disse a mim mesmo, sabendo que não seria; nunca é.

Soprei na onda. Uma linha apareceu no meio do estojo... ficou lá por um momento... e desapareceu. Fiquei parado por um tempo, segurando o estojo, e o coloquei de volta na prateleira.

Lembrei do jovem dizendo *nada pode dar o que já não está lá*.

— Tudo bem — falei, e ri um pouco.

Não estava tudo bem, magoou, mas entendi que a mágoa passaria. Eu voltaria para a minha vida e a mágoa passaria. Eu tinha as questões do meu pai famoso para resolver, isso me manteria ocupado, e eu teria muito dinheiro. Talvez fosse para Aruba. Tudo bem querer o que não se pode ter. A gente aprende a viver com isso.

Digo isso a mim mesmo e quase sempre acredito.

O QUINTO PASSO

Harold Jamieson, antigo engenheiro-chefe do Departamento Sanitário de Nova York, gostava da aposentadoria. Sabia que algumas pessoas do seu pequeno círculo de amigos não gostavam, e por isso achava que era sortudo. Tinha meio hectare de jardim em Upper Manhattan compartilhado com horticultores que pensavam como ele, havia descoberto a Netflix e estava fazendo incursões pelos livros que sempre quisera ler. Ainda sentia falta da esposa, vítima de câncer de mama cinco anos antes, mas, fora essa dor persistente, tinha uma vida bem satisfatória. Toda manhã antes de se levantar, lembrava a si mesmo de aproveitar o dia. Aos sessenta e oito anos, gostava de pensar que ainda tinha uma boa estrada pela frente, mas não dava para negar que ela estava começando a se estreitar.

A melhor parte desses dias, contanto que não estivesse chovendo, nevando nem frio demais, era a caminhada de nove quarteirões até o Central Park depois do café da manhã. Apesar de ter celular e usar um tablet eletrônico (se tornara dependente dele, até), ainda preferia a versão impressa do *Times*. No parque, ele se acomodava no banco favorito e passava uma hora lá, lendo as seções do fim para o começo, dizendo para si mesmo que estava progredindo do sublime ao ridículo.

Certa manhã, em meados de maio, quando o clima estava meio frio, mas perfeito para se sentar no banco e ler o jornal, ele se irritou ao erguer o rosto da leitura e ver um homem de meia-idade sentado na outra ponta do seu banco, embora houvesse vários outros vazios por perto. Aquele invasor do espaço matinal de Jamieson aparentava ter quarenta e tantos anos e não era nem bonito, nem feio. Na verdade, era perfeitamente comum. O mesmo valia para os trajes que usava: tênis New Balance, calça jeans, um boné e um moletom dos Yankees com o capuz jogado para trás. Jamieson olhou de lado para ele, impaciente, e se preparou para mudar de banco.

— Não vá — disse o homem. — Por favor. Eu me sentei aqui porque preciso de um favor. Não é um grande favor, mas eu vou pagar.

Ele enfiou a mão no bolso da frente do moletom e ofereceu uma nota de vinte dólares.

— Não faço favores para estranhos — disse Jamieson e se levantou.

— Mas é exatamente essa a questão, o fato de sermos estranhos um pro outro. Me escuta. Se você disser não, tudo bem. Mas, por favor, me escuta. Você poderia… — Ele pigarreou, e Jamieson percebeu que o homem estava nervoso. Talvez mais do que isso, com medo. — Você poderia salvar a minha vida.

Jamieson refletiu e acabou se sentando. Mas o mais longe do outro homem que conseguiu sem tirar as duas nádegas do assento.

— Vou te dar um minuto, mas, se te achar maluco, eu vou embora. E guarda seu dinheiro. Não preciso dele e não quero.

O homem olhou para a cédula como se estivesse surpreso por vê-la ainda na mão, e a guardou no bolso da frente do casaco. Apoiou as mãos nas coxas e olhou para elas, não para Jamieson.

— Eu sou alcoólatra. Estou sóbrio há quatro meses. Quatro meses e doze dias, pra ser preciso.

— Parabéns — disse Jamieson.

Achava que o homem estava sendo sincero, mas Jamieson estava mais do que pronto para se levantar. Para ir embora do parque, se necessário. O homem parecia são, mas Jamieson tinha idade suficiente para saber que às vezes a piração não é evidente.

— Eu já tentei três vezes antes e uma vez cheguei a um ano. Acho que esta talvez seja a minha última chance de conseguir. Eu faço parte do AA. Significa…

— Eu sei o que significa. Qual é seu nome, sr. Sóbrio Há Quatro Meses?

— Pode me chamar de Jack, está bom assim. Não usamos sobrenomes no programa.

Jamieson também sabia disso. Muita gente das séries da Netflix tinha problema com álcool.

— O que eu posso fazer por você, Jack?

— Nas primeiras três vezes em que tentei, não consegui um padrinho no programa, alguém que te escuta, responde às suas perguntas, às vezes te diz o que fazer. Desta vez eu consegui. Conheci um cara na reunião de Bowery Sundown e gostei muito de tudo que ele disse. E, sabe como é, do jeito como se portava. Doze anos de sobriedade, pés no chão, trabalha com vendas como eu.

Ele havia se virado para olhar para Jamieson, mas depois voltou o olhar para as próprias mãos.

— Eu era um vendedor incrível, por cinco anos chefiei o departamento de vendas da... bom, não importa, mas era importante, você conheceria a empresa. Isso foi em San Diego. Agora, fui rebaixado a vender cartões e energéticos pra lojas de conveniência e mercadinhos nos cinco distritos. Fundo do poço, cara.

— Vai direto ao ponto — disse Jamieson, mas não com rispidez; ele havia ficado um pouco interessado, apesar de não querer. Não era todos os dias que um estranho se sentava no seu banco e começava a desabafar. Principalmente em Nova York. — Eu já ia dar uma olhada no Mets. Eles tiveram um bom começo.

Jack passou a palma da mão na boca.

— Gostei desse cara que conheci em Sundown, então juntei coragem depois de uma reunião e perguntei se ele seria o meu padrinho. Isso foi em março. Ele me olhou de cima a baixo e disse que aceitaria, mas com duas condições. Que eu fizesse tudo que ele dissesse e ligasse se tivesse vontade de beber. "Desse jeito, vou ter que ligar pra você toda noite", falei, e ele disse: "Então me liga toda noite. E, se eu não atender, fala com a secretária eletrônica". Ele me perguntou se eu tinha trabalhado os Passos. Você sabe o que são?

— Vagamente.

— Eu disse que não tinha começado. Ele falou que, se eu quisesse que ele fosse meu padrinho, eu teria que começar. Disse que os primeiros três eram ao mesmo tempo os mais difíceis e os mais fáceis. Eles se resumem a: "Eu não consigo parar sozinho, mas, com a ajuda de Deus, consigo, então vou deixar que ele me ajude".

Jamieson grunhiu.

— Falei que não acreditava em Deus. Esse cara, o nome dele é Randy, disse que estava cagando pra isso. Me mandou ficar de joelhos toda manhã e pedir pra esse Deus em que eu não acreditava pra me ajudar a ficar sóbrio mais um dia. E, se eu não bebesse, pra eu ficar de joelhos antes de ir dormir e agradecer a Deus pelo meu dia sóbrio. Randy perguntou se eu estava disposto a fazer isso, e falei que estava. Porque eu o perderia se não dissesse. Entende?

— Claro. Você estava desesperado.

— Exatamente! "O dom do desespero", é assim que chamam no AA. Randy falou que, se eu não fizesse as orações e *dissesse* que estava fazendo, ele saberia. Porque ele tinha passado trinta anos mentindo na cara dura sobre tudo.

— E você fez? Apesar de não acreditar em Deus?

— Fiz, e está funcionando. Quanto à minha crença de que Deus não existe ... quanto mais eu fico sóbrio, mais essa crença enfraquece.

— Se você vai me pedir pra rezar com você, esquece.

Jack sorriu para as mãos.

— Não. Eu ainda fico envergonhado dessa coisa de ficar de joelhos até quando estou sozinho. Mês passado, em abril, Randy me mandou fazer o Quarto Passo. É quando você faz um inventário moral, supostamente minucioso e destemido, da própria personalidade.

— Você fez?

— Fiz. Randy disse que eu tinha que anotar as coisas ruins, virar a página e anotar as boas. Levei dez minutos pras coisas ruins. Mais de uma hora pras boas. No começo, não consegui pensar em nada de bom, mas acabei escrevendo: "Pelo menos eu tenho senso de humor". E tenho mesmo. Depois que escrevi isso, consegui pensar em algumas outras coisas. Quando contei a Randy que achei difícil pensar em pontos fortes da minha personalidade, ele disse que era normal. "Você bebeu por quase trinta anos", disse ele. "Isso deixa muitas cicatrizes e hematomas na autoimagem de um homem. Mas, se você ficar sóbrio, as feridas vão se curar." Ele me mandou queimar as listas. Disse que faria com que eu me sentisse melhor.

— E fez?

— Estranhamente, fez. Isso nos leva ao pedido do Randy pra este mês.

— É mais uma exigência, suponho — disse Jamieson, sorrindo um pouco.

Ele dobrou o jornal e o colocou de lado.

Jack também sorriu.

— Acho que você está pegando a dinâmica entre padrinho e apadrinhado. Randy me disse que estava na hora de eu dar o meu Quinto Passo.

— Que é?

— "Admitir para Deus, nós mesmos e outro ser humano a natureza exata dos nossos erros" — disse Jack, fazendo aspas com os dedos. — Falei que tudo bem, que faria uma lista e leria para ele. Deus poderia ouvir nessa hora. Dois coelhos com uma cajadada só.

— Imagino que ele disse não.

— Ele disse. Me mandou abordar um estranho. A primeira sugestão dele foi um padre ou um pastor, mas eu não piso numa igreja desde os doze anos, e não tenho a menor vontade de voltar. Seja lá em que eu esteja começando a acreditar, e ainda não sei o que é, não preciso me sentar em um banco de igreja pra isso.

Jamieson, que também não frequentava igreja, assentiu.

— Randy disse: "Chega em alguém no Grant Park, no Washington Square Park ou no Central Park e pede pra pessoa ouvir sua lista de erros. Oferece uns dólares pra aliviar o acordo se for necessário. Sai pedindo até alguém aceitar ouvir". Ele disse que a parte difícil seria a de pedir, e estava certo.

— Eu sou... — *Sua primeira vítima* foi a expressão que veio à mente, mas Jamieson decidiu que não era muito justo. — Sou a primeira pessoa que você abordou?

— A segunda. Tentei falar com um motorista de táxi que estava de folga ontem, e ele me mandou vazar.

Jamieson pensou em uma piada antiga de Nova York: um cara de fora da cidade se aproxima de um cara na avenida Lexington e diz: "Você pode me dizer como chegar ao City Hall ou é pra eu ir me foder logo?". Ele decidiu que não mandaria o cara de roupa dos Yankees se foder. Ouviria, e na próxima vez que encontrasse o amigo Alex (outro aposentado) para almoçar, teria uma história interessante para contar.

— Tudo bem, manda ver.

Jack enfiou a mão no bolso do moletom, pegou um pedaço de papel e o desdobrou.

— Quando eu estava no quarto ano...

— Se isso vai ser a história da sua vida, talvez seja melhor você me dar aquela nota de vinte no fim das contas.

Jack enfiou a mão que não estava segurando a lista de erros no bolso do capuz, mas Jamieson fez um gesto de desdém.

— Brincadeira.

— Certeza?

— Tenho. Mas não vamos demorar muito. Tenho um compromisso às oito e meia.

Não era verdade, e Jamieson refletiu que era bom ele não adquirir um problema com álcool, porque, de acordo com os encontros que testemunhou na televisão, a honestidade era muito importante.

— Ir rápido, entendi. Aí vai. No quarto ano, entrei numa briga com outro garoto. Ele ficou com o lábio e o nariz sangrando. Quando fomos pra diretoria, falei que era porque ele tinha chamado a minha mãe de um palavrão. Ele negou, claro, mas nós dois fomos mandados pra casa com um bilhete para os nossos pais. Ou só a minha mãe, no meu caso, porque meu pai nos abandonou quando eu tinha dois anos.

— E a coisa do palavrão?

— Mentira. Eu estava em um dia ruim e achei que me sentiria melhor se me metesse numa briga com um garoto de quem eu não gostava. Não sei por que não gostava dele, acho que tinha um motivo, mas não lembro qual era. Só que isso iniciou uma sequência de mentiras.

"Comecei a beber no fundamental II. Minha mãe tinha uma garrafa de vodca que deixava no congelador. Eu bebia e enchia com água. Um dia ela me pegou, e a vodca desapareceu do congelador. Eu sabia onde ela tinha guardado, em uma prateleira alta acima do fogão, mas deixei pra lá depois daquilo. Àquela altura já devia ter mais água do que vodca mesmo. Guardei a mesada e o dinheiro que ganhei fazendo pequenas tarefas e consegui que um velho bêbado comprasse doses de bebida. Ele comprava quatro, e ficava com uma. Eu incentivava a bebedeira dele. É o que o meu padrinho diria."

Jack balançou a cabeça.

— Não sei o que aconteceu com esse cara. Ele se chamava Ralph, só que eu pensava nele como Ralph Nojento. As crianças podem ser cruéis. Até onde eu sei, ele está morto, e eu ajudei a matá-lo.

— Não se deixe abater — disse Jamieson. — Tenho certeza de que você tem motivos pra sentir culpa sem ter que inventar um bando de possibilidades.

Jack olhou para ele e sorriu. Quando fez isso, Jamieson viu que o homem tinha lágrimas nos olhos. Não caindo, mas cintilando.

— Agora você parece o Randy.

— Isso é bom?

— Eu acho. Acho que tive sorte de te encontrar.

Jamieson percebeu que se sentia sortudo por ter sido encontrado.

— O que mais você tem nessa lista? O tempo está passando.

— Eu estudei na Brown e me formei *cum laude*, mas menti e colei durante todo o curso. Eu era bom nisso. E... agora vem um grande... o orientador que tive no último ano era viciado em cocaína. Não vou contar como descobri isso, como você falou, o tempo está passando, mas descobri e fiz um acordo com ele. Boas recomendações em troca de um ká de pó. Fora que, claro, ele pagaria pela droga. Eu não era de fazer caridade.

— Ká de quilo? — perguntou Jamieson, com as sobrancelhas quase encostadas no cabelo.

— Isso. Eu trouxe pela fronteira do Canadá, no estepe do meu velho Ford. Fui tentando parecer um universitário qualquer que tinha passado o recesso se divertindo e trepando em Toronto, mas meu coração estava disparado e aposto que a minha pressão arterial estava no limite. O carro que estava na minha frente na fronteira foi todo revirado, mas me orientaram a passar direto depois de mostrar minha habilitação. Claro que a fiscalização era bem mais frouxa na época. — Ele fez uma pausa, depois falou: — Cobrei caro pelo quilo. Embolsei a diferença.

— Mas você não usou nada da cocaína?

— Não, não era a minha praia. Usei algumas drogas vez ou outra, mas o que eu realmente queria, ainda quero, é álcool. Menti para os meus chefes, mas isso acabou aparecendo. Não era como na faculdade, e não tinha ninguém pra contrabandear cocaína. Não que eu tenha descoberto, pelo menos.

— O que você fez exatamente?

— Maquiei os registros de vendas. Inventei compromissos que não existiam pra explicar dias em que estava de ressaca demais pra ir trabalhar. Inventei despesas. Aquele primeiro emprego era bom. O céu era o limite. E eu estraguei tudo.

"Depois que me demitiram, decidi que o que eu precisava mesmo era uma mudança de local. No AA, chamam isso de cura geográfica. Nunca funciona, mas eu não sabia. Parece bem simples pensando agora; se você enfiar um babaca em um avião em Boston, é um babaca que vai sair do avião em Los Angeles. Ou em Denver. Ou em Des Moines. Fiz merda no segundo emprego, que não era tão bom quanto o primeiro, mas era bom. Isso foi em San Diego. E na época decidi que precisava me casar e sossegar. *Isso* resolveria o meu problema. Então me casei com uma mulher legal que merecia coisa melhor. Durou dois anos, eu mentindo esse tempo todo sobre a bebedeira. Inventava falsas reuniões de trabalho pra explicar por que eu chegava tarde em casa e falsos sintomas de gripe pra explicar por que eu ia trabalhar tarde ou não ia. Eu poderia ter comprado ações de uma daquelas empresas de pastilhas para o hálito, Altoids, Breath Savers, mas ela se deixou enganar?"

— Suponho que não — disse Jamieson. — Olha só, a gente já está chegando no fim?

— Está. Mais cinco minutos. Prometo.

— Tudo bem.

— Houve discussões que foram piorando. Ocasionalmente, coisas sendo atiradas, e não só por ela. Houve um dia em que cheguei em casa por volta da meia-noite, fedendo a álcool, e ela veio pra cima de mim. Você sabe como é, o de sempre, e era tudo verdade. Eu senti como se ela estivesse jogando dardos envenenados em mim, sem errar nenhum.

Jack estava olhando para as mãos de novo. Os cantos da boca estavam virados para baixo de forma tão severa que por um momento Jamieson achou que ele parecia Emmett Kelly, o famoso palhaço de cara triste.

— Sabe o que veio à minha mente quando ela estava gritando comigo? Glenn Ferguson, aquele garoto em quem eu bati no quarto ano. Como foi bom, como espremer pus de uma bolha infeccionada. Achei que seria bom bater *nela*, e ninguém me mandaria pra casa com um bilhete pra minha mãe, porque minha mãe morreu no ano seguinte à minha formatura na Brown.

— Nossa — disse Jamieson.

A sensação boa com aquela confissão inesperada sumiu. Foi substituída por inquietação. Ele não sabia se queria ouvir o que viria em seguida.

— Eu fui embora — disse Jack. — Mas estava com medo a ponto de saber que eu tinha que tomar uma atitude quanto à bebida. Foi a primeira vez que tentei o AA, lá em San Diego. Eu estava sóbrio quando voltei pra

Nova York, mas isso não durou muito. Tentei de novo, e *também* não durou muito. Nem a terceira. Mas agora eu tenho o Randy, e desta vez pode ser que eu consiga. Em parte graças a você.

Ele estendeu a mão.

— Bem, de nada — disse Jamieson, e a apertou.

— Tem mais uma coisa — disse Jack. O aperto dele era bem forte. Olhava nos olhos de Jamieson e sorria. — Eu fui embora, mas cortei a garganta daquela piranha antes de ir. Não parei de beber, mas isso fez com que eu me sentisse melhor. Da mesma forma que bater em Glenn Ferguson fez com que eu me sentisse melhor. E sabe aquele bêbado sobre quem eu falei? Dar uns chutes nele também fez eu me sentir melhor. Não sei se matei ele, mas sei que arrebentei com ele.

Jamieson tentou soltar a mão, mas o aperto era forte demais. A outra mão estava novamente dentro do bolso do moletom dos Yankees.

— Eu quero mesmo parar de beber, e não posso dar um Quinto Passo completo sem admitir que parece que eu gosto muito de...

O que pareceu um fluxo de luz branca quente deslizou entre as costelas de Jamieson, e quando Jack puxou o furador de gelo ensanguentado e o guardou de volta no bolso do moletom, ele percebeu que não conseguia respirar.

— ... matar pessoas. É tipo uma falha de personalidade, eu sei, e provavelmente o maior dos meus erros.

Ele se levantou.

— Obrigado, senhor. Não sei qual é o seu nome, mas você me ajudou muito.

Jack saiu andando na direção de Central Park West, mas se virou para Jamieson, que tentava pegar o *Times* cegamente... como se, talvez, uma olhada rápida na seção de Artes e Lazer pudesse consertar tudo.

— Você vai estar nas minhas orações hoje — disse Jack.

WILLIE ESQUISITÃO

A mãe e o pai do Willie achavam que o filho era estranho, por causa do cuidado com que estudava pássaros mortos, e das suas coleções de insetos mortos e do jeito como era capaz de encarar nuvens se deslocando por uma hora ou mais, mas só Roxie falava isso em voz alta. "Willie Esquisitão", disse certa noite à mesa de jantar, enquanto Willie fazia (ou pelo menos tentava fazer) uma cara de palhaço no purê de batata, com molho no lugar dos olhos. Willie tinha dez anos. Roxie tinha doze, e os seios estavam começando a aparecer, algo de que ela sentia muito orgulho. Menos quando Willie os encarava, o que a deixava incomodada.

— Não chama ele assim — repreendeu a Mãe. O nome dela era Sharon.

— Mas é verdade — disse Roxie.

— Tenho certeza de que ele ouve muito isso na escola — disse o Pai. O nome dele era Richard.

Às vezes — com frequência — a família falava sobre Willie como se ele não estivesse presente. Exceto pelo velho na ponta da mesa.

— Você *ouve* isso na escola? — perguntou o Avô.

Ele passou um dedo entre o nariz e o lábio superior, um hábito que tinha depois de fazer uma pergunta (ou responder a uma). O nome do Avô era James. Normalmente, durante as refeições familiares, ele era um homem calado. Em parte porque era de sua natureza, e em parte porque comer tinha virado uma tarefa difícil. Ele progredia devagar com o rosbife. A maioria dos dentes havia caído.

— Não sei — disse Willie. — Acho que às vezes.

Ele estudava o purê de batata. O palhaço estava com um sorriso marrom brilhante e pequenos glóbulos de gordura como dentes.

Depois do jantar, Sharon e Roxie arrumaram tudo. Roxie gostava de lavar louça com a mãe. Era uma divisão de trabalho machista, com certeza, mas as duas podiam conversar sem serem incomodadas sobre assuntos importantes. Como Willie.

— Ele *é* esquisito. Admite. É por isso que ele está na escola pra alunos atrasados — disse Roxie.

Sharon olhou ao redor para ter certeza de que estavam sozinhas. Richard havia saído para caminhar, e Willie tinha ido para o quarto do Avô, o homem que Rich às vezes chamava de meu velho e às vezes de companheiro. Nunca de Papai ou pai.

— Willie não é como os outros garotos — disse Sharon —, mas nós o amamos mesmo assim. Não é?

Roxie pensou um pouco.

— Acho que eu o amo, mas não *gosto* dele. Ele tem uma garrafa cheia de vaga-lumes no quarto do Vovô. Diz que gosta de ver suas luzes se apagando quando morrem. *Isso* é esquisito. Ele é tipo um caso de um livro chamado *Assassinos em série quando crianças*.

— Nunca mais diga isso. Ele pode ser muito carinhoso — disse Sharon.

Roxie nunca tinha visto algo no irmão que chamaria de carinho, mas achou melhor não argumentar. Além do mais, ainda estava pensando nos vaga-lumes, nas luzinhas se apagando uma a uma.

— E o Vovô fica vendo com ele. Os dois ficam lá dentro o tempo todo conversando. O Vovô não fala com quase ninguém.

— Seu avô teve uma vida difícil.

— Ele não é meu avô de verdade, mesmo. Não de sangue.

— É como se fosse. O Vovô James e a Vovó Elise adotaram o seu pai quando ele era bebê. Não é como se o seu pai tivesse crescido em um orfanato e sido adotado aos doze anos.

— Papai diz que o Vovô quase nunca falava com ele depois que a Vovó Elise morreu. Contou que havia noites em que os dois mal trocavam seis palavras. Mas desde que veio morar com a gente, ele e Willie vão lá pra dentro e falam sem parar.

— É bom eles terem uma conexão — disse Sharon, mas olhava com uma careta para a água com sabão. — Mantém o seu avô ligado ao mundo, acho. Ele é muito velho. Richard chegou tarde pra eles, quando James e Elise já tinham mais de cinquenta.

— Eu achava que não deixavam pessoas velhas assim adotarem — disse Roxie.

— Eu não sei como essas coisas funcionam — respondeu a Mãe.

Ela tirou o tampão e a água com sabão começou a escorrer pelo ralo. Havia um lava-louças, mas estava quebrado, e o Pai, Richard, nunca mandava consertar. Estavam apertados de dinheiro desde que o Avô fora morar com eles, porque James só podia contribuir com sua mísera aposentadoria. Além disso, Roxie sabia que a Mãe e o Pai já tinham começado a poupar para a faculdade dela. Mas provavelmente não para o Willie, que estava na escola para alunos atrasados e tudo mais. Ele gostava de nuvens, de pássaros mortos e de vaga-lumes morrendo, mas não era muito estudioso.

— Acho que o Papai não gosta muito do Vovô — disse Roxie, em voz baixa.

A Mãe abaixou a dela ainda mais e foi difícil de ouvir com o ruído final da pia.

— Não. Mas, Rox?

— O quê?

— É assim que as famílias funcionam. Lembra disso quando tiver a sua.

Roxie não pretendia ter filhos, mas se tivesse e um deles fosse como Willie, achava que ficaria tentada a levá-lo até o meio de uma floresta escura, fazer com que ele saísse do carro e o deixar lá. Como uma madrasta má em um conto de fadas. Ela se perguntou brevemente se isso *a* tornava esquisita, e concluiu que não. Uma vez, tinha ouvido o pai dizer para a Mãe que a carreira de Willie poderia acabar sendo de empacotador de compras no Kroger's.

James Jonas Fiedler — também conhecido como Avô, Vovô ou meu velho — saía do quarto (chamado de recanto por Sharon e de toca por Richard) para comer, e às vezes se sentava na varanda dos fundos e fumava um cigarro (três por dia), mas, na maior parte do tempo, ficava no quartinho dos fundos que havia sido o escritório da Mãe até o ano anterior. Às vezes, assistia um pouco à televisão que havia em cima da cômoda (três canais, sem TV a cabo). Na maior parte do tempo, dormia ou ficava sentado em silêncio em uma das duas cadeiras de vime, olhando pela janela.

Mas, quando Willie entrava, ele fechava a porta e falava. Willie ouvia e, quando fazia perguntas, o Vovô sempre respondia. Willie sabia que a maioria das respostas eram inverdades e estava ciente de que a maioria dos conselhos do Avô eram ruins — Willie estava na escola para alunos atrasados porque assim tinha tempo para pensar em assuntos mais importantes, não por ser burro —, mas Willie gostava das respostas e dos conselhos mesmo assim. Se era algo doido, melhor ainda.

Naquela noite, enquanto a mãe e a irmã conversavam sobre os dois na cozinha, Willie perguntou ao Avô de novo, só para ver se batia com histórias anteriores, como estava o tempo em Gettysburg.

O Avô passou um dedo embaixo do nariz, como se procurando barba por fazer, e refletiu:

— Dia um, nublado e vinte e poucos graus. Nada mau. Dia dois, meio nublado e vinte e sete graus. Ainda nada mau. Dia três, o dia da Carga de Pickett, trinta graus com o sol batendo na cabeça da gente como um martelo. E, lembra, usávamos uniforme de lã. Todo mundo fedia a suor.

O relatório meteorológico batia. Até ali, tudo ótimo.

— Você estava mesmo lá, Vovô?

— Estava — respondeu o Avô, sem hesitar. Ele passou o dedo abaixo do nariz e acima do lábio e começou a cutucar os dentes que restavam com uma unha amarelada para extrair alguns filamentos de rosbife. — E vivi pra contar a história. Muitos não viveram. Quer saber sobre o dia Quatro de julho, o Dia da Independência? As pessoas costumam esquecer esse porque a batalha já tinha acabado. — Ele não esperou que Willie respondesse. — Chovia a cântaros, a lama estava sugando as botas, alguns homens choravam como bebês. Lee no cavalo…

— Traveler.

— Isso, Traveler. Ele estava de costas pra nós. Tinha sangue no chapéu e no assento da calça, mas não dele. Traveler não estava ferido. Aquele homem era um demônio.

Willie pegou a garrafa no parapeito da janela (a marca Heinz apagada no rótulo) e o inclinou de um lado para outro, apreciando o ruído seco dos vaga-lumes mortos. Imaginou que era como o som do vento na grama do cemitério num dia quente de julho.

— Me conta sobre o garoto da bandeira.

O Avô passou o dedo entre o nariz e o lábio.

— Você já ouviu essa história vinte vezes.

— Só o final. É dessa parte que eu gosto.

— Ele tinha doze anos. Estava subindo a colina comigo, as Estrelas e Listras voando alto. A base do mastro estava enfiada em um copinho de lata no cinto dele. Meu amigo Micah Leblanc fez esse copinho. Estávamos na metade do caminho para Cemetery Hill quando acertaram o garoto no pescoço.

— Conta do sangue!

— Os lábios dele se abriram. Os dentes estavam cerrados. De dor, acho. Tinha sangue espirrando entre eles.

— E brilhava...

— Isso mesmo. — O dedo fez um movimento rápido embaixo do nariz e voltou para os dentes, onde ainda havia um pedacinho irritante. — Brilhava como...

— Como rubis no sol. E você estava mesmo lá.

— Eu não falei que estava? Fui eu que peguei a bandeira dos Confederados quando aquele garoto caiu. Corri com ela por mais vinte passos até termos que recuar, quando chegamos perto da muralha de pedra que escondia os unionistas. Quando demos no pé, eu a carreguei colina abaixo de novo. Tentei passar por cima dos corpos, mas não consegui passar por todos porque eram muitos.

— Fala do gordo.

O Avô massageou a bochecha, *scritch*, e debaixo do nariz de novo, *scratch*.

— Quando eu pisei nas costas dele, ele peidou.

O rosto de Willie se contorce em uma risada silenciosa e ele se abraça. É o que faz quando acha graça, e sempre que Roxie vê aquele rosto contorcido e o abraço em si mesmo, ela *sabe* que o irmão é esquisito.

— Pronto! — diz o Vovô, e finalmente solta um pedaço comprido de carne do dente. — Dá pros vaga-lumes.

Ele dá o pedaço para Willie, que o joga em cima dos vaga-lumes mortos no pote de Heinz.

— Agora me conta sobre Cleópatra.

— Qual parte?

— A barcaça.

— Haha, a barcaça, é? — O Avô acaricia o buço, dessa vez com a unha... *scritch!* — Bom, eu não me incomodo. O Nilo era tão largo que mal dava pra gente ver do outro lado, mas naquele dia estava liso como barriga de bebê. Eu estava no leme...

Willie se inclina para a frente, arrebatado.

Um dia, não muito depois do rosbife e do purê de batata que formou uma cara de palhaço, Willie estava sentado em um meio-fio depois de um temporal. Tinha perdido o ônibus de voltar para casa de novo, mas tudo bem. Estava olhando uma toupeira morta na sarjeta, esperando para ver se a água corrente a levaria para dentro do bueiro. Dois garotos grandes apareceram, trocaram socos e várias piadinhas profanas. Eles pararam quando viram Willie.

— Olha aquele garoto se abraçando — disse um.

— Porque nenhuma garota bem da cabeça abraçaria — comentou o outro.

— É o esquisitão — falou o primeiro. — Olha só aqueles olhinhos rosados.

— E o corte de cabelo — completou o segundo. — Parece que fizeram uma escultura na cabeça dele. Ei, tampinha do ônibus!

Willie parou de se abraçar e olhou para o garoto.

— Sua cara é parecida demais com a minha bunda — disse o primeiro, e ganhou um cumprimento do companheiro.

Willie voltou a olhar para a toupeira morta. Estava indo na direção da grade do bueiro, mas muito devagar. Achava que ela não conseguiria chegar. A não ser que começasse a chover de novo.

O Número Um deu um chute no quadril dele e sugeriu uma surra.

— Deixa ele em paz — disse o Número Dois. — Eu gosto da irmã dele. Ela é gostosa.

Eles continuaram o caminho. Willie esperou até os dois terem sumido, se levantou, tirou o tecido molhado da cueca que havia grudado na bunda e andou para casa. Sua mãe e seu pai ainda estavam no trabalho. Roxie estava em algum lugar, provavelmente com uma das amigas. Vovô estava no quarto, vendo um *game show* na televisão. Quando Willie entrou, ele desligou.

— Você está andando de um jeito meio capenga — disse o Vovô.

— O quê?

— Mancando, você tá mancando. Vamos pra varanda dos fundos. Quero fumar. O que aconteceu?

— Um garoto me chutou — disse Willie. — Eu estava olhando uma toupeira. Estava morta. Queria ver se ela ia cair no bueiro.

— Caiu?

— Não. Só se caiu depois, mas acho que não.

— Ele te chutou, é?

— É.

— Ah — disse o Vovô, e isso encerrou o assunto.

Eles foram para a varanda. Sentaram-se. O Vovô acendeu um cigarro e tossiu a primeira tragada em vários jatos de fumaça.

— Me conta sobre o vulcão debaixo de Yellowstone — propôs Willie.

— De novo?

— Sim, por favor.

— Bom, é dos grandes. Talvez o maior. E um dia vai explodir. Vai levar todo o estado do Wyoming quando acontecer, além de um pouco de Idaho e boa parte de Montana.

— Mas isso não é tudo — disse Willie.

— Não mesmo. — O Vovô fumou e tossiu. — Vai jogar bilhões de toneladas de cinzas na atmosfera. As plantações do mundo todo vão morrer. As *pessoas* do mundo todo vão morrer. A internet de que todo mundo tem orgulho vai acabar.

— Quem não morrer de fome vai morrer sufocado — disse Willie. Os olhos dele brilhavam. O menino segurou o pescoço e fez *grrrahh*. — Poderia ser um evento de extinção, como o dos dinossauros. Só que seriamos *nós* desta vez.

— Correto — disse o Avô. — Aquele garoto que te chutou não vai pensar mais em chutar ninguém. Vai chorar e chamar a mamãe.

— Mas a mamãe dele vai estar morta.

— Correto — disse o Avô.

Naquele inverno, uma doença na China que havia sido só mais um item no noticiário noturno virou uma peste que começou a matar pessoas do mundo todo. Os hospitais e necrotérios ficaram lotados. A maioria das pessoas na Europa ficava em casa e, quando saía, usava máscaras. Algumas pessoas nos Estados Unidos também usavam máscaras, sobretudo se iam ao supermercado. Não foi tão bom quanto uma erupção vulcânica massiva no Parque Nacional de Yellowstone, mas Willie achou bom o bastante. Acompanhava os números de mortes pelo celular. As escolas fecharam antes do período letivo normal. Roxie chorou porque ia perder o baile de fim de ano, mas Willie não se importou. Não havia baile na escola para alunos atrasados.

Em março daquele ano, o Avô começou a tossir bem mais, e às vezes tossia sangue. O Pai o levou ao médico, onde tiveram que ficar sentados no estacionamento até serem chamados, por causa do vírus que estava matando um monte de gente. A Mãe e o Pai tinham certeza de que o Vovô estava com o vírus, provavelmente levado para casa por Roxie ou Willie. Pelo jeito, a maioria das crianças e adolescentes não ficava doente, ou pelo menos não *muito* doentes, mas podiam transmitir, e, quando pessoas velhas pegavam, elas costumavam morrer. De acordo com o noticiário, em Nova York os hospitais estavam usando caminhões refrigerados para armazenar os corpos. Em geral, corpos de pessoas velhas como o Vovô. Willie se perguntou como era o interior daqueles caminhões. As pessoas mortas ficavam envoltas em lençóis ou estavam em sacos de corpos? E se alguma ainda estivesse viva, mas acabasse morrendo congelada? Willie achou que isso daria um bom programa de televisão.

Só que o Vovô não tinha o vírus. Tinha câncer. O médico disse que começou no pâncreas e se espalhou pelos pulmões. A Mãe contou tudo para Roxie enquanto as duas lavavam a louça, e Roxie contou para Willie. Normalmente, ela não teria feito isso, a cozinha depois do jantar era como Vegas, o que se dizia lá ficava lá, mas Roxie mal podia esperar para contar para Willie Esquisitão que seu amado Vovô estava começando a abotoar o paletó de madeira.

— Papai perguntou se ele devia ficar no hospital — disse para Willie —, e o médico disse que, se ele não queria que o Vovô morresse em duas semanas em vez de seis meses ou um ano, tinha de levá-lo pra casa. O médico disse que o hospital é um poço de germes e que todo mundo que trabalha lá tem que se vestir igual filme de ficção científica. É por isso que ele ainda está aqui.

— Ah — disse Willie.

Roxie deu uma cotovelada nele.

— Você não está triste? Ele é o único amigo que você tem, não é? A não ser que você tenha algum outro amigo esquisito na escola. Que — Roxie fez um ruído de trompete triste — está fechada agora, como a minha.

— O que vai acontecer quando ele não puder mais ir ao banheiro? — perguntou Willie.

— Ah, ele vai continuar cagando e mijando até morrer. Só que vai fazer na cama. Vai ter que usar *fralda*. A mamãe disse que colocariam ele numa clínica de idosos doentes, só que não têm como pagar.

— Ah — disse Willie.

— Você devia estar *chorando* — retrucou Roxie. — Você é mesmo um esquisitão do caralho.

— O Vovô foi policial em um lugar chamado Selma antigamente — contou Willie. — Ele batia em pessoas negras. Ele disse que não queria, mas tinha que bater. Porque ordens são ordens.

— Claro — disse Roxie. — E antigamente *mesmo*, ele tinha orelhas pontudas e sapatos com pontas enroladas pra cima, e trabalhava na oficina do Papai Noel.

— Não é verdade — disse Willie. — Não existe Papai Noel.

Roxie apertou a cabeça com as mãos.

O Avô não durou um ano, nem seis meses, nem sequer quatro. Piorou rápido. Na metade daquela primavera, estava acamado e usando pampers para adultos por baixo de uma camisola. Trocar a fralda era trabalho para Sharon, claro. Richard dizia não suportar o fedor.

Quando Willie ofereceu de ajudar se o ensinasse, ela olhou para ele como se fosse louco. Ela usava máscara quando ia trocar a fralda ou dar as pequenas refeições dele, que tinham que ser batidas no liquidificador. Não era com o vírus que ela estava preocupada, porque o Vovô não estava infectado. Era o cheiro. Que ela chamava de fedor.

Willie até que gostava do fedor. Não *amava*, isso seria ir longe demais, mas gostava: aquela mistura de urina, Vicks e Vovô em lenta decomposição era interessante da mesma forma que olhar pássaros mortos, ou ver a toupeira morta fazer sua viagem final pela sarjeta. Uma espécie de funeral em câmera lenta.

Apesar de haver duas cadeiras de vime no quarto do Vovô, agora apenas uma era usada. Willie a puxava para perto da cama e conversava com o Avô.

— O quanto você está perto agora? — perguntou um dia.

— Bem perto — respondeu o Avô.

Ele passou um dedo trêmulo embaixo do nariz. O dedo estava amarelado. A pele estava toda amarelada, porque o Vovô estava sofrendo de uma coisa chamada icterícia, além do câncer. Ele teve que parar os cigarros.

— Dói?

— Quando eu tusso — disse o Vovô. A voz dele estava baixa e rouca, como o rosnado de um cachorro. — Os comprimidos são bons, mas, quando eu tusso, parece que estou me rasgando por dentro.

— E quando você tosse você sente o gosto da sua própria merda — disse Willie com naturalidade.

— Correto.

— Você está triste?

— Não. Tudo certo.

Do lado de fora, Sharon e Roxie estavam no jardim, curvadas de um jeito que Willie só via a bunda delas para cima. Estava bom assim.

— Quando morrer, você vai saber?

— Vou se estiver acordado.

— Qual você quer que seja seu último pensamento?

— Não sei. Talvez o garoto da bandeira em Gettysburg.

Willie ficou um pouco decepcionado por não ser sobre ele, mas não muito.

— Eu posso assistir?

— Se estiver aqui — disse o Vovô.

— Eu quero ver.

O Vovô não disse nada.

— Você acha que vai ter uma luz branca?

O Vovô massageou o lábio superior enquanto considerava a pergunta.

— Provavelmente. É uma reação química quando o cérebro se apaga. As pessoas que acham que é uma porta se abrindo ou uma pós-vida gloriosa só estão se enganando.

— Mas *existe* uma pós-vida. Não existe, Vovô?

James Jonas Fiedler passou o dedo amarelo comprido pela pele fina embaixo do nariz de novo e mostrou os dentes restantes em um sorriso.

— Você ficaria surpreso.

— Me conta sobre como você viu os peitos da Cleópatra.

— Não. Estou muito cansado.

Uma noite, uma semana depois, Sharon serviu costeleta de porco e falou para a família apreciar a refeição; *saborear cada mordida* foi o que ela disse.

— Não vai haver costeleta por um tempo. Nem bacon. As indústrias de processamento de carne de porco estão fechando porque quase todos os funcionários pegaram o vírus. O preço está lá no alto.

— *Um dia em que nenhum porco morreria!* — exclamou Roxie, cortando a costeleta dela.

— O quê? — perguntou o Pai.

— É um livro. Eu fiz um trabalho sobre ele. Tirei B+. — Ela colocou um pedaço de carne na boca e se virou para Willie com um sorriso. — Leu alguma cartilha de primeiro ano boa ultimamente?

— O que é cartilha? — perguntou Willie.

— Deixa ele em paz — disse a Mãe.

O pai estava em uma onda de construir casas de passarinho. Uma loja de presentes ali perto as aceitou em consignação e vendeu algumas. Depois do jantar, ele foi para a oficina na garagem para fazer outra. A Mãe e Roxie foram para a cozinha lavar a louça e conversar. O trabalho de Willie era tirar a mesa. Quando acabou, ele foi para o quarto do Avô. James Fiedler não passava de um esqueleto com um rosto de caveira coberto de pele. Willie achava que, se os insetos entrassem no caixão dele, não encontrariam muita coisa para comer. O cheiro de hospital ainda estava lá, mas o cheiro de Vovô em decomposição parecia ter quase sumido.

O Vovô levantou a mão e fez sinal para Willie se aproximar. Quando Willie se sentou ao lado da cama, o Vovô gesticulou para ele chegar mais perto.

— É hoje — sussurrou ele. — Meu grande dia.

Willie puxou a cadeira para mais perto. Encarou o Avô.

— Como é?

— Bom — sussurrou o Vovô.

Willie se perguntou se, para o Vovô, ele parecia estar recuando e ficando desbotado. Ele viu isso numa cena de filme uma vez.

— Chega mais perto.

Willie não conseguia puxar a cadeira para mais perto, então se curvou quase o bastante para beijar os lábios murchos do Vovô.

— Eu quero ver você ir. Quero ser a última coisa que você vai ver.

— Eu quero ver você ir — repetiu o Avô. — Quero ser a última coisa que você vai ver.

A mão dele subiu e agarrou a nuca de Willie com força surpreendente. As unhas afundaram. Ele o puxou.

— Você quer a morte? Toma.

Alguns minutos depois, Willie parou do lado de fora da porta da cozinha para ouvir.

— Vamos levá-lo ao hospital amanhã — disse Sharon. Ela parecia à beira das lágrimas. — Não quero saber quanto vai custar, não consigo mais fazer isso.

Roxie murmurou algo solidário.

Willie entrou na cozinha.

— Não precisa levar o Vovô para o hospital — disse. — Ele acabou de morrer.

As duas se viraram para Willie, encarando-o com expressões idênticas de choque e uma esperança nascente.

— Tem certeza? — perguntou a Mãe.

— Tenho — respondeu Willie, e acariciou a pele entre o lábio e o nariz com o dedo.

O SONHO RUIM DE DANNY COUGHLIN

1

É um sonho ruim. Danny teve alguns antes, todo mundo tem pesadelos de tempos em tempos, mas aquele é o pior de todos. Nada de ruim acontece no começo, mas isso não ajuda; a sensação de desgraça iminente é tão intensa que chega a ter um gosto, como se você estivesse sugando um tubinho de moedas.

Ele está andando pelo acostamento de uma estrada de terra batida que recebeu uma camada de óleo para a poeira não levantar. É de noite. Uma lua crescente acabou de nascer. Para Danny, parece um sorrisinho de lado. Ou uma expressão de desprezo. Ele passa por uma placa de VIA DO CONDADO F, só que algumas letras haviam sido acrescentadas com spray, e a placa agora dizia VIADO DO CONDADO FODA. Para completar, tem uns buracos de bala na superfície.

Há um milharal dos dois lados da estrada, não tão altos quanto os olhos de um elefante, talvez um pouco mais de um metro, o que indica o começo de verão. A Via do Condado F segue reta toda a vida por uma subida suave (no Kansas, a maioria das subidas é suave). No topo, o volume preto de um prédio enche Danny de um horror absurdo. Alguma lataria faz tink-tink-tink. Ele quer parar, não quer se meter com aquele volume preto quadrado, mas suas pernas o levam em frente. Não tem como pará-las. Ele não está no controle. Uma brisa sacode o milho, emitindo um ruído de ossos. Ele sente frio nas bochechas e na testa, então percebe que está suando. Suando em um sonho!

Quando chega ao topo (chamar de "crista" seria burrice), tem luz suficiente para ver que a placa no prédio de concreto diz HILLTOP TEXACO. Na frente tem duas ilhas de concreto rachado onde no passado ficavam bombas de gasolina. O som de tink-tink-tink vem de placas enferrujadas em um poste na frente.

Uma diz COMUM 1,99 DÓLAR, *outra diz* ADITIVADA 2,19 DÓLARES *e a de baixo diz* PREMIUM 2,49 DÓLARES.

Não tenho nada com que me preocupar aqui, *pensa Danny,* não preciso ter medo de nada. *E ele não está preocupado. Não está com medo. Está apavorado, isso sim.*

Tink-tink-tink *fazem as placas, anunciando preços de gasolina antigos. O janelão do escritório está quebrado, assim como o vidro na porta, mas Danny vê mato alto em volta dos estilhaços que refletem o luar e sabe que foram quebrados muito tempo antes. Os vândalos, moleques entediados de interior, provavelmente, se divertiram e seguiram com a vida.*

Danny também segue. Passa pela lateral do posto abandonado. Não quer; mas precisa. Não está no controle. Agora, ouve outros sons: arranhões e ofegos.

Não quero ver isso, *ele pensa. Se dito em voz alta, o pensamento poderia ter saído como um gemido.*

Danny passa pela lateral e chuta umas latas de óleo de motor vazias (Havoline, a marca da Texaco) que estão no caminho. Tem um latão de lixo enferrujado virado, espalhando mais latas e garrafas de Coors e todo lixo de papel que o vento ainda não levou. Atrás do posto, um vira-lata sarnento cava a terra manchada de óleo. Ele escuta Danny e olha para trás, os olhos círculos prateados ao luar. Franze o focinho e solta um rosnado que só pode significar uma coisa: é meu, tudo meu.

— Isso não é pra você — *diz Danny, pensando:* Eu queria que também não fosse pra mim, mas acho que é.

O cachorro retrai as ancas como se fosse atacar, mas Danny não está com medo (não do vira-latas, pelo menos). É um homem da cidade agora, mas cresceu no interior rural do Colorado, onde tem cachorros para todo lado, e sabe quando uma ameaça é vazia. Danny se inclina e pega uma lata de óleo, o sonho tão real, tão detalhado, que ele sente os restos do óleo escorrendo nas laterais. Nem precisa jogar a lata; erguê-la é o suficiente. O cachorro dá as costas e sai correndo, mancando; ou tem algo de errado com uma das patas traseiras ou uma das almofadinhas da pata está cortada.

Os pés de Danny o levam em frente. Ele vê que o cachorro desenterrou do chão uma mão e parte de um antebraço. Dois dos dedos foram roídos até os ossos. A parte carnuda da palma também se foi, agora na barriga do cachorro.

Em volta do pulso, não comestível e inútil para um cachorro faminto, tem uma pulseira de berloques.

Danny inspira, abre a boca e

2

grita até acordar, depois se senta na cama, o que ele nunca fez antes. Graças a Deus mora sozinho e não tem ninguém por perto para ouvir. Primeiro, ele nem sabe onde está; aquele posto de gasolina abandonado parece pertencer à realidade, com a luz da manhã entrando pelas cortinas do sonho. Ele está até passando a mão na camiseta dos Royals que ainda usava quando foi dormir, para limpar o óleo que estava na lateral da lata de Havoline que havia pegado. Seu corpo está arrepiado de uma ponta a outra. As bolas estão encolhidinhas, do tamanho de nozes. Nesse momento, ele registra o quarto e percebe que nada foi real, por mais real que parecesse.

Danny tira a camiseta e a cueca boxer, depois entra no banheirinho do trailer para se barbear e tomar um banho que afaste o sonho da sua mente. A parte boa dos sonhos ruins, pensa enquanto passa creme de barbear no rosto, é que nunca duram muito. Sonhos são como algodão-doce: simplesmente derretem.

3

Só que aquele não derrete. Ainda é nítido enquanto Danny toma banho, veste um uniforme limpo e prende o chaveiro no passador do cinto, e enquanto dirige até a escola de ensino médio na picape Toyota velha, que ainda está boa apesar de estar prestes a voltar a todos os zeros em breve. Talvez no outono.

Os estacionamentos dos alunos e dos professores da Wilder High estão quase completamente vazios porque as aulas terminaram umas semanas antes. Danny vai para os fundos e para no lugar de sempre, no final da fila de ônibus da escola. Não tem placa dizendo que é reservada ao zelador-chefe, mas todo mundo sabe que a vaga é dele.

Aquela é sua época do ano favorita, quando dá para trabalhar e o trabalho continua feito... pelo menos por um tempo. Um piso de corredor encerado seguirá brilhando por uma semana, talvez até duas. Dá para raspar o chiclete do chão dos vestiários masculino e feminino (as garotas são piores quando se trata de chiclete, ele não sabe por quê) e não precisar repetir até agosto. As janelas lavadas não ganham digitais adolescentes. Na opinião de Danny, as férias de verão são lindas.

Tem aulas de verão na Hinkle High, no condado vizinho, onde há três zeladores em tempo integral. Por Danny, tudo bem. Ele tem dois funcionários de verão. O bom, Jesse Jackson, está batendo o ponto quando Danny entra no almoxarifado. Não há sinal do outro... que, na opinião de Danny, não vale um punhado de feijão.

Hill, ele pensa. *Hilltop Texaco.*

— Cadê o Pat?

Jesse dá de ombros. É um garoto negro, alto e magro, com movimentos fluidos. Feito para jogar beisebol e basquete, não futebol americano.

— Sei lá. O carro dele ainda não está aqui. Talvez ele tenha decidido começar o fim de semana um dia antes.

Seria uma má ideia, pensa Danny, mas acha que Pat Grady é o tipo de garoto que pode ter vários tipos de ideias ruins.

— A gente vai encerar as salas da ala nova. Começa com a sala 12. Arrasta todas as carteiras pra um lado. Empilha de duas em duas. Aí vai pra 10 e repete. Eu vou atrás com a enceradeira. Se Pat decidir aparecer, manda ele ajudar você.

— Sim, sr. Coughlin.

— Nada de "senhor" aqui, garoto. Eu sou só o Danny. Acha que consegue se lembrar disso?

Jesse sorri.

— Sim, senhor.

— Nada de "senhor", já falei. Agora vai. A não ser que queira tomar um café primeiro pra lubrificar as engrenagens.

— Tomei um no Total quando estava vindo.

— Que bom. Preciso ver uma coisa na biblioteca e depois eu vou pra lá também.

— Quer que eu pegue a enceradeira?

Jesse sorri. Ele podia acabar gostando daquele garoto.

— Você está querendo um aumento?

Jesse ri.

— Acho que não rola.

— Que bom. Aqui no condado de Wilder é RR, Regra dos Republicanos, e eles deixam a carteira sempre muito bem fechada. Claro, pega a enceradeira e leva até a sala 12. Sempre quis perguntar se por acaso seu nome é em homenagem ao outro Jesse Jackson. O famoso.

— Sim, senhor. Quer dizer, Danny.

— Você vai chegar lá, garoto. Tenho fé em você.

Danny leva a garrafa térmica com café para a biblioteca... outro privilégio das férias de verão.

4

Ele liga um dos computadores e usa a senha da bibliotecária para acessá-lo. A senha que os alunos usam bloqueia tudo que tenha cara de pornografia e também o acesso às redes sociais. Com a da sra. Golden, dá para visitar qualquer site. Não que Danny esteja planejando visitar o Pornhub. Ele abre o Firefox e digita *Hilltop Texaco*. Seus dedos pairam sobre o botão do enter, e ele acrescenta *Via do Condado F* por garantia. O sonho continua tão claro quanto no momento em que ele acordou, causando um incômodo (na verdade causando um medinho, mesmo com a luz da manhã entrando pelas janelas), e Danny espera que não encontrar nada ponha um fim naquilo.

Ele aperta o botão e um segundo depois está olhando para uma construção de concreto cinza. Na foto, está nova, e não velha, e a placa da Texaco está brilhando de tão limpa. Os vidros da janela do escritório e da porta estão intactos. As bombas de gasolina reluzem. Os preços nas placas indicam 1,09 dólar para a comum e 1,21 dólar para a aditivada. Pelo jeito, não havia gasolina premium sendo oferecida no Hilltop Texaco quando a foto foi tirada, o que devia ter sido muito tempo antes. O carro nas bombas é um Buick que mais parece uma banheira e a estrada na frente é de asfalto com duas pistas em vez de terra coberta de óleo. Danny acha que o Buick devia ter saído de linha em Detroit por volta de 1980.

A Via do Condado F fica na cidade de Gunnel. Danny nunca ouviu falar dela, mas isso não o surpreende; o Kansas é grande e deve haver centenas de cidadezinhas das quais nunca ouviu falar. Até onde sabe, Gunnel pode ficar do outro lado da divisa estadual, no Nebraska. O horário de funcionamento é das seis da manhã às dez da noite. Bem comum para um posto de interior. Abaixo do horário, em vermelho, tem uma palavra: FECHADO.

Danny olha para aquele sonho que virou realidade com uma consternação tão profunda que é quase medo. Inferno, talvez *seja* medo. Ele só queria ter certeza de que o Hilltop Texaco (e a mão saindo do chão, não dá para esquecer a mão) era só uma besteira que a mente adormecida havia criado, e agora olha aquilo. Olha só aquilo.

Bom, eu devo ter passado lá alguma hora, reflete. *Só pode ser isso. Não li em algum lugar que o cérebro nunca esquece nada, só armazena os detalhes antigos nas prateleiras dos fundos?*

Ele procura mais informações sobre o Hilltop Texaco e não encontra nada. Só Hilltop Padaria (em Des Moines), Hilltop Subaru (em Danvers, Massachusetts) e quarenta e sete outros Hilltops, inclusive um zoológico com fazendinha em New Hampshire. Em cada um deles, uma linha foi riscada sobre *Texaco Via do Condado F*, para mostrar que aquela parte do parâmetro de busca não foi incluída. Por que haveria mais informações? É só um posto de gasolina em algum lugar no fim do mundo, o que o pai de Danny chamava de Onde Judas Perdeu as Botas. Uma franquia da Texaco que faliu talvez nos anos 1990.

Acima da seleção principal há algumas outras opções: NOTÍCIAS, VÍDEOS, SHOPPING… e IMAGENS. Ele clica em imagens e encosta na cadeira, e o que aparece o deixa mais consternado do que nunca. Há várias fotos mostrando vários Hilltops, inclusive quatro do Texaco. A primeira é uma duplicata da que havia na página principal, mas em outra o posto de gasolina está abandonado: sem as bombas, com as janelas quebradas e lixo espalhado. É o que visitou no sonho, o mesmíssimo. Sem dúvida. A única pergunta é se tem ou não um corpo enterrado na terra encharcada de óleo atrás.

— Puta que pariu.

É a única coisa que Danny consegue dizer. Ele é um homem de trinta e seis anos, formado no ensino médio, mas sem diploma universitário, divorciado, sem filhos, trabalhador comprometido, torcedor dos Royals, torcedor dos Chiefs, não frequenta mais bares depois de uma época de bebedeira que levou, pelo menos em parte, à sua separação de Marjorie. Dirige uma picape velha, trabalha no horário certinho, recebe o pagamento, maratona uma série ou outra na Netflix, visita o irmão Stevie de vez em quando, não acompanha as notícias, não gosta de política, não tem interesse em fenômenos paranormais. Nunca viu um fantasma, acha filmes sobre demônios e maldições uma perda de tempo e não teria o menor problema em andar por um cemitério no escuro se fosse um bom atalho para onde estivesse indo. Não frequenta nenhuma igreja, não pensa em Deus, não pensa na vida após a morte, vive um dia de cada vez, nunca questionou a realidade.

Mas a está questionando nesta manhã. Muito.

O estrondo de um carro com escapamento ruim (ou sem escapamento) o arranca no susto de um estado próximo à hipnose. Ele ergue o olhar da tela e vê um Mustang velho parando no estacionamento de alunos. Pat Grady, o outro ajudante de verão, finalmente decidiu agraciar a equipe de manutenção da Wilder High com sua presença. Danny olha para o relógio e vê que são quinze para as oito.

Fica calmo, pensa ao se levantar. É um bom Conselho Para Si Mesmo, porque o temperamento dele já o meteu em confusão. Foi por esse motivo que havia passado uma noite na cadeia e parado com a bebida. Quanto ao casamento, teria acabado de qualquer jeito... mas talvez pudesse ter sido arrastado por mais um ou dois anos.

Ele vai até a porta no final da ala nova. Jesse de fato levou a enceradeira, e está ocupado movendo e empilhando carteiras na sala 12. Danny acena, e Jessie acena de volta.

Pat está indo na direção da porta com a maior calma, sem preocupações, sem problemas, de calça jeans, camiseta cortada e um boné dos Wilder Wildcats virado para trás. Danny está lá para recebê-lo. Está mantendo o temperamento sob controle, mas a atitude de pouco caso do garoto o incomoda. E aquelas botas de motoqueiro que ele está usando talvez deixem marcas no chão.

— E aí, Dan, beleza?

— Você está atrasado — diz Danny —, e isso não é beleza. A hora do ponto é sete e meia. Agora são quase oito.

— Desculpa por isso. — Pat dá de ombros de um jeito que diz *foi mal* e passa por ele, a calça jeans baixa nos quadris.

— É a terceira vez.

Pat se vira. O sorrisinho preguiçoso sumiu.

— Perdi a hora, esqueci de ligar o alarme do celular, vou falar o quê?

— O que *eu* vou falar é o seguinte. Mais um ponto atrasado e você está demitido. Entendeu?

— Tá de sacanagem? Por atrasar vinte minutos?

— Quarta passada foi meia hora. E não, não estou de sacanagem. Bate o ponto e ajuda o Jesse a tirar as carteiras na ala nova.

— O queridinho do professor — diz Pat, revirando os olhos.

Danny não responde, pois sabe que, àquela altura, qualquer coisa que disser vai ser a resposta errada. Os garotos que trabalham no verão são pagos pela administração da escola. Danny não quer dizer nem fazer nada que permita que Pat Grady (ou os pais dele) procure o superintendente reclamando de assédio no emprego. Ele não vai chamar Pat de imbeciloide preguiçoso. Provavelmente, nem precisa. Pat vê na cara dele e se vira para o almoxarifado para bater o ponto, puxando a calça com uma das mãos. Danny não sabe se Pat está com a outra mão na altura do peito mostrando o dedo do meio, mas não ficaria surpreso.

Esse garoto não vai estar mais aqui em julho, pensa Danny. *E eu tenho outras coisas com que me preocupar. Certo?*

Jesse está na porta da sala 12. Danny dá de ombros para o garoto. Jesse abre um sorrisinho cauteloso e volta a mudar carteiras de lugar. Danny enfia a enceradeira na tomada. Quando Pat volta de bater o ponto, com o mesmo caminhar preguiçoso, Danny manda que ele mova as carteiras da sala 10. Pensa que, se Pat fizer algum comentário espertinho, vai demiti-lo na hora. Mas Pat fica de boca calada.

Talvez não seja completamente burro, afinal.

Danny deixa o celular no porta-luvas do Tundra para não ficar tentado a olhar durante o horário de trabalho (viu Pat e Jesse fazendo exatamente isso; Jesse só uma vez, Pat várias vezes). Quando param para almoçar, ele vai até a picape para pesquisar a cidade de Gunnel. Fica no condado de Dart, cento e quarenta e cinco quilômetros ao norte. Não depois da fronteira com o Nebraska, mas quase. Ele poderia jurar que nunca tinha ido ao condado de Dart na vida, nem mesmo até o condado de Republic, mas deve ter ido em algum momento. Ele joga o telefone no porta-luvas e segue para onde Jesse está almoçando, com o celular na mão, em uma das mesas de piquenique na sombra do ginásio.

— Você se esqueceu de trancar a picape. Não ouvi bipe nenhum.

Danny sorri.

— Se alguém roubar alguma coisa, boa sorte e pode ficar com o que encontrar. Além do mais, a picape já percorreu sua cota de estrada. Está chegando a trezentos mil quilômetros rodados.

— Mas aposto que você ama aquele carro. Meu pai ama a picape Ford velha dele.

— Até que eu amo mesmo. Viu o Pat?

Jesse dá de ombros.

— Deve estar comendo no carro. Ele ama aquele Mustang velho. Acho que ele devia cuidar melhor, mas isso sou eu. A gente vai terminar a ala nova?

— Vamos tentar — diz Danny. Se não terminarmos, tem sempre a se-gunda-feira.

5

Naquela noite ele liga para a ex, algo que faz de tempos em tempos. Até foi a Wichita no aniversário dela, em abril, comprou um lenço (azul, que combinava com os olhos da mulher) e ficou para comer bolo e sorvete com o companheiro novo dela. Ele e Margie passaram a se dar bem melhor desde que se separaram. Às vezes, Danny acha que é uma pena. Às vezes, acha que é como tinha que ser.

Os dois conversam um pouco, uma coisa e outra, as pessoas que ambos conhecem, o glaucoma da mãe dela e como o irmão do Danny está no tra-balho (muito bem), e depois pergunta se eles já foram para o norte, talvez para o Nebraska, talvez para Franklin ou Beaver City. Não almoçaram uma vez em Beaver City?

Ela ri. Não exatamente a risada cruel antiga, a que o deixava maluco, mas quase.

— Eu nunca teria ido para o Nebraska com você, Danno. O Kansas já não é chato o suficiente?

— Tem certeza?

— Absoluta — responde Margie, e diz que acha que Hal, seu novo companheiro, vai fazer o pedido em breve. Será que Danny iria ao casamento?

Danny diz que iria. Ela pergunta se ele está se cuidando, ou seja, se continua sem beber. Danny responde que sim, fala para ela olhar para os dois lados antes de atravessar a rua (uma antiga piada entre os dois) e desliga.

Eu nunca teria ido para o Nebraska com você, Danno, disse ela.

Danny foi para Lincoln duas vezes e para Omaha uma, mas essas cidades ficam a leste de Wilder, e Gunnel é no norte. Mas ele devia ter ido lá, só tinha se esquecido. Talvez na época em que bebia? Só que ele nunca dirigiu quando estava totalmente embriagado, por medo de perder a habilitação e de talvez machucar alguém.

Eu já fui lá. Devo ter ido na época em que a estrada ainda era de asfalto, e não terra batida.

Ele fica acordado até mais tarde do que o habitual e rola para um lado e para o outro antes de finalmente pegar no sono, com medo de o sonho voltar. Não volta, mas, na manhã seguinte, continua claro como antes: posto de gasolina abandonado, lua crescente, vira-lata, mão, pulseira de berloques.

6

Diferente de muitos homens da sua idade, Danny não bebe (não mais, pelo menos), não fuma, não masca. Gosta de esportes profissionais e talvez aposte cinco pratas no Super Bowl só para tornar a experiência interessante, mas, fora isso, não joga, nem mesmo nas raspadinhas de dois dólares no dia do pagamento. Também não anda atrás de mulheres. Tem uma moça no parque de trailers que ele visita de tempos em tempos. Becky é o que, no passado, se chamaria de viúva de marido vivo, mas o que eles têm é mais uma amizade casual do que aquilo que os programas de entrevistas da tarde chamam de "relacionamento". Às vezes, ele fica na casa de Becky. Às vezes, leva para ela um saco de compras do mercado, ou fica com a filha dela se Beck tem compromissos ou uma cliente para fazer o cabelo à noite. Tem muita coisa boa entre os dois, mas amor não é uma delas.

Na manhã de sábado, Danny faz a marmita com dois sanduíches e um pedaço do bolo que Becky levou depois que ele consertou o cano de descarga do Honda Civic velho dela. Ele enche a garrafa térmica com café puro e segue para o norte. Acha que vai ter vontade de comer se olhar atrás daquele posto e não encontrar nada. Se encontrar o que viu no sonho, provavelmente não.

Ele segue o caminho do GPS do celular e chega a Gunnel por volta das dez e meia. O dia está a cara do Kansas, quente e claro e limpo e nada interessante. A cidade tem apenas um mercado, uma loja de suprimentos para fazendas, um café, uma torre de água enferrujada com GUNNEL escrito do lado. Dez minutos depois de sair de lá, ele chega à Via do Condado F e entra. É de asfalto, não de terra batida. Ainda assim, o estômago de Danny está contraído e o coração bate com tanta força que ele o sente no pescoço e nas têmporas.

Tem milho dos dois lados. Milho de ração, não de alimento. Como no sonho, ainda não está muito alto, mas parece bom para o fim de junho e vai estar com um metro e oitenta quando agosto chegar.

A estrada é de asfalto, e isso é diferente daquele sonho maldito, pensa, mas depois de três quilômetros o asfalto acaba e chega a terra batida. Um quilômetro e meio depois, ele para no meio da estrada (o que não é problema porque não tem movimento). À frente, à direita, há uma placa de estrada, que foi depredada com tinta spray e diz VIADO DO CONDADO FODA. Não tem como Danny ter visto isso no sonho, mas ele viu. A estrada sobe agora. Andando mais quatrocentos metros, talvez até menos, ele vai ver o formato quadrado do posto abandonado.

Dá meia-volta, pensa ele. *Você não quer ir lá, nem tem ninguém te obrigando, então dá meia-volta e vai pra casa.*

Mas ele não consegue. A curiosidade é forte demais. Além disso, tem o cachorro. Se estiver lá, o bicho vai acabar desenterrando o corpo, violando ainda mais aquela garota ou mulher que já sofreu a violação maior de ter sido assassinada. Deixar que isso acontecesse o assombraria ainda mais (e por mais tempo) do que o sonho em si.

Ele tem certeza de que a mão pertence a uma mulher? Sim, por causa da pulseira de berloques. Tem certeza de que ela foi assassinada? Por que outro motivo alguém a teria enterrado atrás de um posto de gasolina abandonado ao norte de nada e ao sul de lugar nenhum?

Ele não para de dirigir. O posto está ali. As placas enferrujadas na frente indicam 1,99 dólar para a gasolina comum, 2,19 dólares para a aditivada e 2,49 dólares para a premium, como no sonho. Tem uma brisa suave no alto da subida, e as placas fazem *tink-tink-tink* no poste no qual estão presas.

Danny para no concreto rachado e cheio de mato surgindo das rachaduras, tomando o cuidado de ficar longe do vidro quebrado. Os pneus da picape não são novos, e o estepe está tão careca que aparecem cordões em alguns pontos. A última coisa que ele quer, a última coisa no mundo, é ficar preso lá.

Danny sai da picape, bate a porta e se sobressalta com o estampido. Burrice, mas ele não consegue evitar. Está morrendo de medo. Em algum lugar ao longe, tem um trator fazendo barulho. Poderia ser outro planeta para Danny. Ele não consegue se lembrar de já ter se sentido tão sozinho.

Andar pelo posto é como entrar de novo no sonho; as pernas parecem se mover por conta própria, sem orientação da sala de controle. Danny chuta para o lado uma lata de óleo abandonada. Havoline, claro. Quer fazer uma pausa no canto do prédio de concreto por tempo suficiente para não ver nada, nadinha, mas suas pernas não param. Estão implacáveis. O latão de lixo enferrujado está lá, virado, espalhando os dejetos. O cachorro também está lá. Aguarda no limite do milharal, olhando para ele.

O maldito vira-lata estava me esperando, pensa Danny. *Sabia que eu estava chegando.*

Devia ser uma ideia idiota, mas não é. Ao estar ali, a quilômetros do ser humano mais próximo (de um ser humano *vivo*, na verdade), ele sabe que não é. Ele sonhou com o cachorro, o cachorro sonhou com ele. Simples assim.

— Vai se foder! — grita Danny e bate palmas.

O cachorro olha para ele com expressão sinistra e vai mancando para o milharal.

Danny vira para a esquerda e vê a mão, ou o que sobrou dela. E mais. O vira-lata andou ocupado. Exumou uma parte de um antebraço. O osso aparece pela carne, e há insetos, mas dá para notar que a pessoa enterrada ali é branca e tem uma tatuagem acima da pulseira de berloques. Parece uma corda ou um círculo de arame farpado. Ele poderia identificar melhor se chegasse perto, mas não está com vontade de se aproximar. O que quer é dar o fora daquele lugar.

Mas, se for embora, o cachorro vai voltar. Danny não consegue vê-lo, mas sabe que está perto. Olhando. Esperando para ficar sozinho com o almoço.

Ele volta para a picape, pega o celular no porta-luvas e encara o objeto. Se usá-lo, vai parecer culpado à beça. Mas aquele maldito cachorro!

Então tem uma ideia. O latão de lixo está caído de lado. Danny o vira todo, fazendo cair uma pilha de lixo de dentro (mas nenhum rato, graças a Deus). Debaixo da ferrugem, há aço maciço, deve dar uns catorze ou quinze quilos. Ele o segura junto à barriga, o suor escorrendo pelas bochechas, e leva até a mão e o antebraço. Abaixa-o e chega para trás, limpando ferrugem da camisa. Será que vai ser o suficiente ou o cachorro vai conseguir derrubar? Não dá para saber.

Danny vai para a frente do posto e pega dois pedaços grandes do concreto em ruínas. Leva-os para os fundos e os coloca em cima do barril virado. Suficiente? Ele acha que sim. Por um tempo, pelo menos. Se o cachorro decidir se chocar com o barril para pegar o que tem em baixo, pode ser que um daqueles pedaços de concreto caia na cabeça dele.

Tudo bem até aqui. E agora?

7

Quando chega à picape, sente a cabeça um pouco mais lúcida e tem uma ideia de como deveria agir. Liga o motor e dá ré para seguir para o sul, novamente tomando cuidado para não passar em cima de cacos de vidro. Um caminhão de fazenda passa na direção norte. Está puxando um trailer aberto pequeno cheio de madeira. O motorista, com o boné puxado até as orelhas, olha para a frente com expressão séria, sem prestar atenção em Danny. E isso é bom. Quando o caminhão passa pelo cume, Danny acelera e volta pelo caminho por onde veio.

Nos arredores de Thompson, ele para em uma loja Dollar General e pergunta se vendem celulares pré-pagos, os que são chamados de descartáveis nos programas de televisão a que ele assiste. Nunca comprou algo assim e acha que o funcionário vai direcioná-lo para outro lugar, talvez para o Walmart de Belleville, mas o homem o instrui para ir ao corredor 5. Tem muitos, mas o Tracfone parece ser o mais barato, não tem taxa de ativação e vem com instruções.

Danny tira a carteira do bolso de trás, pronto para pagar com o Visa, mas aí se pergunta se nasceu burro ou foi ficando assim com o tempo. Guarda a carteira e pega o dinheiro dobrado no bolso esquerdo da frente. Paga com notas.

O funcionário é um jovem com acne e uns pelos embaixo da boca se passando por barbicha. Ele sorri para Danny e pergunta se ele vai causar um estrago no Tinder. Chama Danny de "mano".

Danny não tem ideia do que ele está falando, e apenas diz para o rapaz que não precisa de sacola.

O jovem não diz mais nada, só recebe o pagamento e entrega a nota fiscal. Do lado de fora, Danny joga a notinha em uma lata de lixo. Não quer registro da transação. Só quer comunicar sobre o corpo. O resto é com as pessoas que trabalham investigando coisas. Quanto antes puder deixar aquela história toda para trás, melhor. A ideia de deixar de lado nunca passa pela cabeça dele. Mais cedo ou mais tarde, aquele cachorro, talvez com outros, vai derrubar o barril para pegar a carne embaixo. Não pode deixar que isso aconteça. A esposa ou filha de alguém está enterrada atrás daquele posto abandonado.

8

Três quilômetros depois, ele estaciona num ponto de descanso. Tem duas mesas de piquenique e um banheiro químico. Só isso. Danny para, abre o pacote do Tracfone e passa os olhos pelas instruções. São bem simples, e o celular vem com cinquenta por cento de bateria. Três minutos depois, está carregado e pronto para ser usado. Danny considera anotar o que quer dizer e decide que não precisa. Ele será breve, para que ninguém possa rastrear a ligação.

Seu primeiro pensamento foi ligar para a polícia de Belleville, mas fica em um condado diferente, e ele sabe o número de emergência da Patrulha Rodoviária do Kansas; fica na parede da secretaria da Wilder High School e nos corredores, tanto na ala velha quanto na nova. Nas escolas de todo o estado, Danny imagina. Ninguém diz que é para o caso de haver um atirador porque não é necessário dizer.

Ele pressiona *47. O telefone toca só uma vez.

— Patrulha Rodoviária do Kansas. Qual é a emergência?

— Quero comunicar um corpo enterrado. Acho que pode ter sido vítima de assassinato.

— Qual é seu nome, senhor?

Ele quase diz. Burro.

— O corpo está localizado atrás de um posto Texaco abandonado na cidade de Gunnel.

— O senhor pode me dizer seu nome?

— É só seguir pela Via do Condado F. Haverá uma elevação. O posto fica no topo.

— Senhor…

— Só escuta. O corpo está atrás do posto, tá? Um cachorro estava comendo a mão de quem está enterrado lá. É uma mulher, ou talvez uma garota. Eu cobri a mão dela com um latão de lixo, mas o cachorro vai conseguir tirar daqui a pouco.

— Senhor, eu preciso do seu nome e do local de onde você está lig…

— Gunnel. Via do Condado F, a uns cinco quilômetros da rodovia. Atrás do posto Texaco. Tira ela de lá. Por favor. Tem alguém procurando aquela mulher.

Danny encerra a ligação. Seu coração está disparado. O rosto está molhado de suor e a camisa, úmida. Ele sente como se tivesse corrido uma maratona, e o celular descartável parece radioativo na mão. Ele vai até a lata de lixo atrás das mesas de piquenique, joga o aparelho, pensa melhor, pega de volta, limpa na camisa e joga de novo. Percorreu oito quilômetros quando lembra, talvez por causa de algum programa de televisão, que talvez devesse ter tirado o chip. Fosse lá *o que* fosse. Mas não vai voltar agora. Acha que a polícia não consegue rastrear ligações feitas de celulares descartáveis, mas não vai correr o risco de voltar à cena do crime.

Que crime? Você denunciou um crime, caramba!

Ainda assim, ele só quer voltar para casa, se sentar na frente da televisão e esquecer que aquilo aconteceu. Pensa em comer o almoço que tinha preparado, mas está sem apetite.

9

Agora que os dias de bebedeira acabaram, Danny não dorme até tarde nem nos fins de semana. No domingo, acorda às seis e meia, come uma tigela de cereal e liga o KSNB Morning Report às sete da manhã. A grande notícia é um engavetamento de carros na I-70, a oeste de Wilson. Nada sobre um corpo encontrado atrás de um posto de gasolina abandonado. Ele está prestes a desligar a televisão quando o âncora da manhã de domingo, que deve precisar mostrar identificação para comprar uma cerveja no bar, diz:

— Notícia que acabou de chegar. Temos um relato de que um corpo foi encontrado atrás de um prédio vazio na cidadezinha de Gunnel, não muito longe da divisória com o Nebraska. A polícia fechou uma via do condado ao norte da cidade e o local está sob investigação. Daremos atualizações no nosso site e no noticiário da noite.

Danny entra no site do canal várias vezes ao longo da manhã, e no site da KAAS de Salina. Às 12h15, o site da KAAS acrescenta um clipe de quarenta segundos de viaturas da polícia bloqueando a entrada da Via do Condado F. Tem mais um acréscimo à notícia que ele viu de manhã na televisão: o corpo supostamente é de uma mulher. O que não é novidade para Danny.

Ele atravessa o parque de trailers para ver Becky. Ganha um abraço caprichado da filha dela, uma fofura de nove anos chamada Darla Jean. Becky pergunta se ele quer sair e comprar um saco de hambúrgueres no Snack Shack.

— Pode ir no meu carro — diz ela.

— Eu também quero ir! — emenda Darla Jean.

— Tudo bem — concorda Becky —, mas troca de blusa primeiro. Essa está imunda.

— Ela não precisa se trocar — diz Danny. — Eu vou no drive-thru.

Eles compram hambúrgueres, batatas fritas e limonadas, e comem na sombra atrás do trailer da Becky. É gostoso lá. Becky tem um jacarandá que precisa ser molhado o tempo todo. Porque, segundo ela, "esse tipo de flora não é do Kansas". Ela pergunta se Danny está com alguma coisa na cabeça, porque precisa repetir duas vezes tudo que contou a ele.

— Ou isso ou você está ficando senil — diz a mulher.

— Só estou pensando no que eu tenho pra fazer na semana que vem.

— Tem certeza de que não está pensando na Margie?

— Falei com ela ontem — diz Danny. — Ela acha que o namorado vai pedi-la em casamento.

— Você ainda está caidinho por ela? É isso?

Danny ri.

— Não mesmo.

— Danny! — grita Darla Jean. — Me olha fazer uma pirueta dupla!

Ele olha.

10

Naquela noite, a KSBN manda uma repórter ao local. A mulher parece insegura; definitivamente, quebra-galho de fim de semana. Ela está na frente das viaturas da polícia que bloqueiam a Via do Condado F da saída da rodovia.

— Depois de uma denúncia anônima, os policiais da Patrulha Rodoviária do Kansas foram chamados a um posto de gasolina abandonado na cidade de Gunnel no fim da tarde de ontem. Eles encontraram o corpo de uma mulher não identificada, enterrado atrás do posto, que... — A repórter consulta as anotações e tira o cabelo dos olhos. — ... que fechou em 2012, quando a Rodovia 19 foi alargada para quatro pistas. Se a mulher foi identificada, a Patrulha Rodoviária do Kansas não divulgou. A identidade certamente não será liberada para a imprensa antes da notificação aos parentes. A polícia também não explicou se ela foi assassinada, mas, considerando o local isolado... — Ela dá de ombros, como quem diz *o que mais poderia ser?* — Agora é com você, Pete.

Ela vai ser identificada daqui a pouco, pensa Danny. O importante é que *ele* não foi identificado. Ele é só "um informante anônimo".

Meu gesto de bondade do ano, pensa. *E quem disse que nenhum gesto de bondade passa em branco?*

Nessa hora, só por segurança, bate na madeira.

11

Pat Grady chega ao trabalho na hora em todos os dias da semana seguinte. Danny ousa ter esperanças de que ele tenha aprendido a lição, mas o garoto nunca vai ser o funcionário que Jesse Jackson é. Como o pessoal de antigamente dizia, aquele jovem tem rebolado.

Enquanto isso, há cada vez mais informações sobre a garota dos sonhos do Danny. Apesar de não ter nome, dizem que ela tem vinte e quatro anos e é residente de Oklahoma City. De acordo com uma amiga, essa garota sem nome estava de saco cheio dos pais e da faculdade comunitária e pretendia pegar carona até Los Angeles e estudar para ser cabeleireira, talvez conseguir trabalho como figurante em filmes ou programas de televisão. Chegou até o Kansas. O corpo estava ali havia um tempo; a polícia não dizia o quanto, mas o suficiente para estar "bastante decomposto".

O cachorro pode ter tido algo a ver com isso, pensa Danny.

De acordo com uma fonte da polícia, ela havia sido "esfaqueada repetidas vezes". E agredida sexualmente, um jeito meio educado de dizer estuprada.

Foi o final da notícia da noite de quinta no jornal local que deixou Danny incomodado. O repórter era mais velho do que a mulher do fim de semana, homem, e obviamente parte do primeiro escalão. Ele estava na frente do posto, onde o concreto estava isolado com fita amarela da polícia.

— Os detetives do Departamento de Investigação do Kansas estão buscando ativamente o homem que ligou para fazer a primeira denúncia, informando a localização do corpo. Se alguém souber a identidade dele, os detetives esperam que se apresente. Ou se alguém reconhecer a voz dele. Escutem.

A tela mostrou o tipo de silhueta que algumas pessoas usavam para esconder o rosto nas redes sociais. E Danny ouviu a própria voz. Estava absurdamente clara, nada distorcida:

— *O corpo está localizado atrás de um posto Texaco abandonado na cidade de Gunnel... Via do Condado F, a uns cinco quilômetros da rodovia. Atrás do posto Texaco. Tira ela de lá. Por favor. Tem alguém procurando aquela mulher.*

Ele estava começando a desejar que tivesse deixado tudo pra lá. Só que, quando pensava naquela mão mastigada e no antebraço saindo do chão, sabia que não havia nada que desse para deixar. Desligou a televisão e falou para o trailer vazio:

— Queria mesmo era nunca ter tido aquela porra de sonho. — Ele fez uma pausa, depois acrescentou: — E espero nunca ter outro.

12

Na tarde de sexta-feira, Danny está usando um esfregão de cabo comprido para limpar a parte de cima das luzes fluorescentes penduradas na secretaria quando um sedã azul-escuro entra no estacionamento dos professores. Uma mulher de camisa branca e calça azul sai do carro. Ela pendura uma bolsa grande no ombro. Um homem de paletó esporte preto e calça jeans folgada sai do lado do passageiro. Danny dá uma olhada nos dois enquanto andam na direção da entrada da escola e pensa: *Me pegaram.*

Ele apoia o esfregão no canto e vai encontrá-los. A única coisa que o surpreende naquela chegada é a própria falta de surpresa. É como se ele estivesse esperando.

Ele ouve rock baixo tocando nos alto-falantes no ginásio. Jesse e Pat estão lá, limpando a sujeirada que sempre aparece quando as arquibancadas são recolhidas junto à parede. O plano é passar a segunda-feira da semana seguinte passando verniz na madeira, um trabalho que sempre deixa Danny com dor de cabeça. Vão abrir as janelas para arejar na terça, que é o Quatro de Julho. Agora, ele se pergunta se vai estar ali na semana seguinte. Diz para si mesmo que isso é ridículo, que não fez nada de errado, mas isso não ajuda muito. A frase de um programa antigo de comédia surge na cabeça dele: *Você vai ter que se explicar.*

A mulher abre a porta e a segura para o homem. Danny sai da secretaria e anda pelo corredor. Os recém-chegados estão no saguão, ao lado da estante de troféus com a faixa azul e dourada que diz ORGULHO WILDCAT. A mulher aparenta ter uns trinta e poucos anos, com o cabelo escuro para trás em um coque apertado. Tem uma pistola no lado esquerdo do cinto, o cabo para fora. Do lado direito, o distintivo. É azul e amarelo, com as letras DIK no meio. Ela é bonita de um jeito severo, mas é o homem que chama a atenção de Danny, embora ele não saiba dizer de cara o porquê. Mais tarde, vai passar pela cabeça dele que dá para reconhecer instintivamente um nêmesis quando aparece na sua vida. Vai tentar descartar a ideia como sendo besteira, mas está claro o que passou pela cabeça dele quando se aproximou dos dois: *Cuidado com esse cara.*

A metade masculina da equipe é mais velha do que a mulher, mas o quanto é uma incógnita. Danny costuma ser bom em adivinhar idades com uma margem de erro de alguns anos, mas não consegue definir a daquele cara. Ele poderia ter quarenta e cinco. Poderia estar perto da aposentadoria. Poderia estar doente ou só cansado. Uma península de cabelo ondulado grosso em que ruivo e branco estão igualmente misturados vai até quase a linha mais alta da testa. Está penteado para trás no que parece a Danny um bico de viúva gigante. O crânio dele brilha com um branco cremoso, sem manchas dos dois lados. Os olhos são escuros e fundos, com bolsas embaixo. O paletó preto está surrado nos cotovelos, como se tivesse passado por lavagem a seco dezenas de vezes. O homem também tem um distintivo do Departamento de Investigação do Kansas no cinto, mas não está armado. Se estivesse, Danny acha que o peso poderia puxar aquela calça frouxa até os tornozelos, expondo uma cueca samba-canção larga de tão velha. O policial não tem barriga na frente, não tem quadris nas laterais e, se virasse de costa, Danny acha que a calça estaria sobrando em uma não bunda que é propriedade particular de muitos homens brancos magrelos do centro-oeste. Só falta um cigarro caseiro pendurado no lábio inferior.

O policial dá um passo à frente, com a mão estendida.

— Daniel Coughlin? Sou o inspetor Franklin Jalbert, do Departamento de Investigação do Kansas. Essa é a minha parceira, a inspetora Ella Davis.

A mão de Jalbert é dura e o aperto é quente, quase como se ele estivesse com febre. Danny a aperta rapidamente e solta. A mulher não oferece a mão, só lança um olhar avaliador para ele. É como se já pudesse vê-lo fazendo aquela dança triste conhecida como caminhada do criminoso, mas isso não incomoda Danny como o olhar de Jalbert. Tem algo empoeirado ali, como se ele tivesse visto versões de Danny mil vezes antes.

— Você sabe por que estamos aqui? — pergunta Ella Davis.

Danny reconhece esse tipo de pergunta, é como perguntar a um homem se ele ainda bate na esposa, e não existe resposta certa.

— Por que você não me diz?

Antes que qualquer um dos dois possa responder, a porta no final da ala velha se abre e se fecha com um estrondo. É Jesse.

— Nós terminamos de varrer o local das arquibancadas, Danny. Você tinha que ter visto o tanto de…

O garoto vê o homem de paletó preto desbotado e a mulher de calça azul e para.

— Jesse, por que você…

A porta se abre e bate de novo antes de Danny terminar. Dessa vez, é Pat, a calça jeans baixa, o boné virado para trás, totalmente relaxado. Ele para atrás de Jesse e olha para a companhia de Danny, com a cabeça inclinada para o lado. Vê a arma da mulher e os distintivos, e um sorrisinho começa a se formar no rosto dele.

Danny tenta de novo.

— Por que vocês dois não começam o fim de semana mais cedo? Eu bato o ponto de vocês às quatro.

— Sério? — pergunta Pat.

Jesse pergunta se ele tem certeza. Pat bate no ombro do colega como quem diz *não vai ferrar com a diversão*. Ainda está sorrindo, e não porque o fim de semana vai começar uma hora mais cedo. Gosta da ideia de que o chefe pode estar encrencado com a polícia.

— Tenho. Se tiverem deixado alguma coisa de vocês no almoxarifado, peguem quando estiverem saindo.

Os dois vão embora. Jesse lança um olhar rápido para trás, e Danny fica tocado pela preocupação que percebe na expressão do garoto. Quando a porta se fecha, ele se vira para Jalbert e Davis e repete a pergunta.

— Por que você não me diz?

Davis tenta outra abordagem.

— Nós só temos algumas perguntas pra você, sr. Coughlin. Por que não vem dar uma voltinha com a gente? A delegacia de Manitou fez a gentileza de separar a sala de descanso pra nós. Chegamos lá em vinte minutos.

Danny faz que não.

— Eu prometi àqueles garotos que bateria o ponto deles às quatro. Vamos conversar na biblioteca.

Ella Davis lança um olhar rápido para Jalbert, que dá de ombros e abre um sorriso que expõe momentaneamente dentes brancos (*nada de cigarrinho caseiro, então*, pensa Danny), mas tão pequenos que parecem pinos. *Ele trinca os dentes*, pensa Danny. *É o que provoca isso.*

— A biblioteca me parece uma boa — diz Jalbert.

— É por aqui.

Danny volta pelo corredor, mas não na frente; Jalbert está do lado esquerdo dele, e Davis do direito. Quando se sentam a uma das mesas da biblioteca, Davis pergunta se Danny se importa que os dois gravem a conversinha. Danny diz que não se importa. Ela enfia a mão na bolsa, pega o celular e o coloca na mesa na frente do Danny.

— Só pra você saber — diz ela —, você não *tem* que falar com a gente. Tem o direito de ficar em silêncio. Qualquer coisa que diga…

Jalbert levanta dois dedos da mesa, e ela para na hora.

— Acho que não precisamos dar ao sr. Coughlin… posso te chamar de Danny?

Danny dá de ombros.

— Tanto faz.

— Acho que não precisamos ler os direitos dele agora. Ele já ouviu antes, não foi, Danny?

— Ouvi.

Ele quer acrescentar *a acusação foi retirada, Margie concordou, eu já tinha parado de beber e incomodar ela.* Mas acha que Jalbert já sabe disso. Acha que aqueles dois podem saber quem fez a ligação de denúncia já há algum tempo. Tempo suficiente para revirar o passado de Danny e para saber que Margie pediu uma medida protetiva contra ele.

Os inspetores estão esperando que ele diga mais. Como Danny não diz, Davis remexe na bolsa e pega um tablet. Mostra uma fotografia a ele. É de um Tracfone em um saco plástico, identificado com a data em que foi encontrado e o nome do policial — *G. S. Laing, Perícia do DIK* — que o encontrou.

— Você comprou esse celular em uma loja Dollar General na estrada Byfield, na cidade de Thompson? — pergunta Davis.

Não adianta mentir. Aqueles dois devem ter mostrado ao funcionário da Dollar General a foto de quando ele foi preso violando a medida protetiva. Danny suspira.

— Sim. Acho que eu devia ter tirado o chip da parte de trás.

— Não teria feito diferença — responde Jalbert.

O policial não está olhando para Danny. Está olhando pela janela para Jesse e Pat, que está morrendo de rir. Ele dá um tapa no ombro de Jesse e vai para o carro.

— A policial que atendeu a ligação identificou o número na tela e a torre de celular o encontrou.

— Ah. Eu não pensei direito, né?

— Não, Danny, não pensou. — Davis o olha com sinceridade, não sorrindo, mas permitindo que ele perceba que ela *poderia* sorrir se ele desse mais. — Quase como se você quisesse ser descoberto. Era o que queria?

Danny considera a pergunta e decide que é idiota.

— Não. Só não pensei direito.

— Mas você admite que fez a ligação, né? Sobre a localização de Yvonne Wicker? Era esse o nome dela. Da mulher morta.

— Sim.

Ele está ferrado e sabe disso. Não acredita que possam prendê-lo pelo assassinato, a ideia é absurda, a pior coisa que ele fez na vida foi parar em frente à casa da futura ex-esposa e gritar até ela chamar a polícia de Wichita. Nas duas primeiras vezes, só o fizeram ir embora. Na terceira, e isso foi depois que ela pediu a medida protetiva, eles o prenderam e Danny passou uma noite na cadeia.

Estão esperando que ele continue. Danny cruza os braços e fica em silêncio. Vai ter que explicar umas coisinhas, sem dúvida nenhuma, mas está com medo.

— Então você esteve no Texaco de Gunnel? — pergunta Jalbert.

— Estive.

— Quantas vezes?

Duas, pensa Danny. *Uma quando eu estava dormindo e outra quando estava acordado.*

— Uma.

— Você colocou um latão de lixo em cima dos restos da pobre garota para protegê-los de depredação animal? — A voz de Jalbert é baixa e gentil, convidativa a confidências.

Danny não conhece a palavra *depredação*, mas o contexto está claro.

— Coloquei. Tinha um cachorro. Você sabe o que aconteceu com ele?

— Foi eliminado — informa Ella Davis. — Os policiais que atenderam ao chamado não conseguiram afastá-lo, e não quiseram esperar o Controle de Animais de Belleville, então...

Jalbert coloca a mão no braço dela, uma mão *gentil*, e ela para, fica até um pouco corada. *Não se dá informações a um suspeito*, pensa Danny. *Ele sabe disso, mesmo se ela não souber.* E pensa novamente: *Cuidado com esse cara.*

Davis mexe na tela do tablet, supostamente para mostrar outra foto.

— Você tem uma picape Toyota Tundra 2011?

— É 2011. Eu paro nos fundos, perto dos ônibus.

Eles não viram o veículo, mas sabem a marca e o modelo. E *ele* sabe qual vai ser a foto antes mesmo que a policial a mostre. É a picape no estacionamento da Dollar General onde ele comprou o celular. A placa está clara.

— Câmera de segurança?

— É. Eu tenho outras em que você aparece. Quer ver?

Danny faz que não.

— Tudo bem, mas tem uma que pode te interessar. — Dessa vez, é uma foto em preto e branco em alta resolução de marcas de pneus no concreto rachado do Texaco. — Quando compararmos isto com os pneus da sua picape, vai bater?

— Acredito que sim.

Ele nunca pensou que podia ter deixado marcas, mas deveria. Porque fora do concreto, a Via do Condado F é de terra. Passa pela cabeça de Danny que dá para ser muito descuidado ao encobrir os próprios rastros, literalmente, se você não cometeu um crime.

Davis assente.

— Além do mais, um fazendeiro chamado Delroy Ferguson viu uma picape branca parada na frente do posto. No mesmo dia em que você fez a ligação de Thompson. Ele chamou a Patrulha Rodoviária, disse que achou que alguém poderia estar roubando algo. Ou que podia ser um encontro pra venda de drogas.

Danny suspira. Jurava que o fazendeiro não havia tirado os olhos da estrada enquanto passava com o trailer cheio de madeira para o norte pela estrada deserta. Pensa de novo: *Me pegaram.*

— Era a minha picape, eu estive lá, eu comprei o celular, eu fiz a ligação. Então porque você não para com a baboseira. Pergunta por que eu fui lá. Eu vou contar.

Ele pensa em acrescentar *vocês não vão acreditar*, mas isso não seria declarar o óbvio?

Acha que Davis vai perguntar exatamente isso, mas o homem de paletó preto a interrompe.

— Teve uma coisa engraçada sobre o celular. As impressões digitais foram limpas.

— É, eu fiz isso. Se bem que, pelo que você está me contando, teria descoberto de qualquer jeito.

— Sim, sim. Por outro lado, você pagou em dinheiro — diz Jalbert, como se matando tempo. — Isso foi inteligente. Sem o vídeo da câmera de segurança, nós poderíamos ter demorado pra te achar. Talvez nem tivéssemos achado.

— Eu não pensei direito. Já falei.

A biblioteca é fresca, mas ele está começando a suar. As bochechas estão ficando coradas. Ele se sente um idiota. Nenhum gesto de bondade passa em branco mesmo.

Jalbert vê Pat Grady sair do estacionamento, o motor estourando e óleo de válvula ruim saindo pelo escapamento. Ele volta o olhar que parece empoeirado para Danny.

— Você queria ser encontrado, né?

— Não — responde Danny, embora, lá no fundo, ele se pergunte. O olhar de Jalbert é poderoso. *Eu sei o que eu sei*, diz o olhar. *Faço isso há muito tempo, Sunny Jim, e eu sei o que eu sei.* — Eu só não queria ter que explicar como sabia que aquela mulher estava lá. Achei que não fossem acreditar em mim. Se eu tivesse que fazer tudo de novo, teria escrito uma carta anônima.

Ele faz uma pausa, olha para as mãos e morde o lábio. Ergue o olhar de novo e diz a verdade.

— Não. Eu faria a mesma coisa. Por causa do cachorro. Ele fez mal pra ela. Teria feito mais. E talvez outros cachorros teriam ido depois que a mão e o braço estivessem pra fora da terra. Eles teriam sentido o cheiro do...

Danny para. Jalbert o ajuda.

— Do corpo. O corpo da coitada da srta. Yvonne.

— Eu não queria que isso acontecesse.

Ele ainda está se familiarizando com o nome dela. Yvonne. Nome bonito. Ella Davis está olhando para ele como se Danny tivesse uma doença, mas os olhos meio empoeirados de Jalbert não mudam. O inspetor pergunta:

— Então conta pra gente. Como você sabia que ela estava lá?

Danny conta sobre o sonho. Sobre a placa depredada que dizia VIADO DO CONDADO FODA, a lua, o *tink-tink-tink* das placas de preço batendo no poste. Conta que as pernas dele se moviam por vontade própria. Conta sobre a mão, a pulseira de berloques, o cachorro. Conta tudo, mas não consegue transmitir a *clareza* do sonho, como parecia realidade.

— Eu achei que ia sumir, como acontece com a maioria dos sonhos depois que você acorda. Mas não aconteceu. Então eu fui lá porque queria ver que era só um filme maluco na minha cabeça. Só que... ela estava lá. O cachorro estava lá. E eu fiz a ligação.

Os dois ficam em silêncio, olhando para Danny. Avaliando-o. Ella Davis não diz *você espera mesmo que a gente acredite nisso?* Nem precisa. A expressão no rosto dela diz tudo.

O silêncio se prolonga. Danny sabe que deveria rompê-lo, que deveria tentar convencê-los dando mais detalhes. Que deveria tropeçar nas palavras, começar a balbuciar. Mas fica em silêncio. É um esforço.

Jalbert sorri. É assustador porque é um bom sorriso. Caloroso. Exceto nos olhos. Os olhos permanecem iguais. Como um homem declarando uma verdade profunda, ele diz:

— Você é médium! Como a srta. Cleo!

Davis revira os olhos.

Danny faz que não.

— Não sou.

— É! É, sim! Por Deus! Três! Aposto que você ajudou a polícia em outras investigações, como aquela Nancy Weber ou aquele Peter Hurkos. Talvez até saiba o que as pessoas estão pensando!

Ele bate na têmpora afundada, onde uma veia azul suave pulsa.

Danny sorri e aponta para Ella Davis.

— Eu não faço a menor ideia de quem são Nancy Weber e Peter Hurkos, mas sei o que *ela* está pensando. Que eu sou um mentiroso.

Davis sorri, sem humor.

— Acertou.

Danny se vira para Jalbert.

— Eu não ajudei a polícia. Antes disso, claro.

— Não?

— Eu também nunca tive um sonho assim.

— Nenhuma visão paranormal? Talvez dizer pra um amigo que tem alguma coisa na escada do sótão e que é pra ele tomar cuidado senão alguém pode cair?

— Não.

— Pelo amor de Deus, não sai de casa no dia 12 de maio? Doze?

— Não.

— O anel que sumiu está em cima do armário do banheiro?

— Não.

— Só essa vez! — Jalbert está tentando parecer impressionado. Os olhos dele não estão impressionados. Examinam o rosto de Danny. Quase têm peso. — Uma!

— É.

Jalbert balança a cabeça, mais admiração, e olha para a parceira.

— O que a gente vai fazer com esse cara?

— Que tal prender pelo assassinato de Yvonne Wicker? Parece um bom plano?

— Ah, parem com isso! Eu falei onde o corpo estava. Se eu tivesse matado, por que faria isso?

— Publicidade? — Ela quase cospe a palavra. — Que tal isso? Incendiadores fazem esse tipo de coisa o tempo todo. Botam fogo, avisam do incêndio, apagam o incêndio, ganham foto no jornal.

Jalbert se inclina subitamente para a frente e segura a mão de Danny. O toque é desagradável, muito seco e muito quente. Danny tenta se soltar, mas o aperto de Jalbert é muito forte.

— Você jura? — pergunta ele em um sussurro confidencial. — Você jura, jura, *jura*… três vezes, uma e mais duas, que não matou a srta. Yvonne Wicker?

— Juro! — Danny puxa a mão de volta. Ficou constrangido e assustado no começo, mas agora está apavorado. Passa pela cabeça dele que Frank Jalbert pode ser louco. Deve ser fingimento, mas e se não for? — Eu sonhei onde estava o corpo dela, só isso!

— Vou dizer uma coisa — interrompe Ella Davis. — Eu já ouvi álibis péssimos ao longo dos anos, mas esse é campeão. É bem melhor do que o cachorro comeu meu dever de casa.

Enquanto isso, Jalbert balança a cabeça e parece lamentar... mas os olhos não mudam. Percorrem o rosto de Danny. Para lá e para cá.

— Ella, acho que precisamos liberar esse homem.

— Mas ele sabia onde estava o corpo!

Os dois estão seguindo um roteiro, pensa Danny. *Com certeza.*

Jalbert continua a balançar a cabeça.

— Não... não... nós precisamos liberar o cara. A gente tem que liberar esse faxineiro médium de uma vez.

— Eu sou *zelador*! — corrige Danny, e se sente um idiota na hora.

— Desculpe, zelador médium. Nós podemos fazer isso porque o homem que estuprou a srta. Yvonne não usou preservativo, e isso deixou uma mina de ouro de DNA. Você nos daria uma amostra, Danny? Pra podermos eliminar você da investigação? Sem dor, sem estresse, só um cotonete na bochecha. Por você, tudo bem?

Danny só percebe como estava tenso na cadeira quando se acomoda de novo.

— Sim! Tudo bem!

Davis enfia a mão na bolsa na hora. É uma boa escoteira, que vai preparada. O que ela pega é um pacote de cotonetes. Danny está olhando para Jalbert, e o que vê, talvez, é um breve vislumbre de decepção. Danny não tem certeza, mas acha que Jalbert estava blefando, que o estuprador e assassino usou, sim, camisinha.

— Abre bem a boca, sr. Zelador Médium — pede Davis.

Danny abre bem a boca, e Davis passa o cotonete na parte de dentro da bochecha dele. Ela olha com aprovação para o cotonete, depois o enfia no recipiente.

— As células revelam — diz ela. Sempre revelam.

— O reboque chegou.

Danny olha pela janela e vê um reboque entrando no estacionamento. Ella Davis está olhando para Jalbert. O policial assente, e ela enfia a mão na bolsa de novo. Pega duas pilhas finas de papel presas com clipes.

— Mandados de busca. Um para a sua picape e um para a sua casa em... — Ela consulta um deles. — Rua Oak, 919. Quer ler?

Danny faz que não. O que mais poderia ter esperado?

— Vai dizer pra eles que a picape está nos fundos. Filma a hora que colocarem a picape no reboque, para o nosso zelador não poder alegar depois que plantamos nada — instrui Jalbert.

Ela pega o celular e se levanta, mas parece em dúvida. Jalbert abre um sorriso que mostra os cotoquinhos que funcionam como dentes e balança a mão na direção da porta.

— Nós vamos ficar bem, não vamos, Danny?

— Se você diz.

— Chave? — pergunta ela.

— Embaixo do assento. — Ele mexe no chaveiro pendurado no passador do cinto. — Eu já tenho chaves demais deste lugar, não preciso de mais. A picape não está trancada.

E, pela primeira vez, ele está com o telefone.

Ela assente e sai. Quando a porta se fecha, Jalbert diz:

— Aquele reboque vai levar sua picape pra Great Bend, onde vai ser revirada do para-lama ao escapamento. A gente vai encontrar alguma coisa que pertence à srta. Yvonne?

— Só se vocês plantarem.

— Um fio de cabelo dela? Um único fio louro?

— Só se...

— Só se nós plantarmos, sim. Danny, a gente vai dar uma volta, no fim das contas, mas não pra delegacia de Manitou. Pra sua casa. Só por curiosidade, tem algum carvalho no Parque de Trailer Bosque dos Carvalhos? Quatro ou cinco? Talvez só uns três?

— Não.

— Foi o que pensei. Vai haver policiais e uma unidade pericial lá. A chave da sua casa está no chaveiro com a chave da picape?

— Está, mas a porta está destrancada.

Jalbert ergue as sobrancelhas, que são do mesmo ruivo misturado com branco que o bico de viúva gigante.

— Mas que alma confiante.

— Eu tranco à noite. Durante o dia... — Danny dá de ombros. — Eu não tenho nada de valor pra ser roubado.

— Tem pouca coisa, é? Não só médium, mas acólito de Thoreau!

Danny não sabe o que é acólito de Thoreau tanto quanto não sabe o que é Tinder. Acha que Jalbert sabe disso. Os olhos do policial deslizam e deslizam. Danny percebe por que achou que o olhar do homem era empoeirado. Os olhos dele não têm brilho, não cintilam, apenas carregam certa avidez. *Ele parece som ambiente*, pensa Danny. Uma ideia estranha, mas está correta, de alguma forma. Ele se pergunta se Jalbert sonha.

— Eu tenho uma pergunta pra você, Danny, uma que já fiz e você respondeu, mas agora vou ler seus direitos primeiro. Você tem o direito de ficar em silêncio. Se escolher falar, e você não precisa, mas, se escolher, qualquer coisa que você diga pode ser usada contra você em um tribunal. Você tem direito à presença de um advogado. Se não tiver dinheiro para pagar um advogado, um será providenciado para você. — Ele faz uma pausa. Os cotoquinhos brancos fazem uma aparição. — Tenho certeza de que isso é familiar.

— É.

O que Danny está pensando é que, quando ele e Jalbert chegarem ao trailer, já vai haver polícia lá. Os residentes que não estiverem trabalhando vão ver e espalhar: *a polícia estava revistando o trailer de Danny Coughlin.* Até escurecer, a notícia vai estar em todo Bosque dos Carvalhos.

— Você entende seus direitos?

— Entendo. Mas você não está gravando. Ela levou o celular.

— Não importa. Isso é só entre nós. — Jalbert se levanta e se inclina para a frente, os dedos apoiados na mesa da biblioteca, os olhos revirando o rosto de Danny. — Então, mais uma vez. Você matou Yvonne Wicker?

— Não.

Pela primeira vez, o sorriso de Jalbert parece real. Com uma voz baixa, quase uma carícia, ele diz:

— Eu acho que matou. Eu *sei* que matou. Tem certeza de que não quer falar sobre isso?

Danny olha para o relógio.

— O que eu quero é bater o ponto dos garotos. E o meu.

13

No Bosque dos Carvalhos, tudo está como Danny esperava. Duas viaturas da polícia e uma van branca da perícia estão paradas na frente do seu trailer. Uns seis vizinhos observam do lado de fora. Ella Davis está lá, com quatro policiais uniformizados e dois agentes da perícia de macacão branco, luvas e botas. Danny supõe que ela pegou carona até o parque de trailers com o reboque que havia levado a picape, e os vizinhos também devem ter visto isso. Legal. Pelo menos Becky não está lá, o que é um alívio. Às segundas, quartas e sextas ela trabalha meio período na Freddy Lavanderia. Darla Jean colore ou lê enquanto Becky esvazia lavadoras e secadoras e dá troco e dobra roupas.

Mas ela vai saber, pensa Danny. *Alguém vai correndo contar. Provavelmente aquela boca de sacola da Cynthia Babson.*

Apesar de o trailer estar destrancado, a polícia esperara Jalbert. Davis vai até o carro. Quando Danny sai do banco da frente e não do de trás, ela franze a testa para Jalbert, que só dá de ombros.

— A gente vai encontrar alguma arma lá dentro, sr. Coughlin? — pergunta ela.

Agora não é mais Danny, e ela está falando alto para os observadores ouvirem. Quer que entendam que Danny Coughlin é suspeito de algo sério? Claro que quer.

— Tem uma calibre 38 semiautomática na mesa de cabeceira. Colt Commander.

Ele quer acrescentar que tem direito de ter uma arma de defesa em casa e que nunca foi condenado por nenhum crime, mas fica de boca fechada. Vê Bill Dumfries parado ao lado do trailer, com os braços grandes cruzados e o rosto neutro. Danny conclui que ele quer falar com Bill quando tiver oportunidade.

— Carregada?

— Sim.

— Vamos encontrar drogas, seringas ou qualquer outra parafernália relacionada a drogas?

— Só aspirina.

Davis assente para os agentes da perícia. Eles entram, carregando as pastas. Um policial com câmera de vídeo vai atrás. Ele está de botas e luvas descartáveis, mas não um macacão por cima da roupa.

— Eu posso entrar? — pergunta Danny.

Davis faz que não.

— Deixa ele ficar na porta olhando — diz Jalbert. — Não faz mal.

Davis franze a testa para Jalbert de novo, mas Danny tem quase certeza de que os dois já fizeram aquela dança antes. Não a coisa do policial bom e o policial mau, mas a do policial agressivo e o policial neutro. Só que ele duvida que Jalbert seja neutro. Davis também.

Danny sobe os degraus. São de blocos de concreto, depois de três anos morando ali ele continua pensando que o trailer no Bosque dos Carvalhos é um lar temporário, mas tem flores dos dois lados. Ele deu dinheiro para Becky comprar as sementes. Ele e Darla Jean plantaram.

Ele fica na porta e olha a perícia revistar seu espaço particular, abrindo gavetas e armários. Eles olham na geladeira, no forno, no micro-ondas. É irritante. Ele fica pensando *É isso que se ganha por tentar ajudar, é isso que se ganha.*

Atrás dele, em voz baixa, Jalbert diz:

— Você vai receber recibos do que for levado para análise.

Danny se sobressalta. Nem ouviu Jalbert se aproximar. Ele é um filho da puta silencioso.

No final, só levam a arma e uma faca da cozinha. Um dos caras da perícia coloca os itens em sacos e o outro tira fotos; pelo jeito, um vídeo não daria conta. Danny tem três facas de churrasco, mas eles não levam essas. Ele conclui que as lâminas com serra não batem com as feridas encontradas no corpo de Yvonne Wicker.

Danny desce os degraus. Davis e Jalbert estão com as cabeças próximas. Ela murmura algo para Jalbert, que escuta sem tirar os olhos de Danny. Jalbert assente, murmura algo em resposta, e os dois voltam até Danny. Eles o observam com olhos curiosos. Visitas da polícia não são incomuns no parque de trailers, mas é a primeira vez que Danny recebe aquela visita.

Ella Davis fala em tom casual, como se para passar o tempo:

— Você matou outras pessoas, Danny? E o peso ficou grande demais? Foi culpa e não publicidade? A garota Wicker foi a gota d'água?

Olhando nos olhos dela, Danny diz:

— Eu não matei ninguém.

Davis sorri.

— Você precisa ir à delegacia de Manitou amanhã. Nós temos mais perguntas. Que tal dez horas?

Exatamente como eu queria passar minha manhã de sábado, pensa Danny.

— E se eu recusar?

Ela arregala os olhos.

— Bom, essa pode ser a sua escolha. Por enquanto, pelo menos. Mas, se não fez nada além de comunicar o local do corpo, acho que você ia querer que isso fosse esclarecido.

— Tudo pronto — diz Jalbert, e passa as mãos uma pela outra para demonstrar. — Dez horas, certo?

— Caso não tenham notado, seu pessoal levou minha picape.

— Vamos mandar um carro pra te buscar — informa Jalbert.

— Acho que eu devia alugar um na Budget e mandar a conta pra vocês.

— Boa sorte pra conseguir alguém que autorize esse pagamento — diz Jalbert. — Burocracia. — Os cotoquinhos dos dentes piscam e desaparecem. — Mas você pode tentar.

— Fica por aqui hoje. Você pode sair da cidade, mas não pode sair do condado. — Davis sorri. — Nós vamos ficar de olho.

— Não tenho dúvida. — Danny hesita um momento, e então diz: — Se é assim que agem quando alguém faz uma coisa legal, eu detestaria ver como agem quando alguém faz merda.

— Nós *sabemos*...

Para Danny, já deu.

— Você não sabe nada, inspetora Davis. Agora, vão embora. Os dois.

Ela não se impressiona, só abre o bolso lateral da bolsa e entrega um cartão para ele.

— Aqui tem meu celular. Você pode falar comigo dia ou noite. Me liga se decidir não ir à entrevista amanhã de manhã. Mas eu não recomendo.

Ela e Jalbert entram no sedã azul-escuro. Os dois seguem para a entrada do parque de trailers e passam pela placa que diz DEVAGAR. NÓS AMAMOS NOSSAS CRIANÇAS.

Danny anda até Bill Dumfries.

— Que merda foi *aquela*? — pergunta Bill.

— Em resumo, encontrei o corpo de uma garota assassinada em uma cidadezinha ao norte daqui. Gunnel. Tentei comunicar de forma anônima. Descobriram. Agora, acham que fui eu.

— Meu Deus — comenta Bill, e balança a cabeça. — A polícia!

Parece bom, e talvez a dúvida que Danny acha que vê nos olhos de Bill seja apenas imaginação. Danny não liga. Bill se aposentou da Empreiteira Dumfries três anos antes, e se alguém do Bosque dos Carvalhos conhece um bom advogado na região, esse alguém é Bill. Ele pergunta, Bill olha o celular, e Danny está com um nome e um número antes mesmo de o sedã azul-escuro entrar na rodovia. Ele adiciona o número aos contatos.

— Estou surpreso de não terem levado meu celular — diz Danny. — Se eu o tivesse deixado no porta-luvas da picape como costumo fazer, teriam levado.

Bill diz que tem quase certeza de que precisariam de um mandado separado para isso e acrescenta:

— Podem pedir que você entregue amanhã. Se tiver alguma coisa aí que você não queira que vejam, eu destruiria.

— Não tem nada — responde Danny, um pouco alto demais.

As pessoas ainda estão olhando para ele, e a porta do trailer foi deixada aberta. Ele se sente violado e diz a si mesmo que é besteira, mas o sentimento não passa. Porque não é besteira.

— Billy! — É a sra. Dumfries, parada na porta do trailer, um duplo que é o mais chique do parque. — Vem pra casa, seu jantar tá esfriando!

Bill não olha para trás, mas faz um sinal rápido de positivo para Danny. E isso é melhor do que nada, Danny acha.

14

No trailer, já com a porta fechada, Danny tem um ataque súbito de tremedeira e precisa se sentar. É o primeiro desde os dias de ficar bêbado por aí, quando ele tinha tremedeiras nas manhãs seguintes até tomar a primeira xícara de café. E aspirina. E, claro, quando acordou naquela cela de cadeia em Wichita, e não havia café nem aspirina para acabar com o tremor. Foi nesse dia que ele decidiu que precisava parar com a bebida, senão se meteria em problemas ainda mais sérios. Ele parou, e olha o problemão em que havia se metido mesmo assim. Nenhum ato de bondade etc.

Ele não se dá ao trabalho de preparar café, mas tem um pacote de seis latas de Pepsi na geladeira. Bebe uma, solta um arroto alto e os tremores começam a diminuir. O nome do advogado é Edgar Ball, e ele é da região. Danny não espera conseguir falar com Ball, passa das cinco horas de um fim de tarde de sexta, mas a mensagem gravada tem um número para ligar caso seja urgente. Danny liga.

— Alô.

— É Edgar Ball? O advogado?

— É, e eu estou indo levar minha esposa pra jantar no Happy Jack's. Pode explicar por que está ligando, mas seja breve.

— Meu nome é Daniel Coughlin. Acho que a polícia acredita que eu matei uma garota. — Ele repensa. — Eu sei que acredita. Não cometi o crime, só falei onde estava o corpo. Tenho que ir pra um interrogatório amanhã de manhã na delegacia de Manitou.

— E a polícia de Manitou quer…

— Não eles, o DIK. Só vão deixar que usem uma sala na delegacia de Manitou pra me interrogar. Estão me dando a noite pra pensar, mas acho que podem me prender de manhã. Preciso de um advogado. Peguei seu contato com Bill Dumfries.

Uma mulher fala alguma coisa ao fundo. Ball diz que chega lá em dois sacolejos do rabo de uma ovelha. E, para Danny:

— Eu sou advogado imobiliário, Bill te falou? Não cuido de um caso criminal desde que inaugurei meu escritório, e na época era mais por direção embriagada ou incêndios menores.

— Eu não conheço nenhum outro…

— Que horas é sua entrevista?

— Querem que eu vá lá às dez da manhã.

— Na delegacia de Manitou na rua Rampart.

— Se você diz.

— Vou te representar no interrogatório, isso eu posso fazer.

— Obrig…

— Se não deixarem a acusação de lado, vou recomendar um advogado que cuida de questões criminais.

Danny começa a dizer obrigado de novo, e pensa em perguntar a Ball se ele pode dar uma carona até a delegacia, mas Ball desligou.

Não é muito, mas é algo. Ele liga para Becky.

— Oi, Beck — cumprimenta quando a mulher atende. — Estou com um probleminha aqui e queria saber...

— Eu sei sobre o seu probleminha — diz Becky —, e não me parece tão pequeno assim. Acabei de sair de uma ligação com Cynthia Babson.

Mas é claro, pensa Danny.

— Ela disse que a polícia acha que você matou a garota que encontraram no norte.

Ela para aí, esperando que Danny diga que não fez nada, que é ridículo, mas ele não deveria precisar dizer isso. Ela o conhece há três anos, os dois transam uma vez por semana, às vezes duas, ele já buscou a filha dela na escola, e não precisava fazer isso, ponto.

— Eu tenho que ir falar com eles amanhã, com os dois investigadores do DIK, e queria saber se posso pegar seu carro emprestado. Levaram minha picape pra Great Bend e não sei quando vão devolver — explica ele.

Há uma pausa longa e Becky diz:

— Eu ia levar a DJ para o High Banks Hall of Fame amanhã. Você sabe que ela ama aqueles carros engraçados.

Danny conhece o lugar, apesar de nunca ter visitado. Também sabe que Darla Jean nunca demonstrou o menor interesse em carros de corrida achatados, pelo menos não para ele. Se fosse uma boneca em um museu, aí seria outra história.

— Tudo bem. Não tem problema.

— Você não teve nada a ver com aquela garota, né, Danny?

Ele suspira.

— Não, Becky. Eu só sabia onde ela estava.

— Como? Como você soube?

— Eu tive um sonho.

De repente, ela se empolga.

— Tipo a Letitia em *Inside View*?

— Isso. Igual a ela. Tenho que desligar, Becky.

— Se cuida, Danny.

— Você também, Beck.

Pelo menos ela acreditou em mim quanto ao sonho, pensa ele. Por outro lado, Becky parece acreditar em tudo que lê no tabloide de supermercado favorito dela, inclusive que o fantasma da rainha Elizabeth está assombrando o Castelo Balmoral e sobre as pessoas-formigas inteligentes vivendo no meio da floresta Amazônica.

15

Ella Davis leva o parceiro para o hotel em que está hospedado em Lyons e estaciona debaixo do toldo. Jalbert pega a pasta velha e surrada, companheira de mais de vinte anos de investigações, cobrindo o Kansas de um lado a outro e de cima a baixo, e diz que vai estar na delegacia de Manitou às nove da manhã. Não há necessidade de buscá-lo, ele vai no próprio carro. Os dois podem repassar o plano de ataque antes de Coughlin chegar, às dez. Davis vai para Great Bend, onde está hospedada com a irmã. Tem uma festa de aniversário chegando. A filha de Ella vai fazer oito anos.

— A gente tem o suficiente pra prendê-lo, Frank?

— Vamos ver o que a perícia vai encontrar na picape.

— Você não tem a menor dúvida de que foi ele?

— Nenhuma. Dirija com cuidado, Ella.

Ela vai embora. Jalbert acena e segue para o quarto, dando uma batidinha na lataria do seu Chevy Caprice ao passar. Como a pasta, o Caprice esteve com ele em muitos casos, de Kansas City de um lado do estado a Scott City do outro.

A suíte de dois aposentos, longe de ser chique, é o que se chama de "simplicidade do Kansas". Há um cheiro de desinfetante no ar, e um cheiro mais fraco de mofo. A privada tende a engasgar, a menos que você aperte algumas vezes. O ar-condicionado faz um barulho baixo. Ele já dormiu em lugares melhores, mas também em outros bem piores. Jalbert coloca a pasta na cama e gira os números da combinação do trinco. Tira um arquivo com WICKER escrito na aba. Verifica se as cortinas estão bem fechadas. Puxa a correntinha da porta e gira o trinco. Em seguida, tira toda a roupa, dobrando cada peça em cima da pasta. Ele se senta na cadeira perto da porta.

— Um.

Ele vai até a cadeira perto da mesa pequenininha (quase inútil) e se senta.

— Um mais dois, acrescenta três: seis.

Ele vai até a cama e se senta ao lado da pasta e das roupas dobradas.

— Um, dois, três, quatro, cinco e seis dá vinte e um.

Ele vai até o banheiro e se senta no tampo fechado da privada. O plástico está frio na bunda magrela.

— Um, dois, três, quatro, cinco, seis, sete, oito, nove e dez dá cinquenta e cinco.

Ele volta para a primeira cadeira, o pênis magrelo pendurado como um pêndulo, e se senta.

— Agora, somando onze, doze, treze, catorze e quinze dá cento e vinte.

Ele faz outro percurso completo, que o satisfaz. Às vezes, precisa fazer dez ou vinte percursos até sua mente dizer que é suficiente. Ele se permite mijar depois de ter segurado a urina por muito tempo e lava as mãos enquanto conta até dezessete. Não sabe por que dezessete é o número perfeito para a lavagem de mãos, mas é. Funciona para escovar os dentes também. Lavar o cabelo é vinte e cinco desde que ele era adolescente.

Jalbert tira a mala de debaixo da cama e veste roupas limpas. As que havia tirado e dobrado vão para dentro da mala. A mala volta para debaixo da cama. De joelhos, ele diz:

— Senhor, por Sua vontade eu vou servir ao povo do Kansas. Amanhã, se for Sua vontade, vou prender o homem que matou a pobre srta. Yvonne.

Ele leva a pasta até a cadeira perto da mesinha inútil e abre o arquivo. Olha as fotos da srta. Yvonne, olha cada uma delas cinco vezes (um e cinco dá quinze). Ela está com uma aparência horrível; horrível, horrível. Aquelas fotos partiriam o coração mais duro. Ele fica voltando para a pulseira de berloques, com alguns faltando, pelo jeito, e para a terra no cabelo dela. Coitada da srta. Yvonne! Vinte anos, estuprada e assassinada! A dor que deve ter sentido! O medo! O pastor de Jalbert alega que todos os terrores e sofrimentos mundanos são apagados nas alegrias do céu. É uma ideia linda, mas Jalbert não tem tanta certeza. Jalbert acha que alguns traumas podem transcender até a morte. Um pensamento terrível, mas que parece verdade para ele.

Ele olha para o relatório do patologista, o que é um problema. Declara que a srta. Yvonne ficou no chão encharcado de óleo por pelo menos dez dias mais ou menos até o corpo ser exumado pela Patrulha Rodoviária, e não tem como avaliar quando foi assassinada. Coughlin poderia tê-la enterrado atrás do posto de imediato ou poderia ter ficado com o corpo por um tempo, talvez por não conseguir decidir onde descartá-lo, possivelmente por algum motivo psicótico dele. Sem uma hora mais precisa da morte, Coughlin não precisa de álibi; é um alvo em movimento.

— Por outro lado — diz Jalbert —, ele quer ser pego. Foi por isso que ligou. Parece uma garota dizendo não com a boca e sim com os olhos.

Não que pudesse fazer essa comparação para alguém, muito menos Ella Davis. Não nessa época de #AcrediteNaMulher.

Eu acredito na srta. Yvonne, pensa ele.

Jalbert está infeliz por não terem mais provas e pensa em fazer a dança das cadeiras de novo, mas não faz. Vai até o Snack Shack atrás de um cheese-búrguer e milk-shake. Conta os passos e os soma. Não é tão bom quanto a dança das cadeiras, mas o acalma. Ele se senta na suíte do Kansas, que vai esquecer assim que for embora, assim como esqueceu muitas outras acomodações temporárias. Come o hambúrguer. Toma o milk-shake até o canudo estalar no fundo. Pensa em Coughlin dizendo que sonhou com a localização da srta. Yvonne. Essa é a parte dele que quer confessar. Ele vai admitir, e aí vai ser o fim dele.

16

Danny assiste a algo na Netflix sem prestar atenção quando o celular toca. Ele olha para a tela, vê que é Becky e pensa que ela teve tempo de mudar de ideia sobre emprestar o carro. Só que não é isso. Ela diz que é melhor os dois ficarem um tempo sem se ver. Só até a polícia o isentar da história da Wicker, como é óbvio que vai acontecer.

— É que tem uma coisa, Danny. Andy está falando de voltar ao tribunal pra me processar... ou seja lá o que for... pela guarda da Darla Jean. E se o advogado dele disser que ando passando tempo com uma pessoa suspeita de... você sabe, fazer aquilo com aquela garota... ele pode acabar conseguindo convencer um juiz.

— Sério, Beck? Você não me disse que ele está com a pensão seis meses atrasada? Acho que um juiz não ia ficar muito a fim de entregar DJ pra um pai sacana, né?

— Eu sei, mas... Danny, por favor, tenta entender... se ele tivesse Darla Jean, não *teria* que pagar pensão. Na verdade... eu não sei direito como essas coisas funcionam, mas talvez *eu* tivesse que pagar pra *ele*.

— Quando foi a última vez que ele pegou a DJ num fim de semana?

Ela também tem resposta para isso, mais baboseira, e Danny não sabe por que está insistindo no assunto. Nunca foi amor verdadeiro, apenas um arranjo entre duas pessoas solteiras que vivem num parque de trailers e se aproximam da meia-idade. Ela não quer estar envolvida? Tudo bem. Mas ele vai sentir falta de Darla Jean, a garota que o ajudou a plantar flores para enfeitar a escada de blocos de cimento. DJ é uma fofa e...

Uma ideia passa pela cabeça dele. É desagradável, é plausível, é desagradavelmente plausível.

— Você está com medo de eu fazer alguma coisa com a DJ, Becky? Que a moleste, algo assim? É esse o problema?

— Não, claro que não!

Mas ele ouve na voz dela, ou acha que ouve, e dá no mesmo.

— Se cuida, Beck.

— Danny...

Ele encerra a ligação, se senta e olha para a televisão, onde um bobão está dizendo para uma bobona que é complicado.

— E não é mesmo? — diz Danny, e desliga o aparelho.

Ele se senta, olha para a tela vazia e pensa: *Não vou ficar com pena de mim mesmo. Fiz besteira de relatar o que descobri e não vou ficar com pena de mim mesmo.*

Mas pensa nos olhos de Jalbert percorrendo seu rosto.

— Cuidado com aquele lá — diz ele.

Pela primeira vez em dois anos, percebe que quer tomar uma cerveja.

17

Jalbert está deitado na cama, ereto como uma vara, ouvindo um vento de pradaria soprar do lado de fora e pensando no interrogatório do dia seguinte. Não quer pensar nisso, precisa dormir para estar disposto na manhã seguinte. É *Coughlin* quem deveria passar a noite insone, rolando na cama.

Mas às vezes não dá para desligar a máquina.

Ele põe as pernas para fora do colchão, pega o celular e liga para George Gibson, que chefia a unidade pericial do DIK nos últimos sete anos. Gibson veio de Wichita assim que o juiz assinou os mandados de busca e estava pronto para começar a trabalhar assim que a picape de Coughlin foi entregue. Ligar para ele é um erro, Gibson vai ligar se tiver algo, mas Jalbert não consegue se controlar. Às vezes, como naquele momento, sabe como os drogados se sentem.

— George, é o Frank. Encontrou alguma coisa? Algum sinal de que aquela garota esteve na picape?

— Nada ainda, mas estamos trabalhando — informa Gibson.

— Vou deixar meu celular ligado. Me liga se encontrar algo certeiro. Não importa a hora.

— Pode deixar. Posso voltar ao trabalho agora?

— Pode. Desculpa. É que... nós estamos trabalhando pela garota, George. Pela srta. Yvonne. Nós somos...

— Os defensores dela. Obrigado por me lembrar.

— Desculpa. Desculpa. Pode voltar ao trabalho.

Jalbert encerra a ligação e se deita. Começa a contar e somar. Um e dois dá três, mais três dá seis, mais quatro dá dez, mais cinco dá quinze. Quando chega ao dezessete dando cento e cinquenta e três, finalmente começou a relaxar. Quando chega a vinte e oito dá quatrocentos e seis, está pegando no sono.

18

Às duas da manhã, o telefone o acorda. É Gibson.

— Me dá uma boa notícia, George.

— Eu daria se pudesse. — Gibson soa derrotado. — A picape não tem nada. Vou pra casa enquanto ainda consigo dirigir de olhos abertos.

Jalbert está sentado ereto na cama.

— *Nada?* Você está brincando?

— Eu nunca brinco depois da meia-noite.

— Você colocou no elevador? Olhou embaixo?

— Não queira ensinar o padre a rezar missa, Frank.

Gibson parece prestes a perder o controle. Jalbert deveria parar. Ele não consegue.

— Ele lavou, né? O filho da puta lavou e deve ter sido de um jeito detalhado.

— Ultimamente, não. Ainda tem muita sujeira da ida até Gunnel. Nenhum sinal de água sanitária na cabine, nem na caçamba.

Jalbert esperava mais. Esperava alguma coisa. De verdade.

— Encontrar digitais, cabelo, uma peça de roupa... isso teria sido o ideal, o perfeito, mas não quer dizer que ele não tenha estado com a garota. Ou ele fez uma limpeza impecável dentro ou... — diz Gibson.

— Ou ela nunca esteve na picape. — Jalbert está ficando com dor de cabeça e voltar a dormir provavelmente vai ser impossível. — Ele pode ter usado outro veículo para transportá-la. Ele tem uma namorada naquele parque de trailers. Pode ser que tenha usado o carro dela. Se ele não confessar, pode ser que a gente precise...

— Tem uma terceira possibilidade — retruca Gibson.

— Qual? — pergunta Jalbert, com rispidez.

— Ele pode ser inocente.

Jalbert faz um silêncio surpreso por alguns segundos. E ri.

19

Quando Jalbert chega à delegacia de Manitou na manhã seguinte, com uma calça jeans e uma camisa limpas, e o mesmo paletó preto da sorte, vê Ella Davis esperando no degrau de entrada, fumando um cigarro. Quando o vê chegando, ela o joga no chão e pisa na guimba. Ela pensa em dizer que o colega parece cansado, rejeita a ideia e pergunta o que ele sabe sobre a picape de Coughlin.

— Limpa — diz Jalbert, e coloca a pasta entre os sapatos pretos práticos. — O que significa que temos mais trabalho a fazer.

— Também pode significar que Yvonne Wicker não foi a primeira dele. Você já pensou nisso?

Claro que pensou. Assassinos em série costumam fazer besteira no primeiro, mas, se não são descobertos, aprendem com os erros. Jalbert poderia contar a Davis que não havia resíduo de água sanitária na picape, o que queria dizer que Coughlin não usou isso para limpar sangue, outros fluidos ou DNA, mas a ideia não passa pela cabeça dele porque não importa. Coughlin a matou. A história do sonho foi um esforço meia-boca de se exibir, como um incendiário aparecendo para ajudar no combate ao incêndio que ele iniciou, como Davis disse, ou porque o peso da culpa se tornou demais e ele quer confessar. Jalbert acha que é a segunda opção e vai ficar feliz em ajudá-lo com isso.

— A srta. Yvonne ficou em um abrigo em Arkansas City na noite do dia 31 de maio — diz Jalbert. — A assinatura dela está no livro. Na manhã seguinte, ela compra café e um pão com salsicha em um Gas-n-Go perto do cruzamento da I-35 com a... me ajuda.

— Rodovia Estadual 166 — completa Davis. — Ela está no vídeo de segurança. Clara como água. O funcionário viu a foto dela no *Oklahoman* e ligou. Uma estrelinha pra ele.

Jalbert assente.

— Primeiro de junho, pouco depois de oito da manhã. Ela vai pedir carona na 35. E foi a última vez que viram a srta. Yvonne até Coughlin ir a Gunnel e comunicar do corpo. Estamos junto até aqui?

Davis assente.

— Então, quando interrogarmos Coughlin, nós temos que perguntar onde ele estava e o que estava fazendo entre o dia 1º de junho e o dia 24, quando fez a ligação.

— Ele vai dizer que não lembra. O que é razoável. É só na televisão que as pessoas lembram onde estavam. Se você me perguntasse onde eu estava no dia 5 de junho... ou no dia 10... eu não saberia dizer. Não com certeza.

— Ele bate o ponto naquela escola onde trabalha, isso dá conta de uma parte do tempo.

Ela começa a dizer algo, e ele levanta aqueles dois dedos para interrompê-la.

— Eu sei o que você está pensando, um relógio de ponto não sabe o que você faz depois que você bate o ponto, mas tem aqueles dois garotos que trabalham pra ele. Vamos falar com eles. Vamos ver se ele os deixou sozinhos por algumas horas ou talvez até um dia inteiro.

Davis tira um caderno da bolsa grande e começa a escrever nela. Sem erguer o olhar, ela diz:

— As aulas não tinham acabado na primeira semana de junho. Eu olhei o calendário on-line. Muita gente vai ter visto caso ele esteve mesmo por lá.

— Nós vamos falar com todo mundo — completa Jalbert. — Só você e eu, Ella. Vamos descobrir o máximo que pudermos sobre onde ele estava naquelas três semanas. Vamos encontrar os buracos. As inconsistências. Você está disposta a isso?

— Estou.

— Isso se ele não confessar hoje, e tenho a sensação de que pode acontecer.

— Só tem uma coisa me incomodando — diz Davis. — A cara dele quando você falou que o criminoso deixou sêmen. O que eu vi no rosto e no corpo dele foi alívio. Alegria, quase. Ele mal pôde esperar pra me deixar colher uma amostra.

Jalbert levanta as mãos com as palmas para fora, como se para afastar fisicamente a ideia.

— Por que ele se preocuparia com DNA? Ele sabia que era blefe porque colocou camisinha antes de a estuprar.

Davis fica em silêncio, mas a expressão no rosto dela o faz franzir a testa.

— O quê?

— Foi alívio — repete ela. — Como se ele *não* soubesse da camisinha. Como se achasse que uma comparação de DNA pudesse realmente livrar a cara dele.

Jalbert ri.

— Alguns desses bandidos são atores excepcionais. Ted Bundy tinha namorada. Dennis Rader enganou a própria esposa. Por *anos*.

— Acho que sim, mas ele não foi muito inteligente com o celular descartável, né?

A testa franzida reaparece.

— Para com isso, Ella. Ele queria que a gente o encontrasse. Agora nós vamos conseguir justiça pra srta. Yvonne esta manhã?

Ela reflete. Jalbert é investigador do DIK há vinte anos. Ela é inspetora há cinco. Davis confia nos instintos do colega. E a história do sonho é uma mentira tão óbvia.

— Vamos.

Ele dá um tapinha no ombro dela.

— Isso aí, parceira. Foca nisso.

20

A última coisa que Danny quer é outra viatura da polícia no trailer, então, às nove e meia da manhã, está na entrada do Bosque dos Carvalhos, as mãos nos bolsos, esperando a carona. Está pensando na merda que fez com aquela ligação anônima, que só conseguiu piorar as coisas para ele. E está pensando em Jalbert. A mulher não o assusta. Jalbert, sim. Porque Jalbert já formou uma opinião, e Danny só tem uma história sobre um sonho em que poucas pessoas (tipo os leitores do *Inside View*, como Becky) acreditariam.

Bom, Danny tem outra coisa a favor dele: não matou a garota.

No fim das contas, poderia ter esperado no trailer, porque o policial que o busca está dirigindo um carro comum. O homem está de uniforme, mas atrás do volante, com o quepe no banco e o botão de cima da camisa aberto, poderia ser um fulano qualquer.

Ele abre a janela do passageiro.

— Você é o Coughlin?

— Sou. Posso ir na frente com você?

— Bom, não sei — responde o policial. Ele é jovem, não passa dos vinte e cinco anos. Ali é o Kansas, mas ele tem uma energia relaxada de surfista. — Você vai me atacar?

Danny sorri.

— Eu não ataco ninguém antes do meio da tarde.

— Tudo bem, pode se sentar na frente como um menino grande, mas me faz o favor de deixar as mãos visíveis.

Danny entra. Coloca o cinto. O computador de painel do policial está desligado, mas o rádio da polícia murmura sem parar, baixo demais para ouvir.

— Então — começa o policial. — Ser interrogado pelo DIK na nossa delegacia. Que emoção, hein?

— Não pra mim — responde Danny.

— Você matou a garota? A que encontraram em Gunnel? Só entre nós.

— Não.

— Bom, o que mais você *diria*? — pergunta o policial e ri. Danny o surpreende rindo junto. — Como sabia que ela estava lá se não a matou?

Danny suspira. Está por aí agora; como Elvis dizia, o bebê é seu, você tem que embalar.

— Eu vi em um sonho. Fui lá para verificar com meus próprios olhos, e ela estava lá.

Danny espera que o policial diga que é a história mais ridícula que já ouviu, mas ele não diz.

— Coisas estranhas acontecem. Você conhece Red Bluff, a uns cem quilômetros a oeste daqui?

— Ouvi falar, mas nunca fui lá.

— Uma velhinha procurou a polícia e disse que teve uma visão de um garotinho caindo em um poço velho. Isso foi uns seis ou oito anos atrás. E sabe de uma coisa? O garoto estava lá. Ainda vivo. Foi parar no noticiário nacional. Manda o pessoal do DIK procurar no Google. Red Bluff, garoto no poço. Eles vão encontrar. *Mas...*

— Mas o quê?

— Sustenta sua história se você não matou a garota. Não muda nada, senão vão te pegar.

— Você não parece fã do DIK.

O policial dá de ombros.

— Eles são legais na maior parte do tempo. Tratam a gente como caipiras quase sempre, mas a gente não é isso mesmo, no fim das contas? Uma força de seis homens, uma armadilha pra pegar excesso de velocidade fora da cidade, nós somos isso. Nosso delegado disse pra aqueles dois que eles podem usar a sala de descanso pra entrevistar você. Nós a usamos pra interrogatórios quando precisamos, então tem câmera e microfone.

Ele para na frente. A porta da delegacia se abre e Jalbert sai. Ele fica parado no degrau no topo, com o paletó preto de cotovelos desbotados, e olha para baixo.

— Mais uma coisa, sr. Coughlin. Todo mundo conhece Frank Jalbert. Ele não desiste. A Patrulha Rodoviária o idolatra, acham que ele é uma lenda do caralho. E meu palpite é que ele não acredita em sonhos.

— Isso eu já sei — diz Danny.

21

Danny sobe os degraus. Jalbert estende a mão. Danny hesita, mas a aperta. A mão continua tão seca e febril quanto no dia anterior.

— Obrigado por vir, Danny. Vamos entrar e esclarecer isso tudo, que tal? O policial acabou de preparar um bule de café.

— Ainda não.

Jalbert franze a testa.

— São cinco para as dez — diz Danny. Estou esperando uma pessoa.

— Ah, é?

— Um advogado.

Jalbert ergue a sobrancelha.

— Via de regra, quem sente necessidade de um advogado é quem tem culpa no cartório.

— Ou quem é inteligente.

Jalbert não diz nada sobre isso.

Edgar Ball chega às dez em ponto. Dirige uma motocicleta Honda Gold Wing gigantesca. O motor é tão silencioso que Danny consegue ouvir uma canção antiga suave ("Take It on the Run", de REO Speedwagon) no rádio. Ball para, aciona o descanso e desce. Danny gosta dele na mesma hora, em parte por causa da moto enorme, em parte porque é de meia-idade, está usando uma camisa de golfe que não esconde os peitinhos e uma bermuda cáqui enorme que vai até os joelhos. Um advogado imobiliário nunca pareceu menos um advogado imobiliário.

— Imagino que você seja Daniel Coughlin — diz ele, e estende a mão robusta.

— Sou — responde Danny, apertando a mão dele. — Obrigado por vir.

Ball volta a atenção para o homem de paletó preto.

— Sou Eddie Ball, advogado. E o senhor é…?

— Inspetor Franklin Jalbert, Departamento de Investigação do Kansas. — Ele está olhando para a quase vazia rua principal de Manitou, parecendo não ver a mão estendida de Ball. — Vamos entrar. Temos perguntas para Danny.

— *Você* entra — diz Ball — e nós nos juntamos a você daqui a pouco. Eu gostaria de dar uma palavrinha em particular com meu cliente.

Jalbert franze a testa.

— Não temos o dia todo. Eu gostaria de acabar logo com isso, e sei que Danny também.

— Claro, mas isso é assunto sério — diz Ball, ainda agradável. — Se levar o dia inteiro, vai levar o dia inteiro. Tenho o direito de falar com meu cliente antes de você o interrogar. Se você é do DIK, sabe disso. Fique agradecido, inspetor, de eu estar disposto a fazer isso aqui na entrada da delegacia, em vez de o levar ao meu escritório na garupa da moto.

— Cinco minutos — retruca Jalbert. E, para Danny: — Você está piorando as coisas pra você mesmo, meu filho.

— Ah, por favor — diz Ball, agradável como sempre —, nos poupe da musiquinha de filme dramático.

Jalbert mostra os cotoquinhos de dentes em um sorriso momentâneo. *Essa é a cara dele por dentro o tempo todo*, pensa Danny.

Quando Jalbert vai embora, Ball diz:

— Ele é mesmo um tártaro, né?

Danny não conhece a palavra e se pergunta brevemente se Ball está falando dos dentes de Jalbert.

— Bom, ele é uma peça. A verdade é que me assusta. Principalmente porque eu não matei a garota e ele tem certeza de que eu matei.

Ball levanta a mão.

— Opa, nada de declarações primárias. Eu te chamei de meu cliente, mas você não é, pelo menos ainda. Meu acompanhamento pra esta manhã custa quatrocentos dólares. Eu deveria cobrar só duzentos, porque esqueci quase tudo que já soube sobre a lei criminal, mas é um sábado de manhã e eu preferiria estar jogando golfe. Está de acordo com a quantia?

— Estou, mas eu não trouxe meu talão de ch…

— Você tem um dólar?

— Tenho.

— Está bom como entrada. Manda pra cá. — Depois que Danny entregou o dinheiro, ele continuou: — Agora você é meu cliente. Me conta tudo o que aconteceu e por que o inspetor Jalbert está no seu pé, como ele obviamente está. Não acrescente nada de irrelevante e não deixe de fora nada que possa voltar pra te assombrar depois.

Danny conta sobre o sonho. Conta que foi a Gunnel e encontrou o posto Texaco. Conta sobre o cachorro. Conta sobre a mão e o latão de lixo. Isso tudo é coisa de doido, mas suas bochechas só ficam coradas quando ele conta a Ball como foi burro sobre a denúncia anônima.

— Do meu ponto de vista, isso funciona a seu favor, na verdade — explica Ball. — Você não sabia o que estava fazendo. E desejar anonimato, considerando a forma como obteve a informação, é totalmente compreensível.

— Eu deveria ter estudado um pouco mais. Eu tive boas intenções, e você sabe o que dizem sobre…

— Sim, sim, de boas intenções o inferno está cheio. É velha, mas é boa. Daniel, você já teve alguma outra experiência paranormal?

— Não.

— Pensa bem. Seria bom se houvesse alguma…

— Não. Só essa.

Ball suspira e se balança para a frente e para trás. Está usando botas de motoqueiro e meias de compressão até os joelhos com a bermuda XG, o que Danny acha engraçado.

— Tudo bem. É o que é, outra frase velha e boa — conclui ele.

Ella Davis aparece.

— Danny, se não quiser fazer o trajeto de duas horas até Great Bend pra responder nossas perguntas lá, vamos botar o bloco na rua.

Ball sorri.

— E você é?

— Inspetora Davis, DIK, e estou perdendo a paciência. Frank também.

— Bom, a gente não quer isso, não é mesmo? — diz Ball. — E como seu tempo valioso também é o tempo valioso do meu cliente, sei que Danny vai ajudar com prazer na sua investigação, pra poder voltar pro sábado dele.

22

Na sala de descanso da delegacia de Manitou, há uma máquina de refrigerantes barulhenta. Há também uma bancada com uma cafeteira e alguns doces e salgados. Um papel em cima das guloseimas diz DEIXE SUA CONTRIBUIÇÃO. Em uma parede, tem uma placa que diz NÓS SERVIMOS E PROTEGEMOS. Em outra tem um poster com O.J. Simpson e Johnnie Cochran. A legenda diz NÃO SIGNIFICA NADA SE A LUVA NÃO CABE. No meio da sala tem uma mesa com duas cadeiras de cada lado e um microfone no meio. Entre a máquina de bebidas e a bancada com as guloseimas, uma câmera em um tripé pisca o olho vermelho.

Jalbert abre as mãos na direção das duas cadeiras. Danny e seu novo advogado se sentam nelas. Ella Davis se senta em frente aos dois e pega um caderno. Jalbert fica de pé, pelo menos por enquanto. Ele diz a data, a hora e os nomes dos presentes. Repete os direitos de Danny e pergunta se ele entendeu.

— Entendi — responde Danny.

— Alerta de spoiler, inspetores, eu sou basicamente advogado imobiliário — informa Ball. — Cuido de terras, trabalho com vários bancos da região, coordeno compradores e vendedores, escrevo contratos e faço testamentos de vez em quando. Não sou Perry Mason nem Saul Goodman. Só vim garantir que vocês sejam respeitosos e estejam abertos a ouvir.

— Quem é Saul Goodman? — pergunta Jalbert, parecendo desconfiado.

Ball suspira.

— Programa de televisão. Personagem fictício. Esquece. Faz suas perguntas.

— Falando em respeito, quero dizer quem merecia pelo menos um pouco: Yvonne Wicker. Mas foi estuprada, esfaqueada repetidamente e assassinada — diz Jalbert.

Ball franze a testa pela primeira vez.

— O senhor não está cuidando do processo desse caso. Está investigando. Guarda os discursos e faz suas perguntas pra que a gente possa sair daqui.

Jalbert mostra os cotoquinhos de novo, no que talvez suponha que seja um sorriso.

— É só pra você entender, sr. Ball. Entender e lembrar. Estamos falando do assassinato a sangue-frio de uma jovem indefesa.

— Entendido.

Ball não parece intimidado, pelo menos Danny acha que não. Mas o sorriso agradável sumiu.

Jalbert assente para a parceira. Ella Davis diz:

— Como você está hoje, Danny? Bem?

Danny pensa: *Então vai ser mesmo policial bom e policial mau, afinal.*

— Fora o fato de que todo mundo no Bosque dos Carvalhos pensa que estou com problemas com a polícia, eu estou bem. E você?

— Eu estou ótima.

— Eles vão saber que tipo de problema é em pouco tempo, né?

— Não por nós — diz ela. — Só falamos sobre casos quando estão prontos.

Mas Becky vai, pensa Danny. *E quando ela contar pra Cynthia Babson, vai se espalhar.*

— A gente queria dar uma olhada no seu celular — pede Davis. — Só coisa rotineira. Tudo bem por você? — Ela está fazendo contato visual direto e abrindo um sorriso. — Só uma olhada na sua localização poderia te eliminar da investigação. Poupa tempo pra nós e confusão pra você.

— Má ideia — diz Ball para Danny. — Acho que eles precisam de um mandado especial pro seu telefone, senão já teriam pegado.

Ignorando o advogado e ainda com seu melhor sorriso de *confia em mim*, Davis diz:

— E você teria que destravá-lo pra gente, claro. A Apple é muito delicada quando o assunto é privacidade.

Jalbert foi até a bancada com as guloseimas, satisfeito em deixar a policial boa dar o show, pelo menos naquele momento. Enquanto se serve de café, ele diz:

— Ajudaria muito a estabelecer confiança, Danny.

Danny quase diz *você confia em mim tanto quanto seria capaz de arremessar esta mesa*, mas fica calado. Ele não precisa de Ball, um sujeito legal, mas claramente deslocado ali, para dizer que quanto menos ele disser, melhor. Comentários hostis não ajudam, por mais que Danny quisesse fazê-los. Pode dizer a verdade; isso não vai metê-lo em confusão. Tentar *explicar* a verdade talvez sim.

Danny tira o celular do bolso e olha a tela. Já são 10h23. *Como o tempo voa quando você está se divertindo*, pensa ele, e guarda o aparelho.

— Vou esperar até ver como isso aqui vai andar.

— Nós não precisamos de mandado — retruca Jalbert.

Já com o café, ele foi até o pôster de O.J. e seu advogado.

— Tenho quase certeza de que isso é mentira — diz Ball —, mas posso ligar pra um colega pra ter certeza. Querem que eu faça isso, inspetores?

— Sei que Danny vai tomar a decisão certa — diz Davis.

A mulher de olhar faiscante que foi para Wilder High com Jalbert havia sumido. Aquela é mais jovem e mais bonita, e projeta uma energia de "estou do seu lado".

Pelo menos tenta projetar, pensa Danny.

— Não tem caixa preta na sua picape — diz ela. — Você sabe o que é isso?

Danny assente.

— Aquela porcaria não tem nem câmera de ré. Quando a gente engrena a ré, precisa se virar e olhar pelo retrovisor traseiro.

Ela assente.

— Então você vai ter que nos ajudar com suas viagens nas últimas semanas. Consegue fazer isso?

— Não tem muita coisa. Fui ver meu irmão em Boulder no fim de semana assim que as férias começaram. Fui de avião.

— Isso seria no fim de semana de...?

Jalbert está olhando o celular.

— Dias 3 e 4 de junho?

— Acho que é isso mesmo. Ele trabalha no King Soopers de Table Mesa.

Danny sente vontade de dizer mais, que tem muito orgulho do Stevie, mas deixa por isso mesmo.

Sincera, de olhos bem abertos, ainda sorrindo, Ella Davis diz:

— Vamos tentar ser exatos, Danny. Isso é importante.

Você acha que eu não sei disso?, ele sente vontade de dizer. *Vocês estão brincando com a minha vida aqui.*

— Eu fui na tarde de sexta. Voei de United. Voltei no domingo. Meu voo pra Great Bend saiu atrasado e eu só cheguei em casa à meia-noite. Então já era madrugada de segunda quando cheguei em casa e dormi na minha própria cama.

— Obrigada, vamos verificar isso. Outras viagens?

Danny pensa.

— Fui de carro até Wichita ver minha ex em um domingo. Isso foi antes do sonho.

Jalbert dá uma risada debochada.

Ball, olhando o próprio celular, diz:

— Pode ter sido no dia 11 de junho?

Danny pensa.

— Deve ter sido. No resto do tempo, fiquei aqui. Fui e voltei da escola, fui ao mercado, peguei DJ na escola algumas vezes...

— DJ? — pergunta Davis.

— Darla Jean. É a filha da minha amiga Becky. Uma boa menina. — E ele não consegue resistir a dizer: — Graças a vocês, acho que não vou vê-la mais.

Davis ignora essa parte.

— Só pra ficar claro, você foi a Wichita visitar sua ex-esposa, Marjorie Coughlin, no dia 11 de junho?

— Onze — diz Jalbert, e repete, como se para ter certeza.

— Margie, é. Mas ela voltou ao nome de solteira. Gervais.

Disse que ficou cansada de cof-cof-Coughlin, ele não acrescenta. Quando você manda a si mesmo não falar demais, fica mais fácil.

— Você foi preso por persegui-la, não foi? — diz Davis, como se só passando o tempo.

Ball se mexe, mas Danny coloca a mão no braço dele antes que ele possa dizer qualquer coisa.

— Não. Eu fui preso por violar a medida protetiva que ela pediu. E perturbar a paz. As acusações foram retiradas. Por ela.

— Tá, entendi, e agora vocês se dão bem! — diz Davis, de modo caloroso, como se fosse um sucesso na luta pela paz entre a Rússia e a Ucrânia.

Danny dá de ombros.

— Melhor do que no último ano do nosso casamento. Almoçamos naquele dia, e eu consertei as setas do carro dela. O fusível tinha queimado. Sim, nós nos damos bem.

— Certo, isso é bom, isso é bom — declara Davis, ainda calorosa e de olhos bem abertos. — Agora você pode explicar como as digitais de Yvonne Wicker foram parar no painel da sua picape?

Danny pondera sobre a pergunta e considera o fato de que ele está em uma sala de interrogatório, e não numa cela. Ele abre um sorriso para Davis e diz:

— Seu nariz está crescendo.

— Você se acha muito esperto, né? — retruca Jalbert, na frente do pôster.

Davis olha para o inspetor. Jalbert dá de ombros e balança dois dedos para ela, querendo dizer que é para Davis continuar. Ele diz, por motivo nenhum (pelo menos por nenhum que Danny consiga entender):

— Um, três, seis.

— O quê?

— Nada. Conta a sua história. — Uma leve ênfase em *história*.

— Você tem um probleminha de temperamento, não tem, Danny? — pergunta Davis.

— Eu bebia. Mas parei.

— Isso não é uma resposta muito boa. — Ela fala com reprovação. — Se nós perguntarmos à sua ex, e vamos fazer isso, o que ela vai dizer sobre seu temperamento?

— Vai dizer que eu tinha o que você falou, um problema de temperamento. No passado.

— Ah, sumiu? É isso mesmo?

Ela espera. Danny fica em silêncio.

— Você já bateu nela?

— Não. — Isso o força a acrescentar, porque é verdade: — Eu a segurei pelo braço uma vez. Deixei uma marca. Isso foi logo antes de ela me expulsar de casa.

— Nunca pelo pescoço? — Ela sorri e se inclina para a frente, convidando confiança. — Diz a verdade e que se dane tudo.

— Não.

— E nunca a estuprou?

— Ei, peraí — diz Ball. — Respeito, lembra?

— Eu tenho que perguntar — diz Davis. A garota Wicker foi estuprada.

— Eu não estuprei minha esposa — responde Danny.

Não pela primeira vez, ele é acometido pela sensação de irrealidade daquilo e pensa: *Eu ajudei vocês. Se não fosse eu, aquela garota ainda estaria sendo o bufê de um vira-lata.*

— Qual foi a última vez que você foi a Arkansas City?

A mudança de direção parece um efeito chicote.

— O quê? Eu nunca fui ao Arkansas na vida.

— Arkansas City, *Kansas*. Perto da fronteira de Oklahoma.

— Eu nunca fui lá.

— Não? Bom, não dá pra ver na caixa preta da sua picape, né? Porque essa função só começou a ser instalada nos Toyota Tundras um ano depois. Mas a gente *poderia* olhar no seu celular, né?

— Vamos ver como isso aqui vai desenrolar — repete Danny.

— E Hunnewell? Também fica no Kan…

Danny faz que não.

— Já ouvi falar, mas nunca fui lá.

— E o Gas-n-Go onde tem o cruzamento da I-35 e a SR 166? Você já foi lá?

— Acho que não nesse especificamente, mas são todos muito parecidos, né?

— Você *acha*? Para com isso, Danny. Isso é sério.

— Se esse Gas-n-Go fica em Hunnewell, eu nunca estive lá.

Ela faz uma anotação e olha para Danny com reprovação.

— Se a gente pudesse verificar no seu celular…

Danny está cansado daquilo. Ele tira o celular do bolso e o empurra pela mesa. Jalbert dá um pulo e bate a mão em cima, como se com medo de Danny mudar de ideia.

— A senha é 7813. E vou mandar meu cara do TI dar uma olhada quando eu o pegar de volta, só pra ter certeza de que vocês não acrescentaram nada.

A última parte é blefe puro. Danny não tem cara do TI.

— A gente não trabalha assim — diz Davis.

— Aham, e vocês também não mentem sobre digitais. — Ele faz uma pausa. — Ou DNA de sêmen.

Por um momento, Davis parece abalada. Mas se inclina para a frente e abre de novo aquele sorriso de *pode me contar o que quiser*.

— Vamos falar do seu sonho, tá?

Danny fica em silêncio.

— Você costuma ter essas fantasias?

— Parem com isso. Não foi fantasia se o corpo da mulher realmente estava lá — diz Ball.

Outra risada debochada de Jalbert.

— Bom, você tem que admitir que é inacreditavelmente conveniente — diz Davis.

— Não pra mim — replica Danny. Olha onde eu estou, mulher.

— Você se importa de nos contar sobre esse… *sonho* de novo, Danny?

Ele conta o sonho. É fácil porque não sumiu nadinha, e embora aquela ida até lá tenha sido similar, não tem contaminação entre sonho e realidade. O sonho é uma coisa própria, tão real quanto o papel dizendo DEIXE SUA CONTRIBUIÇÃO acima dos doces e salgados. Tão real quanto o bico de viúva sedoso do Jalbert e os olhos ávidos e sem brilho.

Quando termina, Davis pergunta, apenas para registro oficial, supõe Danny, pois já foi perguntado antes, se ele já teve vislumbres psíquicos antes. Danny diz que não.

Jalbert se senta ao lado da parceira. Coloca o celular de Danny no bolso do paletó preto.

— Você estaria disposto a passar pelo detector de mentiras?

— Acho que sim. Eu teria que ir a Great Bend pra isso, né? Teria que ser depois do trabalho. E eu teria que pegar minha picape de volta, claro.

— Neste momento, limpar janelas e varrer o chão é sua menor preocupação — diz Jalbert.

— Nós terminamos aqui? — interrompe Ball. — Acredito que o sr. Coughlin tenha respondido a todas as suas perguntas, e mais educadamente do que eu teria feito na posição dele. E precisamos do celular dele de volta agora mesmo.

— Só mais algumas — continua Davis. — Temos como verificar sua viagem ao Colorado e sua viagem a Wichita, Danny, mas isso deixa muito tempo entre o dia 1º e o dia 23. Não é?

— Olha as localizações no meu celular. Quando eu não estou em casa, ele costuma ficar no porta-luvas da picape. Os dois rapazes que trabalham comigo na escola podem dizer que eu estava lá todos os dias das sete e meia da manhã às quatro da tarde. É uma boa parte do tempo sobre o qual vocês querem saber — responde Danny.

Edgar Ball não é advogado criminal, mas também não é burro. Para Jalbert, ele diz:

— Nossa. Vocês não sabem quando ela foi morta, né? Nem mesmo quando foi levada.

Jalbert olha para ele com uma expressão pétrea. As bochechas de Ella ficam ruborizadas. A inspetora diz:

— Isso não é relevante ao que estamos discutindo. Estamos tentando eliminar Danny como suspeito.

— Não estão, não — retruca Ball. — Estão tentando pegá-lo, só que não têm muito, né? Não sem a hora da morte.

Jalbert vai até o pôster de O.J. e Johnnie Cochran. Davis pergunta os nomes dos garotos que trabalham com Danny.

— Pat Grady e Jesse Jackson. Como o político dos anos 1970.

Davis escreve no caderno.

— Quem sabe sua namorada pode nos ajudar a saber alguns dos horários...

— Ela é minha amiga, não namorada. — *Pelo menos, era.* — E fiquem longe da DJ. Ela é criança.

Jalbert dá uma risadinha.

— Você não está em posição de nos dar ordens.

— Danny, me escuta — diz Davis.

Ele aponta para a inspetora.

— Quer saber, estou começando a odiar o som do meu nome saindo da sua boca. Nós não somos amigos, *Ella.*

Dessa vez, é Ball que coloca a mão no braço de Danny.

Davis continua como se Danny não tivesse dito nada. Ela está olhando para ele com sinceridade, sem o sorriso.

— Você está carregando um peso. Eu quase vejo. É por isso que está contando essa história de sonho.

Danny fica em silêncio.

— É absurda demais, você tem que admitir. Olha do nosso ponto de vista. Acho que nem seu advogado acredita nela.

— Não tenha tanta certeza — diz Ball. — Há mais coisas entre o céu e a terra do que sonha sua vã filosofia. Shakespeare.

— Baboseira — rebate Jalbert, de perto do pôster. — Eu.

Danny só sustenta o olhar da mulher. Jalbert é caso perdido. Davis pode não ser, apesar da casca dura.

— Você sente remorso, eu sei que sente. Colocar o latão sobre a mão e o braço da Yvonne pra que o cachorro não pudesse mais chegar até ela, aquilo foi remorso.

Danny fica em silêncio, mas, se ela realmente acreditar nisso, talvez seja caso perdido também. Foi compaixão, não remorso. Compaixão por uma mulher morta com uma pulseira de berloques no pulso mutilado. Mas Davis pegou o embalo, melhor deixar.

— Nós podemos ajudar você a tirar o peso das costas. Vai ser fácil quando você começar. E tem um bônus. Se for claro, podemos te ajudar. O Kansas tem pena de morte e...

— Não é usada há quarenta anos — diz Ball. Hickock e Smith, sobre quem Truman Capote escreveu o livro, foram os últimos.

— Pode ser que usem por causa da garota Wicker — insiste Davis. Danny acha interessante que uma *jovem* tenha virado *garota*. Mas claro que é assim que o promotor a chamaria: garota. A garota indefesa. — Mas, se você assumir o que fez, a pena de morte quase certamente seria descartada. Vai ficar mais fácil pra nós e pra você. Conta o que realmente aconteceu.

— Eu contei — responde Danny. — Eu tive um sonho. Fui até lá pra provar a mim mesmo que não passava de um sonho, mas a garota estava lá. Eu liguei. Vocês não acreditam em mim. Eu entendo, mas estou dizendo a verdade. Agora, vamos parar de enrolação. Vão me prender?

Silêncio. Davis continua olhando para ele por um momento com aquela mesma sinceridade calorosa. Mas o rosto dela muda e fica não frio, mas vazio. Profissional. Ela se encosta e olha para Jalbert.

— Não agora — diz Jalbert.

Os olhos empoeirados dele dizem *mas em breve, Danny. Em breve.*

Danny se levanta. Suas pernas parecem as pernas no sonho, como se não pertencessem a ele e pudessem levá-lo a qualquer lugar. Ball se levanta também. Os dois vão até a porta juntos. Danny acha que talvez esteja meio desequilibrado e meio pálido, porque Ball ainda está com a mão no braço dele. Danny só quer sair daquela sala, mas se vira e olha para Davis.

— O homem que matou aquela mulher ainda está por aí — diz. — Estou falando com você, inspetora Davis, porque não adianta falar com ele.

Ele já decidiu. Você fala com firmeza, mas não sei se você já decidiu. Pega o cara, tá? Para de me olhar e procura o homem que matou a garota. Antes que ele faça de novo.

Danny talvez tenha visto algo no rosto dela. Talvez não.

Ball puxa o braço dele.

— Vem, Danny. Vamos embora.

23

Quando os dois saem, Jalbert desliga a câmera e o gravador.

— Isso foi interessante.

Davis assente.

Ele observa o rosto da colega.

— Alguma dúvida?

— Não.

— Porque em alguns momentos pareceu que ele talvez estivesse te convencendo.

— Não tenho dúvida. Ele sabia onde a garota estava porque a colocou lá. Essa é a lógica. A história do sonho é mentira.

Jalbert tira o celular de Danny do bolso do paletó. Digita a senha, percorre os vários aplicativos e o desliga.

— Vamos mandar pra perícia urgente, e eles vão olhar a coisa toda, não só a localização até o dia 1º de junho. E-mails, mensagens de texto, fotos, histórico de busca. Vão clonar e devolver pra ele amanhã ou segunda.

— Considerando o jeito como ele entregou, acho que não vamos encontrar muita coisa — diz Davis. — Eu não esperava isso.

— Ele é um filho da mãe confiante, mas pode ter esquecido algum detalhe. Uma única mensagem de texto pode ser suficiente.

Davis se lembra de Jalbert dizer o mesmo, ou quase, sobre um único fio de cabelo na cabine da picape de Coughlin ser suficiente. Mas não encontraram nada. Ela diz:

— Nós só vamos encontrar uma ida a Gunnel. Você sabe disso, né? O celular dele estava no trailer quando ele a matou e quando a enterrou, as duas coisas ao mesmo tempo ou não. Pode contar com isso.

— Quatro — retruca Jalbert.

— Como?

— Nada. Só estou pensando em voz alta. A gente vai pegar ele, Ella. Essa confiança dele… a arrogância… vão acabar com ele.

— O quanto você estava falando sério sobre o polígrafo?

Jalbert solta uma risada sem humor.

— Ou ele é sociopata ou é psicopata mesmo. Você sentiu isso?

Ela considera e diz:

— Na verdade, não sei se senti.

— Eu *tenho* certeza. Já vi esse tipinho. E em nove de cada dez vezes eles vencem o polígrafo. O que o tornaria inútil.

Os dois saem da sala e andam pelo corredor. O jovem policial que levou Coughlin pergunta como foi.

— Estamos apertando os parafusos — diz Davis.

Jalbert gosta do comentário e dá um tapinha no braço dela.

Quando estão do lado de fora, Davis pega o cigarro na bolsa e o oferece a Jalbert, que faz que não, mas diz para ela seguir em frente, a lâmpada que permite fumar está acesa. Ela acende o isqueiro e dá uma tragada.

— O advogado estava certo. Não temos muito, né?

Jalbert olha para a rua principal, onde não tem muita coisa acontecendo, como costuma ser em Manitou.

— Vamos ter, Ella. Pode contar com isso. Deixando todo o resto de lado, ele quer muito confessar. Você quase conseguiu. Ele estava oscilando.

Davis não acha que ele estivesse oscilando, mas não diz. Jalbert está fazendo aquilo há muito tempo, e ela confia mais nos instintos dele.

— Duas coisas continuam me incomodando — comenta ela.

— O quê?

— Como ele pareceu aliviado quando você disse que tinha o DNA do criminoso e como ele sorriu quando falei que tinha digitais no painel da picape. Ele sabia que eu estava mentindo.

Jalbert passou a mão pelo que resta do cabelo ruivo e branco.

— Ele sabia que você estava *blefando*.

— Mas a coisa do DNA, foi tão…

— Tão o quê?

— Tão *imediata*. Como se ele achasse que estava livre.

Jalbert se vira para ela.

— Pensa no sonho, Ella. Você acreditou naquilo ainda que por um segundo?

Ela responde sem hesitar.

— Não. Ele estava mentindo. Não houve sonho.

Ele assente.

— Foca nisso, e você vai ficar bem.

24

Jalbert tem uma casinha de cinco cômodos em Lawrence, pertinho do escritório em Kansas City, mas só vai voltar para lá quando Coughlin for preso, indiciado e levado para julgamento. A suíte de dois aposentos no Lyons fica perto de Manitou e Great Bend. Bom... em termos de Kansas, ficam próximos. É um estado grande, o décimo terceiro maior. Jalbert gosta de saber esse tipo de coisa.

Ele para na janela na noite de sábado para ver o crepúsculo virar escuridão e pensar sobre o interrogatório de Coughlin naquela manhã. Ella fez um bom trabalho, Jalbert não poderia ter feito melhor, mas foi insatisfatório mesmo assim. Ele não esperava que Coughlin aparecesse com um advogado; esperava que confessasse.

Na próxima vez, pensa ele. *É só continuar espremendo.*

Ele é bom nisso, mas hoje não tem nada para espremer. Nada para fazer. Só vê televisão se tiver feito o percurso das cadeiras duas vezes. Comprou dois Hot Pockets na loja de conveniência do outro lado da rua e esquentou no micro-ondas. Três minutos, cento e oitenta segundos, um até dezoito somados um a um sobrando nove. Jalbert não gosta de números que sobram, mas às vezes é preciso viver com eles. Os Hot Pockets não são muito gostosos, e Jalbert está sendo custeado pelo Departamento, mas não considera pedir comida pelo serviço de quarto. Qual seria o sentido? Comida é só combustível para o corpo.

Nunca foi casado, não tem amigos (gosta de Davis, mas ela é e sempre vai ser sua colega de trabalho), não tem bichos de estimação. Uma vez, quando criança, teve um periquito, que morreu. Não tem vícios, a menos que masturbação conte, coisa que faz uma vez por semana. O problema de Coughlin o incomoda. Ele é como uma mosca que fica fugindo do jornal enrolado.

Jalbert decide ir para a cama. Vai acabar acordando às quatro, mas tudo bem. Ele gosta das horas da madrugada e pode ser que acorde com mais clareza sobre o caso de Coughlin. Ele se despe devagar, contando até onze cada vez que tira uma peça de roupa. Dois sapatos, duas meias, calça, cueca, camisa, regata de baixo. A soma é oitenta e oito. Não é um bom número; é favorecido por neofascistas. Ele tira a mala de debaixo da cama, tira o short de ginástica que usa para dormir e o veste. Isso o leva a noventa e nove. Ele se senta na cadeira da escrivaninha para somar mais um, o que o leva a cem. Um bom número, com o qual se pode contar. Ele vai para o banheiro. Não tem balança. Vai pedir uma no dia seguinte. Escova os dentes contando os movimentos da escova de dezessete para baixo. Urina, lava as mãos e se ajoelha no pé da cama. Pede a Deus para ajudá-lo a conseguir justiça para a pobre srta. Yvonne. E se deita no escuro com as mãos unidas no peito estreito, esperando o sono.

Nós não temos muito, disse Ella, e estava certa. Os dois sabem que foi ele, mas a picape estava limpa, o trailer estava limpo, e ele apareceu com um advogado. Um que não era muito bom, mas um advogado é um advogado. O telefone pode fornecer alguma informação, mas considerando a forma como Coughlin o entregou...

— Não de primeira — diz Jalbert. — Ele parou pra pensar, não foi? Pra ter certeza de que era seguro.

Por que o advogado? É possível que Coughlin só queira confessar depois de ter seus quinze minutos de fama como o médium que sonhou onde o corpo foi enterrado? Que queira publicidade?

— Se for isso que quer, vou cuidar pra que tenha — diz Jalbert, e não muito tempo depois o sono chega.

25

Para Danny, a semana do Quatro de Julho é a semana dos infernos.

Pat Grady não aparece para trabalhar na segunda-feira. Danny pergunta a Jesse se Pat está doente.

— Não faço ideia — responde Jesse. — Trabalho com ele aqui, mas fora daqui a gente não se vê. Pode ser que tenha achado que a gente ia emendar porque amanhã é dia 4.

Isso não surpreende Danny. Jesse Jackson é um jovem a caminho de um futuro. Pat Grady é um jovem a caminho do nada. Exceto talvez os bares de Manitou quando tiver idade para beber. Há muitos. Danny visitou todos na época dele.

Pat chega às dez, começa a inventar uma história sobre ter que ajudar o pai e Danny diz que ele está despedido.

Pat o encara, chocado.

— Você não pode fazer isso!

— Eu acabei de fazer — diz Danny.

Pat o encara sem acreditar, com as bochechas vermelhas e as espinhas na testa ficando mais vermelhas ainda. Depois vai para a porta. Quando chega lá, ele se vira e grita:

— Vai se foder!

— Igualmente — diz Danny.

Pat bate a porta. Danny se vira e vê Jesse na porta do ginásio, puxando um balde com esfregão. Ele para e faz sinal de positivo para Danny, o que faz Danny sorrir. Pat sai do estacionamento com o motor do pobre Mustang maltratado gritando. Ele deixa uma marca de pneu de mais de dez metros. *Isso não vai ser bom para os pneus*, pensa Danny. Mas pelo menos Pat Grady é uma pedra a menos no sapato dele.

Quando chega em casa naquele fim de tarde (de carona com Jesse), a picape está parada em frente ao trailer. Tem manchas de pó de digital em toda cabine e um cheiro que parece de éter, provavelmente da substância que usaram para procurar manchas de sangue. A chave está no porta-copos e o celular está no banco do passageiro.

Na terça, o glorioso dia 4, Danny dorme até mais tarde. Enquanto toma café da manhã, lembra que pegou a chave, mas o celular continua na picape. Ele o pega, mais para ver se tem mensagem da Margie, talvez algo com fogos de artifício. Não tem nenhuma mensagem de Feliz dia 4 dela, nenhum e-mail, mas ele recebeu um correio de voz do advogado, pedindo para retornar. Danny tem ideia de qual é o assunto. Deseja feliz feriado a Ball, que deseja o mesmo a ele.

— Você deve estar ligando por causa do pagamento, mas só trouxeram minha picape ontem. — Ele está ironicamente ciente de que está falando como Pat. — Vou levar um cheque para o seu escritório hoje à tarde.

— Não foi por isso que eu liguei. Você está no jornal.

Danny franze a testa.

— De que você está falando? O jornal de Belleville?

— Não o *Telescope*. O *Plains Truth*.

Danny afasta a tigela de cereal.

— Você quer dizer o gratuito? Cheio de cupons? Eu nunca nem pego esse.

— Esse mesmo. Sarah, minha assistente, me ligou pra falar disso e eu peguei um com meu donut matinal. É totalmente pago por propaganda pra poder ser distribuído de graça. Os anúncios devem pagar muito bem, porque tem exemplares em todos os mercados, lojas de conveniência, lojas de ração e postos de gasolina em quatro condados. O conteúdo, se é que podemos chamar assim, tem esportes, editoriais de direita e duas ou três páginas de cartas de leitores, a maioria de reclamação. No que diz respeito a notícias, não ligam para o que imprimem. E a edição mais recente inclui o nome da mulher morta.

— Eles publicaram?

— Aham. Yvonne Wicker de Oklahoma City. E escuta só isso: "A polícia recebeu uma denúncia anônima que os levou à cova rasa da infeliz atrás de um prédio abandonado em Gunnel, uma cidadezinha perto da fronteira do Nebraska. Uma fonte de confiança diz ao *Plains Truth* que quem deu a dica foi identificado como Daniel M. Coughlin, atualmente empregado como zelador na Wilder High School. Supostamente, ele está ajudando os detetives do DIK na caça ao assassino".

Danny fica atônito.

— Eles podem fazer isso? Divulgar meu nome sem eu ter sido acusado de nada?

— Não é prática aceita entre jornais, mas o *Plains Truth* não é um jornal de verdade, é leitura de banheiro. Tem mais: "Quando perguntamos como o sr. Coughlin soube a localização do corpo, nossa fonte ficou muda". Não diz aos leitores pra ligarem os pontos, mas nem precisa, né?

— Jalbert — diz Danny.

A mão que não está segurando o telefone está apertada em um punho.

— Vamos dizer que eu concorde, que ele ou Davis…

— Não ela, ele.

— Mas vai tentar provar. Uns seis policiais da delegacia de Manitou sabiam; eles nos viram chegar. E teve o que te deu carona do trailer até o interrogatório. E tem os *moradores* do seu parque de trailers. Podem ter tirado conclusões sobre o motivo de os policiais estarem lá.

Claro, e a Becky sabia. Ele até contou a ela do sonho. Mesmo assim...

— Ele não tem o suficiente pra me prender, aí faz isso.

— Tirar conclusões não vai ajudar...

— Para com isso, cara. Você viu ele? Ouviu o que ele disse?

Ball suspira.

— Danny, você precisa de um advogado que possa orientar você melhor do que eu. Um advogado criminal.

— Vou ficar com você por enquanto. Talvez isso passe.

— Pode ser, acho.

Apenas três palavras, mas o suficiente para mostrar a Danny que Ball acha improvável. Talvez até absurdo.

26

Na quarta-feira da semana dos infernos, Danny descobre que vai perder o emprego.

Ao meio-dia, vai até a picape planejando pegar a marmita e se juntar a Jesse em uma das mesas de piquenique nos fundos. Pega o celular no porta-luvas, olha os e-mails e perde o apetite na hora. Tem três. Um é do *Telescope* de Belleville e um é do *Plains Truth*, ambos pedindo comentários sobre a ligação dele ao homicídio de Yvonne Wicker. O do *Plains Truth* também pede que confirme ou negue "relatos de que foi levado ao local do enterro da srta. Wicker em um sonho".

Ele apaga ambos. O terceiro é da Superintendência Escolar do Condado de Wilder. Informa a ele que, devido a cortes de orçamento, a posição dele como zelador da Wilder High School foi eliminada. Ele é instruído para concluir a semana, mas na segunda-feira estará desempregado.

"Como essa reorganização foi extremamente súbita", continua o e-mail, "seu salário continuará a ser pago pelo mês de julho e na primeira semana de agosto."

Se tiver perguntas, ele deve fazer contato com a vice-superintendente e controladora de escolas do condado, Susan Eggers. Há um número de telefone e um link do Zoom.

Danny lê o texto padronizado várias vezes para ter certeza de que entendeu. Joga o celular de volta no porta-luvas e atravessa o ginásio até a mesa de piquenique.

— Quer chili? — pergunta Jesse. — Minha mãe sempre coloca muito. Esquentei no micro.

— Eu passo. Trouxe salsichão e queijo.

Jesse franze o nariz, como que sentindo um cheiro ruim.

— Além disso — continua Danny —, parece que eu fui demitido.

Jesse coloca a colher de plástico de lado.

— Como é que *é*?

— Você ouviu. Sexta é meu último dia.

— *Por quê?* — Ele faz uma pausa, depois diz: — É por causa da garota?

— Você sabe, é?

— Todo mundo sabe.

Claro que sabe, pensa Danny.

— Bom, não disseram isso, mas não poderiam, né? Já que eu não fiz nada além de informar a localização de um corpo. Estão dizendo que é corte de orçamento.

Ele espera mais perguntas de Jesse sobre o corpo e como ele o encontrou, mas Jesse talvez seja a única pessoa nos condados de Wilder e Republic que não está ansioso para saber sobre o sonho ruim dele. Jesse tem outras preocupações. *E Deus o abençoe por isso*, pensa Danny.

— Ah, cara! Temos que passar uma camada de verniz no piso do ginásio! Não consigo fazer isso sozinho, nem sei como se faz!

— Não é neurociência. Vamos fazer amanhã. O importante é que, depois de começar, você precisa continuar. E usa uma bandana ou uma máscara de covid. Vamos abrir todas as janelas, mas vai feder mesmo assim.

— Não podem me deixar aqui sozinho! — Jesse quase berra. — Não tenho as *chaves*! E nem quero! Porra, Danny, eu sou *preto*! Se acontecer alguma coisa, se desaparecerem produtos de limpeza ou coisas da cantina, quem vai levar a culpa?

— Eu te entendo e vou descobrir qual é o plano — diz Danny. — Tenho um número pra ligar. Vou cuidar disso se puder.

— Podem fazer isso? Você não pode meter um processinho neles?

— Acho que não. O Kansas é um estado onde o empregador é livre. Isso quer dizer que meu empregador não precisa dar justa causa pra minha demissão.

— Isso é tão injusto!

Danny sorri.

— Pra qual de nós?

— Pros dois, cara! *Porra!*

— Posso comer um pouco do seu chili? — pergunta Danny.

27

Ele não liga para Susan Eggers naquela tarde; faz um Zoom. Quer olhar na cara dela. Mas primeiro verifica o orçamento do condado de Wilder do ano anterior e o atual. Encontra o que esperava.

Eggers é uma mulher de meia-idade com um capacete de cabelo grisalho, óculos redondos de aro dourado e rosto estreito. Rosto de contadora, Danny pensa. Está sentada a uma escrivaninha. Atrás dela tem uma versão enorme e emoldurada da sobrecapa de *Uma casa na floresta*, com garotinhas na parte de trás de uma carroça coberta, as duas parecendo apavoradas.

— Sr. Coughlin — diz ela.

— Isso mesmo. O homem que você acabou de demitir.

Eggers cruza as mãos e olha diretamente para a lente da câmera do computador.

— Dispensar, sr. Coughlin. E apesar de não precisarmos, nós te demos um motivo válido…

— Cortes de orçamento. Sim. Mas o orçamento da escola do condado não está menor este ano, na verdade está dez por cento maior. Verifiquei pra ter certeza.

Ela abre um sorrisinho apertado que diz *homem de pouco conhecimento*.

— A inflação ultrapassou nosso orçamento.

— Por que a gente não pula essa parte, sra. Eggers? Você não me dispensou, me demitiu. E o motivo não foi orçamentário. Foi por causa de boatos de um crime que eu não cometi e do qual não fui acusado. Fala a verdade, cacete — retruca Danny.

Susan Eggers não está acostumada que falem assim com ela. As bochechas ficam ruborizadas e uma linha vertical corta a testa anteriormente lisa.

— Você quer mesmo seguir por esse caminho? Tudo bem. Recebi informações bem desagradáveis sobre você, sr. Coughlin. Fora sua situação atual, foi preso por violar uma medida protetiva depois de perseguir sua ex-esposa. Foi preso em Wichita, pelo que eu soube.

A parte da prisão é verdade, mas ele só passou uma noite lá, e foi por estar bêbado e causar tumulto. Mas dizer isso não vai ajudar no caso dele... não que Danny tenha um caso, na verdade.

— Você andou conversando com um homem chamado Jalbert, não é? Você ou o superintendente? Inspetor do DIK? Usa paletó preto e calça larga?

Ela não responde, mas pisca. Serve de resposta.

— Sr. Coughlin, do meu ponto de vista, o departamento escolar foi muito generoso com você. Vamos pagar todo o mês de julho pelo seu trabalho...

— E a primeira semana de agosto, não vai esquecer.

— Sim, todo o mês de julho e a primeira semana de agosto por um trabalho que você não vai fazer. — Ela hesita, claramente decidindo se é sábio seguir em frente, mas ele a cutucou. Se quer a verdade, ele pode muito bem ouvi-la. — Vamos dizer, por questão de discussão, que sua atual... situação... tenha sido parte da decisão. Seu nome saiu impresso, ligado a um crime terrível. O que *você* faria se ficasse sabendo que um zelador de escola de ensino médio do seu distrito, um homem que fica perto de meninas adolescentes durante todos os dias do ano letivo, era um abusador de esposa acusado e está agora sendo interrogado pela polícia sobre estupro e assassinato?

Ele poderia dizer que Margie nunca o acusou de abuso, só queria que ele parasse de gritar no jardim dela às duas da madrugada — *Volta pra mim, Margie, eu vou mudar.* Ele poderia dizer que não faz ideia de quem matou Yvonne Wicker. Poderia dizer que tem certeza moral de que o jornaleco gratuito obteve o nome dele com o inspetor Jalbert, porque Jalbert sabia que não hesitariam em publicar. Nada disso vai fazer a menor diferença para aquela mulher.

— Nós terminamos, sr. Coughlin? Porque eu tenho trabalho a fazer.

— Ainda não, porque você parece não ter pensado sobre o que vai acontecer com a WHS quando eu não estiver lá. Como é que se diz? Nas ramificações. Quem vai me substituir? Tenho um contratado de verão, um garoto chamado Jesse Jackson. Ele é um bom garoto e excelente funcionário, mas não pode fazer o trabalho sozinho. Primeiro porque não sabe como. Além disso, ele só tem dezessete anos. É jovem demais pra assumir a responsabilidade. Ainda por cima, ele volta às aulas em setembro.

— Ele também será demitido — informa Eggers. — Quando você trancar as portas na sexta, as chaves devem ser devolvidas ao diretor da escola, o sr. Coates. Ele mora em Manitou, acredito.

— Jesse também vai receber por julho e pela primeira semana de agosto?

Danny sabe a resposta para aquela pergunta, mas quer ouvi-la dizer.

Se ele esperava constrangimento, não consegue. O que recebe é um sorriso indulgente.

— Infelizmente não.

— Ele precisa do dinheiro. Ele ajuda em casa.

— Tenho certeza de que vai encontrar outro emprego. — Como se houvesse um monte por aí no condado de Wilder. Ela pega um papel na mesa, dá uma olhada, coloca-o de volta. — Acredito que você tinha outro garoto, Patrick Grady. Os pais dele fizeram uma reclamação. Ligaram para o sr. Coates e disseram que o garoto se demitiu porque você o ameaçou.

Por um momento, Danny fica tão impressionado e furioso que nem consegue falar. Mas diz:

— Pat Grady foi despedido por atrasos crônicos e trabalho malfeito. Não foi ameaçado, é só um enrolador comum. Jesse diria a mesma coisa se você perguntasse. Coisa que duvido que você faça.

— Não há necessidade disso. É só mais uma parte de uma imagem que não é nada bonita. Uma imagem da sua personalidade, sr. Coughlin. Fique feliz de estarmos fazendo um corte por questões orçamentárias. Vai ficar melhor no seu currículo quando você procurar emprego. E agora, como estou ocupada...

— A escola vai ficar vazia pelo resto do verão? — Fora todo o resto, Danny odeia pensar nisso. A WHS é uma senhora boazinha, e tem tantos danos feitos ao longo de um ano letivo. É quase julho e ele mal começou. — E no outono?

160

— Não é da sua conta — diz Eggers. Obrigada por chamar, sr. Coughlin. Espero que seus problemas atuais se resolvam. Adeus.

— Espera só um...

Mas não adianta, porque Susan Eggers sumiu da tela.

28

No começo da noite da quinta-feira da semana dos infernos, Danny está no supermercado de Manitou, fazendo as compras da semana. Gosta de fazer essa tarefa às quintas porque a maioria das pessoas trabalhadoras fica apertada de dinheiro às sextas, e quinta o mercado não está muito cheio. Seu pagamento, um dos cinco ou seis derradeiros, vai para o Citizens National por depósito direto no dia seguinte. Ele também tem um pouco mais de três mil guardados, uma combinação de economias e controle, que não vai durar muito. Não paga pensão para a ex, mas envia uns cinquenta ou sessenta dólares a cada uma ou duas semanas. Deve isso a ela só pelos problemas que causou. Não vai poder continuar isso por muito mais tempo, e está com medo da ligação que vai ter que fazer para explicar a situação. Se bem que ela já deve saber. As boas notícias vão pelo Expresso Cavalinho, as ruins vão de avião a jato. E ele não precisa mais sustentar Stevie. O irmão mais novo de Danny ainda mora na república em Melody Heights, mas já deve estar levando para casa mais do que o salário semanal de Danny.

Talvez ele acabe me sustentando, pensa Danny. *Seria uma piada.*

Ele está no balcão do açougue, tentando decidir entre um pacote de meio ou de um quilo de carne moída (a mais barata) quando uma voz alta atrás dele diz:

— Daniel Coughlin? Preciso fazer algumas perguntas.

É Jalbert. Óbvio que é. Naquela noite, ele trocou o paletó preto grande por um corta-vento azul com DIK no peito esquerdo. Apesar de Danny não conseguir ver as costas do corta-vento, sabe que as mesmas letras estarão lá, só que maiores. Jalbert poderia ter chegado perto e falado em tom normal, mas também poderia ter escolhido o estacionamento. Outros clientes do açougue estão olhando em volta, que é o que Jalbert quer.

— Já respondi a suas perguntas. — Danny coloca um pacote de carne no carrinho, de meio quilo em vez de um, está na hora de começar a economizar. — Se quiser fazer mais, vou querer meu advogado presente.

— Você tem esse direito — diz Jalbert com a mesma voz alta. Danny acha que o cabelo arruivado de lã do homem quase parece uma cabeça de flecha, ou a ponta de uma lança enferrujada. Os olhos fundos encaram Danny do mesmo jeito que deviam olhar uma espécie nova de inseto. — Direito a um advogado. Mas vai ter que esperar na delegacia até que ele chegue.

A mesma voz alta demais. As pessoas começaram a se reunir no começo e no fim do corredor de carnes, algumas empurrando carrinhos, outras só olhando.

— Ou nós podemos fazer aqui. A escolha é sua.

Com todo mundo ouvindo, pensa Danny. *Você gostaria disso, né?*

— Vamos no meio termo. Vamos lá pra fora.

Danny não dá a Jalbert chance de protestar, apenas passa por ele (resistindo à vontade de esbarrar com o ombro no caminho) e segue para a porta. O inspetor não pode segurá-lo; Danny é uns vinte e cinco ou trinta quilos mais pesado, e novamente Jalbert não está armado, só com o distintivo preso no cinto. E com a identificação em um cordão no pescoço. Danny não olha para ver se Jalbert está vindo atrás dele.

As mulheres dos caixas pararam de trabalhar. Duas ele conhece da escola. Conhece muita gente da escola porque trabalha na whs desde que saiu de Wichita. Quando a porta se abre para permitir que ele saia na noite quente do Kansas, passa pela cabeça de Danny que ninguém com quem havia cruzado nos corredores o cumprimentou, apesar de ele ter reconhecido várias pessoas, inclusive dois professores.

Depois da luz branca caindo na calçada pelas vitrines do mercado, ele se vira para olhar para Jalbert.

— Você está me caçando.

— Estou investigando meu caso. Se alguém foi caçada, foi a pobre srta. Yvonne. Você a caçou até a morte. Não foi?

Relembrando alguns programas de televisão que tinha visto, Danny responde:

— Perguntado e respondido.

— Examinamos seu celular. Tem muitas lacunas no registro de localização. Vou precisar que você explique cada uma. Se puder.

— Não.

As sobrancelhas de Jalbert, tão peludas e emaranhadas quanto o cabelo com entradas enormes, sobem alto. Um pensamento estranho ocorre a Danny: *Ele pode estar me caçando, mas talvez eu esteja devolvendo o favor. As olheiras debaixo dos olhos dele estão mais fundas e mais escuras, eu acho.*

— Não? *Não?* Você não quer ser eliminado como suspeito, Danny?

— Você não quer isso. É a última coisa que você quer. — Ele aponta para o DIK amarelo no peito do corta-vento de Jalbert. — É como estar vestindo um outdoor, né? Ei, você perdeu peso?

Jalbert faz o possível para não parecer surpreso com a pergunta inesperada, mas Danny acha que ele fica. Talvez ele esteja vendo apenas o que quer? Talvez.

— Preciso que você preencha as lacunas, Danny. O máximo possível...

— Não.

— Então você vai me ver muito. Sabe disso, não sabe?

— Que tal o detector de mentiras? Recebi minha picape de volta e vou poder ir qualquer dia da semana que vem, já que você providenciou que eu perdesse meu emprego.

Jalbert exibe os cotoquinhos que se passam por dentes. *Ele deve comer muita comida pastosa*, pensa Danny.

— É interessante como gente como você, sociopatas, são capazes de jogar a culpa dos seus infortúnios nos outros.

— O polígrafo, inspetor. Que tal o polígrafo?

Jalbert balança a mão na frente do rosto, como se espantando uma mosca incômoda.

— Sociopatas quase sempre passam no detector. É fato comprovado.

— Ou pode ser que você tenha medo de mostrar que eu estou falando a verdade.

— Vinte e um — diz Jalbert.

— O quê?

— Nada.

— Você está bem?

Danny sente um prazer imenso em fazer essa pergunta. É baixo e cruel, mas ele acabou de ser constrangido na frente da própria cidade. Ou na frente do que era a sua cidade, pelo menos.

— Você a matou — diz Jalbert.

— Não matei.

— Para com isso. Assume. Tira o peso dos ombros, Danny. Você vai se sentir melhor. Somos só você e eu. Não estou grampeado, e você pode negar depois. Faz isso por mim e por você. Desabafa.

— Não tenho nada pra confessar. Tive um sonho. Fui até onde ela estava enterrada. Falei pra polícia. É só isso.

Jalbert ri.

— Você é persistente, Danny. Isso eu admito. Mas eu também sou.

— Tive uma ideia. Se você acha que fui eu, me acusa. Me prende.

Jalbert fica em silêncio.

— Você não pode, né? Aposto que falou com o promotor do condado em Wilder City e ele disse que você não tem o suficiente. Não tem prova da perícia, não tem prova em vídeo, não tem testemunha. Tem um velho que me viu naquele Texaco, mas foi no mesmo dia que comuniquei sobre o corpo, então ele não pode te ajudar. Em suma, inspetor, você está fodido.

E isso é engraçado, reflete Danny, porque ele também está fodido. Jalbert cuidou disso.

Jalbert sorri e aponta para Danny. O sorriso o lembra a lua crescente do sonho.

— Você matou. Eu sei, você sabe, vinte e oito.

— Vou entrar e terminar minhas compras. Pode me seguir se quiser. Não posso te impedir, e o mal já está feito. Foi feito quando você vazou meu nome pra aquele jornaleco.

Jalbert não nega e não segue Danny para o supermercado. O trabalho dele terminou. Todo mundo olha para Danny enquanto ele faz as compras. Algumas pessoas desviam com o carrinho quando o veem.

29

Ele vai para o trailer no Bosque dos Carvalhos. Guarda as compras. Ele se permitiu pegar uma caixa de Nabisco Pinwheels, seu biscoito favorito, e pretendia comer alguns vendo televisão. Agora, não quer ver televisão nem biscoito nenhum. Se tentasse comer um, acha que se engasgaria. Nunca sentiu tanta raiva desde que sofreu bullying por um garoto maior no fundamental, e nunca se sentiu tão… tão…

— Tão encurralado — murmura ele.

Será que ele vai conseguir dormir à noite? Só se conseguir se acalmar. E quer se acalmar, quer se controlar. Jalbert parece que não anda dormindo e que gostaria que Danny se juntasse a ele nisso. *Fica meio exausto, Danny, faz alguma idiotice. Tipo tentar bater em mim? Pensa em como você se sentiria bem! Tenta!*

Será que há alguma coisa que ele pode fazer para aliviar a pressão? Talvez.

Ele pega a carteira e mexe nela. Cada investigador deu a Danny um cartão com os números do DIK e extensões na frente e os números de telefone atrás. Só para o caso de ele se cansar da história inacreditável do sonho e decidir contar o que realmente aconteceu. Ele coloca o cartão do Jalbert de volta na carteira e liga para Davis. Ela atende no primeiro toque, o alô quase inaudível devido ao barulho próximo, possivelmente em volta dela. É uma versão desafinada de "Parabéns pra você" cantada por vozes jovens.

— Oi, inspetora Davis. É Danny Coughlin.

Há um momento de silêncio, como se ela não soubesse como responder àquela ligação do seu principal suspeito às sete da noite. Ele acha que a pegou de surpresa da mesma forma que Jalbert o pegou de surpresa, o que parece justo… pelo menos com o humor péssimo que ele está agora. A pausa é longa o suficiente para Danny ouvir *muitas felicidades, muitos anos de vida, viva Laurie!*, e então Davis volta.

— Me dá um segundo. — E, para as pessoas na festa (Danny supõe que seja uma festa): — Tenho que atender esta ligação.

A cantoria fica mais baixa quando ela leva a ligação inesperada para um lugar mais tranquilo. Está na hora de ele considerar verbos. *Falou?* Não. *Entrevistou?* Não, é muito errado. *Interrogou?* Certo… mas também errado. Mas aí, ele sabe.

— Como posso te ajudar, Danny?

— Meia hora atrás, seu parceiro me emboscou no supermercado quando eu estava fazendo as minhas compras.

Outra pausa. E:

— Ainda temos perguntas a respeito da sua localização durante aquelas três semanas. Falei com seu irmão e confirmei que você esteve lá no primeiro fim de semana de junho. Ele está no espectro?

Danny quer perguntar se ela deixou Stevie irritado, pois ele se irrita fácil quando tirado da zona de conforto, mas não vai deixar que a inspetora o desvie do que ele quer dizer.

— Em vez do paletó preto que sempre usa, estava usando um corta-vento com DIK na frente e atrás. Não chegou a usar um megafone, nem precisou, porque falou bem alto. Não tem muita gente fazendo compras na quinta à noite, mas todo mundo que estava lá ouviu bem. E olhou bem.

— Danny, você está soando meio paranoico.

— Não tem paranoia nenhuma em trinta pessoas olhando enquanto você é achacado. Fiz com que ele me seguisse pra fora quando percebi o que queria. E quer saber de uma coisa? Ele não fez nenhuma pergunta. Quando estávamos na calçada, foi a mesma ladainha: confessa, foi você, você vai se sentir melhor.

— E vai mesmo — diz ela, com sinceridade. — De verdade.

— Liguei pra fazer umas perguntas pra *você*.

— Não é meu trabalho responder suas perguntas, Danny. É seu trabalho responder às minhas.

— Mas essas não são sobre o caso. Pelo menos não diretamente. São mais sobre o que eu chamaria de natureza de procedimentos. A primeira é a seguinte: *Você* teria me abordado no IGA usando seu corta-vento de policial e fazendo questão que todo mundo ouvisse o que estava perguntando? Ela não responde.

— Ora, é uma pergunta simples. Você teria me constrangido na frente dos meus vizinhos?

Dessa vez, a resposta dela é imediata, baixa e furiosa.

— Você fez muito mais do que constranger Yvonne Wicker. Você a *estuprou*. Você a *matou*!

— O que foi que aconteceu com "inocente até que se prove o contrário", inspetora Davis? Eu só a encontrei. Mas nós já batemos nessa tecla e não tem nada a ver com o que eu estou perguntando. Você teria feito como Jalbert fez, ainda mais sem ter absolutamente nada de novo pra me perguntar?

Danny ouve as pessoas na festa, bem ao longe. A pausa é bem longa antes de ela dizer:

— Cada investigador tem suas técnicas.

— Essa é a sua resposta?

Ela solta uma risada curta e exasperada.

— Eu não estou no banco das testemunhas. Não cabe a você me interrogar. Como você não tem nada de substancial, eu vou encerrar esta li…

— O nome Peter Andersson significa alguma coisa pra você? Andersson com dois esses.

— Por que significaria?

— Ele escreve pra um jornal gratuito chamado *Plains Truth*. Eles divulgaram o nome da srta. Wicker. *Isso* é procedimento normal? Divulgar nomes de vítimas de homicídio quando os parentes nem foram notificados?

— Eu… eles *foram* notificados! — Finalmente, Ella Davis soa nervosa. — Semana passada!

— Mas o *Telescope* não tinha o nome. Ou, se tinha, não divulgou. O *Plains Truth* sim. E o meu nome? Também imprimiram isso. Dar nomes de pessoas que não foram acusadas de crime é procedimento do DIK?

Mais silêncio. Danny ouve um estalo baixo. Acha que talvez tenha sido um balão de aniversário.

— Seu nome foi impresso? Você está mesmo alegando isso?

— Pega um exemplar e vê. Nós sabemos quem vazou o nome, não sabemos? E sabemos por quê. Ele não tem nada de concreto, só uma história na qual se recusa a acreditar. Não consegue acreditar. Não tem imaginação suficiente pra acreditar. O mesmo é verdade sobre você, mas pelo menos você não deu meu nome pro único jornaleco que aceitaria divulgar. Foi por isso que eu liguei.

— Danny, eu…

Davis para antes de talvez pedir desculpas. Danny não sabe se era isso que estava na ponta da língua dela, mas tem quase certeza.

Ela volta atrás.

— Seu nome pode ter sido vazado para o jornal por um monte de gente. Possivelmente um dos seus vizinhos no parque de trailers. Sua ideia de que Frank Jalbert está te perseguindo é absurda.

— Ah, é?

— É.

— Vou contar o que eu sei sobre o *Plains Truth* — diz Danny. — Peguei um voltando do trabalho pra casa. É meu penúltimo dia. Fui demitido. Tenho vocês a agradecer por isso também.

Ela não responde.

— Tem mais propagandas com algumas notícias locais no meio... e as histórias criminais, eles amam essas. Qualquer coisa desde derrubar vacas a incêndio. Faz com que as pessoas peguem a porcaria do jornaleco.

— Danny, eu acho que essa conversa já foi longe demais.

Ele continua.

— Não tem repórteres caçando notícias na equipe do *Plains Truth*. Eles não fazem investigações. Andersson e alguns outros ficam sentados esperando que as notícias cheguem. Neste caso, o nome de Wicker e o meu. Alguém pegou o telefone e entregou ambos pra ele.

— Se você vai me pedir pra descobrir quem fez isso, está sonhando. Os repórteres protegem suas fontes.

Danny ri.

— Chamar os caras que trabalham naquele jornaleco de *repórteres* é como chamar um garoto em aula de recuperação de matemática de Einstein. Acho que Peter Andersson vai te dar um nome se tiver um. É só apertar um pouco. Como vocês me apertaram.

Silêncio, mas ela não encerrou a ligação. Danny ainda ouve a festa ao fundo. Laurie seria filha dela? Sobrinha?

— Um nome, não *o* nome — diz Danny. — Se Andersson tiver perguntado, Jalbert teria dito que é da polícia de Manitou ou da Patrulha Rodoviária e desligado. Um jornal de reputação não teria publicado uma dica anônima sem ter outra fonte, mas eles publicaram, e com alegria. Foi ele, inspetora. Eu sei e acho que você também sabe.

— Tchau, Danny. Não me liga mais. A não ser que queira confessar, claro.

Hora do tiro no escuro.

— Ele anda dizendo números aleatórios? Sem ter nada a ver com nada, de repente?

Nada.

— Não quer falar sobre isso? Tudo bem. Deseja pra aniversariante… — começa ele, mas ela desligou.

Na mesma hora, ele liga para Stevie em Boulder. O irmão atende como sempre, parecendo uma mensagem gravada de correio eletrônico.

— Você ligou para Steven Albert Coughlin.

— Oi, Stevie, é o…

— Eu sei, eu sei — diz Stevie, rindo. — Danny-Danny-banany. Como você está, irmão?

Isso diz tudo que Danny queria saber ao ligar. Ella Davis não disse para Stevie que o irmão mais velho dele estava sob suspeita de assassinato. Ela foi… cuidadosa? Talvez mais. Talvez a palavra que esteja procurando seja *diplomática*. Danny não quer gostar dela, mas gosta um pouco por isso. Stevie desenvolveu bem aos poucos alguma habilidade social, mas, mesmo assim, é emocionalmente frágil.

— Eu estou bem, Stevie. Minha amiga Ella Davis te ligou?

— Sim, a moça. Disse que era inspetora de polícia e que você estava ajudando em um caso. Você está ajudando os caras com um caso, Danny-banany?

— Tentando — responde ele, e guia a conversa em outra direção.

Eles falam sobre Nederland, onde Stevie faz caminhadas nos fins de semana. Sobre um baile ao qual Stevie foi com a amiga Janet e que eles se beijaram três vezes depois que acabou, quando estavam andando para casa. Alguém está tocando música alto, e Stevie grita para abaixarem, coisa que nunca poderia ter feito quando adolescente; na época, teria simplesmente batido na lateral da própria cabeça até alguém o fazer parar.

Danny diz que tem que ir. A raiva passou quase por completo. Falar com Stevie faz isso. Stevie diz que tudo bem e solta o de sempre:

— Manda uma!

Danny está preparado.

— Assado Especial Folgers.

Stevie ri. É um som lindo e alegre. Quando fica feliz, ele fica feliz de verdade.

— Corredor 5, prateleira do alto à direita conforme você vai na direção do balcão de carnes, com preço de 12,09 dólares. Na verdade, é Assado Clássico. — Ele baixa a voz com confidencialidade. — O Assado Especial Folgers foi descontinuado.

— Boa, Stevie. Eu tenho que ir.

— Beleza, Danny-banany. Te amo.

— Eu também te amo.

Ele fica feliz de ter sido Davis que falou com Stevie. A ideia de Jalbert fazendo isso, chegando perto do irmão dele, faz Danny gelar até os ossos.

30

Ella Davis enfia o telefone no bolso da calça e volta para a festa. Sua irmã está distribuindo bolo e sorvete para umas seis garotinhas usando chapéus de aniversário. A filha de Davis, aniversariante e estrela do show da noite, fica olhando com avidez para a pilha de presentes no aparador. Laurie faz oito anos naquele dia. Os presentes vão ser abertos em breve e logo esquecidos, exceto talvez por Adora, uma boneca que custou a Davis quarenta dólares arduamente ganhados. As garotinhas, alimentadas de açúcar e preparadas para comemorar com animação, vão brincar na sala e os gritos vão se espalhar pela casa da irmã. Às oito da noite, estarão prontas para pegar no sono enquanto *Frozen* passa na televisão pela enésima vez.

— Quem era? — pergunta a irmã. — Era sobre o seu caso?

— Era.

Um prato de sorvete já foi derrubado. Mitzi, a beagle da Regina, cuida disso rapidinho.

— Não era *ele*, né? — sussurra Regina. — Coughlin? — E: — Usa o garfo, Olivia!

— Não — mente Davis.

— Quando você vai prender ele?

— Não s...

— *Prender QUEM?* — pergunta uma garotinha. O nome dela é Mary ou Megan, Ella não lembra. — *Prender QUEM?*

— Ninguém — responde Regina. Cuida do seu nariz, Marin.

— Não sei, Reg. Quem sabe disso é quem tá acima de mim.

Depois que o bolo e o sorvete são servidos e as garotas estão comendo, Davis pede licença e vai para a varanda dos fundos fumar um cigarro. Está incomodada com a ideia de que Frank abordou Coughlin no mercado, deliberadamente chamando a atenção para ele, dizendo para as testemunhas do confronto *é este aqui, este foi o cara que matou, olhem bem.*

Está mais incomodada com a ideia de que Jalbert pode ter dado o nome de Coughlin para o único veículo que o publicaria. Não quer acreditar que o colega faria isso, e em geral não acredita, mas não há dúvida de que Frank cismou com Coughlin. Ele está obcecado.

Palavra errada, diz ela para si mesma. *A certa é* dedicado.

Está mais incomodada com o próprio Coughlin. Ele *pareceu* aliviado quando Frank disse que eles tinham DNA e deu a amostra para comparação com boa vontade. Ele *sabia* que Davis estava mentindo sobre as digitais da garota no painel da picape. Mas isso poderia ter sido porque ele havia limpado tudo. Também poderia ter sido porque Wicker, a pobre srta. Yvonne para Jalbert, nunca esteve na picape; ele poderia ter enrolado o corpo em uma lona e colocado na caçamba. Se Coughlin havia se livrado da lona, também explicaria por que não encontraram cabelo, digitais e DNA na caçamba da picape. Mas por que ele não a enterraria *dentro* da lona?

Também poderia ter sido porque Yvonne Wicker nunca esteve na picape.

Não, eu não aceito isso.

Coughlin também se ofereceu para passar pelo polígrafo, quase suplicou para passar. Frank havia descartado a possibilidade, e por bons motivos, mas...

A irmã aparece ali fora.

— Laurie está abrindo os presentes — diz ela, com um leve toque de acidez. — Você gostaria de participar?

O que foi que aconteceu com "inocente até que se prove o contrário", inspetora Davis?

— Claro — diz Ella, apagando o cigarro. — Com certeza.

Reggie a segura pelos ombros.

— Você parece incomodada, meu bem. Era *ele*?

Davis suspira.

— Era.

— Declarando inocência?

— É.

— Você vai se sentir melhor quando ele estiver trancafiado, né?

— Vou.

Mais tarde, com as garotas de pijama e amontoadas no chão da sala, hipnotizadas como sempre quando Elsa e Anna cantam "Uma vez na eternidade", Ella pergunta a Reggie se ela já teve uma experiência psíquica. Tipo um sonho que virou realidade.

— Eu não, mas minha amiga Ida sonhou que Horst ia ter um ataque cardíaco e duas semanas depois ele teve *mesmo*.

— Sério?

— É!

— Então você acredita que essas coisas são possíveis.

Reggie pensa.

— Bom, não acho que Ida seja mentirosa, mas acreditaria mais se tivesse me contado sobre o sonho *antes* de Horst ter o ataque cardíaco. E ele estava pedindo um, gordo daquele jeito. Olha sua filha, Els! Ela amou aquela boneca!

Laurie está aninhando Adora, de cabelos castanhos, junto ao peito, e de repente Davis tem uma visão: Danny Coughlin esfaqueando Yvonne Wicker repetidas vezes, subindo em cima dela em um milharal e a estuprando enquanto ela sangrava até morrer. Eles sabem que foi em um milharal porque havia palha de milho no cabelo.

Se ele fez isso, merece tudo que Frank fizer com ele, pensa ela. E, parada na porta ao lado da irmã, percebe que é a primeira vez que aquela palavra mortal (e desleal também) surgiu na mente dela.

Tem outra coisa, e ela está disposta a admitir (para si mesma, só para si mesma), que foi o que realmente a abalou. *Ele anda dizendo números aleatórios? Sem ter nada a ver com nada, de repente?* Ela ouviu Frank fazer isso várias vezes, e mais desde que haviam começado a investigar o homicídio de Wicker. Provavelmente não quer dizer nada, mas ele perdeu peso e está tão obcecado por Coughlin...

Não usa essa palavra! Não obcecado, dedicado. *Ele é defensor de Wicker, quer dar justiça a ela.*

Mas e se a palavra certa for *se*?

31

Na metade do caminho para Lyons, Jalbert para no estacionamento rachado e esburacado de um shopping abandonado. Sente que, se não sair do carro para contar um pouco, vai explodir. Ainda está claro e vai continuar assim até nove da noite. Não muito longe, um grupo de garotinhas assiste a *Frozen*.

— Ele está enrolando — sussurra. — Aquele filho da puta está tentando me enrolar.

Ah, a cabeça dele! Latejando! Ele passa as duas mãos pela ponta de flecha que é o cabelo. Dos dois lados do bico de viúva, sente gotículas de suor. Precisa contar. Contar vai acalmá-lo. Sempre acalma, e quando voltar para a suíte de dois aposentos no Celebration Centre, pode fazer o circuito das cadeiras. Só vai conseguir dormir depois disso. O que antes era um jogo para passar o tempo virou necessidade.

Ele vai do carro até a frente de uma loja de penhores abandonada. Trinta e três passos, que é soma de dezesseis e dezessete. Anda de volta, quinze e catorze. Anda até a loja de penhores de novo: treze, doze, onze... os últimos três passinhos pequenos porque esse trio dá um total de trinta e seis e tem que sair certo. Ele está começando a se sentir melhor. Dez, nove, oito e sete o levam de volta ao carro. Ele faz um punho e bate no capô vinte e uma vezes, contando baixinho.

Ainda não pode prender Coughlin. O promotor não importa; o diretor do DIK botou ponto-final nisso. E Jalbert é obrigado a admitir que o diretor está certo. A história do sonho é absurda, mas, sem outra coisa, até aquele advogado de cidadezinha que é o Edgar Ball poderia fazer o caso ser anulado.

Ou talvez ele *não fosse* tentar anular. Se o promotor fizesse a burrice de aceitar um caso desses para julgamento, Coughlin seria considerado inocente e não poderia ser julgado de novo; não se pode julgar a mesma pessoa pela mesma coisa duas vezes, caso encerrado. Jalbert precisa de algo que vá fazer Coughlin se mostrar, para que o mundo possa ver o psicopata por baixo daquelas proclamações de inocência com olhos arregalados. Ele tem que espremer. Tem que apertar os parafusos.

Jalbert decide dar a volta no shopping, contando cuidadosamente a partir de um. Chegou a vinte e seis (trezentos e cinquenta e um, no total) quando volta para a frente e vê um carro da Patrulha Rodoviária, as luzes piscando, parado atrás do Ford comum dele. Há um policial usando o microfone de ombro para verificar a placa. Ele ouve Jalbert se aproximar e se vira, levando a mão ao cabo da Glock. Mas aí ele vê o corta-vento do DIK de Jalbert e relaxa.

— Oi, senhor. Vi o carro parado aqui e...

— E fez seu trabalho. O que deveria mesmo. Vinte e seis. Que bom. Vou enfiar a mão no bolso e mostrar a identificação.

O policial balança a cabeça e sorri.

— Não é necessário. Frank Jalbert, certo?

— É. — Ele estende a mão. O policial a balança três vezes, o certo para um aperto de mãos. — Qual é seu nome, policial?

— Henry Calten. O senhor está investigando a garota morta?

— A srta. Yvonne, sim. — Jalbert balança a cabeça. — Pobre srta. Yvonne. Parei pra esticar as pernas e pensar no próximo passo.

— O cara que relatou a localização do corpo parece ser culpado — diz o policial Calten. — É só a minha opinião.

— A minha também, mas ele está protegido. — Jalbert balança a cabeça. — Meio que rindo de nós, pra falar a verdade.

— Odeio saber disso.

— Nós temos que apertar. Encontrar um jeito de girar os parafusos.

— Vou deixar o senhor em paz pra pensar — diz Calten —, mas escuta... se eu puder fazer alguma coisa pra ajudar... Sei que é improvável...

— Não tão improvável — diz Jalbert. — Neste mundo, tudo é possível. Dezesseis.

Calten franze a testa.

— Como?

— É um número bonito, só isso. Falando em número, me dá o seu.

Calten responde com avidez:

— Pode apostar, claro. — Ele pega um cartão da Patrulha Rodoviária do Kansas do bolso no peito e escreve o número do celular pessoal no verso. — Sabe, eu estava pensando em me candidatar para o DIK.

— Quantos anos você tem?

Jalbert pega o cartão.

— Vinte e quatro.

— Três vezes oito, ótimo. Quer um conselho? Não espera demais. Não adia. E tenha uma boa-noite.

— O senhor também. E se eu puder ajudar de alguma forma...

— Vou me lembrar disso. Pode ser que eu te ligue.

O policial Calten para quando está entrando no carro e olha para trás com um sorrisinho triste.

— Pega ele, inspetor.

— É esse o plano.

32

No hotel, Jalbert para na recepção e pergunta se tem cadeiras dobráveis. O funcionário diz que acha que sim, no centro de convenções do hotel. Jalbert pede ao funcionário que envie três para o quarto 521.

— Pensando bem, eu mesmo busco — diz Jalbert, e faz exatamente isso.

Tem umas doze encostadas na parede, e ele pega quatro. Quatro é um bom número, melhor do que três. Difícil dizer o motivo, mas os pares sempre dão uma surra nos ímpares. Ele pega duas com cada mão e as carrega para o elevador, ignorando a expressão de curiosidade no rosto do funcionário.

Abre duas na salinha e duas no quarto. Agora, tem oito cadeiras (a cama e o vaso contam). Um até oito inclusive dá trinta e seis, um a vinte e quatro inclusive dá trezentos, um a quarenta inclusive dá oitocentos e vinte. As pessoas não entenderiam (a *maioria* das pessoas), mas é uma coisa linda, uma espécie de esquema de pirâmide de cima para baixo que paga dividendos não em dinheiro, mas em clareza.

Quando se aproxima do fim do quinto circuito de cadeiras, sabe qual deve ser o próximo passo. Dobra as cadeiras que pegou na sala de reuniões e as empilha ao lado da mesinha. Podem vir a ser úteis. Ele pega a mala embaixo da cama e a abre. Do bolsinho elástico, tira um par de luvas de borracha fina e as veste. Hora de pressionar. Liga para o policial Calten. Hora de apertar os parafusos mais um pouco.

33

Na madrugada de sexta da semana dos infernos, Danny é acordado por um baque metálico alto seguido do motor de um carro com amortecedor ruim ou sem amortecedor. O relógio na mesa de cabeceira diz que são 2h19. Ele se levanta, pega a lanterna que deixa por perto para o caso de faltar luz e vai até a janela da sala. Não tem nada lá fora exceto uma nuvem de mariposas voando em torno de um poste de luz entre a administração e a lavanderia. O Bosque dos Carvalhos (onde não há carvalhos) está dormindo. O baque alto não acordou ninguém além dele, porque a *intenção* era acordar *Danny*.

Ele abre a porta. Às vezes se esquece de trancar à noite, mas acha que, depois do *Plains Truth* e do showzinho de Jalbert no IGA na noite anterior, isso vai ter que mudar. Desce os degraus de concreto e acende a lanterna para procurar a fonte do barulho. Não demora para achar. Tem um amassado na lataria do trailer, logo abaixo da janela jateada do banheiro. Danny conclui que era na janela que o visitante noturno estava mirando.

Tem uma mancha de vermelho na parte mais funda do amassado. Danny passa a lanterna pela lateral do trailer e, no cascalho, tem um tijolo. Em volta dele, preso com um pedaço de arame, um bilhete. Danny sabe o que vai estar escrito, mas se agacha e pega o bilhete mesmo assim. A mensagem é curta, escrita com giz de cera preto ou uma caneta de ponta de feltro.

SAI DAQUI ASSASSINO DO CARALHO. SENÃO VOCÊ VAI VER.

O primeiro pensamento de Danny ao ler a ameaça é: *Não enquanto você estiver vivo.* O seguinte é: *Ah, é? Estamos em um filme? Você é Clint Eastwood?*

Quando está do lado de fora do trailer às duas da madrugada, com uma ameaça em uma das mãos e o tijolo que a entregou nos pés, sair de Manitou parece não só razoável, mas atraente. Sua amiga Becky, uma amizade colorida, não quer mais saber dele, vai manter a doce DJ longe como se ele tivesse peste bubônica, e Danny perdeu o emprego. Como bônus, parece que metade da cidade está com covid. Ele não gosta muito da ideia de ser expulso como Caim depois que matou o irmão, mas aquele parque de trailers não é nada parecido com o Éden. Pode estar na hora de tentar o Colorado. Ele acha que Stevie gostaria disso.

Ele se pergunta se o carro barulhento que ouviu se afastando era o Mustang de Pat Grady. Podia ter sido, mas e daí?

Danny entra e volta para a cama, mas primeiro tranca a porta do trailer.

34

No último dia como funcionário do Departamento Escolar do Condado de Wilder, Danny está levando livros do depósito para a sala dos professores, que funciona como departamentos de história e inglês. Os livros vão ficar empilhados lá, prontos para serem distribuídos para os alunos quando as aulas voltarem em setembro... a essa altura, Danny Coughlin espera já estar longe do Condado de Wilder.

Jesse chega trotando pelo corredor onde estava limpando rodapés na ala nova. Encontra Danny em frente à biblioteca e diz:

— Só pra você saber, aquele policial do outro dia está vindo te ver. O daquela coisa engraçada, sabe? — Jesse passa dois dedos na testa para indicar o bico de viúva de Jalbert. — Ele parou nos fundos.

— A mulher está com ele?

— Não, sozinho.

— Obrigado, Jesse.

— O cara está com um tesão danado em você, né?

— Vou lá te ajudar assim que terminar de levar os livros.

Jesse insiste.

— Ele não vai te prender, né?

Danny abre um sorrisinho ao ouvir isso.

— Acho que não pode e isso está deixando o cara louco. Agora vai lá. Vamos fazer nosso último dia ser bom.

Jesse sai. Jalbert está no saguão, de novo examinando a estante de troféus. Está com o que parece ser um jornal enrolado na mão.

Talvez queira me dar uma surra com aquilo, Danny pensa. É um lampejo de diversão bem-vindo no medo que ele sente ao ver Jalbert de novo. Sabe que medo é exatamente o que Jalbert quer que ele sinta. Danny mudaria isso se pudesse, mas não pode. Começa a andar pelo corredor assim que Jalbert passa pela porta.

— Teve um bom feriado? — pergunta.

Danny nem se dá ao trabalho de responder.

— O que você está fazendo aqui sozinho?

Para sua surpresa, Jalbert responde à pergunta.

— A filha da minha parceira está doente. Foi bolo e sorvete demais, ela acha. Eu preciso que você venha a Great Bend hoje à tarde.

— Eu estou preso?

Jalbert mostra os cotoquinhos.

— Ainda não. Preciso que você dê um depoimento oficial. Pra ficar registrado. Sobre o *sonho* que teve. Quando seu *sonho* chegar ao conhecimento público, aposto que você vai aparecer na televisão. Vai ter toda a publicidade com que sempre *sonhou*. Pena que Jerry Springer morreu, você combinaria direitinho com as prostitutas e os drogados.

— Me acusando de ser um caçador de publicidade quando foi você que vazou meu nome? É uma maluquice danada até pra você.

— Não fui eu — diz Jalbert, ainda sorrindo. — Nunca faria uma coisa dessas. Deve ter sido um dos seus vizinhos.

Danny poderia dizer para Jalbert que um dos vizinhos (ou talvez tenha sido Pat Grady) jogou um tijolo no trailer dele na noite anterior, poderia até mostrar o bilhete, está no bolso, mas isso seria infrutífero.

Então pergunta a Jalbert por que ele esperou tanto tempo para pedir a Danny para dar o depoimento.

— Porque você estava esperando conseguir algo melhor, né? Não um depoimento, mas uma confissão. Só que seus chefes não achariam minha confissão muito satisfatória. Pensa bem, inspetor Jalbert. Não sei onde ela foi esfaqueada, nem quantas vezes, nem com quê.

— Você estava em frenesi de matança — responde Jalbert. Ele acredita na culpa de Danny de modo tão fervoroso quanto a falecida mãe de Danny acreditava no Cristo Redentor. — É comum com maníacos homicidas. É um termo antigo, acho que nada politicamente correto, mas eu gosto. Descreve você com perfeição.

— Eu não matei a garota. Só encontrei.

Jalbert mostra o que resta dos dentes.

— E eu acredito em Papai Noel, Danny. Amo essa história.

— Eu só bato ponto às quatro. O que significa que só consigo chegar a Great Bend às seis e meia, se não passar do limite de velocidade. E eu pretendo não passar.

— Eu vou esperar. Ella Davis também. Ou você pode bater o ponto mais cedo, considerando que é seu último dia e tal.

Danny está muito cansado daquele homem.

— Achei que você talvez gostasse de ver isto.

Jalbert desenrola o jornal. É o *Oklahoman*. Jalbert abre em uma página interna e passa o jornal para Danny. O artigo tem como manchete GAROTA ASSASSINADA VOLTA PARA CASA. Tem uma fotografia. É o que Jalbert queria que ele visse. Danny acha que foi o verdadeiro motivo de Jalbert ter vindo.

A foto mostra tudo que qualquer pessoa precisa saber sobre luto humano em uma única imagem. O pai de Yvonne Wicker está abraçando a esposa, cujo rosto está escondido na camisa dele. A cabeça dele está virada para o céu. A boca está escancarada num esgar. Os tendões do pescoço estão visíveis. Os olhos estão bem apertados. Atrás deles, ao lado de um Cadillac preto comprido com NECROTÉRIO HEARST escrito na lateral, tem um jovem usando o que parece ser uma jaqueta de escola. Ele está de boné. A aba esconde seu rosto. Danny supõe que seja o irmãozinho de Yvonne.

Danny pensa que está olhando para uma coisa que os filmes e dramas de televisão raramente expressam ou nem sequer compreendem: a dor humana. O martelo do luto e a estupidez da perda. A destruição.

Os olhos de Danny se enchem de lágrimas. Ele olha para a foto e para a manchete, GAROTA ASSASSINADA VOLTA PARA CASA, depois para o rosto de Jalbert. Fica estupefato ao notar que o homem está *sorrindo*.

— Ah, olha! O assassino chora! Parece uma daquelas óperas italianas!

Danny quase bate no inspetor. Em pensamento, *bate mesmo*, quebra o nariz de Jalbert e faz sangue escorrer pelos dois lados da boca como um bigode de Fu Manchu vermelho. A única coisa que o segura é saber que Jalbert quer isso. Ele passa a mão pelos olhos.

— Pelo menos me diz que os pais dela não sabem sobre o cachorro. Pelo menos isso.

— Não faço ideia — diz Jalbert, quase com alegria. — Não fui eu que informei, foi um detetive de Oklahoma City. Minha função é trabalhar no caso, Danny. O que quer dizer trabalhar em *você*.

Danny ainda está segurando o jornal. Está amassado. Ele o alisa e mostra para Jalbert.

— Você quer ver outra mãe e outro pai em uma foto assim? Porque a pessoa que a matou pode não ter parado. Pode pegar mais duas ou três enquanto você está obcecado em mim.

Jalbert se retrai como se Danny tivesse balançado a mão na cara dele.

— Não estou obcecado, estou dedicado. Sei que você a matou, Danny. Não teve sonho nenhum. Você não precisava de sonho pra ir aonde ela foi enterrada porque foi você quem a enterrou. Mas vamos concordar em discordar. Esteja em Great Bend às seis e meia, ou vou mandar seu nome e placa do carro pra Patrulha Rodoviária. Leva seu advogado se quiser. E pode ficar com o jornal. Talvez queira se gabar pelo que fez a ela e à família dela. Quatro vítimas pelo preço de uma.

Ele se vira, a parte de trás do paletó preto voando, e anda até o saguão.

— Inspetor Jalbert!

Ele se vira com as sobrancelhas arqueadas, o crânio liso dos dois lados daquele bico de viúva esquisito, pálido como creme.

— Você trinca os dentes?

Jalbert franze a testa.

— O quê?

— Seus dentes. Estão todos desgastados. Talvez devesse usar uma daquelas placas de proteção. Vende no Walgreens.

— Meus dentes não são o assunto em discus…

— Ajuda quando você conta?

Pela primeira vez, Jalbert parece abalado de verdade.

— Pesquisei isso de manhã antes de vir trabalhar — diz Danny. — Chama aritmomania. Você faz isso? Faz quando acorda no meio da noite porque está trincando os dentes?

Também pela primeira vez, Danny vê uma veia pulsando na têmpora direita de Jalbert: tick-tick-tick.

— Você matou a garota, espertinho. Nós dois sabemos, e você vai preso por isso.

Ele vai embora. Danny fica no mesmo lugar, o jornal amassado na mão, tentando se controlar. Cada encontro com Jalbert é pior do que o anterior. Ele limpa os olhos com a manga da camisa de trabalho. E volta a carregar livros. Último dia, dia de fazer tudo direito.

35

No almoço, ele vai até a picape pegar o celular. Precisa ligar para Margie, precisa contar que perdeu o emprego e que o Kansas perdeu o encanto, pelo menos para ele. Está pensando em Boulder. Ela vai entender, gosta de Stevie. Se ela precisar de dinheiro, Danny acha que pode abrir mão de um pouco... mas não muito. Até conseguir um emprego, vai viver do que tem. Além do mais, ela vai se casar, né?

Ele abre a porta do passageiro, lembrando a si mesmo que precisa pagar Edgar Ball, e tira o telefone do porta-luvas. Começa a andar de volta para a escola, a cabeça baixa, olhando as mensagens, mas para. Está pensando em uma coisa que Jesse disse: *Ele parou nos fundos.* Por que Jalbert faria isso, sendo que o estacionamento dos professores fica mais perto da escola? Danny só consegue pensar em um motivo.

Volta até o Tundra. Dá uma olhada rápida na caçamba da picape. Está vazia, exceto pela caixa de ferramentas, que ele deixa trancada com cadeado. Já a cabine está destrancada. Ele sempre a deixa destrancada, e Jalbert teria visto isso. Danny pode até ter contado para ele e para a parceira dele. Não lembra.

Ele olha as porcarias acumuladas no porta luvas — é louco como as coisas se acumulam — esperando não encontrar nada, e é nada que encontra. Jalbert não teria colocado nada lá. Não depois de ter visto que era ali que Danny guardava o celular. O console central parece mais provável, mas também não tem nada... mas ele encontra um saco de M&M's que pretendia dar a Darla Jean na próxima vez que ela mostrasse uma nota 10. DJ tira muitos 10, é uma menininha muito inteligente.

Ele olha nos compartimentos das portas. Nada. Olha embaixo do banco do passageiro e também não encontra nada. Olha embaixo do banco do motorista e lá está, um envelope de plástico contendo um pó branco que só pode ser cocaína, heroína ou fentanil. O Kansas é duro com drogas pesadas, Danny sabe; os adolescentes assistem a palestras sobre isso o tempo todo. É uma quantidade pequena demais para ser considerada "com intenção de distribuição", mas no Kansas até a posse é um delito classe 5 que pode fazer a pessoa passar dois anos na cadeia.

Jalbert quer que ele fique preso por dois anos, noventa dias no condado, provavelmente, por acusação de drogas? Não, mas quer que vá preso. Porque aí pode pressioná-lo. E pressioná-lo. E pressioná-lo. Os guardas também talvez o pressionem. Se Jalbert pedisse.

Atrás do banco tem um espaço em que todo tipo de porcaria se acumula, inclusive um saco amassado do McDonald's. Dentro do saco tem um papel de hambúrguer e uma daquelas embalagens de papelão que já guardou uma torta de maçã. É do tamanho certo. Danny pega o envelope de droga pelas laterais e o enfia dentro, dobrando a ponta para que o envelope não encoste em nada e manche digitais que podem estar nele. Digitais são improváveis, mas possíveis. Ele guarda a caixa de papelão no saco do McDonald's e o saco na marmita. Quando volta para a escola, Jesse está na mesa de piquenique.

— Venho ficar com você em um minuto — diz Danny, e entra.

Coloca o saco em uma prateleira alta no depósito, atrás de materiais de limpeza. Depois liga para Edgar Bell.

— Você ainda é meu advogado?

— Sou até você precisar de um profissional — responde Ball. Isso é interessante.

Os dois conversam por um tempo. Edgar Ball promete passar na escola por volta das duas da tarde e encontrar Danny na delegacia do DIK em Great Bend às 18h15. Danny promete dar a ele um cheque de quatrocentos dólares.

— Melhor fazer de quinhentos, considerando o que está me pedindo pra fazer — diz Ball.

Danny diz que tudo bem. É justo, mas vai arrancar um pedação do seu pé-de-meia. Ele liga para Margie e diz que talvez não possa ajudar muito por um tempo porque perdeu o emprego. Ela diz que entende.

— Manda a polícia falar comigo — diz ela. — Vou dizer que você é do tipo que grita, não que esfaqueia. A ideia de você matar alguém é simplesmente absurda.

Danny diz que ela é uma flor. Margie, Margie-bargie para Stevie, diz que é mesmo. Ele leva o sanduíche e a garrafa térmica até a mesa de piquenique e almoça na companhia agradável de Jesse.

— Vou sentir saudade daqui — comenta Jesse. — É estranho, mas é verdade. E vou sentir saudade de trabalhar com você. Você é um bom chefe, Danny.

— Você vai se ajeitar em outro lugar — diz Danny. — Eu escreveria uma carta de referência, mas, você sabe... considerando as circunstâncias...

— É — concorda Jesse, e ri. — Eu entendo.

Edgar Ball aparece às 14h15. Danny dá o cheque e o saco do McDonald's para ele.

— Tem certeza de que você quer fazer assim? — pergunta Ball. — Você vai correr um risco.

— Eu já estou correndo um risco — diz Danny. Cada vez maior.

36

Eles batem o ponto às três e meia da tarde, meia hora antes do horário normal. Danny tranca a escola pela última vez, todas as sete portas. Jesse dá um abraço de ladinho em Danny, que retribui junto com uns tapinhas nas costas. Danny diz para Jesse se cuidar e manter contato. Jesse diz para Danny fazer o mesmo.

Danny dirige até o Bosque dos Carvalhos, de olho no retrovisor, esperando a polícia. Não vê ninguém. Quando chega em casa, encontra um bilhete colado na porta. É curto e direto: *Vai embora. A gente não te quer aqui.* Ele o arranca da porta, joga no lixo da cozinha, toma um banho rápido e veste roupas limpas. Liga para Ella Davis.

— Danny Coughlin de novo, inspetora.

— Como eu posso ajudar?

— Confiando um pouquinho em mim.

Danny explica o que quer que ela faça. A inspetora não diz sim… mas também não diz não.

Ele parte para Great Bend, e percorreu uns cinquenta quilômetros quando uma viatura da Polícia Rodoviária do Kansas sai de uma estrada de terra e vai atrás dele, as luzes piscando. O policial toca a sirene uma vez, o que é totalmente desnecessário porque Danny já está parando e abrindo a janela. Quando está aberta, coloca as duas mãos no volante, no alto, onde podem ser vistas.

O nome do policial é H. Calten. Ele se aproxima de Danny com uma das mãos na Glock. A tira de segurança foi aberta.

— Habilitação e documento do carro, por favor.

— Minha habilitação está na carteira. Vou botar a mão no bolso de trás pra pegar. — Danny faz isso, se movendo muito lentamente. Quando entrega a habilitação para o policial Calten, diz: — Agora eu vou abrir o porta-luvas e pegar o documento do carro.

— Você tem uma arma no porta-luvas?

— Não.

— No console central?

— Não.

— Pode abrir.

Novamente em câmera lenta, Danny abre o porta-luvas e pega o documento.

— Você tem seguro?

— Tenho.

Ele estende a mão para o porta-luvas de novo.

— Esquece o seguro. Fica parado, sr. Coughlin.

Calten volta para a viatura e pega o rádio. Danny fica imóvel. Cinco minutos se passam. Ele vai se atrasar para chegar a Great Bend, mas tudo bem. Jalbert acha que ele não vai chegar.

Depois de verificar que o Tundra 2011 que ele parou realmente pertence a Daniel Coughlin, o que Calten já sabia, Danny tem certeza, o policial volta para a janela do motorista com os documentos. Mas não os entrega.

— Você sabe por que eu o parei?

Danny diz que não.

— Você estava dirigindo oscilando pela estrada.

Danny sabe que não é verdade, mas fica calado.

— Você bebeu alguma coisa hoje, sr. Coughlin?

— Se você está perguntando sobre álcool, a resposta é não.

— O que você acha de fazer o teste do bafômetro? Estaria disposto a fazer?

— Claro.

— E drogas? Anda usando? Maconha? Ecstasy? Cocaína?

— Não.

— Você consentiria com uma revista da sua picape?

— Você não precisa de mandado de busca pra uma coisa assim?

— Não se eu tiver visto você dirigindo de forma perigosa. Você pode consentir com a revista ou eu posso apreender seu veículo.

— Tudo bem — diz Danny, abrindo a porta. — Eu tenho um compromisso, então é melhor você fazer a revista.

O policial Calten faz a revista com estardalhaço e deixa a parte embaixo do banco do motorista para o final. Passa muito tempo olhando lá, até vai buscar uma lanterna na viatura. Em seguida, bate a porta e olha secamente para Danny.

— E o bafômetro? — pergunta Danny.

— O senhor está sendo espertinho comigo?

Danny não sabe se as bochechas do policial estão ruborizadas ou queimadas de sol.

— Não. Mas eu não estava oscilando na estrada, e nós dois sabemos disso.

— Vou dar uma multa por você ter dirigido com imprudência, sr. Coughlin.

— Eu não faria isso — diz Danny. — Se fizer, vamos nos ver no tribunal. Onde meu advogado vai perguntar se você falou com o inspetor Jalbert do DIK antes de me parar. E aí, você vai ter que decidir se vai querer falar a verdade ou cometer perjúrio. O que pode ou não se voltar contra você. Você quer isso?

Calten leva um minuto tentando decidir se quer forçar a barra. Não é queimadura de sol; definitivamente, rubor. Danny acha que é bom não estar na defesa, para variar. Calten devolve a habilitação e o documento do carro.

— Tenta ficar do lado certo da estrada de agora em diante, senhor.

Danny quase força um pouco mais, quase pergunta se Calten não quer pelo menos dar uma advertência, e decide que já basta. Calten está armado e ainda não fechou a tira de segurança da arma.

— Pode deixar, policial.

— Sai daqui.

Calten o segue por oito quilômetros, quase batendo no para-choque de Danny, e depois se afasta. O restante do trajeto de Danny até Great Bend não tem incidentes.

37

Edgar Ball está à espera dele na extremidade do estacionamento do DIK. Ele pergunta a Danny como foi a viagem. Danny conta sobre o policial Calten.

— Inacreditável — diz Ball. Você tem certeza de que quer pegar a droga de volta?

— Deve ser seguro agora, Jalbert já fez o que queria fazer.

Danny espera estar certo sobre isso, e também espera não ser preso pela inspetora Davis mais tarde.

Ball abre o porta-malas do carro e pega o saco do McDonald's. Danny o coloca no console central e dessa vez tranca a picape.

— Vamos entrar — diz Danny. — Olha a cara do Jalbert quando ele me vir. Vai ser interessante.

Mas não é. O que veem é um vislumbre rápido de surpresa, que aparece e some. A sala, equipada com aparelhos de gravação audiovisual, está cheia. Além de Jalbert e Davis, há um sujeito careca e atarracado chamado Albert Heller e um fortão de terno chamado Vernon Ramsey. Heller é o promotor do condado de Wilder. Ramsey é detetive de Oklahoma City. Com seis pessoas dentro, a sensação é claustrofóbica. Em algum lugar daquele prédio deve haver uma sala de reuniões mais espaçosa, mas não é uma reunião que Jalbert e Heller têm em mente. O que querem é dobrar Danny. Agora que ele está ali.

Apresentações são feitas. Mãos são apertadas (Danny e Jalbert pulam essa parte). Os direitos dele são lidos, dessa vez pelo promotor do condado. Heller termina anunciando, para deixar registrado, que "o sr. Coughlin trouxe seu advogado".

Heller assume a liderança e faz o mesmo caminho percorrido na última entrevista de Danny. Eles se sentam um de frente para o outro, com Edgar Ball do lado de Danny da mesa e Ella Davis do lado de Heller. Ramsey fica encostado na parede, o rosto impassível. Jalbert está no canto com os braços cruzados.

Sob interrogatório, Danny reconta o sonho. Reconta a viagem ao posto abandonado no condado de Dart. Reconta a tentativa desastrada de fazer uma denúncia anônima. Quando Heller pergunta por que Danny ligou, Danny conta sobre o cachorro.

— Estava cavando ela. Comendo ela. Você deve ter visto as fotos.

Heller diz que precisam saber bem mais sobre onde Danny estava durante as três primeiras semanas de junho. Danny diz que vai ajudar o quanto puder, mas que não tem diário nem nada assim.

Quando Heller fica sem perguntas, Vernon Ramsey, o policial de Oklahoma City, dá um passo à frente.

— Você matou Yvonne Wicker?

— Não.

Ramsey recua. Não tem mais perguntas. Jalbert sussurra algo no ouvido dele, e Ramsey assente, o rosto impassível.

Heller encerra dizendo para Danny não sair do condado.

Danny balança a cabeça.

— Estou planejando ir embora do condado *e* do estado. Meu nome foi publicado em um jornal gratuito. Sou o suspeito principal e alguém queria garantir que todo o Kansas central soubesse.

Danny desvia o olhar para Jalbert, que o encara com uma expressão vazia.

— Posso garantir que ninguém envolvido na investigação do homicídio deu seu nome à imprensa — diz Heller. — Isso foi um infortúnio, mas mesmo assim seria uma péssima ideia você ir embora da cidade de Manitou e mais ainda do Kansas. Teria conse…

— Me prende — diz Danny. Se você quer me manter no Kansas, me prende.

Heller o encara. Ella Davis olha para as mãos, que estão cruzadas sobre a mesa. Ramsey parece estar estudando o teto. Jalbert está olhando de cara feia abertamente.

— Você não pode — diz Danny. — Você não tem nenhuma prova de que eu matei Yvonne Wicker, e isso porque eu não matei. Só relatei o corpo. Então não me diga que teria consequências.

— Na verdade, teria sim — informa Ball, quase pedindo desculpas. — Um processo por prisão falsa. Feito por mim.

— Recomendo fortemente que você fique onde está. Ir embora só faria você parecer mais culpado — explica Heller.

Do canto, com voz moderada, Jalbert diz:

— Ele *é* culpado.

Danny pega um pedaço de papel dobrado do bolso de trás e empurra pela mesa, não para Heller, mas para Davis.

— Diz "Sai daqui assassino do caralho. Senão você vai ver". Estava enrolado em um tijolo. O tijolo foi jogado na lateral do meu trailer no meio da noite. *Isso* é uma consequência do meu nome ter saído no jornal, sr. Heller. O poço já foi envenenado. — Ele desvia novamente o olhar para Jalbert. — O próximo tijolo pode bater na minha cabeça.

— Pra onde você vai? — pergunta Ramsey.

— Estou pensando no Colorado. Tenho um irmão que mora lá e eu não o vejo muito.

— Não vai importar pra onde você vai — diz Jalbert. — A srta. Wicker vai te seguir como um fedor. Um que não vai sair por nada.

Danny sabe que isso provavelmente é verdade. Ele olha para Ramsey.

— Você está investigando outros suspeitos? Algum? Talvez um namorado que ela largou e que não ficou muito feliz? Uma situação ruim em casa?

— A Divisão Investigativa da Polícia de Oklahoma City não tem o hábito de compartilhar informações com suspeitos — informa Ramsey.

Danny não esperava outra resposta. Acha que a polícia de Oklahoma City não está atrás de nenhum suspeito em Oklahoma, e por um bom motivo. Acha que não há ligação entre Yvonne Wicker e o assassino. Ela estava pedindo carona, entrou no carro da pessoa errada e pagou com a vida.

Ele se levanta.

— Estou indo.

Ninguém o impede, mas Jalbert diz:

— Você vai voltar.

38

No estacionamento, Danny aperta a mão do advogado, que foi com a Honda enorme de Manitou. Ele não disse muito... exceto aquela coisinha sobre processo por falsa prisão. Foi uma boa observação. Fora isso, o que havia para dizer?

— Tem certeza de que quer se arriscar com Davis? — pergunta Ball.

Danny dá de ombros.

— Você acha que ela vai me prender por posse quando eu mostrar a cocaína? Em comparação ao que tem sobre a minha cabeça, é um risco pequeno.

Ball se balança no lugar.

— Se você a matou, você é o mentiroso mais divino que eu já encontrei. Melhor ainda que o meu tio Red, o que eu teria achado impossível.

— Eu não matei — diz Danny. Ele está ficando cansado de repetir isso. — Tenho um cheque pra você na picape.

— Pode ficar — diz Ball. — Acho que já falei, mas isso é interessante.

39

São poucos quilômetros da delegacia do DIK até onde ele vai encontrar Ella Davis, mas Danny faz o caminho mais longo pelo centro de Great Bend, verificando no retrovisor, esforçando-se para garantir que não tem ninguém atrás. Quando chega ao Coffee Hut, são oito e meia da noite. Tem um estacionamento pavimentado na frente, de terra nos fundos. É lá que Danny para, ao lado de um utilitário RAV4. Ele tem quase certeza de que pertence a Davis. Tem uma boneca no banco do passageiro, que ele reconhece graças a Darla Jean. É Elsa Oldenburg de *Frozen*.

Ele entra. Davis está sentada a uma mesa com sofazinhos depois da esquina do balcão, onde não pode ser vista do estacionamento principal.

— Achei que você não viesse. Já estava me preparando pra ir embora — diz ela.

— Quis ter certeza de que não estava sendo seguido. O máximo que pude, pelo menos.

Ela ergue as sobrancelhas.

— Você é mesmo paranoico, né?

— Foi pelo seu bem tanto quanto pelo meu. Acho que Jalbert não ia gostar de você se encontrar comigo pelas costas dele.

Ela é poupada de uma resposta pela chegada da garçonete. Danny, que não come nada desde o sanduíche no almoço, pede uma porção de presunto com molho e uma coca.

— Isso vai entupir suas artérias — comenta Davis quando a mulher sai.

— Melhor que um tijolo na cabeça.

— Frank Jalbert acha que você mesmo escreveu aquele bilhete.

— Ah, claro.

— Por que estamos aqui, Danny? Estou pagando a babá pela hora.

Danny conta sobre a visita de Jalbert à escola, ostensivamente para informar que Danny precisava dar um depoimento oficial. E para mostrar a foto da família Wicker de luto no *Oklahoman*.

— Mas ele teve outro motivo. Eu não teria descoberto se Jesse, o garoto que trabalha comigo, não tivesse mencionado que Jalbert parou nos fundos, sendo que o estacionamento de professores fica a poucos passos da porta e vazio no verão. Isso me deixou desconfiado. Procurei e encontrei um envelopinho embaixo do banco do motorista da minha picape. — Ele empurra a caixinha de torta para ela por cima da mesa. — Está aí dentro. Pode ser heroína, mas eu acho que é cocaína.

Pela primeira vez desde que a conheceu, o verniz profissional de Davis racha. Ela levanta uma aba da caixa e olha dentro.

— Segurei o envelope só pelas laterais. Duvido que ele tenha deixado digitais, ele é inteligente demais pra isso, mas pela chance improvável de ele ter escorregado, talvez você queira verificar.

Ela se recupera rapidamente.

— Vamos ver se eu entendi direito. Você está acusando Frank Jalbert, que tem mais de vinte anos como inspetor do DIK, seis menções honrosas, inclusive duas por bravura, de ter plantado drogas na sua picape.

— Tenho certeza de que ele é um policial incrível, mas está convencido de que eu matei aquela mulher. — Só que isso não está certo, não o suficiente. — Ele está obcecado, e se você não notou, eu ficaria muito surpreso.

— Você mesmo poderia ter plantado isso.

— Eu não acabei. — Ele conta sobre ter sido parado por um motivo falso na estrada e como o policial Calten passou a maior parte do tempo procurando embaixo do banco do passageiro. — Ele pulou todo o resto porque sabia onde estaria. E sobre eu mesmo plantar… pergunta para Jesse Jackson sobre Jalbert ter parado nos fundos. Ele vai contar.

A garçonete se aproxima com a comida de Danny. Davis enfia a caixa de torta na bolsa com a lateral da mão. Quando a garçonete vai embora, Ella aponta para o prato dele e diz:

— Isso aí parece algo que um cachorro vomitou.

Danny ri e começa a comer.

— Isso! Agora você parece um ser humano.

— Eu *sou* um ser humano. E trabalho para o Departamento de Investigação do Kansas, e isso me torna um são Tomé.

— Jalbert deu meu nome praquele jornaleco. O *Plains Truth*.

— *Você* diz. Está tão obcecado por ele quanto ele por você.

— Tenho que estar, ele está tentando me culpar por um crime que não cometi. E o que posso fazer pra reagir? Furar os pneus dele? Colar uma nota adesiva escrito ME CHUTA nas costas daquele paletó preto? Só falar com você, e isso é arriscado. Meu advogado disse que você podia me prender por posse.

— Não vou fazer isso.

Ela o observa e gira o crucifixo que usa pendurado no pescoço.

— Vamos assumir, hipoteticamente, que Frank tenha dado seu nome pro único veículo que o publicaria e que tenha plantado cocaína na sua picape. Supondo que não seja talco ou manitol. Vamos supor, hipoteticamente. Alguma dessas coisas prova que você não estuprou e matou Yvonne Wicker? Não me parece.

Danny não pode argumentar contra isso.

— Vou mandar examinar o que tem no envelope e falar com o cara do *Plains Truth*, o Andersson. Me manda o número do seu jovem assistente de zelador, porque vou falar com ele. Agora, tenho que ir.

Ela começa a se levantar.

— Esse crucifixo dourado… é só decorativo ou você acredita?

— Eu vou à missa — diz ela, com cansaço.

— Então você acredita em Deus, mas não que eu tive um sonho que mostrava onde o corpo de Wicker estava. Eu entendi direito?

Ela toca no crucifixo por um momento.

— Jesus fez trinta milagres, Danny. Você teve um sonho. Ou é o que você diz. A conta é sua. Só tomei café.

— Moça, você não sabe o quanto eu queria não ter tido aquela porra, *aquela porra do caralho* de sonho — diz Danny.

Ella Davis faz uma pausa.

— Você é um cara envolvente, Danny. Racional. Simpático. Pelo menos é esse o rosto que mostra ao mundo. O que tem por baixo eu não sei. Mas vou te contar um segredo. — Ela se curva para perto, os dedos abertos sobre a mesa, o crucifixo dourado balançando. — Eu *gostaria* de acreditar em você. Talvez até pudesse, só que *esse foi o único sonho psíquico que você teve.* Por que você? Eu me pergunto.

— Ótima questão. Caras que ganham na loteria devem se perguntar a mesma coisa. Só que isso é o oposto. Eu não sei por que eu. É mais fácil pra você acreditar que eu a matei, né?

— Muito mais.

— Me faz um favor. Toma cuidado com Jalbert. Acho que ele pode ser perigoso. Não foi só plantar drogas e divulgar meu nome. Aquela coisa de contar é bizarro. Eu pesquisei. Se chama...

— Aritmomania — completa ela, e parece desejar poder voltar atrás no que disse.

Ela sai sem olhar para trás, aquela bolsa grande dela balançando.

A garçonete se aproxima e diz:

— Guarda espaço pra torta de mirtilo, meu bem.

— Vou tentar — diz Danny.

40

No caminho de volta para o hotel, Jalbert usa um celular descartável para fazer uma ligação.

— Não havia drogas na picape. Nem debaixo do assento nem em nenhum lugar — conta Calten.

— Tudo bem — diz Jalbert, apesar de não estar tudo bem. — Ele encontrou e se livrou do que havia, foi só isso. Como um lobo farejando uma armadilha. Quanto a você, policial, você não sabe de nada, certo? Só o parou por direção perigosa.

— Isso mesmo.

— Pode ser inteligente deletar esta ligação.

— Entendido, inspetor. Sinto muito que não tenha dado certo.

— Eu agradeço pelo esforço.

Jalbert encerra a ligação e guarda o celular embaixo do assento. Vai ficar com ele por um tempo, talvez mais uns dez dias (cinco mais cinco, quatro mais seis etc.), e depois vai jogar fora e trocar por outro.

Coughlin sabe que ele plantou as drogas? Claro. Pode fazer alguma coisa sobre isso? Não. A polícia diria que ele mesmo plantou o flagrante. Mas encontrar... Jalbert não esperava isso. Coughlin parece mesmo um lobo, um que é capaz de farejar uma armadilha por mais escondida que esteja. Vai matar de novo se não for detido. Ele *precisa* ser detido, não só pela pobre srta. Yvonne, mas pelas outras garotas que podem ter o azar de atravessar o caminho dele.

E se ele for para o Colorado, pensa Jalbert, *nós podemos perdê-lo de vista. Animais sabem se esconder. Sabem se camuflar na vegetação.*

Ele precisa ser impedido ali, no Kansas.

— Me prende — sussurra Jalbert, e bate com o punho no volante, *bang*. — A arrogância. A insolência. Mas, quer saber, sr. Coughlin? Nós não terminamos. Estamos longe de terminar.

Ele pensa no rosto de Coughlin. Nas negações constantes na cara dura. Na *ousadia*.

Me prende.

Jalbert precisa se acalmar para poder pensar no próximo passo. Precisa contar.

41

O funcionário do Celebration Centre está folheando um catálogo esquisito chamado *What On Earth*. Ele está pensando sobre uma camiseta que diz PARA OS URSOS, GENTE DORMINDO EM SACOS DE DORMIR SÃO BURRITOS. Ele é interrompido por um hóspede indo até o balcão... e não qualquer hóspede, o inspetor do DIK. Ele parece com raiva, com muita raiva. Está com o rosto todo vermelho dos dois lados do bico de viúva desgrenhado, que foi bagunçado de um jeito que é quase cômico... não que o funcionário esteja com vontade de rir. Os olhos do inspetor estão arregalados, esbugalhados, meio vermelhos. O funcionário enfia o catálogo de pornografia embaixo do balcão e pergunta como pode ajudar.

— As cadeiras sumiram.

— Que cadeiras, senhor?

— As cadeiras *dobráveis*. Eu tinha quatro cadeiras dobráveis da sala de reuniões, do centro de convenções, sei lá como você chama. Eu tinha colocado onde eu queria, e agora sumiram!

— As arrumadeiras devem...

— *Eu tinha colocado o aviso de não perturbe na porta!* — grita Jalbert.

Uma mulher a caminho da loja de suvenires para e olha para ele, sobressaltada.

— Os avisos são bem velhos — explica o funcionário, perguntando-se se o inspetor está armado. — Às vezes caem e as arrumadeiras não veem...

— *O aviso não caiu!*

Jalbert não sabe se caiu ou não; está alterado demais. Estava ansiando por aquelas cadeiras.

— Vou mandar alguém...

— Não precisa, eu mesmo pego.

Jalbert faz um esforço para baixar a voz, ciente de que exagerou um pouco, mas, mesmo assim, chegar à suíte e ver que as cadeiras sumiram! Foi um choque.

Ele vai até o centro de convenções e pega cinco cadeiras. Só que duas em uma das mãos e três na outra parece errado. Desequilibrado. Ele pensa em pegar uma sexta ou se é melhor botar uma de volta. É uma escolha difícil, porque fica pensando em Coughlin, na cara insolente quando ele disse *se você quer me manter no Kansas, me prende*. E no toque final, irritante: *Você não pode*. Irritante porque é verdade.

Só por enquanto, pensa ele.

Jalbert decide levar quatro cadeiras e conta os passos até o elevador de quatro em quatro, baixinho.

— *Um* dois três quatro, *dois* dois três quatro, *três* dois três quatro. — Ele sabe que contar coisas é peculiar, mas também é inofensivo. Um jeito de acalmar os pensamentos contraproducentes e limpar a mente. Chega ao *nove* dois três quatro quando alcança a recepção, um total de trinta e seis. Para o funcionário, diz: — Eu perdi a linha. Peço desculpas.

— Tudo bem — diz o funcionário, e observa o inspetor Jalbert andar até os elevadores.

Ele parece estar murmurando baixinho. O funcionário pensa que tem todo tipo de gente no mundo. Para ele, esse é um pensamento original. Acha que ficaria bom em uma camiseta.

42

Na suíte simples e quadrada no Kansas, Jalbert dispõe as cadeiras e faz o circuito. Sabe que tem feito isso muito ultimamente, talvez demais, mas ajuda. Ajuda de verdade. E talvez estivesse fazendo muito mesmo antes de Coughlin, talvez seja um problema, as cadeiras e a contagem. Ele está ciente de que os números raramente saem de sua mente nos últimos tempos, somando, dividindo, e talvez seja um vício. Às vezes, quando está contando, um número sai pela boca, como um palhaço de mola saindo da caixa. Aconteceu com Calten, e embora ele não consiga lembrar com certeza, pode ter acontecido com o funcionário lá embaixo. O funcionário com certeza achou que ele estava sendo peculiar sobre as cadeiras dobráveis. Ele deveria fazer alguma coisa antes que fuja de controle. Talvez hipnose? E ele vai mesmo, assim que Coughlin for acusado do assassinato da srta. Yvonne, mas, até lá, precisa planejar o próximo passo. Contar ajuda. Fazer o circuito das cadeiras ajuda.

Ele vai de uma cadeira dobrável até a cama, que dá quatro passos. Da cama até o assento fechado da privada, que são mais onze. Dá um total de quinze, um mais cinco somados em sequência. Em seguida, para a cadeira ao lado da mesa na sala. São mais catorze. O que dá...

Por um momento, ele não faz ideia de quanto dá e o pânico se instala. A pobre srta. Yvonne conta com ele, a família dela conta com ele, e se Jalbert não conseguir se lembrar de um simples total aritmético, como vai poder...

Vinte e nove, pensa ele, e é tomado de alívio.

Aquela perturbação é culpa de Coughlin.

— Me prende — murmura Jalbert, sentado ereto em uma das cadeiras dobráveis. — Você não pode. Você não pode.

Coughlin sair do estado? Jalbert pode contar o quanto quiser, mas não contava com isso. Como ele, inspetor Frank Jalbert, pode manter a pressão se Coughlin simplesmente enfiar a viola no saco e for embora?

Ele conta. Soma. Ocasionalmente, divide. A ideia de matar Coughlin passa pela sua cabeça, e não pela primeira vez; ele tem certeza de que conseguiria se safar se tomasse cuidado, e salvaria as garotas que poderiam sofrer o destino da coitada da srta. Yvonne. Mas sem provas concretas da culpa de Coughlin, ou, melhor ainda, uma confissão, o filho da puta morreria como um homem inocente.

Inaceitável.

Jalbert vai de uma cadeira da sala até a seguinte, para a cama, para uma cadeira dobrável, para o assento da privada, para outra cadeira dobrável. Deita-se um pouco, na esperança de dormir, pelo menos descansar um pouco, mas, quando fecha os olhos, vê o rosto insolente de Coughlin. *Me prende. Você não pode, né?*

Ele dá um pulo e começa a fazer o circuito das cadeiras de novo.

Última vez, diz ele a si mesmo. *Aí vou conseguir dormir. Quando acordar, vou saber qual é o próximo passo.*

No assento da privada, ele cobre o rosto com as mãos e sussurra:

— Eu estou fazendo isso por você, srta. Yvonne. Só por você.

Mas é mentira, e ele sabe. A srta. Yvonne já se foi. Mas Danny Coughlin está vivo. E livre.

43

Na manhã de sábado, Ella Davis vai até Manitou. Sua filha está no banco de trás, absorta no iPad Mini que ganhou de aniversário. Ella disse para Danny Coughlin que estava pagando uma babá por hora. Era mentira, mas ela não se sente mal. Ele está mentindo sobre Yvonne Wicker, afinal, e a mentira dele é maior do que a dela.

Tem certeza de que ele está mentindo? Absoluta?

Ella e Laurie estão com Regina em Great Bend. Reggie tem uma filha da idade de Laurie, e a festa de aniversário foi ideia de Reggie. Ela é louca por Laurie e adora ficar com ela quando Davis precisa trabalhar.

Cem por cento de certeza?

Ela diz a si mesma que tem. Tem menos certeza de ele ter revelado o local do corpo por remorso e desejo de ser punido pelo crime horrível. Ele já teria confessado se fosse esse o caso. Agora Davis acha que é uma espécie de arrogância.

— Ele está brincando de gato e rato conosco — murmura ela.

— O quê, mamãe?

— Nada, meu bem.

— A gente já está chegando?

— Mais uns cinco quilômetros.

— Que bom. Estou vencendo no *beer pong*.

— Pong *o quê*?

— Eu uso o dedo pra jogar bolinhas nos copos de cerveja. Quando caem dentro, tem um splosh e eu ganho pontos.

— Que legal, Laurie.

Ela pensa: Beer pong. *A minha filha de oito anos está jogando* beer pong. Ela pensa: *E se ele estiver falando a verdade? E se foi mesmo um sonho?*

É a mesma história toda vez, sem variações significativas e sem os sinais de mentira que ela está treinada para procurar: uma virada dos olhos para a esquerda, uma molhada nos lábios, um erguer de voz, como se falar alto fosse convencê-la da verdade. Ele também não explica demais, não corre o risco de se enrolar nas próprias mentiras. É possível que tenha convencido a si mesmo? Que a mente racional dele, horrorizada pelo que o crocodilo lá dentro fez, tenha construído uma realidade alternativa?

É possível que ele esteja falando a verdade?

Naquela manhã, Davis ligou para os Jacksons em Manitou e perguntou a Jesse se ele conversaria com ela. Ele disse sim sem hesitar, e ali está ela, na entrada da casa dos Jacksons. Não está lá porque acredita que Danny teve um sonho. Está lá porque *quase* acredita nele sobre Jalbert. Se Frank está fazendo o que Danny diz que está, aquilo pode muito bem estragar as chances que os dois têm de fechar o caso. Mais do que isso, é errado. É ser ruim como policial. A inquietação dela com o parceiro está crescendo. Ela está quase preparada para sentir raiva dele.

Mentira, você já está com raiva dele.

— Verdade — diz ela.

— O quê, mamãe?

— Nada, Lore.

A sra. Jackson está pendurando as roupas. Um garotinho que parece ser da idade de Laurie está em um balanço ali perto, cantando aquela música horrível, "Baby Shark". Quando Davis abre a porta de trás e deixa Laurie sair, o garotinho pula do balanço e vem correndo, examinando as recém-chegadas. Laurie fica perto de Ella e bota uma das mãos na perna da mãe. A sra. Jackson se vira para Ella e diz oi.

— Oi. Eu sou a inspetora Davis, vim ver Jesse.

— Ele está em casa. *Jesse! Sua visita chegou!*

O garotinho diz:

— Eu sou Luke. Isso aí é um iPad Mini?

— É. Eu ganhei de aniversário — diz Laurie.

— Irado!

— Meu nome é Laurie Rose Davis. Eu tenho oito anos.

— Eu também — diz Luke. — Quer ir no balanço?

Laurie olha para Davis.

— Eu posso, mamãe?

— Pode, mas toma cuidado. Vê se não quebra seu iPad.

— Eu não vou quebrar!

Os dois correm para o balanço.

— Que menina bonita — diz a sra. Jackson. — Eu sou mãe de garotos. Pagaria pra ter uma dessas.

— Ela sabe dar trabalho — comenta Ella.

— Experimenta o Luke pra ver o que é dar trabalho.

Ela volta a pendurar roupas.

Jesse sai de casa usando uma calça jeans e uma camiseta branca lisa. Anda até Davis sem hesitar e aperta a mão dela.

— Fico feliz de falar com você se for sobre Danny. Mas vou falar logo de cara, eu não acho que ele tenha feito o que a polícia diz que ele fez. Ele é um bom homem.

Davis ouviu isso várias vezes, até de Becky Richardson, a namorada ocasional do Danny. Richardson não quer nada com Danny agora, claro, mas continua dizendo que "ele parece o cara mais legal que alguém pode conhecer". E Richardson acredita na história do sonho.

— Não é sobre Danny Coughlin que quero falar, pelo menos não diretamente — diz Davis. — É verdade que o inspetor Jalbert foi vê-lo na escola ontem?

— É. Eu não gostei dele.

— Ah, é? Por quê?

— Ele já decidiu. Deu pra ver só pelo jeito como olhava para o Danny. *Bom*, pensa ela, *eu também decidi. Né?*

— Danny diz que você viu o inspetor Jalbert estacionar nos fundos.

— Isso mesmo. Por quê?

— Ele parou perto da picape do Danny?

— Não, perto dos ônibus, mas é bem perto. Ei, ele plantou alguma coisa na picape do Danny? Tentou armar pra ele? Eu não descartaria. Ele pareceu decidido.

— Você o *viu* plantar alguma coisa na picape do Danny?

— Não...

— Viu se ele foi até a picape? Se examinou a picape? Daquele jeito que só homens olham carros às vezes?

— Não, assim que eu o vi saindo do carro, falei para o Danny. E voltei a trabalhar. Danny disse que não era pra relaxar só porque era nosso último dia.

— Sinto muito que você tenha perdido o emprego por causa do Coughlin.

O rosto de Jesse se fecha.

— Não foi ele. A administração escolar covarde disse que Danny tinha que sair e que eu tinha que ir junto. Inventaram um monte de mentiras escrotas...

— Jesse, olha a boca — repreende a mãe dele. — Você está falando com uma agente da lei.

— É que eu fico furioso. Eles devem ter inventado alguma idiotice porque não podiam demitir o Danny por causa da garota. O que aconteceu com "inocente até que se prove o contrário"?

Vivo ouvindo isso, pensa Ella.

— Ele foi demitido, eu tive que ir junto. Eu entendo isso, sou só um adolescente. Mas eu precisava do dinheiro pra faculdade.

— Você vai arrumar outro emprego.

— Já arrumei. Na serraria. — Jesse faz uma careta. — Paga melhor, é só eu não cortar a mão fora.

— Espero que não — diz a mãe dele. — Você precisa dessa mão.

Laurie e Luke deixam o balanço pra lá. Os dois estão sentados na sombra da única árvore do jardinzinho, as cabeças próximas, olhando o iPad Mini. Quando Davis olha para os dois, eles começam a rir do que está na tela. Davis fica de repente muito feliz de ter ido. Depois de passar tanto tempo com Jalbert, é como sair de uma sala abafada e tomar ar fresco.

— Vamos ver se eu entendi — diz Davis, pegando o caderno. — Você viu o inspetor Jalbert estacionar nos fundos...

— É, apesar de na frente ter um estacionamento bem mais próximo da escola.

— Mas você não o viu se aproximar da picape do Danny, nem tocar nela.

— Eu já falei, eu tive que voltar ao trabalho.

— Tudo bem, entendi. — Ela sorri e dá um cartão ao jovem. — Se você se lembrar de mais alguma coisa...

— Você devia ter visto o cara! — diz Jesse, de repente. — Sacudindo aquele jornal na cara do Danny. Baixo nível! Depois do Danny ter feito um favor pra polícia! Acho que aquele cara nem liga pra quem matou a garota, ele só quer enfiar o Danny na cadeia.

— Chega, Jesse. Tenha bons modos — diz a mãe.

— Aquele Jalbert não teve nenhum — retruca Jesse, e Ella imagina que é verdade.

Mas explicável. Quando se tem um estuprador e assassino na frente, bons modos evaporam na hora.

— Obrigada pelo seu tempo. Vem, Laurie, temos que ir.

— A gente *acabou* de chegar! — resmunga Laurie. — Eu e o Luke estamos brincando de *Corgi Hop*! É tão engraçado!

— Cinco minutos — diz Ella.

O ex dela alega que ela mima a garota, e Davis acha que ele está certo. Mas Laurie é o que ela tem, *tudo* que tem, e Ella a ama demais. A ideia de Coughlin colocar as mãos sujas de sangue nela, em qualquer garota, deixa Ella gelada.

— Sra. Jackson, posso ajudar a pendurar as roupas enquanto espero que os dois terminem o jogo?

— Se você quiser — diz a sra. Jackson, parecendo ao mesmo tempo surpresa e satisfeita. — Os pregadores estão naquele saquinho.

As duas mulheres terminam rápido, penduram os dois lençóis que faltam juntas. Ella pensa em Jalbert estacionando perto da picape de Coughlin. Não acredita, não consegue acreditar, que Danny Coughlin sonhou com o local onde uma garota assassinada foi enterrada, mas está mais perto do que nunca de acreditar que Frank Jalbert, um inspetor condecorado, plantou drogas e mandou um policial parar Danny na estrada a caminho de Great Bend. Só não tem como provar, assim como eles não têm como provar que Danny Coughlin matou Yvonne Wicker.

Deixa pra lá, diz ela a si mesma quando prende o último pregador no último lençol.

É um bom conselho, mas não vai segui-lo. Se Jalbert tiver saído da linha, ela não pode ficar olhando. E tem outra pessoa para interrogar. Provavelmente não vai dar em nada, mas pelo menos vai poder dizer para si mesma que tentou.

— Quer um copo de chá gelado? — pergunta a sra. Jackson quando pega o cesto de roupas.

— Olha, me parece uma boa ideia — responde Ella, e a segue na direção da casa.

Ela tem uma certeza: aquele vai ser seu último caso com Frank. Deixando todo o resto de lado, Danny está correto sobre uma coisa: aquela coisa de contar, a aritmomania, é assustadora. E está piorando.

44

Às dez e meia da manhã de domingo, batem na porta do trailer de Danny. Ele espera ver Jalbert ou Davis, mas é Bill Dumfries, o empreiteiro aposentado que o botou em contato com Edgar Ball. Ele parece incomodado, os braços cruzados sobre o peito largo, evitando contato visual. Danny tem quase certeza de que ele não foi convidá-lo para jantar.

— Oi, Danny.

— Oi. O que eu posso fazer por você?

Dumfries suspira.

— Não tem jeito fácil de dizer isso, então vou ser direto. A maioria das pessoas do parque acha que seria melhor se você fosse embora.

Danny já está planejando ir embora, o que deve resolver tudo, *mais ou menos*, mas não resolve.

— Quer entrar e tomar uma xícara de café? Conversar um pouco sobre isso?

— Melhor não.

Dumfries olha na direção do próprio trailer, e Danny vê Althea Dumfries no degrau mais alto, observando. Provavelmente querendo ter certeza de que Danny não vai sacar a faca assassina e começar a esfaquear o marido dela. O que é engraçado, de certa forma; Danny acha que, se tentasse fazer qualquer coisa com Bill, o sujeito o partiria no meio.

— Houve uma reunião ontem à noite — explica Dumfries. Um rubor sobe pelo seu pescoço e toma conta das bochechas. — As pessoas falaram sobre fazer um abaixo-assinado, mas eu falei pra deixarem isso pra lá, que eu falaria com você. Que ia dizer pra que lado o vento sopra.

Danny pensa em sua mãe, que tinha uma frase para cada ocasião. Uma delas era *é maldito o vento que sopra o mal*. Ali estava aquele vento, e ele sabia o nome do feiticeiro maldito que o havia gerado. Por mais que estivesse com raiva de Jalbert, Danny não queria fazer mal ao sujeito. Isso pioraria ainda mais a situação. Queria apenas sair da zona de influência dele. Quanto antes, melhor.

— Fala pras pessoas não se preocuparem. — Danny acena para Althea Dumfries, segurando-se para não mostrar o dedo do meio. Ela não retribui o aceno. — Vou embora em breve. Vocês não me querem aqui, e eu não quero ficar. Minha mãe diria que isso só prova que nenhum gesto de bondade fica impune.

— Você não a matou mesmo.

— Não, Bill. Não a matei mesmo. E o único que está perto de acreditar em mim é o advogado que você recomendou. Não sei se você chamaria isso de ironia ou não.

— Pra onde você vai?

Bill Dumfries não precisa saber que Danny ainda não bateu o martelo, mas como Bill pelo menos teve a coragem de ir olhar na cara dele (sem contato visual, é verdade), Danny fecha a porta do trailer com gentileza em vez de bater na cara do Billy.

De volta à sala, faz uma ligação de FaceTime com o irmão, sabendo que Stevie vai estar no intervalo. Stevie segue um horário regular e fica aborrecido se algo o atrapalha. *Nesse sentido*, pensa Danny, *ele é tipo uma versão positiva do Jalbert.*

Stevie está sentado em uma caixa de Charmin comendo um bolinho. Ele sorri quando vê o rosto do Danny.

— E aí, Danny-banany?

— Estou pensando que talvez me mude para o Colorado. O que você acharia disso?

Stevie parece ao mesmo tempo feliz e preocupado.

— Bom... talvezzzz. Mas por quê? Por que você faria isso?

— Cansei do Kansas — responde Danny.

E é verdade absoluta. Mas ele entende por que Stevie parece preocupado e parou de comer o bolinho. Steven Coughlin é um homem de rotinas; a rotina representa segurança para ele. O lema dele é: o lado brilhante pra cima, o lado de borracha pra baixo. Ele é o Agente de Informação Chefe do King Soopers, tem até uma placa que diz isso, e ama o quarto dele e os amigos na república.

— Não estou falando de a gente morar junto — explica Danny. — Pode ser até que eu não more em Boulder. Vi uns lugares em Longmont, sabe? On-line...

Stevie abre um sorriso aliviado.

— Longmont é legal!

Danny duvida que Stevie tenha ido lá.

— Foi o que ouvi, e o aluguel é barato. Bom... *mais* barato. A gente poderia jantar junto de vez em quando... talvez ir ao cinema... você poderia me levar em uma das suas caminhadas...

— West Magnolia! Lago Mud! Eu poderia mostrar tudo isso pra você! Ótimas caminhadas! Vida na natureza! Eu tiro um monte de fotos que você nem acreditaria. O lago Mud, eu sei que é um nome feio, mas é um lugar muito bonito!

— Me parece ótimo — diz Danny, e acrescenta outra coisa que é a pura verdade: — Estou com saudade, Stevie.

Agora que Stevie sabe que não vai ter que abrir mão da república (e talvez de Janet), parece quase em êxtase.

— Também estou com saudade, Danny-banany. Você devia mesmo vir! Rocky Mountain High, no Co-lo-*raaaado*.

— Me parece ótimo. Vou te avisar o que vai rolar assim que souber.

— Bom. Que bom. Manda uma. Mas rápido, meu intervalo está quase acabando.

Novamente, Danny está preparado.

— Sardinha King Oscar.

Stevie ri.

— Fim do corredor 6, prateleira do alto à esquerda, logo antes do final. Pacote com quatro por 9,99 dólares.

— Você arrasa, Stevie. Eles têm sorte de ter você.

— Eu sei — diz Stevie, e ri.

45

Na segunda, Jalbert é chamado a Wichita para fazer um relatório sobre o caso Yvonne Wicker. Vai ter gente de alto escalão presente, além do promotor do condado de Wilder. O condado de Dart nem *tem* promotor, diz Jalbert para Davis.

— Quer que eu vá com você? — pergunta Ella.

— Não. O que eu *quero* é que você pressione Coughlin sobre onde ele estava naquelas lacunas das três primeiras semanas de junho. E precisa bater em portas naquele parque de trailers. Fala com a Becky Richardson...

— Eu falei...

Ele faz um gesto de corte com a mão direita, um gesto muito atípico dele.

— Fala de novo. E fala com a filha dela. Pergunta se Coughlin já a deixou incomodada. Você sabe, com toques.

— Meu Deus, Frank!

— Meu Deus o *quê*? Você acha que o que ele fez com a srta. Yvonne veio do nada? Vai ter havido sinais. Você está comigo nisso ou não?

— Estou, claro.

— Que bom. Dezenove.

— O quê?

— É o único número primo bom — explica Jalbert, e faz o gesto de corte de novo. — Deixa pra lá. Bate em portas. Descobre *alguma coisa*. Não podemos permitir que ele saia do condado de Wilder, menos ainda do estado. Vou cuidar de Wichita.

— Você consegue convencê-los a prender Coughlin?

— Eu vou tentar, mas espera sentada — diz Jalbert.

Ele vai embora. Davis volta para o Bosque dos Carvalhos e começa a bater em portas, mas não na de Danny Coughlin; depois da conversa deles no Coffee Hut, não está preparada para falar com ele de novo. Becky Richardson está em casa, mas de saída, diz para Davis que precisa fazer um favor para uma amiga. Não tem nada a acrescentar mesmo, apenas que ela e Coughlin tiveram um relacionamento, que acabou. A filha, Darla Jean, olha para Davis da frente da televisão com olhos enormes. Ella não tenta entrevistá-la.

Às onze da manhã, depois de várias entrevistas infrutíferas que não disseram nada exceto que Danny havia aceitado sair do parque, ela liga para o *Plains Truth*. Estava quase esperando que caísse no correio de voz, mas o telefone é atendido por um homem.

— *Alou.*

— Eu gostaria de falar com Peter Andersson, por favor.

— Sou eu.

— Sr. Andersson, eu sou a inspetora Ella Davis, do Departamento de Investigação do Kansas. Gostaria de falar com você sobre Daniel Coughlin.

Há uma longa pausa. Davis está prestes a perguntar se Andersson ainda está na linha quando ele fala de novo, soando mais jovem do que nunca.

— Recebi uma boa informação e publiquei, só isso. Se houve algo de errado em dizer o nome dele, eu não sabia.

A ignorância da lei não é desculpa, pensa Davis, mas nesse caso não há lei mesmo, só prática estabelecida.

— Mas se houver alguma coisa com o que veio depois, acho que posso publicar uma retratação. Se não for verdade, claro.

O que veio depois?, pensa ela, e toma uma nota mental de pegar a edição mais recente do *Plains Truth*.

— O que eu quero saber, sr. Andersson, é quem te deu a informação.

— Um policial. — Andersson faz outra pausa, depois diz: — Pelo menos ele *disse* que era policial, e eu acreditei porque ele tinha informações internas da investigação. Ele disse que publicar o nome do cara botaria pressão, sabe como é, pro sujeito falar a verdade.

— Esse policial misterioso não te disse o nome?

— Não.

— Mas você publicou o artigo mesmo assim.

— Bom, não é verdade? — Andersson está tentando soar combativo. — Coughlin não é o cara que vocês estão investigando por causa do assassinato da garota?

— Sr. Andersson, acho melhor eu ir vê-lo pessoalmente — diz Davis.

— Ah, Deus — retruca ele, soando mais jovem do que nunca.

— Que horas seria conveniente?

— Acho que eu posso ir para o escritório. Agora. Você tem o endereço? Fica em Cathcart.

— Tenho.

— O *Truth* é uma operação de um homem só. Mas me diz uma coisa, senhora. Eu violei a lei quando publiquei o nome dele?

— Não que eu saiba — diz Davis. — Não foi ilegal, só uma coisa bem merda de se fazer. Vou passar lá hoje à tarde.

46

Danny não sabe qual vai ser sua próxima parada: talvez Denver, talvez Longmont, talvez Arcada. Mas depois de quase três anos no Bosque dos Carvalhos, suas duas malinhas não vão ser suficientes para os pertences que pretende levar. Ele decide ir à Bebidas Finas Manitou ver se consegue umas caixas vazias para as roupas. Talvez não conheçam a cara dele por lá, porque mesmo nos dias de bebedeira, sempre preferiu cerveja.

Um pouco depois do meio-dia, abre a porta do trailer e sai para o degrau superior. Darla Jean Richardson montou a casinha de bonecas no asfalto na sombra da administração do Bosque dos Carvalhos. É grande, quase uma mansão. Tirá-la do trailer deve ter dado trabalho. Becky comprou pela Amazon no sétimo aniversário da DJ e levantou as mãos com desespero quando percebeu que precisaria ser montada. Danny fez o trabalho com ajuda de

DJ, que entregava os vários componentes enquanto ambos cantavam junto com o rádio. Foi um dia bom.

Ela tem nove anos agora, e ele não vê a Casa dos Sonhos Marigold há quase um ano. Acha que ela brinca no banheiro. Ou que está grande demais agora. Mas, se levou do trailer até lá, só pode haver um motivo.

— Oi, DJ, diz aí!

Isso sempre funcionou para gerar um sorriso, mas não naquele dia. Ela o olha com seriedade.

— Ela já foi embora, se é por isso que você está ficando lá dentro.

Danny não precisa perguntar de quem DJ está falando. Ella Davis esteve no parque mais cedo, batendo em portas e falando com quem estivesse em casa. Ele esperava que a inspetora fizesse uma visita ao trailer, mas ela não fez; só tirou a máscara contra covid e foi embora.

— Cadê sua mãe?

— Ela teve que pegar o turno da Marielle na lanchonete. Marielle está com impetigo. — DJ diz a palavra com cuidado, sílaba a sílaba. — Ela disse que eu podia ficar sozinha e que traria uma fatia de bolo. Não quero bolo, não ligo se nunca mais comer bolo. Ela me disse que eu não podia bater na sua porta, então eu vim pra cá. Pra te ver quando você saísse.

Danny desce os degraus, anda metade da distância até DJ e para. A casa de bonecas está aberta, e ele vê a Barbie e o Ken lá dentro, sentados à mesa da cozinha. Barbie está sentada com as pernas esticadas de um jeito esquisito porque os joelhos não dobram direito. Houve uma época em que DJ e Danny discutiram isso e outros atributos nada realistas de várias bonecas, como pele de plástico e cabelo sinistro.

— Por que você está parado aí? — pergunta DJ.

Porque ele sente os olhares, óbvio. O acusado de assassinato e a garotinha indefesa. A maioria das pessoas está trabalhando, mas algumas estão em casa, aquelas com quem a inspetora Davis falou, e estão todas de olho. Talvez ele não devesse ligar, mas liga.

Antes que ele possa pensar em uma resposta, ela diz:

— Minha mãe perguntou se você já me *molestou*. Eu sei o que significa, significa estranho perigoso, e eu falei que Danny nunca me *molestaria* porque ele é meu *amigo*.

Darla Jean começa a chorar.

— DJ, meu Deus, não...

— Você não matou aquela garota. *Matou*.

Não era uma pergunta.

Que se fodam os observadores. Ele se aproxima de onde ela está sentada e se agacha.

— Não. Acham que fui eu porque eu sonhei com o lugar onde ela estava enterrada, mas eu não matei.

DJ passa um braço pelos olhos.

— Minha mãe disse que eu não posso mais ir no seu trailer e que você não pode mais me buscar na escola. Disse que vão te prender ou você vai embora. Vão te prender?

— Eles não podem porque eu não fiz nada de errado.

— Você vai embora?

— Tenho que ir. Perdi o emprego e a maioria das pessoas não me quer mais aqui.

— *Eu* te quero aqui! E se a minha mãe decidir que quer namorar o Bobby de novo? *Ele não sabe* consertar o carro quando quebra! Eu odeio ele, ele me mandou pro quarto uma vez sem jantar e a mamãe deixou!

Ela começa a chorar, e que se fodam duplamente os observadores, ele passa o braço em volta da garota e a puxa para perto. O rosto dela na camisa dele está quente e molhado, mas é bom. Mais do que bom.

— Ela não vai voltar com o Bob. Ela sabe que não deve — diz ele.

Danny não tem ideia se isso é verdade, mas espera que sim. Não conheceu seu predecessor, que, até onde Danny sabe, pode ser um contador magrelo de óculos que se diverte mandando garotinhas para o quarto, mas imagina um grandão com corte militar e um monte de tatuagens. Alguém de quem uma garotinha poderia sentir medo de verdade.

— Me leva com você — diz DJ com o rosto na camisa dele.

Danny ri e faz carinho no cabelo louro-escuro.

— Aí sim que me prenderiam.

Ela o olha e abre um sorriso hesitante. É nessa hora que Althea Dumfries sai do trailer.

— Solta essa criança! — grita ela. — Solta essa criança agora mesmo senão eu vou chamar a polícia!

DJ fica de pé, com lágrimas ainda escorrendo pelo rosto.

— *Vai se foder! VAI SE FODER, SUA VACA GORDA!*

Danny fica horrorizado, mas também admirado. E, apesar de ter certeza de que Darla Jean acabou de chamar para si um caminhão de problemas, não pode deixar de pensar que ele mesmo não poderia ter dito melhor.

47

Ella Davis achava que não faziam mais burgos como Cathcart, mesmo no centro conservador do Kansas. É uma cidadezinha empoeirada com apenas um sinal de trânsito que fica uns sessenta e cinco quilômetros ao norte de Manitou. Tem um Kwik Shop em frente à torre de água enferrujada (BEM--VINDOS A CATHCART, ONDE TODAS AS VIDAS IMPORTAM). Davis compra uma RC Cola e pega um *Plains Truth* na estante ao lado da registradora. Danny Coughlin está na primeira página, espremido entre uma propaganda dos Pneus Royals e outra do Armazém de Móveis com Desconto, Onde Todo Dia É Dia de Liquidação. A manchete diz SUSPEITO ALEGA QUE "FOI TUDO UM SONHO".

Davis aumenta o ar do carro e lê o artigo, depois segue pela rua principal. É assinado por Peter Andersson (exceto pelos esportes locais, Andersson parece escrever todos os artigos do *Plains Truth*), e Davis acha que ele não vai ser convocado pelo *New York Times* tão cedo. Se a intenção de Andersson era que fosse uma manchete irônica, errou feio e só conseguiu um certo ar de dúvida. Perversamente, isso faz com que ela queira acreditar na versão do Danny. Davis joga o jornaleco para trás no carro.

O *Plains Truth* está localizado no térreo de um prédio branco na metade da rua principal. Fica espremido entre uma Dollar Tree e uma Western Auto há muito defunta. Precisa de pintura. As tábuas estão soltas, os pregos sangram filetes de poeira vermelha. A porta está trancada. Ella fecha as mãos em concha para espiar pela janela e vê um aposento grande amontoado de coisas, com um computador velho presidindo tudo como um deus antigo. A cadeira na frente do computador parece nova, mas o resto dos móveis parecem ter vindo de um bazar de quintal ou de uma excursão ao lixão.

Um quadro de avisos comprido está coberto de modelos de propagandas e exemplares antigos, alguns amarelados e com as bordas curvadas.

— Oi, oi, oi, você é a Davis?

Ela se vira e dá de cara com um jovem muito alto, com uns dois metros ou um pouco mais. Ele é magro como uma carta de baralho. Também é absurdamente pálido em uma época do ano em que a maioria das pessoas no Kansas está levemente bronzeada. Um topetinho hitleriano de cabelo preto cai sobre um olho. Ele o empurra para trás, mas os fios caem de volta.

— Isso — diz ela.

— Espera aí, espera aí, vou destrancar. — Quando ele o faz, os dois entram. Ela sente cheiro de aromatizador de ambiente e, por trás, um aroma fantasma de maconha. — Fui ver a minha mãe aqui na rua mesmo. Ela tem diabetes. Perdeu um pé ano passado. Quer uma bebida gelada? Acho que tem na...

Ela mostra a garrafa de RC.

— Ah. Tudo bem, beleza, ótimo. Quanto a petiscos, infelizmente o armário está vazio. — Ele ri baixinho e afasta o topete, que cai de volta de imediato. — Desculpa por estar tão quente aqui. O ar-condicionado já era. Sempre tem alguma coisa, né? A gente empurra a pedra, Sísifo, essas coisas.

Davis não faz ideia do que ele está falando, mas percebe que o homem está morrendo de medo. Ótimo.

— Não vim pra comer.

— Não, claro que não. Coughlin, o artigo sobre Coughlin.

— *Dois* artigos, no final das contas.

— Dois, sim, isso mesmo. Como falei no telefone, achei que estava recebendo informações de alguém de dentro da investigação. Um policial. Ele disse isso. Que era da Polícia Rodoviária.

— Não do Departamento de Investigação?

— Não, não, ele era da Patrulha Rodoviária, eu tenho certeza, certeza absoluta, sem dúvida.

O topete cai. Andersson o empurra para trás.

— Ele também te deu informação sobre o sonho?

— Sim, deu, claro, até sugeriu que eu segurasse pra edição seguinte. Disse que eu sairia adiantado dos jornais comuns. Achei a ideia muito boa.

— Você costuma seguir conselho de fontes anônimas, sr. Andersson?

Ele dá a risadinha perturbadora. Davis conseguiria imaginar com mais facilidade aquele homem matando Yvonne do que Coughlin; em um programa de televisão, ele acabaria sendo um assassino em série com um codinome estranho, tipo O Repórter.

— É raro que eu *tenha* fontes, sra. Davis. Somos basicamente custeados por propaganda…

— *Inspetora* Davis — corrige ela, não por estar apaixonada pelo título, mas porque quer que ele lembre quem detém o martelo na situação.

— Pergunto novamente: eu publiquei alguma coisa que não era verdade, inspetora Davis?

— Não tenho liberdade pra dizer, e essa não é a questão. Se bem que o que você fez foi tão irresponsável que eu teria dificuldade de acreditar se não tivesse lido.

— Ora, ora, isso é um pouco…

— Você não tem gravação dessa ligação misteriosa, tem?

Ela não tem muita esperança disso.

Ele olha para a inspetora com olhos arregalados e solta outra risadinha perturbadora.

— Eu gravo *tudo*.

Ela acha que deve ter ouvido errado.

— Tudo? Mesmo? Toda ligação?

— Preciso fazer isso. Isso aqui é uma operação pequena, senhora… inspetora. Também trabalho em meio período na madeireira fora da cidade. Você deve ter passado por lá quando chegou. A Madeiras Wolf.

Ela não lembra se passou ou não. Estava pensando em Jalbert. Faz sinal para Andersson continuar.

— Enquanto estou na madeireira ou visitando a minha mãe, e ela precisa de muitas visitas, todas as ligações que eu recebo, a maioria é sobre propagandas, mas algumas são de Hurd Conway, que faz os esportes, e é tudo gravado e enviado direto pra nuvem.

— Você não apaga?

Ele ri.

— Por que eu faria isso? Tem espaço à beça na nuvem. Muitas mansões, como diz o livro. Minha alma tem espaço de sobra. Shakespeare. Nossa organização pode não funcionar pra um jornal de cidade grande, mas funciona pra gente. Aqui, vou mostrar.

Andersson liga o computador e digita uma senha. Davis está longe de ser compulsiva por organização, mas a tela é tão lotada de ícones que seus olhos doem. Andersson coloca o mouse sobre o ícone do telefone e clica nele. Uma mensagem sai dos alto-falantes dos dois lados da sala. Ele faz uma careta e abaixa o volume.

— Você ligou para o *Plains Truth*, a voz do Kansas central e o melhor investimento para o seu anúncio. Somos um semanário livre, de notícias e esportes, às vezes bissemanal, que é distribuído *gratuitamente* em mais de seis mil locais em seis condados.

Se isso for verdade eu como meu short, pensa Ella.

— Se tiver uma notícia, digite 5. Se tiver um placar esportivo, digite 4. Se quiser relatar um acidente, digite 3. Se quiser fazer um anúncio, digite 2. Se tiver uma pergunta sobre valores, digite 1. Os números são 5 para notícias, 4 para esportes, 3 para relatos de acidentes, 2 para fazer um anúncio e 1 para valores. E pode falar à vontade, sem cortes! — Há a risadinha que ela está passando a conhecer bem. — Este é o *Plaaaaiiiins Truth*, onde a verdade importa!

Andersson se vira para ela.

— É bom, você não acha? Cobre todos os lados.

Em outras circunstâncias, Davis, curiosa por natureza, talvez perguntasse quanta renda de propaganda o *Plains Truth* gera. Mas não naquelas.

— Você consegue encontrar aquela ligação anônima?

— Consigo, claro. Me diz que data devo procurar.

Ela não sabe.

— Tenta entre 30 de junho e 4 de julho…

Andersson abre um arquivo.

— Tem muitas mensagens, mas talvez… — Ele franze a testa. O topete cai. — Um cara ligou pra falar do incêndio de uma chaminé. Acho que foi em seguida. Tenho quase certeza.

Andersson clica, escuta, balança a cabeça, clica mais. Finalmente encontra um sujeito com sotaque arrastado de fazendeiro que diz que viu uma *chiminé* lááá na estrada 17. Andersson faz sinal de positivo para Davis e vai para a mensagem seguinte. Ela puxa uma cadeira para perto.

— É engraçado porque...

— *Shhh!*

Andersson passa o dedo pelos lábios como um zíper.

É engraçado porque a pessoa que ligou estava usando um dispositivo de alteração de voz, talvez um vocoder. Parece um homem, depois uma mulher, depois um homem de novo.

— Oi, *Plains Truth*. Trabalho na Patrulha Rodoviária do Kansas. Não estou investigando o assassinato de Yvonne Wicker, mas vi os relatórios. Seus leitores podem querer saber que o homem que encontrou o corpo é Daniel M. Coughlin. Ele é zelador na Wilder High School. Mora no Parque de Trailers Bosque dos Carvalhos...

— Eu não publiquei o endereço — começa Andersson. — Achei que seria...

— *Shhh!* Volta.

— ... Wilder High School. Ele mora no Parque de Trailers Bosque dos Carvalhos, na cidade de Manitou. Você deveria publicar isso imediatamente. — Há uma pausa. — Ele é o principal suspeito do Departamento de Investigação do Kansas porque alega que teve um sonho com o local onde o corpo estava. Os investigadores não acreditaram. Talvez seja melhor guardar isso pra depois. Só uma sugestão. — Tem outra pausa. E a voz do vocoder diz: — Quinze. Adeus.

Há um clique, seguido de alguém que quer que o *Plains Truth* saiba que as festividades do Quatro de Julho no condado de Wilder foram adiadas para o dia 8, infelizmente. Andersson para o som e olha para Davis.

— Você está bem, moça?

— Estou — diz ela. Mas não está. Sente o estômago embrulhado. — Toca de novo.

Ela pega o celular e clica no gravador.

48

No carro, com o ar-condicionado no máximo, Davis escuta de novo. Em seguida, desliga o celular e olha pelo para-brisa para a rua principal empoeirada de Cathcart. Está pensando em um caso de incêndio em que trabalhou com Jalbert na primavera. Foi em uma cidade rural chamada Lindsborg. No caminho até o local, passaram por um campo onde havia algumas vacas pastando. Ella, ao lado do motorista naquele dia, contou-as em voz alta, só para ter alguma coisa para fazer.

— Sete — disse ela.

— Vinte e oito — respondeu Jalbert, sem hesitar.

Ela olhou para o colega sem entender, e ele disse que um até sete somados davam vinte e oito. Explicou que adicionar inclusivamente fazia o tempo passar e mantinha a mente ágil. Ela achou que o parceiro podia ter um pouco de TOC. Até pesquisou no celular o nome daquela compulsão específica, depois deixou de lado. Todo mundo tinha um tique, né? Ela não conseguia dormir enquanto a louça não estivesse toda lavada e guardada... mas nunca havia considerado *contá-la*.

Agora, sentada no carro, Ella pensa na mensagem gravada de Peter Andersson. Cinco opções, e quando se somava um mais dois mais três mais quatro mais cinco, o total era...

— Quinze — diz ela. — *Foi* ele. Porra. *Porra!*

Ela fica lá mais um tempo, tentando convencer a si mesma de que está errada. Mas não consegue. De jeito nenhum. Portanto, liga para a Tropa C da Patrulha Rodoviária do Kansas, se identifica e pede uma ligação do policial Calten o mais rápido possível.

Enquanto espera a ligação, da qual tem medo, ela se pergunta o que vai fazer com o que sabe agora.

49

Danny consegue todas as caixas vazias que quer na Bebidas Finas Manitou. Também compra uma garrafa de Jim Beam. Às quatro da tarde, as caixas estão empilhadas no quarto dele e a garrafa está na mesa da cozinha. Ele se senta e a encara com as mãos cruzadas à frente. Está tentando pensar em qual foi a última vez que tomou uísque. Não na noite em que foi preso por ir até o gramado da Margie e gritar; naquela noite tinha sido cerveja. Ele havia entornado uma caixa de Coors entre Manitou e Wichita. Ainda se lembrava de ter vomitado na privada de aço inoxidável da cela onde o colocaram, depois de ir dormir não na cama, mas embaixo dela, como se dormir no concreto fosse uma espécie de penitência.

Ele conclui que a última vez que se meteu com bebidas pesadas foi pescando com Deke Mathers. Os dois ficaram tão bêbados que só encontraram a rodovia 327 quando já estava quase escuro, ambos com ressaca pesada e prometendo nunca mais, nunca mais tomar um gole de álcool. Ele não sabia como tinha sido para Deke, Danny perdera contato com o colega desde a mudança para o Bosque dos Carvalhos, mas não havia tocado em destilados desde então. Nem cerveja, nos últimos anos.

Jim Beam não vai resolver seus problemas, ele sabe disso. Tudo ainda vai estar lá quando ele acordar na terça de manhã, só que com uma ressaca para aumentar a desgraça. Mas o efeito do álcool bloquearia o rosto triste de DJ, pelo menos por um tempo. Ela disse *e se minha mãe decidir que quer namorar o Bob de novo?* Ela disse *ele não sabe consertar o carro quando quebra!* Ela disse (e isso foi o pior de tudo, só Deus sabia o porquê) *eu não quero bolo, não ligo se nunca mais comer bolo.*

— Aquele sonho — diz ele. — Aquela porra de sonho maldito.

Só que o sonho não é o problema. Jalbert é o problema. Jalbert borrifou toda a vida de Danny com aquela versão ridícula de agente laranja. Está tentando envenenar tudo, inclusive uma garotinha que achava a própria vida bem legal: a mãe finalmente tinha um namorado de quem ela gostava, que não gritava com ela e não a mandava sair da mesa sem jantar.

Jalbert.

Tudo Jalbert.

Danny abre a tampa, vira a garrafa em direção ao rosto e dá uma boa cheirada. Lembra como ele e Deke Mathers riram na margem do rio, tudo lindo. E lembra como xingaram enquanto seguiam por aquele arbusto de amoras até a estrada, todos arranhados e suando por cima dos arranhões, o que aumentava a ardência mais ainda.

Jalbert amaria que você ficasse bêbado, pensa ele. *Que ficasse bêbado e fizesse alguma besteira.*

Ele vai até o banheiro, derrama o uísque na privada e dá descarga. Em seguida, começa a guardar roupas em caixas. Só vai conseguir vencer Jalbert se for embora, e é isso que vai fazer. Vai poder passar um tempo com Stevie, que sabe onde fica tudo no King Soopers de Table Mesa. Quanto a

Darla Jean... ela vai ter que achar o próprio caminho. No fim das contas, a maioria das crianças acha. É o que ele diz a si mesmo.

50

Eu não estou com raiva, pensa Jalbert enquanto dirige de volta até o hotel em Lyons. *Só chateado.*

A reunião em Wichita não foi bem. Ele argumentou a favor da prisão de Coughlin. Quarenta e oito horas, disse ele. Podemos chamar de custódia protetiva. Só para fazê-lo suar. Eu vou quebrá-lo. Ele está pronto. Eu sei.

Custódia protetiva para quem? Quem disse isso foi Tishman, o diretor--encarregado. Neville, o vice-diretor, estava ao lado dele, assentindo como uma marionete. *Para o assassino? Coughlin não alega que o conhece. Só alega saber onde o corpo estava por causa do sonho que teve.*

Jalbert perguntou aos presentes, inclusive Ramsey, o detetive impassível e calado de Oklahoma, se algum deles acreditava na história do sonho de Coughlin. A crença unânime era de que ninguém acreditava. Coughlin era o assassino. Mas sem confissão e sem provas que o conectassem ao crime...

E assim por diante.

Jalbert precisa contar. Isso o acalmaria. Com a cabeça lúcida, vai conseguir decidir o próximo passo. Quando voltar para o hotel, vai fazer o circuito das cadeiras, tomar um banho e ligar para Ella. Talvez a colega tenha conseguido alguma pista no parque de trailers. Ou talvez Coughlin entregou algo, mas provavelmente não. Ele é astuto, afinal se livrou da droga, não foi? Mas está pagando o preço. Está desempregado, e os vizinhos se juntaram contra ele. Ele deve estar com raiva, e pessoas com raiva cometem erros.

Mas eu não estou com raiva. Só chateado, e por quê? Porque foi ele, e ele vai fazer de novo.

— Eles não veem isso? — pergunta ele, e bate no volante. — São mesmo tão cegos?

Resposta: não são.

Todas as câmeras de segurança entre Arkansas City, onde a srta. Yvonne passou sua última noite, e o Gas-n-Go, onde foi vista pela última vez, foram verificadas. Vários Tundras foram vistos, mas nenhum era branco e todos eram mais novos do que o de Danny.

Ele usou um veículo diferente quando a pegou, pensa Jalbert. *Foi por isso que não encontramos DNA e nenhuma outra prova na picape dele. Inteligente, muito inteligente.*

Jalbert começou, e Ella também, acreditando que Danny queria ser uma estrela da mídia ou confessar. Ella talvez ainda acreditasse nisso, mas Jalbert não mais. *É um jogo para ele. Ele está esfregando na nossa cara e dizendo prova, prova, me prende, me prende, haha, vocês não podem, né? Sabem que minha história é mentira e não tem nadinha que possam fazer.*

Jalbert bate no volante de novo.

Quinze anos antes, até mesmo dez, o campo de jogo era diferente, com regras diferentes. Coughlin teria entrado em uma salinha com Jalbert e Davis, e os dois o teriam feito suar até ele confessar. Dez horas, doze, não importaria. Seria uma rodada atrás da outra. Eles eram os defensores da pobre srta. Yvonne e de todas as garotas que poderiam vir depois, e o pressionariam incansavelmente em uma salinha sem relógio.

Você deve estar com fome. Conta alguma coisa e mandamos alguém buscar o rango. Gosta do Burger King? Tem um aqui na rua. Um whopper, batata frita, um milk-shake de chocolate, o que você acha disso? Pelo menos nos conta quando a enterrou. Dia ou noite? Não? Tudo bem, vamos começar de novo, desde o começo.

Tipo isso.

Jalbert começa a contar celeiros, silos e fazendas para passar o tempo. Chegou em vinte e três (que, somados em progressão aritmética, dá um total de duzentos e setenta e seis), quando seu telefone toca. É Ella. Ele espera que a colega pergunte como foi em Wichita, mas ela não pergunta. Pergunta apenas quando Jalbert acha que volta para o hotel. A voz dela está tensa, nem parece ela mesma. Será que estava empolgada por ter conseguido alguma coisa?

Só uma dica, é só o que peço. E a gente vai atrás. Vamos atrás, até o inferno se for necessário.

— Devo chegar em uns quarenta minutos. O que você tem?

— Eu estou na estrada de Manitou agora. Encontro você lá.

— Anda, conta. — Ele passa a mão pela península do cabelo. — Coughlin te contou alguma coisa.

— Não pelo telefone.

— Te encontro em meia hora — diz Jalbert, e acelera.

51

Quando Frank chega, Davis está esperando no saguão. Ela teme a conversa por vir, mas vai fazer o que tiver que ser feito. Seria pior se gostasse de Frank. Tentou gostar e fracassou, mas até os últimos dias, ela o respeitava. De certa forma, ainda o respeita. Ele é extremamente dedicado ao trabalho, a obter justiça para a mulher que ele chama de "pobre srta. Yvonne". É só que a dedicação dele ultrapassou o limite e, aí, virou outra coisa.

Ele abre um sorriso e mostra os dentes erodidos que precisam urgentemente de resina. O triângulo denso do bico de viúva está desarrumado, como se ele tivesse passado a mão pelo cabelo sem parar. Talvez tivesse até puxado.

— Vamos para minha dita suíte. Não é ótima, a única vista é do estacionamento, mas cabe no orçamento do caso.

Ella o segue. Não sabe por que Jalbert fez uma conexão tão intensa com a garota Wicker, ou foi com Coughlin? Mas sabe que isso colocou pressão em uma falha fundamental da personalidade dele. O que antes era uma linha fina agora é uma fissura.

Ele destranca a porta. Ela entra primeiro e para, observando a salinha da suíte.

— Qual é a das cadeiras dobráveis?

— Nada. Eu só… nada.

Ele vai até as duas na sala e as fecha. Entra no banheiro e sai com mais duas. Encosta-as na parede ao lado da televisão.

— Tenho que levar de volta para o centro de convenções. Estou pra fazer isso. Quer um refrigerante? Tem um monte no frigobar.

— Não, obrigada.

— Foi o Coughlin? Ele deixou escapar alguma coisa?

— Eu não falei com ele.

Jalbert franze a testa.

— Eu pedi especificamente que você o entrevistasse de novo, Ella. — Mas a testa franzida relaxa um pouco. — Foi a Becky? A namorada? Ou a filha! Ela…

— Escuta, Frank. Não tem jeito fácil de dizer isto. Você precisa se afastar do caso. Só pra começar.

Ele abre um sorrisinho intrigado. Não faz ideia do que Ella está falando.

— Além disso, está na hora de você se aposentar. Você tem seus vinte anos de serviço. Mais de vinte.

— Eu não...

— E precisa procurar ajuda profissional.

O sorrisinho ainda está lá.

— Você está falando besteira, Ella. Não vou me aposentar. Não estou nem pensando nisso. O que vou fazer, o que *nós* vamos fazer é pegar Danny Coughlin e o botar atrás das grades pelo resto da vida dele.

Ela fica surpresa quando é acometida pela fúria, mas, mais tarde, vai pensar que estava lá o tempo todo.

— O que você está *fazendo* é colocar em risco qualquer chance que temos de construir um caso contra ele! Você deu o nome dele para o *Plains Truth*, Frank!

O sorriso está sumindo.

— De onde veio essa ideia maluca?

— Não é maluca, é um fato. Você deu o nome dele e se revelou com a coisa da contagem. No final da mensagem que deixou, você disse "quinze". Não tinha nada a ver com nada... só que, quando se soma o número de opções do menu, de um a cinco, o resultado é quinze.

Agora o sorriso sumiu.

— Com base em *um número* você tirou a conclusão de que eu...

— Às vezes, um número aleatório sai da sua boca. Na metade das vezes, você nem sabe que falou. Foi o que aconteceu na gravação que Peter Andersson mostrou pra mim. Eu ouvi. Você também pode ouvir se quiser. Tenho no meu celular.

Os lábios de Jalbert se abrem em um sorriso, mostrando os dentes erodidos. *Ele os trinca*, pensa ela. *Claro.*

— Eu não gostaria de te denunciar por essas acusações falsas, Ella. Você tem sido uma boa parceira, eu não poderia pedir melhor. Mas, se insistir, é o que eu vou fazer. Não tem como você ter reconhecido a voz que fez aquela ligação, não tem como *ninguém* reconhecer, porque foi disfarçada por um aparelho.

— É. Foi mesmo. Mas como *você* sabe disso?

Ele a encara, e há uma breve hesitação, até que Jalbert diz:

— Porque eu perguntei. Pro Andersson. Eu o entrevistei.

— Não comigo junto.

— Não, daqui. Por telefone.

— Ele vai confirmar isso?

— Eu estou confirmando agora.

— Vou perguntar pra ele mesmo assim. Se precisar. E nós dois sabemos o que ele vai dizer, né?

Jalbert não responde. Está olhando para a colega como se ela fosse uma estranha. *E deve ser assim mesmo que ele se sente.*

Davis aponta para as cadeiras.

— Você conta? Ou as monta e conta os passos entre elas?

— Acho melhor você ir embora.

— Eu vejo seus lábios se mexendo às vezes, quando está contando. Tem até um nome pra isso. Aritmomania.

— Sai daqui. Pensa no que está dizendo e vamos conversar quando você não estiver... não estiver tensa.

De repente, Davis se sente cansada demais para ficar de pé. Quem poderia imaginar como confrontos assim podiam ser exaustivos? Ela se senta e coloca a bolsa aberta na mesa. O telefone está dentro, gravando.

— Você também plantou drogas na picape de Coughlin. Na escola.

Ele se retrai como se Davis tivesse dado um soco nele.

— Essa é uma acusação absurda!

— Absurdo foi o que você fez. Coughlin desconfiou quando o garoto que trabalha com ele viu você estacionar nos fundos e não no estacionamento dos professores. Coughlin revistou a picape, encontrou a droga e a entregou pra mim.

— *O quê?* Quando?

— Eu me encontrei com ele em um café em Great Bend depois da reunião em que ele nos desafiou a prendê-lo. Coisa que a gente não pôde fazer na ocasião e não pode fazer agora, como sei que você descobriu em Wichita.

— Ele está mentindo! E você agiu pelas minhas costas! Obrigado, *parceira!*

Ela fica vermelha. Não consegue evitar.

Jalbert está passando a mão pelo cabelo denso com entradas.

— Se havia drogas na picape, foi ele mesmo que plantou. Ele é astuto, ah, rapaz, como é. E você acreditou na história dele?

Jalbert balança a cabeça. O tom dele é de pena, mas o que Davis vê nos olhos é fúria pura e desvelada. *Cuidado com esse homem*, pensa ela, *Danny estava certo sobre isso.*

— Eu não tinha ideia de que você era tão crédula, Ella. Ele convenceu você da história do sonho também? Você está do lado dele agora?

— Eu falei com o policial Calten.

Isso o faz parar.

— Coughlin viu o nome dele na camisa. Liguei pra Calten e falei que sabia quem tinha armado de plantar a droga e a revista. Falei que manteria a participação dele em sigilo se ele me contasse o que tinha feito. Ele contou.

Jalbert vai até a janela de novo, olha para fora e volta até ela.

— Eu não queria pegá-lo pelas drogas. Queria pela srta. Yvonne. Queria que ele fosse trancafiado pra eu poder apertar. Onde está a droga agora?

— Em um lugar seguro.

A última pergunta foi meio assustadora. Ela não acredita que Frank a machucaria, mas ele não está bem. Não há dúvida disso.

Ele vai até a janela e volta. Seus lábios estão se movendo. Ele está contando. Será que sabe que está fazendo isso? Ela acha que não.

— Ele a matou. Estuprou e matou. Coughlin. Você sabe que foi ele.

Ela pensa em Coughlin perguntando sobre o crucifixo: o uso era decorativo ou ela acreditava? Em seguida, ele perguntou como Davis podia acreditar em Deus, mas não no sonho dele.

— Frank, escuta com atenção. Nesse contexto, não importa mais se ele a matou ou não. Aqui neste quarto, a única coisa que importa é você me dizer que vai escrever um e-mail pra Don Tishman dizendo que precisa pedir licença por questões pessoais e que está planejando se aposentar.

— Nunca!

Ele está abrindo e fechando os punhos.

— Ou você faz isso, ou eu vou até Tishman e conto o que você fez. A ligação para Andersson talvez não faça com que você seja demitido, mas a história da droga vai. Mais ainda, vai desmantelar o caso que estamos tentando construir contra Danny Coughlin de um jeito tão absoluto que até aquele advogadozinho de cidade pequena do Ball poderia livrá-lo.

— Você faria isso?

— Você fez! — grita Davis, levantando-se. — Você ferrou o caso, você se ferrou e me ferrou também! Olha a bagunça que você fez!

— A gente não pode deixar ele escapar — diz Jalbert, os olhos sem pousar em lugar nenhum. — Foi ele.

— Se você acredita nisso, não estraga as chances que temos de pegá-lo. Eu vou embora agora. É uma decisão importante, eu sei. Dorme e decide amanhã.

— Dormir? — diz ele, e ri. — Dormir!

— Eu te ligo amanhã de manhã. Pra ver como você está. Mas, do meu ponto de vista, as opções estão bem claras. Se afasta, e a gente ainda tem chance de formar o caso contra Coughlin. Não vai haver confusão de provas plantadas e você vai ter sua aposentadoria.

— *Você acha que eu ligo pra minha aposentadoria?* — grita Frank.

Os tendões do pescoço dele saltam. Ella não tira os olhos dos dele. Tem medo de tirar.

— Você pode não ligar agora, no calor do momento, mas vai ligar depois. E eu sei que você ainda se importa com Yvonne Wicker. Pensa com cuidado, Frank. Vou deixar isso passar se você se afastar, mas tudo vem à luz se você não se afastar, e, nossa, vai feder.

Ela vai até a porta. É uma das caminhadas mais longas de sua vida, porque Davis está esperando que ele vá atrás dela. Ele não vai. No corredor, com a porta fechada, ela solta o ar que nem sabia que havia prendido. Começa a fechar o zíper da bolsa quando ouve um estrondo atrás de onde está. Algo quebrou. Ela quer saber o quê? Não quer. Ella anda devagar e com firmeza pelo corredor.

No carro, abaixa a cabeça e chora. Houve um momento lá dentro, só um momento, em que ela achou de verdade que Jalbert fosse matá-la.

52

Franklin Jalbert já ficou em centenas de quartos de motel durante sua carreira de investigador, atravessando o Kansas de norte a sul e de leste a oeste. Quase todos esses quartos têm copos de plástico em saquinhos, a maioria com slogans impressos tipo HIGIENIZADO PARA A SUA SEGURANÇA. Os copos em cima do frigobar daquela suíte no Celebration Centre por acaso são de vidro de verdade. Ele registra o peso do copo que pegou antes que seja tarde demais para parar... e provavelmente não teria parado, de qualquer jeito. Ele o joga na porta pela qual Davis acabou de sair e o copo se estilhaça.

Melhor vidro do que ela, pensa ele. *Não que eu fosse machucá-la.*

Claro que não. Ela pode ser uma traidora, mas os dois tiveram bons momentos juntos. Pegaram alguns bandidos e bandidas. Ele ensinou Davis, que era ávida por aprender. Só que, pelo jeito, não aprendeu o suficiente. Não entende como Coughlin é perigoso. Ele se pergunta se talvez depois do encontro traiçoeiro no café os dois não foram para outro lugar. Um motel, talvez?

Não, não, ela nunca faria isso. Não com o principal suspeito de um caso de assassinato.

Nunca? Sério? *Nunca?*

Coughlin não é um homem feio, e tem uma expressão de olhos arregalados que diz *estou falando a verdade*. Alguns podem achar isso atraente. É mesmo algo fora da realidade que ela... e ele pudessem ter... talvez fosse algum tipo de distorção esquisita da síndrome de Estocolmo...?

Apesar da facada nas costas, Jalbert não acredita que a colega fizesse isso. E Ella não importa mais. Está fora da história. A questão é o que ele vai fazer em relação a Coughlin.

A resposta parece ser... nada. Ela o colocou contra a parede. *Aquele policial covarde de merda tinha que falar, né?*

A ideia de se aposentar, como ela sugeriu, é horrível. É como ser guiado para a beira de um abismo. Ele não consegue imaginar pular no precipício. Não tem nenhum hobby além das cruzadinhas diárias no jornal e um quebra-cabeça ou outro. As férias consistem em andanças sem rumo em um trailer alugado, observando uma paisagem qualquer tirando fotos que ele raramente vê depois. Cada hora que passa é como se fossem três. A aposentadoria multiplicaria essas longas horas por mil, dois mil, dez mil. Cada uma delas assombrada pela imagem de Danny Coughlin o encarando do outro lado da mesa com aquele olhar arregalado de quem não faria mal a uma mosca, dizendo: *Me prende. Vocês não podem, né?* Por Danny Coughlin parando em outro estado para pegar outra jovem com o polegar para cima e uma mochila nas costas.

E o que eu posso fazer?

Bom, ele pode fazer uma coisa: recolher o copo quebrado. Pega uma cesta de lixo, se ajoelha e começa a recolher os pedaços. Em pouco tempo, ele tem cinquenta e sete cacos, o que dá mil seiscentos e cinquenta e três se somado em progressão.

Eu não teria feito mal a ela, de jeito nenhum. Mas houve um segundo...

Uma dor aguda surge no polegar. Uma gota de sangue aparece. Jalbert percebe que perdeu a conta. Ele pensa em recomeçar tudo de novo.

53

A última semana de Danny Coughlin em Manitou, Kansas, é ao mesmo tempo triste e um alívio.

Na terça, ele encontra um cocozão de cachorro na caixa de correspondência. Coloca um par de luvas de trabalho de borracha, remove-o e lava a parte interna até estar limpa. Alguém vai querer usar aquela caixa quando ele for embora.

Na quarta, vai até o Food Town comprar umas últimas coisas, inclusive um bife que planeja comer na noite de sexta como jantar de despedida. Não fica muito tempo no mercado, mas, quando sai, os dois pneus de trás da picape estão vazios.

Pelo menos não estão furados, pensa ele, mas provavelmente só porque a pessoa que fez aquilo não tinha uma faca. Ele liga para Jesse porque o número do Jesse está na lista de contatos e porque não consegue pensar em mais ninguém que pudesse ajudar. Jesse diz que o pai deixou muita coisa quando abandonou a família e uma dessas coisas foi um enchedor de pneus Hausbell.

— Me dá vinte minutos — diz.

Enquanto espera, Danny fica ao lado da picape recebendo olhares sinistros. Jesse chega no Caprice velho e os pneus traseiros do Tundra ficam bons rapidinho. Danny agradece e fica alarmado de sentir lágrimas ameaçando surgir.

— Não foi nada — diz Jesse, e oferece a mão. — Escuta, cara, eu tenho que falar de novo. Sei que você não matou aquela garota.

— Obrigado por isso também. Como está na serraria? Passei por lá e vi você puxando lenha em um carrinho.

Jesse dá de ombros.

— É um salário. E você, Danny? O que vai acontecer?

— Vou embora da cidade no fim de semana. Estou pensando em ir pra Nederland, pra começar. Vou acampar, tenho equipamento, e procurar emprego. E uma casa.

Jesse suspira.

— Acho que é melhor, considerando a situação. Me manda uma mensagem quando chegar a algum lugar. — Ele lança um olhar tímido para Danny que é típico de dezessete anos. — Sabe como é, pra manter contato.

— Pode deixar — diz Danny. — Não vai cortar nenhum dedo naquela serraria.

Jesse abre um sorriso.

— Recebi o mesmo conselho da minha mãe. Ela diz que eu sou o homem da casa agora.

Na quinta, com a maioria dos pertences empacotados e pronto para partir, o trailer parecendo meio pelado, Danny recebe uma ligação de Edgar Ball enquanto está tomando a primeira xícara de café.

— Tenho uma má notícia, uma boa notícia e uma ótima notícia. Pelo menos eu acho. Qual você quer primeiro? — pergunta o advogado.

Danny coloca a caneca na mesa com um ruído.

— Pegaram ele? O cara que a matou?

— Não tão boa, infelizmente — diz Ball. — A má notícia é que não é só mais o *Plains Truth*. Você está no *Telescope*, no *Wichita Eagle*, no *Kansas City Star* e no *Oklahoman*. Com foto e tudo.

— Porra — diz Danny.

— A boa notícia é que a foto que estão publicando deve ter uns dez anos. Você está com cabelo nos ombros e um cavanhaque de motoqueiro. Parece que está na frente de um bar, mas pode ser que eu ache isso porque você está com uma garrafa de cerveja em cada mão.

— Deve ser no Golden Rope, em Kingman. Antes de me casar com Margie, eu bebia muito lá. Acho que pegou fogo.

— Não faço ideia — responde Ball, com alegria —, mas a foto não se parece em nada com você agora. Está preparado pra melhor notícia?

— Manda ver.

— Veio de uma amiga que trabalha na Tropa F da Patrulha Rodoviária. Fica em Kechi, perto de Wichita. Eu saía com a moça em questão, mas isso foi em outra vida. Ela sabe que você me contratou. E me ligou ontem à noite e contou que Frank Jalbert está tirando licença. Dizem que vai se aposentar.

Danny sente um sorriso largo se abrir no rosto. É o primeiro sorriso de verdade desde que acordou depois daquela porra de sonho. Jalbert assombra seus pensamentos. Nem ao conversar com Stevie consegue tirar o inspetor completamente da cabeça. Ele lembra a Danny um animal, talvez um carcaju? Um que supostamente não abre a bocarra para soltar o que mordeu nem depois que morre.

— É uma ótima notícia mesmo.

— Quer ir ao Dabney's pra comemorar? Um belo café da manhã por minha conta.

O Dabney's fica duas cidades depois e deve ser um lugar seguro, principalmente se a foto que os jornais publicaram é da época em que Danny queria se parecer com Lonesome Dave Peverett, vocalista do Foghat.

— Boa ideia. Talvez eu leve um amigo. O garoto que trabalhava comigo. Mas Jesse diz que não pode, por mais que queira. Bate ponto às oito.

— Além do mais, minha mãe ficou brava de eu ter ido te ajudar ontem. Falei que você não fez o que estão dizendo, e ela disse que isso não importava, porque eu sou um homem preto jovem e você é... você sabe.

— Um homem branco acusado de assassinato. Eu entendo — diz Danny.

— Bom, é. Mas eu iria de qualquer jeito se não tivesse que trabalhar.

— Eu agradeço por isso, Jess, mas sua mãe deve ter razão.

Ele vai até o Dabney's. Ball está lá. Os dois pedem cafés da manhã caprichados e comem tudo. Danny propõe dividir a conta, mas Ball nem quer saber disso. Pergunta para Danny o que vai fazer a seguir. Danny conta sobre o plano de ir para o Colorado para ficar perto do irmão, que está no espectro, mas tem um dom que um psicólogo que o examinou no final da adolescência chama de "reconhecimento global". Basicamente, vê onde tudo está. Os dois conversam sobre isso por um tempo.

— Tenho uma coisa em mente — diz Ball quando saem do restaurante. — Estou pensando nisso desde nosso primeiro confronto com aquela mala do Jalbert, mas aí fui ler os comentários no *Eagle* e no *Telescope* e pensei que sim, talvez possa funcionar.

— Não tenho ideia do que você está falando. Que comentários?

— Acho que você não lê. É o equivalente àquela sessão de cartas para o editor de antigamente. Depois que termina de ler o artigo, você pode comentar sobre o assunto. Tem muitos comentários nos artigos sobre você.

— Corta a garganta bem cortadinha — arrisca Danny.

— Tem alguns assim, claro, mas você ficaria surpreso com quanta gente realmente acredita que você sonhou com o local do corpo. Todo mundo, os que acreditam em você, claro, tem uma história sobre a avó que sabia que o propano ia explodir e tirou todo mundo de casa ou que um avião ia cair e acabaram pegando um voo mais tarde…

— Esses são sonhos premonitórios — diz Danny. Ele tinha lido um pouco. — Não é a mesma coisa.

— É, mas tem comentários de gente que sonhou com o local de um anel perdido ou cachorro perdido e, em um caso, de uma criança perdida. Essa mulher alega que sonhou que um vizinho caiu em um poço velho, e ele estava mesmo lá. Não é só você, Danny. E as pessoas amam coisas assim, porque dá a elas a ideia de que há mais no mundo do que a gente sabe. — Ele faz uma pausa. — Claro que também tem gente que acha que você mente que nem sente.

Isso faz Danny rir.

Na picape de Danny, Ball diz:

— O que estou pensando é o seguinte: pode ser um bom jeito de conseguir algum dinheiro, mas isso é secundário. Seria uma ótima forma de reagir.

— Você está pensando em quê? Um processo?

— Exatamente. De assédio. Jogaram um tijolo no seu trailer, né?

— É…

— Botaram merda de cachorro na sua caixa de correspondência, esvaziaram seus pneus…

— É fraco — retruca Danny. — E eu achava que a polícia era protegida desse tipo de coisa. Jalbert pode se aposentar, mas era um policial bem-visto quando veio atrás de mim.

— Ah, mas plantou drogas no seu veículo — diz Ball —, e se conseguirmos levar o policial que parou você para o tribunal, sob juramento… a gente pode ir até seu trailer falar sobre isso? O que mais você tem pra fazer?

— Não muito — admite Danny. — Claro, acho que podemos conversar.

Ele dirige até o Bosque dos Carvalhos com Ball logo atrás na Honda. Danny para no trailer e vê uma pessoa sentada nos degraus de concreto, com a cabeça baixa e as mãos penduradas entre os joelhos. Danny sai da picape, fecha a porta, e por um momento fica parado ali, atingido por déjà-vu. Quase sufocado pela sensação. Seu visitante está usando uma jaqueta de ensino médio… onde foi que ele viu aquilo? A Honda Gold Wing de Ball para atrás da picape. O garoto se levanta e ergue a cabeça. Nessa hora, Danny sabe. É o garoto da foto do jornal, o que está parado na frente do rabecão, atrás dos pais tomados pelo luto.

— Filho da puta, você matou a minha irmã — diz o garoto, e então enfia a mão no bolso direito da jaqueta e tira um revólver.

Atrás de Danny, a Gold Wing é desligada e Ball desce, mas aquilo é em outro universo.

— Opa, garoto, eu não…

Isso é tudo que ele diz antes de o garoto atirar. Um punho acerta Danny no meio do tronco. Ele dá um passo para trás e é atingido pela dor, como o pior ataque de indigestão ácida que já teve. A dor sobe pela garganta e desce pelas coxas. Ele tateia para trás procurando a maçaneta do Tundra e mal a sente quando a encontra. As pernas estão ficando bambas. Ele as manda não se dobrarem. Tem um calor escorrendo da barriga. A camisa e a calça jeans estão ficando vermelhas.

— Ei! — grita Ball, de outro universo. — Ei, tem uma *arma*!

Cê jura?, pensa Danny. Com o peso dele a puxando, a porta do motorista do Tundra se abre. Danny não cai onde está só porque abriu a janela na volta do Dabney's. O ar matinal estava tão fresco. Parece outra vida. Ele passa o cotovelo pela janela e gira como uma stripper num poste. O garoto dispara de novo e tem um som de *plung* quando a bala acerta a porta embaixo da janela aberta.

— *Arma! ARMA!* — Edgar Ball está gritando.

A bala seguinte passa pela janela aberta e zumbe ao lado da orelha direita de Danny. Ele vê que as bochechas do garoto estão molhadas de lágrimas. Vê Althea Dumfries parada no degrau mais alto do trailer, *o mais bacana do parque*, pensa Danny, é louco o que passa na cabeça quando se leva um tiro. Ela parece estar segurando uma torrada com uma mordida já dada.

Danny cai de joelhos. A dor no abdome é excruciante. Ele ouve outro *plung* quando outra bala acerta a porta aberta do Tundra. E aí, ele cai. Vê os pés do garoto, que está de tênis Converse. Danny vê a arma quando o garoto a larga no chão. Ball ainda está gritando. *Ball está berrando*, pensa ele, e o mundo se fecha em escuridão.

54

Ele volta a si em uma maca. Edgar Ball o encara de olhos arregalados. Tem terra nas bochechas e na testa do advogado. Ele está dizendo alguma coisa, talvez seja *aguenta firme, parceiro*, então a maca esbarra em alguma coisa e a dor o atravessa, a dor vira o mundo. Danny tenta gritar e só consegue gemer. Por um momento há o céu, depois um teto, e ele pensa *pode ser uma ambulância. Como chegou tão rápido aqui? Quanto tempo eu fiquei apagado?*

Alguém diz:

— Uma picadinha, e você vai se sentir melhor.

Tem uma picadinha. A escuridão vem em seguida.

55

Quando a escuridão se esvai, ele vê luzes passando acima. Parece uma imagem de filme. Um alto-falante chama o dr. Broder. *Dr. Broder, imediatamente*, diz. Danny tenta falar, tenta dizer *é o Bom Doutor, o da televisão*, só como piada, ele sabe que não é, mas o que sai são alguns sons abafados porque ele está com uma espécie de máscara sobre a boca e o nariz. Portas batem. Há luzes mais fortes e paredes ladrilhadas verdes. Ele acha que é uma sala de cirurgia e quer dizer que não sabe se pode pagar por uma operação porque perdeu o emprego. Mãos o levantam e ah, meu Jesus do céu, como dói.

Tem uma picadinha. A escuridão vem em seguida.

56

Agora ele está em uma cama. Deve ser de hospital. Há luz, mas não as luzes cruéis que dizem "vamos te abrir" daquela sala verde. Não, é a luz do dia. Margie, sua ex, está sentada ao lado da cama. Está toda arrumada, e Danny sabe que, se ela se arrumou para ele, é provável que ele morra. Sente a barriga dura. Dura como uma tábua. Ataduras, talvez, e tem soro pendurado em um gancho, e ele pensa *se estão botando coisas em mim, talvez eu não vá morrer.* Margie pergunta "como você está se sentindo, Danno?", como no passado, quando os dois ainda se davam bem, tipo *pega eles, Danno,* e ele tenta responder, mas não consegue.

Escuridão.

57

Ele abre os olhos e Edgar Ball está sentado ao lado da cama. Não tem sujeira no rosto, ele deve ter se limpado. Quanto tempo se passou? Danny não faz ideia.

— Foi por pouco, mas você vai sair dessa — comenta Ball, e Danny pensa *é o que todos dizem.*

Por outro lado, talvez seja verdade.

— Que bom que você foi pra trás da porta da picape. Se ele estivesse disparando com uma arma de calibre maior, as balas teriam atravessado. Mas era uma .32.

— Garoto — é o que ele consegue dizer.

— Albert Wicker — diz Ball. — Irmão de Yvonne Wicker.

Eu sabia disso, Danny tenta dizer.

— Disparou três ou quatro vezes, largou a arma, passou por mim andando. Foi pra rua, se sentou e esperou a polícia. Se fosse um filme, eu teria derrubado ele, mas a verdade é que me deitei no chão ao lado da moto depois do primeiro tiro. Desculpa.

— Tá bom — diz Danny. — Você… bem?

— Obrigado por perguntar. Nós temos um processo *de verdade* agora, Danny. Assim que você ficar melhor.

Danny tenta sorrir. Fecha os olhos.

Escuridão.

58

É Jesse da vez seguinte? Ou é sonho? Estão lhe dando muita droga, ele não sabe direito. Mas tem certeza (*quase* certeza) de que vê uma mão marrom--escura em cima da sua branca.

59

Na próxima vez em que ele volta a si, é Ella Davis. Ele está um pouco mais forte, e a inspetora parece um pouco mais jovem, com uma calça jeans desbotada e uma camiseta de gola canoa. O cabelo está solto. E ela sorri.

— Danny? Você está acordado?

— Estou. — Um grunhido baixo. — Água. Tem…

Ela estende um copo. Tem um canudo dobrado saindo dele. Danny bebe, e é como o paraíso na garganta.

— Danny, a gente pegou ele.

— O garoto? — A voz dele está um pouco mais forte. — Acho que Edgar falou pra polícia…

— Não o garoto, *ele*. O homem que matou Yvonne Wicker. Ele… você está ouvindo isso? Está entendendo o que eu estou dizendo?

— Estou.

Ele se sente aliviado? Vingado? Não sabe. Não tem nem certeza do quanto está ferido, nem se vai ficar bom um dia. E se tiver que passar o resto da vida cagando em uma bolsa?

— Ele confessou, Danny. Confessou sobre Wicker e mais duas. A polícia do Illinois e a do Missouri estão procurando os corpos.

— Que bom — diz Danny.

Está muito cansado. Quer que ela vá embora.

— Eu fui à missa e rezei por você.

— Ajuda se você acredita — diz Danny.

Ele a sente segurar sua mão, a pele fria na dele. Danny acha que deveria dizer que não a culpa, mas a ideia de culpa parece sem sentido naquele momento. Ele vira a cabeça. Sai flutuando.

Escuridão.

60

No terceiro dia, ele ainda sente muita dor, mas está de volta ao mundo. Entende que está no Hospital Regional em Great Bend e que vai ficar lá pelo menos uma semana, talvez dez dias. A bala perfurou o estômago. Ele foi consertado e costurado, mas Broder, o médico encarregado do caso, diz que, se ele tentar andar, mesmo que seja para o banheiro, é capaz de abrir de novo.

— Fique agradecido de não ter sido uma bala de ponta macia e de calibre maior. Isso teria causado um estrago *enorme*. Você vai ter que comer comida pastosa por um tempo. Espero que goste de ovo mexido e iogurte.

Estar de cama significa usar a comadre, mas a indignidade disso é mitigada pelo fato de que ele foi poupado do catéter e da bolsa de colostomia. Danny descobre que Margie teve permissão de vê-lo cedo porque alegou ser esposa dele, o que não era verdade. Edgar Ball teve permissão de vê-lo porque alegou ser seu advogado, o que era. Ella Davis também teve permissão de entrar porque era inspetora do DIK e porque disse que tinha uma boa notícia para contar... muito boa. E Jesse? Aquilo pode ter sido uma alucinação induzida por drogas, mas Danny não acredita nisso. Acha que Jesse entrou escondido e segurou sua mão. Em algum momento, vai ter que perguntar.

Stevie não sabe, o que é bom. Ele ficaria agitado. Danny vai ter que contar em algum momento, mas isso fica para depois.

No fim da tarde do quarto dia de hospital, ele tem permissão de se sentar à janela do quarto: dois passos, apoiado por dois atendentes. Enquanto aprecia a sensação do sol no rosto, Edgar Ball aparece para vê-lo de novo. Ele se senta na cama e pergunta como Danny se sente.

— Até que não está ruim. As drogas são de primeira.

— O que você quer saber?

— Tudo.

— Isso vai testar meu poder de condensação. Só estão me dando vinte minutos. Aí vão ter que te botar de volta na cama e te irrigar. — Ball faz uma careta. — Não quero nem saber o que isso envolve.

— Davis me contou que pegaram o cara que matou Yvonne Wicker, mas eu apaguei antes que ela pudesse me dar detalhes. Começa por aí.

— O nome dele é Andrew Iverson, sem endereço fixo. Um faz-tudo itinerante. Ele estava indo para o oeste, dirigindo uma picape fechada azul com ANDY I., ENCANAMENTO E AQUECIMENTO na lateral. Apareceu em vídeo em Arkansas City, onde Wicker ficou pela última vez, e no Gas-n-Go, onde ela foi vista pela última vez. Ele também aparece em vídeo em Great Bend, Manitou e Cawker City.

— Cawker é perto do condado de Dart, né?

— É. Wicker devia estar morta dentro da picape quando ele passou por lá. O cara estava procurando um lugar abandonado pra enterrar o corpo.

— E encontrou.

— A foto de Iverson deveria estar na enciclopédia ao lado da entrada sobre assassinos em série. Ele dirige, para um tempo, faz uns negócios. Falou pra polícia que só recebe em dinheiro porque dinheiro não fala, segundo ele.

— Você ouviu isso de Davis?

— Ouvi. Tivemos uma longa conversa. Ela se sente péssima sobre essa história toda.

Ela não é a única, Danny pensa.

— Iverson matou uma garota em Illinois e outra no Missouri. Enterrou as duas em locais rurais. A polícia encontrou uma e ainda está procurando a outra. Ele pegou uma quarta pedindo carona no Wyoming, nos arredores de uma cidadezinha chamada Glenrock. Parou num acostamento de estradinha e tentou estuprá-la. Ela estava com uma faca na bota. Enquanto ele abaixava a calça, ela o esfaqueou quatro vezes.

— Mandou bem — comenta Danny, e pensa no cachorro roendo o braço de Yvonne Wicker. — Mandou bem pra cacete.

— Davis disse que a garota era valente. Ela o empurrou de dentro da van, dirigiu para Casper até estar com sinal de celular e ligou pra polícia. Ele não estava onde a garota disse que estava, mas seguiram o rastro até um celeiro ali perto. O cara estava em uma baia de cavalo, desmaiado com a perda de sangue. Davis falou que ele vai se recuperar.

— Ele confessou? Ela disse que ele confessou. Mas eu posso ter sonhado essa parte.

— Não sonhou. Feridas doem, como acho que você sabe. Você levou um tiro. Iverson levou quatro facadas, uma na bochecha, uma no ombro, uma na lateral e uma na perna. Queria analgésicos. A polícia queria informações. Os dois conseguiram o que queriam.

— Davis contou isso tudo?

— Contou e me pediu pra te contar. Acho que está com medo de olhar na sua cara de novo.

— Eu entendo, mas acho que no final era trabalho dela.

— Ela enfrentou Jalbert, se é isso que você quer dizer, mas isso é história pra outro dia. Meus vinte minutos estão quase acabando. Você se lembra da pulseira de berloques que a garota Wicker estava usando?

Danny lembra. Ele a viu duas vezes, uma no sonho e uma na vida real.

— Iverson tinha dois berloques nas coisas dele. Como troféus. Tinha mais coisa lá. Das outras duas.

— Cadê o garoto que atirou em mim?

— Albert Wicker está em um motel de Manitou com os pais. Pagou fiança. Ou melhor, os pais pagaram. Conheço o advogado que o representou na audiência. Ele diz que os Wicker fizeram hipoteca da casa pra conseguir o dinheiro.

Danny pensa nisso. Filha morta, filho enfrentando acusações de tentativa de homicídio, pais provavelmente em processo de falência. *E eu no hospital com um buraco no estômago*, pensa Danny. O bombeiro viajante causou muitos estragos, e isso é só o círculo aumentado de dor e sofrimento em volta da jovem que Jalbert insistia em chamar de "pobre srta. Yvonne". Danny deseja que a garota que escapou, a famosa Garota Final, tenha enfiado uma faca nas bolas de Iverson por garantia.

— Não quero fazer acusação — diz Danny.

Edgar Ball sorri.

— Estou surpreso? Não estou. Mas depende totalmente de você. Wicker vai cumprir uma pena, mas considerando as circunstâncias mitigantes, pode não ser muito.

Uma enfermeira passa a cabeça pela porta.

— O senhor precisa deixar meu amigo Danny descansar. Além do mais, ele precisa de serviços que você não vai querer estar aqui pra ver.

— Irrigação — diz Danny, com mau humor. — Isso não acontece quando o pessoal da televisão leva tiro.

— Mais cinco minutos — pede Ball. — Por favor.

— Três — diz a enfermeira, e sai.

— Eu tive uma reunião com Don Tishman, que tecnicamente estava encarregado da investigação do DIK. Relatei os fatos relacionados a Jalbert, mas achei melhor segurar o nome do policial que te parou e procurou drogas.

— Pra um advogado de cidade pequena especializado em contratos imobiliários, você anda bem ocupado.

Danny fala com leveza, quase como piada, mas Ball cora e olha para as mãos.

— Eu devia ter derrubado aquele garoto. Poderia, ele estava totalmente concentrado em você. Mas me deitei no chão.

Danny repete que não é como na televisão.

Ball levanta a cabeça.

— Entendido, mas não preciso gostar disso. Nenhum homem quer achar que é covarde, principalmente os que andam em motos fodas.

— Eu não chamaria uma Honda Gold Wing de foda, Edgar. Uma Harley Softail, sim, é foda.

— Que seja, mas chegamos a um acordo. Acho. Alguns detalhes ainda precisam ser resolvidos, mas... sim, parece bom. Em troca por ficar de bico calado sobre Jalbert, que de fato entregou o pedido de aposentadoria, suas contas médicas vão ser pagas pelo Estado do Girassol, e com uma certa soma de sobra. Não muito, mas uma quantia considerável. Cinco dígitos. Vai ajudar na sua mudança para o Colorado se você ainda quiser ir.

A enfermeira não só enfia a cabeça no cômodo dessa vez. Aponta para Ball.

— Não estou pedindo. Estou mandando.

— Indo — diz Ball, e se levanta. — Você poderia ter seu emprego de volta, sabe? Quando estiver bom pra trabalhar.

— Bom saber — responde Danny.

Danny não tem intenção de ficar. Jogaram um tijolo no trailer dele. Botaram merda na caixa de correspondência. Bill Dumfries basicamente disse, em nome das boas pessoas do Bosque dos Carvalhos, que era para ele dar o fora de lá. A contrapartida de tudo isso é Darla Jean sentada na terra ao lado da casinha de bonecas, com lágrimas descendo pelas bochechas. Mas ele acha que não tem peso o suficiente para mudar a balança. Ele tem um irmão no Colorado, e, se levar um tiro não serve para mais nada, pelo menos deixa claro como é curto o tempo que se tem para passar com as pessoas que se ama.

— Tudo por causa de um sonho — diz ele, com amargura. — Nem ajudou a pegar o sujeito.

— Mas pensa na aventura que você viveu.

Danny mostra o dedo do meio para ele.

— Depois dessa — conclui Ball, e vai embora.

61

Enquanto Albert Wicker passa sua primeira tarde na cadeia do condado de Wilder, sem nem entender direito o que fez (os últimos dias são um borrão, aquela manhã quase inexiste), Franklin Jalbert está sentado na sala de jantar, de robe, montando um quebra-cabeça de mil peças.

Quando ficar pronto, vai exibir uma colagem de pôsteres de filmes clássicos como *Casablanca*, *A felicidade não se compra*, *Tubarão*, duas dúzias no total. Jalbert registra quantas peças já encaixou. Depois de colocar dez peças, ele dá um passo (no lugar, como se marchando, para poder se sentar de novo). Depois de vinte, dá dois, um saindo da frente da cadeira e outro voltando. Ele está em oitocentas peças, quase terminando, quando o telefone toca. Ele olha para a tela e vê H. Allard. Hank Allard é um amigo dele, capitão da Patrulha Rodoviária do Kansas. Jalbert fica dividido entre atender e fazer o conjunto de passos seguinte, que seriam de um a oitenta, inclusive.

Decide pelos passos. Três mil duzentos e quarenta, muita coisa! Começa no oitenta e conta ao contrário. Os passos o levam para o quintalzinho da casa e de volta para dentro. Ele vê que idas anteriores geraram um caminho na grama: um sulco, na verdade. Está ciente de que a coisa de contar passos, além dos circuitos das cadeiras, ficou bem mais descontrolada desde seu fracasso em prender Danny Coughlin. Davis chamou de aritmomania.

Enquanto dá os passos associados ao quebra-cabeça, Jalbert pensa várias vezes que é como um hamster correndo em uma rodinha, indo e indo, cagando enquanto corre sem nunca chegar a lugar nenhum. Mas tudo bem. O que Davis não conseguiu entender é que essa loucura menor o impede da loucura maior de contemplar um futuro em que seu emprego foi subtraído. Quantos quebra-cabeças pode fazer antes de enfrentar a falta de sentido da vida e enfiar a arma na boca? Bum, fim. Deus sabe que ele não seria o primeiro. Deus sabe que ele já pensou nisso. Está pensando.

Jalbert volta para os degraus quando está em cinco. Quando chega a zero, está na cozinha. Hora de mais dez peças, e ele vai contar de oitenta e um para baixo. Possivelmente começando pelos números ímpares e depois os pares. Depois disso, vai ser hora de almoçar e tirar um cochilo. Ama os cochilos. É um esquecimento tão gostoso!

O telefone está ao lado do quebra-cabeça quase completo (ele montando *Os dez mandamentos* agora, que ele definitivamente não considera um clássico). Hank Allard deixou uma mensagem de voz e está animado.

— Me liga, tenho novidades. Você vai querer saber.

Jalbert não consegue imaginar uma notícia que queira ouvir, mas retorna a ligação. Allard atende no primeiro toque e não desperdiça tempo.

— Seu garoto Coughlin levou um tiro.

— *O quê?*

Jalbert se levanta, esbarra com força na mesa e faz o quebra-cabeça quase completo deslizar até perto da beirada. Várias peças caem no chão.

Allard ri.

— O irmão da garota Wicker atirou no filho da puta. Quer falar de justiça? Pronto, aí está.

— Ele morreu?

— Vamos torcer. O primeiro policial que foi ao local disse que tinha muito sangue e vários buracos de bala na picape do filho da mãe. Ele foi levado para o Regional de ambulância em vez de ser tratado naquele hospitalzinho lamentável de Manitou, então foi ruim. Pode ser que tenha morrido no caminho.

Jalbert balança o punho para o teto, pensando *encerramento, meu doce encerramento*.

— Deus fez o que eu não pude. — A voz dele não está firme.

— Eu não discordaria — diz Allard.

— Me mantenha informado. Você sabe que eu estou afastado.

— Mais uma coisa escrota num mundo escroto — diz Allard. — Deixa comigo.

Naquela noite, Jalbert vai ao Bullwinkles e fica bêbado pela primeira vez em vinte anos. Não conta passos, o que é um alívio. Contar passos e fazer o circuito das cadeiras dá trabalho. Tantos números para acompanhar, tão fácil perder a conta. Acha que ninguém acreditaria, mas é a verdade. Se você perde a conta, tem que começar tudo de novo.

Enquanto Jalbert está tomando o segundo uísque com soda, Allard liga de novo. Jalbert tem que gritar por causa da mistura de barulho da televisão, do jukebox e de um monte de alunos barulhentos de verão da Universidade do Kansas.

— *Ele morreu?*

— Não! Está em estado grave! Tiro no estômago!

Jalbert primeiro fica decepcionado, depois feliz. Isso não é melhor do que a vida na prisão, onde Coughlin receberia três refeições por dia, uma televisão na cela e tempo no pátio de exercícios? Dói levar um tiro na barriga. A dor é excruciante, pelo que Jalbert ouviu, e é o tipo de lesão da qual Coughlin talvez não se recupere, dependendo do calibre da bala.

— *Talvez isso seja bom!* — grita ele.

— Eu entendo o que você quer dizer, amigão — diz Allard. — E pelo que parece, sei onde você está. Toma uma por mim.

— Vou tomar duas — retruca Jalbert, e ri.

É a primeira risada real que sai dele em muito tempo, e a ressaca com que acorda no dia seguinte parece totalmente justa. Ele faz uma longa caminhada sem contar os passos, apenas torcendo, quase rezando, para que Coughlin viva, mas tenha algum tipo de infecção séria. Alguma que precise de remoção do estômago. Era possível sobreviver se isso acontecesse? A pessoa seria alimentada por um tubo? Se sim, isso não seria uma punição ainda maior?

Jalbert acha que sim.

Ao meio-dia, a ressaca passou. Ele almoça com vontade e nem pensa em voltar para a sala para trabalhar no quebra-cabeça de pôsteres de filmes clássicos. Está contemplando a ideia de mandar flores para Coughlin (com um cartão dizendo *Estimo as não melhoras*), quando seu celular toca. É sua ex-parceira.

— Frank, eu tenho uma notícia incrível.

— Eu já sei. Nosso garoto Coughlin levou uma na barriga. Está no hosp...

— Pegaram ele!

Jalbert balança a cabeça, sem saber se está entendendo direito.

— Você está falando do irmão da Yvonne Wicker ou você encontrou alguma prova sobre Coughlin? Foi isso?

Ele podia ter esperanças. Um tiro na barriga *e* prisão, que beleza seria...

— O homem que matou ela! Pegaram ele em Iowa! O nome dele é Andrew Iverson!

Jalbert franze a testa. A dor de cabeça dele está voltando.

— Não faço a menor ideia do que você está dizendo. *Coughlin* matou a pobre senhorita...

— Iverson estava tentando pegar outra! Ela esfaqueou o cara e fugiu!

Davis conta a história toda e guarda o melhor para o final: dois berloques da pulseira de Yvonne Wicker na bolsa de Iverson.

— Caçamos um homem inocente por nada — conclui ela. — Porque não conseguimos acreditar.

Jalbert se senta ereto. A dor de cabeça está pior do que nunca. Ele vai ter que fazer alguma coisa sobre isso. Tomar uma aspirina. E fazer o circuito das cadeiras.

— Nós não o *caçamos*, Ella. *Fomos atrás* dele. Considerando o que sabíamos, tínhamos todo o direito. Todo o dever.

— Para com essa coisa de *nós*, Frank. — Agora ela só parece cansada. — Eu não dei o nome dele pra aquele jornal gratuito e não plantei drogas na picape do homem. Você fez tudo isso sozinho. E eu não fiz com que ele levasse um tiro.

— Você não está pensando com clareza.

— Esse é você, não eu. Eu falei pra ele que fui à missa e rezei por ele, e sabe o que ele disse? "Ajuda se você acredita." Vou manter isso em mente de agora em diante.

— Então você devia largar a polícia e arrumar um trabalho como... sacerdotisa vodu ou sei lá.

— Você não sente o menor fiapo de culpa, Frank?

— Não. Vou desligar agora, Ella. Não me liga mais.

Ele encerra a ligação. Faz o circuito das cadeiras. Bota dez peças no quebra-cabeça e conta os passos no quintal, de oitenta e um até um. Um total de três mil trezentos e vinte e um. Um bom número, mas sua cabeça ainda está doendo.

62

O jantar de Danny depois da visita de Edgar Ball é uma gosma verde que parece meleca liquefeita e tem um pouco de gosto de V8. Quer dizer, se V8 fosse ruim. Ele ingere tudo mesmo assim, porque, pela primeira vez desde que acordou, está com fome. Na verdade, pela primeira vez desde sua ida a Gunnel, no condado de Dart. As coisas mudaram. Ele se sente salvo.

Às nove da noite, uma enfermeira chega com comprimidos para a dor. Ele diz que não precisa, pelo menos ainda não. Ela ergue as sobrancelhas.

— É mesmo? Você vai conseguir dormir?

— Acho que vou. Deixa na mesa de cabeceira, para o caso de eu querer depois.

Ela faz isso, verifica os curativos para ver se está soltando líquido, e ao notar que não, deseja a ele uma boa-noite. Danny deseja o mesmo. Seu estômago está doendo, mas a dor agora é um latejamento distante a não ser que ele faça um movimento súbito. Ele pega o controle remoto, zapeia por alguns canais e desliga a TV. Pensa em Edgar Ball dizendo que provavelmente ele poderia ter o emprego de volta se quisesse. A ideia até dói. Tem gente em Manitou que sempre vai acreditar que ele é culpado de *alguma coisa*. Fofoca é como lixo radioativo. Tem uma meia-vida longa e tóxica.

Stevie enviou um e-mail com vários locais para alugar em Nederland e Longmont. Estariam fora do seu alcance uma semana antes, mas se Edgar estiver certo sobre ele, Danny, ganhar uma graninha...

Ele ainda está pensando nisso quando cai no primeiro bom sono desde a noite anterior àquele sonho inexplicável.

Isso dura até 1h20 da madrugada, quando o segundo sonho começa.

63

A não ser que esteja trabalhando em um caso (e graças a Ella Davis, tudo isso já era), Jalbert vai para a cama sempre às nove e meia. Supostamente, é a hora mais saudável, de acordo com o que leu na internet, mas, naquela noite, ele não consegue se deitar.

Só naquela noite? Quem dera. Não conseguiu mais do que alguns cochilos leves desde que descobriu que um encanador viajante chamado Andrew Iverson foi preso pelo assassinato de Yvonne Wicker e mais duas.

Quem é o vilão naquilo tudo? Frank Jalbert! E quem é o perdedor naquilo tudo? Frank Jalbert!

Vinte bons anos, umas seis honras ao mérito, tudo jogado na privada. Tudo a que ele dedicou a vida já era. Seu nome está na lama. Enquanto Danny está dormindo bem em Great Bend, Jalbert está desperto em Lawrence. A mente do ex-inspetor voltou contra si mesma, fica roendo como um cão sarnento mordendo os próprios flancos até o sangue jorrar.

Depois de uns noventa minutos rolando na cama, ele afasta as cobertas e se levanta. Precisa andar, precisa contar. Se não fizer isso, vai ficar maluco. A ideia de enfiar a arma na boca vem, é atraente, mas, se fizer isso, não vai ser como se desse a Coughlin a vitória final? E Davis! Ela dizendo *nós caçamos um homem inocente por nada... porque não conseguimos acreditar.* Isso era absurdo, sem contar que era fácil falar agora que ela já sabia de tudo. Os dois deviam jogar fora anos de trabalho policial baseado em fatos porque um zelador de escola de ensino médio disse que tinha tido um *sonho?* Quando a covid estava torando pelos Estados Unidos, disseram para seguir a ciência. Quando se era policial, se seguia a lógica. Isso não fazia sentido ou o mundo havia enlouquecido?

— Ella acreditava que ele tinha matado — diz Jalbert quando sai de casa naquela noite quente de verão. — Acreditava tanto quanto eu.

Ele anda pela rua 6 West de chinelos, passa pelo Walgreens e pelo Hy-Vee, pelo Dillons e pelo Starbucks e pelo Big Biscuit, agora fechados e escuros. Passa pelo Six Mile Chop House e pelo condomínio Alvadora, onde prendeu uma vez um assassino que agora está cumprindo pena justa em El Dorado. Ele vai até onde começa a rodovia 40. Conta os passos. Está em cento e cinquenta e quatro, um total de onze mil novecentos e trinta e cinco quando somados sequencialmente. Mas uma explosão de entendimento, de *lógica*, ilumina sua mente.

A garota de Wyoming escapou de Andrew Iverson? De Andrew Iverson e sua van de encanamento e aquecimento?

Sim. Jalbert aceita isso.

Andrew Iverson matou duas outras garotas, uma no Illinois e a outra no Missouri?

Ele aceita isso também.

Andrew Iverson tinha dois berloques da pulseira da pobre srta. Yvonne na bolsa?

Tudo bem, tinha. *E digamos que Danny Coughlin os colocou lá.*

Faz sentido quando se joga fora a baboseira new age. Ella pode acreditar nessa merda agora, mas Jalbert nunca acreditou nem vai acreditar. Era seguir a ciência, seguir a lógica.

Coughlin e Iverson se conheciam. Ele tem certeza. Faz sentido. Jalbert também tem certeza de que o bom trabalho policial necessário para descobrir essa conexão nunca vai ser feito. Por que algum investigador do DIK tentaria quando tudo está tão amarradinho? Quando Danny Coughlin provavelmente vai sair daquilo parecendo um herói que acabou de fazer seu dever cívico? Um herói *médium*!

A única pergunta na mente de Jalbert enquanto ele olha para os carros da madrugada passando pela rodovia 40 é se Iverson segurou a pobre srta. Yvonne enquanto Coughlin a estuprava ou se Coughlin a segurou enquanto Iverson fazia a sujeira.

Seriam os dois a primeira equipe de homicídio? Não, claro que não. Houve outros. Ian Brady e Myra Hindley. Kenneth Bianchi e Angelo Buono. Dick Hickock e Perry Smith, esses dois bem ali no Kansas.

Um carro passa na 6 e uma voz jovem cantarola:

— Ei, vovô, você tá de *pijaaaama*!

As risadas se afastam. Jalbert nem repara. Está juntando as peças da mesma forma que juntou as peças do quebra-cabeça de pôsteres de filmes clássicos e todas encaixaram.

Iverson ligou para Coughlin do lugar onde pegou a pobre srta. Yvonne, em algum lugar perto do Gas-n-Go lá para o sul, e perguntou se ele, Coughlin, queria se divertir um pouco. E quando os dois terminaram, Coughlin tirou alguns berloques da pulseira da pobre srta. Yvonne e falou para Iverson... falou para ele...

— Aqui, leva isto — murmura Jalbert. — Uma coisa pra você olhar quando bater punheta.

Nada de baboseira sobre sonhos, só lógica fria.

Coughlin pensou: Não vou só me divertir a estuprando e matando, mas vou ganhar a glória de ser quem a encontrou.

Faz sentido. Um sentido *divino*. Porque Coughlin sempre soube que eles rastreariam a fonte daquela ligação anônima ridícula, não é? Como poderia não saber?

Ocorre a Jalbert (ele está andando para casa agora, a contagem esquecida) que talvez possa investigar sozinho. Procurar um pouco. Descobrir onde as vidas de Coughlin e Iverson se cruzaram. Na escola, talvez. Depois, e-mails e mensagens de texto. Iverson matou outras; parece provável que Coughlin também tenha matado.

Provável? Que tal *certo*?

Mas, sendo realista: ele não tem recursos para organizar esse tipo de investigação, e, se tivesse, atrairia atenção para si, e eles, o DIK, os jornais, o fariam parar. Já têm a história, até com a informação impressionante do sonho; ninguém acreditaria na dele. *Pega sua aposentadoria e cala a boca*, diriam. *Você tem sorte de a gente te deixar ficar com ela depois do que fez.*

E restava o quê? Onde estava a justiça da pobre srta. Yvonne? Quem seria o defensor dela?

Isso também está perfeitamente claro para Jalbert.

Vai ter que cuidar de Danny Coughlin ele mesmo. Naquela mesma noite. Na manhã seguinte o hospital onde Coughlin se recupera estará cheio de gente, mas na madrugada pela frente o fluxo de gente vai ser o menor. Coughlin não está sendo protegido; por que estaria, com os idiotas cegos do DIK pensando que o assassino da pobre srta. Yvonne está algemado a uma cama de hospital no Wyoming? Coughlin é o *herói médium*!

Em casa, Jalbert veste uma calça jeans e o paletó preto, o que sempre usava quando estava no trabalho. Coloca o distintivo no cinto, tecnicamente contra a lei agora que se aposentou, mas vai ajudar na entrada dele se alguém do turno da noite fizer perguntas.

A isso, acrescenta a arma de serviço.

64

Às 2h15 da madrugada, Charles Beeson, um atendente do terceiro andar do Regional Hospital, está jogando Fruit Ninja no celular.

— Chuck? Chuck!

Ele se vira e leva um susto ao ver Danny Coughlin mancando na direção dele. A camisola de Danny bate nos joelhos. Está descalço. Uma das mãos aperta o abdome. Tem lágrimas descendo pelas bochechas. São lágrimas de dor, mas também de pavor.

— Sr. Coughlin, você não pode sair da cama enquanto o médico não der permis...

— Meu celular — diz Danny. Ele está rouco, ofegante. — Está na minha gaveta, mas a bateria morreu. Por favor, eu preciso carregar. Tenho que fazer uma ligação.

A dor não estava ruim quando ele pegou no sono, mas andar pelo corredor a acordou. Ele faz uma careta e quase cai. Chuck passa um braço em volta do paciente, mas não é o bastante. Ele pega Danny nos braços e o carrega para o quarto. Quando ele está na cama, Chuck estende o próprio celular para Danny.

— Aqui. Se for importante, usa o meu.

Danny faz que não. O cabelo dele está grudado na testa. O suor escorre pelas bochechas.

— Eu preciso dos meus contatos. Salvei o número dela nos meus contatos. Dois por cento já basta. Tenho que fazer essa ligação.

65

Enquanto o telefone de Danny carrega na estação de enfermagem, Jalbert está na rota 56, a caminho de Great Bend. A interestadual seria mais curta, mas tem menos chance de dar de cara com a Patrulha Rodoviária na 56, e está indo rápido. De acordo com o GPS, o trajeto de Lawrence deveria levar umas três horas e meia caso ele não ultrapassasse o limite de velocidade, mas, com a estrada quase completamente deserta na madrugada, ele está indo a cento e trinta e cinco. Era quase meia-noite e meia quando saiu de casa. Espera estar lá antes das três, no máximo. Cento e cinquenta minutos, que é um a dezessete somados sequencialmente. Sobrando três, claro, mas quem está contando?

É vital que ele dê a Coughlin a justiça da qual ele escaparia; nada pode atrapalhar. Vai ser seu sacrifício final, para salvar todas as garotas e mulheres que Coughlin poderia encontrar.

O celular descartável que ele usou para ligar para Andersson está no console central do carro. Ele pré-programou o número da Delegacia de Great Bend antes de sair de casa pelo que será a última vez. Faz a ligação às 2h15, sem tirar os olhos do cone dos faróis. Não está com o dispositivo de alteração de voz que usou com Andersson, e quando o atendente da noite fala — "Polícia de Great Bend, como posso ajudar?" — Jalbert só deixa a voz um pouco mais aguda. Ele espera parecer adolescente, mas não importa; vão atender. Com ligações assim, *precisam* atender.

— Vai ter uma explosão na escola de ensino médio. Vai ser grande. Vai acontecer por volta da hora que as crianças começarem a chegar. — E aí, simplesmente sai: — Três.

— De onde o senhor está lig…

— Três bombas — diz ele, improvisando na hora. — Três. Querem destruir a escola toda.

— Senhor…

Jalbert encerra a ligação. Joga o telefone pela janela do motorista sem diminuir a velocidade. Pode ser que encontrem o telefone e, se encontrarem, vão encontrar as digitais dele também, mas não importa. Ele não vai voltar disso, e isso vai ser um alívio.

66

Quando o atendente Chuck leva o celular para Danny, está com cinco por cento de bateria. Deve ser suficiente.

— Me escuta bem, Chuck. Quero que você pegue as enfermeiras da noite, Karen e a outra, a loura, não consigo lembrar o nome dela, e vá pro segundo andar.

— O quê? Por quê?

— Só confia em mim. Não temos muito tempo. — Danny olha o relógio na mesa de cabeceira. São 2h10 da madrugada. Chuck ainda está parado na porta, a testa franzida. — Vai. É questão de vida ou morte. Não estou brincando.

— Você não está tendo reação aos remédios pra dor, está?

Crença, pensa Danny. *Tem tudo a ver com crença. Não tem?*

— *Não*. Segundo andar. Todos vocês. Isso vai acabar de uma forma ou de outra em uma hora. Até lá, sai. Se protege.

Ele abre os contatos. Por um momento, fica apavorado de Davis não ser um deles, de só ter *pensado* que acrescentou o número dela do cartão que ela deu. Mas está lá, e ele faz a ligação, rezando para o celular dela não estar desligado.

Toca quatro vezes, depois cinco. Quando ele está prestes a entrar em desespero, ela atende. Sonolenta, soa mais humana do que nunca.

— Alô? Quem...

— Danny Coughlin. Acorda, inspetora Davis. Me escuta. Eu tive outro sonho. Desta vez, foi premonitório. Você entendeu?

Um momento de silêncio. Quando responde, ela parece mais desperta.

— Você quer dizer...

— Ele está vindo atrás de mim. A não ser que algo mude, vai haver um tiroteio no corredor, acho que na estação de enfermagem. Gritaria. E aí, ele chega. Vestido como no dia que vocês foram à escola pela primeira vez. Paletó preto, calça jeans. Só que daquela vez ele não estava armado. Agora, está.

— Vou ligar pra polícia — diz ela —, mas se isso for algum tipo de piada bizarra...

— Eu pareço estar fazendo piada? — Ele quase grita. — A polícia não vem, ele mandou irem atrás de alguma coisa mentirosa, não me pergunta como eu sei isso, não estava no sonho, mas eu...

— É o que ele faria. Se realmente pretendesse ir atrás de você... sim, é o que ele faria. — Davis soa totalmente desperta agora. — Vou ligar pra polícia de Dundee e Pawnee Rock e eu mesma vou. Estou na casa da minha irmã, só a dez quilômetros do Regional.

Esse segundo sonho está tão claro na memória dele quanto o sonho da Via do Condado F, com o posto Texaco e o constante *tink-tink-tink* daquelas placas de preço no poste enferrujado. Tão real quanto o cachorro e o braço desenterrado. Houve, *vai haver* tiros na estação de enfermagem, seguidos de um único grito. Um grito de homem, provavelmente o atendente Chuck. E aí, o homem de paletó preto e calça jeans larga na bunda estava, *vai estar* parado na porta dele. *Agigantando-se* na porta dele. Aquele estranho bico de viúva peninsular cercado de pele branca, aqueles olhos fundos e cansados.

Pela pobre srta. Yvonne, ele vai dizer quando levantar a arma. E quando ele atira, Danny vira a cabeça no travesseiro. Ele olha para o relógio na mesa de cabeceira.

— Falei pro atendente mandar todo mundo pro segundo andar, mas eles não vão. Eu consigo ouvir todo mundo. Não acreditaram em mim. Assim como ele. Assim como você.

Ele olhou o relógio no sonho; olha de novo agora.

— Esquece Dundee e Pawnee Rock, inspetora. Ficam longe demais. Ele vai começar a atirar faltando um minuto pras três. Você tem trinta e nove minutos pra fazer alguma coisa.

67

Regina, irmã de Ella, está sozinha na suíte principal. O marido está fazendo uma das muitas viagens de trabalho. Davis desconfia dessas viagens e supõe que Regina também, mas isso é questão para outra hora. O relógio digital ao lado da cama da Regina marca 2h24.

— Reg! Reggie! Acorda!

Regina se mexe e abre os olhos. Davis está de calça jeans, tênis sem meias e uma camiseta da Universidade do Kansas, claramente sem sutiã. Mas é a visão da arma no quadril e a identidade plastificada que a irmã está pendurando no pescoço que a acordam completamente.

— O que…

— Tenho que ir. Agora. Volto antes da Laurie acordar. — Ela espera, pelo menos. — Houve um problema.

— Que problema?

— Eu não posso explicar, Reg. Espero que não seja nada. — Ela não acredita nisso, não mais. Acredita em Coughlin. Sobre tudo. Ela só pode esperar que não seja tarde demais. — Ligo quando estiver resolvido.

Reggie ainda está fazendo perguntas quando a irmã sai. Ella desce a escada dois degraus de cada vez e pega a chave na cesta ao lado da porta. Seu carro está parado na entrada da garagem e, merda, Regina parou o dela logo atrás. Davis chega com o carro para a frente até o monitor de colisão apitar e depois até o para-choque bater na varanda. Gira o volante e dá ré ao lado do Subaru da Reggie, batendo no para-choque do Subaru com força a ponto de balançar o carro. Erra a caixa de correspondência por centímetros quando sai para a rua. Ela olha para o relógio do painel. São 2h28.

As ruas estão desertas, e ela ignora as placas de pare, reduzindo apenas para procurar faróis vindo em qualquer uma das direções. Ela pega a 7, o que acaba sendo um erro. Tem uma construção, uma fila de sinalizadores na frente de um buraco na estrada provavelmente para um bueiro. Os sinalizadores brilham em laranja na noite. Ela manobra na entrada de garagem de alguém, faz o retorno e pega a 8, odiando o atraso. Tira o celular do bolso e, quando chega a um sinal piscando em vermelho no cruzamento da rua McKinley, diz para a Siri ligar para a delegacia de Great Bend.

Davis se identifica e diz para o atendimento que tem um possível atirador se aproximando do Regional Hospital, que é para enviar todos os policiais disponíveis. O atendimento diz que não tem ninguém para enviar. Telefonaram com uma ameaça de bomba na escola de ensino médio, *três* bombas, aliás, e os poucos policiais trabalhando à noite foram lá fechar as ruas que levam ao prédio. O esquadrão antibombas está a caminho, vindo de Wichita.

— Não tem bomba — disse Davis. — Esse cara quer afastar seus policiais até terminar o que foi fazer.

— Senhora… inspetora… como você sabe isso?

O relógio do painel indica 2h39. Passa pela cabeça de Ella que falta de crença é a maldição da inteligência. Ela joga o telefone no banco do passageiro sem encerrar a ligação e entra na McKinley. Mete o pé no acelerador e enfia os dois pés no freio quando um mendigo da madrugada empurra um carrinho de compras para a rua. Enfia as duas mãos na buzina. O mendigo mostra o dedo do meio preguiçoso e o balança de um lado para outro enquanto segue caminho. Davis o contorna e enfia o pé no acelerador, cantando pneu e deixando borracha no asfalto.

Finalmente aparece a rua Cleveland e o hospital, enorme. A placa vermelha de EMERGÊNCIA acima da entrada é seu farol. São 2h46. *Cheguei antes dele*, pensa Davis. *Se Danny estava certo sobre a hora, eu cheguei na...*

Um SUV vermelho aparece no retrovisor. Chega ao lado dela, quase a empurra para o lado e passa à frente. Davis tem só um vislumbre do motorista, mas um vislumbre basta. Aquele bico de viúva denso é a única identificação de que precisa. As luzes de freio se acendem quando o SUV para na frente da entrada principal. Jalbert sai: paletó preto, calça jeans larga. Apesar do pavor e da sensação de que está tendo um sonho só dela (não tem nem uma hora desde que foi despertada de um sono profundo pelo toque do celular, afinal), há uma sensação de espanto quase milagroso. Porque Danny estava certo sobre tudo, e agora ela sabe o que ele deve ter sentido no posto Texaco, ao ver o sonho se realizar.

Ela não reduz, simplesmente bate no veículo de Jalbert. Ele se vira, os olhos arregalados, pronto para pegar a arma. Ella aperta a buzina com a mão direita, *Aacorda, pessoal, acorda!*, e abre a porta com a esquerda.

Ela puxa a arma quando sai, torcendo por duas coisas: que não tenha que atirar no ex-parceiro e que o ex-parceiro não atire nela. Davis tem uma filhinha para quem voltar.

— Frank! Para! Não entra!

— Ella? O que você está fazendo aqui?

Ele está tão abatido, pensa ela. *Tão perdido.* E tão perigoso.

— Guarda a arma, Frank.

Tem gente saindo do hospital. Enfermeiras de rosa e azul, dois atendentes de branco, um médico de uniforme verde, dois pacientes do atendimento vinte e quatro horas, um com o braço numa tipoia.

— Ele está mentindo, Ella. É óbvio. Você está cega?

Eles estão apontando Glocks um para o outro como um par de atiradores no final de um filme de faroeste. A munição da S&W calibre 40 que aquelas armas disparam vai ser letal de uma distância tão próxima. Se os tiros começarem, um ou os dois quase certamente vão morrer.

— Não, Frank. Pegaram o criminoso no Wyoming. O nome dele é Andrew...

— Iverson, sim. — Jalbert está assentindo. — Eu acredito, mas os dois fizeram juntos. Você não vê? Segue a lógica, Ella, eles eram uma equipe de homicídio! Usa o cérebro. Como você pode acreditar na história dele? Você é inteligente! Dezesseis vezes mais inteligente! Dezoito vezes mais inteligente!

Mais pessoas saíram. Estão amontoadas na escada. Davis quer mandá-las de volta para dentro, mas não ousa tirar os olhos de Jalbert. Agora ela ouve uma sirene. Está se aproximando, mas ainda distante demais.

— Frank, por que você acha que eu estou aqui? Como acha que eu *cheguei* aqui?

Pela primeira vez, ele parece inseguro.

— Não... sei.

— Danny me ligou. Ele sabia que você estava vindo. Ele sonhou.

— Isso é ridículo! Mentira! Historinha de criança!

— Mas eu estou aqui. De que outra forma você pode explicar?

Uma enfermeira, uma mulher grande de uniforme azul, saiu da emergência e está agora se aproximando por trás de Jalbert. Davis quer dizer a ela que é má ideia, a *pior* ideia, mas não ousa. Jalbert vai achar que está tentando distraí-lo e vai atirar.

— Eu não posso — diz Jalbert. — Você não deveria estar aqui. Acho que você *não está* aqui. Você é uma alucina...

A mulher grande passa os braços em volta de Jalbert e prende os braços dele. Ela deve ter uns trinta quilos a mais do que Jalbert, mas a reação dele é imediata. Ele pisa em um dos pés da mulher, que grita. Solta os braços. Ele liberta um braço e enfia o cotovelo na garganta dela. A enfermeira cambaleia, sufocada. Jalbert se vira para ela e para longe de Davis.

— *Frank, abaixa a arma! LARGA LARGA LARGA!*

Ele não parece ouvir. A enfermeira está curvada, com as mãos na garganta. Jalbert ergue a arma. Faz isso devagar. Ella tem tempo de pensar sobre todos os quilômetros que dirigiram nas estradas do Kansas e em todas as refeições que fizeram em lanchonetes. Quantas vezes prepararam um ao outro antes de testemunhar. Encarar reuniões infinitas. Tem tempo para atirar nele, mas não atira. Não pode. Só pode olhar enquanto Jalbert continua erguendo a arma, mas ele não está apontando para a enfermeira. Está apontando para a própria cabeça.

— Frank, não. Por favor, não.

— Eu fiz tudo pela pobre srta. Yvonne. — E então: — Três, dois, um.

E puxa o gatilho.

68

Leva quase uma hora para que Ella tenha permissão de entrar no quarto de Danny Coughlin. Dois policiais montam guarda na porta. Ela acha que aquele é um exemplo perfeito de vigiar o celeiro depois que o cavalo foi roubado. O atendente Chuck está lá, assim como um médico. Ella acha que é aquele que viu nos degraus durante o confronto final, mas talvez esteja enganada. Ficam todos iguais de uniforme verde. Com a camisola do hospital, Danny parece ter perdido uns vinte quilos. Está tão abatido quanto Jalbert estava, mas tem uma clareza no rosto dele que é diferente.

Ella nem hesita. Apenas se aproxima e o abraça.

— Sinto muito. Eu sinto muito por tudo.

— Tudo bem — diz Danny.

Ele faz carinho no cabelo dela. Parece algo errado. Mas também certo. Ela se afasta.

— Senhora — diz o médico —, esse homem já teve agitação demais por uma noite. Ele precisa descansar.

— Eu sei. Já vou. Mas, Danny… por que você teve o sonho? *Por quê?* Você tem alguma ideia?

Ele ri. É uma risada triste.

— Por que um homem é atingido por um relâmpago duas vezes?

Ela balança a cabeça.

— Não sei.

— Nem eu. — Ele aponta. — Estou vendo que você está usando o crucifixo.

Ela toca no pingente.

— Eu sempre uso.

— Claro. Mas acreditar é difícil, né? — Ele se encosta, coloca as mãos sobre os olhos (como se para bloquear os dois mundos, o visível e o que tem por trás, tão raramente revelado) e diz de novo: — Acreditar é difícil.

Ele abaixa as mãos. Os dois se olham em silêncio. Não há nada a dizer.

FINN

A vida de Finn foi difícil desde o começo. Ele escorregou das mãos de uma parteira que já tinha feito o parto de centenas de bebês, e seu choro de nascimento aconteceu quando seu corpo bateu no chão. Quando tinha cinco anos, havia uma festa na casa ao lado. Ele teve permissão de sair para ouvir a música (The Pogues tocando em alto-falantes portáteis presos em postes) e ficar na calçada. Era verão, ele estava descalço, e uma bombinha jogada por um convidado exaltado saiu voando, fez um arco com o pavio chiando e arrancou o dedinho do seu pé esquerdo.

Um em um milhão, disse sua avó.

Aos sete, ele e as irmãs estavam brincando no Pettingill Park enquanto a avó, em um banco próximo, revezava entre tricotar e fazer um caça-palavras. Finn não gostava de balanço, não ligava para a gangorra, não dava a menor bola para o carrossel. Gostava do Twisty, uma espiral hipnotizante de plástico azul com uns seis metros de altura. Havia degraus, mas Finn preferia subir engatinhando pelo escorrega, até chegar no topo. Lá, se sentava e escorregava até o chão de terra batida. Nunca teve nenhum acidente no Twisty.

— Para um pouco com isso, menino — disse a avó um dia. — Você sempre vai naquele Twisty velho. Experimenta um brinquedo novo. Vai no trepa-trepa. Me mostra algum truque.

As irmãs, Colleen e Marie, estavam lá, subindo e se balançando como... bom, como macacos. Para agradar à avó, ele foi para o trepa-trepa e escorregou quando estava pendurado de cabeça para baixo, caiu e quebrou o braço.

Sua professora daquele ano, a bela srta. Monahan, gostava de encerrar cada dia dizendo *o que aprendemos hoje, criançada*? Na emergência, quando estavam ajeitando o braço dele (o pirulito que ganhou depois não chegou nem perto de compensar a dor), Finn pensou que o que havia aprendido naquele dia era *ficar no Twisty*.

Aos catorze, correndo para casa em meio a uma tempestade, depois de sair da casa do amigo Patrick, um raio atingiu a rua logo atrás dele, perto o suficiente para arrepiar seu cabelo e queimar uma linha nas costas de sua jaqueta. Finn caiu para a frente, bateu com a cabeça no meio-fio, sofreu uma concussão e ficou inconsciente na cama por dois dias, até acordar e perguntar o que havia acontecido. Foi Deirdre Hanlon, do outro lado da rua (uma das convidadas daquela festa antiga com The Pogues tocando, mas não a que jogou a bombinha), que o viu e tirou o garoto inconsciente da sarjeta.

— Achei que o coitado do Finn só podia ter morrido — disse ela.

O falecido pai de Finn dizia que o filho havia nascido com uma marca ruim. A avó (que nunca pediu desculpas pelo dia do trepa-trepa) tinha uma visão diferente. Dizia a Finn que cada golpe de azar que Deus dava era seguido de dois de sorte. Finn pensou nisso e disse que não havia tido sorte nenhuma, a não ser que a sorte tivesse sido não ter levado o raio na cabeça.

— Você deveria ficar *feliz* de não ter tido sorte — retrucou a avó. — Talvez venha toda de uma vez depois, e você ganhe na loteria. Ou um parente rico morra e deixe tudo pra você.

— Eu não tenho parentes ricos.

— Que você *saiba* — disse a avó. Ela era o tipo de mulher que sempre tinha a última palavra. — Quando as coisas derem errado, só lembra: "Deus me *deve*". E Deus sempre paga as dívidas d'Ele.

Mas não rápido o suficiente para Finn. Mais azar o aguardava.

Na noite do seu décimo nono aniversário, Finn voltou correndo da casa da namorada, não por estar chovendo, mas porque, mesmo com um tesão reprimido gigantesco, tantos abraços, toques e amassos o tinham deixado eufórico. Ele achava que tinha que correr, senão explodiria. Estava usando uma jaqueta de couro, calça jeans, um boné Cabinteely e uma camiseta vintage com o logo de uma banda antiga, Nazareth, na frente. Virou a esquina da rua Peeke e se chocou com um jovem correndo na direção oposta. Os dois caíram. Finn se levantou e começou a pedir desculpas, mas o jovem já estava correndo de novo, olhando para trás. Ele também estava de calça jeans, boné e camiseta, o que Finn não achou uma grande coincidência; naquela cidade, era o uniforme dos jovens, tanto homens quanto mulheres.

Finn continuou correndo pela Peeke, massageando o cotovelo ralado no caminho. Uma van comercial preta foi em sua direção, as luzes apagadas. Finn não deu atenção até o veículo parar ao lado e alguns homens, pelo menos quatro, saírem da parte de trás antes mesmo de a van ter parado completamente.

Dois o seguraram pelo braço. Finn conseguiu gritar:

— Ei!

Um terceiro homem disse:

— "Ei" digo eu.

E colocou um saco na cabeça dele.

Ele sentiu uma picada no braço, logo acima do cotovelo ralado. Depois foi carregado, seus pés foram erguidos do chão e o mundo sumiu.

Quando Finn voltou a si, estava deitado em um colchão em um quartinho de teto alto. Em um canto, havia um abajur de mesa sem mesa embaixo, e no outro, uma cômoda. A cômoda era de plástico azul, exatamente do mesmo tom do Twisty no Pettingill Park. Não havia nenhum outro móvel. Apenas uma claraboia, mas tinha sido pintada de preto com pinceladas descuidadas.

Finn se sentou e fez uma careta. Não estava com dor de cabeça, não era bem isso, mas seu pescoço estava terrivelmente rígido e o braço doía como depois da vacina de covid. Ele olhou e viu que alguém havia feito um curativo no cotovelo ralado. Puxou-o e viu um buraquinho com uma coroa vermelha em volta.

Finn tentou abrir a porta, mas estava trancada. Bateu nela e depois a esmurrou. Como se em resposta, AC/DC berrou para ele: "Dirty Deeds Done Dirt Cheap", no que pareceu uns 2 mil decibéis. Finn pressionou as mãos sobre os ouvidos. Continuou por vinte ou trinta segundos e parou. Olhou para cima e viu três alto-falantes bem altos. Para ele, pareceram modelos Bose, o que queria dizer que eram caros. No canto acima do abajur sem mesa, a lente de uma câmera o olhava.

Diferente da vez em que quase foi atingido por um raio, Finn se lembrava do que havia acontecido antes de perder a consciência, e adivinhou o que aquilo queria dizer. Era absurdo, mas não impressionante. Ser sequestrado era só mais um exemplo da sorte de Finn Murrie.

Ele voltou a bater na porta e a gritar para alguém aparecer. Como ninguém apareceu, deu um passo para trás e olhou para a câmera.

— Tem alguém aí? Monitorando isso? Se tiver, por favor, vem me soltar. Acho que vocês pisaram na bola. Querem o outro cara.

Não houve resposta por quase um minuto. Finn estava voltando para o colchão, depois de decidir se deitar até que alguém fosse consertar o que era um erro óbvio, quando os alto-falantes tocaram de novo. Finn gostava de Ramones, mas não em um volume tão apocalíptico em um aposento tão pequeno. Dessa vez, a agressão sonora tocou por uns dois minutos até parar de repente.

Ele se deitou no colchão e estava começando a pegar no sono quando tocou Cheap Trick. Vinte minutos depois, foi Dexys Midnight Runners.

Foi assim por um tempo. Provavelmente horas. Não havia como Finn ter certeza. Seus captores haviam tirado seu relógio quando ele estava inconsciente.

Ele estava cochilando quando a porta se abriu. Dois homens entraram. Finn não tinha certeza se eram os homens que o seguraram pelos braços, mas quase. Um deles tinha um olho caído. Ele disse:

— Você vai dar trabalho, Bobby-O?

— Não se vocês forem acertar as coisas — disse Finn.

Não deu atenção ao fato de ter sido chamado de Bobby-O, achou que era só um jeito de falar, ou como quando seu pai falava quando via um bêbado cambaleando pela rua: "Lá vai o Paddy O'Reilly".

— Isso depende de você — emendou o outro, que tinha o rosto estreito e olhos pretos como uma fuinha.

Os três saíram da sala, Finn entre os dois homens, que estavam de calça cargo e camisa branca. Nenhum deles estava armado, o que dava certo alívio, embora Finn não tivesse dúvida de que fossem capazes de cuidar dele com facilidade caso decidisse causar problemas. Pareciam estar em forma. Finn era alto, mas magro.

A sala para onde foram era cheia de prateleiras, todas vazias. A Finn, pareceu uma despensa, ou talvez, considerando o tamanho, o que sua avó teria chamado de depósito. Quando jovem, ela havia feito serviço doméstico.

Depois da despensa, entraram na maior cozinha que Finn já tinha visto. Havia duas tigelas vazias na bancada com colheres dentro. A julgar pelos restos, ele achou que era sopa. Sua barriga roncou. Não sabia quanto tempo fazia que não comia. Ellie tinha feito ovos mexidos antes de os amassos começarem, mas Finn achava que já tinha digerido tudo. Isso se a digestão continuasse quando se está inconsciente. Ele chutava que sim. O corpo continuava trabalhando.

Em seguida, passaram por uma sala de jantar com uma mesa reluzente de mogno que parecia tão longa que daria para jogar *shuffleboard* nela. Cortinas pesadas da cor de ameixa tinham sido fechadas. Finn apurou os ouvidos para tentar detectar som de trânsito e não ouviu nada.

Eles seguiram por um corredor e o homem de olho caído abriu uma porta à direita. O fuinha deu um empurrãozinho em Finn. Havia uma escrivaninha chique na sala. As paredes eram cobertas de livros e pastas. Mais cortinas, de um vermelho-escuro profundo, tinham sido fechadas na janela atrás da escrivaninha. Um homem de cabelo branco penteado para trás como Cliff Richard em começo de carreira estava sentado à mesa. O rosto bronzeado era cheio de linhas. Ele não aparentava ser muito mais velho do que o pai de Finn quando havia morrido.

— Senta.

Finn se sentou em frente ao homem de cabelo branco. O cara de olho caído ficou em um canto. O fuinha ficou no outro. Eles uniram as mãos na frente da fivela do cinto.

Havia uma pasta diante do homem de cabelo branco, mais fina do que as enfiadas de qualquer jeito nas prateleiras. Ele a abriu, ergueu uma folha de papel, olhou e suspirou.

— Isso pode ser fácil ou difícil, sr. Feeney. Só depende de você.

Finn se inclinou para a frente.

— Olha, esse não é o meu nome. Vocês pegaram o cara errado.

O homem de cabelo branco pareceu interessado. Guardou a folha de papel de volta na pasta fina e a fechou.

— Não é Bobby Feeney? É mesmo?

256

— Meu nome é Finn Murrie. É Murrie com *ie* no final, não *ay*.

Ele achou que esse detalhe deveria ser o suficiente para convencer o homem de cabelo branco. Era tão específico.

— Ah, é? — disse o homem de cabelo branco. — As surpresas não têm fim!

— Vou contar o que aconteceu. O que eu *acho* que aconteceu. Quando eu virei a esquina da rua Peeke, bati de frente com um cara que estava correndo na direção oposta. Nós dois caímos no chão. Ele se levantou e saiu correndo. *Eu* me levantei e saí correndo. Esses caras... — Ele apontou para os homens nos cantos. — ...deviam estar atrás do outro, Bobby Feeney. Ele estava usando o mesmo tipo de roupa que eu.

— Mesmo tipo de roupa, é? Boné Cabinteely? Camiseta do Nazareth? Jaqueta de couro?

— Bom, não sei o que tinha na camiseta, mas lembro do boné. Aconteceu tudo muito rápido, mas tenho certeza de que era ele que você queria. Isso acontece comigo o tempo todo.

O homem de cabelo branco, as mãos (cheias de cicatrizes, Finn notou, ou talvez queimadas) unidas sobre a pasta fina. Ele parecia mais interessado do que nunca.

— Você é capturado o tempo todo, é?

— Não, eu tenho azar. Tenho azar o tempo todo. — Ele contou ao homem de cabelo branco sobre ter sido derrubado no chão no nascimento, sobre a bombinha, o braço quebrado porque deixou que a avó o convencesse a não ir mais no Twisty, o raio. Havia outros eventos que poderia ter acrescentado, mas achou que o raio e a concussão eram um bom ponto para parar. Como o clímax de uma história. —Viu? Não sou o carinha que vocês estão procurando.

— Hã.

O homem de cabelo branco se recostou, apertou a mão na barriga como se estivesse com dor e suspirou.

Finn teve uma inspiração súbita.

— Pensa bem, senhor. Se eu estivesse fugindo desses seus sujeitos, eu estaria correndo pra longe. Mas não foi isso que eu fiz, né? Corri direto para os braços abertos deles, por assim dizer. Foi o outro cara, esse Bobby Feeney, que fugiu.

— Você não é Bobby Feeney?

— Não, senhor.

— Você é Finn Donovan.

— Finn *Murrie*. Com *ie* no final.

Isso já deveria estar esclarecido. O fato de não estar deu a Finn uma sensação ruim.

— Você tem algum documento? Se você tinha carteira, deve estar enfiada no seu cu. Foi o único lugar onde não procuramos.

Finn chegou a levar a mão ao bolso de trás, mas lembrou.

— Deixei na casa da minha namorada. A gente estava sentado no sofá... — Deitado, na verdade, com Ellie em cima. — ... e estava machucando a minha bunda, aí eu tirei a carteira do bolso e coloquei numa mesinha, com nossas latas de cerveja. Devo ter esquecido.

— Esqueceu — disse o fuinha, sorrindo.

— Faz sentido — concluiu o olho caído, que também estava sorrindo.

— É que a gente já tem um problema aqui — explicou o homem de cabelo branco.

Finn teve outra inspiração. A situação desagradável em que estava, situação inacreditável, na verdade, apesar de ele não ter alternativa além de acreditar, parecia estar trazendo inspirações de forma intensa e rápida.

— Eu estava com meu cartão do Odeon no bolso, deixei separado caso Ellie quisesse ir ao Royale...

Ele procurou o cartão. Não estava lá.

O homem de cabelo branco abriu a pasta, remexeu nos poucos papéis lá dentro e pegou um cartão laranja.

— Este cartão?

— Isso, ele mesmo. Está vendo meu nome?

Ele tentou pegar o cartão. O homem de cabelo branco chegou para trás. O fuinha e o olho caído soltaram as mãos, prontos para atacar se fosse necessário.

O homem de cabelo branco levou o cartão para perto do rosto, como se fosse míope.

— Finn Murray, diz aqui. Com *ay*.

Finn sentiu um rubor subindo nas bochechas, como se tivesse sido pego numa mentira. Não tinha sido, mas a sensação foi essa.

— As pessoas erram nomes o tempo todo. O nome do meu pai era Stephen e as pessoas viviam escrevendo com *v* ou até com *f*, Stefan.

O homem de cabelo branco guardou o cartão do Odeon de volta na pasta.

— Gostou da música que tocamos no seu quarto?

— Eu sei por que vocês fazem isso. Vi na televisão. É tipo uma tática. Pra deixar as pessoas alertas.

— Ah, é *por isso* que a gente faz? Pando, você sabia que era por isso?

— Difícil dizer — respondeu o fuinha, dando de ombros. — Ouvi que música acalma a fera selvagem, mas não sei se isso tem a ver com deixar pessoas alertas.

— Podemos tocar uma do Nazareth se você quiser — disse o homem de cabelo branco. — Por você ser fã e tudo mais. — E com o que pareceu grotescamente ser orgulho: — Nós temos Spotify!

— Eu quero ir pra casa. — Finn não gostou do tremor que ouviu na voz, mas não pôde evitar. — Vocês cometeram um erro, e eu quero ir pra casa. Não vou falar nada.

Ele se arrependeu assim que as palavras saíram. Vítimas de sequestro sempre diziam isso e nunca dava certo. Ele também tinha visto na televisão.

— Ir pra casa também pode ser arranjado, e com facilidade. Mas primeiro, você precisa responder a uma pergunta. O que fez com a pasta, Bobby? A que tinha os papéis dentro. Não estava com você quando você foi trazido pra cá.

Finn sentiu lágrimas ardendo nos cantos dos olhos.

— Senhor...

— Me chama de sr. Ludlum se quiser. Eu me chamava de sr. Deighton, mas me cansei do nome.

— Sr. Ludlum, eu não sou Bobby Feeney e não estava com pasta nenhuma. Nunca estive. Não sou quem você está procurando, e enquanto você está me interrogando, o sujeito que você procura está *fugindo*.

— Então seu nome é Bobby Murrie. Com *ie*.

— É. Quer dizer, não. Eu sou Finn Murrie. *Finn*.

— Doc. — O homem de cabelo branco, sr. Ludlum, assentiu para o do olho caído. — Ajuda esse belo jovem a lembrar o nome dele.

Doc deu um passo à frente. Pando, o fuinha, segurou Finn pelos ombros. Doc tirou um anel pesado, guardou-o no bolso da calça e deu um tapa na cara de Finn, com força. Em seguida, bateu do outro lado, com mais força ainda. Voou baba do canto da boca de Finn. Doeu muito, mas o que ele mais sentiu naquele momento foi surpresa. E vergonha. Não tinha por que sentir vergonha, mas sentiu.

— Agora — continuou o sr. Ludlum, recostando-se e unindo as mãos sobre a barriga —, qual é o seu nome?

— Finn! Finn Mur...

O sr. Ludlum assentiu para Doc, que administrou dois tapas mais fortes. Os ouvidos de Finn ecoavam. As bochechas ardiam. As lágrimas vieram.

— Você não pode fazer isso! *Por que* está fazendo isso? *Você cometeu um erro!*

— Eu *posso* fazer. — O sr. Ludlum abriu a pasta e jogou um panfleto em cima da mesa. — Tapas de mão aberta são uma técnica aprovada mundialmente para interrogatórios avançados. Acho que você deveria ler isso com atenção antes de conversarmos de novo. Pra ver que outras técnicas nós podemos decidir empregar. Levem ele de volta, vocês dois. O sr. Bobby Donovan tem trabalho a fazer.

— Você nem sabe quem...

Ele foi colocado de pé, Pando de um lado e Doc do outro. O primeiro pegou o panfleto e o enfiou na cintura da calça jeans de Finn.

— Vem, Bobby-O — disse ele.

— Tchau, tchau — disse o sr. Ludlum. — Seja amigo de todos e todos serão seus amigos.

Com isso, Finn foi levado da sala com as bochechas ardendo e lágrimas escorrendo dos olhos.

De volta ao quarto, à *cela*, Finn pegou o panfleto na calça jeans e olhou para ele. Não havia nem um grampo segurando o livreto. Eram só algumas folhas de papel dobradas juntas. Na frente, com impressão borrada e meio torta, havia o seguinte: TÉQUINICAS MUNDIALMENTE APROVADAS PARA INTEROGATÓRIOS AVANÇADOS.

— Isso é sacanagem? — perguntou Finn.

Falou em um sussurro, para que os microfones (certamente havia microfones, assim como a câmera vigiando) não captassem. Seu primeiro pensamento foi que o "panfleto" era uma piada. Mas os tapas não haviam sido piada. O rosto dele ainda ardia.

Na primeira página do panfleto: TAPAS DE MÃO ABERTA: **SIM**!

Na segunda: TÉQUINICAS DE PREVAÇÃO DE SONO (MÚSICA ALTA, EFEITOS SONOROS ETC.): **SIM**!

Na terceira: AMEAÇAS (A MEMBROS DA FAMÍLIA, PARCEIROS SEXUAIS ETC.): **SIM**!

Na quarta: ENEMA: **SIM**!

Na quinta: POSIÇÕES ESTRESSANTES: **SIM**!

Na sexta: AFOGAMENTO SIMULADO: **SIM**!

Na sétima: BATER COM PUNHOS, BATER NA SOLA DOS PÉS, QUEIMAR (COM CIGARRO OU ESQUEIRO), ESTUPRO E ABUSO SEXUAL: **NÃO**!

Na oitava: SE NÃO ESTIVER ESPECIFICAMENTE MENCIONADO: **PROVAVELMENTE SIM**!

O resto das páginas estava em branco.

— Os caras não sabem nem escrever — sussurrou Finn.

Mas, se não era erro ou a ideia macabra de piada de alguém, poderia significar que ele estava nas mãos de psicopatas. A ideia era mais apavorante do que acreditar que era um caso de confusão de identidade. *Isso* tinha como ser resolvido.

Um dos aforismos da sua avó (ela tinha muitos) veio à cabeça de Finn: *A maioria das pessoas vai ser razoável se você falar de um jeito suave e der uma chance a elas.*

Como não tinha ideia melhor, colocou o panfleto no chão, se levantou e olhou para a câmera.

— Meu nome é Finn Murrie. Moro na rua Rowan Tree, 19, com minha avó e minhas duas irmãs, Colleen e Marie. Minha mãe está viajando a trabalho, mas pode ser contactada no celular de número... — Finn deu o número. — Todas vão dizer que eu sou quem eu digo que sou. Aí...

Aí o quê?

A inspiração veio. Ou a lógica. Ou talvez ambas.

— Aí vocês podem colocar um saco na minha cabeça, até me apagar de novo se acharem que precisam, e me largar em uma esquina qualquer. Podem fazer isso porque não sei quem vocês são e não sei onde estamos. Não tenho pasta nenhuma e não tenho papel nenhum. Só sejam razoáveis. Por favor.

Ele havia perdido a noção de quantas vezes tinha dito "por favor". Muitas, com certeza.

Finn voltou para o colchão e se deitou. Estava prestes a pegar no sono. Quando estava conseguindo, começou a tocar Anthrax nos alto-falantes: "Madhouse".

Ele quase caiu da cama. Cobriu os ouvidos. Depois de dois minutos que pareceram muito mais longos, a música parou. Ele não sentia mais sono, mas estava com muita fome. Será que lhe dariam comida? Talvez não. Fazer um prisioneiro passar fome não estava mencionado especificamente, então era PROVAVELMENTE SIM!

Ele dormiu.

Deram quatro horas a ele.

E foram buscá-lo.

Finn não viu se eram Doc, Pando ou outros caras. Antes de entender o que estava acontecendo, foi erguido, ainda praticamente dormindo. Um saco foi colocado na sua cabeça. Havia um leve cheiro de titica de galinha. Ele foi empurrado e bateu na lateral da porta.

— Ops, desculpa! — disseram. — Meio torto aí, Bobby.

Finn foi puxado para trás e empurrado para a frente de novo. Seu nariz estava sangrando, talvez quebrado. Ele fungou sangue, se engasgou e começou a tossir. Estava sendo levado a uma velocidade suicida, os pés em movimento mal tocavam o chão. Chegaram a uma escada, e ele foi carregado para baixo como um porco no abatedouro. Perto do fim, foi solto, e um dos homens lhe deu um empurrão com força. Finn gritou dentro do saco, imaginando uma queda de trinta, quarenta, cinquenta metros, com uma morte de corpo quebrado o aguardando lá embaixo.

Foram só dois ou três degraus. Seu pé bateu no de baixo, e ele caiu estatelado. Foi segurado de novo. Cada vez que inspirava, o saco entrava na boca, e ele sentia o gosto do próprio sangue, fresco e ainda quente, misturado com um toque de titica de galinha.

— *Para!* — gritou ele. — *Para, não estou conseguindo respirar!*

— Faz a outra coisa primeiro, Bobby — disse um deles. A parte de não respirar vem depois.

Os joelhos de Finn bateram em algo com força. Ele levou um tapão na nuca e caiu para a frente no que parecia ser um banco.

— Tem que virar o omelete pra não queimar — zombou alguém, e ele foi virado.

Uma das suas mãos em movimento bateu em algo macio.

— Tira a mão da minha virilha, viado — disse uma voz nova, e ele levou um tapa por cima do saco. — Isso é popiedade da minha namorada!

— Por favor — disse Finn. Estava chorando, tentando não se engasgar com o sangue que descia pela garganta. Seu nariz latejava como um dente infeccionado. — Por favor, não, por favor, para, eu não sou o cara, eu não sou Bobby Donovan…

Alguém deu um tapa enorme na lateral de seu rosto.

— Bobby *Feeney*, seu burro.

Um pano foi colocado por cima do saco. A primeira voz disse:

— Lá vai, Bobby! *Bwoosh!*

Água morna encharcou o pano e o saco e o rosto de Finn. Ele inspirou água e cuspiu de volta. Prendeu o ar. A água continuou caindo. Ele não conseguiu segurar. Em vez de ar, o que entrou foi água. Ele gorgolejou, se engasgou, cuspiu e engoliu mais. Não havia ar. O ar tinha sumido. O ar era coisa antiga, do passado. Ele estava se afogando.

Finn se debateu. A água continuou caindo pelo capuz. Não houve sensação de apagar, não houve paz, só o horror da água constante. Ele procurou a inconsciência e não conseguiu encontrar. Só mais água.

Finalmente, parou. Eles o rolaram para o lado. Finn vomitou. Um dos homens bateu delicadamente no saco.

— Uma máscara de vômito! — exclamou ele. E a gente nem cobra!

Eles o rolaram até ele ficar de bruços e tiraram o capuz. Finn pôde usar uma das mãos para limpar o rosto. Tossiu sem parar enquanto fazia isso. Finalmente, sua visão ficou clara o suficiente para ele ver o sr. Ludlum observando-o. Como estava na ponta do banco, ele aparecia de cabeça para baixo.

— Você é Bobby Feeney ou Finn Murrie? — perguntou o sr. Ludlum.

Finn estava tossindo demais para responder. Quando aliviou um pouco, ele disse:

— O que você quiser. Eu juro. Só não faz isso de novo. Por favor, não faz mais.

— Vamos dizer que as investigações tenham provado, para a sua satisfação, que você é Murrie, e não Feeney. Onde ele está?

— Quem?

O sr. Ludlum assentiu. Um dos homens, que não era Doc nem Pando, pois estes não estavam presentes, deu um tapa horrível de mão aberta nele. Uma mistura de vômito e água voou.

— Feeney, Feeney, *Feeney*! Cadê ele?

— Eu não sei!

— Onde fica a fábrica de bombas? Última chance, meu garoto, antes de você desfrutar outro batismo.

Finn tossiu, se engasgou, virou a cabeça para o lado, teve ânsia de vômito e cuspiu.

— Você disse… papéis. Papéis em uma pasta.

— Que se danem os papéis. Onde fica a fábrica de bombas?

— *Eu não sei nada sobre…*

O sr. Ludlum assentiu. O pano molhado cobriu o rosto de Finn. A água começou a correr. Em pouco tempo, ele queria morrer. Queria mais do que tudo. Mas não morreu. Por fim, semiconsciente e com o saco sujo de vômito mais uma vez sobre a cabeça, ele foi levado para a cela. Não estava mais com fome. Pelo menos isso.

A última coisa que o sr. Ludlum disse antes de fechar a porta foi:

— Não precisa ser assim, Finn. Conta o que Feeney fez com as plantas e isso pode acabar.

Não houve música alta, mas Finn passou muito tempo sem conseguir dormir. Cada vez que chegava perto de adormecer, um novo ataque de tosse o acordava aos sacolejos. O último foi tão furioso que ele achou que desmaiaria, o que seria bem-vindo. Qualquer coisa para escapar daquele pesadelo. A claraboia permitiu a passagem de alguns fiapos de luz embotada pela tinta preta. Do lado de fora, num mundo que não era mais dele, era dia. Talvez cedo, talvez tarde. Fosse quando fosse, havia gente cuidando da própria vida sem ideia de que, naquela cela, um jovem sem nenhuma sorte e com muito azar estava tentando tossir a água para fora dos pulmões.

Cada golpe de azar que Deus dá, dizia sua avó, *é seguido de dois de sorte*.

— Eu não acredito — grunhiu Finn, e finalmente pegou no sono.

Ele sonhou com o Pettingill Park. Colleen estava no carrossel. Marie estava no trepa-trepa, pendurada de cabeça para baixo tirando meleca do nariz, um hábito dela que ninguém conseguia impedir. A vovó dizia que Marie tiraria meleca no leito de morte. A senhora idosa estava sentada em um banco próximo com o tricô no colo enquanto enrugava a testa para o caça-palavras mais recente. Finn subiu de quatro nas curvas em espiral do Twisty, se sentou e escorregou de novo e de novo e de novo.

Não houve interlúdios musicais para interromper o sonho agradável, que finalmente acabou despercebido, como é com a maioria dos sonhos. Algum tempo depois, Finn foi acordado por Doc e outro homem, bem mais velho do que os outros. Eles o puxaram da cama e o levaram pela cozinha e pela sala de jantar até o escritório, onde o sr. Ludlum de cabelo branco aguardava. O sr. Ludlum de cabelo branco parecia meio abatido naquela manhã (era manhã para Finn, pelo menos), os olhos vermelhos, e havia o que parecia ser uma mancha de mostarda na camisa. As mãos dele estavam cruzadas na mesa de novo, e Finn observou que os nós dos dedos cheios de cicatrizes estavam inchados. Manchados também. Era sangue?

O sr. Ludlum o encarou. Finn o encarou de volta, pensando em outra coisa que tinha visto na televisão. Um dos painéis de discussão chatos e intermináveis na BBC, dos quais a mãe de Finn parecia gostar por motivos que ele, as irmãs e avó (que gostava de *Coronation Street*, *EastEnders* e *Doctor Who*) não conseguiam entender. Aquele painel era sobre técnicas aprimoradas de interrogatório (ou seja, tortura), e um dos participantes, um homem com papada que parecia como o príncipe Andrew poderia ficar depois de um ano em um quarto escuro tomando milk-shakes e comendo hambúrgueres duplos, disse que nunca funcionava.

— Porque, se o pobre coitado não sabe o que seus... hum... seus *interlocutores* querem descobrir, ele vai... hum... inventar alguma coisa. Faz sentido!

Fazia sentido, e Finn era um cara criativo, criativo a ponto de ter escapado de encrencas pequenas em casa, na escola e no bairro. Mas, criativo ou não, não conseguia pensar em uma história que fosse satisfazer o sr. Ludlum e o impedir de passar por outro afogamento. Finn podia ter inventado uma história sobre a pasta desaparecida, poderia até ter acrescentado as plantas, mas tinha que dizer que as plantas desaparecidas estavam guardadas em uma pasta na fábrica de bombas? Parecia algo do jogo Detetive. E o que viria em seguida? Peças de submarino roubadas? Senhas de contas bancárias de oligarcas russos hackeadas?

Enquanto isso, o sr. Ludlum continuou encarando Finn.

— Eu estou com fome — disse Finn. Posso comer alguma coisa, senhor?

O sr. Ludlum continuou olhando. Quando Finn concluiu que ele não falaria, que estava em uma espécie de transe, sr. Ludlum disse:

— O que você acha do irlandês completo, sr. Herlihy?

Finn ficou boquiaberto. O sr. Ludlum riu.

— Só pegando na sua extremidade inferior, Finn. Finn agora, Finn pra sempre. O que você acha do serviço completo? Ovos, bacon, cogumelitos e uma linguiça gordita. Com tomate pra ficar bonito!

O estômago de Finn roncou. Isso fez o sr. Ludlum rir de novo.

— Pergunta feita, pergunta respondida, eu diria... pelos fios da minha barbicha. E pelos do Finny-Finn-Finn. Hã? Hã?

— Você está bem, sr. Ludlum?

Era uma pergunta estranha para Finn fazer, considerando as circunstâncias, mas o homem parecia ter *perdido alguns parafusos*, como a avó dizia quando alguém de um programa de perguntas não conseguia pensar em uma resposta e o tempo se esgotava.

— Eu estou *ótimo* — respondeu o sr. Ludlum. — Um ótimo sujeito é o que eu sou. Você vai tomar o café da manhã, Finn, se souber me dizer os nomes de três músicas do falecido Elvis Presley.

Finn não se deu ao trabalho de perguntar por quê, o homem claramente estava maluco, mas pensou na coleção de discos da avó. Um dos favoritos dela, tocado até os sulcos ficarem com uma aparência esbranquiçada estranha, como se sujos de giz, tinha o título *50 milhões de fãs do Elvis não podem estar errados.* Colleen e Marie achavam que esses milhões de fãs *podiam* estar errados. Eles faziam caretas e botavam as mãos nos ouvidos quando ela o colocava para tocar, mas a avó se importava? Não mesmo.

— Você vai mesmo me dar um café da manhã? — perguntou ele.

O sr. Ludlum pôs a mão no coração e, sim, eram manchas de sangue nos dedos, quase certeza.

— Você tem a minha palavra.

— Tudo bem. "I Got Stung." Essa é uma. "One Night of Sin." A segunda. E "Bigga-Bigga-Hunka Love". Essa é a terceira — disse Finn.

— Muito bem! — O homem mais velho estava no canto, as mãos unidas na frente da calça. O sr. Ludlum se virou para ele e disse: — Café da manhã para o nosso amigo Finn, Marm! Ele tocou o sino!

Marm saiu. Doc ficou. Finn achou que Doc parecia cansado e talvez triste.

— Você conhece as músicas do Elvis — disse o sr. Ludlum. Ele se inclinou para a frente, encarou Finn com olhos injetados e vermelhos. — Mas conhece o *Elvis*? Conhece o Rei do Rock 'n' Roll?

Finn fez que não. A única coisa que sabia de Elvis era que o homem era um cantor antigo que havia morrido no banheiro. E que a vovó o adorava. Ela devia ter soltado muitos gritinhos por causa dele nos seus dias de juventude.

— Ele era *gêmeo* — sussurrou Ludlum, e o cheiro de álcool, talvez scotch, talvez uísque, chegou a Finn do outro lado da mesa —, gêmeo, mas também único no nascimento. Como você explica esse paradoxo?

— Não sei.

— Eu vou te contar. O futuro Rei do Rock 'n' Roll absorveu o irmão gêmeo in utero. Comeu-o em um ato de canibalismo fetal!

Por um momento, Finn ficou chocado a ponto de esquecer seus problemas. Tinha certeza (*quase* certeza) de que o irmão gêmeo do Elvis era tão mítico quanto a pasta cheia de papéis roubados ou a suposta fábrica de bombas, mas a ideia de canibalismo fetal era estranhamente fascinante.

— Isso pode acontecer de verdade?

— Pode e aconteceu — disse o sr. Ludlum. — Minha querida mãe era muito decente e correta, mas tinha uma piada grosseira sobre o sr. Presley. Dizia que ele era Elvis a Pélvis e que o irmão gêmeo teria sido Enis o Pênis. Entendeu, Finn?

Finn assentiu, pensando: *Estou sendo mantido prisioneiro e torturado por um homem que acredita que eu sei onde fica uma fábrica de bombas e que Elvis Presley engoliu o irmão gêmeo quando ainda estava na barriga da mãe.*

— Sempre achei Elvis meio *gay* — disse o sr. Ludlum, em um tom reflexivo. — Tem músicas… "Teddy Bear" é uma, "Wooden Heart" é outra… em que ele canta com uma espécie de falsete sussurrado. Quase dá pra vê-lo *saltitando* pelo estúdio enquanto cantava, com os braços esticados, os dedos acenando delicadamente, talvez de sapatos de couro. Nunca acreditei naquela história sobre Elvis e Nick Adams, maior baboseira, mas as roupas com pedraria que ele usava no final… e os lenços… havia boatos de uma *cinta*… sim, tinha algo ali, algo que poderíamos chamar de *latente*, e… — Ele parou, suspirou e cobriu brevemente o rosto. Quando baixou as mãos, ele disse: — Dois dos meus homens me deixaram, Finn. Picaram a mula. Deram no pé. Montaram no porco. Tentei convencê-los a ficar, mas eles sentem que nossos inimigos estão se aproximando. A *putain de bougnoule*, por assim dizer.

Ele deu uma piscadela com um olho vermelho.

— E nosso tempo está se esgotando. Vou te mandar de volta pro quarto agora pra você tomar seu café da manhã, mas pensa bem. Sei que não quer mais sofrer desconforto. Só precisamos saber onde você colocou a tradução. E a senha do código em si, claro. Vamos querer isso. Doc, você pode levar nosso jovem amigo?

Doc foi até a porta e fez um sinal para Finn, que se levantou e se juntou a ele.

— Você vai ser bonzinho? — perguntou Doc.

Finn, que estava pensando em bacon e ovos com cogumelitos e uma linguiça gorda junto, assentiu dizendo que seria bonzinho. Claro. Andou ao lado do Doc até a cozinha, onde o homem mais velho, Marm, estava usando uma pinça para colocar o que parecia uma linguiça perfeitamente frita em um prato que já tinha dois ovos (gema dura, como Finn gostava), quatro tiras de bacon, cogumelos ainda chiando na manteiga e uma fatia de tomate. Finn foi na direção do prato como uma agulha de bússola indo para o norte magnético. Doc o puxou de volta.

— Espera. Nada de sair pegando, meu filho — disse ele. E para Marm: — Eu assumo daqui. Ele vai querer você.

Marm assentiu, piscou para Finn e seguiu para o escritório do sr. Ludlum.

Doc pegou o prato com as gostosuras carregadas de colesterol, mas, assim que Marm foi embora, colocou o prato no lugar e empurrou Finn para a direita, para longe da despensa e do quarto que ficava depois.

— Ei! — disse Finn. — Meu café da manhã!

Doc apertou o cotovelo de Finn com tanta força que doeu. Arrastou Finn até uma porta entre a pia e a geladeira. Os dois saíram em um beco. Finn sentiu o cheiro de ar puro misturado com gasolina. A van preta estava lá, o motor ligado. O fuinha estava atrás do volante. Quando os viu, entrou entre os bancos de trás. A porta traseira se abriu.

— Anda logo — disse Pando.

— Não precisa ter medo, ele vai estar no banheiro — informou Doc.

— É, mas ele não fica muito tempo lá agora, e também não está totalmente idiota ainda. Entra aí, meu filho.

Finn teve tempo para dar uma olhada impressionada para o trecho fino de céu azul acima da viela e entrou na parte de trás da van. Suas pernas estavam duras, e ele caiu meio para dentro e meio para fora. Pando o segurou e o puxou para dentro. Do bolso de trás, tirou um capuz preto.

— Coloca na cabeça. Sem discutir. Agora não é hora.

Finn colocou o saco na cabeça. Suas mãos tremiam. Um deles, ele achava que Doc, o empurrou com o ombro e ele caiu sentado, batendo a cabeça na lateral da van com tanta força que viu estrelas dentro do saco. A porta foi fechada.

— Vai — rosnou Doc. — E não vai meter a gente em um acidente.

Finn ouviu Pando voltar para o banco do motorista e o chiado das molas quando ele chegou. A van começou a se mexer. Houve uma pausa no fim da viela e uma curva para a direita.

Doc se sentou ao lado de Finn com um suspiro.

— Vai se foder que eu sou criminoso — disse ele.

Bom, pensou Finn, *de que outra coisa você se chamaria?*

— Vocês estão me levando pra algum lugar pra me matar?

A ideia não parecia tão ruim. Não em comparação a ficar de cara para o alto e ser afogado com uma toalha molhada na cara.

Doc grunhiu de leve, um som que poderia ter sido uma risada.

— Se eu te quisesse morto, teria deixado você comer o café da manhã. Os cogumelos estavam envenenados.

— O que...

— Veneno, veneno! Nunca ouviu falar, moleque burro?

— Aonde vocês...

— Cala a boca.

Uma curva para a esquerda, para a direita, e algumas de ambas enquanto percorreram pelo menos duas rotatórias. Houve uma pausa longa, Finn supôs que em um sinal de trânsito, e Pando apertou a buzina quando a fila não andou rápido o suficiente para ele.

— Para com isso, seu cretino — gritou Doc.

Eles seguiram. Mais esquerdas e direitas. A van pegou velocidade, e então eles estavam em uma via mais rápida, mas Finn não ouviu barulho para acreditar que era uma rodovia. O tempo passou. Houve o clique de um isqueiro e o cheiro de fumaça de cigarro.

— Ele não deixa a gente fumar quando está trabalhando — disse Doc.

Finn ficou calado. Estava pensando nos cogumelos envenenados. Se é que *estavam* envenenados.

Um tempo depois, uns quinze ou vinte minutos, Doc pegou outro cigarro e disse:

— Ele acha que só perdeu dois, mas o resto fugiu ontem à noite. Pando e eu éramos os últimos. E tem Marm. Mas Marm não vai embora.

Da frente, Pando disse:

— Marm é tão doido quanto ele.

— A gente arriscou a vida pra tirar você de lá, Finn — disse Doc. — Não espero agradecimento, mas arriscamos.

Finn agradeceu mesmo assim. Sua voz falhava, e as pernas tremiam. *Treme, treme, treme, mas você nunca vai me fazer tremer*, pensou ele. Era Elvis em "Stuck on You". Finn se perguntou se a avó sabia que Elvis havia engolido o irmão gêmeo, Enis.

— Muito obrigado.

— Não sei se você vale alguma coisa pra alguém, mas não merece morrer só porque ele está como está agora. Viu aquele panfleto do qual ele sente tanto orgulho? Ele mesmo escreveu, né? Mas nem sempre foi assim. Não. Fizemos um bom trabalho no passado, não foi, Pando?

— Salvamos a porra do mundo em 2017 — disse Pando —, e só umas poucas pessoas ficaram sabendo. Mas *nós* sabemos, garoto. Nós sabemos.

— Feeney está tramando alguma coisa — comentou Doc. — Disso eu nunca duvidei. Você não era parte daquilo, mas ele não quis aceitar. Apesar de não se lembrar de *nada*.

— Ele...

— Cala a boca — disse Doc. — Seja um bom rapaz e fique de boca fechadinha. A não ser que queira se meter em problema pior.

Da frente, Pando disse:

— Não, ele nem sempre foi assim. Eu lembro... ah, deixa pra lá. Por meia coroa eu botaria uma bala na sua maldita cabeça eu mesmo.

Duas horas depois, pelo menos duas, eles chegaram a outra cidade, um pouco maior pelo som de carros e caminhões e as vozes que Finn ouviu nos sinais. Vozes e risada, um som estranho para ele.

Finalmente, a van parou e Doc tirou o saco da cabeça de Finn.

— Aqui é sua parada, meu filho. E isto é pra ajudar na sua situação. — Ele enfiou alguma coisa no bolso da frente da calça jeans de Finn. E, de repente (Doc não pareceu saber que ia fazer aquilo até ter feito), ele beijou Finn na testa. — Reza por mim. Eu vou precisar de muita oração nessa porra.

Ele abriu a porta de trás. Finn desceu cambaleante. A van se afastou com Doc ainda fechando a porta. Finn olhou ao redor como um homem acordando de um sonho realista. Um ciclista tocou a sineta e gritou:

— Esquerda, pra esquerda!

Finn subiu no meio-fio para não ser atropelado por um coroa de bigode branco e nariz como a proa de um destróier. À direita, havia a banca da rua Randolph, onde ele comprava os caça-palavras da avó, e, às vezes, se estivesse se sentindo generoso, uma *OK!* ou *Heat* para as irmãs. Ao lado ficava a lanchonete de peixe frito Yor Best. Finn nem havia gastado uma fortuna lá nos últimos dez anos. Estava a pouco mais de um quilômetro de casa.

Ele andou devagar, olhando ao redor, encarando os outros pedestres (a maioria desviou o olhar na hora, sem dúvida por pensar que ele era um morador de rua maluco), olhando para o céu, olhando dentro de cada janela.

Estou vivo, pensou ele. *Vivo, vivo, vivo.* Também olhou para trás várias vezes, para ter certeza de que não havia sinal de uma van preta.

Finn parou na esquina da rua Peeke e espiou, dessa vez para verificar se Bobby Feeney não estava correndo na direção dele em rota de colisão, com os papéis secretos, ou as plantas, ou indo para a fábrica de bombas. Não havia ninguém. Mexeu no bolso e pegou um montinho de cédulas: euros verdes, quarenta ou mais. Enfiou tudo no bolso.

Cada golpe de azar é seguido de dois de sorte, a avó dissera. Bom, ele estava com pelo menos quatro mil, esse era um. E ainda estava com vida, esse era outro.

Sua casa ficava a dois quarteirões e mais uma rua. Estariam preocupados com ele, sua mãe podia até ter voltado antes da viagem de negócios, mas podiam esperar mais um pouco. Ele virou da rua Peeke para a Emberly, e da Emberly para a rua Jane. Na metade da Jane ficava o Pettingill Park. Devia ser começo da tarde de dia de semana, porque o parquinho estava vazio, exceto por duas criancinhas bem pequenas no carrossel, girando devagar, com a mãe ou a cuidadora empurrando. Finn se sentou em um banco.

Olhou para o Twisty e uma lembrança terrível surgiu. No seu último ano de escola, o sr. Edgerton mandou que lessem uma história de Ambrose Bierce. Depois de todos terem lido (supostamente; nem todos os colegas de Finn eram do tipo que lia), o sr. Edgerton mostrou um curta baseado na história, que era sobre o enforcamento de um dono de escravos na Guerra de Secessão americana. O dono de escravos é empurrado de uma ponte, mas a corda arrebenta e ele nada e se salva. A virada é a seguinte: a escapada fortuita estava só na mente dele, uma espécie de minissonho antes de ele ser *realmente* empurrado da ponte e executado.

Isso pode estar acontecendo comigo, pensou Finn. *Eles foram longe demais com a água, e eu estou me afogando. Só que em vez de a minha vida toda passar na frente dos meus olhos, como é para ser, eu estou imaginando que Doc me ajudou a fugir, Pando dirigiu para longe e aqui estou eu, no parque do qual gostava tanto quando era pequeno. Porque, falando sério, minha fuga é provável? É realista? Daria para acreditar nela em uma história, mas na vida real?*

Mas era a vida real? Era?

Finn encostou a mão em uma das bochechas, ainda sensível devido aos tapas administrados por Doc antes daquela (improvável) mudança de opinião. Ele a beliscou com força. Doeu, e por um momento o Pettingill Park pareceu ondular como uma miragem. Mas isso foi causado pelas lágrimas de dor.

Não?

Também não era só a mudança de Doc que era bizarra. O sr. Ludlum, que era dr. Deighton... o panfleto mal impresso (e mal escrito, não vamos esquecer)... a história do irmão gêmeo do Elvis... não era tudo coisa de sonho? E se Bobby Feeney não o tivesse feito só bater de bunda no chão, mas também de cabeça? E se Finn tivesse batido a cabeça no mesmíssimo lugar onde a havia rachado uma vez, no dia memorável (não que ele realmente *lembrasse*) em que o raio caiu raspando nele? Não seria a cara da sorte de Finn Murrie? E se estivesse deitado em um leito de hospital qualquer, em coma profundo, o cérebro danificado criando uma realidade alternativa maluca?

Finn se levantou e andou devagar até o Twisty. Não subia naquelas curvas havia anos, não desde que era *do tamanho de um gafanhoto*, como a avó diria. Subiu, apoiando-se nas laterais elevadas. Foi apertado, mas ele conseguiu.

A mãe ou cuidadora das crianças havia parado de empurrá-las no carrossel. Ela protegeu os olhos com as mãos e disse:

— O que você está fazendo? Vai quebrar o brinquedo, seu grandalhão!

Finn não respondeu e não quebrou nada. Chegou no topo, se virou e se sentou com as pernas na primeira curva. Pensou: *Ou eu ainda vou estar aqui quando chegar lá embaixo ou não vou estar. Simples assim.*

Ele olhou para a mulher e disse:

— Elvis já foi embora.

E deu impulso.

NA ESTRADA DA POUSADA SLIDE

A banheira que era o Buick do vovô segue pela estrada de terra a trinta qui-lômetros por hora. Frank Brown está dirigindo com os olhos semicerrados e a boca comprimida em uma linha branca fina. Corinne, esposa dele, está ao lado com o iPad aberto no colo, e quando Frank pergunta se ela tem certeza de que o caminho está certo, Corinne diz que está tudo bem, tudo firmeza, que vão voltar à estrada principal em mais dez quilômetros, no máximo doze, e de lá é um pulinho até a via expressa. Não quer dizer que o pontinho azul que pisca para marcar a localização sumiu cinco minutos antes e que o mapa está congelado. Os dois estão casados há catorze anos e Corinne conhece a boca que o marido está fazendo. Significa que ele está prestes a explodir.

No espaçoso banco de trás, Billy Brown e Mary Brown estão cada um de um lado do vovô, que está com os sapatos pretos grandes e velhos apoiados em ambos os lados do console central do câmbio. Billy tem onze anos. Mary tem nove. O vovô tem setenta e cinco, um pé no saco fenomenal na opinião do filho, velho demais para ter netos tão novos, mas é assim que as coisas são.

Desde que saíram de Falmouth para ver a irmã moribunda do vovô em Derry, ele falou sem parar, basicamente sobre a bolsa com zíper no banco de trás. Contém os suvenires de beisebol da Nan. Ela era louca por beise-bol, ele conta. Tem cards de beisebol que vovô diz que valem uma fortuna (Frank Brown duvida pra caralho disso), a luva de softball da época da fa-culdade dela autografada por Don DiMaggio e o maior prêmio de todos, um bastão Louisville Slugger autografado por Ted Williams. Ela o ganhou em uma rifa beneficente do Jimmy Fund um ano antes do Splendid Splinter parar de jogar.

— Teddy Ballgame voou na Coreia, sabia? — diz o vovô para os netos. — Bombardeou os amarelos feito um louco.

— "Amarelos" não é uma palavra que as crianças devem usar — repreende Corinne no banco da frente, mas sem achar que faria muita diferença.

O sogro cresceu em uma época politicamente incorreta e levou isso para a vida. Ela também pensou em perguntar o que uma octogenária moribunda quase em coma faria com um bastão e uma luva, mas mais uma vez preferiu não falar nada. Donald Brown nunca teve muito a dizer sobre a irmã, de bom ou de ruim, mas deve ter algum sentimento por ela, ou não teria insistido em fazer a viagem. Ele também insistiu em usar o Buick velho. Porque é espaçoso e porque ele disse que conhecia um atalho que talvez fosse um pouco acidentado. Acertou nas duas coisas.

Ele também enfiou uma pilha dos gibis antigos dele na bolsa.

— Material de leitura para os jovens na viagem — disse ele.

Billy está cagando para gibis antigos, está jogando no celular, mas Mary ficou de joelhos, abriu o zíper da bolsa e pegou uma pilha. A maioria está suja, mas há alguns em bom estado. Na revistinha que ela está lendo agora, Betty e Veronica estão brigando por Archie, puxando o cabelo uma da outra e tudo.

— Sabe de uma coisa? Antigamente dava pra ir até Fenway com três dólares de gasolina — diz o vovô. — E dava pra ir ao jogo, comprar um cachorro-quente e uma cerveja...

— E ainda receber troco com uma nota de cinco — murmura Frank, atrás do volante.

— Isso mesmo! — grita o vovô. — Dava mesmo! No primeiro jogo que eu vi com minha irmã, Ellis Kinder estava arremessando e Hoot Evers estava no centro do campo. Como aquele garoto sabia rebater! Ele rebateu uma por cima da cerca do lado direito e Nan derrubou a pipoca de tanto comemorar!

Billy Brown também está cagando para beisebol.

— Vovô, por que o senhor gosta de se sentar no meio assim? O senhor acaba precisando abrir as pernas.

— É pra arejar as bolas — responde o vovô.

— Que bolas? — pergunta Mary, e franze a testa quando Billy dá risadinhas.

Corinne olha para trás.

— Já chega disso, vovô — diz ela. — Estamos te levando pra ver sua irmã e estamos indo no seu carro velho, como você pediu, então...

— E ele bebe gasolina de um jeito inacreditável — comenta Frank.

Corinne ignora; tem uma troca em mente.

— É um favor. Então me faz outro e guarda essa conversa horrível só pra você.

O vovô pede desculpas, mas mostra as dentaduras para ela com uma cara que diz que ele vai fazer a porra que quiser.

— Que bolas? — insiste Mary.

— De beisebol — diz Billy. — O vovô só pensa em beisebol. Só lê sua revistinha e fica quieta. Não me distrai. Cheguei no nível cinco.

— Se Nan tivesse nascido com bolas, ela poderia ter chegado ao profissional — diz o vovô. — Aquela vaca era boa.

— Donald! — Corinne Brown quase grita. — Já chega!

— Bom, ela era — continua o homem idoso, de mau humor. — Jogou softball no time da Universidade do Maine que participou da Women's World Series. Foi até Oklahoma City e quase foi sugada por um tornado!

Frank não contribui com a conversa, só olha para a estrada onde não deveria ter entrado e agradece a Deus por não ter desconsiderado o pai e usado o Volvo. A estrada está ficando mais estreita? Ele acha que sim. Mais esburacada? Com certeza. Até o nome soa ameaçador. Quem chama uma estrada, mesmo uma estradinha de merda como aquela, de estrada da Pousada Slide? O vovô disse que era um atalho para a rodovia 196, e Corinne concordou depois de consultar o iPad, e embora Frank não seja fã de atalhos (como banqueiro, ele sabe que costumam levar a problemas), fica inicialmente seduzido pelo asfalto preto liso. Mas em pouco tempo o asfalto deu lugar a terra batida, e uns dois ou três quilômetros depois a terra batida deu lugar a um chão cheio de raízes ladeado por mato alto, vara-de-ouro e girassóis enormes. Eles passam por buracos que fazem o Buick sacudir como um cachorro depois do banho. Frank não ligaria se a lata-velha barulhenta de Detroit de quilometragem alta e bebedora de gasolina se desmontasse de tanto balançar, se não fosse a possibilidade de ficar quebrado ali no meio de onde Judas perdeu as botas.

E agora, Deus do céu, um canal de escoamento entupido inundou metade da estrada, e o sr. Brown precisa passar à esquerda da poça, os pneus do lado dele quase sem conseguir desviar da vala. Se tivesse espaço para dar meia-volta, ele teria mandado tudo para o inferno e voltado, mas não há.

Eles passam. Por pouco.

276

— Qual a distância agora? — pergunta a Corinne.

— Uns oito quilômetros.

Com o MapQuest congelado, ela não tem ideia, mas seu coração tem esperanças. E isso é uma coisa boa. Descobriu anos antes que o casamento com Frank e a maternidade de Billy e Mary não eram o que ela esperava, e agora, como um bônus de merda, eles têm aquele velho desagradável morando sob o mesmo teto porque não têm dinheiro para o colocarem em um asilo. A esperança a move.

Estão a caminho de visitar uma senhora idosa morrendo de câncer, mas Corinne Brown espera um dia fazer um cruzeiro e tomar alguma coisa com um guarda-chuvinha de papel. Espera ter uma vida melhor e mais realizada quando as crianças crescerem e forem cuidar da própria vida. Também gostaria de trepar com um salva-vidas musculoso, bronzeado e com um sorriso estonteante cheio de dentes brancos, mas entende a diferença entre esperança e fantasia.

— Vovô, por que chamam isto aqui de estrada da Pousada Slide? Quem pousou? — pergunta Mary.

— É pousada de hospedagem — explica o vovô. — Havia uma pousada boa aqui, tinha até campo de golfe, mas pegou fogo. A estrada ficou ruim desde que passei aqui da última vez. Era lisa como a bunda de um bebê.

— Quando foi isso, pai? — pergunta Frank. — Quando Ted Williams ainda jogava no Red Sox? Porque não é grande coisa agora.

Eles passam num buraco enorme. O Buick sacoleja. Frank trinca os dentes.

— Upa-lelê! — grita o vovô, e quando Billy pergunta o que significa aquilo, o vovô diz que é o que se fala quando se passa por um buracão como aquele. — Não é, Frank? A gente dizia o tempo todo, né?

O sr. Brown não responde.

— Né?

Frank não responde. Os nós dos dedos estão brancos no volante.

— Né?

— É, pai. Upa-lelê-caralho.

— Frank — repreende Corinne.

Mary dá risadinhas. Billy ri alto. O vovô mostra as dentaduras em outra cara feia.

Estamos nos divertindo pra cacete, pensa Frank. *Nossa, se esta viagem pelo menos pudesse durar mais. Se pelo menos pudesse durar pra sempre.*

O problema com o velho desgraçado, Corinne pensa, é que ele ainda se diverte na vida, e as pessoas que se divertem na vida demoram a bater as botas. Elas gostam das botas.

Billy volta ao jogo. Chegou ao nível seis. Ainda precisa ir para o sete.

— Billy, seu celular está com sinal? — pergunta Frank.

Billy pausa o jogo e olha.

— Uma barrinha, mas fica sumindo e voltando.

— Que ótimo. Que beleza.

Outro buraco faz o Buick sacolejar, e Frank diminui para vinte e cinco quilômetros por hora. Ele se pergunta se poderia mudar de nome, abandonar a família e arrumar um emprego em um banquinho numa cidade australiana. Aprender a falar do jeito deles.

— Olhem, crianças! — grita o vovô.

Ele está curvado para a frente, e daquela posição consegue sobrecarregar tanto o ouvido direito do filho quanto o esquerdo da nora. Os dois fazem caretas virados em direções diferentes, não só por causa do barulho, mas também do bafo. Parece que um animalzinho morreu dentro daquela boca, e ainda por cima cagando no processo. Ele começa a maior parte das manhãs arrotando bile e estalando os lábios depois, como se fosse gostoso. Seja lá o que esteja acontecendo dentro dele, não pode ser bom, mas o vovô exala aquela vitalidade horrível. Às vezes, Corinne pensa: *Acho que poderia matá-lo. Sério. Só que acho que as crianças o amam. Só Deus sabe por quê, mas amam.*

— Olhem ali, bem ali! — Um dedo curvado de artrite aparece entre o sr. e a sra. Brown. A garra pontuda na ponta quase corta a bochecha da sra. Brown. — É a velha Pousada Slide, o que sobrou dela! Bem ali! Eu fui lá uma vez, sabe? Eu e minha irmã Nan e nossos pais. Tomamos café da manhã no quarto!

As crianças são obedientes e olham para o que resta da Pousada Slide: algumas vigas queimadas e um buraco de porão. A sra. Brown vê um caminhão antigo lá, estacionado no meio do mato e dos girassóis. Parece ainda mais velho do que o Buick do vovô, as laterais cobertas de ferrugem.

— Legal, vovô — diz Billy, e volta ao seu jogo.

— Legal, vovô — diz Mary, e volta a ler o gibi.

A ruína do hotel fica para trás. Frank se pergunta se os donos não tacaram fogo de propósito. Para pegar o dinheiro do seguro. Porque, sério, quem ia querer ir até ali para passar um fim de semana ou, que Deus nem permita, uma lua de mel? O Maine tem muitos lugares lindos, mas aquele não é um deles. Não é nem um lugar pelo qual se passa para chegar a outro lugar, a menos que seja inevitável. E eles poderiam ter ido por outro caminho. Isso é o que o mata.

— E se a tia-avó Nan morrer antes de a gente chegar lá, vovô? — pergunta Mary.

Ela terminou de ler o gibi. O próximo é Luluzinha, e ela não se interessa. A Luluzinha parece um cocô de vestido.

— Bom, a gente vai dar meia-volta e vai pra casa — responde o vovô. — Depois do enterro, claro.

O enterro. Ah, Deus, o enterro. Frank nem pensou que ela já poderia estar morta. Podia até morrer quando estiverem fazendo a visita, e aí eles teriam que ficar para o enterro da coroa. Ele só levou uma muda de roupa e…

— Cuidado! — grita Corinne. — Para!

Frank para, bem a tempo. Tem outro canal de escoamento entupido e outra poça no alto da colina. Só que aquela vai até o outro lado. A fenda no chão parece ter quase um metro de largura. Só Deus sabe a profundidade.

— O que foi, pai? — pergunta Billy, pausando o jogo de novo.

— O que foi, pai? — pergunta Mary, interrompendo a busca por outro gibi do Archie.

— O que foi, Frankie? — pergunta o vovô.

Por um momento, Frank Brown só fica parado com as mãos na posição de dez para as duas no volante, olhando para o longo capô do Buick. Às vezes, seu pai gostava de dizer que era só antigamente que sabiam fazer carros. Mas é o mesmo antigamente de quando uma mulher de respeito não iria às compras sem antes apertar uma cinta no corpo e prender as meias em uma liga, os dias em que gays viviam com medo de morrer e havia uma bala chamada neguinho que custava um centavo e era encontrada em qualquer venda. Antigamente que era bom, sim, senhor!

— A sua porra de atalho — diz ele. — Foi aqui que nos trouxe.

— Frank — repreende Corinne, mas ele sai antes que ela possa terminar e observa o local onde a estrada se abriu.

Billy se inclina por cima do colo do avô para sussurrar no ouvido da irmã:

— Que se foda sua porra de atalho.

Ela coloca as mãos sobre os ouvidos e dá risadinhas. Isso é bom. O vovô ri, o que é ainda melhor. Há motivos para os dois o amarem.

Corinne sai do carro e se junta ao marido na frente da grade zombeteira do Buick. Ela olha a abertura funda na estrada e não vê nada de bom.

— O que você acha que a gente deveria fazer?

As crianças se juntam a eles, Mary do lado da mãe e Billy do lado do pai. O vovô se aproxima arrastando os pés nos sapatos pretos grandes, com expressão alegre.

— Não sei — diz Frank —, mas por aqui é que nós não vamos.

— Temos que dar ré — sugere o vovô. — Até a Pousada Slide. Você pode fazer a volta na entrada de carros de lá. Não tem corrente.

— Meu Deus — diz Frank, e passa as mãos pelo cabelo ralo. — Tudo bem. Quando chegarmos à estrada principal, podemos decidir se seguimos pra Derry ou se voltamos pra casa.

O vovô parece revoltado com a ideia de voltar, mas, depois de passar os olhos pelo rosto do filho, principalmente os pontos vermelhos nas bochechas e a linha vermelha cortando a testa, fica de bico calado.

— Todo mundo pra dentro — ordena Frank —, mas dessa vez você se senta de um lado ou de outro, pai. Pra eu poder olhar o caminho quando estiver dando ré sem a sua cabeça na frente.

Se estivéssemos com o Volvo, pensa ele, *eu poderia usar a câmera traseira. Mas o que temos é esta banheira estúpida.*

— Vou andando — diz o vovô. — São uns duzentos metros.

— Eu também — emenda Mary, e Billy concorda.

— Tudo bem. Tenta não cair e quebrar a perna, pai. Seria o toque final pra um dia simplesmente maravilhoso — diz Frank.

O vovô e as crianças seguem colina abaixo até a entrada de carros da pousada incendiada, Mary e Billy de mãos dadas com o homem idoso. Frank pensa que aquilo poderia ser um quadro de Norman Rockwell: "E um velho desgraçado e fedorento os guiará".

Ele entra atrás do volante do Buick. Corinne se senta no banco do passageiro. Apoia a mão no braço dele e abre o sorriso mais doce que tem, o que diz *eu te amo, homem grande e forte*. Frank não é grande, não é particularmente forte, e não tem mais muitas flores no jardim do casamento deles (um pouco murchas, as que estão lá, meio marrons nas beiradas), mas ela precisa tirá-lo da zona de perigo, e a experiência a ensinou como fazer isso.

Ele suspira e engata a ré do Buick.

— Tenta não atropelar eles — diz ela, olhando para trás.

— Não dá ideia — retruca Frank, e começa a mover o Buick para trás.

As valas são fundas dos dois lados da pista estreita, e se ele enfiar a traseira em alguma, Inês vai estar morta.

O vovô e as crianças chegam à entrada de carros antes de Frank estar na metade da colina. O velho vê marcas de pneus no mato. Pelo jeito, o caminhão está lá há anos, mas o vovô acha que não. Talvez tenham decidido acampar ali por uns dias. É a única coisa em que consegue pensar. Com certeza não tem mais nada para se roubar, qualquer idiota pensaria nisso.

Donald Brown ama o filho, e tem muitas coisas que Frankie sabe fazer bem (ainda que o vovô não consiga pensar em nenhuma assim, de cabeça), mas quando é para dar ré com aquele Buick, ele não vale um pequi roído. A traseira está oscilando de um lado para outro como a cauda de um cachorro velho e cansado. Ele quase cai na vala esquerda, exagera na compensação, quase cai na direita e exagera na compensação de novo.

— Nossa, ele não está fazendo isso muito bem — comenta Bill.

— Silêncio — ordena o vovô. — Ele está ótimo.

— Eu e a Mary podemos ir olhar a velha Pousada Slip?

— Pousada Slide — diz o vovô. — Claro, vão lá um minutinho. Corram e estejam preparados pra voltar. Seu pai não está de bom humor.

As crianças correm pelo caminho de carros tomado de mato.

— Não vão cair no buraco do porão! — grita o vovô para os dois, e está prestes a acrescentar que é para ficarem no campo de visão quando ouve um ruído, uma buzinada breve, e nota que o filho está falando um monte de palavrões.

Olha aí. Olha uma coisa em que ele é bom.

O vovô para de olhar as crianças saltitantes, vira a cabeça e nota que, depois de conseguir descer a colina sem sair da estrada, Frank enfiou o carro na vala enquanto tentava fazer o retorno.

— Cala a boca, Frankie! — grita o vovô. — Para de falar palavrão e desliga o motor antes que você afogue o carro.

Ele já deve ter arrancado metade do escapamento, mas não adianta reclamar agora.

Frank desliga o motor e sai. Corinne sai também, mas é uma dificuldade. Ela corta um arco de plantas na frente da porta e consegue. A traseira do carro está enfiada até o para-choque do lado direito e a frente está erguida do esquerdo.

Frank anda até o pai.

— O chão cedeu quando eu estava virando!

— Você fez a volta apertada demais — diz o idoso. — Foi por isso que só a roda traseira direita entrou.

— O chão cedeu, estou dizendo!

— Volta apertada.

— Cedeu, caramba!

Assim, quando estão lado a lado, Corinne se lembra de como os dois são parecidos, e apesar de ter notado a semelhança muitas vezes antes, naquela manhã de verão de merda é uma revelação. Ela percebe que o marido está na esteira do tempo, e antes de largar o pai no cemitério, vai *se tornar* o pai, só que sem o senso de humor ácido e ocasionalmente interessante. Às vezes, ela fica muito cansada. Do Frank, sim, mas também de si mesma. Afinal, ela é melhor? Gostaria de pensar que sim, mas não acredita.

Ela olha para onde Billy e Mary estavam, depois para o vovô.

— Donald? Onde estão as crianças?

As crianças estão inspecionando o caminhão no alto da colina, perto de onde ficava a Pousada Slide. O pneu do lado do motorista está furado. Quando Mary vai para a frente olhar a placa (está sempre à procura de novas, uma brincadeira que o vovô ensinou a ela), Billy vai até a beira do buraco comprido no chão onde ficava a pousada. Olha para baixo e vê que está cheio de água escura. Tem vigas queimadas projetadas para cima. E a perna de uma mulher. O pé está dentro de um tênis azul. Ele olha, paralisado de primeira, depois recua.

— Billy! — grita Mary. — É de Delaware! Minha primeira de Delaware!

— Isso mesmo, meu bem — diz alguém. — É de Delaware.

Billy olha na direção da voz. Tem dois homens contornando a extremidade do buraco. São jovens. Um é alto, com cabelo ruivo oleoso e embaraçado. Tem muitas espinhas. O outro é baixo e gordo. Está com uma bolsa na mão que parece a bolsa de boliche antiga do vovô, a que tem TROVÃO ROLANTE na lateral em letras azuis desbotadas. Aquela não tem nada escrito. Os dois estão sorrindo.

Billy tenta sorrir. Não sabe se parece um sorriso ou um garoto tentando não gritar, mas espera que seja um sorriso. Não quer que os dois saibam que ele havia olhado para o buraco do porão.

Mary contorna a lateral do caminhãozinho branco com o pneu furado. O sorriso dela é completamente natural. Por que não? Ela é uma garotinha e, até onde sabe, todo mundo gosta de garotinhas.

— Oi — cumprimenta ela. — Eu sou a Mary. Esse é meu irmão, Billy. Nosso carro caiu na vala.

Ela aponta colina abaixo, para onde o pai e o avô estão, olhando para a traseira do Buick, e a mãe está olhando para eles.

— Entendi. Oi, Mary — diz o ruivo. — É um prazer te conhecer.

— Você também, Billy. — O jovem gordo coloca a mão no ombro de Billy.

O toque é assustador, mas Billy está com medo demais para dar um pulo. Ele se agarra ao sorriso com toda força.

— Ora, ora, um probleminha ali — diz o jovem gordo, olhando para baixo, e quando Corinne levanta uma das mãos, hesitante, o gordo retribui. — Acha que a gente pode ajudar, Galen?

— Aposto que sim. Estamos com um problema também, como vocês podem ver. — O ruivo aponta para o pneu furado. — Não tem estepe. — Ele se curva para Billy. Seus olhos são bem azuis. Não parece haver nada neles. — Você olhou naquele buraco, Billy? O grandão.

— Não — retruca Billy. Está tentando falar com naturalidade, dar um tom despreocupado à resposta, mas não sabe se isso está aparecendo na voz ou não. Acha que talvez vá desmaiar. Ele deseja, Deus, ele deseja nunca ter olhado lá. Tênis azul. — Fiquei com medo de cair dentro.

— Garoto esperto — diz Galen. — Né, Pete?

— Esperto — concorda o gordo, e dá outro aceno para Corinne.

O vovô agora também está olhando para a colina. Frank ainda está olhando para a traseira do Buick caída na vala, os ombros murchos.

— Aquele magrelo é o seu pai? — pergunta o ruivo Galen para Mary.

— É, e aquele é o nosso vovô. Ele é velho.

— Ora, ora, temos uma Sherlock Holmes por aqui — diz Pete.

A mão dele ainda está no ombro de Billy. O garoto olha para essa mão e vê o que pode ser sangue debaixo da unha do segundo dedo de Pete.

— Olha, quer saber? — diz Galen. Está se curvando, falando com Mary, que sorri para ele. — Aposto que a gente consegue empurrar aquele filho da mãe grandão do buraco. Aí quem sabe seu pai pode nos dar carona pra um lugar onde tenha uma oficina. Pra conseguir um pneu novo pra o nosso caminhãozinho.

— Você é de Delaware? — pergunta Mary.

— Bom, nós passamos por lá — diz Pete.

Ele e Galen trocam um olhar e riem.

— Vamos dar uma olhada naquele carro de vocês — diz Galen. — Quer que eu te carregue lá pra baixo, benzinho?

— Não, tudo bem — diz Mary, o sorriso se tornando meio hesitante. — Eu posso andar.

— Seu irmão não fala muito, né? — comenta Pete.

A mão, a que não está segurando a bolsa de boliche (se é que é isso mesmo), ainda está no ombro de Billy.

— Normalmente, ele não cala a boca — diz Mary. — A língua parece presa no meio e funciona para os dois lados. É isso que o vovô diz.

— Pode ser que ele tenha visto alguma coisa que deu medo e fez ele calar a boca — sugere Galen. — Uma marmota ou uma raposa. Ou outra coisa.

— Eu não vi nada — diz Billy.

Ele acha que talvez comece a chorar e diz para si mesmo que não pode, não pode.

— Bom, vamos lá — diz Galen.

Ele segura a mão de Mary, isso ela permite, e os dois começam a descer pelo caminho cheio de mato. Pete anda ao lado de Billy ainda com a mão no ombro do garoto. Não está apertando, mas Billy acredita que apertaria se ele tentasse correr. Tem quase certeza de que os homens o viram olhando no buraco do porão cheio de água. Acha que estão encrencados.

— Oi, pessoal! Oi, senhora! — cumprimenta Galen, com tanta alegria quanto em um dia de férias. — Parece que estão com um probleminha. Querem ajuda?

— Ah, seria maravilhoso — diz Corinne.

— Incrível — concorda Frank. — A estrada cedeu embaixo do carro quando eu estava fazendo a volta.

— Foi apertado — lembra o vovô.

Frank olha para ele de cara feia, se vira para os recém-chegados e abre um sorriso.

— Aposto que com vocês dois nós conseguimos empurrar daqui.

— Sem dúvida — afirma Pete.

Frank estende a mão.

— Frank Brown. Essa é a minha esposa, Corinne, e o meu pai, Donald.

— Pete Smith — apresenta-se o homem jovem e gordo.

— Galen Prentice — diz o ruivo.

Há apertos de mãos para todo lado. Vovô murmura "prazer", mas nem olha direito para os dois. Está olhando para Billy.

— Dona — começa Galen —, por que a senhora não pega o volante? Eu, Pete e o seu marido bonitão aqui podemos empurrar enquanto você guia.

— Ai, não sei — diz Corinne.

— Eu posso fazer isso — fala o vovô. — O carro é meu. Desde antigamente. Sabiam fazer carros naquela época.

Ele soa mal-humorado, e o coração de Billy, que havia se animado, despenca. Ele achou que o avô podia ter percebido alguma coisa nos homens, mas agora acha que não.

— Vovô, preciso que você fique de olho. Sei que a senhora do Frank pode dirigir. Não?

— Acho que sim… — diz Corinne, hesitante.

Galen faz sinal de positivo.

— Claro que pode! Crianças, fiquem longe, com o avô de vocês.

— Ele é o vovô — corrige Mary. — Não "avô".

Galen sorri.

— Ah, claro. Vovô então. O vovô viu a uva.

Corinne se posiciona atrás do volante do Buick e puxa o banco para a frente. Billy não consegue parar de pensar naquela perna saindo da água turva do buraco do porão. No tênis azul.

Galen e Pete ficam à esquerda e à direita da traseira inclinada do Buick, e Frank, no meio.

— Liga o carro, dona! — grita Galen, e, quando ela faz isso, os três homens se inclinam para a frente, firmam os pés e colocam as mãos na traseira do carro. — Tudo bem! Aperta o acelerador! Não muito, de leve!

O motor acelera. O vovô se curva na direção de Billy. O bafo dele está tão azedo quanto sempre, mas é o bafo do vovô e Billy não se importa.

— O que aconteceu, garoto?

— Uma moça morta — sussurra Billy, e agora as lágrimas vêm. — Tem uma moça morta naquele buraco lá em cima.

— Mais um pouco! — grita Pete Gordo. — Sacode o danado!

Corinne aperta mais o acelerador e os homens empurram. Os pneus traseiros do Buick começam a girar e conseguem apoio. O carro sobe na estrada.

— Opa, opa, opa! — grita Galen.

Billy tem um desejo confuso súbito de que a mãe simplesmente saísse dirigindo e os deixasse, de que fosse para um lugar seguro. Mas ela para, coloca o carro no neutro e sai, segurando a barra do vestido com a base da palma da mão.

— Mamão com açúcar! — diz Galen. — Na estrada, novo em folha! Só que a gente ainda tem um probleminha. Né, Pete?

— Tem mesmo. O pneu do nosso caminhão furou e não tem estepe. A gente passou num prego indo pra lá, eu acho.

Ele bufa e estufa as bochechas, que brilham de suor, depois faz um barulho de pneu furado: *Pwsshhh!* Havia largado a bolsa no chão para empurrar, mas a pega. Abre o zíper.

— Que droga — diz Frank. — Não tem estepe, é?

— Não é um saco? — emenda Galen.

— O que vocês estavam fazendo lá? — pergunta Corinne.

Ela deixou o Buick ligado, a porta aberta. Olha para o marido, que está com aquele sorrisão de banqueiro, e para os dois filhos. A garota parece bem, mas o rosto do Billy está branco como papel.

— Acampando — responde Pete.

A mão dele desapareceu dentro da bolsa de boliche que não é bolsa de boliche.

— Nossa — diz Frank. — Isso é…

Ele não termina, talvez por não saber como, e ninguém parece saber como recomeçar a conversa. Pássaros cantam nas árvores. Grilos roçam as pernas ásperas na grama alta, que é o universo que conhecem. Tem sete pessoas em círculo atrás do Buick ligado. Frank e Corinne trocam um olhar que diz *o que está acontecendo aqui?*

O vovô sabe. Viu homens assim no Vietnã. Aproveitadores e esquivos. Um foi colocado na frente de uma cerca e levou um tiro de um dos próprios homens depois que a Ofensiva do Tet passou, uma merda sobre a qual os netos que ele está velho demais para ter provavelmente nunca lerão nos livros de história.

Frank, nesse meio-tempo, ganha vida como um boneco de corda. Seu sorriso de "empréstimo aprovado" reaparece. Ele pega a carteira no bolso de trás.

— Eu queria poder levar vocês até uma oficina, mas o carro está cheio, como podem ver…

— Sua mulher pode se sentar no meu colo — diz Pete, e ergue as sobrancelhas.

Frank decide ignorar a sugestão.

— Mas vou dizer uma coisa: vamos parar na primeira cidade e mandar alguém aqui. Enquanto isso, dez pra cada está bom? Por nos ajudarem.

Ele abre a carteira. Muito delicadamente, Galen a tira da mão dele. Frank não tenta impedi-lo. Só olha para as próprias mãos, de olhos arregalados, como se a carteira ainda estivesse lá. Como se ainda sentisse o peso dela, mas agora estivesse invisível.

— Por que não tudo? — pergunta Galen.

— Devolve isso! — diz Corinne. Ela sente a mão da Mary na dela e dobra os dedos em volta. — Não é sua!

— Agora é. — A voz dele é tão delicada quanto a mão que pegou a carteira. — Vamos ver o que tem aqui.

Ele a abre. Frank dá um passo para a frente. Pete tira a mão da bolsa que não é de boliche. Tem um revólver nela. O vovô acha que parece um .38.

— Chega pra trás, Frankie-Wankie — ordena Pete. — Estamos negociando aqui.

Galen retira uma pilha fina de notas da carteira. Dobra-as, enfia-as no bolso da calça jeans e joga a carteira para Pete, que a guarda na bolsa.

— Vô, passa a sua.

— Fora da lei. É isso que vocês são — diz o vovô.

— Isso mesmo — concorda Galen, com a voz gentil. — E se não quiser que eu dê na cabeça do garoto, me dá sua carteira.

É a gota d'água para Billy; sua bexiga afrouxa e a virilha fica quente. Ele começa a chorar, em parte de vergonha e em parte de medo.

O vovô pega a carteira Lord Buxton surrada no bolso da frente da calça larga e a entrega. Está gorda, mas principalmente de cartões, fotos e notas fiscais de mais de cinco anos. Galen tira uma nota de vinte e algumas de um, enfia no bolso e joga a carteira para Pete. A carteira vai para a bolsa.

— Tem que limpar a carteira de vez em quando, vô — diz Galen. — Que carteira xexelenta.

— Diz o homem que parece ter lavado o cabelo pela última vez no ano passado — retruca vovô, e com a rapidez de uma cobra atacando de um arbusto, Galen dá um tapa na cara dele.

Mary cai no choro e encosta o rosto no quadril da mãe.

— Para com isso! — diz Frank, como se a coisa já não estivesse feita e o pai não estivesse sangrando no lábio e pela narina. E com o mesmo fôlego: — Cala a boca, pai.

— Eu não deixo ninguém vir de gracinha — diz Galen —, nem velhos. Os velhos deviam saber ficar calados. Agora, Corinne. Vamos pegar sua bolsa no carro. Sua filhinha pode ir com a gente.

Ele segura Mary pelo braço, as pontas dos dedos afundando na pouca carne que tem.

— Deixa ela em paz — ordena Corinne.

— Você não manda aqui — retruca Galen. — Me diz o que fazer de novo e vou dar um jeito na sua cara. Pete, deixa Frank e o pai juntos. Com os ombros encostados. Se um deles se mexer...

Pete indica o revólver. O vovô chega para perto do filho. Frank está respirando pelo nariz com inspirações rápidas. O vovô não ficaria surpreso se ele desmaiasse.

— Você viu, não viu? — pergunta Pete para Billy. — Confessa.

— Eu não vi nada — diz Billy, em meio às lágrimas. Gorgolejando como um bebê, sem conseguir controlar. Tênis azul.

— Mente que nem sente — diz Pete.

Ele ri e bagunça o cabelo do garoto.

Galen volta, enfiando mais notas no bolso. Ele solta Mary. A menina se agarra à mãe. Corinne parece atordoada.

O vovô não perde tempo olhando para a família. Observa Galen se juntar a Pete, tentando descobrir o que se passa entre os dois, e vê o que esperava, não faz sentido fingir que não. Podem levar o Buick e deixar a família Brown, ou levar o Buick e matar a família Brown. Se forem pegos, os dois vão cumprir prisão perpétua em Shank independentemente do tipo de golpe que deem.

— Tem mais — diz o vovô.

— Como é? — pergunta Galen.

É ele que manda. O comparsa parece ser do tipo gordo e caladão.

— Mais dinheiro. Uma boa quantia. Vou dar pra vocês se nos deixarem em paz. Só levem o carro e deixem a gente em paz.

— Quanto? — pergunta Galen.

— Não sei direito, mas acho que uns três mil e trezentos dólares. Está na minha bolsa de viagem.

— Por que um velho fodido como você estaria andando pelo fim do mundo com três mil e blau?

— Por causa da minha irmã Nan. Estávamos indo pra Derry pra vê-la antes de ela morrer. Não vai demorar, se já não tiver acontecido. Ela está com câncer. Espalhou pelo corpo todo.

Pete coloca a bolsa que não é de boliche no chão de novo. Esfrega dois dedos e diz:

— Este é o menor violino do mundo tocando "Meu coração está cagando baldes pra você".

O vovô não dá atenção.

— Eu saquei boa parte do meu seguro social pra pagar o enterro. Nan não tem porra nenhuma, e dão desconto pra quem paga em dinheiro. — Ele dá um tapinha no ombro do Billy. — Este rapazinho pesquisou pra mim na internet.

Billy não fez nada daquilo, mas, exceto por mais um ou dois soluços de sacudir o peito, fica calado. Queria que ele e Mary nunca tivessem ido à Pousada Slide, e quando olha para o pai com olhos borrados, sente puro ódio por um momento. *É sua culpa, pai*, pensa ele. *Você enfiou o carro na vala, e esses homens roubaram nosso dinheiro e agora eles vão matar a gente. O vovô sabe. Estou vendo que sabe.*

— Cadê sua bolsa? — pergunta Galen.

— Atrás, com o resto da bagagem.

— Pega.

O vovô vai até o Buick. Solta um grunhido quando abre o porta-malas; são as costas ameaçando uma cãibra. Primeiro vão as costas, depois o pinto e tudo que tem entre os dois, o pai dele dizia.

A bolsa é igual à do Pete, com um zíper no alto, só que mais comprida; parece mais uma bolsa de academia do que de boliche. Ele puxa o zíper e a abre.

— Não tem arma aí, né, vô? — pergunta Galen.

— Não, não, arma é pra garotos como vocês, mas olha só isto. — O vovô pega uma luva velha de softball. — Sabe a irmã de quem eu estava falando? Era dela. Eu trouxe pra ela olhar se ainda não tiver morrido. E se não estiver em coma. Ela usou na Women's World Series, em Oklahoma City. Softball, sabe? Jogava como shortstop. Antes da Segunda Guerra Mundial, se é que dá pra acreditar. E olha isso!

Ele vira a luva.

— Vovô — diz Galen —, com todo o respeito, eu estou cagando.

— É, mas aqui, atrás — insiste o vovô. — Está vendo? Autografada por Dom DiMaggio. O irmão do Joltin' Joe, sabe?

Ele joga a luva para o lado e enfia a mão na bolsa de novo.

— Tem uns duzentos cards de beisebol, alguns autografados que valem dinheiro…

Pete segura o braço do Billy e o torce. Billy grita.

— Não! — grita Corinne. — Não machuca o meu menino!

— É culpa do seu menino vocês estarem nessa encrenca — diz Pete. — Molequinho xereta. — E para o vovô: — Não queremos porra nenhuma de card de beisebol!

Mary está chorando, Corinne está chorando, Billy vê o pai parecendo prestes a desmaiar, e o vovô não parece ligar para nenhum deles. O vovô se recolheu no próprio mundo.

— E gibis? — pergunta ele. Pega um punhado de gibis e os mostra. — Os Archies e Gasparzinhos não dariam nada, mas tem uns Super-Homens antigos... e um ou dois Batmans, o que ele luta com o Coringa...

— Acho que vou mandar o Pete atirar no seu filho se você não parar de enrolar — diz Galen. — O dinheiro está aí ou não?

— Está, está — diz o vovô. — Está no fundo, mas tem outra coisa que pode interessar a vocês.

— Não quero mais saber de ficar interessado — interrompe Galen. Ele dá um passo à frente. — Eu mesmo vou pegar o dinheiro. Se estiver aí. Sai da frente.

— Ah, acorda. Isso daria o dobro do que eu tenho em dinheiro. — O vovô pega o bastão Louisville Slugger. — Autografado pelo Ted Williams, o Splendid Splinter em pessoa. Coloca no eBay, chegaria a sete mil. Pelo menos sete.

— Como sua irmã arrumou isso? — pergunta Galen, finalmente interessado.

O homem vê o autógrafo, desbotado, mas legível, no cabo.

— Deu um sorriso e uma piscadela pra ele quando o cara foi à viela dos autógrafos — responde o vovô, e gira o bastão.

Ele acerta a têmpora de Galen. O couro cabeludo se abre como uma persiana. O sangue voa. Os olhos se apertam de dor e surpresa. Ele cambaleia com uma das mãos estendida se debatendo, na tentativa de manter o equilíbrio.

— Pega o outro, Frankie! — grita o vovô. — Derruba ele!

Frank não se move, só fica parado, com a boca aberta.

Pete fica olhando para Galen, completamente atordoado por um momento precioso, mas o momento passa. Ele vira a arma para o vovô. Billy corre para cima dele.

— Não! — grita Corinne. — Billy, não!

Billy segura o braço do Pete e o puxa para baixo, e quando Pete dispara, a bala entra no chão entre os pés dele. Galen se empertiga, uma das mãos apoiada no porta-malas aberto. O vovô pega impulso, ignorando um uivo de protesto da coluna, e acerta o ruivo nas costelas com um quilo de freixo do Kentucky. Os joelhos de Galen se dobram, e seu ofego — "Pete, atira nesse filho da puta!" — é pouco mais de um sussurro. O vovô ergue o bastão. Há outro tiro, mas ele não leva nenhum disparo (pelo menos acha que não), e bate com o bastão na cabeça abaixada de Galen. O ruivo cai de cara em uma das marcas de pneu do Buick.

Pete tenta se soltar de Billy, mas Billy está agarrado como um furão, os olhos saltados e os dentes afundando no lábio inferior. A arma balança para cá e para lá e dispara uma terceira vez, lançando uma bala para o céu.

— Agora você, filho de uma égua — rosna o vovô.

Pete finalmente joga Billy longe, mas, antes que possa erguer a arma, o vovô bate com o bastão no pulso dele e o quebra. A arma cai no chão. Pete se vira e corre, deixando a bolsa que não é de boliche no chão.

As duas crianças correm para o vovô, o abraçam e quase o derrubam. Ele as afasta. Seu coração velho está disparado e, se parasse de funcionar, ele não ficaria nada surpreso.

— Billy, pega a bolsa do gordo. Nossas coisas estão lá dentro, e acho que não consigo me curvar.

O garoto não faz nada, talvez os tiros o tenham deixado meio surdo, mas a garota faz. Joga a bolsa no banco de trás do Buick e limpa as mãos na camiseta de unicórnio.

— Frank — diz o vovô —, aquele garoto ruivo está morto?

Frank não se move, mas Corinne se ajoelha ao lado de Galen. Depois de vários segundos, olha para cima, os olhos muito azuis embaixo da testa pálida.

— Não está respirando.

— Bom, não é uma grande perda para o mundo — diz vovô. — Billy, pega aquela arma. Não encosta no gatilho.

Billy pega o revólver caído. Oferece-o para o pai, mas Frank só olha. O vovô o pega e o enfia no bolso onde estava a carteira. Frank continua imóvel, olhando para Galen, caído de cara no mato com a parte de cima da cabeça afundada.

— Vovô, vovô! — grita Billy, puxando o braço do homem idoso. A boca do menino está tremendo, há lágrimas descendo pelas bochechas e catarro cobrindo o lábio superior. — E se o gordo tiver outra arma no caminhão?

— E se a gente só cair fora? — diz o vovô. — Corinne, você dirige. Eu não consigo. Crianças, entrem atrás.

Vovô não sabe nem se consegue se sentar, as costas estão completamente fodidas, mas vai ter que conseguir, por mais que doa.

Corinne fecha o porta-malas. As crianças olham de novo para o caminho coberto de mato para ver se Pete está voltando e correm para o carro.

O vovô se aproxima do filho.

— Você teve uma chance e ficou parado. Eu podia ter morrido por sua causa. Todos podiam ter morrido. — O vovô dá um tapa na cara do Frank, assim como tinha levado um do homem agora morto aos seus pés. — Entra, filho. Talvez você esteja velho demais para mudar o que é, sei lá.

Frank anda até o banco da frente do passageiro como um homem em um sonho e entra. O vovô abre a porta e percebe que não consegue se curvar. Apenas cai para trás no banco e puxa as pernas com choramingos de dor. Mary se estica por cima dele para fechar a porta, o que também dói. Não só as costas, parece que ele estourou as tripas.

— Vovô, você está bem? — pergunta Corinne.

Ela está olhando para trás. Frank está olhando para a frente, pelo para-brisa. As mãos dele estão nos joelhos.

— Estou, sim — responde o vovô, apesar de não estar. Gostaria de tomar uns seis dos analgésicos que a irmã sem dúvida ganhou do oncologista, mas Nan está a uns cento e cinquenta quilômetros dali, e ele acha que não vão vê-la naquele dia. Não, hoje não. — Dirige.

— O senhor tinha mesmo o dinheiro, vovô? — pergunta Billy quando a mãe volta pelo caminho que tinham feito, bem mais rápido do que Frank ousava. Querendo deixar a Pousada Slide para trás. E a estrada da Pousada Slide... isso também.

— Claro que não — responde o vovô.

Ele seca as lágrimas do rosto da neta e a abraça. Dói, mas ele faz mesmo assim.

— Vovô — diz ela. — O senhor deixou o bastão de beisebol especial da tia Nan lá.

— Tudo bem — diz o vovô, fazendo carinho no cabelo dela. Está todo suado e embaraçado. — A gente pode pegar depois.

Frank finalmente fala.

— Nós passamos por uma lojinha na 196 antes de entrarmos aqui. Vou ligar pra polícia de lá. — Ele se vira e olha para o velho. Há uma marca vermelha na bochecha dele, provocada pelo tapa. — Foi culpa sua, pai. Foi tudo culpa sua. Nós tínhamos que vir na porra do seu carro, né? Se estivéssemos com o Volvo...

— Cala a boca, Frank — interrompe Corinne. — Por favor. Só dessa vez. E Frank cala a boca.

Pensando em Flannery O'Connor

TELA VERMELHA

A manhã de Wilson está péssima. Ele se cortou fazendo a barba e está usando um lenço de papel para limpar o sangue no queixo quando Sandi coloca a cabeça no banheiro para reclamar de ele ter deixado o assento da privada levantado e a pasta de dentes sem tampa. Derrama suco na gravata e precisa trocá-la. Antes que possa fugir para o trabalho, há várias outras reclamações: ela encontrou garrafas de cerveja no lixo, não no cesto de reciclagem, e ele se esqueceu de enxaguar a tigela de sorvete antes de colocar no lava-louça. Tem mais uma, mas essa entra por um ouvido e sai pelo outro. É meio chato, de modo geral. Ele ficou esquecido e meio descuidado ou foi ela que começou a pegar mais no seu pé nos últimos seis ou oito meses? Ele não sabe, e é cedo demais para essas perguntas.

Mas, quando está no carro, dando ré em direção à rua, tem uma ideia que melhora seu humor. Se existe carma ruim, talvez ele já tenha enfrentado sua cota do dia, e dali em diante...

— Caminho livre! — exclama ele, e se permite pegar um cigarro do maço no porta-luvas.

Sua ideia otimista se sustenta por quinze minutos. Ele recebe uma ligação que o redireciona para a avenida 34, no Queens. Recebe ordens de ir ver os policiais, o que não pode ser carma bom.

Cinco horas depois, quando deveria estar pensando no almoço, Wilson está olhando através do espelho falso que dá em uma salinha de entrevistas. Tem uma mesa e duas cadeiras lá dentro. Em uma das cadeiras está um homem chamado Leonard Crocker. Ele está algemado a um aro no seu lado da mesa. Está vestindo camiseta regata e calça cáqui. A camisa que Leonard usava por cima está em um saco plástico etiquetado, a caminho da perícia. Quando chegar a vez dela (vai demorar porque sempre tem acúmulo de serviço), as manchas de sangue serão analisadas para identificar o tipo sanguíneo e buscar uma correspondência de DNA. Isso é mera formalidade. Crocker já confessou o assassinato. Em pouco tempo, a regata e a calça dele serão substituídas por um uniforme de cadeia.

Wilson coloca o cordão com o crachá no pescoço. Quando entra na sala, abre um sorriso.

— Oi, sr. Crocker. Lembra de mim?

Leonard Crocker parece perfeitamente à vontade, mesmo algemado.

— Você é o detetive.

— Na mosca! — Wilson se senta. — Você atende por Len, Lennie ou Leonard?

— Lennie quase sempre. É como o pessoal da encanadora me chama.

— Lennie, então. O que vai acontecer aqui, se você concordar, é só uma espécie de conversa preliminar. Você já ouviu seus direitos, né?

Lennie sorri como se faz quando se enxerga o que há por trás de uma pergunta capciosa.

— Primeiro dos policiais na cena do crime, depois de você. Eu que liguei pra eles, você sabe. Pros policiais.

— Ótimo! Só pra lembrar, qualquer coisa que você disser...

— Pode ser usada contra mim.

O sorriso de Wilson se alarga.

— Perfeito! E representação legal? Como está sua memória em relação a isso? Nós estamos sendo gravados, você sabe.

— Eu posso ter um advogado a qualquer momento. Se não puder pagar, vocês vão me arrumar um. Está na lei.

— Certinho, certinho. E você quer um? É só falar.

E aí eu vou poder almoçar, pensa Wilson.

— Fico feliz em falar com você, detetive, mas vou precisar de um advogado no julgamento, né?

— A menos que você queira defender a si mesmo. Mas um homem que defende a si mesmo...

Lennie ergue um dedo e inclina a cabeça, um gesto que é mais de um acadêmico do que de um encanador.

296

— ... tem um tolo como cliente.

Wilson ri e assente.

— O sujeito merece um prêmio. — Ele fica mais sério, une as mãos embaixo do queixo e olha diretamente para Lennie. — Por que a gente não vai direto ao ponto? Você matou sua esposa hoje de manhã, não matou? Deu três facadas na barriga, e ela sangrou até morrer. Foi o que você contou pros policiais, não foi? E pra mim.

Lennie faz que não.

— Se você lembrar direito, o que eu disse mesmo foi: "Fui eu".

— Querendo dizer que você matou sua esposa. Arlene Crocker.

— Ela não era minha esposa.

Wilson pega o caderno no bolso interno do paletó e o consulta.

— Sua esposa não é Arlene Crocker?

— Não hoje. Não no último ano. — Ele pensa. — Talvez mais. É difícil ter certeza.

— Você está dizendo que matou uma estranha? Uma que por acaso tem a mesma aparência da mulher que é sua esposa há nove anos?

— Estou. — Lennie está olhando para Wilson com paciência, e seu rosto diz *em algum momento você vai chegar às perguntas certas, mas eu que não vou ajudar.*

— Então... quando identificarmos o DNA e o tipo do sangue que havia no chão da sua cozinha e em toda a sua camisa, não vai haver correspondência com o da falecida?

— Ah, provavelmente vai. — Lenny faz um movimento sensato com a cabeça. — Tenho quase certeza de que vai. Mas espero que seu pessoal da ciência procure componentes... hum... — Ele tenta achar a palavra certa. — Componentes *peculiares.* Acho que não vão encontrar nenhum, mas seria bom verificar. Já espero ir pra cadeia por matar aquela coisa, mas preferiria não ir.

Agora, Wilson entende. Crocker já está com a alegação de insanidade no radar.

— O que você está me dizendo, Lennie? Que a sua esposa estava possuída? Me ajuda a entender.

Lennie pensa bem.

— Acho que não dá pra chamar exatamente assim. Quando uma pessoa está possuída, e me corrija se eu estiver enganado, detetive, um espírito, ou talvez um demônio, vem e toma posse dela, mas a pessoa ainda está lá dentro. Meio que prisioneira. É esse seu entendimento?

Wilson tinha visto *O exorcista* e alguns outros filmes com a mesma temática, então assente.

— Basicamente. Mas não foi isso que aconteceu com a sua esposa?

— Não. Ela morreu quando a coisa entrou. Todos morrem.

— Todos? Todos quem?

— Não muitos até agora em comparação com a população da Terra, que atualmente é de oito bilhões, pode olhar no Google. Mas tem cada vez mais deles. Eles tomam conta, detetive. É o disfarce perfeito. *Nós* somos o disfarce perfeito.

Wilson finge pensar. O que realmente passa pela sua cabeça é que a entrevista vai ser inútil para o promotor. O caminho pela frente vai ser longo: alguns psiquiatras da acusação e o psicólogo de Crocker. Wilson não ficaria surpreso se o sujeito já tivesse um profissional desses nos contatos de emergência do celular.

— Alienígenas?

A cara de Crocker diz *a ficha caiu*.

— Isso mesmo. Alienígenas. Não sei se vêm do espaço ou de algum mundo paralelo. Os sites da internet não chegam a nenhuma conclusão quanto a isso. Acho que é do espaço. Faz sentido, porque... — Ele se inclina para a frente. — A velocidade da luz, sabe?

— O que tem?

Não que Wilson se importe. Está perdendo o foco. O que o interessa é um sanduíche de presunto e peru da deli ali da rua. E um Marlboro em seguida.

— As espaçonaves não podem ultrapassar a velocidade da luz, senão voltam no tempo ou pode ser que só se desintegrem. É ciência. Mas a *mente* pura, detetive... *isso* pode dar o salto. Só que, quando chegam aqui, eles precisam de corpos. Provavelmente morreriam sem eles. Nós estamos no estágio preliminar da invasão agora, mas se os governos do mundo não ficarem espertos, eles vão chegar aos milhares, centenas de milhares, *milhões*.

Crocker está inclinado para a frente com as mãos algemadas e acorrentadas, mas agora se encosta.

— Está na internet.

— Aposto que está, Lennie. Aposto que Kamala Harris é um desses invasores, só esperando o Chefão Joe bater as botas pra pôr as mãos no poder. — Ele se levanta. — Acho que você precisa voltar pra cela e pensar nisso tudo antes da sua audiência preliminar. E um conselhinho: acho que você precisa de um bom advogado. Porque só um dos bons pode convencer um júri disso aí.

— Senta aí — diz Lennie baixinho. — Você vai querer ouvir isso.

Wilson olha para o relógio e decide dar a Leonard Crocker mais cinco minutos, talvez até dez. Pode ser que consiga identificar se o sujeito está mesmo maluco ou se está tentando manipulá-lo. É possível que dê para fazer isso. Ele é detetive, afinal.

— Cinco ou seis anos atrás descobriram o que está acontecendo. Está na dark web, detetive, se espalhando a partir de lá. Como tinta na água.

— Tenho certeza de que está. — Wilson não está mais sorrindo. — Junto com democratas bebedores de sangue, enemas com cloro pra curar covid, vídeos de animais sendo pisoteados e pornografia infantil. Você matou a sua esposa, Lennie. Precisa parar de merda e pensar um pouco nisso. Você a esfaqueou com uma faca de cozinha e a viu morrer.

— Eles mudam. Ficam críticos, de pavio curto. Não ficam satisfeitos só de estar aqui. Querem dominar. Mas nós temos chance porque algum às do computador descobriu um jeito de detectá-los. Se sobrevivermos, vai haver uma estátua dele em todos os países, em todo o mundo. Os alienígenas deflagram um comando profundo, entende? Automático. Infalível. Só poucas pessoas sabem sobre isso, mas a informação está se espalhando. A internet é boa pra isso, espalhar informações.

Sem mencionar doenças mentais, pensa Wilson.

— Vai ser uma corrida. — Lennie está com os olhos arregalados. — Uma corrida contra o tempo.

— Opa, volta um pouco. Você matou sua esposa porque ela ficou crítica e de pavio curto?

Lennie sorri.

— Não seja lerdo, detetive. Muitas mulheres reclamam, eu sei disso. Os homens também. É fácil descartar as indicações preliminares.

Ele abre as mãos até onde a algema permite. Não muito.

— Acho que, sendo casada com você, Arlene tinha muitos motivos pra ser crítica e ter pavio curto.

— Ela começou a pegar no meu pé — diz Lennie. — A reclamar e reclamar e reclamar. No começo, eu só fiquei pra baixo…

— A autoestima levou um golpe, é?

— Depois, fiquei desconfiado.

— Minha esposa pega no meu pé um pouco — diz Wilson. — Gosta de dizer que meu carro é um chiqueiro sobre rodas, fica irritada se esqueço de abaixar o tampo do vaso. Mas estou longe de usar uma faca nela.

— Eu vi a tela vermelha. É só por um ou dois segundos, pra que *eles* não vejam. Mas, quando vi, eu soube.

— O que eu sei é que esta entrevista acabou.

Wilson se vira para o espelho na parede à esquerda e passa a lateral da mão pela garganta: *corta.*

— É sutil — diz Lennie. Ele está olhando para Wilson com uma expressão que é ao mesmo tempo de pena e de superioridade. — Como aquela história de ferver um sapo aumentando o calor bem devagar. Eles tiram de você. Tiram seu respeito próprio, e quando você está fraco… — Ele move as mãos para cima no comprimento da corrente e faz um gesto de esganar. — … tiram sua vida.

— As mulheres, né?

— Mulheres ou homens. Não é uma coisa sexista, não vai ficar com essa ideia.

— Então não é *O exorcista*, mas *Vampiros de almas.*

O matador de esposa abre um sorriso largo.

— *Exatamente!*

— Segue com essa história aí, Lennie. Vamos ver se vai dar certo pra você.

Wilson chega em casa às quinze para as sete. Sandi está na sala, vendo o noticiário da noite. Tem um lugar só na mesa de jantar. Parece solitário.

— Oi, amor — diz ele.

— Seu jantar está no forno. O frango deve estar seco. Você disse que estaria em casa às cinco.

— Surgiram umas coisas.

— Sempre surgem com você.

Ele disse *mesmo* para Sandi que voltaria às cinco? Wilson não consegue lembrar de jeito nenhum. Mas se lembra de Crocker, provavelmente agora esfriando o motor na Detenção Metropolitana, dizendo: "É sutil".

Ele tira o frango com batata do forno e pega a vagem no fogão. A batata deve estar boa, mas o frango e a vagem parecem pré-históricos e nada apetitosos.

— Pegou a roupa na tinturaria?

Ele faz uma pausa com um pedaço de peito de frango cortado pela metade. *Serrado* pela metade, na verdade.

— Que roupa?

Ela se levanta e para na porta.

— A *nossa* roupa. Eu falei pra você ontem à noite, Frank. Meu Deus do céu!

— Eu... — O telefone dele toca. Ele o puxa do cinto e olha a tela. Se a ligação fosse do parceiro, recusaria. Mas não é. É do capitão Alvarez. — Tenho que atender.

— Claro que tem — diz ela, e se vira para a sala para não perder a última contagem de mortos por coronavírus. — Francamente.

Ele pensa em ir atrás da esposa, em tentar acalmar a situação, mas é o chefe ao telefone, então aperta o botão para atender. Escuta o que Alvarez tem a dizer e se senta.

— Você está de *sacanagem? Como?*

A voz dele traz Sandi de volta para a porta. A postura curvada, com o telefone ao ouvido, a cabeça abaixada, um antebraço apoiado na coxa, a leva até a mesa.

Wilson escuta mais um pouco e desliga. Leva o prato para a pia e joga tudo no triturador de lixo.

— A porra do fim perfeito pra uma porra de dia perfeito.

— O que aconteceu?

Sandi coloca a mão no braço dele. O toque é leve, mas muito bem-vindo.

— Nós estávamos com um cara que matou a esposa. Fui no local, uma sujeirada. Sangue na cozinha toda, ela caída no meio. Na delegacia, fiz o interrogatório preliminar. O elemento era louco de pedra. Alegou que ela era alienígena, parte de uma força de invasão.

— Ah, meu Deus.

— Ele se matou. Estava passando pela admissão na Detenção Metropolitana. Pegou um lápis, arrebentou a corrente em que estava preso e perfurou a própria jugular. Alvarez diz que talvez tenha sido pura sorte, mas o sargento da admissão diz que parecia que ele sabia bem onde enfiar.

— Pode ser que ele tenha tido treinamento médico.

— Sandi, ele era *encanador*.

Isso a faz rir, o que faz Wilson rir. Ele encosta a testa na dela.

— Não é engraçado — diz Sandi —, mas o jeito como você falou foi. *Encanador*.

Ela ri de novo.

— Alvarez disse que o cara lutou contra eles. O sangue saindo, *jorrando*, sem parar, e ele lutando. Quando desmaiou, foi levado para o Presbiteriano, mas era tarde demais. Tinha perdido muito sangue.

— Desliga a televisão pra mim — pede Sandi. — Vou fazer ovos mexidos pra você.

— Com bacon?

— É ruim para o seu colesterol, mas hoje… tudo bem.

Eles fazem amor naquela noite pela primeira vez em… semanas? Não, mais. Um mês pelo menos. É bom. Quando acaba, Sandi diz:

— Você ainda fuma?

Ele pensa em mentir. Pensa no encanador recém-falecido dizendo *ela começou a pegar no meu pé. A reclamar e reclamar e reclamar.* Pensa em como a noite foi boa. Em como foi diferente dos últimos seis ou oito meses.

Eles mudam, disse Lennie. *Ficam críticos, de pavio curto.*

Ele não mente. Diz que ainda fuma, mas não muito. Meio maço por dia no máximo, esperando que ela diga *mesmo isso pode matar você*.

Ela não diz. O que diz é:

— Tem algum por aí? Se tiver, me dá um, por favor.

— Você não fuma há…

— Tem uma coisa que eu preciso contar. Estava adiando.

Ah, meu Deus, pensa Wilson.

Ele acende o abajur que fica na mesa de cabeceira. As chaves, a carteira, o celular e algumas moedas estão espalhados em cima. Ele guardou a arma de serviço na gaveta. Sempre faz isso. Atrás tem um maço de Marlboro e um isqueiro Bic. Dá um cigarro para ela, pensando *depois de tantos anos sem, é capaz de ficar derrubada.*

— Pega um também.

— Eu não tenho cinzeiro. Quando quero fumar, costumo ir pro banheiro social.

— A gente usa meu copo de água.

Ele acende o dela e depois o dele. Fumando na cama, como quando se casaram e achavam que teriam dois filhos e viveriam felizes para sempre. Doze anos depois, não tem criança nenhuma e Wilson está se sentindo bem mortal.

— Você não vai me dizer que quer o divórcio, né?

Ele está brincando. Ele não está brincando.

— Não. Quero contar por que eu ando mal-humorada pra caralho e difícil de conviver desde a primavera.

— Tudo bem…

Ela traga o cigarro, mas não inala.

— Eu ando instável.

— Eu não sei o que isso quer dizer, Sandi.

— Quer dizer que eu estou entrando na menopausa, Frank. Em pouco tempo vai ser meno-*fim.*

— Tem certeza?

Ela o olha com uma expressão azeda, mas solta uma gargalhada.

— Acho que eu saberia, você não acha?

— Amor… você só tem trinta e nove anos.

— Na minha família a gente começa cada vez mais cedo. Minha irmã Pat passou pela mudança quando tinha trinta e seis. Minhas emoções andam descontroladas. Como você pode ter notado.

— Por que você não me contou?

— Porque aí eu teria que admitir pra mim mesma. — Ela suspira. — Minha última menstruação foi quatro meses atrás, depois disso só escapes. Tipo as gotas finais de uma torneira quando é fechada. — Uma lágrima desce pela bochecha dela, só uma. Ela joga o cigarro pela metade no copo de água e cobre os olhos com a mão. — Eu me sinto *seca*, Frankie. Velha, gasta e impossível de amar. Tenho sido uma escrota com você e peço desculpas.

Ele joga o cigarro fora. Coloca o copo na mesa de cabeceira e a toma nos braços.

— Eu te amo, Sandi. Sempre amei, sempre vou amar.

— Obrigada, meu bem.

Ela estende o braço por cima do marido, o seio apertando a bochecha dele, e apaga a luz. Por um momento, não mais de um segundo, a tela do celular dele fica vermelha.

No escuro, Sandi Wilson sorri.

O ESPECIALISTA EM TURBULÊNCIA

1

Craig Dixon estava sentado na sala de uma suíte pequena no Four Seasons, comendo comida cara de serviço de quarto e assistindo a uma série no pay--per-view, quando o telefone tocou. Os batimentos anteriormente calmos perderam o controle e dispararam. Dixon era livre, a definição perfeita de andarilho, e só uma pessoa sabia que ele estava naquele hotel chique em frente ao Boston Common. Ele pensou em não atender, mas o homem que ele encarava como facilitador ligaria de novo, e continuaria ligando até ele atender. Se ele se recusasse, haveria consequências.

Aqui não é o inferno, pensou ele, *as acomodações são boas demais, mas é o purgatório.* E não havia perspectiva de aposentadoria por muito tempo.

Ele tirou o som da televisão e pegou o telefone. Não disse "alô". O que disse foi:

— Isso não é justo. Cheguei de Seattle dois dias atrás. Ainda estou me recuperando.

— Eu entendo e sinto muitíssimo, mas isso surgiu e você é o único disponível.

O *sinto* saiu pronunciado *finto*.

O facilitador tinha a voz tranquilizadora e macia de um locutor de rádio FM, estragada apenas pelo ocasional ceceio leve. Dixon nunca o tinha encontrado pessoalmente, mas o imaginava alto e magro, com olhos azuis e um rosto sem idade, sem marcas. Na realidade, ele devia ser gordo, careca e moreno, mas Dixon tinha confiança de que sua imagem mental jamais mudaria, já que nunca esperava ver o facilitador. Ele teve contato com uma boa quantidade de especialistas em turbulência ao longo dos anos na firma, se é que *era* uma firma, e nenhum deles conhecia o sujeito. Certamente, nenhum dos especialistas que trabalhavam com ele eram desprovidos de rugas; mesmo os de vinte e poucos e trinta e poucos anos pareciam ser de meia-idade. Não era o trabalho, no qual às vezes se trabalhava até tarde, mas não se carregava peso. Era o que os tornava capazes de *fazerem* o trabalho.

— Pode falar — disse Dixon.

— O voo 19 da Allied Airlines. Sem escalas de Boston até Sarasota. Sai às oito e dez da noite. Ainda dá tempo de você pegar.

— Não tem mais *ninguém* disponível? — Dixon percebeu que estava quase gemendo. — Estou cansado, cara. *Cansado*. O trajeto de Seattle foi um horror.

— O assento de sempre — disse o facilitador, pronunciando *afento*.

Em seguida, desligou.

Dixon olhou para o peixe que não queria mais. Olhou para a série de Kate Winslet que não terminaria, ao menos não em Boston. Pensou (e não pela primeira vez!) em fazer as malas, alugar um carro e dirigir para o norte, primeiro para New Hampshire, depois para o Maine, então atravessaria a fronteira até o Canadá. Mas eles o pegariam. Ele sabia. E os boatos do que acontecia aos especialistas que fugiam incluíam choques, eviscerações, e ouviu falar até mesmo de alguns que foram fervidos vivos. Dixon não acreditava nos boatos... mais ou menos.

Ele começou a fazer as malas, o que foi bem rápido. Os especialistas em turbulência carregavam pouca coisa.

2

A passagem estava à sua espera no balcão. Como sempre, sua missão o colocou na classe econômica, logo à frente da asa de estibordo, no assento do meio. Como aquele assento em particular podia estar sempre disponível era outro mistério, como quem era o facilitador, de onde telefonava e para que tipo de organização trabalhava. Como a passagem, o assento estava sempre à sua espera.

Dixon colocou a bolsa no compartimento superior e olhou para os vizinhos e companheiros noturnos de viagem: um empresário com olhos vermelhos e bafo de gim no corredor e uma senhora de meia-idade que parecia bibliotecária na janela. O empresário grunhiu alguma coisa ininteligível quando Dixon passou por ele murmurando um pedido de desculpas. O sujeito estava lendo um livro com o título encantador de *Não deixe seu chefe f*d*r com você*. Já a bibliotecária olhava pela janela, para os vários equipamentos indo de lá para cá, como se fossem a coisa mais fascinante que já tinha visto. Havia uma peça de tricô no colo dela. Parecia um suéter.

Ela se virou, abriu um sorriso e estendeu a mão.

— Oi, meu nome é Mary Worth. Igual ao quadrinho.

Dixon não conhecia nenhuma personagem de quadrinhos chamada Mary Worth, mas apertou a mão dela.

— Craig Dixon. É um prazer conhecer você.

O empresário grunhiu e virou uma página do livro.

— Estou tão ansiosa — disse Mary Worth. — Não tiro férias de verdade há doze anos. Vou dividir o aluguel de uma casinha em Siesta Key com duas colegas.

— Colegas — resmungou o empresário.

O grunhido parecia ser sua reação automática.

— Sim! — Mary Worth se animou. — Alugamos por três semanas. Na verdade nós nunca nos vimos pessoalmente, mas elas são verdadeiras amigas. Somos todas viúvas. Nos conhecemos na internet. A internet é tão maravilhosa. Não tinha nada igual quando eu era jovem.

— Os pedófilos também acham a internet maravilhosa — disse o empresário, e virou outra página.

O sorriso da sra. Worth murchou, mas logo voltou com tudo.

— É um grande prazer conhecê-lo, sr. Dixon. Você está viajando a trabalho ou a lazer?

— Trabalho — disse ele.

Os alto-falantes apitaram.

— Boa noite, senhoras e senhores, aqui é o capitão Stuart. Vocês verão que estamos nos afastando do portão e começando a taxiar para a pista número três, onde somos os terceiros na fila de decolagem. Estimamos um voo de duas horas e quarenta minutos para SRQ, o que deve colocar vocês na terra das palmeiras e praias lindas pouco antes das onze horas. O céu está limpo, e prevemos uma viagem tranquila. Agora, eu gostaria que os senhores colocassem os cintos, fechassem as bandejas que talvez tenham abaixado...

— Como se a gente tivesse alguma coisa pra *colocar* nelas — resmungou o empresário.

— ...e guardem itens pessoais que estejam usando. Obrigado por voarem pela Allied hoje. Nós sabemos que vocês têm muitas escolhas.

— Porra nenhuma — resmungou o empresário.

— Esqueça a porra, leia seu livro — disparou Dixon.

O empresário olhou para ele, surpreso. O coração de Dixon já estava batendo com força, o estômago contraído, a garganta seca de expectativa. Ele poderia dizer a si mesmo que tudo ficaria bem, que tudo *sempre* ficava bem, mas isso não ajudou. Ele temia as profundezas que logo se abririam abaixo dele.

O voo 19 da Allied decolou às oito e treze da noite, três minutos atrasado.

3

Em algum ponto acima de Maryland, uma comissária surgiu empurrando um carrinho de bebidas e petiscos pelo corredor. O empresário deixou o livro de lado e esperou com impaciência. Quando ela chegou, ele pegou uma lata de tônica Schweppes, duas garrafinhas de gim e um saco de salgadinho. Seu Mastercard foi recusado quando a funcionária o passou na máquina, e ele entregou o American Express, olhando para ela de cara feia, como se o fracasso do primeiro cartão fosse culpa dela. Dixon se perguntou se o Mastercard tinha estourado o limite e se o sr. Empresário guardava o Amex para emergências. Era possível, o corte de cabelo dele era ruim e o paletó parecia desbotado. Não fazia diferença para Dixon, mas era algo em que pensar além do terror leve e constante. A expectativa. Estavam em velocidade de cruzeiro a dez mil metros e o caminho até o chão era longo.

Mary Worth pediu vinho e se serviu com cuidado no copo de plástico.

— Não vai tomar nada, sr. Dixon?

— Não. Eu não como nem bebo em aviões.

O sr. Empresário grunhiu. Ele já tinha tomado o primeiro gim-tônica e estava começando o segundo.

— Não gosta de voar? — perguntou Mary Worth com solidariedade.

— Não. — Não havia motivo para mentir. — Infelizmente.

— Que bobeira — disse o sr. Empresário. Refrescado pela bebida, ele começou a falar palavras de verdade em vez de grunhidos. — É a forma mais segura de viagem já inventada. Não há desastre de aeronaves comerciais há muitos anos. Pelo menos não nos Estados Unidos.

— Eu não me incomodo — disse Mary Worth. Ela já tinha tomado metade da garrafinha e suas bochechas estavam rosadas. Os olhos cintilavam. — Não ando de avião desde que meu marido faleceu cinco anos atrás, mas nós dois viajávamos juntos três ou quatro vezes por ano. Me sinto próxima de Deus aqui.

Como se esperando sua deixa, um bebê começou a chorar.

— Se o céu for lotado e barulhento assim — observou o sr. Empresário, avaliando a classe econômica do 737 —, eu não quero ir pra lá.

— Dizem que é cinquenta vezes mais seguro do que viajar de automóvel — disse Mary Worth. — Talvez mais. Talvez cem vezes.

— Que tal quinhentas vezes mais seguro? — O sr. Empresário se inclinou na frente de Dixon e esticou a mão para Mary Worth. O gim tinha exercido seu milagre temporário e o transformou de mal-humorado em afável. — Frank Freeman.

Ela apertou a mão dele e sorriu. Craig Dixon ficou no meio dos dois, ereto e infeliz, mas quando Freeman lhe ofereceu a mão, ele a apertou.

— Uau — disse Freeman, e gargalhou. — Você está se borrando de medo. Mas sabe o que dizem, mãos frias, coração quente.

Ele virou o resto da bebida.

Os cartões de crédito de Dixon sempre funcionavam. Ele ficava em hotéis cinco estrelas e comia em restaurantes cinco estrelas. Às vezes, passava a noite com uma mulher bonita e pagava um extra para obter benefícios que não eram, ao menos julgando por certos sites da internet que Mary Worth provavelmente não visitava, realmente benefícios. Ele tinha amigos dentre os outros especialistas em turbulência. Eram um grupo unido, que se aproximava não só pela ocupação, mas também pelos seus medos. O pagamento era bem mais do que bom, havia muitos benefícios… mas, em momentos como aquele, nada disso parecia importar. Em momentos como aquele, só havia o medo.

Tudo ficaria bem. *Sempre* ficava bem.

Mas, em momentos como aquele, esperando a merda acontecer, esse pensamento não tinha poder. O que era, obviamente, o que o tornava bom no trabalho.

Dez mil metros. Um longo caminho até o chão.

4

TAC, de turbulência de ar claro.

Dixon a conhecia bem, mas nunca estava preparado. O Allied 19 estava em algum ponto acima da Carolina do Sul quando começou. Uma mulher estava indo para o banheiro nos fundos do avião. Um jovem de calça jeans e barba rala da moda tinha se inclinado no corredor para falar com uma mulher do outro lado, os dois rindo de alguma coisa. Mary Worth estava cochilando com a cabeça apoiada na janela. Frank Freeman estava na metade da terceira bebida e no segundo saco de salgadinho.

O avião se inclinou de repente para bombordo e deu um tranco para cima, com um baque e um estalo. A mulher indo para o banheiro foi jogada na última fileira de assentos a bombordo. O jovem de barba rala voou contra o compartimento superior, mas levantou a mão a tempo de amortecer o golpe. Várias pessoas que tinham aberto o cinto de segurança saíram da poltrona, como se estivessem levitando. Houve alguns gritos.

O avião mergulhou como uma pedra em um poço, deu um baque e subiu de novo, agora inclinado para o outro lado. Freeman foi pego enquanto erguia a bebida e agora estava ensopado.

— Porra! — gritou.

Dixon fechou os olhos e esperou morrer. Ele sabia que não morreria se fizesse seu trabalho, era para isso que estava ali, mas era sempre a mesma coisa. Ele sempre achava que iria morrer.

O ding-dong soou.

— Aqui é o capitão. — A voz de Stuart estava, como ditava o protocolo, tão tranquila quanto poderia. — Tivemos um momento inesperado de turbulência, pessoal. Eu...

O avião deu outra guinada horrível, sessenta toneladas de metal jogadas para cima como um pedaço de papel queimado em uma chaminé, depois caiu com outro baque e outro estalo. Houve mais gritos. A moça indo para o banheiro, que tinha se levantado, cambaleou para trás, balançou os braços e caiu nos assentos do lado estibordo. O sr. Barba Rala estava agachado no corredor, se segurando nos braços de poltronas dos dois lados. Dois ou três compartimentos superiores de bagagem se abriram e a bagagem deslizou para fora.

— Porra! — disse Freeman de novo.

— ... acendi o sinal de afivelar os cintos — prosseguiu o piloto. — Peço desculpas por isso, pessoal. Voltaremos ao ar tranquilo...

O avião começou a subir e descer em uma série de sacolejos curtos, como uma pedra quicando na superfície de um lago.

— ... daqui a pouco, então aguentem firme.

O avião mergulhou e subiu novamente. As bagagens de mão no corredor subiram e caíram e rolaram. Os olhos de Craig Dixon estavam bem fechados. Seu coração agora batia tão rápido que parecia não haver batimentos individuais. A boca estava amarga devido à adrenalina. Ele sentiu a mão de alguém segurar a sua e abriu os olhos. Mary Worth estava olhando para ele, o rosto pálido como papel. Os olhos dela estavam enormes.

— Nós vamos morrer, sr. Dixon?

Sim, pensou ele. *Dessa vez, nós vamos morrer.*

— Não — respondeu ele. — Estamos perfeitamente b...

O avião pareceu bater num muro de tijolos e os jogou para a frente contra os cintos, depois se inclinou para bombordo: trinta graus, quarenta, cinquenta. Quando Dixon achou que ficaria completamente de lado, o avião se estabilizou. Dixon ouviu várias pessoas gritando. O bebê estava aos berros. Um homem gritava:

— Tudo bem, Julie, está tudo bem!

Dixon fechou bem os olhos e permitiu que o pavor tomasse conta dele. Era horrível; era o único jeito.

Ele os viu rolando, dessa vez sem parar, mas completando a volta toda. Viu o motor perder a vez no mistério termodinâmico que antes o sustentava. Viu o nariz subindo rápido até parar, e então se inclinando para baixo como um carrinho de montanha-russa prestes a dar o primeiro mergulho.

Viu o avião começar o mergulho final, os passageiros que estavam sem cinto grudados no teto, as máscaras amarelas de oxigênio fazendo uma dança frenética no ar. Viu o bebê voando para a frente e desaparecendo na classe executiva, ainda chorando. Viu o avião bater, o nariz e o compartimento da primeira classe virando um buquê de aço florescendo na direção da classe econômica, espalhando fios, plástico e membros decepados enquanto o fogo explodia e Dixon inspirava uma última vez, botando os pulmões em chamas como se fossem sacos de papel.

Tudo isso em meros segundos, talvez trinta, não mais do que quarenta, e tão real que poderia estar acontecendo de verdade. Depois de mais um salto desajeitado, o avião se firmou e Dixon abriu os olhos. Mary Worth estava olhando para ele com os olhos cheios de lágrimas.

— Achei que fôssemos morrer — disse ela. — Eu *sabia* que nós íamos morrer. Eu *vi*.

Eu também, pensou Dixon.

— Que palhaçada! — Embora parecesse cheio de energia, Freeman aparentava estar meio nauseado. — Esses aviões, a forma como são construídos, poderiam entrar em um furacão. Eles...

Um arroto interrompeu o discurso. Freeman pegou um saco de vômito no bolso do assento à frente, abriu e colocou sobre a boca. Em seguida, veio um ruído que lembrou a Dixon um moedor de café pequeno e eficiente. Parou e começou de novo.

O ding-dong soou.

— Desculpem, pessoal — disse o capitão Stuart. Ele ainda usava sua voz tranquila. — Acontece de tempos em tempos, um pequeno fenômeno que chamamos de turbulência de ar claro. A boa notícia é que já comuniquei a presença da turbulência e as outras aeronaves serão desviadas desse ponto específico. Uma notícia melhor ainda é que pousaremos em quarenta minutos, e garanto que a viagem será tranquila pelo resto do caminho.

Mary Worth deu uma gargalhada trêmula.

— Foi o que ele disse antes.

Frank Freeman estava dobrando a parte de cima do saco de vômito como um homem experiente.

— Isso não foi medo, não pensem isso, só enjoo por causa do movimento. Não consigo nem viajar no banco de trás de um carro sem sentir náusea.

— Vou voltar para Boston de trem — disse Mary Worth. — Chega *disso*, muito obrigada.

Dixon viu os comissários checarem se todos os passageiros sem cinto estavam bem e depois guardarem as bagagens caídas. A cabine estava tomada por conversas e gargalhadas nervosas. Dixon observou e ouviu tudo aquilo, os batimentos cardíacos voltando ao normal. Estava exausto. Sempre ficava exausto depois de salvar uma aeronave cheia de passageiros.

O resto do voo foi tranquilo, como o capitão tinha prometido.

5

Mary Worth correu atrás da bagagem, que chegaria na esteira 2 do andar de baixo. Dixon, com apenas uma pequena malinha de mão, parou para tomar uma bebida no Dewar's Clubhouse. Convidou o sr. Empresário para ir junto, mas Freeman balançou a cabeça.

— Vomitei a ressaca de amanhã em algum lugar entre a Carolina do Sul e a Geórgia, e acho que vou parar agora que estou na vantagem. Boa sorte com seu trabalho em Sarasota, sr. Dixon.

Dixon, cujo trabalho aconteceu na verdade em algum lugar entre a Carolina do Sul e a Geórgia, assentiu e agradeceu. Uma mensagem de texto chegou quando ele estava terminando o uísque com soda. Era do facilitador, apenas duas palavras: *Bom trabalho*.

Ele pegou a escada rolante. Um homem de terno escuro e quepe de chofer estava parado no desembarque, segurando uma placa com o nome dele.

— Sou eu — disse Dixon. — Em que hotel tenho reserva?

— No Ritz-Carlton — respondeu o motorista. — É muito bom.

Claro que era, e haveria uma boa suíte o esperando, provavelmente com vista. Também haveria um carro alugado esperando na garagem do hotel, para o caso de ele querer visitar uma praia próxima ou alguma atração local. No quarto, encontraria um envelope com uma lista de vários serviços femininos, nos quais não tinha interesse naquela noite. Só queria dormir.

Quando Dixon e o motorista saíram do aeroporto, ele viu Mary Worth sozinha, parecendo desamparada. Ela estava com uma mala de cada lado (combinando, claro, xadrez). O celular na mão.

— Sra. Worth — chamou Dixon.

Ela olhou para ele e sorriu.

— Oi, sr. Dixon. Nós sobrevivemos, não foi?

— Sobrevivemos. Alguém vem encontrar você? Uma das suas colegas?

— A sra. Yeager... Claudette... tinha que ter vindo, mas o carro dela não quer dar partida. Eu ia chamar um Uber.

Ele pensou no que ela disse quando a turbulência — quarenta segundos que mais pareceram quatro horas — finalmente passou: eu *sabia* que nós íamos morrer. Eu *vi*.

— Não precisa. Podemos levá-la até Siesta Key. — Ele apontou para a limusine esperando um pouco mais à frente e falou com o motorista: — Não é?

— Claro, senhor.

Ela olhou para ele com dúvida.

— Tem certeza? Está tão tarde.

— Vai ser um prazer — disse ele. — Vamos.

6

— Ah, que legal — disse Mary Worth, sentando-se no banco de couro e esticando as pernas. — Seja qual for seu trabalho, você deve ser muito bem-sucedido, sr. Dixon.

— Pode me chamar de Craig. Você é Mary, e eu sou Craig. Deveríamos nos tratar pelo primeiro nome porque quero conversar com você sobre um assunto.

Ele apertou um botão e uma barreira de vidro subiu para lhes dar privacidade.

Mary Worth notou isso com certo nervosismo e se virou para Dixon.

— Você não vai, como dizem por aí, dar em cima de mim, não é?

Ele sorriu.

— Não, você está em segurança. Disse que ia tomar o trem para voltar. Falou sério?

— Claro. Você se lembra de eu ter dito que voar me fazia sentir mais próxima de Deus?

— Lembro.

— Eu não me senti próxima de Deus quando estava sendo jogada como uma salada dez ou onze quilômetros no ar. Nem um pouco. Só me senti perto da morte.

— Você voltaria a voar *algum dia*?

Ela pensou na pergunta com cuidado, observando as palmeiras e concessionárias de carro e franquias de fast food passarem pela janela enquanto seguiam para o sul pela Tamiami Trail.

— Acho que sim. Se alguém estivesse no leito de morte, digamos, e eu tivesse que chegar rápido. Só não sei que pessoa seria essa, porque não tenho mais muita gente na família. Meu marido e eu não tivemos filhos, meus pais morreram, e só sobram uns primos com quem mal troco e-mails, muito menos converso.

Só melhora, pensou Dixon.

— Mas você sentiria medo.

— Sentiria. — Ela olhou para ele com os olhos arregalados. — Achei mesmo que íamos morrer. No céu se o avião se partisse, no chão se não se partisse. Não ia sobrar nada além de pedacinhos queimados.

— Eu gostaria de expor uma hipótese — disse Dixon. — Não ria, pense seriamente.

— Certo...

— Imagine que existisse uma organização cuja função fosse manter os aviões seguros.

— E ela existe — disse Mary Worth, sorrindo. — Acredito que se chama FAA.

— Esqueça essa, imagine que fosse uma organização capaz de prever quais aviões enfrentariam turbulências severas e inesperadas em um dado voo.

Mary Worth bateu palmas de leve, sorrindo mais amplamente agora. Atenta.

— Sem dúvida com funcionários paranormais! As pessoas que...

— Pessoas que preveem o futuro — disse Dixon. E não era possível? Provável, até? De que outra forma o facilitador conseguiria obter as informações? — Mas vamos dizer que a capacidade de ver o futuro é limitada a essa única coisa.

— Por que seria? Por que não poderiam prever eleições… placares de futebol americano… o Kentucky Derby…

— Não sei — disse Dixon, pensando que talvez eles consigam. Talvez consigam prever todos os tipos de coisa, esses paranormais hipotéticos em uma sala hipotética. Talvez. Ele não se importava. — Agora, vamos um pouco mais longe. Vamos supor que o sr. Freeman estivesse errado e que a turbulência do tipo que encontramos hoje seja bem mais séria do que qualquer um, inclusive as companhias aéreas, acredita ou esteja disposto a admitir. Imagine que só se pode sobreviver a esse tipo de turbulência se houver pelo menos um passageiro talentoso e apavorado em cada avião que passa por isso. — Ele fez uma pausa. — E imagine que, no voo de hoje, o passageiro talentoso e apavorado fosse eu.

Ela deu uma gargalhada, mas ficou séria quando viu que ele não estava rindo.

— E os aviões que voam em furacões, Craig? Acredito que o sr. Freeman tenha mencionado alguma coisa sobre aviões assim pouco antes de precisar usar o saco de vômito. *Esses* aviões sobrevivem a turbulências que devem ser bem piores do que a que vivenciamos hoje.

— Mas as pessoas que os pilotam sabem em que estão se metendo — explicou Dixon. — Estão mentalmente preparadas. O mesmo acontece com muitos voos comerciais. O piloto fala antes mesmo da decolagem: "Pessoal, lamento, mas o voo de hoje vai ser difícil, então fiquem com os cintos afivelados".

— Entendi — disse ela. — Passageiros mentalmente preparados poderiam usar… acho que podemos chamar de força telepática unida para segurar o avião no céu. É só a turbulência *inesperada* que pediria a presença de alguém preparado. Uma pessoa apavorada… hum… não sei como chamar uma pessoa assim.

— Um especialista em turbulência — disse Dixon, baixinho. — É assim que se chama. É assim que me chamam.

— Você não está falando sério.

— Estou. E tenho certeza de que agora você está pensando que está no carro com um homem sofrendo uma alucinação séria e que mal pode esperar para sair daqui. Mas, na verdade, é o meu trabalho. Sou bem pago…

— Por quem?

— Não sei. Um homem me telefona. Eu e os outros especialistas em turbulência, existem algumas dezenas, nós o chamamos de facilitador. Às vezes, semanas se passam sem uma ligação. Uma vez, foram dois meses. Dessa vez, dois dias. Eu fui para Boston de Seattle e em cima das Montanhas Rochosas... — Ele passou a mão na boca, sem querer lembrar, mas lembrando mesmo assim. — Vamos só dizer que foi ruim. Houve alguns braços quebrados.

A limusine fez uma curva. Dixon olhou pela janela e viu uma placa que dizia SIESTA KEY, 3 QUILÔMETROS.

— Se fosse verdade — disse ela —, por que você trabalharia com isso?

— O salário é bom. Os benefícios são bons. Eu gosto de viajar... ou gostava, pelo menos; depois de cinco ou dez anos, todos os lugares começam a parecer iguais. Mas, principalmente... — Ele se inclinou para a frente e segurou uma das mãos dela. Pensou que Mary se afastaria, mas ela não fez nada. Estava olhando para ele, fascinada. — É salvar vidas. Havia mais de cento e cinquenta pessoas naquele avião hoje. Só que as companhias não as chamam de pessoas, as chamam de *almas*, e é o jeito certo de falar mesmo. Eu salvei cento e cinquenta almas hoje. E desde que comecei esse trabalho, já salvei milhares. — Ele balançou a cabeça. — Não, dezenas de milhares.

— Mas você fica apavorado toda vez. Eu vi você hoje, Craig. Você estava sofrendo muito. Eu também. Diferente do sr. Freeman, que só vomitou por causa do movimento.

— O sr. Freeman jamais poderia fazer esse trabalho — disse Dixon. — Não dá para fazer se você não tiver certeza de que sempre que há uma turbulência você vai morrer. Você tem que ter certeza, apesar de ser quem vai dar um jeito para que ninguém morra.

O motorista falou baixinho pelo interfone:

— Cinco minutos, sr. Dixon.

— Preciso dizer que essa discussão foi fascinante — disse Mary Worth. — Posso perguntar como você conseguiu esse emprego único?

— Eu fui recrutado. Como estou recrutando você agora.

Ela sorriu, mas dessa vez não riu.

— Tudo bem, vou entrar na brincadeira. E se você me recrutasse? O que ganharia com isso? Um bônus?

— Isso — respondeu Dixon.

Dois anos a menos de serviço, esse era o bônus. Dois anos a menos para a aposentadoria. Ele tinha contado a verdade sobre os motivos altruístas, salvar vidas, salvar almas. Mas também tinha contado a verdade quando disse que as viagens se tornavam cansativas. O mesmo valia para a parte sobre salvar almas, quando o preço de fazer isso eram momentos infinitos de pavor bem longe da terra.

Será que ele deveria contar que depois de entrar não dava para sair? Que era um pacto com o diabo? Deveria. Mas não faria isso.

Eles entraram na pista circular na frente de uma casa de praia. Duas mulheres, sem dúvida as colegas de Mary Worth, estavam esperando.

— Você pode me dar o seu número? — perguntou Dixon.

— Para quê? Para você me ligar? Ou para passar para o seu chefe? Seu facilitador?

— A segunda opção — disse Dixon.

Ela fez uma pausa para pensar. As amigas estavam quase dançando de expectativa. Mary abriu a bolsa e pegou um cartão. Entregou-o para Dixon.

— É meu número de celular. Você também pode falar comigo na Biblioteca Pública de Boston.

Dixon riu.

— Eu *sabia* que você era bibliotecária.

— Todo mundo sabe — disse ela. — É meio tedioso, mas paga o aluguel, como dizem.

Ela abriu a porta. As amigas deram gritinhos como fãs de shows de rock quando a viram.

— Há ocupações mais emocionantes — disse Dixon.

Ela olhou para ele seriamente.

— Existe uma grande diferença entre emoção temporária e medo mortal, Craig. Como acho que nós dois sabemos.

Ele não podia discutir com ela sobre isso, mas o que disse não foi exatamente um não. Ele saiu e ajudou o motorista com as malas enquanto Mary Worth abraçava duas das viúvas que tinha conhecido em uma sala de bate-papo na internet.

7

Mary tinha voltado para Boston e quase havia se esquecido de Craig Dixon quando, certa noite, o telefone tocou. Quem ligou era um homem com um pouco de ceceio na fala. Os dois conversaram por um tempo.

No dia seguinte, Mary Worth estava no voo 694 da Jetaway, sem escalas de Boston para Dallas, na classe econômica, um pouco à frente da asa de estibordo. No assento do meio. Ela se recusou a comer e beber.

A turbulência aconteceu sobre Oklahoma.

LAURIE

1

Seis meses depois que Lloyd Sunderland perdeu a esposa, com quem ficou casado por quarenta anos, a irmã dele foi de Boca Raton a Rattlesnake Key para visitá-lo. Levou junto uma cachorrinha cinza-escura, que ela disse ser mistura de border collie com mudi. Lloyd não fazia a menor ideia do que era um mudi, nem queria saber.

— Não quero um cachorro, Beth. Um cachorro é a última coisa que quero no mundo. Mal consigo tomar conta de mim mesmo.

— Isso está óbvio — disse ela, soltando a coleira da cachorrinha, que mais parecia de brinquedo. — Quanto você perdeu de peso?

— Não sei.

Ela o avaliou.

— Eu diria uns sete quilos. Até que você podia perder isso, mas não pode perder mais. Vou fazer um ovo mexido com salsicha. Tem ovo aí?

— Não quero ovo mexido com salsicha — disse Lloyd, olhando para o cachorro, que estava sentado no tapete branco felpudo, e se perguntou quanto tempo demoraria para que deixasse uma lembrancinha lá. O tapete precisava ser aspirado e provavelmente lavado, mas pelo menos nunca tinham mijado nele. O cachorro estava olhando para ele com os olhos âmbar.

— Você tem ovos ou não?

— Tenho, mas...

— E salsicha? Não, claro que não. Você deve estar sobrevivendo à base de waffle congelado Eggo e sopa enlatada. Vou comprar no Publix. E vou olhar sua geladeira e ver de que mais você precisa.

Ela era cinco anos mais velha do que ele, praticamente o criou depois que a mãe morreu, e quando criança Lloyd nunca conseguiu se opor à irmã. Agora que os dois estavam velhos, ele continuava sem conseguir, principalmente depois que Marian se foi. Parecia a Lloyd que havia um buraco onde antes ficavam suas entranhas. Podia ser que suas entranhas voltassem, podia ser que não. Sessenta e cinco anos era uma idade meio avançada para regeneração. Mas o cachorro... ele se oporia a isso. O que, em nome de Deus, Bethie estava pensando?

— Eu não vou ficar com ela — disse Lloyd, falando com as costas da irmã enquanto ela andava com as pernas finas até a cozinha. — Você comprou, pode levar de volta.

— Eu não comprei. A mãe era uma border collie pura que escapou e cruzou com o cachorro de um vizinho, que era mudi. O dono conseguiu dar os outros três filhotes, mas essa é mirrada e ninguém queria. O dono, que é fazendeiro com uma propriedade pequena, ia levar a cachorrinha pra um abrigo quando eu passei e vi uma placa presa em um poste telefônico. A placa dizia: QUEM QUER UM CACHORRO.

— E você pensou em mim. — Ainda olhando o cachorro, que o olhava de volta. As orelhas eretas pareciam a maior parte dele.

— É.

— Estou *de luto*, Beth. — Ela era a única pessoa para quem ele podia declarar sua situação de forma tão clara.

— Eu sei. — Garrafas foram mexidas na geladeira aberta. Ele conseguia ver a sombra na parede enquanto ela rearrumava lá dentro, inclinada. Ela parece mesmo uma cegonha, pensou ele, uma cegonha humana, e provavelmente vai viver para sempre. — Uma pessoa de luto precisa ocupar a mente com alguma coisa. Precisa cuidar de alguma coisa. Foi isso que pensei quando vi a placa. Não é um caso de quem quer um cachorro, é um caso de quem precisa de um cachorro. Você. Jesus Cristo, essa geladeira é uma colônia de mofo. Estou morrendo de nojo.

A cachorrinha ficou de pé, deu um passo hesitante na direção de Lloyd, mas mudou de ideia (supondo que fosse capaz de pensar) e sentou-se de novo.

— Fica você com ela.

— De jeito nenhum. Jim tem alergia.

— Bethie, você tem dois gatos. Ele não é alérgico aos gatos?

— É, sim. E os gatos bastam. Se é isso que você quer, vou levar a cachorrinha para o abrigo de animais em Pompano Beach. Eles costumam esperar três semanas pra eutanásia. Ela é uma coisinha fofa com esse pelo esfumaçado. Pode ser que alguém a pegue antes de chegar a hora dela.

Lloyd revirou os olhos, apesar de ela não estar perto para ver. Ele fez a mesma coisa muitas vezes aos oito anos, quando Beth dizia que, se ele não arrumasse o quarto, ela daria umas palmadas na bunda dele com a raquete de badminton. Algumas coisas nunca mudavam.

— Façam as malas — disse ele —, vamos fazer uma viagem pela culpa com as despesas todas pagas por Beth Young.

Ela fechou a geladeira e voltou para a sala. A cachorrinha olhou para ela e voltou a inspecionar Lloyd.

— Vou ao Publix, onde devo gastar bem mais que cem dólares. Trago a nota pra você me reembolsar.

— E o que vou ficar fazendo enquanto isso?

— Por que não tenta fazer amizade com a cachorrinha indefesa que você vai mandar pra câmara de gás? — Ela se inclinou para fazer carinho na cabeça do animal. — Olha só esses olhos esperançosos.

O que Lloyd viu naqueles olhos âmbar foi só avaliação.

— O que vou fazer se ela mijar no tapete? Marian mandou colocar antes de ficar doente.

Beth apontou para a coleira de brinquedo na almofada.

— Leva ela pra passear. Apresenta ela pros canteiros abandonados de flores de Marian. Aliás, esse tapete está imundo.

Ela pegou a bolsa e foi andando para a porta, as pernas finas se movendo daquele jeito arrogante.

— Um bicho é o pior presente que se pode dar a alguém — disse Lloyd. — Li isso na internet.

— Onde tudo é verdade, né?

Ela parou para olhar para ele. A luz forte de setembro na costa oeste da Flórida caiu em seu rosto, deixando visível a forma como o batom tinha vazado pelas pequenas rugas em volta da boca e como as pálpebras inferiores estavam meio frouxas nos olhos, além da rede frágil de veias latejando no vão da têmpora. Ela faria setenta anos em breve. Sua irmã saltitante, de opinião forte, atlética e determinada estava velha. Ele também. Eles eram a prova de que a vida não passava de um sonho curto em uma tarde de verão. Só que Bethie ainda tinha o marido, dois filhos crescidos e quatro netos, a bela multiplicação da natureza. Ele tivera Marian, mas Marian morreu e eles não tiveram filhos. Será que ele deveria substituir a esposa por uma filhote de vira-lata? A ideia era brega e idiota como um cartão da Hallmark, assim como irreal.

— Eu não vou ficar com ela.

Ela o olhou da mesma forma de quando era uma garota de treze anos, a mesma que disse que a raquete de badminton faria sua aparição se ele não tomasse jeito.

— Vai ficar com ela pelo menos até eu voltar do Publix. Tenho umas outras coisas pra fazer, e cachorros morrem em carros quentes. Principalmente os pequenos.

Ela fechou a porta. Lloyd Sunderland, aposentado, viúvo havia seis meses, atualmente não muito interessado em comida (e nem nos outros prazeres da vida), ficou olhando aquela visitante indesejada no tapete felpudo. A cachorrinha ficou olhando para ele.

— O que você está olhando, idiota? — perguntou ele.

A cachorrinha se levantou e andou até ele. Saltitou, na verdade, como se estivesse andando em mato alto. Sentou-se junto ao pé esquerdo de Lloyd e olhou para ele. Lloyd baixou a mão com hesitação, esperando uma mordidinha. A cachorrinha o lambeu. Ele pegou a guia e prendeu na coleirinha rosa de filhote.

— Vem. Vamos sair do tapete enquanto ainda temos tempo.

Ele puxou a guia. A filhote só ficou sentada olhando para ele. Lloyd suspirou e a pegou no colo. Ela lambeu a mão dele de novo. Ele a carregou para fora e a colocou na grama, que precisava ser cortada, e a cachorrinha quase desapareceu. Beth estava certa sobre as flores também. Estavam horríveis, metade tão morta quanto Marian. Esse pensamento o fez sorrir, embora sorrir com uma comparação dessas o fizesse se sentir uma pessoa ruim.

O jeito saltitante da cachorrinha ficou ainda mais pronunciado na grama. Ela deu uns dez passos, abaixou o traseiro e fez xixi.

— Ótimo, mas não vou ficar com você de qualquer jeito.

Ele disse isso já desconfiando de que, quando Beth voltasse para Boca, a cachorrinha não iria junto. Não, aquela visitante indesejada estaria com ele, em sua casa a oitocentos metros da ponte que ligava a ilha ao continente. Não daria certo, ele nunca tinha tido um cachorro na vida, mas até que encontrasse alguém que ficasse com ela, talvez ela lhe oferecesse algo a fazer além de ver televisão e ficar sentado na frente do computador jogando paciência e navegando por sites que pareciam interessantes quando ele se aposentou e agora o matavam de tédio.

Quando Beth voltou, quase duas horas depois, Lloyd estava de novo na poltrona e a cachorrinha estava no tapete, dormindo. A irmã, que ele amava, mas que o irritou durante toda a vida, o irritou ainda mais naquele dia ao voltar com bem mais do que ele esperava. Ela trouxe um saco grande de ração de cachorro (orgânica, claro) e um pote grande de iogurte natural (que, quando adicionado ao alimento do filhote, fortaleceria a cartilagem naquelas orelhas de radar). Beth também trouxe tapetes higiênicos para filhotes, uma caminha de cachorro, três brinquedos de morder (dois faziam um barulho irritante) e um cercadinho de criança, que impediria que a filhote ficasse andando por aí à noite, ela disse.

— Jesus, Bethie, quanto isso custou?

— Estava em liquidação na Target — disse ela, desviando da pergunta de um jeito com o qual ele estava acostumado. — Não foi nada. Presente meu. E agora que eu trouxe tudo isso, você ainda quer que eu leve ela embora? Se quiser, é você que vai ter que devolver tudo.

Lloyd estava acostumado a ser enrolado pela irmã.

— Vou fazer uma tentativa, mas *não* gosto de responsabilidade jogada nas minhas costas. Você sempre foi exagerada.

— Fui — disse ela. — Com a mãe morta e um pai funcional, mas bêbado irrecuperável, eu tinha que ser. Agora, que tal o ovo mexido?

— Tudo bem.

— Ela já fez xixi no tapete?

— Não.

— Mas vai. — Beth até pareceu satisfeita com a ideia. — E não vai ser uma grande perda. Que nome você vai dar pra ela?

Se eu escolher o nome, ela é minha, pensou Lloyd, só que desconfiava que a cachorrinha já fosse dele, desde a primeira lambida hesitante. Do mesmo jeito que Marian havia sido dele desde o primeiro beijo. Outra comparação idiota, mas dava para controlar como a mente organizava as coisas? Não dava, assim como não dava para controlar sonhos.

— Laurie — disse ele.

— Por que Laurie?

— Sei lá. Apareceu na minha cabeça.

— Bom — disse ela —, tudo bem.

Laurie os seguiu até a cozinha. Saltitando.

2

Lloyd cobriu o tapete branco felpudo de tapetes higiênicos e montou o cercadinho no quarto (prendendo o dedo no processo), depois foi para o escritório, ligou o computador e começou a ler um artigo intitulado "Então você tem um cachorrinho!". Na metade, percebeu que Laurie estava sentada ao lado do seu sapato, olhando para ele. Decidiu dar comida para ela e encontrou uma poça de xixi na passagem entre a cozinha e a sala, a menos de quinze centímetros do tapete higiênico mais próximo. Ele pegou Laurie, colocou-a ao lado do xixi e disse:

— Aqui não. — Ele a acomodou no tapete limpo. — O certo é aqui.

Ela olhou para ele e foi saltitando até a cozinha, onde se deitou ao lado do fogão com o focinho apoiado em uma pata e o observou. Lloyd pegou um punhado de toalhas de papel. Achava que usaria muitas na semana seguinte.

Quando o xixi estava limpo (era bem pouco, pelo menos), ele colocou um quarto de xícara de ração de filhotes (a dosagem recomendada, de acordo com "Então você tem um cachorrinho!") em uma tigela de cereal e misturou com o iogurte. A cadelinha comeu com gosto. Enquanto ele a via comer, seu telefone tocou. Era Beth, ligando de uma parada no meio de Alligator Alley.

— Você tem que levar ela no veterinário — disse ela. — Me esqueci de avisar.

— Eu sei, Bethie. — Estava em "Então você tem um cachorrinho!".

Ela continuou falando como se ele não tivesse dito nada, outra característica que Lloyd conhecia bem.

— Ela vai precisar de vitaminas, eu acho, e de remédio contra o parasita do coração com certeza, e algo contra pulgas e carrapatos. Acho que é um comprimido que eles comem com a comida. Também vai precisar ser tratada. Castrada, sabe?, mas provavelmente só em uns dois meses.

— Sim — disse ele. — Se eu ficar com ela.

Laurie tinha terminado de comer e foi para a sala. De barriga cheia, o andar saltitante ficou mais acentuado. A Lloyd, ela pareceu um pouco bêbada.

— Se lembra de passear com ela.

— Certo. — De quatro em quatro horas, de acordo com "Então você tem um cachorrinho!". E isso era ridículo. Ele não tinha intenção nenhuma de se levantar às duas da madrugada para levar a hóspede indesejada para fora.

A leitura de mentes era outra especialidade de sua irmã.

— Você deve estar pensando que se levantar no meio da noite vai ser um saco.

— Passou pela minha cabeça.

Ela ignorou isso de uma forma que só Bethie conseguia.

— Mas se você estiver falando a verdade sobre ter insônia desde que Marian morreu, acho que não vai ser tão difícil.

— É muita compreensão e atenção da sua parte, Bethie.

— Vê como vão ser as coisas, é só isso que estou dizendo. Dá uma chance pra garotinha. — Ela fez uma pausa. — Eu me preocupo com você, Lloyd. Trabalhei em uma empresa de seguros por quase quarenta anos e posso dizer que os homens da sua idade têm risco bem maior de doença depois que a esposa morre. E de morte, claro.

Ele não respondeu nada.

— Você vai?

— Vou o quê? — Como se ele não soubesse.

— Dar uma chance pra ela.

Beth estava tentando arrancar de Lloyd um comentário que ele não estava disposto a fazer. Ele olhou em volta, como se buscando inspiração, e encontrou um cocô, uma única minhoquinha, exatamente onde antes estava a poça de xixi, a quinze centímetros do tapete higiênico mais próximo.

— Bom, a garotinha está aqui agora — disse ele. Era o melhor que poderia dar a ela. — Dirige com cuidado.

— Vou a cem o caminho todo. Sou muito ultrapassada, e algumas pessoas buzinam pra mim, mas não confio nos meus reflexos se eu for mais rápido.

Ele se despediu, pegou mais toalhas de papel e recolheu a torinha. Laurie o observou com os olhos âmbar. Ele a levou para o lado de fora novamente, e ela não fez nada. Quando terminou o artigo sobre criação de filhotes vinte minutos depois, ele encontrou outra poça de xixi na passagem. A quinze centímetros do tapete higiênico mais próximo.

Ele se curvou, apoiou as mãos nos joelhos, e suas costas deram o estalo de aviso de sempre.

— Você está com os dias contados, cachorra.

Ela olhou para ele.

3

No final da tarde, depois de mais dois xixis, um no tapetinho mais próximo da cozinha, Lloyd colocou a coleirinha nela e levou Laurie para fora, carregando-a no braço como uma bola de futebol americano. Ele a colocou no chão e a fez descer pelo caminho que seguia por trás do pequeno conjunto de casas. O caminho levava a um canal raso que acabava passando por baixo da ponte levadiça. O trânsito estava parado, esperando o saveiro de alguém passar da baía Oscar para o Golfo do México. A cachorrinha andou saltitando de um lado para outro, como sempre, parando de vez em quando para farejar um amontoado de grama que, da perspectiva dela, devia parecer uma selva impenetrável.

Um calçadão de madeira em mau estado conhecido como Caminho dos Dez Quilômetros (por motivos que Lloyd nunca entendeu, pois tinha no máximo um quilômetro e meio) acompanhava o canal, e seu vizinho da casa ao lado estava parado lá entre as placas que diziam PROIBIDO JOGAR LIXO e PROIBIDO PESCAR. Mais à frente tinha uma que deveria dizer CUIDADO COM OS JACARÉS, só que tinham pichado ALIENÍGENAS em cima de JACARÉS.

Ver Don Pitcher curvado sobre a bengala chique de mogno se arrastando com a cinta de hérnia sempre provocava em Lloyd um frisson pequeno e inconfundível de satisfação cruel. O sujeito era uma caixa amplificadora de opiniões políticas cansativas, além de um urubu assumido. Se alguém do bairro morresse, Don sabia primeiro. Se alguém da região estivesse tendo dificuldades financeiras, ele também sabia. A coluna de Lloyd não era mais a mesma, nem seus olhos e ouvidos, mas ele ainda estava a anos da bengala e da cinta. Era o que esperava.

— Olha aquele iate — disse Don quando Lloyd se juntou a ele no calçadão (Laurie, talvez com medo da água, ficou para trás, com a guia esticada). — Quantas pessoas pobres você acha que isso alimentaria na África?

— Acho que nem gente passando fome comeria um barco, Don.

— Você sabe o que eu... Ora, o que você tem aí? Um filhote? Que fofo.

— É ela — disse Lloyd. — Estou cuidando pra minha irmã.

— Aqui, lindinha — disse Don, se inclinando e estendendo a mão. Laurie recuou e latiu pela primeira vez desde que Beth a trouxe: dois barulhinhos agudos e estridentes, depois silêncio. Don se empertigou. — Ela não é muito simpática, né?

— Ela não conhece você.

— Ela caga pela casa?

— Não muito — disse Lloyd, e por um tempo eles ficaram olhando o iate, que devia ser de um dos Riquinhos da parte norte de Rattlesnake Key. Laurie ficou sentada na beirada do calçadão de madeira, olhando para Lloyd.

— Minha esposa não quer cachorro — disse Don. — Diz que só faz sujeira e arruma confusão. Eu tive um quando era menino, uma collie linda. Ela caiu em um poço. A cobertura estava podre e ela caiu. Tivemos que puxar com aquele troço.

— Foi mesmo?

— Foi. É bom ter cuidado com a cachorrinha perto da rua. Se ela sair correndo, já era. Olha o tamanho daquela porra de barco! Aposto que vai tocar no fundo.

O iate não tocou no fundo.

Quando a ponte foi baixada e o trânsito estava normal, Lloyd olhou para a cachorrinha e a viu dormindo de lado. Ele a pegou. Laurie abriu os olhos, lambeu sua mão e voltou a dormir.

— Tenho que voltar e preparar o jantar. Vai com calma, Don.

— Você também. E fica de olho nessa cachorrinha, senão ela vai roer tudo que você tem.

— Eu tenho uns brinquedos pra ela roer.

Don sorriu, exibindo um conjunto de dentes irregulares que provocou um arrepio em Lloyd.

— Ela vai preferir seus móveis. Você vai ver.

4

Enquanto Lloyd estava assistindo ao noticiário naquela noite, Laurie foi até o lado de sua poltrona e deu os mesmos dois latidos agudos. Ele avaliou o olhar brilhante, pesou os prós e os contras, pegou-a e a pôs no colo.

— Se você me molhar, vai morrer.

Ela não o molhou. Dormiu com o focinho embaixo da cauda. Lloyd ficou fazendo carinho distraidamente na cachorrinha enquanto assistia a uma filmagem de celular de um ataque terrorista na Bélgica. Quando o noticiário acabou, ele levou Laurie para fora, novamente usando o jeito de carregar uma bola de futebol americano. Ele prendeu a coleira e a deixou andar até a beirada da rua Oscar, onde ela se agachou e fez o que tinha que fazer.

— É assim mesmo. Guarda isso na cabeça.

Às nove horas, ele forrou o cercadinho com uma camada dupla de tapetes higiênicos (ele viu que precisaria comprar mais no dia seguinte, além de toalhas de papel) e a colocou lá dentro. Ela ficou sentada olhando para ele. Quando Lloyd deu água em uma xícara de chá, ela bebeu um pouco e se deitou, ainda olhando para ele.

Lloyd se despiu até ficar de cueca e se deitou, sem se dar ao trabalho de puxar a coberta. Já tinha aprendido por experiência que, se fizesse isso, a encontraria no chão de manhã, vítima do quanto ele ficava se virando de um lado para outro. Mas, naquela noite, ele adormeceu quase imediatamente e só acordou às duas horas com o som de um chorinho agudo.

Laurie estava deitada com o focinho enfiado pela grade do cercadinho como um detento numa solitária. Havia várias torinhas nos tapetinhos. Avaliando que àquela hora haveria pouca gente ou ninguém passando na rua Oscar para se ofender com um homem de cueca boxer e camiseta velha, Lloyd calçou as Crocs e carregou a visitante (era assim que ele ainda pensava em Laurie) até lá fora. Colocou-a na entrada de carros. Ela andou um pouco, farejou um local com bosta de passarinho e fez xixi em cima. Ele falou de novo para ela guardar aquilo na cabeça. Ela se sentou e olhou para a rua vazia. Lloyd olhou para as estrelas. Achava que nunca tinha visto tantas, mas concluiu que devia ter visto, sim, só não ultimamente. Tentou lembrar a última vez que tinha saído às duas da madrugada e não conseguiu. Olhou para a Via Láctea quase hipnotizado, até perceber que estava adormecendo de pé. Levou a filhote de volta para dentro.

Laurie o observou em silêncio trocar os tapetinhos nos quais tinha cagado (havia também manchinhas amarelas em dois), mas o choro recomeçou assim que ele a pôs no cercado. Ele pensou em levá-la para a cama, mas era uma péssima ideia, de acordo com "Então você tem um cachorrinho!". A autora (uma tal de Suzanne Morris, veterinária) declarava com firmeza: "Se você seguir esse caminho, vai ter muita dificuldade de voltar". Além do mais, a ideia de acordar e encontrar uma daquelas torinhas marrons no lado da cama onde a esposa dormia não o agradava. Além de parecer simbolicamente desrespeitoso, ele teria que trocar o lençol, uma tarefa que também não o agradava.

Ele foi para o aposento que Marian chamava de sua sala. A maioria das coisas dela ainda estava lá, porque, apesar das sugestões enfáticas da irmã, Lloyd ainda não tinha tido coragem de esvaziar o cômodo. Só tinha ficado longe daquela sala desde a morte de Marian. Até olhar para os quadros na parede doía, principalmente às duas da madrugada. Ele achava que uma pessoa ficava mais sensível na madrugada. Só começava a melhorar depois das cinco horas, quando os primeiros raios de sol começavam a aparecer no leste.

Marian nunca tinha passado a usar iPod, mas o CD player que ela levava ao grupo de exercícios que se reunia duas vezes por semana estava na prateleira acima da pequena coleção de discos. Ele abriu o compartimento de pilhas e não viu corrosão nenhuma nas pilhas palito. Mexeu nos CDs, parou em Hall and Oates e seguiu até *Joan Baez's Greatest Hits*. Botou o disco no aparelho, que girou satisfatoriamente quando ele fechou a tampa. Levou o aparelho para o quarto. Laurie parou de choramingar quando o viu. Ele apertou play, e Joan Baez começou a cantar "The Night They Drove Old Dixie Down". Colocou o CD em um dos tapetinhos limpos. Laurie o farejou e se deitou ao lado, o focinho quase tocando no adesivo que dizia PROPRIEDADE DE MARIAN SUNDERLAND.

— Ajuda? Espero que sim.

Ele voltou para a cama e se deitou com as mãos embaixo do travesseiro, onde estava fresco. Escutou a música. Quando Baez cantou "Forever Young", ele chorou. Tão previsível, ele pensou. Tão clichê. E adormeceu.

5

Setembro acabou e chegou outubro, o melhor mês do ano no norte do estado de Nova York, onde ele e Marian moraram até a aposentadoria dele, e na opinião de Lloyd (na minha humilde opinião, como diziam no Facebook), o melhor mês na costa oeste da Flórida. O pior do calor já tinha passado, mas os dias ainda eram quentes, e as noites frias de janeiro e fevereiro ainda estavam no calendário do ano seguinte. A maioria dos turistas do norte também estava no calendário seguinte, e em vez de abrir e fechar cinquenta vezes por dia, a ponte levadiça Oscar só bloqueava o trânsito de dez a vinte vezes. E havia bem menos trânsito a bloquear.

O Fish House de Rattler abriu depois do hiato de três meses, e cachorros podiam frequentar o Pátio dos Cachorrinhos. Lloyd levava Laurie lá com frequência, os dois andando pelo Caminho dos Dez Quilômetros junto ao canal. Lloyd carregava a cachorrinha pelos lugares onde o calçadão estava tomado de carriço; ela saltitava com facilidade por baixo da palmeira inclinada que Lloyd tinha que empurrar com a cabeça abaixada e o braço esticado para afastar as folhas mais densas, sempre com medo de um esquilo cair em seu cabelo, embora nunca tivesse acontecido. Quando chegavam ao restaurante, ela ficava sentada em silêncio ao lado do sapato dele no sol e era ocasionalmente recompensada pelos bons modos com um pedaço de batata frita da cesta de peixe empanado com batata frita de Lloyd. As garçonetes ficavam loucas por ela e sempre se curvavam para fazer carinho no pelo cinza.

Bernadette, a recepcionista, era particularmente apaixonada.

— Esse *rosto* — ela sempre dizia, como se isso explicasse tudo. Ela se ajoelhava ao lado de Laurie, o que dava a Lloyd uma vista excelente e sempre apreciada do decote dela. — Aaah, esse *rosto*!

Laurie aceitava a atenção, mas não parecia ligar muito. Só ficava sentada, olhando para a nova admiradora antes de voltar a atenção para Lloyd.

Parte dessa atenção podia ter a ver com as batatas fritas, mas não toda; ela olhava para ele com a mesma atenção quando ele estava vendo televisão. Isso até adormecer.

Ela aprendeu a fazer as necessidades no lugar certo rapidamente, e apesar da previsão de Don, não roía os móveis. Roía os brinquedos, que se multiplicaram de três para seis para doze. Ele encontrou uma caixa velha para guardá-los. Laurie ia até a caixa de manhã, apoiava as patas na beirada e examinava o conteúdo como um cliente do Publix avaliando os produtos. Finalmente, selecionava um, levava para o canto e roía até ficar entediada. Em seguida, voltava até a caixa e escolhia outro. No final do dia, todos estavam espalhados pelo quarto, pela sala e pela cozinha. A tarefa final de Lloyd antes de ir dormir era pegar todos e colocar na caixa. Não por causa da bagunça, mas porque a cachorrinha parecia ter uma satisfação enorme de observar seus bens acumulados a cada manhã.

Beth ligava com frequência e perguntava sobre os hábitos alimentares dele, o lembrava de aniversários de nascimento e casamento de velhos amigos e parentes ainda mais velhos, o mantinha informado sobre quem tinha morrido. Ela sempre terminava perguntando se Laurie ainda estava em período de experiência. Lloyd dizia que sim, até um dia no meio de outubro. Eles tinham acabado de voltar do Fish House, e Laurie estava dormindo de costas no meio da sala, as pernas abertas como os quatro pontos cardeais. A brisa do ar-condicionado balançava o pelo da barriga dela, e Lloyd percebeu que ela era linda. Não era sentimentalismo, só um fato da natureza. Sentia a mesma coisa pelas estrelas quando a levava para o último xixi da noite.

— Não, acho que passamos do período de experiência. Mas, se ela viver mais do que eu, Bethie, ou você vai levar ela de volta, e que se fodam as alergias do Jim, ou vai arrumar uma boa casa pra ela.

— Pode deixar, Patinho. — Esse apelido de Patinho foi uma coisa que ela tirou de uma música antiga nos anos 1970 e usava até agora. Era mais uma coisa em Beth que Lloyd achava ao mesmo tempo fofa e irritante demais. — Estou feliz de estar dando certo. — Ela baixou a voz. — Pra falar a verdade, eu achei que não daria.

— Então por que você trouxe ela?

— Foi um tiro no escuro. Eu sabia que você precisava de *alguma coisa* mais trabalhosa do que um peixe dourado. Ela aprendeu a latir?

— É mais um gritinho. Ela faz isso quando vem o carteiro, o entregador do UPS ou se Don aparece pra tomar uma cerveja. Sempre são dois. Yark-yark e pronto. Quando você vem aqui?

— Já fui na última vez. Agora é sua vez de vir aqui.

— Vou ter que levar Laurie. Não vou deixar ela com Don e Evelyn Pitcher de jeito nenhum. — Ao olhar para a cachorrinha adormecida, ele percebeu que não a deixaria com ninguém de jeito nenhum. Até as idas rápidas ao supermercado o deixavam nervoso, e ele sempre ficava aliviado de vê-la esperando na porta quando voltava.

— Então traz. Vou adorar ver o quanto ela cresceu.

— E as alergias do Jim?

— Que se fodam as alergias dele — disse ela, e desligou rindo.

6

Depois de exclamar e fazer festinha para Laurie, que, fora a parada para aliviar a bexiga, dormiu o caminho todo até Boca no banco de trás, Beth voltou às prioridades de sempre de irmã mais velha. Apesar de conseguir pegar no pé dele em tantos assuntos (ela era craque nisso), seu tema principal daquela vez foi o dr. Albright e a necessidade de Lloyd de ir em uma consulta para fazer um check-up já atrasado.

— Mas você está bem — disse ela. — Tenho que dizer. Parece até estar bronzeado. Supondo que não seja icterícia.

— É só sol. Eu passeio com Laurie três vezes por dia. Na praia quando acordamos, no Caminho de Dez Quilômetros até o Fish House, onde eu almoço, e na praia de novo no fim do dia, pra ver o pôr do sol. Ela não presta atenção, imagino que cachorros não têm senso estético, mas eu gosto.

— Você passeia com ela no calçadão do canal? Meu Deus, Lloyd, aquilo lá está em ruínas. Vai acabar desabando um dia e te jogando no canal com a princesinha aqui. — Ela fez carinho no alto da cabeça de Laurie.

— Tem quarenta anos ou mais. Acho que vai durar mais do que eu.

— Já marcou a consulta com o médico?

— Não, mas vou marcar.

Ela pegou o telefone.

— Marca agora, por que não? Quero ver.

Ele percebeu pelo olhar da irmã que ela não esperava que Lloyd aceitasse, e foi um dos motivos para aceitar. Mas não o único. Nos anos anteriores, ele tinha medo de ir ao médico; ficava esperando o momento (sem dúvida condicionado por ver programas de televisão demais) em que o médico olharia para ele com seriedade e diria "Tenho más notícias".

Mas agora ele estava se sentindo bem. As pernas ficavam meio rígidas quando ele se levantava de manhã, provavelmente de tanto andar, e suas costas estalavam mais do que nunca, mas quando ele voltava a atenção para dentro, não encontrava nada preocupante. Sabia que coisas ruins podiam crescer despercebidas por um tempo no corpo de um homem velho, esgueirando-se até a hora de atacar, mas nada tinha progredido ao ponto de haver uma manifestação externa: não havia sangue nas fezes nem na saliva, não havia dor profunda na barriga, não havia dificuldade para engolir, não havia dor ao urinar. Ele refletiu que era bem mais fácil ir ao médico quando seu corpo dizia que não havia motivo para isso.

— Por que você está sorrindo? — Beth pareceu desconfiada.

— Nada. Me dá isso.

Ele estendeu a mão para o telefone. Ela afastou o aparelho.

— Se você pretende mesmo ligar, usa o seu celular.

7

Duas semanas depois do check-up, o dr. Albright o chamou para ir até lá pegar os resultados. Estavam bons.

— Seu peso está como deveria estar, sua pressão arterial está ótima, os reflexos também. Seus números de colesterol estão melhores do que da última vez que você nos deixou tirar seu sangue...

— Eu sei, faz um tempo — disse Lloyd. — Provavelmente tempo demais.

— Não tem nada de provavelmente. De qualquer forma, não preciso receitar remédio de colesterol agora, e você devia ver isso como uma vitória. Pelo menos metade dos meus pacientes com a sua idade toma.

— Eu ando muito — disse Lloyd. — Minha irmã me deu um cachorro. Um filhote.

— Cachorrinhos são a ideia de Deus do treino perfeito. Como você está indo no resto? Está lidando bem?

Albright não precisava ser mais específico. Marian também tinha sido paciente dele, e bem mais consciente do que o marido sobre os check-ups de seis em seis meses (muito proativa em todas as coisas, Marian Sunderland), mas o tumor que primeiro roubou sua inteligência e depois a matou foi muito mais do que proativo. Propagou-se bem no fundo. Um glioblastoma, pensou Lloyd, era a versão de Deus de uma bala calibre 45.

— Estou bem — disse Lloyd. — Voltei a dormir. Vou pra cama cansado na maioria das noites, e isso ajuda.

— Por causa do cachorro?

— É. Principalmente isso.

— Você deveria ligar pra sua irmã e agradecer — disse Albright.

Lloyd pensou que era uma boa ideia. Ele ligou naquela noite e fez exatamente isso. Beth disse que tinha sido um prazer. Lloyd levou Laurie para a praia e andou com ela. Viu o pôr do sol. Laurie encontrou um peixe morto e fez xixi em cima. Os dois foram para casa satisfeitos.

8

O dia 6 de dezembro daquele ano começou do jeito normal, com uma caminhada na praia seguida do café da manhã: ração para Laurie, um ovo mexido e uma torrada para Lloyd. Não havia premonição de que Deus estava engatilhando sua .45. Lloyd assistiu à primeira hora do programa *Today* e foi até a sala de Marian. Ele tinha aceitado um trabalhinho de contabilidade do Fish House e de uma concessionária de carros de Sarasota. Era coisa sem pressão, sem nenhum estresse, e apesar de suas necessidades financeiras estarem cobertas, era bom estar trabalhando de novo. E ele descobriu que gostava da mesa de Marian mais do que da dele. Também gostava das músicas dela. Desde sempre. Ele achava que Marian ficaria feliz de saber que o espaço dela estava sendo usado.

Laurie se sentou ao lado da cadeira, roendo com alegria o coelho de brinquedo, depois tirou um cochilo. Às dez e meia, Lloyd salvou o trabalho e se afastou do computador.

— Hora do lanche, garota.

Ela foi atrás dele até a cozinha e aceitou um palito de couro mastigável. Lloyd tomou leite e comeu dois biscoitos que tinham chegado em um pacote de presente precoce de Beth. Estavam queimados embaixo (biscoitos natalinos queimados eram outra especialidade da irmã), mas comíveis.

Ele leu por um tempo (estava percorrendo a extensa obra de John Sandford) e acabou sendo despertado por um tinido familiar. Era Laurie junto da porta da frente. A guia dela ficava pendurada na porta, e ela estava batendo com o focinho no prendedor de aço. Lloyd olhou para o relógio e viu que eram quinze para meio-dia.

— Tudo bem, vai.

Ele prendeu a guia, mexeu no bolso dianteiro esquerdo para ter certeza de que estava com a carteira, e deixou que Laurie o levasse para a luz forte do meio-dia. Enquanto andavam na direção do Caminho dos Dez Quilômetros, ele viu que Don estava montando a horrível coleção de plástico de sempre de enfeites de Natal: um presépio (sagrado), um Papai Noel grande de plástico (profano) e uma coleção de gnomos de jardim enfeitados para parecerem elfos (surreal). Em pouco tempo, Don arriscaria a vida subindo numa escada e pendurando luzinhas que piscavam, fazendo a casinha dos Pitcher parecer o menor navio cassino do mundo. Em anos anteriores, a decoração de Don deixou Lloyd triste, mas nesse dia ele riu. Era preciso dar crédito ao filho da puta. Ele tinha artrite, enxergava mal e tinha problema nas costas, mas não desistia. Para Don, era decorar para o Natal ou morrer tentando.

Evelyn saiu pela varanda dos fundos dos Pitcher. Ela usava um roupão rosa abotoado errado, estava com um creme amarelo-esbranquiçado nas bochechas, e o cabelo todo desgrenhado. Don tinha contado a Lloyd que sua esposa tinha começado a ficar um pouco doidinha, e naquele dia ela parecia mesmo.

— Você o viu? — gritou ela.

Laurie olhou e deu seu cumprimento de sempre: *Yark, yark.*

— Quem? Don?

— Não, John Wayne! Claro que é Don, quem poderia ser?

— Não vi — disse Lloyd.

— Bom, se vir, manda ele parar de peidar por aí e terminar as porcarias das decorações. As luzes estão penduradas e os Reis Magos ainda estão na garagem! Aquele homem é *doido*!

— Pode deixar que eu transmito a mensagem se o vir.

Evelyn se inclinou por cima da amurada de forma alarmante.

— Que cachorrinho fofo você tem! Qual é o nome dele mesmo?

— Laurie — disse Lloyd, como já tinha dito muitas vezes antes.

— Ah, é cadela, é cadela, é cadela! — gritou Evelyn com um fervor meio shakespeariano, e deu uma gargalhada. — Vou ficar feliz quando o maldito Natal passar, pode dizer isso pra ele também!

Ela se empertigou (um alívio; Lloyd achava que não conseguiria segurá-la se ela tivesse caído) e voltou para dentro. Laurie se levantou e saltitou até o calçadão, apontando com o focinho para os cheiros de comida frita que vinham do Fish House. Lloyd se virou com ela, ansiando por um pedaço de salmão grelhado sobre uma cama de arroz. As coisas fritas tinham começado a não cair muito bem para ele.

O canal seguia seu rumo; o Caminho dos Dez Quilômetros seguia junto, virando preguiçosamente para lá e para cá, abraçando a margem cheia de mato. Aqui e ali faltava uma tábua. Laurie parou para olhar um pelicano mergulhar e voltar com um peixe se sacudindo no bico, e eles prosseguiram. Ela parou em um amontoado de carriço aparecendo entre duas tábuas meio tortas. Lloyd a levantou pela barriga; ela estava ficando grande demais para ser carregada como uma bola de futebol americano. Um pouco mais à frente, antes da curva seguinte, as palmeiras tinham crescido por cima do calçadão, formando um arco baixo. Laurie era pequena o suficiente para passar andando, mas parou, a cabeça esticada e inclinada para o lado. Lloyd a alcançou e se inclinou para ver o que ela tinha encontrado. Era a bengala de Don Pitcher. E apesar de ser feita de mogno sólido, tinha uma rachadura por toda a extensão, desde a ponta de borracha.

Lloyd a pegou e examinou três ou quatro gotas de sangue pontilhando a madeira.

— Isso não é bom. Acho melhor a gente v...

Mas Laurie disparou, puxando a guia da mão dele. Desapareceu embaixo do arco verde, o cabo da guia estalando e girando atrás. Nessa hora, os latidos começaram, não o gritinho duplo de sempre, mas uma tempestade de sons mais urgentes. Alarmado, Lloyd passou embaixo das palmeiras, balançando a bengala para lá e para cá para afastar os galhos para os lados. Os galhos voltaram e arranharam suas bochechas e sua testa. Em alguns havia gotas e manchas de sangue. Havia mais sangue nas tábuas.

Do outro lado, Laurie estava com as patas da frente afastadas, as costas curvadas e o focinho tocando as tábuas. Estava latindo para um jacaré. Era verde-escuro, um adulto crescido com pelo menos três metros. Ficou olhando para o cachorro barulhento de Lloyd com olhos apagados. Estava espalhado em cima do corpo de Don Pitcher, o nariz apoiado no pescoço bronzeado de Don e as patas curtas e escamosas da frente segurando possessivamente os ombros ossudos. Era o primeiro jacaré que Lloyd via desde uma ida ao Jungle Gardens em Sarasota com Marian, e isso foi anos antes. A parte de cima da cabeça de Don tinha praticamente desaparecido. Lloyd conseguia ver fragmentos de osso pelo que restava do cabelo do vizinho. Um filete de sangue ainda úmido estava secando na bochecha dele. Havia pedaços de aveia nele. Lloyd percebeu que estava olhando para o cérebro de Don Pitcher. O fato de que Don estava usando aquilo para pensar talvez apenas alguns minutos antes pareceu deixar o mundo todo sem sentido.

O cabo da guia de Laurie caiu pela lateral do calçadão, dentro do canal. Ela continuou latindo. O jacaré olhou para ela, sem se mover no momento. Parecia absurdamente burro.

— Laurie! Cala a boca! Cala a porra da boca!

Ele pensou em Evelyn Pitcher na varanda dos fundos como uma atriz em um palco gritando: "Ah, é cadela, é cadela, é cadela!".

Laurie parou de latir, mas continuou rosnando fundo na garganta. Parecia ter crescido para o dobro do tamanho, porque o pelo cinza-escuro estava ereto não só em volta do pescoço, mas em todo o corpo. Lloyd se apoiou em um joelho, sem nunca tirar os olhos do jacaré, e enfiou a mão esquerda no canal, procurando a guia. Encontrou a corda, puxou o cabo, o segurou e se levantou. Puxou a guia. Primeiro, foi como puxar um poste enfiado no chão de tão bem que Laurie estava apoiada, mas ela acabou se virando para ele. Quando se virou, o jacaré levantou a cauda e a baixou com tudo, um golpe direto que espirrou gotículas de água e fez o calçadão tremer. Laurie se encolheu e pulou nos tênis de Lloyd. Ele se inclinou e a pegou, sem nunca tirar os olhos do jacaré. O corpo de Laurie estava vibrando, como se uma corrente elétrica o estivesse atravessando. Os olhos estavam arregalados a ponto de exibirem os brancos em volta. Lloyd ficou atordoado demais pela visão do jacaré em cima do corpo do vizinho morto para sentir medo, e quando o sentimento voltou, não foi medo, mas uma espécie de fúria protetora. Ele soltou a guia da coleira de Laurie e a largou.

— Vai pra casa. Está ouvindo? Vai pra casa. Vou logo atrás.

Ele se inclinou, ainda sem tirar os olhos do jacaré (que não tirou os olhos dele). Tinha carregado Laurie como uma bola de futebol americano muitas vezes quando ela era menor; agora, ele a jogou como uma, pelas pernas e direto pelo arco de palmeiras.

Não havia tempo para ver se ela estava indo. O jacaré foi para cima dele. Moveu-se com velocidade incrível, jogando o corpo de Don bem para trás com as pernas traseiras enquanto dava impulso. A boca se abriu, expondo dentes como uma cerquinha suja. Na língua preta-rosada e áspera, Lloyd conseguiu ver pedaços da camisa de Don.

Ele bateu com a bengala em um movimento lateral. Acertou o lado da cabeça do jacaré abaixo de um daqueles olhos estranhamente sem expressão, e a haste quebrou na rachadura do mogno. O pedaço quebrado saiu girando e caiu no canal. O jacaré parou por um momento, como se estivesse surpreso, e voltou a atacar. Lloyd conseguiu ouvir o estalo das unhas do bicho na madeira. A boca se abriu, o maxilar inferior deslizando pelo calçadão.

Lloyd não pensou em nada. Uma parte mais profunda dele assumiu o controle. Ele golpeou com o que tinha restado da bengala de Don e enfiou a ponta quebrada na carne esbranquiçada na lateral da cabeça achatada do jacaré. Segurando a bengala com as duas mãos, ele se inclinou para a frente, botou todo o peso em cima e empurrou com toda força que conseguiu. O jacaré foi empurrado para o lado. Antes que pudesse se recuperar, houve uma série de estalos rápidos, como tiros de uma pistola sinalizadora de início de corrida. Parte do calçadão antigo desabou, derrubando a metade inferior do jacaré no canal. O rabo desceu, batendo nas tábuas tortas e fazendo o corpo de Don pular. A água borbulhou. Lloyd teve dificuldade para se equilibrar e deu um passo para trás na hora que a cabeça do jacaré apareceu na superfície, a boca se fechando. Ele golpeou de novo, sem mirar, mas a ponta quebrada entrou no olho do jacaré. O bicho recuou, e se Lloyd não tivesse soltado o cabo curvo da bengala, teria sido puxado para a água em cima dele.

Ele se virou e saiu correndo pelas palmeiras com os braços estendidos na frente do corpo, esperando a qualquer momento ser mordido por trás ou jogado para cima quando o jacaré nadasse por baixo do calçadão, se firmasse no fundo cheio de lodo e abrisse caminho até ele. Saiu do outro lado, sujo e manchado com o sangue de Don e sangrando em mais de dez arranhões. Laurie não tinha ido para casa. Estava parada três metros à frente e, quando viu Lloyd, correu para ele, encolheu a traseira e pulou. Lloyd a pegou (como uma bola de futebol americano, como um arremesso longo) e saiu correndo, sem nem perceber direito que Laurie estava se contorcendo em seus braços e choramingando e cobrindo seu rosto de lambidas desesperadas. Mas lembraria depois e chamaria de beijos.

Quando estava fora do calçadão e do caminho de conchas, ele olhou para trás, esperando ver o jacaré correndo atrás deles pelo calçadão com a velocidade sinistra e inesperada. Tinha chegado na metade do caminho até em casa quando suas pernas cederam e ele se sentou. Estava chorando e tremendo. Ficava olhando para trás, procurando o jacaré. Laurie lambia seu rosto, mas o tremor dela tinha começado a diminuir. Quando se sentiu capaz de caminhar novamente, ele carregou Laurie pelo resto do caminho. Duas vezes, achou que ia desmaiar e teve que parar.

Evelyn apareceu na varanda quando ele estava indo para a porta dos fundos de casa.

— Sabia que se você carregar um cachorro assim, ele vai começar a esperar que você faça isso o tempo todo? Você viu Don? Ele precisa terminar de botar os enfeites de Natal.

Ela não viu o sangue, pensou Lloyd, ou não queria ver?

— Houve um acidente.

— Que tipo de acidente? Alguém bateu na porcaria da ponte levadiça de novo?

— Entre — disse ele.

Lloyd entrou em casa sem esperar para ver se ela tinha entrado na dela. Pegou uma tigela de água fresca para Laurie, que bebeu avidamente. Enquanto ela bebia, Lloyd ligou para a emergência.

9

A polícia devia ter ido à casa dos Pitcher imediatamente depois de recolher o corpo de Don, porque Lloyd ouviu Evelyn gritando. Os gritos não deviam ter durado muito tempo, mas pareceu muito. Ele se perguntou se deveria ir lá, talvez para tentar consolá-la, mas não se sentia capaz. Estava mais cansado do que conseguia lembrar, mesmo depois de um treino de futebol americano do ensino médio nas tardes quentes de agosto. Só queria ficar sentado na poltrona com Laurie no colo. Ela estava dormindo com o focinho na cauda.

A polícia apareceu e o entrevistou. Depois de ouvir a história, disseram que ele teve muita sorte.

— Fora a sorte, você pensou bem rápido — disse um dos policiais — ao usar a bengala do sr. Pitcher desse jeito.

— O bicho teria me pegado mesmo assim se a parte externa do calçadão não tivesse cedido com o peso dele — disse Lloyd.

Provavelmente teria pegado Laurie também. Porque Laurie não tinha ido para casa. Laurie tinha esperado.

Naquela noite, ele a levou para a cama. Ela dormiu no lado de Marian. Lloyd dormiu pouco. Cada vez que começava a adormecer, pensava no jacaré esparramado por cima do corpo de Don, com uma possessividade tão idiota. Com os olhos pretos. Pensava que ele parecia sorrir. Na velocidade inesperada com que partiu para cima de Lloyd. Em seguida, fazia carinho na cachorra dormindo ao seu lado.

Beth veio de Boca no dia seguinte. Ela chamou a atenção dele, mas só depois de o ter abraçado e beijado repetidamente, fazendo Lloyd pensar no desespero de Laurie lambendo seu rosto quando ele saiu do meio das palmeiras.

— Eu te amo, seu burro — disse Beth. — Graças a Deus você está vivo.

Ela pegou Laurie e a abraçou. Laurie aceitou com paciência, mas assim que Beth a botou no chão, foi procurar o coelho de borracha. Ela o levou para o canto, onde o fez apitar repetidamente. Lloyd se perguntou se ela estava tendo uma fantasia em que fazia o jacaré em pedacinhos e disse para si mesmo que estava sendo idiota. Não dava para transformar um cachorro em algo que não era. Ele não tinha lido isso em "Então você tem um cachorrinho!". Era uma daquelas coisas que você descobria sozinho.

10

No dia seguinte à visita de Beth, um guarda-caça do Florida Fish and Wildlife foi ver Lloyd. Eles se sentaram na cozinha, e o guarda-caça, que se chamava Gibson, aceitou um copo de chá gelado. Laurie gostou de farejar as botas e barras da calça dele por um tempo, depois se encolheu embaixo da mesa.

— Nós pegamos o jacaré — disse Gibson. — Você tem sorte de estar vivo, sr. Sunderland. Era bem grande.

— Eu sei disso. Sofreu eutanásia?

— Ainda não, e há discussões se deve ou não. Quando atacou o sr. Pitcher, estava protegendo um amontoado de ovos.

— Um ninho?

— Isso mesmo.

Lloyd chamou Laurie. Laurie veio. Ele a pegou e começou a fazer carinho nela.

— Quanto tempo aquela coisa ficou lá? Eu andei por aquela porcaria de calçadão até o Fish House com minha cachorrinha quase todos os dias.

— O tempo de incubação normal é de sessenta e cinco dias.

— Aquela coisa estava lá esse tempo todo?

Gibson assentiu.

— Boa parte, sim. No meio do mato e do carriço.

— Nos observando passar.

— Você e todo mundo que usou aquele calçadão. O sr. Pitcher deve ter feito alguma coisa, provavelmente sem querer, que despertou… bem… — Gibson deu de ombros. — Não instintos maternos, acho que não dá pra dizer isso, mas eles estão programados pra proteger o ninho.

— Ele deve ter balançado a bengala na direção dele — disse Lloyd. — Ele sempre balançava aquela bengala. Pode até o ter acertado. Ou o ninho.

Gibson terminou o chá gelado e se levantou.

— Eu só achei que você ia gostar de saber.

— Obrigado.

— Claro. Essa cachorrinha que você tem é linda. É border collie com o quê?

— Mudi.

— Ah, é, estou vendo agora. E ela estava com você naquele dia.

— Na minha frente, na verdade. Ela o viu primeiro.

— Ela também tem sorte de estar viva.

— Tem. — Lloyd fez carinho nela. Laurie olhou para ele com os olhos âmbar. Ele se perguntou, como quase sempre fazia, o que ela via no rosto que olhava para o dela. Como as estrelas que ele via quando a levava para passear à noite, era um mistério. E isso era bom. Um pouco de mistério era bom, principalmente com os anos chegando ao fim.

Gibson agradeceu o chá gelado e foi embora. Lloyd ficou sentado onde estava por um tempo enquanto passava a mão no pelo cinza. Em seguida, colocou a cachorrinha no chão para cuidar da vida dela.

CASCAVÉIS

JULHO-AGOSTO DE 2020

Não fiquei surpreso quando vi a idosa empurrando o carrinho duplo com bancos vazios; eu tinha sido avisado. Isso foi na estrada Rattlesnake, que serpenteia os seis quilômetros e meio de Rattlesnake Key, na Costa do Golfo da Flórida. Havia casas e apartamentos ao sul; algumas mansões no lado norte.

Existe uma curva fechada a oitocentos metros da mansão de Greg Ackerman, onde eu estava hospedado naquele verão, quicando como a última ervilha de uma lata enorme. Um mato mais alto do que a minha cabeça (e eu tenho um metro e noventa e dois) ladeava a estrada, parecendo pressionar e tornar o que já era estreito ainda mais apertado. A curva era marcada dos dois lados com crianças de plástico verde fluorescente, cada uma segurando o aviso DEVAGAR! CRIANÇAS BRINCANDO. Eu estava caminhando e, aos setenta e dois anos, no calor de uma manhã de julho, estava, obviamente, avançando bem devagar. Meu plano era andar até o portão que separa a parte particular da estrada da parte sob os cuidados do condado, depois voltar para a casa de Greg. Já estava me perguntando se aquela ideia era querer dar um passo maior do que a perna.

Não tinha certeza se Greg estava pegando no meu pé sobre a sra. Bell, mas ali estava ela, empurrando o carrinho enorme na minha direção. Uma das rodas estava rangendo e precisava de óleo. Ela usava uma bermuda larga, sandálias com meias até os joelhos e um chapelão azul. A sra. Bell parou, e me lembrei de Greg me perguntar se o problema dela (foi assim que ele chamou) seria problema para *mim*. Falei que não, mas naquele momento fiquei na dúvida.

— Oi. Acho que você deve ser a sra. Bell. Meu nome é Vic Trenton. Estou hospedado na casa do Greg por um tempo.

— Amigo do Greg? Que legal! Velho amigo?

— Trabalhamos na mesma agência de publicidade em Boston. Eu era redator e ele...

— Imagens e layout, eu sei. Antes de ele ganhar dinheiro. — Ela empurrou o carrinho duplo para mais perto, mas não perto demais. — Qualquer amigo do Greg, você sabe como se diz. Muito prazer. Como nós vamos ser vizinhos enquanto você estiver aqui, pode me chamar de Alita. Ou Allie, se preferir. Você está bem? Nenhum sintoma dessa nova gripe?

— Estou bem. Sem tosse, sem febre. Imagino que você também.

— Eu também. E isso é bom, porque sou velha e tenho alguns dos problemas de saúde das pessoas velhas. Uma das poucas coisas boas de estar aqui no verão é que a maioria das pessoas vai embora. Vi no jornal de manhã que o dr. Fauci disse que podem surgir cem mil casos novos por dia. Dá pra acreditar nisso?

Falei que tinha visto a mesma coisa.

— Você veio pra cá pra fugir?

— Não. Precisava de um tempo de folga, e me ofereceram o lugar, e eu aceitei.

Aquilo estava longe de ser a história completa.

— Acho que você é meio doido de estar de férias nesta parte do mundo no verão, sr. Trenton.

De acordo com Greg, a doida é você, pensei. *E a julgar pelo carrinho que você fica empurrando por aí, ele não estava enganado.*

— Vic, por favor. Já que somos vizinhos.

— Você gostaria de cumprimentar os gêmeos? — Ela indicou o carrinho. Em um assento havia um short azul, no outro um verde. Um dizia MAU, e o outro PIOR. — Esse aqui é o Jacob. — A sra. Bell indicou o short azul. — E esse é o Joseph. — Ela tocou na camiseta que dizia PIOR. Foi um toque breve, mas gentil e amoroso. A expressão dela era calma e cautelosa, esperando para ver como eu responderia.

Pirada? Com certeza, mas não fiquei muito incomodado. Havia dois motivos para isso. Um, Greg já tinha me avisado, dissera que a sra. Bell era perfeitamente sã e em contato com a realidade em todos os outros aspectos.

345

Dois, quem passa a vida no ramo da publicidade conhece um monte de gente maluca. Se não são assim quando entram, ficam com o tempo.

Basta ser agradável, Greg havia dito. *Ela é inofensiva e faz os melhores biscoitos de aveia com passas que já comi.* Eu não sabia se acreditava no que Greg havia dito sobre os biscoitos, pois quem trabalha com publicidade tem tendência a usar superlativos, mesmo os que já largaram o trabalho, mas estava perfeitamente disposto a ser agradável.

— Oi, meninos — falei. — É muito bom conhecer vocês.

Por não estarem lá, Jacob e Joseph não responderam. E por não estarem lá, o calor não os incomodava, e eles nunca teriam que se preocupar com covid ou câncer de pele.

— Os dois acabaram de fazer quatro anos — disse Allie Bell. Aquela mulher ter gêmeos de quatro anos seria uma boa, pensei, porque ela parecia ter entre sessenta e setenta anos. — Já têm idade pra andar, mas os preguiçosos preferem o carrinho. Eu coloco shorts de cores diferentes porque às vezes até eu confundo qual é qual. — Ela riu. — Vou deixar você continuar sua caminhada, sr. Trenton...

— Vic, por favor.

— Vic, então. Às dez estará fazendo trinta e dois graus na sombra, e a umidade, não vamos nem falar disso. Digam tchau, meninos.

Supostamente, os dois disseram. Desejei um bom-dia a eles e falei para Allie Bell que foi um prazer conhecê-la.

— Igualmente — disse ela. — E os gêmeos acham que você parece ser um bom homem. Não acham, meninos?

— Vocês têm razão, eu sou — garanti aos bancos vazios do carrinho duplo.

Allie Bell abriu um sorriso largo. Se aquilo era um teste, parecia que eu tinha passado.

— Você gosta de biscoito, Vic?

— Gosto. Greg disse que aveia com passas é sua especialidade.

— *Spécialitie de la maison, oui, oui* — disse ela, e soltou uma risada. Houve algo meio preocupante nisso. Provavelmente, era o contexto. Não é todo dia que se é apresentado a gêmeos mortos muito tempo antes. — Vou levar alguns pra você qualquer hora dessas, se não se importar de eu dar uma passadinha lá.

— De jeito nenhum.

— Mas à noite. Quando refresca um pouco. Costumo ficar sem fôlego no meio do dia, apesar de não incomodar Jake e Joe. E sempre levo minha vara.

— Vara?

— Por causa das cobras — disse ela. — Tchauzinho, foi bom conhecer você. — Ela empurrou o carrinho para depois de mim e se virou. — Se bem que agora não é uma boa época pra curtir a Costa do Golfo. Outubro e novembro que são época pra isso.

— Anotado — falei.

No começo, eu achava que Rattlesnake Key tinha esse nome por causa do formato, que é muito parecido com o de uma cobra visto do ar, serpenteando e voltando daquele jeito, mas Greg me disse que havia *mesmo* cascavéis, uma infestação, até o começo dos anos 1980. Isso foi quando o boom de construção chegou aos Keys ao sul de Siesta e Casey. Até lá, os Keys de baixo ficaram esquecidos.

— As cobras foram uma espécie de falha ecológica — disse Greg. — Acho que no começo algumas podem ter vindo nadando do continente... cobras sabem nadar?

— Sabem — respondi.

— Ou pode ser que tenham vindo de carona na carga de um barco, sei lá. Pode até ter sido na carga de uma lancha de rico. Elas se proliferaram na vegetação rasteira, onde as aves não conseguiam pegar as novinhas. As cascavéis não botam ovo, sabia? As mães botam pra fora umas oito ou dez de uma vez e isso dá um montão de botas de pele de cobra. Essas porras estavam em toda parte. Centenas, talvez milhares. Foram levadas para o norte quando a parte sul do Key começou a ser construído. E aí, quando o pessoal rico chegou...

— Tipo você — interrompi.

— Bom, sim — disse ele, com a modéstia apropriada. — O mercado de ações tem sido bom com este garoto aqui, principalmente a Apple.

— E a Tesla.

— Verdade. Eu dei essa dica, mas você, o sujeito cauteloso da Nova Inglaterra que é...

— Para.

— Quando o pessoal rico veio e começou a construir as mansões…

— Tipo a sua — falei.

— Por favor, Vic. Diferente de alguns horrores de estuque e cimento desta parte da Flórida, a minha é arquitetonicamente agradável.

— Se você diz.

— Quando o pessoal rico começou a construir, os empreiteiros encontraram cobras em todo canto. Eram *muitas*. Mataram as que viviam nos terrenos onde eles estavam trabalhando, no lado do Golfo e no lado da Baía, mas só houve uma *caçada* organizada às cobras depois dos gêmeos Bell. O condado não quis fazer nada nem nessa época, argumentando que a parte norte do Key era de propriedade e construção particular, então os empreiteiros juntaram um grupo e fizeram uma caça. Eu ainda trabalhava na MassAds na época e especulava na bolsa paralelamente, então não estava aqui, mas soube que cem homens e mulheres, pelo menos cem, com luvas e botas altas, começaram onde fica o portão agora e seguiram para o norte, batendo na vegetação e matando todas as cobras que encontravam. A maioria era cascavéis, mas havia outras espécies também: corredoras-azuis, cobras-de-água-de-colar, algumas serpentes-mocassim-cabeça-de-cobre e, acredite se quiser, uma porra de píton.

— Mataram as não venenosas junto com as que picam?

— Mataram todas — disse Greg. — Foram poucas as cobras vistas em Key desde essa ocasião.

Ele ligou naquela noite. Eu estava sentado perto da piscina, tomando um gim-tônica e olhando as estrelas. Ele queria saber se eu estava gostando da casa. Falei que estava gostando muito e agradeci de novo por ele me deixar ficar lá.

— Se bem que agora não é boa época pra apreciar Key — comentou ele. — Principalmente com a maioria das atrações turísticas fechadas por causa da covid. As melhores épocas…

— Outubro e novembro. A sra. Bell me disse. Allie.

— Você a conheceu.

— Conheci. Ela estava com os gêmeos. Jacob e Joseph. Ou pelo menos eu conheci os shorts e camisetas deles.

Houve uma pausa.

— Você está bem com isso? Eu estava pensando na Donna quando ofereci a casa. Nunca pensei que poderia fazer você lembrar… — disse Greg.

Eu não queria tocar no assunto, mesmo depois de tantos anos.

— Está tudo bem. Você tinha razão. Allie Bell parece uma mulher ótima fora essa questão. Ela me ofereceu biscoitos.

— Você vai adorar.

Pensei nos pontinhos redondos de cor nas bochechas dela.

— Ela garantiu que não está com covid, que chamou de "nova gripe", e não estava tossindo, mas não estava com aparência muito saudável. — Pensei no carrinho duplo com as camisas e shorts vazios. — Estou falando fisicamente. Ela falou alguma coisa sobre questões médicas.

— Bom, ela tem mais de setenta…

— Velha assim? Achei que eram sessenta e poucos.

— Ela e o marido foram os primeiros a reconstruir na parte norte, e isso foi quando Carter era presidente. Só estou dizendo que quando se entra nos setenta, o equipamento perde a garantia.

— Não vi mais ninguém, mas só estou aqui há três dias. Nem tirei tudo da mala.

Não que eu tivesse levado muita coisa. Passei a maior parte do tempo botando as leituras em dia, como tinha prometido que faria quando me aposentasse. Quando via televisão, mutava os comerciais. Ficaria feliz se nunca mais visse um comercial na vida.

— Amigo, estamos no *verão*. E o verão da covid, ainda por cima. Quando passa do portão, só tem você e Alita. E… — Ele parou.

— E os gêmeos — concluí. Jake e Joe.

— Tem certeza de que não fica incomodado? Considerando o que aconteceu com…

— Não fico. Coisas ruins acontecem com crianças às vezes. Aconteceu comigo e com Donna e aconteceu com Allie Bell. Nosso filho foi muito tempo antes. Tad. Já superei. — Mentira. Algumas coisas nós não superamos nunca. — Mas tenho uma pergunta.

— E eu tenho uma resposta.

Isso me fez rir. Greg Ackerman, mais velho e mais rico, mas ainda espertinho. Quando estávamos com a conta do refrigerante da Brite Company, ele foi uma vez para uma reunião com uma garrafa de Brite Cola, com o gargalo comprido distinto, aparecendo no zíper aberto.

— Ela sabe?

— Não sei se entendi.

Eu tinha quase certeza de que entendia.

— Ela sabe que o carrinho está vazio? Sabe que os garotinhos dela morreram trinta anos atrás?

— Quarenta — corrigiu ele. — Talvez um pouco mais. E, sim, ela sabe.

— Você tem certeza ou quase?

— Certeza — disse ele, e fez uma pausa. — Quase.

Isso também era a cara de Greg. Sempre deixar um fio de dúvida.

Observei as estrelas e terminei a bebida. Trovões ribombaram no Golfo e houve relâmpagos desfocados, mas achei que não dariam em nada.

Terminei de desfazer a segunda mala, algo que eu deveria ter feito dois dias antes. Quando terminei, e levou cinco minutos, fui para a cama. Era 10 de julho. No mundo lá fora, os casos de covid tinham ultrapassado de três milhões só nos Estados Unidos. Greg havia me dito que eu podia ficar na casa dele até setembro se quisesse. Falei que achava que seis semanas seriam suficientes para espairecer, mas depois que tinha refrescado, achava que talvez ficasse mais. Para esperar a merda da doença.

O silêncio, interrompido pelo som sonolento de ondas batendo no pedacinho de praia de Greg, era espetacular. Eu poderia acordar com o sol e fazer minhas caminhadas mais cedo do que naquele dia... e talvez, se fosse assim, conseguir evitar Allie Bell. Ela era agradável, e eu achava que Greg tinha razão: ela tinha pelo menos três dos quatro pneus no chão, mas aquele carrinho duplo com os shorts de cores diferentes nos bancos... aquilo era sinistro.

— Mau e Pior — murmurei.

A porta de correr da suíte principal estava aberta, e uma brisa ergueu as cortinas brancas finas, transformando-as em braços.

Entendi como a preocupação de Greg com os gêmeos fantasmas se relacionava a mim. Ao menos comecei a entender. Minha compreensão chegou tarde, mas a sabedoria popular não dizia que antes tarde do que nunca? Eu não tinha feito a conexão com minha vida quando ele me contou sobre a excentricidade de Alita Bell. Essa conexão era com meu filho, que também havia morrido, mais ou menos com a mesma idade que Jacob e Joseph. Mas Tad não foi o motivo para eu achar que tinha que sair da Nova Inglaterra, ao menos por um tempo. Essa dor era antiga. Naquela casa ridiculamente enorme e durante aquelas semanas quentes de verão, eu tinha uma nova para enfrentar.

Sonhei com Donna, como acontecia com frequência. Nesse sonho, estávamos sentados no sofá da nossa antiga sala, de mãos dadas. Éramos jovens. Não estávamos conversando. O sonho todo foi só isso, mas acordei com lágrimas nos olhos. O vento estava soprando com mais força, um vento quente, mas fez as cortinas parecerem braços se estendendo, mais do que nunca. Eu me levantei para fechar a porta de correr, mas acabei indo para a sacada. Durante o dia, dava para ver todo o Golfo dos quartos de cima (Greg tinha me dito que eu podia usar a suíte, e foi o que fiz), mas na madrugada ficava tudo escuro. Exceto pelos relâmpagos ocasionais, que estavam mais próximos. Os trovões também estavam mais altos, a ameaça de tempestade não era mais vazia.

Fiquei junto à amurada acima do pátio e da piscina com a camiseta e cueca boxer sacudindo ao vento. Podia tentar me convencer de que o trovão tinha me acordado, ou o vento mais forte, mas óbvio que havia sido o sonho. Nós dois no sofá, de mãos dadas, sem conseguir conversar sobre o que havia entre nós. A perda era grande demais, permanente demais, presente *demais*.

Não foram cascavéis que mataram nosso filho. Ele morreu de desidratação em um carro quente. Nunca culpei minha esposa; ela quase morreu junto. Nunca culpei nem o cachorro, um são-bernardo chamado Cujo, que rondou nosso Ford quebrado por três dias sob o sol intenso.

Tem uma coleção de livros do autor Lemony Snicket, Desventuras em série, e isso descrevia perfeitamente o que havia acontecido com minha esposa e meu filho. A casa onde nosso carro quebrou — por causa de uma válvula entupida que um mecânico consertaria em cinco minutos — ficava no campo, em um lugar deserto. O cachorro estava com raiva. Se Tad tinha anjo da guarda, ele estava de férias naquele mês de julho.

Tudo isso aconteceu muito tempo atrás. Décadas.

Eu entrei, fechei a porta de correr e a prendi por garantia. Fui para a cama e estava quase dormindo quando ouvi um guincho baixo. Eu me sente ereto, prestando atenção.

Todo mundo tem umas ideias malucas às vezes, do tipo que parece ridículo à luz do dia, mas que parece bem plausível no meio da madrugada. Eu não conseguia lembrar se tinha trancado a casa, e era bem fácil imaginar que Allie, bem mais maluca do que Greg acreditava, estava no andar de baixo. Ela estava empurrando o carrinho duplo com a rodinha que rangia pela sala a caminho da cozinha, onde deixaria um tupperware com biscoitos de aveia e passas. Empurrando o carrinho e acreditando que os filhos gêmeos, mortos havia quarenta anos, estavam sentados nele.

Squeak. Pausa. *Squeak*. Pausa.

Acendi o abajur da mesa de cabeceira e atravessei o quarto, dizendo a mim mesmo que não estava com medo. Acendi a luz, estendi a mão pela porta e acendi as luzes do corredor do andar de cima, também dizendo a mim mesmo que ninguém agarraria minha mão e que eu não gritaria se fizessem isso.

Atravessei o corredor e olhei para a amurada na altura da cintura. Não tinha ninguém na sala ampla, claro, mas deu para ouvir as primeiras gotas de chuva nas janelas de baixo. E deu para ouvir outra coisa também.

Squeak. Pausa. *Squeak*. Pausa.

Eu tinha me esquecido de desligar o ventilador de teto. Era isso que estava fazendo barulho. Durante o dia, eu não tinha ouvido. O interruptor ficava no topo da escada. Eu o desliguei. O ventilador soltou um último ruído e parou. Voltei para a cama, mas deixei o abajur aceso no modo de pouca luz. Se tive outro sonho, não me lembrei de manhã.

Dormi até tarde, provavelmente por causa do susto da madrugada, e não fiz minha caminhada, mas acordei cedinho nas três manhãs seguintes, quando o ar estava fresco e até os pássaros estavam em silêncio. Fiz a caminhada até o portão e voltei, vi muitos coelhos, mas nenhum humano. Passei pela caixa de correspondência da família Bell no começo de um caminho de carros escondido por rododendros, mas mal deu para ver a casa, que ficava do lado da baía, protegida por árvores e mais rododendros.

Durante as horas de trabalho dos dias de semana, ouvia sopradores de folhas e via alguns caminhões de jardinagem parados na entrada da Allie quando ia ao mercado, mas acho que, fora isso, ela estava sozinha. Assim como eu. Além disso, nós dois éramos solteiros e tínhamos vivido mais do que nossos cônjuges. Poderia ser tema para uma comédia romântica legal (se alguém fizesse comédias românticas sobre pessoas velhas, claro, *Supergatas* sendo a exceção que prova a regra), mas a ideia de dar em cima dela não tinha apelo nenhum. Tinha apelo negativo, até. O que a gente faria? Empurraria os gêmeos invisíveis juntos, um de cada lado do carrinho? Fingiria dar espaguete para eles?

Greg tinha um caseiro, mas havia me pedido para molhar as flores nos vasos grandes ladeando as portas do lado da entrada de carros e da piscina. Naquele crepúsculo, uns dez ou doze dias depois da minha chegada, eu estava fazendo isso. Ouvi a rodinha rangendo e desliguei a mangueira. Allie empurrava o carrinho pelo caminho. Usava uma espécie de tipoia. Nela havia uma vara de aço inoxidável com um gancho em forma de U na ponta. Ela me perguntou se eu ainda estava me sentindo bem. Eu disse que sim.

— Eu também. Trouxe biscoitos.

— É muita gentileza sua — falei, embora não fosse me importar se ela tivesse esquecido.

Naquela noite, havia um short vermelho em um dos assentos do carrinho e um branco no outro. Havia camisetas apoiadas nos encostos de novo. Uma dizia ATÉ, JACARÉ, a outra dizia TCHAU, ANIMAL. Se houvesse crianças de verdade naquelas camisetas, estariam com aparência fofa. Mas, daquele jeito... não.

Ainda assim, ela era minha vizinha e era inofensiva. Por isso, falei:

— Oi, Jake. Oi, Joe, esse visual arrasou.

Allie soltou uma risadinha.

— Você é muito fofo. — E, olhando diretamente para mim, falou: — Eu sei que eles não estão aqui.

Não soube como responder. Allie não pareceu se importar.

— Mas às vezes *estão*.

Eu me lembrei de Donna dizendo algo parecido. Foi meses depois que Tad morreu e não muito tempo antes de nos divorciarmos. "Às vezes eu o vejo", dizia, e quando falei que isso era idiotice, e nós já tínhamos nos recuperado o suficiente para dizermos coisas desagradáveis um para o outro, ela disse: "Não. É necessário".

A tipoia da Allie tinha um bolsinho de lado. Ela enfiou a mão dentro e tirou um saco plástico Ziploc de biscoitos. Eu peguei e agradeci.

— Entra e toma uma comigo. — Fiz uma pausa, depois acrescentei: — E traz os meninos, claro.

— Claro — disse ela, como quem pergunta "O que mais?".

Havia uma escada interna que ia da garagem até o primeiro andar. Ela parou com o carrinho no pé da escada e disse:

— Desçam, meninos, podem subir. Está tudo bem, nós fomos convidados.

Os olhos dela acompanharam o progresso deles. Ela botou a tipoia em um dos assentos.

Ela me viu olhando para a vara de pegar cobra e sorriu.

— Pode pegar se quiser. Você vai ficar surpreso com o quanto é leve.

Eu a peguei e levantei. Não podia pesar mais do que um quilo e meio.

— É de aço, mas é oca. A ponta afiada na extremidade do gancho é pra furar, mas elas são rápidas demais pra mim. — Ela estendeu a mão e eu dei a vara para ela. — Normalmente, dá pra empurrá-las, mas se não forem embora… — Ela abaixou a vara e ergueu rapidamente. — Dá pra jogar no mato. Mas tem que ser rápido.

Quis perguntar se ela já tinha usado aquela vara e concluí que sabia a resposta. Se havia garotos invisíveis, havia cobras invisíveis. Como era de esperar. Decidi dizer que parecia uma coisa útil.

— *Muito* necessária — disse ela.

Na metade da escada, Allie parou, bateu no peito e respirou fundo algumas vezes. Os pontos vermelhos apareceram de novo nas bochechas.

— Você está bem?

— O motorzinho aqui deu uns engasgos, só isso. Não é sério e eu tenho comprimidos pra isso. Acho que devia tomar uns dois. Você poderia me dar um copo de água?

— Que tal leite? Não tem nada que vá melhor com biscoito.

— Leite com biscoito parece perfeito.

Subimos o resto da escada. Ela se sentou à mesa da cozinha com um grunhido suave. Eu servi dois copinhos de leite e botei uns seis biscoitos de aveia com passas em um prato. Três para ela e três para mim foi o que pensei, mas acabei comendo quatro. Estavam muito bons.

Em determinado momento, ela se levantou e chamou:

— Meninos, sem bagunça e sem sujeira! Olhem os modos!

— Tenho certeza de que vão se comportar. Está se sentindo melhor?

— Estou, obrigada.

— Você está com... — Encostei no lábio superior.

— Bigode de leite? — Ela deu uma risadinha. Foi meio encantador.

Quando passei um guardanapo que estava no centro da mesa, eu a vi olhando para minha mão.

— Sua esposa não está com você, Vic?

Encostei na aliança.

— Não. Ela faleceu.

Allie arregalou os olhos.

— Ah! Sinto muito. Foi recente.

— Um tanto recente. Quer outro biscoito?

A mulher podia ser meio pirada no que dizia respeito aos filhos, mas entendia um alerta para evitar um assunto quando via... ou ouvia.

— Tudo bem, mas não conta para o meu médico.

Conversamos um pouco, mas não sobre cascavéis, filhos invisíveis nem esposas mortas. Ela falou sobre o coronavírus. Falou sobre os políticos da Flórida, que acreditava que estavam prejudicando o meio ambiente. Disse que os peixes-boi estavam morrendo por causa de vazamento de fertilizante na água e me encorajou a visitar o Mote Marine Aquarium, em City Island, Sarasota, para ver alguns, "se ainda estivesse aberto".

Perguntei se queria mais leite. Allie sorriu, fez que não, se levantou, oscilou um pouco, mas ficou firme.

— Tenho que levar os meninos pra casa, já passou da hora de dormir. Jake! Joe! Venham, meninos! — Ela fez uma pausa. — Aí estão eles. O que vocês andaram aprontando? — E para mim: — Os dois estavam naquela sala no fim do corredor. Espero que não tenham desarrumado nada.

A sala no fim do corredor era o escritório do Greg, aonde eu ia à noite para ler.

— Tenho certeza de que não.

— Meninos pequenos são bagunceiros, sabe? Talvez eu deixe que empurrem o carrinho na volta. Fico cansada com facilidade agora. Vocês gostariam, meninos?

Eu a acompanhei descendo a escada até a garagem, preparado para segurar seu braço caso se desequilibrasse, mas o leite e os biscoitos pareciam ter feito bem.

— Vou só dar uma ajudinha — disse ela para os gêmeos, e virou o carrinho para o outro lado. — Nós não queremos bater no carro do sr. Trenton, né?

— Pode bater — falei. É alugado.

O comentário a fez dar risadinhas de novo.

— Venham, meninos. Vamos ouvir uma história antes de dormir.

Ela tirou o carrinho da garagem. As primeiras estrelas estavam surgindo e o tempo refrescando. Os dias de julho são duros na Costa do Golfo, eu já tinha descoberto isso, mas as noites podem ser suaves. Os moradores de inverno perdem essa parte.

Andei com ela até a caixa de correspondência.

— Ah, olha só, saíram correndo. — Ela ergueu a voz. — Não vão longe, meninos! E cuidado com as cobras!

— Parece que você vai ter mesmo que empurrar o carrinho — falei.

— É o que parece, né? — Ela sorriu, mas achei os olhos tristes. Talvez fosse efeito da luz. — Você deve me achar pirada.

— Não — falei. — Cada um tem seu jeito de lidar. Minha esposa...

— O quê?

— Deixa pra lá.

Eu não ia contar para ela o que minha esposa tinha dito nos últimos meses difíceis do nosso casamento (nosso *primeiro* casamento): *Às vezes eu o vejo.* Isso era uma caixa de pandora que eu não queria abrir. Eu a vi se afastar e, quando ela desapareceu na escuridão do fim do dia, ouvi aquela rodinha rangendo e pensei que devia ter passado óleo para ela. Teria levado só um minuto.

Voltei para a casa, tranquei tudo e lavei os pratos. Peguei o livro que estava lendo, um dos romances de Joe Pickett, e fui para o escritório de Greg. Não tinha interesse na estação de trabalho de Greg, não havia nem ligado o computador, mas ele tem uma poltrona maravilhosa lá com abajur do lado. Era o lugar perfeito para ler um bom livro por umas horinhas antes de dormir.

Ele também tem um gato chamado Buttons, agora supostamente morando no lar de East Hampton de Greg com ele e a namorada atual (que deve ser pelo menos vinte anos mais nova do que Greg, talvez até trinta). Buttons tinha uma cestinha de vime cheia de brinquedos. Estava agora de lado, com a tampa aberta. Algumas bolas, um rato de catnip bem mastigado e um peixe de borracha colorido estavam caídos no chão. Olhei para os objetos por muito tempo, dizendo para mim mesmo que eu devia ter chutado a cesta mais cedo e não reparei. Afinal, o que mais poderia ter sido? Guardei os brinquedos de volta e fechei a tampa.

O caseiro de Greg era o sr. Ito. Ele ia lá duas vezes por semana. Sempre usava camisas marrons, bermudas marrons até os joelhos cheios de vincos, meias marrons e sapatos marrons de lona. Também usava um capacete de safári marrom enfiado na cabeça até as orelhas extremamente grandes. A postura dele era perfeita e a idade era... bom, indefinida. Ele me lembrava o sádico coronel Saito em *A ponte do rio Kwai*, e ficava sempre esperando que ele dissesse o lema do coronel Saito para o filho nem um pouco enérgico: "Seja feliz no seu trabalho".

Só que o sr. Ito, cujo nome era Peter, era a coisa mais distante de sádico do mundo, um nativo da Flórida nascido em Tampa, criado em Port Charlotte e que agora morava do outro lado da ponte, em Palm Village. Greg era o único cliente dele em Rattlesnake Key, mas o sr. Ito tinha muitas casas em Pardee, Siesta e Boca Chita. Nas laterais das suas vans (ele dirigia uma, o filho indiferente dirigia outra) estava escrito o lema AH TÃO VERDE. Acho que isso teria sido considerado racista se o nome dele fosse McSweeney.

Estávamos quase em agosto quando, um dia, o vi fazendo uma pausa para descansar, parado na sombra bebendo do cantil (sim, ele tinha um cantil). Estava vendo o filho circular a quadra de tênis de Greg com um cortador de grama de carrinho. Fui para o pátio e parei ao lado dele.

— Só estou descansando um pouco, sr. Trenton — disse ele, colocando a máscara. — Volto em um minuto. Não fico mais tão bem no calor quanto antes.

— Espera até chegar à minha idade — falei. — Eu tenho uma curiosidade. Você se lembra dos gêmeos Bell? Jake e Joe?

— Meu Deus, lembro. Como esquecer? Foi em 1982 ou 1983, eu acho. Uma coisa horrível. Eu era jovem como aquele idiota quando aconteceu.

Ele apontou para o filho, Eddie, que parecia estar em comunhão com o celular enquanto cortava a grama. Eu quase esperava que ele passasse por cima da quadra a qualquer momento. Isso seria um desastre.

— Eu conheci Allie e... bom...

Ele assentiu.

— Que mulher triste. Muito, muito triste. Sempre empurrando aquele carrinho. Não sei se ela acredita de verdade ou não que as crianças estão nele.

— Acho que as duas coisas — falei.

— Às vezes sim, às vezes não?

Dei de ombros.

— O que aconteceu com eles foi uma merda, e peço perdão pela linguagem. Ela era jovem. Trinta? Talvez, ou um pouco mais. O marido era bem mais velho. O nome dele era Henry.

Ele abaixou a máscara, tomou outro gole do cantil e botou a máscara no lugar. Eu tinha deixado a máscara em casa.

— É, foram cobras. Cascavéis. Houve um inquérito e o veredito foi morte por acidente. Os jornais foram mais discretos na época e não havia redes sociais... mas as pessoas falam, e isso é uma espécie de rede social, você não acha?

Concordei.

— O sr. Bell estava no escritório no andar de cima, fazendo ligações. Ele era um figurão do ramo de investimentos. Como o seu amigo, o sr. Ackerman. A dona estava tomando banho. Os meninos estavam brincando no quintal, onde havia um portão alto, supostamente trancado. Só que, pelo jeito, não estava. O detetive encarregado da investigação disse que o trinco do portão tinha sido pintado várias vezes por causa de ferrugem e não estava prendendo como deveria, e os meninos saíram. Ela os empurrava no carrinho, não sei se o mesmo que ela usa agora, mas os dois conseguiam andar direitinho e devem ter decidido ir à praia.

— Eles não foram pelo calçadão de madeira?

O sr. Ito fez que não.

— Não. Não sei o motivo. Ninguém sabe. O grupo de busca viu onde eles entraram, havia galhos quebrados e um pedacinho de camiseta pendurado em um deles.

ATÉ, JACARÉ, pensei.

— São uns quatrocentos metros da estrada Rattlesnake até a praia, tudo coberto de vegetação baixa. Eles chegaram na metade do caminho. Um estava morto quando o grupo de busca os encontrou. O outro morreu antes de conseguirem levá-lo de volta pra estrada. Meu tio Devin estava no grupo e disse que cada menininho tinha sido picado mais de cem vezes. Eu não acredito nisso, mas acho que foram muitas vezes. A maioria das picadas, das perfurações, foi nas pernas, mas havia também nos pescoços e rostos.

— Porque eles caíram?

— É. Quando o veneno começou a fazer efeito, devem ter caído. Só tinha uma cascavel lá quando o grupo de busca encontrou os meninos. Um dos homens a matou com uma vara de pegar cobra. É uma coisa que tem um gancho...

— Eu sei o que é. Allie carrega uma quando anda perto da hora de escurecer.

O sr. Ito assentiu.

— Não que haja muitas cobras agora. E não cascavéis. Houve um grupo de caça dois dias depois. Muitos homens, um pelotão mesmo. Alguns eram empreiteiros e suas equipes, o resto era de Palm Village. Tio Devin também participou. Foram para o norte, batendo na vegetação. Mataram mais de duzentas cascavéis no caminho, foi o que eu ouvi, sem falar em outros tipos de cobras. Terminaram no local entre Daylight Pass e Duma Key... pelo menos onde Duma ficava. Agora está submerso. Algumas das cobras saíram nadando e devem ter se afogado. O resto morreu lá. Tio Devin disse que eram mais quatrocentas ou quinhentas, o que deve ser uma mentira do caralho, desculpa meu vocabulário. Mas acho que eram muitas. Henry Bell era parte do grupo, mas não estava no final. Desmaiou pelo calor e pela agitação. E tristeza, acho. A sra. Bell não viu os menininhos onde morreram, só depois de terem sido, você sabe, arrumados na funerária, mas o pai foi parte do grupo de busca que os encontrou. Ele foi levado para o hospital. Morreu de ataque cardíaco pouco tempo depois. É provável que nunca tenha superado. Quem superaria, né?

Eu me identificava com isso. Há coisas que não se supera.

— Como mataram tantas cobras?

Eu tinha ido ao fim do Key, àquele triângulo pequeno de praia de conchas entre a passagem e a pequena coroa verde que foi o que sobrou de Duma Key, e não conseguia imaginar tantas cobras lá.

Antes que ele pudesse responder, houve um estalo alto. Eddie Ito tinha subido na quadra de tênis, no fim das contas.

— Ei, ei, ei! — gritou o sr. Ito, e correu até ele, balançando os braços.

Eddie parou de olhar o celular, sobressaltado, e levou o cortador para o gramado antes que danificasse a superfície da quadra, embora houvesse muita terra e grama para limpar. Não ouvi o fim da história.

Donna e eu enterramos o corpo do nosso filho no cemitério Harmony Hill, mas foi a menor parte dele. Descobrimos nos meses que vieram depois. Ele ainda estava lá, entre nós. Tentamos contorná-lo e voltar um para o outro, mas não conseguimos. Donna estava retraída, sofrendo de transtorno de estresse pós-traumático, tomando comprimidos e bebendo demais. Eu não podia culpá-la por ter ficado presa na fazenda Camber, então a culpava por um caso que ela tinha tido com um otário chamado Steve Kemp. Foi breve e sem sentido e não teve nada a ver com a merda da válvula entupida, mas, quanto mais eu cutucava a ferida, mais inflamada ficava.

Uma vez, ela disse: "Você está me culpando porque não pode culpar o universo".

Talvez fosse verdade, mas não ajudava. O divórcio, quando aconteceu, foi sem culpa e consensual. Eu poderia dizer que foi amigável, mas não foi. A verdade é que, na época, nós dois estávamos emocionalmente exaustos demais para ficarmos com raiva um do outro.

Naquela noite, depois de ouvir a versão do sr. Ito sobre a morte dos gêmeos, que não era totalmente confiável, mas talvez beirasse a verdade, tive dificuldade para adormecer. Quando dormi, o sono foi leve. Sonhei que o carrinho duplo estava rolando devagar pela entrada de carros, vindo da estrada. Primeiro pensei que estivesse se movendo sozinho, um carrinho fantasma, mas quando as luzes de segurança se acenderam, vi que os gêmeos o estavam empurrando. Os dois eram idênticos, e pensei: *Dá pra entender por que ela coloca shorts e camisetas diferentes neles.* Embaixo do cabelo louro, os rostos deles estavam errados. Ou talvez não fossem os rostos; talvez fossem os pescoços, que pareciam inchados. Como se estivessem com cachumba. Ou covid. Quando chegaram mais perto, vi que os braços também estavam inchados, com pontinhos vermelhos como flocos de pimenta-calabresa.

Squeak, pausa. *Squeak*, pausa. *Squeak*, pausa.

Eles foram chegando mais perto, e vi que havia uma cascavel em cada assento, se mexendo e se enrolando. Eles estavam levando as cobras de presente para mim, talvez. Ou como punição. Afinal eu estava longe quando meu filho morreu. Meu motivo para ir para Boston, um problema com um cliente, era desculpa só em parte. Eu estava com raiva por causa do caso da Donna. Não, eu estava furioso. Precisava esfriar a cabeça.

Nunca quis que ela morresse, tentei dizer para as crianças de olhos vazios, mas talvez isso fosse uma verdade parcial. O amor e o ódio também são gêmeos.

Recuperei a consciência aos poucos, mas primeiro achei que ainda estivesse sonhando, porque dava para ouvir aquele barulho ritmado. Era o ventilador no salão, só podia ser, então me levantei para desligar. Não tinha chegado nem à porta do quarto quando percebi que o barulho havia parado. Andei pelo corredor, ainda mais adormecido do que acordado, e nem precisei acender a luz para ver que as lâminas do ventilador estavam imóveis.

Foi o sonho, pensei. *Ainda estava sonhando meio acordado.*

Voltei para a cama, peguei no sono quase na hora, e dessa vez não houve sonhos.

Dormi até mais tarde porque tinha acordado no meio da noite. Ao menos, eu achava que tinha; talvez a caminhada pelo corredor para olhar o ventilador também tivesse sido parte do sonho. Achava que não, mas não tinha como ter certeza.

Não teria saído para caminhar se o dia estivesse quente, mas uma das famosas frentes frias da Costa do Golfo havia chegado durante a madrugada. Nunca ficava frio, é preciso passar por um inverno no Maine para entender o que é frio de verdade, mas a temperatura caiu para vinte e poucos graus, e a brisa estava refrescante. Torrei um pãozinho, passei manteiga com generosidade e saí andando para o portão.

Eu só tinha andado uns quatrocentos metros quando vi urubus voando em círculos, tanto dos pretos quanto urubus-de-cabeça-vermelha. São uns pássaros feios, medonhos, tão grandes que têm dificuldade de voar. Greg me disse que eles aparecem às centenas quando há maré vermelha e comem os peixes mortos que vão parar na praia. Mas não havia tido maré vermelha naquele verão, é impossível confundir o formigamento nos pulmões, e aquelas aves pareciam estar sobre a estrada e não na praia.

Eu esperava encontrar um coelho ou um tatu morto esmagado na estrada. Talvez o gatinho ou cachorrinho de alguém que fugiu. Mas não era nenhum animal. Era Allie. Ela estava deitada de costas ao lado da caixa de correspondência. O carrinho duplo estava virado no começo da entrada de carros. Os shorts e camisetas tinham caído e estavam sobre conchas esmagadas. Uns seis urubus estavam acima dela, saltitando em volta, se empurrando, bicando os braços e pernas e rosto. Só que *bicando* não é a palavra certa. Eles estavam arrancando a carne com os bicos grandes. Vi um deles, um urubu-de-cabeça-vermelha que devia pesar mais de dois quilos, enfiar o bico no bíceps exposto e levantar o braço, sacudir a cabeça e fazer a mão dela balançar. Como se estivesse acenando para mim.

Depois de um momento de paralisia e choque, corri para cima deles, balançando os braços e gritando. Vários levantaram um voo desajeitado. A maioria dos outros recuou pela estrada com uns pulos desequilibrados. Mas não o que estava com o bico no braço dela; este continuou balançando a cabeça, tentando arrancar um pedaço de carne. Desejei estar com a vara de pegar cobra da Allie, um bastão de beisebol teria sido até melhor, mas tem aquilo que dizem sobre ter o que deseja e os cavalos dados. Vi uma folha de palmeira caída, peguei-a e comecei a sacudir.

— Sai daí! — gritei. — Sai daí, filho da puta!

Aquelas folhas não pesavam quase nada, mas as secas fazem um som alto. O urubu deu um puxão com a cabeça, saiu voando e passou por mim com um pedaço do braço da Allie no bico. Aqueles olhos pretos pareceram me marcar, pareceram dizer: "Vai chegar sua vez". Tentei dar um soco nele, mas errei.

Não havia dúvida de que ela estava morta, mas me ajoelhei ao lado do corpo para ter certeza. Estou velho agora, e dizem que o fluxo de raciocínio fica mais lento mesmo se a pessoa não sofrer de Alzheimer ou demência: coisas da terceira idade e tudo mais. Mas acho que nunca vou me esquecer do que aquelas aves de rapina tinham feito com a moça gentil que precisava fingir que os filhos mortos ainda estavam vivos. A mulher que tinha levado para mim biscoitos de aveia e passas. A boca estava aberta, e, sem o lábio inferior, ela parecia estar fazendo uma expressão de raiva terminal. Os urubus tinham arrancado metade do nariz e os dois olhos. Buracos sujos de sangue me encaravam com choque terminal.

Fui até o outro lado da rua e vomitei meu pãozinho e café matinal. Em seguida, voltei até ela. Não queria. Minha vontade era correr para a casa de Greg o mais rápido que minhas pernas duras de velho conseguissem. Mas, se eu fizesse isso, os urubus voltariam e recomeçariam a refeição. Alguns estavam voando no alto. A maioria estava pousada nas casuarinas e palmeiras, como abutres em uma versão de terror de uma tirinha da *New Yorker*. Eu estava com o celular e liguei para a emergência. Relatei o que tinha acontecido e falei que ficaria com o corpo até a polícia chegar. Uma ambulância provavelmente chegaria também, embora não fosse adiantar de nada.

Procurei algo para cobrir o rosto mutilado e achei. Coloquei o carrinho de pé, levei-o até a cerca densa de rododendros e uvas-da-praia na lateral da entrada de carros e peguei uma das camisetas apoiadas no encosto. Coloquei-a sobre o que restava do rosto dela. As pernas estavam abertas e a saia tinha subido até as coxas. Eu sabia pelos programas de televisão que não se devia mexer no corpo antes de a polícia chegar, mas decidi que foda-se. Juntei as pernas dela. Também haviam sido bicadas, e pensei que as manchas vermelhas pareciam picadas de cobra. Peguei a outra camiseta e cobri as pernas desde os joelhos até as canelas. Uma camiseta era preta, a outra era branca, mas as duas diziam a mesma coisa: EU SOU UM GÊMEO!

Sentei-me ao lado dela para esperar a polícia e desejei não ter ido para Rattlesnake Key. Duma era o Key supostamente assombrado, ou foi o que o sr. Ito contou, mas, para mim, Rattlesnake era pior. Mesmo que o motivo fosse que, ao contrário de Duma, ainda existia.

A entrada de carros dos Bell estava abarrotada de conchas maiores nas laterais. Peguei algumas e, cada vez que um urubu chegava perto, jogava uma nele. Só acertei um, mas a ave soltou um grasnido bem satisfatório.

Esperei as sirenes. Tentei não olhar para a mulher morta com as camisetas sobre o rosto e as pernas. Pensei nos biscoitos de aveia e passas e em uma viagem que fiz para Providence dez anos antes. Eu tinha sessenta e dois anos na época e estava pensando em aposentadoria. Não sabia o que faria com meus ditos anos de ouro, mas a alegria que sempre senti na publicidade, em compor o slogan certo para acompanhar a ideia certa, tinha começado a ficar bem frágil.

Eu estava lá, junto com dois outros grandões da agência de Boston, para falar com uma banca de advogados: Debbin & Debbin, se fizer diferença. O escritório deles era em Providence, mas o grupo tinha filiais em todos os estados da Nova Inglaterra e se especializava em ações de acidentes de carro, invalidez e lesões por queda devido a escorregões. A equipe da Debbins queria uma campanha de publicidade agressiva que aparecesse em todos os canais de televisão, de Cranston a Caribou. *Algo com suingue*, disseram. *Algo que faça as pessoas ligarem para aquele 0800*. Eu não estava ansioso para a reunião, que provavelmente seria longa e controversa. Advogados acham que sabem tudo.

Eu estava no saguão do Hilton Hotel na noite anterior, esperando meus colegas Jim Woolsy e Andre Dubose descerem do quarto. O plano era ir até o Olive Garden e debater a questão, sendo que o objetivo final era elaborar duas ideias boas. Não mais do que duas. Advogados acham que sabem tudo, mas se enganam com facilidade. Eu tinha um bloco no qual havia anotado: POR QUE SE FODER SE VOCÊ PODE FODER ALGUÉM? LIGUE PARA A DEBBIN & DEBBIN!

Não devia ser um bom começo. Fechei o bloco, guardei-o no bolso do paletó e olhei para o bar. Foi só isso que fiz. Penso nisto às vezes, que eu poderia ter olhado pela janela ou para os elevadores para ver se Jim e Andre estavam chegando. Mas não foi o que fiz. Eu olhei para o bar.

Havia uma mulher em um dos bancos. Ela estava usando um terninho azul-escuro. O cabelo, preto com fios brancos, estava cortado no tipo de corte que os cabelereiros chamam de chanel com franja, acho, que ia até a base da nuca. O rosto estava só ligeiramente virado para mim quando ela ergueu o copo para beber, mas não precisei ver mais. Tem coisas que a gente só sabe, não é? A inclinação de cabeça de uma pessoa. O ângulo da mandíbula. O jeito como o ombro pode estar sempre ligeiramente erguido, como se dando de ombros achando graça. O gesto de uma das mãos afastando uma mecha de cabelo, os dois primeiros dedos esticados, os outros dois fechados junto à palma da mão. O tempo sempre tem uma história para contar, não é? O tempo e o amor.

Não é ela, pensei. *Não pode ser.*

O tempo todo sabendo que era. Sabendo que não podia ser mais ninguém. Eu não a via fazia mais de duas décadas, tínhamos perdido contato, não mandamos nem cartões de Natal nos doze anos anteriores, mais ou menos, mas a reconheci na hora.

Eu me levantei, e senti as pernas dormentes. Andei até o bar. Sentei-me ao seu lado, uma estranha que já tinha sido minha melhor amiga, objeto do meu desejo e do meu amor. A mulher que tinha matado um cachorro com raiva para defender o filho, mas tarde demais, tarde demais, tarde demais.

— Oi, sumida — falei. — Posso pagar uma bebida?

Ela se virou, sobressaltada, pronta para dizer o que quer que pretendesse dizer, tipo "obrigada, mas estou esperando uma pessoa" ou "obrigada, mas não quero companhia"... e então me viu. Sua boca fez um O perfeito. Ela balançou no banco. Eu a segurei pelos ombros. Os olhos dela nos meus. Os olhos azul-escuros nos meus.

— Vic? É você mesmo?

— Tem alguém sentado aqui?

Jim e Andre debateram as ideias sozinhos, e os advogados acabaram aprovando uma campanha publicitária horrível com um caubói cujo papel foi dado a um astro ultrapassado. Levei minha ex para jantar, e não no Olive Garden. Nossa primeira refeição juntos desde três meses depois do divórcio.

A última terminou em uma discussão amarga; ela jogou o prato de salada em mim e fomos expulsos.

— Nunca mais quero ver você — dissera ela. — Se você precisar me dizer alguma coisa, escreva.

Ela saiu andando sem olhar para trás. O presidente era Reagan. Achávamos que estávamos velhos, mas não sabíamos o que era velhice.

Não houve nenhuma briga naquela noite em Providence. Houve muita conversa para botar o papo em dia e muito álcool. Ela foi para o meu quarto. Passamos a noite juntos. Três meses depois, tempo suficiente para sabermos que não era uma miragem de quem se agarra ao passado, nós nos casamos de novo.

A polícia chegou em três viaturas, talvez um exagero para uma mulher idosa morta. E, sim, havia uma ambulância. As camisetas foram removidas do cadáver de Allie Bell e, depois de um exame dos paramédicos e do tipo de fotografia no local para as quais ninguém quer olhar, minha vizinha foi colocada em um saco para corpos.

O policial que anotou meu depoimento foi P. ZANE. O que tirou as fotos e gravou o depoimento foi D. CANAVAN. Canavan era mais jovem e ficou curioso com o carrinho e as roupas de tamanho infantil. Antes que eu pudesse explicar, Zane disse:

— Ela é meio famosa. Pirada, mas gente boa. Já ouviu aquela música, "Delta Dawn"?

Canavan fez que não, mas como fã de música country e de Tanya Tucker especificamente, eu sabia de qual ele estava falando. A similaridade não era exata, mas era próxima.

— É uma música sobre uma mulher que fica procurando o amante ausente. A sra. Bell gostava de empurrar o carrinho dos gêmeos, embora também já estivessem ausentes havia tempos. Eles morreram anos atrás — falei.

Canavan pareceu pensar no assunto e disse:

— Que maluquice.

Eu pensei: *Talvez você precise ter perdido um filho para entender.*

Um dos paramédicos se juntou a nós.

— Vai ter uma autópsia, mas estou achando que foi derrame ou infarto.

— Aposto em infarto — falei. — Ela tomava comprimidos para arritmia. Podem estar no bolso dela. Ou...

Fui até o carrinho e olhei nas bolsinhas atrás dos assentos. Em um havia dois bonezinhos do Tampa Rays e um frasco de protetor solar. No outro, um frasco de comprimidos. O paramédico o pegou e olhou o rótulo.

— Sotalol — disse ele. — Para batimentos rápidos ou irregulares.

Eu achava que ela podia ter virado o carrinho tentando pegar a medicação. O que mais poderia ter sido? Ela com certeza não tinha visto uma cascavel.

— Acho que você vai ter que testemunhar no inquérito — disse o policial Zane. — Você vai continuar por aqui por um tempo, sr. Trenton?

— Vou. Neste verão, parece que todo mundo vai ficar onde está.

— Verdade — disse ele, e ajustou a máscara. — O senhor pode nos acompanhar? Vamos ver se ela deixou a casa aberta. Melhor trancarmos, caso esteja.

Empurrei o carrinho, mais porque ninguém disse que não era para fazer isso. Zane tinha recolhido os comprimidos em um envelope.

— Meu Deus — disse Canavan. — Estou surpreso de essa roda rangendo não ter deixado a mulher maluca. — E depois de pensar no que tinha acabado de dizer: — Se bem que eu acho que ela era.

— Ela levou biscoitos pra mim — falei. — Eu pretendia passar um óleo aí naquela noite, mas esqueci.

A casa por trás do muro de rododendros e palmeiras não era uma mansão. Na verdade, parecia o tipo de casa de veraneio que, em meados do século xx, bem antes dos riquinhos descobrirem as Keys da Costa do Golfo, poderia ter sido alugada para pescadores ou uma família de férias por cinquenta ou setenta dólares por semana.

Havia uma área nova maior atrás, mas não tão grande (nem tão vulgar) a ponto de se qualificar para o status de mansão. A garagem era conectada à casa por um caminho coberto. Olhei lá dentro, fechando as mãos em concha no vidro, e vi um Chevy Cruze velho. Havia luz suficiente entrando pelas janelas laterais para eu identificar os dois assentos infantis lado a lado no banco de trás.

O policial Zane bateu na porta da casa, uma formalidade, e tentou a maçaneta. Abriu. Ele mandou Canavan entrar junto e ligar a câmera, supostamente para poder mostrar aos chefes, inclusive o promotor, que os dois não surrupiaram nada. Zane perguntou se eu queria entrar. Recusei, mas depois que eles tinham entrado, tentei abrir a porta lateral da garagem. Também estava destrancada. Empurrei o carrinho para dentro e o deixei ao lado do carro. Havia previsão de tempestade para mais tarde, e eu não queria que ficasse molhado.

— Sejam bonzinhos — falei.

As palavras saíram antes que eu soubesse que as diria.

Zane e Canavan saíram dez minutos depois, Canavan ainda gravando enquanto Zane mexia em um molho de chaves, tentando várias até encontrar a que trancava a porta de entrada.

— A casa estava totalmente aberta — disse para mim. — As janelas e tudo. Tranquei as portas dos fundos e do pátio por dentro. Ela devia ser do tipo confiante.

Bom, ela estava com os filhos e talvez eles fossem a única coisa com que ela se preocupava, pensei.

Depois de remexer mais um pouco no molho de chaves da falecida, Zane trancou a garagem. Canavan já tinha desligado a câmera. Nós três andamos de volta para a estrada. Os policiais puxaram as máscaras do pescoço. Eu tinha esquecido a minha de novo; não esperava encontrar ninguém.

— Ito trabalha pra você, né? — perguntou Zane. — Um sujeito nipo-americano de Village?

Confirmei.

— E pra sra. Bell também?

— Não, só pra mim. Ela contratava a Plant World pra cuidar do quintal e do jardim. Às vezes eu via os caminhões. Umas duas vezes por semana.

— Mas não tinha caseiro? Ninguém que consertasse um ralo entupido ou remendasse o telhado?

— Não que eu saiba. Talvez o sr. Ito possa dizer.

Zane coçou o queixo.

— Ela devia ser habilidosa. Algumas mulheres são. O fato de ela achar que os filhos ainda estão vivos quarenta anos depois não significa que ela não era capaz de consertar uma lavadora ou trocar uma vidraça.

— Não o suficiente pra passar óleo na rodinha do carrinho — comentou Canavan.

— Talvez ela gostasse — falei. — Ou...

— Ou nada — retrucou Canavan, e riu. — Ninguém gosta de uma rodinha rangendo. Não dizem que é essa que leva o óleo?

Zane não respondeu. Eu também não, mas pensei que talvez os meninos gostassem. Talvez até os ajudasse a dormir depois de um dia longo brincando e nadando. *Squeak*... pausa... *squeak*... pausa... *squeak*...

A ambulância e duas viaturas da polícia tinham ido embora quando voltamos para o local onde eu havia encontrado o corpo. Antes disso, os outros policiais tinham passado uma fita amarela de isolamento pelas palmeiras dos dois lados da entrada de carros. Nós passamos por baixo. Perguntei ao policial Zane o que aconteceria com a casa e quem cuidaria das despesas finais dela.

Ele disse que não tinha ideia.

— Ela devia ter testamento. Alguém vai ter que procurar pela casa, junto com o celular e outros papéis. Os filhos e o marido estão mortos, mas deve haver parentes em algum lugar. Até resolvermos tudo, você poderia nos ajudar, sr. Trenton. Você e Ito podem ficar de olho na casa. Você se importa de fazer isso? O processo pode demorar um pouco. Em parte é a papelada, mas mais porque só temos outros três detetives. Dois estão de férias e uma está doente.

— Covid — disse Canavan. — Tris está mal, pelo que eu soube.

— Eu posso — confirmei. — Imagino que vocês queiram garantir que ninguém descubra que a casa está vazia e tire vantagem.

— É isso. Se bem que as hienas que roubam a casa de uma pessoa morta costumam ler os obituários, e quem vai escrever um obituário para a sra. Bell? Ela era sozinha.

— Vou jogar o nome dela no Facebook e ver o que descubro.

— Tudo bem. E nós vamos botar no noticiário.

— E o Supervovô? — disse Canavan. — Ele pode olhar a casa? Pra procurar um testamento e quem sabe um caderno de endereços?

— Olha que isso é uma boa ideia — comentou Zane.

— Quem é Supervovô? — perguntei.

— Andy Pelley — respondeu Zane. — Semiaposentado. Ele se recusa a se aposentar de vez. Ajuda quando precisamos.

— Membro fundador do Clube 10-42 — explicou Canavan, e deu uma risadinha, o que o fez ganhar uma careta de Zane.

— O que é isso?

— Policiais que não conseguem sair do serviço completamente — disse Zane. — Mas Pelley é um bom policial, tem muita experiência e é parceiro de pesca de um juiz da região. Aposto que poderia obter um Mandado de Circunstância Urgente, ou seja lá qual for o nome.

— Aí eu não teria que entrar na casa...

— Não, não, você não pode — disse Zane. — Isso seria trabalho de Pelley se ele concordar. Mas obrigado por sugerir. E por manter as porras dos urubus longe dela. Os bichos fizeram um estrago, mas podia ter sido bem pior. Sinto muito pela caminhada matinal arruinada.

— Merdas acontecem. Acho que Confúcio disse isso.

Canavan fez uma expressão intrigada, mas Zane riu.

— Pergunta ao sr. Ito se ele sabe alguma coisa sobre os parentes da sra. Bell quando o encontrar.

— Pode deixar.

Eu os vi entrarem na viatura e acenei quando fizeram a curva. Em seguida, andei de volta para casa. Pensei em Donna. Pensei em Tad, nosso garotinho, que naquele momento, se não fosse uma válvula entupida, estaria com quarenta anos, começando a ficar grisalho. Pensei em Allie Bell, que fazia bons biscoitos de aveia e que disse *eu sei que eles não estão aqui. Mas às vezes* estão.

Pensei no carrinho duplo dentro da garagem escura, ao lado do Chevy Cruze com os pneus pretos. Pensei em dizer *sejam bons meninos...* apesar de o carrinho estar vazio.

Não era justo. Era verdade sobre os gêmeos Bell, era verdade sobre meu filho, era verdade sobre minha duas vezes esposa. O mundo é cheio de cascavéis. Às vezes você pisa nelas e elas não picam. Às vezes você passa por cima sem encostar, e elas picam mesmo assim.

Quando voltei para casa, estava com fome. Não, faminto. Fiz quatro ovos mexidos e torrei outro pãozinho. Donna teria dito que minha fome era saudável, afirmadora de vida, um cuspe no olho da morte, mas talvez eu só estivesse com fome. Encontrar uma mulher morta na entrada de casa e afastar os urubus que queriam comê-la devia ter queimado muitas calorias. Eu não conseguia tirar a cara destruída de Allie da cabeça, mas limpei o prato mesmo assim, e dessa vez o que eu comi ficou.

Como o dia estava agradável e não opressivamente quente ("mais quente do que catarro de cachorro", era como o sr. Ito gostava de dizer), decidi caminhar... mas não para o portão, o que significaria passar pelo local onde eu havia encontrado Allie. Decidi seguir o calçadão de madeira de Greg até a praia. A primeira parte ficava no meio de palmeiras, o que o deixava parecendo um túnel verde. Os guaxinins pareciam gostar daquela região, e tomei o cuidado de evitar os montinhos de bosta deles. Havia um gazebo no fim do calçadão. Depois, as árvores sumiam e vinha uma área ampla de junco americano. O som das ondas era suave e calmante. Gaivotas e andorinhas-do-mar voavam no céu, surfando na brisa do Golfo. Havia outros pássaros, grandes e pequenos. Greg era ornitólogo amador e conheceria todos. Eu, não.

Olhei para o sul, para onde havia grandes áreas de vegetação baixa. Algumas palmeiras surgiam em meio delas, mas pareciam fracas e doentes, provavelmente porque o mato sugava a maior parte da água subterrânea rica em nutrientes. Devia ter sido lá que Jake e Joe haviam encontrado seu fim. Eu via o calçadão dos Bell, e se eles tivessem ido por lá em vez de bancarem os exploradores da selva, também estariam com uns quarenta anos, talvez empurrando os próprios filhos naquele carrinho velho. Os "ses" também são cascavéis, acho. São expressões cheias de veneno.

Deixei o gazebo para trás e segui para norte pela praia, que era ampla, úmida e brilhava no sol. Haveria bem menos margem à tarde e quase nada à noite, quando a maré ficava alta. O sr. Ito disse que não era assim antes; disse que era o aquecimento global, e que quando Eddie fosse da idade dele, a praia teria sumido.

Foi uma caminhada agradável com o Golfo à esquerda e as dunas à direita. A casa de Greg Ackerman era a última do Key; a norte da propriedade dele, as terras do condado voltavam e a vegetação rasteira emaranhada reaparecia, tão próxima da praia que de vez em quando eu tinha que afastar folhas de palmeira e passar por cima de amontoados de repolho de praia. A folhagem acabou e a praia se alargou para um triângulo torto cheio de conchas. Aqui e ali, vi dentes de tubarão, alguns do tamanho do meu indicador. Peguei alguns e guardei no bolso, pensando em levar para Donna. Mas aí lembrei, droga, que minha esposa estava morta.

Picado de novo, pensei.

O triângulo era torto porque o Daylight Pass tinha interrompido a praia. A água vinha contra a maré da Calipso Bay, primeiro lutando contra as ondas moderadas do Golfo e girando em um redemoinho, e depois se juntando a elas. Um furacão havia aberto o Daylight, que era fechado noventa anos antes. Foi o que eu tinha lido no *A Pictorial History of the South Keys*, que estava na mesa de centro da casa de Greg quando fui para lá. Do outro lado do caminho havia uma área verde flutuante, tudo que restava de Duma Key, que fora inundado no mesmo furacão que abriu o passo.

Perdi o interesse em pegar dentes de tubarão — lembrar que a esposa está morta faz isso, acho — e enfiei as mãos nos bolsos, então olhei para a praia de conchas onde Rattlesnake Key terminava. Havia sido para aquele canto sem saída que o grupo de caça levara a infestação de cobras. O coletivo de advogados é *banca*; e o coletivo de cascavéis é *rumba*. Eu não sabia como sabia isso, mas sabia. A mente não é apenas um réptil venenoso que às vezes pica a si mesmo; também é um catador de lixo entusiasmado. Freddy Cannon lançou seu disco em 45 rotações pela gravadora Swan, que tinha a mensagem NÃO LARGUE A ESCOLA. O nome do meio de James Garfield era Abram. Essas também são coisas que eu sei, mas não sei como sei.

Fiquei sentindo a brisa sacudir a camisa e vendo as aves voando no céu e a folhagem verde que marca o que sobrou de Duma Key subindo e descendo com as ondas, como se estivessem respirando. Como tinham levado as cobras para lá? Essa era uma coisa que eu *não* sabia. E quando as levaram para lá, como mataram as que não tentaram fugir nadando? Eu também não sabia.

Ouvi um rangido atrás de mim. Depois outro. O suor na minha nuca ficou gelado. Não queria virar a cabeça porque tinha certeza de que veria aquele carrinho duplo com os gêmeos mortos dentro, inchados por causa das picadas de cobras. Mas como eu não tinha para onde ir (como as cascavéis) e não acreditava em fantasmas, me virei. Havia duas gaivotas: cabeças brancas, corpos pretos, olhos brilhosos perguntando por que eu estava invadindo o espaço delas.

Como eu estava com medo, joguei uns dentes de tubarão nas aves. Não eram grandes como as conchas que eu tinha jogado nos urubus, mas deu certo. As gaivotas saíram voando, grasnindo indignadas.

Grasnindo.

O que eu tinha ouvido atrás de mim era um rangido, como a rodinha que precisava de óleo. Falei a mim mesmo que era besteira e quase consegui acreditar. A brisa trouxe o cheiro de uma coisa que podia ser querosene ou gasolina. Não me surpreendeu; os políticos da Flórida, do governador até as câmaras de cidades grandes e pequenas, estão mais interessados em negócios do que em preservar o frágil ecossistema da Costa do Golfo. Eles abusam do meio ambiente e vão acabar perdendo-o.

Procurei o revelador arco-íris de gás ou óleo na superfície, ou girando nas extremidades daquele redemoinho constante, e não vi nada. Inspirei fundo e não senti nada. Voltei para casa... que era como eu havia começado a pensar na casa de Greg Ackerman.

Não sei se, via de regra, novos casamentos com a mesma pessoa funcionam. Se há estatísticas, desconheço. O nosso funcionou. Foi por causa da longa pausa? Daqueles anos em que não nos vimos e perdemos completamente o contato? Do choque da reconexão? Isso pode ter sido parte da coisa. Ou foi porque a ferida terrível da morte do nosso filho havia tido tempo de cicatrizar? Talvez, mas me pergunto se casais conseguem superar algo assim.

Falando só por mim, eu pensava em Tad com menos frequência, mas, quando pensava, a dor continuava quase tão forte quanto antes. Um dia, no escritório, eu lembrei que lia as *Palavras Monstro* antes da hora de dormir, um ritual com intenção de acabar com o medo que ele tinha do escuro, e precisei me sentar em uma privada no banheiro do escritório e chorar. Isso não foi um ano ou dois, nem dez depois de ter acontecido; foi quando eu estava com mais de cinquenta anos. Agora, estou com setenta e poucos, e continuo sem olhar fotografias dele, apesar de haver uma época em que guardei várias no celular. Donna disse que olhava, mas só no dia que seria aniversário dele; uma espécie de ritual. Mas ela sempre foi mais forte do que eu. Ela era uma guerreira.

Acho que a maioria dos primeiros casamentos acontece por causa de romance. Sei que há exceções, que existem pessoas que se casam por dinheiro ou para melhorar o status de vida de alguma outra forma, mas a maioria é motivada pelo sentimento eufórico e flutuante sobre o qual as canções populares são escritas. "The Wind Beneath my Wings" é um bom exemplo, tanto por causa do sentimento que evoca quanto pelo corolário no qual a música não entra: o vento para um dia. Aí você precisa bater as asas se não quiser cair no chão. Alguns casais encontram um amor mais forte que aguenta quando o romance passa. Alguns casais descobrem que amor forte não está no repertório deles. Em vez de conversar sobre dinheiro, eles brigam. A desconfiança substitui a confiança. Segredos florescem nas sombras.

E alguns casamentos terminam porque um filho morre. O de Allie Bell não terminou, mas talvez tivesse terminado se o marido não tivesse morrido pouco tempo depois. Não tive um ataque cardíaco, só ataques de pânico. Guardava um saco de papel na pasta e respirava nele quando acontecia. Um dia, parou.

Quando Donna e eu nos casamos pela segunda vez, havia um amor mais maduro, mais gentil e mais reservado. Não houve as discussões sobre dinheiro que destroem muitos casais jovens que estão começando; eu tinha me saído bem no mundo da propaganda, e Donna era superintendente de um dos maiores distritos escolares no sul do Maine. Na noite que a vi no bar, ela estava em Providence para um congresso da Nova Inglaterra para administradores escolares. Seu salário anual não era tão bom como o meu, mas era generoso. Nós dois tínhamos um plano de aposentadoria. Nossas necessidades financeiras estavam cobertas.

O sexo era satisfatório, embora sem muito dos fogos de artifício (exceto talvez pela primeira vez depois da nossa longa dispensa, rs). Ela tinha a casa dela, eu tinha a minha, e foi assim que nós vivemos. O transporte não era um grande problema. Aconteceu que havíamos morado a uma distância de apenas cento e dez quilômetros durante todos os anos de pausa. Nós não passávamos todo o tempo juntos, e isso era bom. Não precisávamos. Quando nos encontrávamos, era como estar com um bom amigo com quem por acaso você dormia. Trabalhamos no relacionamento de formas que casais começando não precisam por terem o vento debaixo das asas. Casais mais velhos, principalmente os que têm uma escuridão terrível no passado que precisam evitar, precisam bater as asas. Foi o que fizemos.

Donna se aposentou cedo e, em 2010, nós nos tornamos um casal de uma casa só: a minha, em Newburyport. Foi decisão dela. No começo, achei que era porque ela queria mais tempo juntos, e eu estava certo sobre isso. Só não sobre o motivo de ela achar que mais tempo juntos tinha se tornado necessário. Passamos uma semana fazendo sua mudança, e, em um sábado ensolarado de outubro, ela perguntou se eu andaria com ela pelo muro de pedra que separa minha propriedade do rio Merrimack. Andamos de mãos dadas e chutamos folhas, ouvindo os estalos e sentindo aquele cheiro de canela que elas têm antes de ficarem murchas e começarem a se decompor. Foi uma tarde linda com nuvens gordas percorrendo um céu azul. Falei que parecia que ela tinha perdido peso. Ela disse que era verdade. Explicou que era porque estava com câncer.

Tive medo de não conseguir dormir pensando nos urubus bicando Allie, então remexi no armário enorme de remédios de Greg (sempre meio hipocondríaco, o meu amigo) e encontrei um frasco de Zolpidem com quatro comprimidos. De acordo com o rótulo, o remédio para dormir tinha vencido em maio de 2018, mas pensei que se dane e tomei dois. Talvez tenham funcionado, talvez tenha sido o efeito placebo, mas dormi a noite toda, sem sonhar.

Às sete horas da manhã seguinte, acordei revigorado e decidi fazer minha caminhada de sempre, achando que não poderia evitar o ponto onde Allie tinha morrido pelo resto da minha estada. Vesti um short e tênis e desci a escada para ligar a cafeteira. A entrada de carros de Greg dá em um pátio grande na lateral da casa. Uma janela no pé da escada dá para esse pátio. Cheguei a dois degraus do fim da escada e fiquei paralisado, olhando.

O carrinho estava lá fora.

Não consegui acreditar. Não consegui aceitar. Achei que devia ser só impressão, só que naquela luz do começo da manhã não dava para ser um engano… a não ser que, claro, se o carrinho realmente estivesse ali. E estava. Era real. Mais do que o próprio objeto, a sombra provava. Sombras só existem se houver algo para fazê-la.

Depois da paralisia inicial, senti medo. Alguém, uma pessoa cruel, tinha ido até ali e deixado o carrinho para me assustar. Deu certo. Eu estava assustado *mesmo*. Não conseguia pensar em quem poderia ter feito uma coisa daquelas, certamente não os policiais Zane e Canavan. O sr. Ito devia ter ouvido falar da morte da sra. Bell, as notícias voavam em comunidades pequenas, mas ele não era do tipo que pregava peças, e o filho passava a maior parte do tempo na terra de sonhos que era a internet. Não havia suspeitos óbvios, e de certa forma isso não importava. O que importava era que alguém tinha ido até minha casa no que os escritores de livros policiais chamam de calada da noite.

Será que eu havia trancado a porta? No choque e medo iniciais (no começo, eu nem senti raiva), não consegui lembrar. Não sei nem se teria conseguido lembrar o nome do meio da minha falecida esposa naquele momento se alguém me perguntasse. Corri até a porta de entrada: trancada. Fui até a que levava à piscina e ao pátio: trancada. Fui até a porta dos fundos, que leva para a garagem, e também estava trancada. Então pelo menos ninguém a tinha invadido durante a madrugada. Deveria ter sido um alívio, mas não foi.

Um dos policiais deve ter deixado aquela coisa, pensei. *Zane trancou a garagem e levou a chave.*

Havia lógica nisso, mas eu não acreditava. Zane pareceu firme, confiável, longe de ser burro. Além do mais, era mesmo necessário ter chave da garagem? Provavelmente não. O trinco da porta lateral parecia do tipo que daria para arrombar com um cabide ou com um cartão de crédito.

Saí para olhar o carrinho. Achei que devia haver algum bilhete do tipo que teria sido deixado em um filme de suspense sinistro de quinta categoria: *Você é o próximo* ou *Volta para o lugar de onde veio* passaram pela minha cabeça.

Não havia bilhete. Havia coisa pior. Um short amarelo em um assento e um vermelho no outro. Não os mesmos do dia anterior. E as camisetas apoiadas nos encostos também não eram as mesmas. Eu não queria tocar nas camisetas, mas nem precisei para ler o que havia nelas. TWEEDLEDUM e TWEEDLEDEE. Camisetas gêmeas, com certeza, mas os gêmeos que as tinham usado estavam mortos havia muito tempo.

O que fazer com o maldito carrinho era a pergunta, e uma das boas. Depois que a realidade da presença dele estava ficando clara, meu choque inicial, seguido por medo, estava sendo substituído por curiosidade e raiva: que jeito merda de começar a manhã. Eu estava com o celular no bolso do short. Liguei para o Departamento do Xerife do Condado e pedi para falar com o policial P. Zane. A recepcionista me mandou aguardar, voltou e disse que o policial Zane estava de folga até a segunda-feira seguinte. Eu sabia que não devia pedir o número pessoal de um policial, então pedi à atendente que dissesse que Victor Trenton tinha ligado e pedisse para ele retornar.

— Vou ver o que posso fazer — disse a mulher, uma não resposta que não aliviou em nada minha manhã de merda.

— Faça isso — falei, e encerrei a ligação.

O sr. Ito também só voltaria lá na segunda de manhã, e eu não estava esperando nenhuma outra companhia, mas não tinha a intenção de deixar aquele carrinho no pátio. Decidi levá-lo de volta até a casa da sra. Bell e o colocar na garagem. Afinal, ficava no caminho que eu geralmente fazia, e eu talvez conseguisse ver se alguma pessoa brincalhona/cruel tinha forçado a porta da garagem. Mas primeiro tirei umas fotos do carrinho no local, para mostrar a Zane. Supondo que ele se interessasse, claro. Ele talvez não ficasse muito feliz de eu ter tirado o carrinho do pátio onde o encontrei, mas era uma prova de crime? Allie Bell tinha sido surrada até a morte com o carrinho, por acaso? Não. Eu só o devolveria para o lugar onde o tínhamos colocado.

Eu o empurrei pela estrada sob o sol escaldante da manhã. Talvez os efeitos residuais do Zolpidem ainda estivessem no meu organismo, porque quando o medo se dissipou e deu lugar à sensação de normalidade prosaica do carrinho (até os shorts e as camisetas eram prosaicos, o tipo de roupa vendido em qualquer Walmart ou na Amazon), entrei em uma espécie de estupor. Acho que, se estivesse na cama, ou mesmo sentado no sofá, eu teria adormecido. Mas como estava andando pela estrada Rattlesnake, deixei minha mente seguir a própria correnteza.

Com ou sem rodinha rangendo (*eu devia mesmo lubrificar*, pensei), o carrinho era fácil de empurrar, principalmente sem nenhum menino de quatro anos para fazer peso. Fui levando com a mão esquerda. Com a direita, toquei nas camisetas apoiadas nos encostos dos assentos, primeiro uma, depois a outra. Só percebi depois o que estava fazendo.

Pensei nos meninos atravessando a rua e seguindo para a praia pela vegetação. Não com raiva, não usando os palavrões infantis se levassem um golpe no rosto do galho de alguma planta ou se um outro galho arranhasse o braço. Não com raiva, não impacientes, não desejando terem ido pelo calçadão. Eles estavam imersos em uma fantasia compartilhada: exploradores da selva usando chapéus de jornal que o pai tinha feito com os quadrinhos coloridos de domingo do *Tribune*. Em algum lugar à frente, talvez houvesse um baú do tesouro deixado para trás por piratas, ou um macaco gigante como o King Kong, um filme que eles tinham visto no *Tampa Matinee* às quatro horas, sentados de pernas cruzadas na frente da televisão até a mãe a tomar para ver o *Nightly News* com Tom Brokaw.

Eles ouvem os chocalhos, baixos no começo, mas cada vez mais altos e mais próximos conforme os dois avançam heroicamente. Primeiro, eles os ignoram, depois cometem o erro fatal de não dar atenção. Joe acha que podem ser abelhas e que talvez encontrem mel. Jake pergunta quantas vezes o irmão quer ser picado e diz para ele não ser burro. Estão atrás de um tesouro. Mel não é tesouro. O som de chocalho vem da esquerda e da direita. Tudo bem! O caminho para a praia é sempre em frente. Já dá para ouvir as ondas, e eles vão molhar os pés antes de cavar na areia atrás de ouro (e construir um castelo se a caça ao tesouro não der resultado). Querem entrar na água porque está quente, um dia quente como o que meu garotinho teve que suportar. Ele não tinha água para molhar os pés, ficou preso em um carro quente com a mãe porque havia um monstro do lado de fora. O monstro não ia embora, e o carro não ligava.

Eles não veem a vala porque está disfarçada por um emaranhado de plantas. Essas plantas também escondem um antro de cobras, uma rumba de cascavéis, que mora ali na sombra. Jake e Joe, lado a lado, poderiam contornar esse emaranhado de plantas, mas não é isso que exploradores corajosos fazem. Exploradores corajosos vão em frente e cortam o mato com machetes invisíveis.

Então é isso o que fazem, e como estão andando lado a lado, caem na vala juntos. Sobre as cobras. São dezenas. Algumas ainda são jovens, e apesar de conseguirem picar, não conseguem (ao contrário da crença popular) injetar veneno. Mas as picadas são dolorosas, e a maioria das cascavéis são adultas em modo de proteção. Elas lançam as cabeças em formato de diamante para a frente e afundam os dentes na pele.

Os meninos gritam: "Ai!" e "Não!" e "O quê?!" e "Isso dói".

São picados múltiplas vezes nos tornozelos e nas panturrilhas. Joe se apoia em um joelho. Uma cobra ataca sua coxa e enrola o corpo no joelho como um torniquete. Jake sai da vala cheia de mato com cobras como tornozeleiras. O som de chocalho enche o ar. Ele tenta puxar Joe para ficar de pé e uma cobra enfia as presas na carne da palma da mãozinha tão rapidamente quanto uma piscadela. Joe está de bruços, com cobras por cima do corpo todo. Ele tenta proteger pelo menos o rosto, mas não consegue. É picado no pescoço e nas bochechas e, quando vira a cabeça em um esforço inútil para se soltar, no nariz e na boca. O rosto começa a inchar.

Jake se vira e começa a voltar para a estrada e para a casa dos Bell do outro lado, ainda com cobras enroladas nos tornozelos. Uma cai. A outra começa a subir pela perna do short do menino, um poste de barbeiro feito de cobra. Por que ele corre quando os dois sempre fizeram tudo juntos? É porque sabe que o irmão gêmeo já não pode mais ser ajudado? Não. Porque está em pânico? Não, nem pânico poderia fazê-lo abandonar Joe. É porque quer chamar o papai se ele ainda estiver em casa, ou a mamãe se o papai não estiver. Não é pânico, é uma missão de resgate. Jake tira a cobra da perna e tem um momento para ver os olhos brilhosos avaliadores antes de ela enfiar as presas no seu pulso. Ele a joga longe e tenta correr, mas não consegue, o veneno está correndo no seu sangue, fazendo seu coração bater erraticamente e dificultando a respiração.

Joe não está mais gritando.

A visão de Jake fica dupla, depois tripla. Ele não consegue mais nem andar, por isso tenta engatinhar. As mãos estão inchando como luvas de desenho animado. Ele tenta dizer o nome do irmão e não consegue porque sua garganta…

O que me arrancou da visão foi o estalo e o rangido do portão subindo. O carrinho que eu estava empurrando tinha interrompido o raio fotoelétrico que o opera. No meu estado zumbi, tinha passado muito da casa de Allie. Vi que minha mão direita ainda estava se movendo de um lado para outro, tocando primeiro em uma camiseta (TWEEDLEDEE) e depois na outra (TWEEDLEDUM). Afastei a mão como se tivesse tocado em uma superfície quente. O dia ainda estava relativamente fresco, mas meu rosto estava úmido de suor e minha camiseta escura e molhada. Eu só tinha andado (pelo menos, eu achava; não conseguia lembrar direito), mas estava respirando rápido, como se no final de um sprint de duzentos metros.

Puxei o carrinho de volta e o portão desceu. Perguntei a mim mesmo o que tinha acontecido, mas achava que sabia. Os outros membros da minha equipe na agência teriam rido, exceto talvez Cathy Wilkin, cuja imaginação ia mais longe do que as frases de efeito de limpadores de privada, mas eu não tinha outra forma de explicar. Havia visto filmes e pelo menos um documentário de televisão em que ditos videntes eram chamados pela polícia para ajudar a localizar os corpos de pessoas que estavam supostamente mortas. Assim como cães de caça recebem uma peça de roupa para sentir o odor que precisam seguir, os médiuns recebiam artigos considerados importantes para a pessoa que precisavam localizar. Em geral, os resultados eram ridículos, mas em alguns casos davam certo. Ou parecia.

Foram as camisetas. Tocar nas camisetas. E a parte sobre Tad? Aquelas eram as minhas lembranças invadindo a energia que eu recebia daquelas camisetas. Meu filho entrando no meu estado estranho de vidência não era surpreendente. Ele tinha morrido mais ou menos com a mesma idade dos gêmeos Bell, e quase na mesma época. Trigêmeos em vez de gêmeos. Tragédia chamando mais tragédia.

Quando virei o carrinho e comecei a voltar, a vividez da visão começou a passar. Comecei a questionar a ideia de que havia tido uma experiência mediúnica autêntica. Afinal, eu sabia muito bem o que tinha acontecido aos gêmeos Bell; talvez minha mente só tivesse acrescentado alguns detalhes, como a vala escondida na qual os dois tinham caído. Talvez não tivesse acontecido dessa forma. Além do mais, não dava para negar que eu estava em um estado extremamente sugestionável por causa da aparição do carrinho daquele jeito.

Isso eu não conseguia explicar.

Passei por baixo da fita amarela e empurrei o carrinho pela curva da entrada até a casa da família Bell. *Squeak, squeak, squeak.* A porta lateral da garagem estava aberta, balançando preguiçosamente em uma brisa leve. Não havia lascas de madeira acima ou abaixo da placa da maçaneta, nem na porta. Poderia ter sido aberta com um cartão de crédito, mas não havia sido forçada.

Observei as maçanetas, por dentro e por fora. Havia uma fechadura no meio da maçaneta externa, que o policial Zane tinha usado para trancar a porta. Não era preciso chave para trancar por dentro. Havia um botão no meio dessa maçaneta e bastava empurrá-lo.

A solução é simples, pensei. *Foram os gêmeos. Foram Jacob e Joseph. Eles giraram a maçaneta por dentro. O botão sairia para fora e a porta se abriria. Moleza. Depois, empurraram o carrinho até a minha casa, Jake de um lado e Joe do outro.*

Claro. E, se você acredita nisso, acredita também que os Estados Unidos venceram no Vietnã, que o pouso na Lua foi mentira, que os pais apavorados em Sandy Hook eram atores e que o Onze de Setembro foi coisa interna.

Mas a porta da garagem estava *mesmo* aberta.

E o carrinho tinha aparecido *mesmo* na minha casa, a quatrocentos metros de distância.

Meu telefone tocou. Dei um pulo. Era o policial P. Zane. A recepcionista do departamento tinha falado com ele, afinal.

— Oi, sr. Trenton. O que posso fazer por você?

Ele soava mais relaxado e bem mais sulista. Provavelmente porque era o dia de folga, e ele estava em modo civil.

— Eu estou na casa dos Bell — falei, e contei o motivo.

Não preciso acrescentar que deixei de fora a parte sobre minha visão dos meninos caindo na vala camuflada das cobras.

Houve um momento de silêncio quando terminei.

— Coloca o carrinho de volta na garagem, tá bom? — Ele não pareceu surpreso nem muito preocupado. Obviamente, *ele* não tinha tido uma visão de cobras subindo por Joe Bell enquanto o menino gritava. — Alguém fez uma pegadinha com você. Provavelmente adolescentes que foram pra estrada Rattlesnake pra ver onde a mulher doida morreu. Ela tinha essa reputação em Palm Village.

— Você acha mesmo que foi isso?

— O que mais pode ter sido?

Fantasmas, pensei. *Crianças fantasmas*. Mas eu que não diria isso. Não gostava nem de pensar.

— Acho que você tem razão. Devem ter aberto o trinco com um cartão de crédito ou uma habilitação. Não tem sinal de dano.

— Claro. É fácil abrir um trinco desses.

— Molezinha.

Ele riu.

— Isso mesmo. Coloca o carrinho de volta e fecha a porta. As chaves da sra. Bell estão na delegacia. Andy Pelley vai buscar. Se lembra de quem estou falando?

— Claro. O Supervovô.

Ele riu.

— Certo, mas não o chame assim na cara dele. Ele conseguiu que o amigo juiz assinasse o documento de Circunstâncias Especiais pra poder entrar e fazer uma busca por parentes e contatos locais. Andy é esperto. Se alguém entrou aí, ele vai saber. Nós pelo menos temos que encontrar alguém que assuma a responsabilidade pelos restos da mulher.

Restos, pensei, olhando a porta ir para lá e para cá na brisa. Que palavra.

— Afinal de contas, ela não pode ficar no necrotério, né?

— A gente nem tem necrotério. Ela está na Funerária Perdomo, em Tamiami. Escuta, já que você está aí e a garagem está aberta, poderia entrar e ver se o carro da mulher foi vandalizado de alguma forma? Se está com os pneus furados, as janelas quebradas ou o para-brisa rachado? Em caso positivo, teríamos que levar as coisas mais a sério.

— Com prazer. Desculpa interromper seu dia de folga.

— Não se preocupe. Já tomei meu café e agora estou sentado no quintal lendo o jornal. Me liga se houver algo de errado com o carro. Se houver, vou avisar o Andy. E, sr. Trenton?

— Por que você não me chama de Vic?

— Tudo bem, Vic. Se você achar que os moleques que levaram o carrinho para a casa do sr. Ackerman podem fazer isso de novo, porque o tipo de moleque que faz coisas assim não é o que dá pra chamar de criativo, você pode levar de volta e colocar na sua garagem.

— Acho que vou deixar aqui.

— Tudo bem. Tenha um ótimo dia.

Quando empurrei o carrinho para a garagem, levantando a frente para passar na entrada, percebi que não tinha contado a Zane sobre os shorts e camisetas.

A garagem não tinha ar-condicionado, e comecei a suar quase na mesma hora que passei pela porta. Fora a necessidade de dar uma passada no lava-jato mais próximo — o carro estava com as laterais e o para-brisa cobertos de sal —, o Chevy Cruze de Allie parecia bem. Eu me peguei olhando para as cadeiras infantis vazias no banco de trás (óbvio que estavam vazias), mas me obriguei a virar o rosto. Havia várias caixas de papelão empilhadas junto à parede dos fundos. Cada uma tinha escrito com capricho com caneta permanente: "Os Js".

Minha mãe tinha uma frase: "A única coisa mais baixa que fofocar é xeretar". Mas meu pai gostava de provocá-la com outra: "A curiosidade matou o gato, mas a satisfação o ressuscitou".

Abri uma das caixas e vi quebra-cabeças, do tipo com peças grandes e duras no formato de animais. Abri outra e vi livros infantis: Dr. Seuss, Richard Scarry, os ursos Berenstain. Várias outras continham roupas, inclusive shorts e camisetinhas com diversas coisas relacionadas a gêmeos. Então era de lá que os shorts e as camisetas no carrinho tinham saído. A pergunta que eu me fazia era se alguém que fosse fazer uma pegadinha saberia ou não como Allie colocava aquelas coisas no carrinho, como uma criança vestindo bonecas invisíveis. O policial Zane teria dito que sim, as notícias se espalham. Eu não tinha tanta certeza.

A dor dorme, mas não morre. Ao menos enquanto a pessoa que sente a dor não morrer. Essa foi uma lição que reaprendi quando abri a última caixa. Estava cheia de brinquedos. Carrinhos Matchbox, Playstix, bonequinhos de Star Wars, um jogo Candy Lane dobrado, uns dez dinossauros de plástico.

Nosso filho tinha carrinhos Matchbox e dinossauros de brinquedo. Ele adorava.

Meus olhos arderam e minhas mãos não estavam mais tão firmes quando fechei a caixa. Queria sair daquela garagem quente e abafada. E talvez de Rattlesnake Key. Tinha ido para terminar o luto pela minha esposa e por todos os anos que desperdiçamos separados como idiotas, não para reabrir a ferida curada da morte terrível do meu filho. E não para ter flashes mediúnicos no estilo *Inside View*. Pensei em esperar mais dois ou três dias para ter certeza, e se ainda estivesse me sentindo da mesma forma, ligaria para Greg, agradeceria e falaria para o sr. Ito ficar de olho no local. Depois, voltaria para Massachusetts, onde era quente em agosto, mas não *insanamente* quente.

Na saída, vi umas ferramentas (um martelo, uma chave de fenda, algumas chaves inglesas) em uma prateleira à esquerda da porta. Também havia uma lata de óleo antiquada, do tipo com base de metal que se bombeia com os dedos e um cano comprido que lembrou um pouco a vara de pegar cobra de Allie Bell. Decidi que, apesar de eu não ter intenção de empurrar o carrinho de volta para a casa de Greg, podia pelo menos lubrificar a rodinha ruim. Se ainda houvesse óleo na lata, claro.

Peguei-a e vi que havia outra coisa na prateleira. Era uma pasta de arquivo com JAKE E JOE escrito nela. E, com letras maiores: GUARDAR ISSO!

Eu a abri e vi dois chapéus de papel feitos com os quadrinhos coloridos de domingo. Esqueci que ia botar óleo na roda e não quis tocar naqueles chapéus caseiros. Tocar neles poderia gerar outra visão. Naquela garagem quente, a ideia não pareceu boba, e sim plausível demais.

Fechei a porta da garagem e voltei para casa. Quando cheguei lá, liguei o celular e procurei *Tampa Matinee*. Não queria fazer isso, mas tinha encontrado os chapéus, então fiz. A Siri me mostrou um site de nostalgia criado por um antigo funcionário da WTVT, a afiliada da CBS em Tampa desde sempre. Havia uma lista de programas regionais dos anos 1950 até os 1990. Um show de marionetes de manhã. Uma festa adolescente que ocorria todo sábado à tarde. E *Tampa Matinee*, um filme vespertino que passava das quatro às seis todas as tardes de dias de semana até 1988. Antigamente, apenas três meses depois de meu filho morrer, Joe e Jake tinham se sentado de pernas cruzadas na frente da televisão, vendo King Kong subindo no alto do Empire State Building.

Eu tinha certeza.

Tivemos dez anos depois que nos casamos pela segunda vez. Nove deles, antes de o câncer voltar, foram bons. O último ano... bom, tentamos fazer com que fosse bom, e nos seis primeiros meses conseguimos quase sempre. Mas aí a dor começou a aumentar, foi de séria para muito séria e depois para o tipo em que não se consegue pensar em mais nada. Donna foi corajosa; não faltava coragem àquela mulher. Já tinha enfrentado um são-bernardo raivoso só com um bastão de beisebol. Com o câncer crescendo dentro do corpo, ela não tinha arma nenhuma além da própria vontade, mas por muito tempo isso foi suficiente. Perto do final, ela não passava de uma sombra da mulher que eu havia levado para a cama naquela noite em Providence, mas para mim a sua beleza ainda estava lá.

Donna queria morrer em casa, e eu honrei essa vontade. Tínhamos uma enfermeira ao longo do dia e uma enfermeira de meio período à noite, mas eu cuidava dela na maior parte do tempo. Eu a alimentava e, quando ela não conseguia mais ir até o banheiro, eu a trocava. Queria fazer essas coisas por causa de todos os anos perdidos. Havia uma árvore atrás da nossa casa que se partiu no meio, talvez por causa de um raio, depois voltou a crescer e as duas partes se juntaram, deixando um buraco em formato de coração. Éramos nós dois. Se a metáfora parecer sentimental demais, problema seu. Estou falando a verdade como eu a vejo. Como senti.

Algumas pessoas têm mais azar. Nós dois fizemos o melhor com o que nos foi dado.

Fiquei deitado na cama olhando para as lâminas do ventilador de teto, que giravam lentamente. Estava pensando no carrinho com a roda que rangia, nos chapéus de jornal e nos dinossauros de brinquedo. Mas pensei mais na noite em que Donna morreu, uma lembrança que eu tinha evitado. Naquele momento, parecia meio que necessária. Soprava um vento nordeste de sessenta e cinco quilômetros por hora com neve pesada caindo. Às três daquela tarde, a enfermeira da noite ligou de Lewiston para cancelar. Disse que as estradas estavam intransponíveis. As luzes piscaram várias vezes, mas não tinham se apagado, o que era bom. Não sei o que eu faria se isso acontecesse. Donna tinha mudado de comprimidos, passara de OxyContin para uma bomba de morfina em dezembro. A bomba ficava de sentinela ao lado da cama e funcionava por eletricidade. Donna estava dormindo. Estava frio no nosso quarto, a fornalha não conseguia competir com o vento uivante de janeiro, mas as bochechas magras da minha esposa estavam molhadas de suor e o que restava do cabelo antes denso estava grudado à curva frágil do crânio.

Eu sabia que ela estava perto do fim, e o oncologista também sabia; ele tinha tirado o limitador da bomba de morfina, então a luzinha verde estava sempre brilhando. Ele me deu o aviso obrigatório de que uma quantidade excessiva a mataria, mas não pareceu preocupado demais. Por que ficaria? O câncer já tinha consumido a maior parte dela e, naquele momento, estava engolindo os restos. Eu me sentei ao lado de Donna como tinha feito pela maior parte do tempo durante as três semanas anteriores. Vi seus olhos se moverem para lá e para cá debaixo das pálpebras, que pareciam arroxeadas enquanto ela tinha os últimos sonhos. Pensei que havia uma bolsa dentro da bomba e que se a energia acabasse, eu poderia pegar uma chave de fenda no porão e...

Ela abriu os olhos. Perguntei como ela estava, se a dor estava muito ruim.

— Não ruim — disse ela. Depois: — Ele queria ver os patos.

— Quem queria, meu bem?

— Tad. Ele disse que queria ver os patos. Acho que foi a última coisa que ele me disse. Que patos, você acha?

— Não sei.

— Você se lembra de algum pato? Talvez de quando nós o levamos à Fazendinha Rumford?

Eu nem me lembrava de tê-lo levado lá.

— É, deve ser isso. Acho...

Donna olhou para trás de mim. Seu rosto se iluminou.

— Ah, meu Deus! Como você está crescido! Olha como está *alto*!

Virei a cabeça. Não havia ninguém no quarto, claro, mas eu sabia quem ela estava vendo. O vento soprou, berrou nas calhas e jogou neve na janela fechada do quarto com tanta força que o som foi de cascalho. As luzes ficaram fracas e voltaram, mas em algum lugar uma porta se abriu com um estrondo.

— *Você não RESPIRAVA!* — gritou Donna.

Fiquei arrepiado da cabeça aos pés. Acho que meu cabelo ficou em pé. Não tenho certeza, mas acho que ficou. Não teria acreditado que ela ainda tinha força para gritar, mas ela sempre me surpreendia. Até o final me surpreendeu. O vento havia entrado na casa, um ladrão ávido para virar o local de cabeça para baixo. Eu o sentia correndo por baixo da porta do quarto fechada. Algo na sala caiu e quebrou.

— *RESPIRA, Tad! RESPIRA!*

Outra coisa caiu. Uma cadeira, talvez.

Donna tinha conseguido se apoiar nos cotovelos, os braços pouco mais grossos do que lápis. Ela sorriu e se deitou.

— Tudo bem. Pode deixar. Sim — disse ela.

Era como ouvir só um lado de uma conversa telefônica.

— Sim. Tudo bem. Ótimo. Graças a Deus você está. O quê? — Ela assentiu. — Pode deixar.

Donna fechou os olhos, ainda sorrindo. Saí do quarto para fechar a porta da casa, e na soleira já havia uma área de neve com mais de dois centímetros de altura. Quando voltei, minha esposa estava morta. Talvez você desdenhe da ideia de que nosso filho apareceu para acompanhá-la no fim da vida, e tudo bem por mim. Eu, por outro lado, uma vez ouvi a voz do meu filhinho saindo do armário dele quando ele estava morrendo a dezenas de quilômetros de distância.

Nunca contei isso para ninguém, nem para Donna.

Essas lembranças circularam e circularam. Eram urubus, eram cascavéis. Bicavam, picavam, não me deixavam em paz. Por volta da meia-noite, tomei mais dois Zolpidem vencidos de Greg, me deitei e esperei que fizessem efeito. Ainda pensando que Donna havia visto Tad adulto ao partir do mundo. O fato de a vida dela ter terminado de um jeito desses deveria ter efeito calmante em mim, mas não teve. A lembrança de seu leito de morte se conectava à visão que eu tinha tido dos meninos caindo no fosso de cobras, voltando à realidade para encontrar minha mão passando entre TWEEDLEDUM e TWEEDLEDEE. Sentindo a partida deles. Os restos.

Pensei: *E se eu os vi do jeito como Donna viu Tad no final? E se eu realmente os vi? Allie via; eu sei que via.*

Ver Tad tinha reconfortado Donna quando ela atravessou a fronteira da vida para a morte. Aqueles garotos me reconfortariam? Eu achava que não. A pessoa que eles confortariam tinha partido. Eu era um estranho. Eu era... o quê? O que eu era para eles?

Não queria saber. Não queria ser assombrado por eles, e a ideia de que podia estar acontecendo... era isso que estava me deixando insone.

Eu estava começando a pegar no sono quando ouvi o rangido rítmico. Começou de repente, e não havia como eu fingir que era o ventilador de teto da sala de Greg; estava vindo do banheiro daquela suíte.

Squeak e *squeak* e *squeak*.

Fiquei apavorado como uma pessoa só pode ficar quando está sozinha em uma casa no fim de uma rua deserta. Mas se Donna pôde enfrentar um são-bernardo raivoso apenas com um bastão de beisebol para defender o filho, eu poderia olhar o banheiro. Quando liguei a luz do abajur da mesa de cabeceira, até passou pela minha cabeça que estivesse imaginando o som. Não tinha lido em algum lugar que o Zolpidem podia causar alucinações?

Andei para a esquerda da porta do banheiro e fiquei encostado na parede, mordendo o lábio. Girei a maçaneta e abri a porta. O rangido ficou mais alto do que nunca. Era um banheiro grande. Alguém estava empurrando aquele carrinho lá dentro, para a frente e para trás, para a frente e para trás.

Enfiei a mão pelo batente, morrendo de medo (acho que sempre sentimos medo nessas situações) de que uma mão agarrasse a minha. Encontrei o interruptor, tive uma dificuldade com ele por um tempo agonizante que deve ter sido só de dois ou três segundos, e o acendi. As luzes eram fluorescentes, bem fortes. Na maioria dos casos, a luz é um dispersador confiável de terrores noturnos. Não daquela vez. De onde estava, eu continuava sem conseguir ver dentro do banheiro, mas na parede dava para notar uma sombra grande indo para a frente e para trás. Era amorfa demais para eu ter certeza de que era o maldito carrinho, mas eu sabia que era. E os meninos estavam empurrando?

De que outra forma teria ido parar lá?

Meninos, tentei dizer, mas a única coisa que saiu foi um sussurro seco. Limpei a garganta e tentei de novo.

— Meninos, vocês não são desejados aqui. Não são bem-vindos aqui.

Percebi que estava falando uma versão mequetrefe das *Palavras Monstro*, com as quais eu já tinha reconfortado meu filhinho.

— O banheiro é meu, não de vocês. A casa é minha, não de vocês. Voltem pra o lugar de onde vieram.

E onde isso seria? Naqueles dois caixões de tamanho infantil debaixo da terra no cemitério Palmetto Grove? Os corpos podres, os *restos* deles estavam empurrando aquele carrinho como loucos para a frente e para trás? Havia pedaços de carne morta caindo no chão?

Squeak e *squeak* e *squeak.*

A sombra na parede.

Reunindo toda a coragem que eu tinha, me afastei da parede e passei pela porta. O barulho parou. O carrinho abandonado estava parado na frente do chuveiro com box de vidro. Havia duas calças pretas nos assentos e dois paletós pretos nos encostos. Eram trajes de enterro, para serem usados para sempre.

Enquanto eu olhava para o carrinho, paralisado pelo horror daquela coisa que não tinha jeito explicável para estar ali, um chocalho substituiu a roda barulhenta. Estava baixo no começo, como se vindo de longe, mas foi aumentando até ser o som de ossos secos sendo sacudidos em uma dezena de cabaças. Eu estava olhando para o box. Mas então olhei para a banheira chique com pés de garra de Greg, que era longa e funda. Estava cheia até a borda de cascavéis. Enquanto eu olhava, uma mãozinha suplicante subiu do meio da massa agitada, aquela rumba na banheira, e se esticou na minha direção.

Eu fugi.

Foi o carrinho que me trouxe de volta a mim mesmo.

Estava no meio do pátio de pedra, como antes... só que, dessa vez, a sombra estava sendo feita por três quartos de lua, em vez de a luz da manhã. Não tenho lembrança de descer correndo apenas com o short de ginástica que eu usava para dormir, ou de passar pela porta do pátio. Sei que devo ter ido dessa forma porque a vi aberta quando voltei.

Deixei o carrinho onde estava.

Subi a escada, temendo cada degrau, dizendo a mim mesmo que tinha sido um sonho (exceto pelo carrinho lá fora; a presença dele era inegável), sabendo que não tinha sido. Também não tinha sido uma visão. Tinha sido uma *visitação*. A única coisa que me impediu de passar o resto da noite dentro do carro alugado com as portas trancadas foi a clara sensação de que a visitação tinha acabado. A casa estava vazia de novo, exceto por mim. Logo, falei para mim mesmo, estaria *completamente* vazia. Não tinha intenção de ficar em Rattlesnake Key tendo uma casa perfeitamente boa para a qual voltar em Newburyport. O único fantasma lá era a lembrança da minha esposa morta.

O banheiro estava vazio, como eu sabia que estaria. Não havia cascavéis na banheira, nem marcas de rodas no piso de mármore falso. Fui para o corredor e olhei para o pátio, torcendo para o carrinho também ter sumido. Mas essa sorte eu não tive. Estava lá, ao luar, real como rosas.

Mas pelo menos estava lá fora.

Voltei para a cama e, acredite se quiser, dormi.

O carrinho ainda estava lá de manhã, dessa vez com shorts brancos idênticos nos assentos. Só quando cheguei mais perto foi que vi que não eram idênticos, afinal. Havia listras vermelhas nas pernas de um, e listras azuis nas do outro. As camisas exibiam coroas idênticas, uma escrito HECKLE e a outra JEKYLL. Eu não tinha intenção de levá-lo de volta para a casa de Allie Bell. Depois de uma longa carreira na publicidade, sabia reconhecer um exercício inútil quando o encontrava. Guardei-o na minha garagem mesmo.

Você pode perguntar se tudo pareceu um sonho à luz forte da manhã, com exceção do carrinho inquieto. A resposta é simples: não. Eu o tinha ouvido rangendo e visto a sombra em movimento quando os gêmeos mexiam o carrinho furiosamente para a frente e para trás naquele banheiro, que era quase do tamanho da sala de um apartamento modesto. Eu tinha visto a banheira cheia de cobras.

Esperei até nove horas para ligar para a Delta Airlines. Uma voz gravada me avisou que todos os agentes de reserva estavam ocupados e me convidou a esperar. Eu esperei, pelo menos até uma versão de "Stairway to Heaven" tocada pelo One Hundred String começar a tocar, aí desisti e tentei a American. Mesma coisa. Jet Blue também. Southwest tinha um voo para Cleveland na quinta-feira, nenhum voo de conexão marcado para Boston, mas o agente informou que isso poderia mudar. Era difícil saber. Graças ao coronavírus, tudo estava uma loucura.

Reservei o voo para Cleveland, pensando que, se não surgisse uma conexão, eu poderia alugar um carro, dirigir até Boston e pegar um Uber até

Newburyport. Já eram nove e meia. Eu estava muito ciente do carrinho na minha garagem. Era como ter uma pedra quente no bolso.

Entrei no site da Hertz pelo celular e fui colocado em espera eterna. O mesmo aconteceu com a Avis e Entreprise. Um agente atendeu o telefone na Budget, verificou no sistema e me disse que não havia nenhum carro de aluguel para devolução em outra cidade disponível em Cleveland. Restava apenas tentar um trem e um ônibus, mas eu já estava frustrado e cansado de segurar o telefone no ouvido. Ficava pensando no carrinho, nas camisetas e nos ternos pretos de enterro de tamanho infantil. A luz de um dia quente de agosto deveria ter ajudado. Não ajudou. Quanto mais minhas opções se limitavam, mais eu queria, precisava, sair da casa de Greg e ir para longe da casa de Allie Bell, na mesma rua. O que parecera um local para me recuperar perto da serenidade do Golfo passara a ser uma prisão.

Peguei uma caneca de café, andei pela cozinha e tentei pensar no que deveria fazer, mas era difícil pensar em qualquer coisa que não fosse o carrinho (*squeak*), as camisetas combinando (*squeak*) e os ternos pretos de enterro (*squeak*). Os caixões também tinham sido combinando. Brancos com alças douradas. Eu sabia disso.

Tomei o café puro e outra ficha caiu: a visitação noturna podia ter acabado, mas o assombração ainda estava em andamento.

Quinta-feira. Eu me concentrei nisso. Tinha um voo pelo menos até Cleveland na quinta-feira. Dali a três dias.

Saia de Key antes disso. Pelo menos isso. Será que dá?

A princípio, achei que dava. Era fácil como andar. Peguei o celular, encontrei o Barry's Resort Hotel em Palm Village e liguei. Deviam ter um quarto onde eu poderia ficar por três noites; eu não tinha visto no noticiário que a quantidade de gente viajando no verão era pouca? O lugar provavelmente me receberia (*squeak*) de braços abertos!

O que obtive foi uma gravação curta e direta: "Obrigado por ligar para o Barry's Resort Hotel. Estamos fechados até segunda ordem".

Liguei para o Holiday Inn Express em Venice e ouvi que estavam abertos, mas sem aceitar novos hóspedes. O Motel 6 em Sarasota não atendeu. Como último recurso, liguei para o Days Inn em Bradenton. Sim, disseram que tinham quartos. Sim, eu podia reservar um desde que passasse na verificação de temperatura e usasse máscara. Aluguei o quarto, apesar de Bradenton ficar a sessenta e cinco quilômetros e dois condados de distância. E então saí de casa para tentar espairecer antes de arrumar a mala. Eu poderia ter saído pela garagem, mas preferi a porta do pátio. Não queria olhar para o carrinho, muito menos pôr óleo na roda. Os gêmeos talvez não gostassem.

Eu estava ao lado da piscina quando uma picape F-150, ofuscante no sol do verão, entrou pelo caminho de carros e parou no pátio, exatamente onde eu tinha encontrado o maldito carrinho nas duas vezes. O homem que saiu estava usando uma camisa tropical com estampa de araras, um short cáqui muito grande e um chapéu de palha do tipo que só os residentes de vida toda da Costa do Golfo da Flórida parecem poder usar. Tinha um rosto vivido e bronzeado e um bigode de morsa enorme. Ele acenou ao me ver.

Desci os degraus até a entrada, já com a mão estendida. Estava feliz de vê-lo. O evento interrompeu os pensamentos repetitivos na minha cabeça. Acho que ter visto qualquer pessoa teria tido esse efeito, mas eu tinha quase certeza de que sabia quem era aquele: o Supervovô.

Em vez de apertar minha mão, ele ofereceu o cotovelo. Bati com o meu no dele, pensando que esse era o novo normal.

— Andy Pelley. E você é o sr. Trenton.

— Certo.

— Você não está com covid, sr. Trenton?

— Não. Você está?

— Totalmente saudável até onde eu sei.

Eu estava sorrindo como um bobo, e por quê? Porque estava feliz de vê-lo. Feliz demais só de não estar pensando em terninhos pretos e caixões brancos e rodas que rangiam.

— Sabe com quem você parece?

— Ah, cara, se sei. Ouço isso o tempo todo. — E com um sorriso debaixo do bigode e um brilho no olhar, ele fez uma imitação passável de Wilford Brimley. — Aveia Quaker! É a coisa certa a fazer!

Dei uma risada eufórica.

— Perfeito! Na mosca! — Falando demais. Não consegui parar. — Foi uma campanha boa mesmo, e eu entendo disso, porque...

— Porque você trabalhava com propaganda. — Ele ainda estava sorrindo, mas eu tinha me enganado sobre o brilho nos olhos azuis. Era uma expressão de avaliação. Olhar de policial. — Você cuidou da conta da Sharp Cereals, não foi?

— Muito tempo atrás — falei, pensando: *Ele me pesquisou on-line. Me investigou. Não sei por quê. A menos que ele ache...*

— Tenho algumas perguntas pra você, sr. Trenton. A gente pode entrar? Está quente demais aqui. Parece que a frente fria foi pro saco.

— Claro. E pode me chamar de Vic.

— Vic, Vic, pode deixar.

Eu pretendia levá-lo pelos degraus até o pátio, mas ele já estava a caminho da garagem. Parou quando viu o carrinho.

— Eita. Preston Zane me disse que você tinha devolvido isso pra garagem da sra. Bell.

— E devolvi. Alguém trouxe de volta. De novo.

Eu queria parar de falar tanto, dizer para ele que não sabia por quê, não tinha ideia do motivo de o carrinho estar me seguindo por aí, me seguindo como um fedor (se fedores rangessem, claro), mas a expressão de avaliação estava de volta nos olhos com rugas de sol e eu me obriguei a parar.

— Eita. Duas noites seguidas. Uau.

Os olhos dele diziam o quanto aquilo era improvável, me perguntavam se eu estava mentindo, me perguntavam se eu tinha motivo para mentir, se eu tinha algo a esconder. Eu não estava mentindo, mas tinha algo a esconder. Porque não queria ser considerado maluco. Nem mesmo considerado alguém que tinha relação com a morte de Allie Bell, a famosa "pessoa de interesse". Mas isso era ridículo. Não era?

— Por que a gente não entra e fica no ar-condicionado, Vic?

— Tudo bem. Eu fiz café se você...

— Não, bate mal pra mim agora. Mas eu bem que gostaria de um copo de água gelada. Talvez até com gelo dentro. Você não está mesmo doente, né? Você está meio pálido.

— Não estou.

Não do jeito que *ele* pensava.

Pelley não quis correr o risco. Pegou uma máscara em um bolso do short volumoso e a colocou assim que entramos. Servi água com gelo para ele e café para mim. Pensei em botar uma máscara, mas decidi não fazer isso. Queria que ele visse meu rosto. Nós nos sentamos à mesa da cozinha. Cada vez que tomava um gole de água, ele puxava a máscara e a colocava no lugar. O bigode fazia volume por baixo.

— Soube que você encontrou a sra. Bell. Deve ter sido um choque.

— Foi mesmo.

A sensação de alívio por ter companhia, outro ser humano na Mansão Mal-Assombrada, estava sendo substituída por cautela. Aquele cara podia estar no que Canavan chamou de Clube 10-42, mas Zane tinha razão: ele era arguto. Fiquei com a impressão de que estava sendo interrogado e não recebendo uma visita de cortesia.

— Posso contar o que aconteceu, como eu a encontrei, mas como estou com você aqui, estou curioso com uma coisa.

— Está, é?

Aqueles olhos nos meus. Havia linhas de sorriso irradiando dos cantos, mas não estavam em atividade no momento.

— O policial Zane me disse que você está aqui há muito tempo.

— Uma vida — disse ele, depois tomou água, secou o bigode com uma das mãos grandes de fazendeiro e colocou a máscara no lugar.

— Sei sobre as cascavéis que mataram os gêmeos da sra. Bell. Minha curiosidade é como o grupo de caça se livrou delas. Você sabe?

— Ah, sei. — Pela primeira vez ele pareceu relaxar. — E tinha que saber mesmo, porque eu fiz parte daquela caça às cobras. Todos os policiais do condado que não estavam de serviço participaram, e muitos outros caras e até algumas mulheres. Devíamos ser uns cem. Talvez mais. Uma festa qualquer da ilha, só que ninguém estava se divertindo. O dia estava quente, bem mais quente do que hoje, mas todos nós estávamos de botas, calça, camisa de manga comprida, luvas e máscara como a que eu estou usando agora. E véu.

— Véu?

— Alguns eram véus de apicultor, alguns eram feitos daquele troço, acho que é tule, que as mulheres usam nos chapéus de igreja. Ou usavam antigamente. É que... — Ele se inclinou para a frente e me encarou, mais parecido com Wilford Brimley do que nunca. — Uma cobra às vezes empina. Se estiver com medo, claro. Borrifa o veneno em vez de injetar. Se cair nos olhos… — Ele balançou a mão. — Chega no cérebro rapidinho. Boa noite e boa sorte. — E aí, sem pausa: — Estou vendo que seu visitante da meia-noite trouxe também a vara de pegar cobra da sra. Bell.

Ele pretendia me pegar de surpresa e conseguiu.

— O quê?

— Vi na garagem, apoiada na parede dos fundos.

O olhar dele não se afastou do meu, esperando que meus olhos se deslocassem ou qualquer outro sinal revelador. Mantive os olhos firmes, mas pisquei. Não pude evitar.

— Você deve ter deixado passar.

— Eu… deixei. Acho…

Não sabia como terminar a frase, então só dei de ombros.

— Reconheci na hora pelo aro prateado no cabo. A dona ia pra toda parte com aquilo, pelo menos no Key. Muita gente da estrada Rattlesnake e depois da ponte, em Village, também conhecia.

— E o carrinho — falei.

— É, ela gostava de empurrar o carrinho. Falava com ele às vezes. Falava com aqueles meninos falecidos dela. Eu mesmo a vi fazendo isso.

— Eu também.

Ele esperou. Pensei em dizer *que aquele carrinho estava no meu banheiro na noite do dia anterior e que os gêmeos mortos o estavam empurrando.*

— Você perguntou sobre as cobras. — Ele tomou um gole de água e secou o bigode com a mão em concha. A máscara voltou para o lugar. — A Grande Marcha das Cobras de 1982 ou 1983. Eu teria que pesquisar pra ter certeza. Ou será que você já pesquisou, Vic?

Eu fiz que não.

— Bom, os que não tinham varas de pegar cobra tinham bastões de beisebol, varas de bater tapete ou raquetes de tênis. Todo tipo de coisa. Pra bater na vegetação, sabe? E redes de pesca também. Não faltavam redes no Golfo. Todos os Keys da costa oeste são estreitos, e este é mais do que a maioria. O golfo de um lado, a baía Calypso do outro. Só seiscentos metros de largura no ponto mais amplo, perto da ponte giratória. Essa ponta, pra onde as cascavéis migraram quando toda a construção começou no sul, tem metade disso. Daqui, dá pra ver o golfo e a baía, né?

— Do jardim lateral, sim.

— Esta casa nem estava aqui naquela época. Só havia palmeiras e repolho de praia, que as cobras amavam, e pinheiros. Também muitos arbustos que eu nem sei as espécies. Formamos uma fila do golfo até a Calypso e seguimos para o norte, batendo nos arbustos e no chão e arrastando as redes. Cobras não têm audição direito, mas sentem vibração. Sabiam que estávamos chegando. Dava pra ver a folhagem sacudindo, principalmente os repolhos. Devem ter achado que era um terremoto. E quando chegamos perto do fim do Key, onde a vegetação termina, deu pra vê-las. Aquelas filhas da mãe estavam por *toda parte*. Era como se o chão estivesse em movimento. Não deu pra acreditar. E os *chocalhos*. Ainda consigo ouvir.

— Como ossos secos em uma cabaça.

Ele me olhou fixo.

— Isso mesmo. Como você sabe?

— Vi no zoológico de Franklin Park. — Falei essa mentira com a cara mais lavada do mundo. — Fica em Boston. Vi também em programas sobre a natureza.

— Bom, é uma boa descrição. Só que você tem que pensar em dezenas de cabaças, talvez centenas, e um cemitério inteirinho cheio de ossos.

Pensei na banheira grande de Greg. E uma mãozinha saindo dos corpos em movimento.

— Você foi à ponta norte do Key, Vic?

— Eu andei até lá outro dia.

Ele assentiu.

— Eu não vou lá a pé desde a caça às cobras, mas a vi muitas vezes quando saí pra pescar. O Key mudou muito nos últimos quarenta anos, tem construções horríveis, mas o lado norte está igual ao que estava na época. Uma praia de conchas que parece um triângulo torto grande, né?

— Isso mesmo — falei.

Ele assentiu. A máscara desceu. Um gole de água. A máscara subiu.

— As cobras foram parar lá, sem terem pra onde ir além do Daylight Pass. Com as costas para o mar, poderíamos dizer, só que cobras são *só* costas, né? Aqueles dois mil metros quadrados de praia estavam cobertos delas. Não dava pra ver as conchas, só muito de vez em quando, por uma fração de segundo, quando elas se moviam e sacudiam as caudas. Estavam rastejando umas por cima das outras. Tinha veneno suficiente naquelas cobras pra matar metade da população de Tampa.

"Com a gente, tinha um grupo de homens do corpo de bombeiros de Palm Village e outros da Highway 41 em Nokomis. Uns sujeitos grandões. Tinham que ser, porque estavam com mochilas de apagar fogo florestal de setenta e cinco litros nas costas. Aquelas coisas são feitas mais pra incêndio de vegetação baixa, que temos muito, mas naquele dia não estavam com água. Estavam cheias de querosene. Quando deixamos as cobras, quer dizer, a maioria das cobras, porque teve gente encontrando algumas meses depois ainda, enfim, quando as deixamos só com água por trás, aqueles garotões espirraram querosene muito bem em cima delas. Meu velho amigo Jerry Gant, chefe dos bombeiros de Palm Village, já falecido, acendeu uma tocha de propano Bernzomatic e apontou pras cobras. Foi o maior fogaréu de cascavéis, e o fedor… ah, meu Deus, foi horrível, eu nem consegui tirar da roupa. Ninguém conseguiu. Lavar não adiantou nada. Tivemos que queimar tudo, como fizemos com as cobras."

Ele ficou em silêncio por um momento, os olhos no copo de água. Voltaria ao motivo para ter ido até ali, mas naquele momento não estava presente. Estava vendo as cascavéis em chamas e sentindo o fedor enquanto elas se contorciam.

— Duma ainda existia na época, e algumas das cobras nadaram até lá. Talvez algumas tenham conseguido chegar, mas a maioria se afogou. Não sei se você notou que tem um redemoinho onde a água da baía encontra a água do golfo…

— Eu vi.

— Esse redemoinho… esse *turbilhão*… era mais forte quando Duma Key ainda estava lá, porque a água chegava com bem mais força. Aposto que tem uns cinco metros de profundidade ali onde a água gira, talvez mais. Cavou o leito do canal, sabe? E a maré estava baixa naquele dia, o que aumenta o volume da baía. Vimos cobras girando naquele turbilhão, algumas ainda pegando fogo.

"E isso, Vic, foi a Grande Marcha das Cobras de 1980 e alguma coisa."

— Que história.

— Agora me conta uma. Que tal como você conheceu Alita Bell e como a encontrou?

— Eu não a conhecia, só a vi duas vezes. Viva, claro. Na segunda vez, ela trouxe biscoitos de aveia e passas pra mim. Nós comemos alguns nesta mesa mesmo. Com leite. Eu cumprimentei os gêmeos.

— Ah, é?

— Pode parecer maluquice, mas na hora não. Pareceu ser a coisa educada a fazer. Porque em todos os outros aspectos, ela me pareceu bem racional. Na verdade... — Franzi a testa, tentando lembrar. — Ela disse que sabia que os dois não estavam lá.

— Eita.

Ela também não tinha dito *mas às vezes estão*? Eu achava que sim, mas não conseguia lembrar direito. Se tinha, ela estava certa. Eu sabia disso.

— E alguém trouxe o carrinho de volta. Não uma, mas duas vezes.

— Isso.

— Mas você não viu ninguém?

— Não.

— Não ouviu ninguém?

— Não.

— Não reparou nas luzes de movimento se acendendo? Porque eu sei que Ackerman mandou instalar.

— Não.

— Também não trouxe a vara de pegar cobra?

— Não.

— Me conta como você a encontrou.

Eu contei, incluindo a parte de jogar uma concha, talvez mais de uma, eu estava agitado e não tinha mais certeza, para afastar os urubus do corpo dela.

— Contei tudo para os policiais Zane e Canavan.

— Sei que contou. Está no relatório. Exceto, claro, o carrinho ter aparecido pela segunda vez. Isso é o que se chama de informação nova.

— Eu não posso ajudar com isso. Estava dormindo.

— Eita. — A máscara desceu. Ele terminou a água. A máscara subiu. — Pete Ito diz que você planeja ficar até setembro, sr. Trenton.

Não passou batido o fato de que ele tinha falado com o sr. Ito. Nem passou batido que ele tinha voltado a usar meu sobrenome.

— Planos mudam. Encontrar uma mulher morta sendo bicada por urubus pode fazer isso com uma pessoa. Tenho uma reserva no Bradenton

Days Inn pra hoje e um voo de Tampa pra Cleveland na quinta. O transporte pelo resto do caminho até a minha casa em Massachusetts ainda vai ser determinado. As coisas estão bem loucas nos Estados Unidos agora.

Loucas. Essa palavra pareceu sair com mais força do que eu pretendia.

— Loucas no mundo todo — disse Pelley. — Por que você viria pra cá no verão, aliás? A maioria das pessoas não vem, a não ser que tenha ingressos de graça pra Disney.

Se tinha falado com Pete Ito, eu tinha certeza de que ele sabia. Sim, era um interrogatório mesmo.

— Minha esposa faleceu recentemente. Estou tentando aceitar melhor.

— E você... o quê? Acha que já aceitou agora?

Olhei para ele de frente. Ele não se parecia mais com Wilford Brimley para mim. Parecia um problema.

— Qual é a questão aqui, policial Pelley? Ou devo chamar você de sr. Pelley? Pelo que eu soube, você está aposentado.

— Meio. Não sou detetive agora, mas policial em meio período, dentro das regras. E você precisa cancelar seus planos de voo. — Houve uma pequena ênfase na palavra *voo*? — Sei que vão estornar seu cartão. O quarto no motel também. Acho que você pode ir até o Barry em Village, mas...

— O Barry está fechado. Eu tentei. Qual é...

— Mas vou te dizer uma coisa, eu ficaria mais à vontade se você ficasse aqui até a sra. Bell ter passado pela autópsia. O que quer dizer, sr. Trenton, que o Departamento do Xerife do Condado ficaria mais à vontade.

— Não sei se vocês podem me impedir.

— Eu não tentaria a sorte se fosse você. Só um conselhinho amigo.

Nessa hora, ouvi um barulho baixo, mas audível: *squeak* e *squeak* e *squeak*.

Falei a mim mesmo que não ouvi. Falei a mim mesmo que era ridículo. Falei a mim mesmo que não fazia parte de uma história titulada "O carrinho delator".

— Mais uma vez, sr. Pelley... *policial* Pelley... qual é o problema aqui? Você está agindo como se aquela mulher tivesse sido assassinada e eu fosse um suspeito.

Pelley não se abalou.

— A autópsia provavelmente vai nos dizer como ela morreu. Provavelmente, isso vai limpar sua barra.

— Eu não tinha ideia de que estava suja.

— Quanto ao problema aqui, para complicar as coisas, podemos dizer, tem isto. Encontrei na mesa da cozinha quando entrei na casa dela hoje de manhã, às seis horas.

Ele mexeu no celular e o entregou para mim. Tinha tirado uma fotografia de um envelope branco. Nele, com caligrafia caprichada, estava escrito *Para ser aberto no evento da minha morte* e *Alita Marie Bell*.

— O envelope não estava lacrado, e eu o abri. Passe para a foto seguinte.

Fiz isso. O bilhete que estava no envelope estava escrito com a mesma caligrafia caprichada. E a data no topo...

— Foi no dia seguinte a que comemos biscoito tomando leite!

O ruído estava vindo de baixo, da garagem. E como a polícia na história do Poe, Pelley pareceu não ouvir. Mas ele era velho, talvez meio surdo.

— Ah, foi?

— É, depois de uma boa conversa também.

Eu não contaria para ele que Allie tinha mandado Jake e Joe brincarem no escritório do Greg, nem que depois encontrei a cesta de vime com brinquedos de gato virada. Era a *última* coisa que eu contaria para aquele homem de olhos argutos (mas possivelmente surdo). Também não contaria que tinha mais ou menos conversado com os gêmeos. *Oi, Jake. Oi, Joe, esse visual arrasou.*

Tinha sido uma atenção inofensiva à fantasia de uma senhora idosa. Foi o que eu pensei na ocasião, mas quem sabe quando se abre a porta para uma assombração? Ou como?

— Leia o resto.

Eu li. Era curto e informal.

Este é meu último desejo e testamento, que revoga todos os anteriores. O que é bobagem, porque no meu caso não há outros. Estou com mente sã, embora não tanto com o corpo. Deixo esta casa, minha conta bancária no First Sun Trust, minha conta de investimentos na Building the Future LLC e todos os outros bens para VICTOR TRENTON, que mora atualmente na estrada Rattlesnake 1567. Meu advogado, que não consultei quando escrevi isto, é Nathan Rutherford, em Palm Village.

Assinado,
Alita Marie Bell

Havia outra assinatura abaixo, com caligrafia diferente: *Roberto M. Garcia, testemunha.*

Esqueci o ruído na garagem (ou talvez tivesse parado). Li a carta de morte dela — não tinha outra forma de chamar — mais uma vez. Uma terceira vez. Devolvi o celular de Pelley deslizando-o por cima da mesa com um pouco mais de força do que precisava. Ele o bloqueou como a um disco de hóquei com a mão bronzeada e enrugada.

— Isso é loucura.

— Você acharia isso, não é?

— Eu só a vi duas vezes. Três se você contar o dia em que a encontrei morta.

— Não tem ideia de por que ela deixaria tudo pra você?

— Não. E, ei, esse... esse *bilhete*... não vai valer no tribunal. Eu diria que os parentes dela surtariam, mas não vai ser necessário porque eu não vou contestar.

— Roberto Garcia é dono da Plant World. Eles cuidavam dos jardins dela.

— Eu sei, vi os caminhões na porta da casa dela.

— Bobby G também está aqui desde sempre. Se ele diz que a viu escrever isso, e eu falei com ele e ele diz que sim, ele viu, embora ela tivesse colocado a mão em cima do texto quando ele assinou para ele não saber o que estava escrito, eu tenho que acreditar.

— Não muda nada. — Minhas palavras saíram direito, mas meu rosto todo parecia dormente, como se eu tivesse levado uma injeção de novocaína. A coisa mais estranha do mundo. — Esse advogado vai fazer contato com os parentes dela e...

— Também falei com Nate Rutherford. Eu o conheço...

— Desde sempre, tenho certeza. Você andou ocupado, policial Pelley.

— Eu ando por aí — disse ele, e não sem satisfação. — Ele é advogado da sra. Bell... — Ele pareceu considerar completar com um "desde sempre", mas decidiu que não devia mais usar a expressão. — ... há décadas. Praticamente cuidou de tudo dela depois que o marido e os filhos da sra. Bell morreram. Ela ficou, como dizem, "prostrada de sofrimento". E quer saber? Ele diz que ela *não tem* parentes.

— Todo mundo tem parentes. Donna, minha falecida esposa, alegava que sua família ia até Mary Stuart, também conhecida como Mary, Rainha dos...

— Rainha dos Escoceses. Eu estudei um dia, sr. Trenton, na época que os telefones eram de disco e os carros não tinham cinto de segurança. Perguntei a Nate quanto devia valer a propriedade da senhora e ele se recusou a dizer. Mas, considerando a propriedade, da baía até o golfo, muito boa, meu palpite seria um valor considerável.

Eu me levantei, lavei a caneca de café e a enchi de água. Para me dar tempo para pensar. Também para tentar ouvir o carrinho, mas estava em silêncio.

Voltei para a mesa e me sentei.

— Você está mesmo sugerindo que eu coagi a mulher a escrever um testamento de fundo de quintal... e aí... o quê? Matei ela?

Os olhos dele, grudados nos meus.

— Eu acho que *você* acabou de sugerir isso, sr. Trenton. Mas já que falou... você fez isso?

— Meu Deus do céu, não! Eu falei com ela duas vezes! Dei corda pra fantasia dela! E a encontrei morta! De ataque cardíaco, provavelmente. Ela me disse que tinha arritmia.

— Não, eu não acredito que tenha sido esse o motivo, e é por isso que não estou aqui pedindo um depoimento oficial. Mas você entende a posição em que isso me coloca, coloca o departamento, não é? A mulher faz o que chamam de testamento holográfico logo antes de morrer, arruma uma testemunha, e o homem, o *estranho*, que encontra o corpo dela também é o beneficiário.

— Ela devia ser louca não só a respeito dos filhos — murmurei, e me vi pensando naquela música que o policial Zane tinha mencionado, "Delta Dawn".

— Talvez *sí*, talvez *no*. De qualquer modo, a autópsia deve estar acontecendo agora mesmo. Isso vai nos dizer alguma coisa. E você *vai ter* que testemunhar no inquérito, claro. Vai ser *oficial*.

Senti o coração despencar.

— Quando?

— Deve levar umas duas semanas. Vai ser por um daqueles links de vídeo pelo computador. FaceTime, Zoom, sei lá. Não sei nem usar esse celular direito.

Não acreditei nem por um minuto.

— De qualquer modo, seria bom se você ficasse por aqui, Vic. — Agora meu nome soava como uma armadilha. — Na verdade, tenho que insistir. Pelo jeito como as coisas estão, com a covid correndo solta, seria mais seguro você ficar, fechado em casa e de máscara. Você não acha?

Talvez tenha sido nessa hora que comecei a entender o que Alita Bell tinha feito, embora a ideia só fosse ganhar contornos nítidos à noite.

Ou talvez não tivesse sido ela. Pensei em Donna naquela última noite. Em como tinha olhado para trás de mim, os olhos moribundos brilhantes pela última vez. *Ah, meu Deus*, dissera ela. *Como você está crescido!*

Crianças não eram capazes de elaborar e planejar. Já adultos...

— Vic?

— Hã?

As linhas de sorriso nos cantos dos olhos dele aumentaram.

— Achei que você tinha ido pra outro planeta por um minuto.

— Não, estou aqui. Só... processando a situação.

— É, é muita coisa pra absorver, né? Pra mim também. Como um daqueles livros de mistério. Acho que é melhor você seguir seu plano original. Fica até setembro. Faz suas caminhadas de manhã ou no frescor da noite. Nada na piscina. Vamos precisar entender o que aconteceu, se for possível.

— Vou pensar.

As linhas de sorriso desapareceram.

— Pensa bem e, enquanto estiver pensando, fica no condado. — Ele se levantou e puxou o cinto do short. — E agora, acho que já tomei muito do seu tempo.

— Vou te acompanhar.

— Não precisa, eu sei o caminho.

— Vou te acompanhar — repeti, e ele levantou as mãos como quem diz *como você quiser.*

Nós descemos a escada até a garagem. Ele parou na metade e perguntou, com a combinação certa de curiosidade e solidariedade:

— Como sua esposa morreu, Vic?

Era uma pergunta normal, sem motivo para eu acreditar que ele queria descobrir se tinha havido algo de suspeito, mas eu achava que estava na cabeça dele. E não de forma superficial.

— De câncer — falei.

Ele desceu os últimos degraus da escada.

— Sinto muito pela sua perda.

— Obrigado. Você vai levar o carrinho de volta pra casa da família Bell? Daria pra botar na caçamba da sua picape.

Eu queria me livrar daquilo.

— Bom, sim — concordou ele. — Daria. Mas qual seria o sentido? Pode ser que volte se essa… pessoa… está determinada a pregar uma peça em você. Mandamos uma viatura percorrer a estrada Rattlesnake uma ou duas vezes por noite, mas ainda sobra muito tempo. E tem alguns policiais em casa, com covid. Talvez seja mais fácil deixar aqui.

Ele acha que não tem ninguém pregando peças, pensei. *Acha que fui eu. Nas duas vezes. Não sabe o motivo, mas é nisso que acredita.*

— E digitais?

Ele coçou a nuca marcada e bronzeada.

— É, pode ser, eu tenho um kit de digitais na picape, mas isso significaria ter que transferir as digitais que eu tirasse, e eu poderia estragar tudo. Minhas mãos não estão mais tão firmes quanto antes.

Eu não tinha reparado nisso antes nem dava para perceber no momento. Ele se animou.

— Quer saber? Posso pelo menos passar o pó nas barras de cromo e tirar umas fotos com o celular se encontrar alguma coisa. Não adianta tentar nos apoios de mão porque são de borracha, e os bracinhos ao lado dos assentos são de tecido. Mas as barras de metal são ideias pra digitais. Zane ou Canavan tocaram nele?

— Não tenho certeza, mas acho que só eu. E Allie Bell, claro.

Ele assentiu. Àquela altura, estávamos no pé da escada. Ele não tinha ido para a garagem ainda.

— Então pode ser que eu encontre dois tipos de digital: as suas e as da sra. Bell. Embora seja improvável. A maioria das pessoas usaria o apoio de borracha.

— Acho que eu estendi a mão pra inclinar o carrinho e passar pela soleira da porta pra entrar na garagem. Se eu fiz, posso ter colocado as mãos na parte metálica abaixo do apoio de borracha. Pode ser que você não encontre digitais, mas marcas de mão.

Ele assentiu e entrou na garagem de Greg. Foi para fora pegar o kit de digitais, mas segurei o cotovelo dele para pará-lo.

— Olha — falei, e apontei para o carrinho.

— O que tem?

— Foi deslocado. Quando eu o trouxe lá de fora, coloquei ao lado da entrada do motorista do meu carro. Agora, está do lado do passageiro.

Então eu tinha *mesmo* ouvido o rangido.

— Não lembro com certeza.

A testa franzida, com a linha vertical entre as sobrancelhas tão funda que não dava para ver o fundo, me disse que ele lembrava, mas não queria acreditar.

— Para com isso, Andy. — Usei o nome de batismo dele deliberadamente, um truque antigo de agência de publicidade que eu empregava quando as discussões ficavam acaloradas. Queria que estivéssemos no mesmo time, se possível. — Você é policial há tempo suficiente pra ter o hábito de observar. Aquele carrinho estava na sombra. Agora está do outro lado do meu carro, no sol.

Ele pensou e balançou a cabeça.

— Não tenho como dizer com certeza.

Eu queria fazê-lo admitir, queria dizer que eu tinha ouvido a roda rangendo quando o carrinho foi movido mesmo ele não tendo ouvido, queria sacudir o braço que estava segurando. Mas o soltei. Foi difícil, mas soltei. Porque não queria que ele pensasse que eu era louco... e se ele achava que era eu movendo o carrinho à noite entre a casa da família Bell e a do Greg, ele já estava a caminho dessa conclusão. E havia o testamento holográfico esquisito da Allie Bell para ele pensar também. Será que ele realmente acreditava que Allie e eu mal nos conhecíamos e só tínhamos nos visto duas vezes? Eu teria acreditado?

Achava que as perguntas estavam só começando para mim.

— Vou pegar meu kit — disse Pelley. — Mas não estou esperançoso.

Dez ou quinze minutos mais tarde, ele saiu na picape depois de me lembrar novamente de não deixar o condado, dizendo que seria *uma péssima ideia*. Falou que ele ou um dos detetives do condado faria contato depois da autópsia.

Foi um dia longo. Tentei cochilar, mas não consegui. Em várias ocasiões, achei que tinha ouvido o rangido da roda e fui até a garagem. O carrinho não havia se movido. Não fiquei surpreso. Eu tinha ouvido o barulho quando Pelley estava comigo à mesa da cozinha; aquilo foi *real*. Mais tarde foi diferente. Você diria que foi só minha imaginação, mas não. Não exatamente. Achei que era uma forma de provocação. Você pode acreditar ou não, mas eu tinha certeza.

Não; eu *sabia*.

Uma vez, quando ouvi o rangido (não real, mas real na minha cabeça) e fui para a garagem, pensei ter visto as sombras de cobras nas paredes. Fechei bem os olhos e os abri. As sombras tinham sumido. Não tinham estado lá, mas tinham. Agora, só havia o carrinho, parado no sol do piso de cimento da garagem, lançando sua sombra sã.

Por volta do meio-dia, quando eu estava comendo um sanduíche de salada de frango, pensei em botar óleo naquela roda no fim das contas (havia uma lata na mesa de trabalho na segunda baía da garagem), mas decidi que não. Não gostava da ideia de tocar no carrinho, mas poderia ter tocado; não estava histérico nem com fobia. Só me lembrei da velha fábula de Esopo sobre o rato que pôs o guizo no gato. Por que ele fez aquilo? Porque queria poder ouvir quando ele estivesse se aproximando.

Eu tinha a mesma sensação em relação ao carrinho. Principalmente depois que Pelley verificou as partes de cromo e não encontrou nada, nem manchas aleatórias e partículas de poeira que esperaria.

— Acho que foi limpo. Pela *pessoa* que fez a pegadinha.

Ele falou aquilo olhando diretamente para mim.

Naquela noite, andei por todo o Rattlesnake Key até a ponte giratória. Uma caminhada longa para um homem idoso, mas eu tinha muita coisa em que pensar. Comecei me perguntando de novo se eu estava louco. A resposta foi um enfático não. As cobras na banheira e a mão acenando podiam ter sido uma alucinação induzida pelo estresse (eu não acreditava nisso, mas aceitava a possibilidade). O carrinho no banheiro, por outro lado, estava lá. Eu só tinha visto a sombra, mas o som da rodinha rangendo era inconfundível. E quando estava na garagem, tinha se movido. Eu tinha ouvido. Achava que Pelley não, mas ele sabia que estava em um lugar diferente, apesar de não querer admitir para mim (nem provavelmente a si mesmo).

A ponte giratória funcionava sem parar. Naquela noite estava sendo controlada por Jim Morrison ("Não o do The Doors", ele sempre gostava de dizer), um cara que devia ser mais velho do que Pelley e do que eu. Conversamos um pouco quando eu cheguei lá: sobre o tempo, a eleição chegando, como a covid tinha esvaziado os estádios de beisebol exceto por recortes de papelão de gente de mentira. E aí, eu perguntei sobre a sra. Bell.

— Você a encontrou, né? — disse Jim.

Estávamos do lado de fora da guarita dele, onde havia uma televisão, uma poltrona surrada e um banheirinho. Estava usando o colete amarelo de alta visibilidade e o boné vermelho com RATTLESNAKE KEY na frente. Havia um palito de dente no canto da boca idosa.

— Encontrei.

— Coitada. Pobre alma velha. Ela nunca superou a perda daqueles meninos dela. Empurrava aquele carrinho pra todo lado.

Isso foi a deixa perfeita para o que eu queria perguntar de verdade.

— Você acha que ela realmente acreditava que os meninos estavam nele?

Ele coçou o queixo com barba por fazer enquanto pensava.

— Não tenho certeza, mas acho que sim, ao menos em uma parte do tempo. Talvez até na maior parte do tempo. Acho que ela se fazia acreditar. O que é uma coisa perigosa, na minha opinião.

— Por que você diz isso?

— Melhor aceitar os mortos, ter a cicatriz e seguir em frente.

Esperei que Jim continuasse a fala, mas ele ficou em silêncio.

— Você estava na grande caça às cobras depois que eles morreram? Andy Pelley me contou disso.

— Ah, sim, eu participei. Até hoje sinto o cheiro daquelas cascavéis queimando. E quer saber? Às vezes acho que as vejo, principalmente nessa hora do dia. — Ele se curvou sobre a amurada e cuspiu o palito de dente no Golfo do México. — No crepúsculo, sabe? As coisas reais parecem mais diáfanas, pelo menos pra mim. Minha esposa dizia que eu devia ter sido poeta com essas ideias assim. Depois que as estrelas desaparecem, eu fico bem. Vou ver muita coisa hoje. Fico de serviço até meia-noite, aí a Patricia vem me substituir.

— Eu não sabia que tinha muitos barcos querendo passar nesta época do ano, principalmente à noite.

— Ah, você ficaria surpreso. Olha lá. — Ele apontou para a lua, que estava nascendo e espalhando prata na água. — As pessoas gostam de um passeio ao luar. É romântico. A escuridão da lua é diferente, pelo menos no verão. Aí o que mais temos são barcos da Guarda-Costeira. Ou do DEA. Eles estão sempre com pressa. Como se buzinar pudesse fazer a ponte se abrir mais rápido.

Conversamos mais um pouco, e então falei que era melhor eu voltar.

— É — disse Jim. — É uma caminhada longa pra um homem com idade avançada. Mas você vai ter a lua pra guiar o caminho.

Dei boa-noite para ele e comecei a atravessar a ponte.

— Vic?

Eu me virei. Ele estava encostado na guarita, os braços cruzados por cima do colete.

— Duas semanas depois que a minha esposa morreu, desci no meio da noite pra pegar um copo de água e a vi sentada à mesa da cozinha, usando a camisola favorita. A luz da cozinha não estava acesa e o lugar estava cheio de sombras, mas era ela, sim. Eu poderia jurar perante o Todo-Poderoso. Acendi a luz e… — Ele levantou a mão com um punho frouxo e abriu os dedos. — Sumiu.

— Ouvi meu filho depois que ele morreu. — Pareceu perfeitamente certo revelar isso depois do que Jim havia me contado. — Falando comigo de dentro do armário. E eu juraria que tinha sido *real*.

Ele só assentiu, me desejou boa-noite e voltou para a guarita.

* * *

Durante o primeiro quilômetro da caminhada para casa, talvez um pouco mais, havia muitas casas, primeiro as de tamanho comum, mas ficando maiores e mais chiques conforme eu seguia. Havia luzes em algumas, com carros parados nas entradas cobertas de conchas, mas a maioria estava escura. Os donos voltariam depois do Natal e iriam embora antes da Páscoa. Dependendo da situação da pandemia, claro.

Quando passei pelo portão na parte norte do Key, as poucas mansões naquela parte da ilha ficavam escondidas atrás de rododendros e palmeiras dos dois lados da estrada. Os únicos sons eram dos grilos, das ondas quebrando na praia do lado do golfo, de um bacurau e dos meus próprios passos. Quando cheguei à fita amarela da polícia que isolava a entrada da sra. Bell, estava quase completamente escuro. Aqueles três quartos de lua tinham subido o suficiente para iluminar meu caminho, mas a folhagem que cresce no clima de estufa da Flórida bloqueava uma boa parte da luminosidade.

Assim que passei pela entrada de carros da casa da Allie, o rangido começou. Estava dez ou doze metros atrás de mim. Minha pele ficou toda arrepiada. Minha língua grudou no céu da boca. Parei, sem conseguir andar, menos ainda correr (não que fosse conseguir correr longe com meus quadris duros). Entendi o que estava acontecendo. Eles estavam me esperando na entrada de carros. Esperando que eu passasse para poderem me seguir até a casa do Greg. O que mais me lembro daquele primeiro momento foi como senti os olhos. Como se estivessem inchando nas órbitas. Lembro-me de pensar que, se saltassem, eu ficaria cego.

O rangido parou.

Comecei a ouvir outro som: meus próprios batimentos. Como uma bateria abafada. O bacurau tinha feito silêncio. Os grilos também. Uma gota de suor frio desceu lentamente da parte mais funda da minha têmpora até o ângulo do queixo. Dei um passo. Foi difícil. Outro. Um pouco mais fácil. Um terceiro, mais fácil ainda. Comecei a andar de novo, mas era como se eu estivesse com uma perna de pau. Devia ter me aproximado uns quinze metros da casa do Greg quando o rangido recomeçou. Parei, e o rangido parou. Comecei a andar com minhas pernas de pau invisíveis e o rangido recomeçou. Era o carrinho. Os gêmeos empurrando o carrinho. Andavam quando eu andava e paravam quando eu parava. Estavam sorrindo, eu tinha certeza. Porque era uma piada divertida com o novo... novo o quê? O que exatamente eu era para eles?

Infelizmente, eu achava que sabia. Allie Bell tinha deixado a casa, o dinheiro e os investimentos para mim. Mas isso não era tudo que ela tinha deixado, era?

— Meninos — falei. Minha voz não era a minha. Eu ainda estava olhando para a frente e a minha voz não era a minha. — Meninos, vão pra casa. Passou da hora de vocês irem pra cama.

Nada. Esperei que mãos frias me tocassem. Ou ver dezenas de cobras se aproximando pela estrada enluarada. As cobras também estariam frias. Até picarem, claro. Quando o veneno fosse injetado, o calor começaria. Espalhando-se até meu coração.

Nada de cobra. As cobras já eram. Você as viu, mas não eram reais.

Eu andei. O carrinho veio atrás. *Squeak* e *squeak* e *squeak*.

Parei. O carrinho parou. Eu estava perto da casa do Greg agora, dava para ver o volume dela contra o céu, mas me senti aliviado. Os dois podiam entrar. *Já tinham* entrado.

Nos veja. Nos veja. Nos veja.

Nos empurre. Nos empurre. Nos empurre.

Nos vista. Nos vista. Nos vista.

Os pensamentos eram enlouquecedores, como aquelas músicas chiclete que entram na cabeça e não saem. "Delta Dawn", por exemplo. Mas eu podia pará-los. Sabia o que os faria parar, ao menos temporariamente.

Eles também sabiam.

Nos veja. Nos empurre. Nos vista.

Não ousei me virar, mas havia uma coisa que eu podia fazer. Se ousasse. Meu celular estava no bolso do short. Eu o peguei, abri o app da câmera e reverti a imagem de forma que vi meu rosto apavorado, pálido como um cadáver ao luar. Ergui o celular acima do ombro para poder olhar para trás sem virar a cabeça. Tentei firmar a mão. Foi só nessa hora que percebi que estava tremendo.

Jacob e Joseph não estavam lá, nem o carrinho... mas as *sombras* estavam. Duas formas humanas e a angulosa do carrinho duplo em que a mãe dele os levava para lá e para cá. Não sei dizer se aquelas sombras sem corpo eram piores do que teria sido vê-los de verdade, mas foi bem horrí-vel. Encostei no botão para tirar uma foto com o polegar, certo de que não funcionaria, mas ouvi o clique.

Nos veja. Nos empurre. Nos vista.

Fechei o app de fotos e abri o gravador de voz.

Nos veja. Nos empurre. Nos vista.

Achei que aquelas sombras eram longas demais para serem sombras de crianças de quatro anos e pensei de novo em Donna no fim da vida: *Como você está crescido! Olha como está* alto!

NOS VEJA NOS EMPURRE NOS VISTA!

Comecei a andar de novo. O rangido me seguiu, de perto no começo, mas ficando para trás aos poucos. Quando cheguei à casa de Greg, tinha parado, mas os pensamentos ruidosos (não vozes, *pensamentos*) na minha cabeça estavam mais altos do que nunca. Eram meus pensamentos, mas eu estava sendo obrigado a pensá-los.

O carrinho estava de novo no pátio. Claro que estava, lançando a mesma sombra angulosa que eu tinha visto no celular. As camisetas ainda estavam colocadas nos encostos: HECKLE em uma, e JEKYLL na outra. Eu sabia como acalmar a tempestade na minha cabeça. Toquei nos encostos. Toquei nas camisetas. Os pensamentos barulhentos e repetitivos morreram. Empurrei o carrinho para a garagem e me afastei dele, esperando. Os pensamentos não voltaram. Mas voltariam. Na próxima vez, seriam mais altos e mais insistentes. Na próxima vez, iriam querer mais do que meu toque.

Na próxima vez, iriam querer dar uma volta.

Tranquei as portas (como se fosse adiantar alguma coisa) e acendi todas as luzes da casa. Em seguida, me sentei à mesa da cozinha e olhei o celular. Havia perdido uma ligação de Nathan Rutherford, mas tinha problemas mais urgentes do que o advogado de Allie Bell. Olhei para a foto que tinha tirado. Estava meio borrada porque minha mão não parava de tremer, mas as sombras dos meninos e do carrinho estavam lá. Não havia nada para fazer as sombras. A estrada estava vazia. Em seguida, abri o aplicativo de gravação de voz e apertei o play. Por vinte segundos, ouvi o rangido rítmico da roda ruim do carrinho. Em seguida, sumiu.

Pensei em fazer contato com Andy Pelley, porque eu tinha certeza de que ele tinha registrado a posição diferente do carrinho quando nossa conversa acabou. Ele tinha me dado o cartão dele. Eu podia enviar a foto e a gravação por e-mail, mas ele rejeitaria as duas coisas. Diria que as sombras eram das palmeiras. Talvez soubesse a verdade, mas é o que diria. E a roda rangendo? Acharia que fui eu que fiz, mexendo o carrinho para a frente e para trás na garagem enquanto gravava. Talvez não dissesse, mas pensaria. Ele era policial, não caçador de fantasmas.

Mas talvez isso não fosse problema. Eu tinha provas empíricas para mim mesmo. Já sabia que o que estava acontecendo era real, mas a ideia de que estava só na minha cabeça pairava lá no fundo mesmo assim.

Eu me sentei à mesa da cozinha e apoiei a testa na palma das mãos, pensando. *O motorzinho aqui deu uns engasgos*, dissera Allie quando perguntei se ela estava bem, mas e se ela estivesse bem mais doente do que alegava? E se soubesse? E se não fosse só arritmia, mas insuficiência cardíaca? Ou mesmo câncer, um daqueles glioblastomas que são garantia de morte.

Imagine que ela estivesse resignada à própria morte, mas não à morte dos menininhos? Eles já tinham morrido uma vez, afinal, mas tinham voltado. Ou ela os tinha trazido de volta. E aí...

— Imagine que ela *me* conheceu — falei.

Sim, imagine.

Liguei para Nathan Rutherford, me apresentei e fui direto ao assunto: não tinha interesse nos bens de Allie Bell.

Acho que a risada dele foi mais cínica do que surpresa.

— Ainda assim, sr. Trenton, parece que é tudo seu.

— Ridículo. Encontra os parentes dela.

— Ela alegava que não tinha. Que, depois que o marido morreu, e os pequenos Js, porque era assim que a sr. Bell os chamava, ela era o último ramo da árvore genealógica. É o único motivo para o testamento mequetrefe valer. Os bens dela valem muito dinheiro. Sete dígitos, talvez até oito. Ela devia estar encantada com o senhor.

Não, pensei, *quem se encantou não foi ela. Mas não pretendo que continue assim.*

— O senhor me colocou em uma posição péssima, sr. Rutherford. Eu a encontrei e, até a autópsia, pareço ser um homem com motivo pra matá-la. Você entende isso, certo?

— Você teve algum motivo pra achar que estava cogitado pra herança? Será que viu aquele bilhete de testamento antes da morte da sra. Bell?

— Não, mas o policial Pelley me falou que o envelope não estava lacrado. Um promotor que quisesse me acusar poderia dizer que tive acesso a ele.

— O tempo vai cuidar disso — disse Rutherford. O que não significava nada. Ele tinha assumido uma voz tranquilizadora que provavelmente usava com clientes aflitos. Os com dinheiro, pelo menos, e, pelo jeito, eu tinha bem mais do que o que havia na minha previdência privada. — Se o testamento não for questionado e passar pela leitura oficial, você pode fazer o que quiser com os bens. Vender a casa. Ou dar o dinheiro pra caridade, se quiser.

Ele não disse que a caridade começa em casa, mas o tom sugeria. Eu não queria mais saber. Jim queria discutir o longo e sinuoso caminho legal que havia pela frente, mas eu tinha as minhas próprias serpentes sinuosas com que me preocupar. Estava escuro lá fora, e eu estava com medo. Agradeci e encerrei a ligação.

Ela tinha escrito o testamento e se matado com uma overdose de digoxina ou Sotalol?

Não, pensei. *Os pequenos Js não gostariam disso. Eu poderia acabar na prisão, onde nos veja nos empurre nos vista não adiantaria de nada. O veredito do inquérito vai ser morte acidental, mas, até lá, eu vou ficar aqui... e eles vão ficar aqui.*

— Porque querem que eu fique — sussurrei.

Tomei um banho, vesti um short de ginástica, fechei a porta do banheiro da suíte e me deitei na cama enorme de Greg Ackerman. Como solteirão mais ou menos convicto, ele a devia ter dividido com várias gatinhas. Minha gatinha havia partido. Estava enterrada. Assim como meu filho.

Cruzei os braços em um gesto inconsciente de proteção e olhei para o teto. Não tinha sido ela, tinham sido eles. *Eles* queriam que eu ficasse. Queriam me treinar. Queriam que eu assumisse o trabalho da mãe, para não terem que ir para onde espíritos inquietos precisam ir. Gostavam de Rattlesnake Key. Onde, se eu não quisesse ficar com a cabeça cheia de pensamentos repetitivos e barulhentos e se não quisesse ouvir a roda do carrinho rangendo atrás de mim, teria que morar na casa de Allie. Eu comeria na cozinha de Allie e dormiria na cama de Allie. Eu os empurraria no carrinho.

Em algum ponto, chegaria a vê-los.

Não preciso ficar aqui, pensei. *Tenho um carro alugado com tanque cheio. Posso ir embora. Para longe. Acho que o xerife do condado não vai emitir um mandado para minha prisão, mas um juiz pode emitir um mandado me ordenando a voltar para esperar o inquérito... Rutherford saberia, e acho que ele é meu advogado agora... mas eu resistiria. E enquanto os advogados brigassem, Jake e Joe ficariam mais fracos. Porque ela se foi e eu sou o que eles têm.*

Sim. Tudo verdade. E eu estava com medo, pode acreditar. Tem uma frase de *Caminhos perigosos*, do Scorsese, que sempre bateu forte para mim: "Ninguém se mete com o infinito". Mas eu também estava com raiva. Tinha sido colocado em uma gaiola da qual não daria para escapar. Não pela mãe deles; no meu coração, eu tinha certeza de que Allie Bell não estava metida nisso. Mas por duas *crianças*. Crianças *mortas*, na verdade.

Não tinha nenhuma arma secreta com a qual lutar contra eles, nem cruz nem alho para afastar vampiros (que, se eu estivesse certo, era o que os dois eram, de certa forma), nem ritual de exorcismo, mas minha mente, e estava velho demais para ser intimidado por Mau e Pior.

Se Allie não tinha criado a situação em que eu estava preso, como os dois poderiam ter feito isso? A maioria dos meninos pequenos, e lembre-se que eu tive um, mal consegue planejar uma ida ao banheiro.

Peguei no sono pensando em Donna, minutos antes do fim: *Como você está crescido! Olha como está alto!*

Squeak. Squeak. Squeak.

Pelo menos não acordei no escuro, afinal não tinha apagado as luzes. Dessa vez, o barulho da roda do carrinho não vinha do banheiro da suíte; estava mais distante. Achei que vinha da parte da casa que Greg chamava de "aposentos de hóspedes". Esses aposentos consistiam em uma salinha no térreo e uma escada em espiral que levava a um quarto com banheiro em cima.

O carrinho estava no quarto de hóspedes. O carrinho de verdade talvez ainda estivesse na garagem, mas o fantasmagórico também era real, assim como os gêmeos que o empurravam para a frente e para trás sem parar.

Os pensamentos voltaram. Começaram baixos, mas *foram ficando mais altos, como se uma mão invisível estivesse aumentando o volume. Nos veja, nos empurre, nos vista. Nos veja, nos empurre, nos vista! NOS VEJA, NOS EMPUR-RE, NOS VISTA!*

Fiquei deitado de costas, segurando as mãos unidas junto ao peito, mordendo o lábio e tentando fazer os pensamentos (pensamentos *deles*, *meus* pensamentos) pararem. Seria o mesmo que ter insistido para o sol não se pôr. Ainda conseguia pensar outras coisas; quanto tempo isso duraria eu não sabia. E parecia haver apenas três atitudes que eu poderia tomar: ficar deitado enlouquecendo enquanto aqueles pensamentos compulsivos engoliam tudo; descer e tocar no carrinho na garagem, o que os silenciaria por enquanto; ou confrontar os gêmeos. Foi isso que eu decidi fazer.

Pensei: *Não vou me permitir ser enlouquecido por crianças.*

E pensei: *Nos empurre, nos empurre, nos leve, nos leve. Nós somos seus, você é nosso.*

Saí da cama e comecei a percorrer o corredor de cima até o quarto de hóspedes. Na metade do caminho, a roda parou de fazer barulho. Não parei, e os pensamentos — *nos empurre, nos leve, nos vista, nós somos seus, você é nosso* — também não. Nem hesitei na porta, que estava entreaberta. Se tivesse parado para pensar na parte da minha mente que ainda era capaz de pensamento independente, teria dado as costas e saído correndo. O que faria lá? Não tinha ideia. Mandar que fossem para casa ou dar uma surra nos dois não adiantaria.

O que eu vi me deixou imóvel. O carrinho estava no meio do quarto. Jacob e Joseph estavam na cama de hóspedes. Não eram mais crianças... mas eram. Os corpos debaixo das cobertas eram longos, de homens adultos, mas as cabeças, embora grotescamente inchadas, eram de crianças. O veneno das cascáveis havia inchado tanto aquelas cabeças que elas tinham virado abóboras com caras de Halloween. Os lábios estavam pretos. As testas, bochechas e pescoços, cheios de picadas de cobras. Os olhos estavam fundos, mas diabolicamente vivos e despertos. Eles sorriam para mim.

História pra dormir! História pra dormir! Histór...

Os dois sumiram. O carrinho sumiu. Em um minuto os gêmeos estavam lá, esperando a história para dormir. No seguinte, o quarto estava vazio. Mas a coberta estava puxada dos dois lados em triângulos caprichados, e aquela cama estava perfeitamente arrumada quando cheguei na casa vindo de Massachusetts. Eu tinha visto com meus próprios olhos.

Minhas pernas pareciam pernas de pau de novo. Entrei no quarto e olhei para a cama onde os meninos tinham estado. Não pretendia me sentar nela, mas foi o que fiz porque meus joelhos cederam. Meu coração ainda batia forte, e eu conseguia me ouvir, como se estivesse ao longe, respirando ofegante.

É assim que homens velhos morrem, pensei. *Quando eu fosse encontrado, provavelmente por Peter Ito, o médico concluiria que foi ataque cardíaco. Não saberiam que eu tinha morrido de medo de dois homens mortos com cabeça de criança.*

Só que os gêmeos não iriam querer que eu morresse, certo? Agora que a mãe deles tinha partido, eu era a única ligação dos dois com o mundo no qual eles queriam ficar.

Estendi a mão para tocar em um triângulo virado de coberta e soube que eles não gostavam daquela cama. Tinham as camas deles na casa vizinha. Camas boas. A mãe tinha deixado o quarto como estava no dia que os dois morreram, mais de quarenta anos antes. Era daquelas camas que gostavam, e quando eu morasse lá, eu os botaria na cama à noite e leria *O ursinho Pooh*, como tinha feito para Tad. Não leria as *Palavras Monstro* porque *eles* eram os monstros.

Quando consegui me levantar, andei lentamente pelo corredor até meu quarto. Talvez não dormisse, mas não achava que ouviria a roda do carrinho de novo naquela noite. Aquela visita tinha acabado.

Nunca houve dúvida se ficaríamos com o carro no qual meu filho tinha morrido. Não teríamos ficado nem se não tivesse sido amassado em mais de dez lugares pelo cachorro que estava tentando entrar para pegá-los. Um reboque o levou para nossa casa. Donna se recusou até a olhar. Eu não a culpava.

Não havia ferro-velho em Castle Rock. O mais próximo era o Andretti's, em Gates Falls. Liguei para lá. Foram até a minha casa, pegaram o carro, o carro da morte, e o passaram na prensa. O que saiu foi um cubo cheio de pontos brilhosos de vidro: janelas, faróis, para-brisas. Tirei uma foto. Donna não quis olhar.

Àquela altura, as brigas tinham começado. Ela queria que eu fosse nas peregrinações semanais dela até Harmony Hill, onde Tad estava enterrado. Eu me recusava a isso da forma como ela tinha se recusado a olhar para o cubo amassado do carro da morte. Falei que, para mim, Tad estava em casa, sempre estaria. Ela disse que isso parecia pretensioso e nobre, mas que não era verdade. Disse que eu tinha medo de ir. Medo de desmoronar, e óbvio que ela estava certa. Imagino que ela visse isso no meu rosto sempre que me olhava.

Foi Donna que saiu de casa. Eu voltei de uma viagem de trabalho para Boston e ela não estava mais lá. Havia um bilhete. Dizia as coisas de sempre, você pode imaginar: *Não dá pra continuar assim... começar uma vida nova... virar a página...* blá-blá-blá. A única coisa realmente original foi a linha que ela escreveu embaixo do nome, talvez como um pensamento posterior: *Eu ainda te amo e te odeio, e vou embora antes que o ódio ultrapasse o amor.*

Acho que não preciso dizer que eu sentia a mesma coisa em relação a ela.

O policial Zane me ligou na manhã seguinte enquanto eu comia cereal Rice Chex; não com prazer, mas para começar o dia. Disse que a autópsia tinha sido concluída. Alita Bell, esposa de Henry, mãe de Jacob e Joseph, tinha morrido de ataque cardíaco.

— O legista disse que era incrível ela ter vivido por tanto tempo. Ela tinha obstruções de noventa por cento, mas isso não era tudo. Havia cicatrizes cardíacas, o que significa que ela tinha sofrido vários ataques cardíacos prévios. Pequenos, sabe? Também disse... bom, deixa pra lá.

— Não, continua. Por favor.

Zane limpou a garganta.

— Falou que até os pequenos ataques cardíacos, aqueles que você talvez nem sinta, afetam a cognição. Isso poderia explicar por que ela às vezes acreditava que os filhos ainda estavam vivos.

Pensei em dizer para ele que eu *sabia* que os filhos dela estavam vivos, ou semivivos, e que não tinha tido ataque cardíaco nenhum. Acho que quase falei.

— Sr. Trenton? Vic?

— Só estou pensando. Isso me isenta para o inquérito?

— Não, você ainda tem que estar aqui pra isso. Você encontrou o corpo.

— Mas se foi ataque cardíaco puro e simples...

— Ah, foi. Mas o relatório toxicológico só vai sair em dois dias. Precisamos descobrir o que havia no estômago dela. Só botando os pingos nos is, entende?

Achei que poderia haver um pouco mais que ele não estava me contando. Achei que Andy Pelley queria ter certeza de que o herdeiro de último minuto de Allie Bell não tinha dado alguma coisa para ela ingerir. Dedaleira no ovo mexido no café da manhã, talvez. Enquanto isso, Zane estava falando e precisei pedir para ele repetir.

— Eu estava dizendo que tem um problema. Meio peculiar. Temos um corpo, mas nenhuma instrução de enterro. Andy Pelley diz que você talvez tenha que entrar nisso.

— Espera, como é? Eu tenho que planejar um funeral?

— Provavelmente não um *funeral* — disse Zane, soando meio constrangido. — Fora os cuidadores da ponte e talvez Lloyd Sunderland, que mora do outro lado da ponte, não sei quem iria.

Acho que os filhos dela iriam, pensei. *Se bem que ninguém os veria. Exceto, talvez, o pai adotivo.*

— Vic? Sr. Trenton? Está aí ainda?

— Bem aqui. Tenho o nome do advogado dela. Meu advogado agora, acho, ao menos até isso ser resolvido. Melhor ligar logo pra ele quando der o horário comercial.

— É uma boa ideia. Faça isso. E tenha um bom-dia.

Até parece.

Não queria o resto do cereal, do qual eu nem estava sentindo o gosto. Passei água no prato na pia (*nos veja*) e coloquei na máquina de lavar louça (*nos vista*) e me perguntei o que fazer. Como se eu não soubesse.

Nos leve pra dar uma volta. Nos empurre!

Resisti aos pensamentos, em parte *meus* pensamentos, e isso era o pior, até ter me vestido, e aí desisti. Fui até a garagem e peguei o carrinho. Senti um suspiro de alívio, meu ou deles ou dos três, eu não sabia. A caçada na minha cabeça parou. Pensei em empurrar o carrinho até o portão, mas achei que era má ideia. Jacob e Joseph já tinham se infiltrado na minha consciência. Quanto mais eu fizesse o que os dois queriam, mais fácil seria eles me controlarem.

O que eu tinha visto no quarto de hóspedes permanecia comigo: corpos de homens, cabeças de criança inchadas de veneno. Eles tinham crescido na morte; tinham ficado iguais. Tinham a vontade de homens e os desejos simples e egoístas de criancinhas. Eram poderosos, e isso era ruim. Mas também eram psicóticos.

Dito isso, depois de ter *aceitado*, ainda sentia uma certa pena. Os dois tinham caído no meio de cascavéis. Tinham sido picados até a morte por serpentes. Quem não ficaria louco com um fim de vida desses? E quem não ia querer voltar e ter a infância que tinha sido negada, mesmo que isso significasse aprisionar alguém?

Empurrei o carrinho pelo piso de concreto da garagem algumas vezes, como se quisesse acalmar bebês chorões com cólica até que dormissem. Me perguntei se poderia ter sido qualquer pessoa e concluí que não. Eu era perfeito. Um homem sozinho, passando por um luto próprio.

Soltei os apoios de mão e esperei que o *nos veja nos empurre nos vista* voltasse. Não voltou. Saí da garagem querendo sentir o calor do sol da manhã no rosto. Ergui a cabeça e fechei os olhos, vendo vermelho quando o sangue nas minhas pálpebras foi iluminado. Fiquei assim, como se em adoração ou meditação, torcendo para encontrar a solução para um problema que era mais do que existencial. Um problema que eu não podia contar para ninguém.

Tenho que cuidar do enterro dela porque Allie não tem ninguém… deste lado do véu, pelo menos. Mas eu não sou igual? Meus pais estão mortos, meu irmão mais velho está morto, minha esposa está morta. Quem vai me enterrar? E o que aqueles gêmeos do inferno vão fazer quando eu morrer, supondo que consigam o que querem e eu fique aqui, uma versão masculina de Delta Dawn? Considerando minha idade e as tabelas atuariais, não vai demorar tanto. Os dois vão murchar e sumir? Eu posso enterrar Allie, mas quem vai me enterrar?

Abri os olhos e vi a vara de pegar cobra de Allie caída nas pedras do pátio, exatamente onde o carrinho tinha sido parado cada vez que voltou. Passou pela minha cabeça que podia ser outra ilusão, como a banheira cheia de cobras, mas eu sabia que não era. Não era uma visão ou visitação. Os gêmeos não a tinham colocado ali. O lance deles era o carrinho.

Eu a peguei. Era real, sim. A vara de aço estava quente. Se tivesse estado muito mais tempo nas pedras, teria ficado quente demais para pegar. Ninguém havia estado ali, então quem a tinha tirado da garagem?

Quando a segurei, me dei conta de que meus pais, irmão e esposa não eram os únicos entes queridos da minha vida que estavam mortos. Havia mais uma pessoa. Que também tinha sofrido uma morte horrível quando era muito novo.

— Tad?

Deveria ter sido patético na melhor das hipóteses e maluquice na pior: um velho falando o nome do filho morto no pátio vazio de uma casa absurdamente enorme da Flórida. Não foi patético, então falei de novo.

— Tad, você está aqui?

Nada. Apenas a vara de pegar cobras, que era inegavelmente real.

— Você pode me ajudar?

Havia aquele gazebo caindo aos pedaços no fim do calçadão do Greg. Fui lá com a vara de pegar cobra no ombro, como um soldado das antigas poderia carregar o rifle... e apesar de a vara não ter baioneta, tinha aquele gancho na ponta. No chão do gazebo havia alguns coletes salva-vidas mofados que não pareciam capazes de salvar a vida de ninguém e uma prancha de bodyboard decorada com merda de guaxinim. Eu me sentei no banco. Estalou com o meu peso. Não precisava ser Hercule Poirot para saber que Greg não passava muito tempo na praia; ele tinha uma casa na Costa do Golfo que valia seis ou oito milhões de dólares, e aquele lugar parecia um banheiro esquecido no meio da floresta de Bossier Parish, Louisiana. Mas eu não tinha ido apreciar a arquitetura. Tinha ido para pensar.

Ah, mas isso era baboseira. Eu tinha ido lá para tentar conjurar meu filho morto.

Havia métodos para conjurar, supondo que o morto não tivesse ido embora para onde vão quando perdem o interesse neste mundo; eu tinha pesquisado alguns na internet antes de ir até lá. Dava para usar um tabuleiro Ouija, que eu não tinha. Dava para usar um espelho ou velas, que eu tinha... mas, depois do que tinha visto na tela do celular na noite anterior, não ousava tentar. *Havia* espíritos na casa de Greg, mas os que eu tinha certeza não eram amigos. Então, no fim das contas, eu tinha ido para aquele gazebo abandonado de mãos vazias. Eu me sentei e olhei para uma praia sem marcas e um golfo sem sinal de velas. Em fevereiro ou março, a praia e a água estariam lotadas. Em agosto, só havia eu.

Até que o senti.

Ou senti alguém.

Ou era só imaginação minha.

— Tad?

Nada.

— Se você estiver por aí, meu pequeno, eu preciso de uma ajudinha.

Mas ele não era mais *pequeno*. Quatro décadas haviam se passado desde que Tad Trenton tinha morrido naquele carro quente com o são-bernardo raivoso patrulhando o terreno de uma fazenda tão deserta quanto a parte norte de Rattlesnake Key. Os mortos envelheciam. Eu nunca tinha considerado essa possibilidade, mas sabia agora.

Mas só se quisessem. Se permitissem. Aparentemente, era possível crescer e não crescer, um paradoxo que tinha produzido os híbridos grotescos que eu tinha visto na cama de casal do quarto de hóspedes: coisas adultas com as cabeças inchadas de crianças envenenadas.

— Você não me deve nada. Vim tarde demais. Sei disso. Admito. Mas...

Eu parei. Era de pensar que um homem era capaz de dizer qualquer coisa se estivesse sozinho, não é? Só que eu não tinha certeza absoluta de que estava. Nem tinha certeza do que queria dizer até eu falar.

— Eu fiquei triste e de luto por você, Tad, mas segui em frente. Com o tempo, Donna também. Isso não é errado, é? Esquecer seria errado. Se agarrar com força demais... Acho que é isso que cria monstros.

Eu estava com a vara de pegar cobra no colo.

— Se você deixou isso pra mim, uma ajudinha seria bem útil mesmo.

Esperei. Não havia nada. Mas também havia uma coisa, uma presença ou a esperança de um velho que tinha quase morrido de medo e tinha sido obrigado a lembrar dores antigas. Cada cobra que o picou.

Os pensamentos voltaram, afastando a coisa delicada que poderia ter ido me visitar.

Nos vista, nos empurre, nos veja. Nos veja, nos vista, nos empurre!

Os meninos me queriam. Os meninos que queriam ser meus meninos. E eram *meus* pensamentos, esse era a parte aterrorizante. Ter sua mente voltada contra você é um convite dourado para a insanidade.

O que os interrompeu, ao menos parcialmente, foi uma buzina. Eu me virei e vi alguém acenando para mim. Só uma silhueta no limite do pátio, mas as formas das pernas finas embaixo do short largo foram suficientes para me dizer quem era minha companhia. Acenei de volta, apoiei a vara de pegar cobra na amurada cheia de farpas do gazebo e voltei pelo calçadão. Andy Pelley me encontrou na metade do caminho.

— Bom dia, sr. Trenton.

— Vic, lembra?

— Vic, Vic, claro. Eu estava por perto e pensei em dar uma passadinha.

Que mentira, pensei. E pensei *nos empurre, nos vista, nos veja, estamos te esperando.*

— O que posso fazer por você?

— Pensei em vir contar sobre a autópsia.

— O policial Zane já ligou e me contou.

Não consegui entender se ele franziu a testa por causa do jeito como o bigode peludo deixava a máscara afastada do rosto, mas as sobrancelhas, também peludas, se uniram, então acho que sim.

— Ah, que bom. Que bom.

Mentira que você acha bom, pensei, e pensei *nos empurre nos empurre você vai se sentir melhor sabe que vai.*

Andamos de volta até a casa. O calçadão era estreito demais para irmos lado a lado, então fui na frente. Os pensamentos (*meus*, que eu não conseguia banir) estavam me dando dor de cabeça.

— Ainda esperando o toxicológico, claro.

Chegamos ao fim do calçadão e andamos pelo pátio passando pela picape dele, eu ainda na frente. Ele não tinha ido apenas me contar sobre a autópsia. Eu sabia disso e sabia que precisava estar com a mente lúcida para lidar com ele.

— O policial Zane falou. E disse também que vou ter que estar no inquérito. Você tem alguma coisa pra mim, policial? Porque eu fui até lá pra pensar um pouco e tentar ter um pouco de paz. Alguns chamam de meditação.

— E vou deixar você voltar pra lá. Só tenho algumas perguntas.

Fomos para a garagem, onde estava um pouquinho mais fresco. Fui até o carrinho. Quando cheguei perto, os pensamentos se amplificaram: *NOS VISTA! NOS EMPURRE! NOS VEJA!*

Por um momento, pareceu que eu os vi, não como monstruosidades, mas como as crianças que eles eram quando morreram. Só por um momento. Quando segurei um dos apoios de mão do carrinho, os dois sumiram... se é que tinham estado lá. E a litania enlouquecedora na minha cabeça parou. Empurrei o carrinho para a frente e para trás.

Só algo para fazer com as mãos, Andy. Não dê atenção.

— Eu pesquisei um pouco sobre você — disse Andy.

— Eu sei.

— Que coisa horrível o que aconteceu com seu filhinho. Horrível.

— Foi há muito tempo. Andy, você está trabalhando no caso? Se é que tem caso. Você foi designado pra ele? Porque estou duvidando disso.

— Não, não — disse ele, levantando as mãos com um gesto de *Deus me livre.* — Mas você sabe como é: um homem pode sair da polícia, mas a polícia não sai do homem. Deve ser a mesma coisa no seu ramo. Propaganda, né?

— Você sabe que é, e a resposta é não. Nas raras ocasiões em que eu vejo canais de televisão e não streaming, coloco as propagandas no mudo. Você não tinha nada que estar aqui, né?

— Eu não iria tão longe. É que... cara, eu estou curioso. É uma história engraçada. Engraçada no sentido de peculiar, não engraçada haha. Você deve perceber isso.

O carrinho foi para a frente e para trás, alguns centímetros para a frente, alguns centímetros para trás. Acalmando os meninos, deixando-os quietos.

— Por que ela deixaria tudo pra você? Isso me pegou. E acho que você sabe.

Era verdade. Eu sabia.

— Não sei.

— E por que você fica trazendo o carrinho da casa dela pra cá? Só pode ser você, né? Não tem mais ninguém aqui nesta época do ano.

— Não sou eu.

Ele suspirou.

— Fala comigo, Vic. Por que não? Se o exame toxicológico dela voltar negativo, você se safou do que quer que seja.

Então era isso. Ele achava que eu a tinha matado.

— Ajuda um velho chato. Somos só nós dois aqui.

Eu não gostava daquele sósia do Wilford Brimley, que tinha me interrompido quando eu estava tentando uma coisa delicada. Provavelmente não teria dado certo, mas isso não me fazia me sentir melhor em relação a ele, então fingi considerar o que estava perguntando. Falei:

— Me mostra seu celular.

Nem o volume do bigode conseguiu esconder o sorriso na boca. Não consegui avaliar o tipo exato daquele sorriso, mas estaria disposto a apostar que era do tipo me pegou, parceiro. O celular saiu do short largo e estava gravando.

— Devo ter apertado isso sem querer.

— Claro. Agora desliga.

Ele desligou sem argumentar.

— Agora somos *mesmo* só nós dois. Satisfaz minha curiosidade, vai.

— Tudo bem.

Fiz uma pausa dramática, do tipo que costumava dar certo com os clientes antes de mostrarmos as campanhas publicitárias que foram ver, e falei duas mentiras seguidas de uma verdade pura.

— Eu não sei por que ficam trazendo o carrinho de volta. Essa é a primeira coisa. Não sei por que ela deixou aquele testamento maluco. Essa é a segunda. E a terceira é a seguinte, policial Pelley: eu não a matei. O inquérito faz metade do trabalho pra provar que ela morreu de causas naturais. O exame toxicológico vai provar o resto.

Era o que eu esperava. Eu esperava que os gêmeos fantasmas não tivessem entrado na cabeça dela e a levado a engolir um monte de remédios para o coração para poderem pular para um anfitrião um pouco mais saudável. Era de pensar que um exame toxicológico que mostrasse que ela tinha ingerido comprimidos demais atrapalharia o interesse deles, e é verdade... mas os dois eram *crianças*.

— Agora acho que é melhor você ir. — Parei de empurrar o carrinho. — E leva essa coisa com você.

— Não *quero* — disse ele, e pareceu surpreso com a veemência na própria voz. Ele sabia que havia algo de errado com o carrinho, ah, sabia. Foi saindo da garagem e olhou para trás. — Nossa conversa não acabou.

— Ah, pelo amor de Deus, Andy, vai fazer outra coisa. Vai pescar. Vai curtir a aposentadoria.

Ele voltou para a picape, entrou, ligou o motor e saiu cantando pneus de um jeito que deixou marca de borracha no piso. Pensei em voltar para o gazebo... ao menos até as caraminholas recomeçarem.

Não eram caraminholas. Eram cobras. Cobras na minha cabeça, duas, e se eu não fizesse o que queriam, injetariam veneno dos sacos que não esvaziavam nunca.

De certa forma, não culpava Pelley pela desconfiança. O advogado de Allie, Rutherford, também devia ter algumas. A coisa toda era errada. O mais errado de tudo era a merda da minha posição. O que era desagradável naquele momento seria terrível de noite. Os dois ficavam mais fortes de noite. O que Jim da ponte tinha dito? *No crepúsculo, sabe? As coisas reais parecem mais diáfanas.*

Era verdade. E quando a noite chega, o muro entre as coisas reais e outro plano de existência pode desaparecer completamente. Uma coisa parecia verdade: qualquer chance de fazer contato com meu filho morto tinha acabado. O policial velho tinha quebrado o encanto. Era melhor ficar um tempo quieto, olhando o golfo. Tentar tirar Pelley (*nossa conversa não acabou*) da cabeça. Pensar no que fazer enquanto eu ainda conseguia pensar.

Quando cheguei ao gazebo, fiquei parado olhando. Pelley não era o único que ainda tinha conversa comigo, ao que parecia. Tad (ou alguém) tinha feito contato, afinal. A vara de pegar cobra não estava mais apoiada na amurada. Estava caída no chão do gazebo. O montinho de coletes salva-vidas velhos tinha sido empurrado para o lado. Havia duas letras rabiscadas em uma das tábuas, pela ponta afiada do gancho da vara, eu não tinha dúvida. Uma terceira tinha sido iniciada, mas deixada incompleta.

Olhei para aquelas letras e soube o que tinha que fazer. Estava na minha cara o tempo todo. Jacob e Joseph, Heckle e Jekyll, Mau e Pior, não eram tão poderosos quanto pareciam. No fim das contas, só tinham uma ligação com o mundo dos vivos depois que a mãe deles havia morrido.

As letras rabiscadas na tábua eram CA. A que tinha sido iniciada e abandonada era o traço e a curva interrompida de um R.

Carrinho.

Se tudo for estar encerrado quando isto for feito, melhor fazer rapidinho.

Essa era a ideia de Macbeth sobre situações como aquelas, e ele era um sujeito arguto. Eu achava que poderia — *talvez* — conseguir lidar com duas harpias híbridas se agisse rapidamente. Se não fosse assim e as cobras-caraminholas se enfiassem mais fundo na minha mente, eu talvez acabasse só com duas opções: suicídio ou uma vida como pai adotivo deles. Como escravo.

Voltei para casa e entrei na garagem, andando tranquilamente: *Olhem só pra mim, sem nenhuma preocupação no mundo.*

Os pensamentos começaram na hora. Não preciso mais dizer quais eram. Segurei os apoios de mão do carrinho e o empurrei para a frente e para trás, ouvindo o rangido infernal. Se não conseguisse me livrar deles, colocaria óleo naquela roda ruim. Claro que sim. E mais! Colocaria camisetas diferentes no encosto dos assentos! Shorts diferentes! Quando fosse morar na casa da família Bell (que se tornaria a casa da família Trenton), conversaria com eles. Puxaria a coberta da cama deles à noite e leria *Na cozinha noturna, Sylvester e a pedrinha mágica* e *Corduroy*. Mostraria as ilustrações!

— Como vocês estão, meninos?

Bem, bem.

— Querem dar um passeio?

Queremos, queremos.

— Então vamos fazer isso mesmo. Só preciso cuidar de umas coisinhas. Já volto.

Fui para a casa e peguei meu celular na mesa da cozinha. Verifiquei o gráfico da maré e gostei do que vi. Baixaria e estaria no ponto mais baixo pouco depois das onze da manhã. Em pouco tempo.

Ainda estava com o short de ginástica e uma camiseta com as mangas cortadas. Larguei a camiseta no chão, tirei as sandálias e subi correndo. Vesti uma calça jeans e um moletom. Enfiei um boné do Red Sox na cabeça. Não tinha botas, mas no andar de baixo encontrei no armário um par de galochas. Eram de Greg, grandes demais para mim, então subi novamente e calcei mais um par de meias para fazer volume nos pés. Quando tinha descido novamente, estava suando apesar do ar-condicionado ligado. Do lado de fora, no calor de agosto, eu suaria bem mais.

Andy Pelley tinha dito que o grupo de caça havia guiado as cobras para a ponta norte do Key, onde as que não pegaram fogo tinham se afogado, mas também que provavelmente não havia conseguido reunir todas. Eu não tinha ideia se os Js poderiam invocar as que sobraram. Talvez não, ou talvez nem houvesse tantas depois de quarenta anos, mas eu estava vestido para enfrentar cobras mesmo assim. Uma coisa que eu sabia é que a Flórida é um ambiente propício a répteis.

Olhei debaixo da pia e encontrei um par de luvas de borracha. Coloquei-as e voltei para a garagem com um sorrisão no rosto. Tenho certeza de que qualquer pessoa que me ouvisse falando com o carrinho vazio pensaria que eu era doido como Allie Bell. Mas só havia eu. E eles, claro.

— Querem ir andando? — Tentando soar tentador. Tentando vender o conceito, como nós dizíamos. — Meninos grandes como vocês têm que ir andando, né?

Não! Nos empurre, nos empurre!

— Vocês vão ficar bonzinhos se eu levar vocês pra praia?

Vamos! Nos empurre, nos empurre!

E o que me gelou até a alma:

Nos empurre até a praia, papai!

— Tudo bem — falei, pensando *Só um menino teve o direito de me chamar assim, seus merdinhas.* — Vamos nessa.

Atravessamos o pátio no sol quente de agosto: *squeak* e *squeak* e *squeak*. Eu já estava suando como um porco dentro do moletom. Sentia o suor escorrer pelas laterais do corpo até a cintura da calça jeans. Empurrei o carrinho pelo calçadão, as tábuas trovejando debaixo das rodinhas. Tranquilo até ali. A praia seria mais difícil. Talvez o carrinho afundasse na areia. Eu teria que ficar perto da água, onde a areia era mais compactada e molhada. Talvez desse certo. Talvez não.

Empurrei o carrinho pelo gazebo. Peguei a vara de pegar cobra no caminho e a coloquei horizontalmente entre os apoios de mão largos do carrinho.

— Se divertindo, meninos?

Sim! Sim!

— Não querem mesmo descer e andar?

Por favor, não.

Nos empurre! Nos empurre!

— Tudo bem, mas se segurem. Vai sacudir um pouco agora.

Desci o carrinho pelo degrau entre o gazebo e a faixa de repolho de praia. Logo estávamos na areia. Eu tinha a inclinação para me ajudar enquanto empurrava o carrinho pela área mais compactada perto da beira da água. As fivelas das galochas tilintaram.

— Uiiii! — falei. Meu rosto estava molhado de suor, mas minha boca estava seca. — Se divertindo, meninos?

Sim! Nos empurre!

Eu estava começando a conseguir diferenciá-los. Aquele era Joe. Jake ficou em silêncio. Não gostei daquilo.

— Jake? Está se divertindo, meninão?

E-estou...

Também não gostei do tom de dúvida. Mais uma coisa para não gostar: os dois estavam se separando de mim. Ficando mais fortes. Mais presentes. Uma parte era o carrinho, mas uma parte era eu. Eu tinha me aberto para eles. Precisei fazer isso. Não havia escolha.

Eu me virei para o norte e empurrei o carrinho. Passarinhos saltitavam à frente, mas saíram voando. As galochas tilintavam e batiam na água. As rodas do carrinho geravam pequenos arco-íris na água fina onde o golfo virava terra. A areia era firme, mas ainda mais difícil de empurrar o carrinho do que nas tábuas do calçadão. Em pouco tempo, minha respiração estava ofegante. Não estava em má forma, nunca bebia em excesso e nunca fumava, mas estava com mais de setenta anos.

Jake: *Aonde você está nos levando?*

— Ah, só pra dar um passeio. — Queria parar e descansar, mas tinha medo de as rodinhas afundarem se eu sequer reduzisse. — Vocês queriam passear, estou levando vocês pra passear.

Jake: *Quero voltar.*

Isso era mais do que dúvida. Era desconfiança. E Joe pegou do irmão do mesmo jeito que eu achava que pegava os resfriados.

Joe: *Eu também! Estou cansado! O sol está muito quente! A gente devia ter colocado boné!*

— Só mais um pou... — comecei, e foi nessa hora que as cobras começaram a sair da vegetação.

Eram grandes, dezenas de cobras, seguindo para a praia. Hesitei, mas só por um segundo; mais um pouco, e o carrinho teria atolado. Eu os empurrei pelas cobras, que sumiram. Como as da banheira.

Jake: *Volta! Leve a gente de volta! LEVE A GENTE DE VOLTA!*

Joe: *Não gostei daquiiiiiii!* Ele começou a chorar. *Não gosto das cobrinhas!*

— Somos caçadores de tesouros. — Eu estava ofegante de verdade naquele momento. — Pode ser até que a gente veja o King Kong, como no filme. O que vocês acham, seus pestinhas?

À frente, eu via o triângulo de conchas onde Rattlesnake Key terminava. Depois ficava o Daylight Pass, com o redemoinho eterno. Andy disse que aquele turbilhão tinha cavado o leito do passo mais fundo lá. Eu não lembrava o quanto, talvez cinco metros. Mas as conchas empilhadas entre mim e a água eram um problema. O carrinho ficaria atolado com certeza, e havia duas cobras rastejando sobre elas que eu não achava que fossem ilusões, nem fantasmas. Estavam lá *demais*. Sobreviventes da grande caça às cobras? Recém-chegadas? Não importava.

Jake, não suplicando, mas ordenando: *Leve a gente de volta! Leve a gente de volta, senão você vai se arrepender!*

Eu já me arrependi, pensei. Não conseguia dizer em voz alta; não tinha fôlego suficiente. Meu coração estava disparado. Esperava que ele estourasse como um balão inflado demais a qualquer segundo.

Para meu horror, os gêmeos estavam ganhando existência. Os corpos de homens eram grandes demais para os assentos do carrinho, mas estavam lá de qualquer modo. As cabeças inchadas de criança se viraram para me olhar, os olhos pretos e maléficos, o pontilhado vermelho das picadas de cobra marcando as bochechas e testas. Como se estivessem sofrendo de um caso apocalíptico de catapora.

Aquele par de cobras era bem real. Os corpos faziam um som seco quando as curvas sinuosas espiralavam pelas conchas. As caudas chocalhavam, ossos secos em uma cabaça.

Jake: *Morde ele, morde ele pra valer!*

Joe: *Morde ele, faz ele parar! Faz ele nos levar de volta!*

Quando elas deram o bote, a sensação foi de tiros de bolinhas de aço acertando as galochas de borracha. Ou talvez pedras de granizo. O carrinho finalmente atolou fundo nas conchas. Os homens-meninos dentro dele estavam virados, me olhando, mas parecia que não conseguiam sair. Ao menos, ainda não. Uma das cascavéis estava se enrolando no meu pé direito por cima da galocha, a cabeça subindo. Como o carrinho estava atolado — encalhado, por assim dizer —, eu o soltei e peguei a vara de pegar cobra. Movi-a para baixo, torcendo para não me cortar, mas sabendo que não podia me dar ao luxo de hesitar. Peguei um aro com o gancho e arremessei a cobra na água. A outra atacou minha galocha esquerda. Por um momento, vi os olhos pretos me encarando e pensei que eram os mesmos me olhando do carrinho. Mas aí movi o gancho e a perfurei atrás da cabeça triangular. Quando levantei a vara, senti a cauda dela bater no meu ombro, talvez tentando se apoiar. Mas não conseguiu. Eu a arremessei. Por um momento, foi um rabisco se sacudindo no céu, mas logo caiu na água.

O carrinho estava balançando de um lado para outro quando as coisas dentro, visíveis mas também efêmeras, estavam tentando sair. Mas não conseguiram. O carrinho era a ligação deles com o mundo e comigo. Eu não conseguia empurrá-los mais longe, então larguei a vara e o virei. Ouvi-os gritar quando os dois bateram nas conchas e sumiram. Com isso, quero dizer que eu não conseguia mais

(*nos veja, nos veja*)

vê-los, mas eles ainda estavam lá. Eu ouvia Jake berrando e Joe chorando. Soluçando, na verdade, como devia ter chorado quando percebeu que estava coberto de cascavéis e que sua vida curta demais estava acabando. Os sons me fizeram sentir pena; eu tinha certeza de que meu filho também tinha chorado quando Donna e ele estavam sendo assados dentro daquele carro, mas isso não me fez parar. Eu tinha que terminar o que havia começado, se pudesse.

Ofegante, arrastei o carrinho na direção do passo. Na direção do redemoinho.

Jake: *Não! Não! Você devia cuidar da gente! Nos empurrar! Nos levar! Nos vestir! Não!*

O irmão dele só berrava de pavor.

Eu estava a seis metros da beira da água quando chamas começaram a arder ao redor. Não eram reais, não tinham calor, mas eu sentia cheiro de querosene. O fedor era tão forte que me fez tossir. A tosse virou ânsia de vômito. As pilhas brancas ofuscantes de conchas tinham sumido e virado um tapete de cobras em chamas. Também não eram reais, mas eu ouvia o som de pipoca dos chocalhos explodindo com o calor. Elas me atacaram com cabeças que não existiam.

Cheguei à água. Podia empurrar o carrinho para dentro, mas isso não seria bom o suficiente. Talvez os dois conseguissem tirar a coisa assombrada de lá, assim como tinham conseguido levar da casa da família Bell até a de Greg. Mas já me disseram que homens ou até mulheres, mulheres *pequenas*, conseguem às vezes levantar carros para salvar filhos presos. E no passado, uma mulher chamada Donna Trenton tinha lutado com um são-bernardo de setenta quilos só com um bastão de beisebol... e tinha vencido. Se ela pôde fazer aquilo, eu poderia fazer isso.

O carrinho não pesava setenta quilos, mas deviam ser uns quinze. Se as coisas estivessem nele e se tivessem peso de verdade, eu nunca teria conseguido levantá-lo nem até a cintura. Mas não estavam. Eu o levantei pelos suportes acima das rodas de trás. Girei os quadris para a direita, produzindo um estalo alto nas costas. Virei para o outro lado e arremessei o carrinho como o disco mais destrambelhado do mundo. Caiu a apenas um metro e meio da borda da praia de conchas. Não longe o suficiente, mas a correnteza da Calypso Bay estava forte com a maré vazante. O carrinho, se inclinando para lá e para cá, foi puxado para o redemoinho. Os dois estavam dentro de novo, talvez tivessem que estar. Dei mais uma olhada naqueles rostos horríveis antes de eles serem levados. Quando o carrinho apareceu de novo, estava afundando, os assentos submersos. Os ocupantes tinham sumido. Uma das camisetas saiu flutuando, depois a outra. Ouvi um grito final de raiva na minha cabeça; foi Jake Bell, o mais forte dos dois. Na vez seguinte em que o carrinho apareceu no carrossel aquático, só os apoios de mão estavam acima da água. Na vez seguinte tinha sumido, exceto por um brilho aquoso com um metro de profundidade, talvez.

As chamas também tinham sumido. E as cobras em chamas. Só restava o fedor de querosene. Um short azul flutuou na minha direção. Peguei a vara, pesquei-o com o gancho e o arremessei no golfo.

Minhas costas estalaram de novo. Eu me curvei para tentar acalmá-las. Quando me empertiguei e olhei para o Daylight Pass, vi bem mais do que alguns amontoados de verde flutuando. Duma Key estava lá. Parecia tão real quanto a mão que tinha saído da banheira cheia de cobras, ou os seres híbridos horríveis deitados na cama do quarto de hóspedes. Vi palmeiras e uma casa rosa sobre palafitas. E vi um homem. Ele era alto, estava de calça jeans e camisa branca de algodão. Ele acenou para mim.

Ah, meu Deus, disse Donna nos segundos antes de morrer. *Como você está crescido! Olha como está alto!*

Acenei para ele. Acho que ele sorriu, mas não tenho como ter certeza porque meus olhos estavam cheios de lágrimas, que formavam prismas líquidos que quadruplicavam o brilho do sol. Quando os sequei, Duma Key tinha sumido, e o homem também.

Levou só dez minutos para eu empurrar o carrinho até a ponta do Key. Ou talvez tenham sido quinze; eu estava meio ocupado para olhar no relógio. Voltar para o gazebo e para o calçadão foi coisa de quarenta e cinco minutos, porque minhas costas ficavam repuxando. Eu me despi no caminho, fui tirando as luvas, o moletom, as galochas e me sentei na areia para tirar a calça jeans. Fazer essas coisas não era tão sofrido quanto andar, mas doeu bastante. Me levantar depois de tirar a calça também, mas eu estava mais leve. E a agitação horrível dos meus pensamentos tinha acabado. Para mim, isso foi uma troca justa pela dor nas costas, que continua até hoje. Andei o resto do caminho só de short.

Em casa, encontrei Tylenol no armário de remédios do Greg e tomei três. Os comprimidos não acabaram com a dor, mas ao menos a diminuíram. Dormi por quatro horas, um sono sem sonhos, abençoado. Quando acordei, minhas costas estavam tão rígidas que precisei fazer um plano (passo A, passo B, passo C) para me sentar, sair da cama e ficar de pé. Tomei um banho quente, o que ajudou um pouco. Não aguentei usar a toalha, então esperei o corpo secar.

No andar de baixo, a cada passo doloroso, pensei em ligar para Pelley, mas não queria falar com ele. *Tanto quanto a porra do homem na porra da lua*, Donna teria dito.

Liguei para Zane. Ele perguntou como poderia me ajudar, e eu falei que estava ligando para relatar um carrinho desaparecido.

— Alguém do seu departamento, talvez Pelley, decidiu vir buscar?

— Eita. Acho que não. Vou verificar e já retorno.

Ele retornou depois de um tempo e disse que ninguém do departamento do xerife tinha ido buscar o carrinho. E não havia motivo para isso, ele disse.

— Quem o trouxe pra cá duas vezes deve ter finalmente levado de volta pra casa dela — falei.

Ele concordou. E foi aí que o assunto do carrinho assombrado acabou.

MAIO DE 2023

Tudo isso foi quase três anos atrás. Estou de volta em Newburyport e nunca mais quero visitar o Estado do Sol. Até a Geórgia seria perto demais.

O exame toxicológico de Alita Bell não mostrou nada demais, o que me descartou como suspeito. Nathan Rutherford cuidou do enterro de Allie. Ele e eu fomos ao funeral. Zane e Canavan também, um coroa chamado Lloyd Sunderland (acompanhado do cachorro) e uns seis operadores da ponte.

Andy Pelley também foi. Na recepção, se aproximou de mim enquanto eu esperava para me servir de um copo descartável de ponche. O cheiro de uísque emanou de debaixo do bigode dele. Não havia máscara para disfarçar.

— Ainda acho que você se safou de alguma coisa, cara — disse ele, e foi para a porta, andando não muito reto, antes que eu pudesse responder.

Testemunhei no inquérito pelo Zoom, da casa de Greg. Não houve perguntas capciosas. Na verdade, o legista me deu parabéns com veemência por ter me esforçado para manter os urubus longe da falecida até as autoridades chegarem.

Nenhum parente apareceu do nada para contestar o testamento fajuto de Alita Bell. A viagem do tal testamento pelos caminhos da lei foi longa, mas em junho de 2022 tudo que era dela era meu. Incrível, mas verdade.

Coloquei a propriedade da família Bell à venda, sabendo que ninguém iria querer a casa, que estava maltratada apesar da fama das habilidades e cuidados de Allie. O terreno onde ela morava foi diferente. Foi vendido em outubro de 2022 por quase sete milhões de dólares. Da baía até o golfo, sabe como é; um terreno de qualidade. Vão subir outra mansão lá rapidinho. O resto dos bens de Allie totalizou seis milhões. Depois dos impostos e de outras cobranças que grudam em qualquer soma alta de herança, os treze milhões se reduziram a quatro milhões e meio. Um bom dinheiro de surpresa se você ignorar as crianças terríveis que deveriam vir junto.

Botei meio milhão no meu fundo de aposentadoria; podemos chamar de serviços prestados e uma coluna que provavelmente vai me maltratar até eu morrer. O resto eu dei para o All Faiths Food Bank, em Sarasota, que ficou feliz (*feliz da vida*, Donna teria dito) em aceitar o dinheiro. A única outra exceção que abri foram os oito mil dólares para o advogado Rutherford.

As despesas funerárias de Allie.

Fiquei na casa de Greg até depois do inquérito, quando o caso de Alita Bell foi oficialmente encerrado. Durante esse período, não houve visões nem rodas rangendo para me incomodar. Claro que, todos os dias, de manhã cedo, antes mesmo de passar o café, eu ainda verificava no pátio e na garagem se o carrinho estava presente. Não é só o luto que deixa cicatrizes. O terror também. Principalmente o terror sobrenatural.

Mas os gêmeos haviam partido.

Um dia, pedi ao sr. Ito para me mostrar o vão onde Jacob e Joseph tinham caído na caminhada fatal pela vegetação até a praia. Ele aceitou de boa vontade e, depois de procurar um pouco, nós encontramos. Na verdade, o sr. Ito quase caiu dentro. Apesar de ser difícil de saber por estar cheio de repolhos de praia e margaridas tão grandes que pareciam mutantes, pensei que era da largura da luxuosa banheira de Greg no banheiro da suíte, e quase com a mesma profundidade.

Eu tinha a chave da casa da família Bell e entrei lá só uma vez. Fiquei curioso com a coisa final (visão, alucinação, pode escolher) que eu tinha vivenciado na praia de conchas enquanto arrastava o carrinho na direção da água: chamas, um tapete de cobras, cheiro de querosene. Os gêmeos tinham morrido antes da grande caça às cobras, então como poderiam saber?

A casa estava como Allie a deixou quando levou os gêmeos fantasmas para o último passeio (com ela, pelo menos). Havia um prato na pia com uma faca e um garfo em cima. Na bancada havia uma caixa de cereal com o fundo roído por alguma criatura pequena invasora. Eu me obriguei a olhar o quarto dos meninos. Tinha pensado que ela o teria deixado como era na época das vidas curtas de Jake e Joe, e estava certo. Havia duas camas. Os lençóis e fronhas tinham estampa de dinossauros de desenho. Tad tinha o mesmo lençol. Essa descoberta me horrorizou e de certa forma me confortou ao mesmo tempo.

Fechei a porta. Nela, com letras coloridas grudadas, estava escrito REINO DOS GÊMEOS.

Não sabia o que estava procurando, mas soube quando encontrei. O escritório de Henry Bell também tinha ficado do jeito que era tantos anos antes. Havia blocos pautados amarelos empilhados à esquerda da máquina de escrever IBM Selectric e pastas à direita. De cada lado, como pesos de papel, havia porta-retratos: Joe do lado dos blocos, Jake do lado das pastas. Havia uma foto de Allie, impossivelmente jovem e bonita, em uma parede.

Em outra parede havia três fotografias em preto e branco da grande caça às cobras. Uma mostrava homens descarregando caminhões, colocando mochilas nas costas, as feitas para apagar incêndio florestal, e vestindo equipamentos de proteção. Outra mostrava homens em fila, batendo na vegetação e levando as cobras para o norte. A terceira mostrava o triângulo de praia de conchas com milhares de cobras queimando e morrendo nas chamas. Eu sabia que Jake e Joe haviam assombrado aquela casa bem antes de terem assombrado a minha. Talvez Allie até os tivesse levado de carrinho para lá e mostrado as fotos.

Viram, meninos? Foi isso que aconteceu com as cobrinhas malvadas que fizeram mal a vocês!

Fui embora. Fiquei feliz de ir. Nunca voltei.

Só mais uma coisa.

Will Rogers disse que terra é a única coisa que não dá para fabricar, e na Flórida terra é ouro, principalmente desde que a pandemia chegou. E embora não dê para fabricar mais, uma retomada não está fora de questão.

O condado começou a falar em retomar Duma Key.

Um grupo de corretores de imóveis (inclusive o que vendeu a casa da sra. Bell para mim) contratou uma empresa de remediação para investigar a possiblidade. Em uma reunião com representantes do condado e presidida pelo administrador do condado, vários especialistas da Land Gold, Inc. fizeram uma palestra com PowerPoint e até uma concepção idealizada de artista de Duma subindo das profundezas. Disseram que seria relativamente fácil e barato; era só fechar o Daylight Pass de novo, o que cortaria o fluxo de água. Um ano de dragagem mais ou menos e pronto.

Estão discutindo a possibilidade enquanto escrevo. Os ambientalistas estão criando um furdunço, e dou dinheiro a cada dois ou três meses para a organização que se formou, Salvem o Daylight Pass, mas no fim das contas vai acontecer, porque na Flórida, principalmente nas partes em que os ricos tendem a gravitar, o dinheiro vence tudo. Vão fechar o passo e no processo vão encontrar um certo carrinho enferrujado. Sei que as coisas horríveis que o habitavam vão ter ido embora quando isso acontecer.

Tenho quase certeza.

Se não tiverem ido, espero que não tenham interesse em mim. Porque se houver uma noite em que eu escutar aquela roda de carrinho rangendo e se aproximando, que Deus me ajude.

Que Deus me ajude!

Pensando em John D. MacDonald

OS SONHADORES

Não sei o que o universo significa. Talvez tenha uma ideia. Talvez você tenha também. Ou não. Só o que posso dizer é que tenha cuidado com os sonhos. Eles são perigosos. Foi isso o que descobri.

Fiz duas campanhas no Vietnã. Saí em junho de 1971. Ninguém cuspiu em mim quando desci do avião em Nova York, e ninguém me chamou de assassino de bebês. Obviamente, ninguém me agradeceu pelo serviço, então acho que fiquei no zero a zero. Esta história (memória? confissão?) não tem nada a ver com o Vietnã, só que tem. Tem mesmo. Se eu não tivesse passado vinte e seis meses percorrendo a selva, talvez tivesse tentado impedir Elgin quando vimos os dentes. Não que eu fosse ter muita sorte com isso. O Cavalheiro Cientista pretendia ir até o fim, e de certa forma foi. Mas eu poderia ter me afastado, pelo menos. Não me afastei porque o jovem que foi para o Vietnã não era o mesmo jovem que voltou. Aquele jovem estava vazio. Com as emoções apagadas. Então o que aconteceu, aconteceu. Não me considero responsável. Ele teria seguido em frente de qualquer jeito. Só sei que fiquei mesmo quando sabia que estávamos ultrapassando os limites da sanidade. Acho que queria acordar sendo eu mesmo de novo. Acho que foi o que aconteceu.

Voltei para o Maine e fiquei com minha mãe por um tempo em Skowhegan. Ela estava bem. Era vice-gerente no Quiosque de Banana do George, que parece uma barraca de beira de estrada, mas é um mercado. Ela me disse que eu tinha mudado, e eu disse que sabia. Ela perguntou com o que eu trabalharia, e falei que arrumaria algo em Portland. Eu disse que faria o que aprendi com Sissy, e ela respondeu que parecia uma boa. Acho que ficou feliz quando eu fui. Acho que eu a deixava nervosa. Perguntei uma vez se ela sentia saudade do meu pai ou do meu padrasto. Ela disse que do meu pai. Do Lester, ela disse que já tinha ido tarde.

Comprei um carro usado, dirigi até Portland e me candidatei para uma vaga em um lugar chamado Temp-O. A mulher que recebeu minha ficha de candidatura disse:

— Não estou vendo onde você estudou.

Ela era a sra. Frobisher.

— Eu não fiz isso.

— Não fez o quê?

— Não estudei.

— Você não entendeu, meu jovem. Nós contratamos estenógrafos pra substituir quando alguém está doente ou pede demissão. Alguns dos nossos temporários trabalham no tribunal do distrito.

— Me testa — falei.

— Você sabe Gregg?

— Sei. Aprendi com minha irmã. Eu ajudava com os estudos dela, mas acabou que eu era melhor.

— Onde sua irmã trabalha?

— Ela faleceu.

— Sinto muito. — A sra. Frobisher não pareceu sentir muito, e eu não a culpei. As pessoas já têm problemas suficientes para lidar com as próprias tragédias sem ter que pensar nas tragédias dos outros. — Quantas palavras por minuto?

— Cento e oitenta.

Ela sorriu.

— Mesmo.

— Mesmo.

— Duvido.

Não falei nada. Ela me deu um bloco e um lápis nº 2.

— Eu gostaria de ver cento e oitenta palavras em ação. Seria ótimo.

Abri o bloco. Pensei em mim e Sissy no quarto dela, ela à escrivaninha em um círculo da luz do abajur, e eu na cama. Ela dizia que eu era melhor do que ela. Falou que aprendi como num sonho, o que era verdade. Foi como aprender vietnamita, e os dialetos Tay e Muong. Não é uma habilidade, só um jeito. Eu via as palavras virando ganchos e curvas. Traços grossos, traços finos, espirais. Elas marchavam na minha mente em ritmo regular. Poderiam me perguntar se eu gostava, e eu responderia que às vezes. Do jeito que uma pessoa às vezes gosta de respirar. Na maioria das vezes, a gente faz no automático.

— Está preparado?

— Nasci preparado.

— Vamos ver. — E, muito rápido: — A qualidade da misericórdia não se impõe ela cai como uma chuva suave do céu sobre a terra embaixo do qual você não pode simplesmente sair da rua e você diz que é capaz de transcrever cento e oitenta é duplamente abençoado ele que dá e que tira. Agora, leia tudo pra mim.

Li para a mulher sem dizer que ela errou algumas palavras do discurso final de Pórcia. Ela só me olhou por alguns segundos e disse:

— Caramba.

Trabalhei na Temp-O por uns dez meses. Estávamos perdendo no Vietnã. Não era preciso ser gênio para entender. Às vezes, as pessoas não param quando deveriam. Dizer isso me faz pensar em Elgin. O Cavalheiro Cientista.

Éramos quatro quando comecei, depois seis, depois ficamos reduzidos a três, aí voltamos a ser seis. O trabalho de temporário tinha rotatividade grande. Só havia mulheres, exceto Pearson, um altão com uma careca no alto da cabeça que ele tentava cobrir e com eczema em volta do nariz e nos cantos da boca. Em volta da boca, parecia cuspe seco. Pearson estava lá quando cheguei e quando saí. Fazia umas sessenta palavras por minuto. Em um dia bom. Se alguém fosse rápido demais, ele mandaria ir mais devagar, mais devagar. Sei porque às vezes, quando a coisa estava lenta, a gente apostava corrida. Dois minutos de propaganda de televisão. Detergente líquido. Pasta de dente. Toalhas de papel. Coisas que as mulheres que assistem à televisão durante o dia compram. Eu sempre vencia. Depois de um tempo, Pearson nem tentava mais. Chamava de brincadeira infantil. Não sei por que a sra. Frobisher não mandava o Pearson embora. Ela nem estava dando para ele. Acho que talvez Pearson fosse algo que era fácil se acostumar a ignorar, como uma pilha de cartões de Natal na mesa do hall de entrada que ainda está lá em fevereiro. Ele não gostava de mim. Eu era indiferente em relação a ele, porque eu era assim em 1971 e 1972. Mas foi Pearson que me apresentou para Elgin. Ou poderíamos dizer assim. Ele não tinha a intenção de fazer isso.

Tínhamos chegado entre oito e meia e nove horas e estávamos na sala dos fundos na rua Exchange, tomando café, comendo donuts e vendo um pouco de televisão no aparelho portátil ou lendo. Às vezes apostando uma corrida. Normalmente havia dois ou três exemplares do *Press Herald*, e Pearson sempre pegava um e ficava murmurando para os artigos e esfregando o eczema de forma que nevava aos flocos. A sra. Frobisher chamava Anne ou Diane ou Stella se fosse trabalho simples. Eu pegava tribunal se alguém ficasse doente. Tive que aprender estenografia e usar máscara, mas tudo bem. Eu às vezes era enviado para reuniões importantes, onde dispositivos de gravação eram proibidos. Nelas, éramos só eu e meu bloquinho. Se desse para dizer que eu gostava de algum trabalho, eu gostava daquele. Às vezes, transcrevia e tinha que entregar o bloco. Não era problema. Às vezes eu recebia gorjeta.

Pearson largava partes do jornal no chão quando acabava de ler. Um dia, Diane chamou aquilo de comportamento vadio e Pearson disse que, se ela não gostava, podia enrolar o jornal e enfiar no cu, e uma ou duas semanas depois Diane foi embora. Em alguns dias, eu pegava as partes que Pearson largava no chão e passava os olhos. A sala dos fundos, que nós chamávamos de cercadinho, ficava chata quando não havia trabalho. Os programas de televisão de jogos e de entrevistas eram cansativos. Eu sempre levava um livro, mas no dia que descobri sobre Elgin (apesar de não saber o nome dele na época, porque não estava no anúncio), o livro que eu estava lendo não prendeu minha atenção. Era um livro sobre guerra que tinha sido escrito por um homem que não sabia nada de guerra.

Eu havia pegado a seção de anúncios. Carros à venda pelo dono em uma página e procuram-se funcionários na outra. Passei os olhos por estes, não exatamente procurando emprego (eu gostava do Temp-O), mas só para passar o tempo. As palavras *Cavalheiro Cientista* em negrito chamaram minha atenção. E a palavra *fleumático*. Não era uma palavra comum nos classificados.

CAVALHEIRO CIENTISTA quer assistente para ajuda em uma série de experimentos. Conhecimento estenográfico é fundamental (60-80 ppm ou melhor). Excelente salário e recebimento de referências excelentes. Confidencialidade e temperamento fleumático também são necessários.

Havia um número. Curioso para saber quem queria um assistente fleumático, liguei. Para passar o tempo. Isso foi no começo da tarde de quinta. No sábado, dirigi uns cento e dez quilômetros até Castle Rock no meu Ford usado e até a estrada Lake, que terminava no lago Dark Score. Na praia havia uma casa de pedra grande com portão na entrada e uma casinha de pedra atrás, onde passei a morar enquanto trabalhava para Elgin, o Cavalheiro Cientista. A casa não era uma mansão, mas era quase. Havia um Fusca e uma Mercedes na garagem. O Fusca tinha placa do Maine, um decalque de flor na entrada do tanque de gasolina e um adesivo de para-choque que dizia CHEGA DE GUERRA. Eu o reconheci. A Mercedes tinha placa de Massachusetts. Achei que devia pertencer ao Cavalheiro Cientista e estava certo. Nunca soube de onde vinha o dinheiro de Elgin. Talvez cavalheiros não contem. Achava que tinha sido herança, porque ele não tinha emprego até onde eu sabia, exceto de cavalheiro da ciência, e chamava a quase mansão de casa de veraneio. Não sei onde ficava a casa onde ele passava o inverno. Provavelmente em Boston ou em um daqueles subúrbios periféricos em que os únicos rostos negros ou asiáticos que se via estavam empurrando cortadores de grama ou servindo o almoço. Eu poderia ter investigado tudo isso, perguntado pela cidade, porque as pessoas de cidade pequena sabem das coisas, e se você perguntar do jeito certo, elas sempre contam, querem contar, não tem passatempo melhor do que a fofoca, e eu sabia o jeito certo por ter crescido em uma cidade pequena e por omitir os Rs como os bons ianques fazem, mas esse não era "meu lugar", como dizíamos na época. Eu não ligava se era Weston, Brookline ou Back Bay. Não queria nem não queria o trabalho. Não estava doente, mas não estava bem. Talvez você entenda isso, talvez não. Na maior parte das noites, eu não dormia muito, e a escuridão é cheia de longas horas. Na maioria das noites eu lutava contra a guerra, e a guerra vencia. É uma história velha, eu sei. Dá para ver na televisão uma vez por semana.

Parei ao lado do Fusca. Uma jovem saiu carregando uma pasta em uma das mãos e um bloco de estenografia na outra. Estava usando um terninho escuro com saia. Era Diane, que tinha sido da Temp-O.

— Oi, sumida — falei.

— Oi pra você. Você deve ser o próximo. Espero que tenha mais sorte.

— Você não conseguiu?

— Ele disse que me ligaria. Eu sei o que isso quer dizer. Pearson ainda está lá?

— Está.

— Aquele merda.

Ela entrou no Fusca e foi embora. Toquei a campainha. Elgin atendeu. Ele era alto e magro, com uma cabeleira branca penteada para trás, como de um pianista conceitual. Usava uma camisa branca e uma calça cáqui com a virilha caída, como se tivesse perdido peso. Parecia ter quarenta e cinco anos. Ele me perguntou se eu era William Davis. Falei que sim. Ele me perguntou se eu tinha bloco estenográfico. Respondi que tinha uns seis no banco de trás.

— Melhor ir buscar um.

Peguei um, achando que seria como a sra. Frobisher de novo. Ele me levou para a sala, que parecia guardar o fantasma do inverno quando a casa ficava vazia e o lago virava gelo. Ele me perguntou se eu tinha levado meu currículo. Peguei a carteira, mostrei a dispensa honorável e falei que aquilo era meu currículo. Achei que ele não se importaria de eu ter colocado gasolina no carro dos outros nem trabalhado recolhendo louça das mesas no restaurante Headless Woman depois que me formei no ensino médio.

— Desde que saí do Exército, trabalho em uma agência em Portland chamada Temp-O. Sua última entrevistada também trabalhou lá. Pode ligar se quiser. Chama a sra. Frobisher. Talvez ela até me deixe ficar no emprego se descobrir que estou procurando outro.

— Por quê?

— Porque eu sou o melhor que ela tem.

— Você quer mesmo esse emprego. Porque você parece, qual é a palavra? Indiferente.

— Eu não me incomodaria com a mudança.

Era verdade.

— E o salário? Quer saber? Ou quanto tempo o trabalho dura?

Dei de ombros.

— Você é uma alma irrequieta, por acaso?

— Não sei

Isso também era verdade.

— Me diga, sr. Davis, você sabe soletrar *fleumático*?

Soletrei.

Ele assentiu.

— A última não sabia, apesar de provavelmente ter lido na minha propaganda. Duvido que soubesse o que significava. Ela me pareceu volúvel. Ela era quando vocês trabalhavam juntos?

— Eu não gostaria de responder.

Ele sorriu. Lábios finos. Linhas descendo pelas laterais da boca como se vê em um boneco de ventríloquo. Óculos com aro de chifre. Ele não me pareceu cientista. Pareceu estar tentando parecer cientista.

— Onde você serviu? No Vietnã?

— Basicamente.

— Você matou alguém?

— Não falo sobre isso.

— Ganhou alguma medalha?

— Também não falo sobre isso.

— Tudo bem. Quando você diz que é o melhor da Temp-O, e eu vi alguns outros de lá, não só Diane Bissonette, de quantas palavras por minuto estamos falando?

Respondi.

— Vou fazer um teste pra verificar isso. Se precisar. Se você for o melhor, é disso que preciso. A estenografia vai ser o único registro. Quase o único registro. Não vai haver gravação em áudio dos meus experimentos. Nem filme. Vai haver fotografias Polaroid, que vou guardar se publicar e destruir se não publicar.

Ele esperou que eu ficasse curioso, e eu fiquei, mas não o suficiente para perguntar. Ele me contaria ou não contaria. Havia uma pilha de livros na mesa de centro. Ele pegou o de cima e o usou para o teste. O livro era *O homem e seus símbolos*. Ele falou em um ritmo bom, não correndo como a sra. Frobisher tinha feito. Havia um pouco de jargão técnico, como *ativação--síntese*, e alguns nomes difíceis, como Aniela Jaffé e Brescia University, mas eu as vi corretamente. É assim, uma espécie de visão. Coloquei as palavras no papel, apesar de ele ter tropeçado no nome Jaffé e o pronunciado Jaff. Li tudo para ele.

— Você é um desperdício na Temp-O — disse ele.

Não tinha o que dizer sobre isso.

— Você moraria aqui durante meus experimentos. Na casa de hóspedes lá nos fundos. Teria dias de folga. Muito tempo livre. Você tem algum conhecimento médico como resultado do serviço militar?

— Um pouco. Sei colocar um osso no lugar e ressuscitar uma pessoa. Isso se a pessoa fosse tirada do lago a tempo. Acho que você não teria utilidade pra sulfas aqui.

— Quantos anos você tem?

— Vinte e quatro.

— Você parece mais velho.

— Claro.

— Você por acaso esteve em My Lai?

— Foi antes da minha época.

Ele pegou um dos livros da pilha: *Os arquétipos e o inconsciente coletivo*. Pegou outro chamado *Memórias, sonhos, reflexões*. Ergueu-os. Pareceu pesá-los em cada mão, como se em uma balança.

— Você vê o que estes livros têm em comum?

— Os dois foram escritos por Carl Jung.

Ele ergueu as sobrancelhas.

— Você pronuncia o nome dele corretamente.

Melhor do que você dizendo Aniela Jaffé, pensei, mas não falei.

— Por acaso você fala alemão?

— *Ein wenig* — disse, e ergui o polegar e o indicador mostrando uma distância pequena.

Ele pegou outro volume da pilha. O título era *Gegenwart und Zukunft*.

— Este é meu tesouro. Raro, uma primeira edição. *Presente e futuro*. Não consigo ler, mas posso olhar as figuras, e estudei os gráficos. A matemática é uma linguagem universal, como tenho certeza de que você sabe.

Não sabia, porque nenhuma linguagem é universal. Podemos fazer truques com os números, assim como com os cachorros. E o título daquela primeira edição era, na verdade, *Presença e futuro*. Há um mundo de diferença entre presente e presença. Um golfo. Eu não ligava para isso, mas o livro embaixo de *Gegenwart und Zukunft* me interessava. Era o único que não era de autoria de Jung. *Além das muralhas do sono*, de H.P. Lovecraft. Um homem que conheci nas docas, um atirador de porta, tinha um exemplar. O livro queimou junto com ele.

Conversamos mais. O salário que ele ofereceu foi alto o suficiente para eu me perguntar se os experimentos eram legais. Ele me deu várias oportunidades de perguntar sobre aquilo, mas não perguntei. Finalmente, ele parou de provocação e me perguntou se eu gostaria de arriscar um palpite sobre o que os experimentos envolveriam. Falei que era provável que fossem sonhos.

— Sim, mas acho que vou guardar a natureza exata do meu interesse, a *motivação*, digamos, só para mim por enquanto.

Eu não tinha perguntado sobre a *motivação*, outra coisa que não me dei ao trabalho de observar. Ele tirou uma foto do meu documento de dispensa com a câmera Polaroid e me ofereceu o emprego.

— Claro que você pode continuar trabalhando na Temp-O, mas aqui você estaria me ajudando enquanto exploro áreas que nenhum psicólogo, nem Jung, já visitou. Território virgem.

Falei que tudo bem. Ele me disse que eu começaria no meio de julho, e eu falei que tudo bem. Ele pediu meu número de telefone, e eu dei. Falei que era um telefone de pensão que ficava no fim do corredor. Ele perguntou se eu tinha namorada. Falei que não. Ele não tinha aliança no dedo. Nunca vi empregados. Eu fazia minhas refeições quando fui morar na casinha de hóspedes, ou comia nos cafés da cidade. Não sei quem preparava a comida dele. Havia algo de atemporal em Elgin, como se ele não tivesse passado nem futuro. Ele tinha presente, mas nenhuma presença em particular. Fumava, mas nunca o vi beber. Ele só tinha aquela obsessão pelos sonhos.

Na saída, falei:

— Você quer passar por cima das muralhas do sono, não é?

Ele riu disso.

— Não. Eu quero passar por baixo.

Ele me ligou no dia 1º de julho e disse para eu dar o aviso prévio. Dei. Achei que a sra. Frobisher me diria que não precisava cumprir as duas semanas, que era para eu cair fora (ou dar no pé), mas ela não fez isso. Eu era o melhor, e ela queria o máximo de mim que pudesse ter. Ele me ligou no dia 8 e disse para me mudar quando eu terminasse o trabalho no dia 14. Disse que, se eu morava em uma pensão, não devia ter muita coisa. Ele estava certo quanto a isso. Disse que tinha uma tarefa imediata para mim, uma tarefa pequena.

Minha última interação na Temp-O foi com Pearson. Falei que ele era um babaca. Ele não teve resposta. Possivelmente, concordava com a avaliação. Possivelmente, achou que eu fosse bater nele. Sei lá. Dirigi até a casa de hóspedes e vi um chaveiro com duas chaves penduradas e uma terceira enfiada na fechadura. Quatro aposentos. Arrumada. Mais quente do que a casa grande, provavelmente por ter sido acrescentada mais tarde, depois que o isolamento térmico das paredes ficou comum. Havia uma lareira na sala e muita madeira seca nos fundos, em uma pilha coberta com uma lona. Gosto de fogo de lareira, sempre gostei. Não fui até a casa grande. Achei que Elgin veria meu carro e saberia que eu tinha chegado. Havia um interfone na cozinha pequena e uma máquina de fax ao lado. Nunca tinha visto um fax doméstico na vida, mas sabia o que era, por ter visto nos QGs do Vietnã. Na mesa da cozinha havia o que parecia um álbum de fotos. Um bilhete colado nele dizia: *Pode se familiarizar com isto. Você pode querer tomar notas.*

Folheei o livro. Não tomei nota nenhuma. Minha memória é boa. Havia doze páginas e doze fotos debaixo de celofane, ou talvez fosse ictiocola. Duas eram de carteiras de habilitação. Duas eram retratos. Seis mulheres e seis homens. Todos de idades diferentes. A pessoa mais jovem parecia estar no ensino médio. Abaixo das fotografias, havia os nomes e ocupações. Dois eram universitários. Dois eram professores que deviam estar nas férias de verão. Um era aposentado. O restante era do tipo chamado de trabalhadores braçais por gente que não faz trabalho braçal, como garçonetes e atendentes de loja, uma carpinteira e um caminhoneiro.

Havia ovos e bacon na geladeira Frigidaire. Fritei quatro ovos na gordura do bacon. Havia um deque na lateral com vista para o lago. Comi lá, olhando para a água. Quando o sol estava no espaço entre o monte Washington e o monte Jefferson e dourado no lago, entrei e me deitei. Dormi melhor naquela noite do que tinha dormido em quatro anos. Dez horas de escuridão sem imagem e sem pensamento. Estar morto deve ser assim.

Na manhã de sábado, andei até a beira do lago. Havia um banco. Elgin estava sentado nele, fumando. Com a mesma camisa e a mesma calça cáqui de virilha caída. Ou talvez fosse uma diferente. Nunca o vi usando mais nada, como se fosse uma espécie de uniforme. Ele me pediu para me sentar também. Eu me sentei.

— Se acomodou bem?

— Sim.

Ele tirou a carteira do bolso do quadril e me deu um cheque. Era da Corporação do Sonho Ltda., no meu nome. O valor era de mil dólares.

— Pode levar para o KeyBank em Castle Rock. É onde tenho minhas contas, tanto a pessoal quanto a corporativa. Você pode abrir a sua se quiser.

— Eu posso sacar?

— Claro. Você se lembra do primeiro sujeito de teste no livro que eu deixei pra você?

— Lembro. Althea Gibson. Cabeleireira. Tem cara de ter uns trinta anos.

— Boa memória. É eidética? Considerando sua velocidade estenográfica e seu conhecimento de vietnamita, acho que é.

Então ele tinha pesquisado. Feito algumas ligações, como dizem.

— Acho que sim. Aprendi estenografia com minha irmã. Ajudando nos estudos dela.

— E você era melhor do que ela?

— Acho que era, mas ela caiu de pé. Arrumou um emprego em recursos humanos no Eastern Maine Medical. Pagava melhor.

Ele não precisava saber que ela tinha morrido, e eu não queria contar.

— Você foi tradutor no Vietnã.

— Uma parte do tempo.

— Não quer falar sobre isso? Tudo bem. É legal aqui, né? Pacífico. Mais tarde vai ter gente fazendo piquenique. O barulho dos barcos é irritante, vai do Memorial Day até o Labor Day, mas as pessoas ficam mais longe na praia.

— Sua área é particular.

— É. Gosto da minha privacidade. Sr. Davis, acredito que vou mudar o mundo.

— Você quer dizer o entendimento que o mundo tem dos sonhos.

— Não. O *mundo*. Se eu tiver sucesso. — Ele se levantou. — Vou mandar um fax pra você. Dá uma olhada. A sra. Gibson vai chegar aqui às duas horas da tarde de terça. Vou pagá-la para fechar o salão de cabeleireiro. Você vai recebê-la. Vou querer mostrar o local pra você antes. Ao meio-dia. Para o caso de ela chegar cedo.

— Tudo bem.

— Leia o fax. Se tiver comentários, use o interfone. Fora isso, você está de folga até terça.

Ele me ofereceu a mão. Eu me levantei para apertá-la. Fiquei impressionado de novo com a aparência atemporal dele. Uma espécie de serenidade. Ele acreditava que iria mudar o mundo. Acreditava mesmo.

O fax berrou enquanto eu estava fazendo café. Era uma autorização para os sujeitos experimentais. Eu me perguntei de novo sobre a legalidade daquele experimento. Havia espaços para os voluntários da pesquisa preencherem com o nome, endereço e número de telefone. Abaixo disso, dizia que a pessoa abaixo-assinada tinha sido informada e concordava com a administração de uma droga hipnótica leve antes do teste. Dizia que o efeito da droga passaria em seis horas ou menos e que os voluntários se sentiriam bem. Como Elgin administraria a droga e eu estaria livre se algo desse errado, não tive comentários. Admito que estava ficando um pouco mais interessado. Achei que era possível que Elgin fosse maluco. Depois do Vietnã, eu tinha faro para isso. Fui à cidade e comprei mantimentos. O banco ficava aberto até o meio-dia. Abri uma conta e depositei o cheque, mas saquei cem dólares em dinheiro. Não foi preciso esperar o cheque bater. Eles sabiam que havia fundos. Almocei no Castle Rock Diner, voltei para a casa de hóspedes e tirei um cochilo. Não tive sonhos.

Na terça, fui para a casa grande ao meio-dia. Elgin estava esperando na entrada. Dentro, à esquerda, ficava a sala onde ele tinha olhado meus papéis de dispensa e me mostrado os livros de Jung. À direita havia uma porta dupla. Ele a abriu. Antes era uma sala de jantar, mas era onde ele pretendia conduzir os experimentos. Tinha sido dividida por uma parede que parecia feita de compensado. Metade da sala era para os voluntários. Havia um sofá com a cabeceira erguida e os pés abaixados, como o divã de um psiquiatra. Em um lado do sofá havia uma câmera Polaroid apoiada em um tripé e apontando para baixo. Do outro lado havia uma mesinha com um bloco Blue Horse aberto na primeira página em branco e uma caneta. Então ele esperava que os sujeitos experimentais escrevessem, ou achava que talvez fizessem isso, provavelmente o que sonhassem enquanto os sonhos estavam recentes. Havia alto-falantes Bose nas paredes. No meio da parede de compensado virada para a parte erguida do sofá havia um espelho, e você teria que ser alguém que nunca viu um programa policial na televisão para não saber que era um espelho de um lado só. Do lado de Elgin da parede havia uma escrivaninha e outra Polaroid em um tripé, apontada para o espelho de um lado só e virada para o sofá. Havia um microfone na escrivaninha. Havia uma fileira de botões. Havia mais alto-falantes nas paredes. Havia um aparelho de som Philips com um disco na vitrola. Havia uma cadeira perto do espelho.

— É pra você — disse ele, apontando para a cadeira. — Seu posto, onde você vai ficar sentado assistindo. Você trouxe um bloco novo?

— Sim.

— Você vai anotar tudo que eu disser. Se a sra. Gibson falar alguma coisa, você vai ouvir pelos alto-falantes deste lado e vai anotar. Se não entender o que ela diz, porque é comum que o que uma pessoa diz dormindo seja ininteligível, desenhe uma linha dupla.

— Se você tivesse um gravador... — comecei, mas ele descartou o que eu disse.

— Falei que não vai haver áudio nem filme. Só fotografias Polaroid. Eu controlo o sistema de som e as duas câmeras da escrivaninha.

— Nem áudio nem filme, entendi.

Também não havia equipamento médico de nenhum tipo, nenhum jeito de registrar as ondas cerebrais dos sujeitos nem o sono REM. Era maluquice, mas o cheque não tinha voltado, então por mim tudo bem. Não vi empolgação no rosto dele, também não consegui detectar nervosismo. Só aquela serenidade. Ele iria mudar o mundo. Tinha certeza absoluta disso.

Althea Gibson chegou quinze minutos adiantada. Ela era uma das duas que tinha enviado uma foto de rosto para Elgin, provavelmente tirada por um fotógrafo profissional que havia usado iluminação especial para que ela aparentasse ser um pouco mais jovem. Ela tinha uns quarenta anos, mais para corpulenta. Fui encontrá-la no carro e me apresentei como assistente do sr. Elgin.

— Estou com um pouco de medo — disse ela, enquanto andávamos até a casa. — Espero que eu fique bem. Vou ficar bem, sr. Davis?

— Claro — falei. — É tão fácil quanto andar pra frente.

Dizem que a realidade é mais estranha do que a ficção, não é? Ali estava uma mulher, no fim de uma estrada de interior que tinha uma praia particular no fim sem saída, falando com um homem que ela nunca tinha visto, e ela já havia se encontrado com Elgin ou só falado com ele pelo telefone? Ela não achava que nada de ruim fosse acontecer com ela, apesar de ter sido informada que tomaria uma droga descrita como "hipnótico leve". Não achava isso porque as coisas ruins aconteciam com os outros, no noticiário da televisão. Era falta de imaginação ela nunca ter pensado em estupro ou em uma cova rasa ou era só o horizonte pequeno de sua percepção? Isso levantava perguntas sobre o que são imaginação e percepção. Talvez eu estivesse pensando de uma certa forma porque tinha visto algumas coisas do outro lado do mundo, onde coisas ruins aconteciam com as pessoas o tempo todo, às vezes até com cabeleireiras.

— Por oitocentos dólares, como eu poderia recusar? — Ela baixou a voz e disse: — Vou ficar doidona?

— Não sei mesmo. Você é nossa primeira... — O quê? — Nossa primeira cliente.

— Você não vai se aproveitar de mim, vai? — Dito de um jeito brincalhão que significava que ela esperava que fosse só brincadeira. — Ou ele?

— Nada do tipo — disse Elgin, descendo o corredor para cumprimentá-la na entrada. Ele estava com uma pastinha achatada que parecia um estojo de mapas de um oficial de reconhecimento pendurada no ombro. — Sou de confiança, e Bill também é. — Ele estendeu as mãos e segurou as dela, depois deu um aperto breve. — Você vai gostar disso. Eu prometo.

Entreguei a ela o formulário de autorização cuja legalidade devia equivaler à de uma nota de três dólares. Ela passou os olhos pelo texto, preencheu as lacunas no alto, assinou embaixo. Estava vivendo a vida dela e não acreditava que acabaria ou mudaria. A cegueira para a possibilidade pode ser uma bênção ou uma maldição. A escolha é sua. Ele a levou até o sofá na antiga sala de jantar e pegou um béquer de líquido transparente na pasta. Tirou a rolha de borracha e o entregou à mulher, que o pegou com cuidado, como se pudesse estar quente.

— O que é isso?

— Um hipnótico leve, como falei. Vai deixar você em um estado sereno, o que pode induzi-la a dormir. Não vai haver efeito colateral nem ressaca. É bem inofensivo.

Ela olhou para o béquer, fez um gesto de brinde para mim e disse:

— Passa pelo dente, passa pela gengiva, agora é a hora, cuidado, barriga. — Ela tomou tudo com essa facilidade, a realidade era mais estranha do que a ficção, e olhou para Elgin. — Eu esperava sentir alguma coisa, mas não senti nada. Tem certeza de que não era só água?

— *Quase* tudo água — disse ele, com um sorriso. — Você vai estar de volta no carro, seguindo para casa para… onde é que você mora? Refresque minha memória.

— North Windham.

— De volta no carro, seguindo para North Windham, às quatro da tarde, com um cheque de oitocentos dólares na bolsa. Enquanto isso, relaxa e vou te dizer o que fazer. É bem simples.

Ele pegou o béquer, recolocou a rolha e o guardou na pastinha, onde havia um elástico para prendê-lo. Pegou a única outra coisa na pasta. Era uma foto de uma casinha no bosque. A casa estava pintada de vermelho. Tinha uma porta verde acima de dois degraus de pedra e uma chaminé de tijolos. Ele a entregou para a mulher.

— Vou colocar uma música. Muito suave e calma. Quero que você escute e olhe para esta foto.

— Aaaah, agora estou sentindo. — Ela sorriu. — É a sensação de fumar um baseado. Um relaxamento!

— Olhe a foto, sra. Gibson, e diga a si mesma que quer ver o que tem dentro da casa.

Eu estava anotando tudo, com G de Gibson e E de Elgin. Os traços voavam pela página de um bloco de estenografia virgem. Fazendo o que eu estava sendo pago para fazer.

— *O que* tem dentro?

— Isso é você que sabe. Quem sabe você sonha em entrar e aí vai poder ver por si mesma. Você pode tentar fazer isso?

— Se eu não sonhar com o que tem dentro da casa, vou poder ficar com os oitocentos dólares mesmo assim?

— Claro. Mesmo que você só tire um cochilinho agradável.

— Se eu dormir, você pode me acordar às quatro? — Ela estava começando a adormecer. — Minha vizinha vai buscar minha filha na escola, mas eu tenho que voltar até as seis pra preparar... preparar...

— Preparar o jantar?

— Isso mesmo, o jantar. Olha aquela porta verde! Eu nunca pintaria a porta de uma casa vermelha de verde. Fica parecendo coisa natalina.

— Olhe para a foto.

— Eu *estou* olhando.

— Sonhe com a casa. Tente entrar. — O cântico de um hipnotista.

— Tudo bem.

Achei que ela já estava hipnotizada. Pensei que, se Elgin pedisse para ela latir como um cachorro, ela tentaria.

— Entre e dê uma olhada.

— Tudo bem.

— Vá até a sala.

— Tudo bem.

— Não dentro, só até a porta.

— Você quer que eu conte como é na sala? Sobre os móveis ou o papel de parede? Coisas assim?

— Não, eu quero que você se ajoelhe e procure uma rachadura no chão. Bem na entrada da sala.

— Vai haver uma?

— Não sei, sra. Gibson. Althea. O sonho é seu. Se houver uma rachadura, enfie os dedos nela e levante o chão da sala.

Ela abriu um sorriso sonhador.

— Não dá pra levantar um chão, seu bobo.

— Pode ser que você não consiga, mas pode ser que consiga. É possível fazer coisas em sonho que não daria para fazer na realidade.

— Como voar.

452

O sorriso sonhador ficou maior.

— É, como voar.

Ele pareceu meio impaciente com essa ideia, embora para mim a ideia de voar em sonhos parecesse tão lógica quanto qualquer outra coisa neles. De acordo com Jung, sonhar com voar indicava desejo da psique central de se libertar das expectativas dos outros, ou, mais difícil ainda, normalmente impossível, das próprias expectativas.

— Levante o chão. Veja o que tem embaixo. Se você lembrar quando acordar, escreva no bloco que forneci. Vou fazer algumas perguntas. Se não conseguir lembrar, não tem problema. Nós já voltamos, né, Bill?

Deixamos o paciente na metade da antiga sala de jantar e fomos para a outra metade. Eu me sentei na frente do espelho de direção única com o bloco no joelho. Elgin se sentou à escrivaninha e apertou um dos botões. O disco rodou, o braço desceu e a música começou a tocar. Era Debussy. Elgin apertou outro botão e a música na nossa metade da estação experimental parou, mas eu ainda a ouvia na parte da sra. Gibson. Ela estava olhando para a foto. Deu uma risadinha, e eu escrevi, não em Gregg, mas normalmente: *G ri às 14h14*.

O tempo passou. Dez minutos pelo meu relógio. Ela observou a foto da casa com a atenção que só quem fumou muita maconha consegue ter. Aos poucos, a foto foi ficando frouxa na mão dela. Com a cabeceira do divã virada para nós, vi o jeito como seus olhos ficavam fechando e abrindo. Os lábios, cobertos de vermelho, amoleceram. Elgin estava agora de pé ao meu lado, curvado para a frente, com as mãos nos joelhos. Parecia um coronel que conheci naquele outro mundo, observando pelo binóculo enquanto os F-100Ds da 352ª descia sobre Bien Hoa, carregado de bombas que soltariam em uma cortina laranja, queimando um aborto na barriga do verde, transformando parte da copa das árvores em cinzas e palmeiras esqueléticas. Os homens e mulheres também, gritando *nahn tu, nahn tu* para ninguém que pudesse ouvir ou que ligaria se ouvisse.

A foto da casa caiu na barriga dela. Gibson estava dormindo. Elgin voltou para a escrivaninha e desligou a música. Também devia ter aumentado o som na nossa parte, porque eu a ouvia roncando bem baixinho. Ele voltou e assumiu a posição de antes. As Polaroids com timer piscavam a cada trinta segundos mais ou menos, a do nosso lado e a do lado de Gibson. Cada vez que elas piscavam, uma foto saía com aquele ronronar de gato que elas fazem e caía no chão. Vi uma coisa três ou quatro minutos depois que ela adormeceu e me inclinei para a frente. Não acreditei, assim como não se acredita em nada que vai ao contrário do jeito como as coisas deveriam acontecer. Mas estava lá. Passei a palma da mão nos olhos e ainda estava lá.

— Elgin. A boca.

— Estou vendo.

Os lábios dela estavam se afastando, e os dentes aparecendo entre eles. Era como ver algo vulcânico subir do mar, só que não havia pontas afiadas exceto pelos caninos. Não presas nem dentes animais, eram os dentes dela, só que mais compridos e maiores. Os lábios se curvaram para trás e revelaram a parte interior rosada. As mãos tinham espasmos, movendo-se para a frente e para trás, os dedos se contorcendo. As Polaroids piscaram e tiniram. Mais duas vezes lá dentro, mais duas conosco. As fotografias caíram no chão. As câmeras ficaram sem filme. Os dentes dela começaram a se retrair. As mãos tiveram mais um espasmo, os dedos pareceram tocar um piano invisível. Isso também parou. Os lábios dela se fecharam, mas havia um vermelho leve no buço, onde o superior tinha feito uma tatuagem de batom.

Olhei para Elgin. Ele pareceu sereno, mas eu não. Tive um breve vislumbre do que havia por baixo de sua serenidade, assim como um conjunto de nuvens no fim do dia pode se abrir o suficiente para se ver o brilho vermelho--sangue do sol poente. Se antes eu duvidava que o Cavalheiro Cientista era o Cavalheiro Cientista Louco, naquele momento tinha certeza.

— Você sabia o que iria acontecer? — perguntei.

— Não.

Vinte minutos depois, às 14h58, a sra. Gibson começou a se mexer. Fomos até lá e Elgin a sacudiu até que acordasse. Ela voltou do sono sem lerdeza intermediária, apenas se espreguiçou com os braços bem abertos como se fosse abraçar o mundo.

G: Isso foi maravilhoso. Um cochilo maravilhoso.

E: Que bom. Com que você sonhou? Você lembra?

G: Lembro! Eu entrei. Era a casa do meu avô! Com o mesmo relógio Seth Thomas no saguão de entrada, o que minha irmã e eu chamávamos de tique-taque do vovô.

E: E a sala?

G: *Era a sala do vovô também. Com as mesmas cadeiras, o mesmo sofá, o pelo de cavalo escorregadio, a mesma televisão com o vaso em cima. Não acredito que me lembrei de tudo. Mas você disse que não ligava pra isso.*

E: *Você tentou levantar o chão?*

G (*depois de uma longa pausa*): *Tentei... consegui um pouco...*

E: *O que você viu?*

G: *Escuridão.*

E: *O porão, então.*

G (*depois de uma longa pausa*): *Acho que não. Voltei para o lugar. O chão. Era pesado.*

E: *Mais alguma coisa? Quando você levantou o chão?*

G: *Senti um cheiro ruim. Um odor. (Pausa longa) Um fedor.*

Naquela noite, fui para a praia e Elgin estava no banco. Eu me sentei ao seu lado.

— Transcreveu suas anotações, William? — perguntou ele, abrindo e fechando o isqueiro com um clique.

— Vou fazer isso de noite. O que tinha no béquer?

— Nada de mais. Flurazepam. Não era nem uma dose clínica. Muito diluída.

— Nenhuma droga faria o que vimos.

— Não. Mas a deixou sugestionável. Eu disse para ela o que fazer e ela fez. Acessou a realidade por baixo do sonho, se você preferir. Supondo que algo assim exista, a realidade sendo a que é. Ou não.

— O que fez com os dentes dela...

— Sim. — A serenidade tinha voltado. — Impressionante, você não diria? Prova. As Polaroids mostram, caso você pense que estávamos compartilhando uma alucinação.

— A ideia nunca passou pela minha cabeça. O que você está fazendo?

— *Agora* você pergunta.

— É. Agora eu pergunto.

— Você considerou a existência, William? Considerou de verdade? Porque são poucas as pessoas que fazem isso.

— Considerei e vi o final dela.

— Você está falando da guerra.

— É.

— Mas as guerras são coisas humanas. Em relação ao universo, que engloba toda a existência, inclusive o tempo para trás e para a frente, as guerras humanas não significam mais do que as que vemos em um formigueiro com uma lente de aumento. A Terra é nosso formigueiro. As estrelas que vemos à noite são só o primeiro centímetro de eternidade. Um dia os telescópios, talvez lançados no espaço até a Lua ou Marte, vão nos mostrar galáxias além de galáxias, nebulas escondidas atrás de outras nebulas, maravilhas inimagináveis, seguindo até a extremidade do universo, além do qual outro universo pode esperar. Considere a outra ponta desse espectro.

Ele colocou o Zippo de lado, se curvou, pegou um punhado de areia da praia e deixou que escorresse por entre os dedos.

— Dez mil grãozinhos na minha mão, talvez vinte mil ou até cinquenta. Cada um composto de um bilhão ou trilhão ou um googolplex de átomos e prótons, rodopiando em seus eixos. O que segura tudo junto? Qual é a força de união?

— Você tem uma teoria?

— Não, mas agora tenho como examinar. Você viu hoje. Eu também. E se supusermos que nossos sonhos sejam uma barreira entre nós e essa matriz infinita de existência? Essa força de união? E se for consciente? E se pudermos derrotar essa barreira não tentando atravessá-la, mas olhando embaixo dela, como uma criança olhando por baixo da tenda de um circo para ver o show acontecendo lá dentro?

— Barreiras costumam existir por um motivo.

Ele riu como se eu tivesse dito uma coisa engraçada.

— Você quer ver Deus?

— Quero ver o que tem lá. Talvez eu fracasse, mas o que vimos hoje me faz acreditar que o sucesso é possível. O chão do sonho da sra. Gibson era pesado demais para ela. Eu tenho mais onze voluntários. Um deles pode ser mais forte.

Eu devia ter ido embora nessa hora.

Recebemos mais dois voluntários em julho. Um foi uma carpinteira chamada Melissa Grant. Ela sonhou com a casa, mas não conseguiu entrar. Disse que a porta estava trancada por dentro. Um era dono de uma livraria em New Gloucester. Falou que a loja provavelmente fecharia, mas que ele não estava preparado para desistir e que oitocentos dólares pagariam mais um mês de aluguel e um carregamento de livros que poucas pessoas comprariam. Ele dormiu por duas horas com Debussy tocando e disse que não sonhou com a casa, mas com o pai, morto havia vinte anos. Falou que sonhou que os dois foram pescar. Elgin deu o cheque dele e o mandou embora. Havia mais um experimento marcado para julho, um homem chamado Norman Bilson, mas ele não apareceu.

No dia 1º de agosto, um homem chamado Hiram Gaskill foi até a casa no final da estrada Lake. Ele era operário de construção e tinha sido demitido. Tirou as botas e se deitou no sofá. Disse "Vamos de uma vez" e bebeu o líquido do béquer sem perguntar sobre o conteúdo. Olhou para a foto e no começo achei que a droga não iria funcionar com ele, que era um sujeito grande, devia ter uns cento e vinte quilos, mas o homem acabou apagando e começou a roncar. Elgin ficou na posição de sempre ao meu lado, curvado para a frente como um abutre, com o nariz quase tocando no vidro e a respiração embaçando a superfície. Nada aconteceu por quase uma hora. Aí o ronco parou, e Gaskill, ainda dormindo, pegou a caneta sobre o bloco aberto. Escreveu alguma coisa sem abrir os olhos.

— Registre — disse Elgin, mas eu já tinha feito isso, não em Gregg, mas em letras comuns: *Às 15h17, Gaskill escreve por aprox. 15 segs. Larga a caneta. Dormindo de novo agora e roncando de novo.*

Às 15h33, Gaskill acordou por conta própria, se sentou e tirou as pernas do sofá. Fomos até lá, e Elgin perguntou com que ele tinha sonhado.

— Nada. Desculpa, sr. Elgin. Vou receber o dinheiro mesmo assim?

— Vai. Não tem problema. Tem certeza de que não se lembra de nada?

— Não, mas foi um bom cochilo.

Eu estava olhando para o bloco e perguntei se ele tinha servido na guerra.

— Não, senhor. Não servi. Fiz o teste físico e disseram que minha pressão era alta. Tomo remédio pra isso agora.

Elgin olhou para o bloco e para o que estava escrito. Quando Gaskill foi embora na picape velha, deixando uma nuvem azul de escapamento para o vento dissipar, Elgin bateu na única linha que tinha sido escrita com capricho, embora o homem com a caneta na mão tivesse estado de olhos fechados. Aquela expressão de empolgação, de *triunfo*, estava em seu rosto.

— Não é a caligrafia dele. Não é nada parecida.

Ele colocou o formulário de autorização de Gaskill ao lado do bloco. O nome e o endereço no formulário tinham sido escritos com a caligrafia de alguém que escrevia raramente e achava trabalhoso. Apesar de não termos informações sobre os voluntários de Elgin tanto quanto Elgin não tinha equipamentos científicos com os quais testar os sujeitos, a caligrafia de Gaskill indicava um homem que havia cumprido os estudos exigidos pelo estado do Maine, e sem muita boa vontade exceto talvez pelas matérias práticas. A caligrafia no bloco era caprichada e precisa, embora faltassem acentos em algumas palavras e a ortografia estivesse incorreta. Era como se Gaskill tivesse escrito o que tinha ouvido. Ouvido um ditado, como qualquer estenógrafo faria. O que gerou a pergunta de quem tinha ditado.

— Vietnamita? É, não é? Foi por isso que você perguntou se ele tinha servido.

— É.

Claro que era. *Mat trang da day cua ma guy.*

— O que diz?

— Que a lua está cheia de demônios.

Naquela noite, quando fui até a água, Elgin estava no banco, de novo fumando. A água estava cinza como ardósia. Não havia barcos. O céu estava cheio de nuvens de tempestade vindas do oeste. Eu me sentei. Sem me olhar, Elgin disse:

— Aquela mensagem foi pra você.

Claro que foi.

— Ele sabia que você tinha ido ao Vietnã. Mais. Sabia que você conhecia o idioma.

— Alguma coisa sabia.

Um relâmpago caiu na água a um quilômetro e meio, eletrocutando os peixes que por acaso estivessem perto da superfície. Eles flutuariam até a margem e serviriam de alimento para as gaivotas. A chuva se aproximava. As colinas do lado distante de Dark Score tinham desaparecido por trás de uma membrana cinza que logo chegaria do nosso lado.

— Talvez seja hora de parar. Alguma coisa do outro lado da sua barreira está dizendo pra não se meter com ela.

Ele balançou a cabeça sem afastar o olhar da chuva que se aproximava.

— De jeito nenhum. Nós estamos quase. Eu sinto. Eu sei. — Nesse momento, ele se virou. — Por favor, não vá embora, William. Preciso da sua habilidade mais do que nunca. Se eu publicar, vou precisar das suas anotações, não só das fotos e das transcrições. E você é uma testemunha.

Não só uma testemunha. Tinha sido eu que Gaskill, ou fosse o lá que tenha entrado em Gaskill, havia escolhido. Não Elgin. O Cavalheiro Cientista estava se metendo com algo perigoso e sabia disso, mas não estava disposto a parar ou não era capaz de parar, e no fim das contas dava no mesmo. *Eu* podia parar, o que fazia de mim um idiota de continuar, mas havia outro fator. Uma coisa tinha acontecido comigo. Eu tinha ficado curioso. Foi bom e terrível em iguais medidas. Era um sentimento, e no meu mundo isso andava em falta. Você vê um homem que perdeu as pernas e cujo rosto está derretendo enquanto ele grita de dor, você vê os dentes dele na camisa como um colar bárbaro, e você sabe que estava no mesmo lugar onde ele havia sido atingido segundos antes, então seus sentimentos ficam entorpecidos do mesmo jeito que bater em um coelho com um pedaço de lenha vai atordoá-lo e fazê-lo cair no chão ofegante, mas com os olhos distantes, e quando esses sentimentos começam a voltar, você vê uma possibilidade de que sua humanidade não esteja tão desaparecida quanto achava que estava.

— Vou ficar.

— Obrigado, William. — Ele estendeu a mão e apertou meu ombro. — Obrigado.

A chuva chegou, misturada com granizo, cujos açoites doíam como picada de abelha. Ele voltou para a casa grande, e eu para a pequena. O granizo fez barulho nas janelas. O vento. Naquela noite, sonhei com uma lua oca cheia de demônios comendo uns aos outros vivos. Comendo a si mesmos vivos, como a cobra ouroboros. Via a casa vermelha abaixo da lua oca. A porta verde.

Vimos mais dois antes de o fim chegar. A sexta, uma mulher chamada Annette Crosby, gritou até acordar. Quando se acalmou, disse que sonhou com a casa vermelha e que abriu a porta verde e depois não se lembrava de mais nada, só da escuridão e do vento, de um odor horrível e uma voz sem corpo que falava uma palavra que parecia *tantullah* ou *tamtusha*. Ela ficou aterrorizada. Disse que não sonharia com aquela casa de novo nem por mais oitocentos dólares. Nem por oito mil. Mas pegou o cheque de Elgin. Por que não? Tinha merecido.

Aí veio Burt Devereaux, um professor de matemática da Academia Saint Dominic, em Lewiston. Ele preencheu o formulário e, antes de assinar, fez várias perguntas a Elgin, mais do que os outros tinham feito, sobre o "leve hipnótico" que teria que tomar. Elgin respondeu às perguntas, e Devereaux ficou satisfeito. Ele assinou o formulário, assumiu seu lugar no sofá e tomou o béquer de líquido transparente. Eu me sentei na frente do espelho com o bloco no joelho. Elgin se sentou atrás da escrivaninha e colocou a música. Na sala de teste, o sr. Devereaux estava estudando a foto da casa vermelha com a porta verde. Seus olhos começaram a se fechar depois de um tempo, e a foto ficou frouxa em sua mão. Foi como todos os outros testes, até que não foi mais.

Eu estava na minha cadeira. Elgin estava no lugar dele, ao meu lado. Dez minutos se passaram. Com os olhos fechados, Devereaux estendeu a mão na direção do bloco e da caneta sobre a página virada para cima, mas a abaixou. A mão começou a se fechar e se abrir. A outra mão subiu, hesitou e se moveu rapidamente. Escrevi com caligrafia normal: *15h29, Dev levanta a mão direita e forma punho e bate na própria bochecha.*

— Ele está tentando se acordar.

Devereaux começou a tremer, como um homem sofrendo de um ataque de malária. As pernas se sacudiram, se abriram e se fecharam. As costas se arquearam. A barriga subiu e o corpo bateu no sofá, depois subiu de novo. Os pés sapatearam, e ele começou a fazer um som, *mump-mump-mump*, como se os lábios estivessem grudados e ele estivesse tentando abri-los para falar.

— Temos que acordá-lo.

— Espere.

— Meu Deus, Elgin.

— Espere.

As Polaroids piscaram. Os motores internos zumbiram. Fotos caíram no chão do nosso lado e do dele, já começando a se revelar. As pálpebras de Devereaux começaram a ficar saltadas até os olhos embaixo terem inchado quase até o tamanho de bolas de golfe, como se por uma infusão de fluido hidrostático. As pálpebras não se abriram naturalmente, mas se separaram. Os olhos de Devereaux eram cinzentos. Os olhos que continuavam se projetando das órbitas estavam completamente pretos. Cresciam como tumores para fora da cara. Elgin estava apertando meu ombro, mas eu mal senti. Nenhum de nós perguntou o que estava acontecendo, não por não conseguirmos acreditar, mas porque conseguíamos. Era como testemunhar uma locomotiva saindo de uma lareira. Devereaux gritou, as pálpebras se partiram e gavinhas delicadas oscilavam como filamentos de dente-de-leão, só que pretos. Não havia brisa para soprá-las, mas elas se curvaram na direção do vidro, como se nos vissem.

— Ah, meu Deus. — Elgin.

As Polaroids piscaram. As gavinhas pretas se separaram dos orbes pretos que tinham dado vida a elas e flutuaram na nossa direção, primeiro em uma nuvenzinha, mas depois começando a derreter e desaparecer no caminho.

— Eu preciso delas! — gritou Elgin. — *Preciso!* Provas! Provas!

Ele foi na direção da porta. Eu o segurei. Ele lutou, mas eu era mais forte. Eu que não iria deixar que Elgin entrasse lá, não por gostar dele a ponto de salvá-lo de si mesmo, mas porque não queria que ele abrisse a porta e deixasse alguma daquelas coisas sair.

Os globos oculares pretos partidos começaram a se retrair na direção do rosto de Devereaux como um filme de trás para a frente. Ele dizia *mump-mump-mump*. A virilha da calça escureceu quando a bexiga soltou. Os globos pretos partidos cicatrizaram; primeiro, havia uma emenda, que sumiu, e tudo ficou liso de novo, apenas saltados do rosto em pequenos caroços como os que se vê às vezes em uma árvore velha. Eles recuaram, e seus olhos se fecharam, então Devereaux deu um giro súbito da cintura e caiu no chão. A camisa branca de Elgin rasgou quando ele se soltou da minha mão. Ele saiu pela porta, contornou a partição e entrou na outra parte. Ajoelhou-se e passou os braços em volta dos ombros de Devereaux.

— Me ajuda, William! Me ajuda!

Se Devereaux estivesse morto, parte da culpa seria minha, e mesmo atônito eu tinha consciência disso. Dizer que eu era testemunha e não cúmplice não colaria. Contornei a partição, entrei na sala de teste e perguntei a Elgin se o Devereaux estava respirando.

Ele se curvou para a frente e se endireitou, com uma careta.

— Está, mas o hálito está *podre*.

Não era só o hálito que estava podre. O esfíncter tinha afrouxado. Olhei em volta. Nem todas as gavinhas pretas tinham sumido. Uma parte do que Devereaux havia trazido da casa vermelha quando levantou o chão da sala, que talvez tivesse voado para cima dele da escuridão e o infectado com uma inspiração, ainda flutuava na extremidade mais distante da sala, debaixo de um dos alto-falantes. Observei as coisas. Se viessem na nossa direção, eu pretendia fugir e deixar o Cavalheiro Cientista se defender sozinho. O experimento era dele, afinal. Mas, mesmo naqueles momentos infinitos, eu pensava nas estrelas distantes fora do alcance de qualquer telescópio e no interior fumegante de cem mil grãos de areia e soube que o experimento também era meu. Eu não tinha ido embora. Podia ter ido, mas não fui. Havia sentido a volta do formigamento de algo que se aproximava a um ser humano normal, fosse o que fosse e supondo que exista. Como um membro em cima do qual se dormiu e ficou dormente e começa a despertar. No aguardo, nós dizíamos no serviço. Ou FOSEF: Foda-se, sempre em frente.

— Temos que tirá-lo daqui.

Apontei para as gavinhas pretas. Estavam se movendo de leve, inquietas. Acho que estavam nos observando.

— Preciso de uma amostra.

— Você precisa pensar em como ficaria com roupa de presidiário. Me ajuda.

Nós o erguemos, Elgin segurando os tornozelos e eu segurando o resto. Levamos o sujeito pela porta, atravessamos o corredor e fomos até a sala. Nós o colocamos no chão, com baba escorrendo dos dois lados da boca.

Voltei e fechei a porta dupla que levava à antiga sala de jantar, isolando as coisas pretas do outro lugar, o lugar debaixo do chão, a menos que pudessem flutuar por baixo da porta e se juntarem a nós. Eu esperava que o resto simplesmente desaparecesse. Se Elgin queria se meter com aquilo, o problema era dele. Eu não queria mais saber.

Mas primeiro havia a questão de Devereaux. Falei para Elgin ajudá-lo a se sentar, para que o que restava dele não sufocasse. Erguemos a parte superior do seu corpo, Elgin de um lado, eu do outro, nossas mãos se encontrando e se unindo atrás das costas de Devereaux. Lágrimas vermelhas-enegrecidas escorriam dos cantos de seus olhos. Sangue e outra coisa. Eu não queria saber o que era essa outra coisa. Bati nas bochechas dele, me curvei até o ouvido e falei para ele acordar, para sair daquilo, com medo de como estariam os olhos dele se ele fizesse isso.

Ele abriu os olhos. Estavam injetados e cinzentos, como antes, mas vazios de consciência. Elgin estalou os dedos na frente do rosto dele, e nada. Levei os dedos até seus olhos, e nada. Ele era uma boneca de tamanho humano que respirava.

— Ah, meu Deus, ele vai voltar?

— Não sei. Vai? O cientista é você.

Elgin levantou uma das mãos de Devereaux. Ficou parada no ar até ele a abaixar de novo.

— Vamos esperar uma hora.

Esperamos duas. A maioria das gavinhas pretas sumiram, mas restavam algumas, então Elgin colocou luvas nitrílicas e uma máscara na gaveta da escrivaninha e as coletou dentro de um saco plástico. Tentei impedi-lo, mas ele não me ouviu. Achei que talvez derretessem na mão dele, mas nada aconteceu. Uma se curvou no indicador enluvado e ele precisou soltá-la raspando dentro do saco.

— Você é um idiota de mexer com essas coisas — falei.

— Provas — repetiu ele.

Não era bom estar ligado a ele como eu estava. O professor de matemática tinha se tornado um manequim babão que não dava sinais de voltar, e eu tinha que lidar com isso, não por Elgin, mas por mim. Ao menos o antigo professor e atual idiota não era casado, nem tinha filhos.

Pensei: Estou encrencado.

Pensei: Foda-se. Sempre em frente.

— Você deu o cheque pra ele?

— O quê? Não. Sempre guardo o cheque até que o teste tenha terminado e eles estejam prontos pra ir embora. Você sabe disso.

— Queima. Ele nunca veio. Como o outro. Bilson.

Que forma de despertar para o mundo.

Peguei as chaves dele em um bolso úmido de urina. Nós o levamos para o carro, carregando-o como um saco de lavanderia que ainda está molhado e pesado e o colocamos no banco do passageiro. Ele se inclinou para a frente e apoiou a testa no painel do Chevy, como se orando para Alá. Falei para Elgin empurrá-lo de volta e coloquei o cinto de segurança. Nem todos os carros tinham na época, mas aquele tinha. Era um cinto de três pontos, do tipo que passa no peito, o que o segurou mais ou menos ereto, embora a cabeça estivesse caída para a frente, com o queixo no peito. Achei que não era problema, quem o visse poderia pensar que estava dormindo. Um daqueles filamentos pretos saiu do nariz dele e flutuou na minha direção, mas Elgin ainda estava com as luvas. Ele o pegou no ar e o dissipou. Eu me perguntei se havia mais dentro de Devereaux.

— O que você vai fazer com ele?

— Não sei.

Entrei no Chevy e dirigi pela estrada Lake. Olhei pelo retrovisor e vi Elgin parado na entrada de carros, observando.

Dirigi com as janelas abertas e o ar-condicionado no máximo. Estava com um par das luvas de nitrilo de Elgin desde que havia entrado no carro. As coisas pretas saíram pelo nariz dele duas vezes e uma vez pela boca escancarada, mas o ar em movimento as levou pela janela do passageiro. Dirigi na direção de Lewiston-Auburn, mas não tinha intenção de ir tão longe. Sabia onde ele morava; o endereço da avenida Minot estava no formulário de autorização. Mas sem chance de ir para as Cidades Gêmeas e depois, quando chegasse, ainda ter que colocá-lo no banco do motorista. Eu precisava de um local tranquilo para fazer isso.

464

Estava na rodovia 119 em Waterford quando encontrei a área de descanso Wolf Claw. No calor do dia, não havia ninguém lá. Parei debaixo das árvores, fui até o lado do passageiro, abri a porta e soltei o cinto de segurança, e Devereaux foi se inclinando para a frente até a testa estar apoiada no painel de novo. Desejei ter pedido uma das máscaras do Cavalheiro Cientista, mas de que adiantaria cobrir a boca e o nariz? Os filamentos pretos tinham saído dos olhos de Devereaux; podiam facilmente entrar pelos meus. Eu só podia torcer para que todas tivessem saído antes. Não via nenhuma havia uns quinze quilômetros, mas podiam ter saído e voado pela janela aberta enquanto eu estava olhando a estrada.

Puxei-o na minha direção, segurei-o, tirei-o do carro e o arrastei em volta do capô. Ele estava de mocassins, e um saiu. Os olhos vazios observavam o sol, extasiados. Coloquei-o atrás do volante, mas levou tempo e não foi fácil. Eu não esperava que fosse. Ele estava respirando, mas estava morto por dentro, e eu sabia desde o Vietnã que pessoas mortas são mais pesadas. Não deveriam ser, mas são. A gravidade tem fome dos mortos e os quer no chão. É só a minha opinião, mas tem gente que pensa a mesma coisa.

Ele se inclinou para a frente de novo, então o segurei pelo cabelo da parte de trás da cabeça e o puxei antes que a testa batesse na buzina. Apertei o cinto de segurança, e a cabeça dele desceu até estar com o queixo no peito. Achei que tudo bem assim. Esperava que ninguém chegasse até eu estar bem longe dali. Botei a chave na ignição, fechei a porta e segui pela rodovia 119. Tinha andado uns quatrocentos metros quando me lembrei do sapato e voltei. Alguém já deve estar lá, pensei, alguém que olhou pela janela aberta do Chevy com o adesivo de St. Dom no para-choque e disse ei moço acorda e ei moço você está bem e moço o que são essas coisas pretas saindo do seu nariz?

Mas não havia ninguém lá. Peguei o mocassim, abri a porta do motorista de novo e o coloquei no pé dele. Apaguei as marcas na frente do carro, as que os calcanhares dele tinham feito, e saí andando de novo. Depois de uns oito quilômetros de estrada, minha sombra começando a ficar longa atrás de mim, cheguei a uma mistura de loja e posto de gasolina com cabine telefônica na lateral. Tinha moedas suficientes no bolso para não precisar entrar na loja, onde poderiam me ver e se lembrar de mim. Isso provavelmente não seria problema, mas eu já estava pensando como um ladrão ou assassino. Liguei para Elgin, querendo carona. Elgin não atendeu, e eu havia voltado à vida o suficiente para ficar com medo. Eu tinha formulado um plano, um que poderia livrar minha cara e a do Cavalheiro Cientista, mas planos mudam. Ficava pensando nele dizendo provas, provas. Ficava pensando que ele era louco e que eu sabia disso. Soube o tempo todo, mas falei foda-se e sempre em frente.

Virei-me para o outro lado, minha sombra ficando cada vez mais longa, dessa vez à minha frente e não às minhas costas. Um carro se aproximava, e eu estiquei o polegar. Passou direto. O seguinte fez o mesmo, mas aí uma picape desacelerou e parou. O homem que a dirigia tinha um rosto vermelho maltratado pelo tempo e um corte escovinha grisalho.

— Até onde você vai?

— Castle Rock. É onde meu pai mora.

— Então entra. Você serviu? Tem uma cara de ter servido, e sua idade é a certa pra essa merda toda.

— Sim, senhor, servi.

— Eu também. Uns dez mil anos atrás. Semper fi se você gostar e semper fi se não gostar.

Ele soltou o freio de mão subitamente, falou sobre a Coreia e perguntou sobre os pacifistas. Falei "isso mesmo". Ele disse que era para mandar todos para a Puta que Pariu, e eu falei "isso mesmo". Ele me ofereceu uma cerveja que estava atrás do assento. Aceitei, e quando ele disse pega outra, sodado, eu peguei. Meia hora depois, ele parou no meio-fio da rua principal de Castle Rock.

— A gente vai vencer aqueles filhos da puta amarelos.

— Sim, senhor.

— Se cuida, meu filho.

— Pode deixar.

Ele foi embora. Já era noite e havia mais nuvens de tempestade a oeste. Andei os dez quilômetros até a estrada Lake. Quando cheguei lá, a chuva estava caindo no lago de novo. Os relâmpagos brilhavam. Os trovões ribombavam. O cheiro de ozônio no ar era como uma queimadura não queimada. Meu carro ainda estava parado ao lado da Mercedes de Elgin. Entrei. Ele não tinha acendido as luzes, e o saguão estava um antro de sombras.

— Elgin?

Não obtive resposta. A sala estava vazia, os livros derrubados. *Além das muralhas do sono* estava virado para cima. Na mesa de centro, havia um cinzeiro de vidro, um maço de Winstons e o Zippo dele. Peguei o isqueiro e guardei no bolso. Fui até a antiga sala de jantar, pensei em entrar na sala com o sofá, felizmente pensei melhor. Entrei na sala com a escrivaninha, me sentei na cadeira e olhei pelo espelho. O que restava de Elgin, o Cavalheiro Cientista, estava no sofá. Havia fotografias espalhadas ao redor. O béquer quebrado entre as fotos. A cabeça dele estava dentro do que parecia ser um saco preto. Algumas das fotografias, as que estavam viradas para cima, mostravam aquela coisa se formando sobre o rosto adormecido. A foto da casa vermelha com a porta verde também estava no chão, junto ao saco plástico no qual ele tinha colocado as amostras. Mas o saco estava vazio. O saco preto sobre a cabeça dele era feito daqueles filamentos. Era sugado e afastado do que havia sobrado da boca sempre que ele respirava. Pensei nele me contando sobre os universos infinitos por aí e abaixo dos nossos pés. Pensei em um rosto deslizando pelo crânio de um homem. Pensei em um helicóptero em chamas afundando no mar de napalm que tinha criado. Pensei em botar o sapato de volta no pé de Devereaux. Pensei em todas as criações inferiores desconhecidas e impossíveis de conhecer que podiam existir embaixo de uma barreira de sonhos. Pensei que sim, planos mudam. Elgin não podia mais sair daquilo, mas talvez eu pudesse.

Alguns filamentos pretos me viram e subiram do saco preto, atravessaram a sala e se grudaram no espelho. Outros vieram. E outros. Eu os vi se retorcerem até formarem meu nome: WILLIAM DAVIS.

Havia um fogão a gás na cozinha. Acendi todos os queimadores e apaguei as chamas azuis de gás uma a uma. Liguei o forno e abri a porta. Uma chama piloto se acendeu lá dentro, e eu a soprei também. Enquanto criava essa bomba de gás, ficava olhando o tempo todo por cima do ombro, para ver se havia filamentos pretos. Estava em *sự kinh hãi*. Terror. Eu estava em *rùng rợn*. Horror. Fechei as janelas. Fechei as portas. Fui para a casa de hóspedes e peguei meus pertences na bolsa e na mala. Coloquei tudo no porta-malas do carro. Voltei para a entrada e esperei, acendendo e apagando o isqueiro.

Um relâmpago fritou o lago e um trovão soou. Depois de uns dez minutos, a chuva começou, no começo caindo devagar, as preliminares da tempestade. Abri a porta. O gás estava fedendo. Acendi o Zippo, obtive uma chama, joguei o isqueiro e corri para o carro. Cheguei lá e tinha acabado de concluir que nada aconteceria quando a cozinha explodiu. A chuva chegou em um dilúvio quando eu saí dirigindo. Pelo retrovisor, vi a casa queimando como uma vela sob o céu preto cortado por raios. Havia casas e chalés de veraneio na estrada Lake, mas ninguém estava fora de casa na tempestade, e se alguém estivesse olhando pela janela, só teria visto uma bolha amorfa no formato de um carro atrás de faróis. Saí de Castle Rock e fui para Harlow. A chuva diminuiu e parou. Pelo retrovisor, logo antes do sol afundar atrás das montanhas em New Hampshire, vi um arco-íris. O sol sumiu e o arco-íris se apagou como um letreiro. Passei a noite em um motel em Gates Falls e dirigi até Portland na manhã seguinte, para a pensão onde morava quando trabalhava na Temp-O. Havia uma placa de quartos para alugar na janela da frente. Toquei a campainha e a sra. Blake atendeu.

— Você de novo.

— Eu. A placa diz que você tem um quarto.

— Isso mesmo, mas não o seu quarto. Fica no terceiro andar e não tem ar-condicionado.

— É mais barato do que o do segundo andar?

— Não.

— Eu fico.

No dia seguinte, voltei ao Temp-O e fui recontratado. Não pretendia passar longas horas trabalhando para a sra. Frobisher, mas queria ter emprego quando a polícia chegasse. Pearson estava na sala de descanso. Diane também. Um programa de entrevistas estava passando na televisão. Diane abriu um sorrisinho torto e disse:

— Mais um tapa-buraco, amiguinhos.

Pearson estava lendo o jornal, com partes empilhadas em volta dos sapatos. Ele deu uma olhada em mim e ergueu o jornal de novo.

— Então você voltou — falei para Diane.

— Você também. Não deu certo na casa de Elgin?

— Deu por um tempo, depois não mais. Ele começou a ficar estranho quando os experimentos não deram certo.

— E aqui estamos nós. Todos os caminhos levam à Temp-O.

A sra. Frobisher entrou.

— Quem quer um depoimento na Brune e Carhcart? — Ela não esperou resposta, só apontou para uma mulher nova que eu não conhecia. — Você, Janelle. Agora.

Pearson tinha acabado a seção local do jornal e eu a peguei. Na parte de baixo da página 1B havia um artigo com a manchete HOMEM DE CASTLE ROCK MORRE EM EXPLOSÃO DE GÁS NO LAGO DARK SCORE. Dizia que o caso estava sendo investigado como acidente ou possível suicídio. Dizia que, por causa da chuva pesada, o fogo não tinha se espalhado.

— Puta merda, meu último chefe morreu — falei, e mostrei o artigo para Diane.

— Azar o dele, sorte a sua. — Ela leu a história. — Ele era suicida? Precisei pensar sobre isso.

— Não sei.

No dia seguinte, eu tinha tribunal. Quando voltei para a pensão, dois policiais estavam me esperando na sala. Um estava de uniforme, o outro era detetive. Eles se apresentaram e perguntaram por quanto tempo eu tinha trabalhado para Elgin. Falei que cerca de um mês. Repeti o que tinha dito para Diane, que Elgin começou a ficar *dinky-dau* quando os experimentos começaram a dar errado e eu fui embora. Sim, eu estava morando na casa de hóspedes, mas saí quando larguei o trabalho. Não, não estava lá quando a casa explodiu. Perguntaram se eu conhecia um homem chamado Burton Devereaux. Falei que conhecia o nome, estava na lista de sujeitos experimentais de Elgin, mas não o homem. Nunca o tinha visto. O detetive me deu o cartão dele e falou para eu ligar se me lembrasse de alguma coisa. Falei que faria isso. Perguntei se o detetive achava que Elgin tinha se matado.

— Isso surpreenderia o senhor?

— Não muito.

— Ele ligou o forno a gás e encontramos um pedaço de isqueiro derretido no que sobrou do piso da cozinha, então o que você acha?

O que eu achava era que um detetive inteligente talvez se perguntasse como Elgin poderia estar no divã na sala se os restos do isqueiro tinham sido encontrados na cozinha. Mas acho que ele não era tão esperto.

Trabalhei na Temp-O até setembro, pedi demissão e dirigi até o Nebraska. Não havia nenhum motivo para escolher o Nebraska, foi só o lugar para onde fui. Consegui trabalho temporário em uma fazenda, um daqueles locais grandes do agronegócio, e o capataz me manteve lá depois que a colheita acabou. Estou aqui agora. Está uma nevasca danada. A I-80 está fechada. Estou sentado à escrivaninha pensando em galáxias além de galáxias. Em pouco tempo, vou fechar este caderno, apagar as luzes e ir para a cama. O som do vento vai me embalar até eu pegar no sono. Às vezes, sonho com a guerra e com homens gritando no fogo. Às vezes, com mulheres gritando no fogo. Crianças. *Nahn tu*, elas gritam. *Nahn tu, nahn tu*. Esses são os sonhos bons. Você talvez não acredite, mas é verdade. Nos sonhos ruins, estou do lado de fora de uma casa vermelha com porta verde. Se eu tentasse abrir a porta, ela se abriria. Sei disso e sei que um dia vou entrar e me ajoelhar na entrada da sala. *Nahn tu*, vou gritar, *nahn tu*, mas, quando esse sonho final chegar, não haverá misericórdia. Não para mim.

Pensando em Cormac McCarthy e Evangeline Walton

O HOMEM DAS RESPOSTAS

1

Phil Parker teve a grande sorte (ou o grande azar) de encontrar o Homem das Respostas três vezes ao longo da vida. Na primeira dessas ocasiões, em 1937, ele tinha vinte e cinco anos, estava noivo e tinha um diploma em direito cuja tinta ainda estava secando. Ele também estava preso a um dilema com tanta força que seus olhos lacrimejavam cada vez que ele pensava no assunto.

Ainda assim, aquilo precisava ser considerado e decidido de alguma forma. Com esse objetivo, ele saiu do apartamento em Boston e foi para a pequena cidade de Curry, em New Hampshire, onde os pais tinham uma casa de veraneio. Ali, planejava passar um fim de semana de tomada de decisões. Ele se sentou no deque com vista para o lago com um engradado de seis cervejas em uma noite de sexta. Pensou no dilema, dormiu refletindo e acordou na manhã de sábado de ressaca e com nenhuma decisão tomada.

Na noite de sábado, ele se sentou no deque com vista para o lago com uma garrafa de ginger ale Old Tyme. Acordou no domingo de manhã sem decisão tomada, mas sem ressaca; uma vantagem, mas não suficiente. Quando voltasse para Boston naquela noite, Sally Ann estaria esperando para saber o que tinha decidido.

Depois do café da manhã, ele entrou no Chevrolet velho e saiu rodando pelas estradinhas de New Hampshire em um dia lindo e ensolarado de outubro. As árvores estavam chamejantes nas cores de outono, e Phil parou várias vezes para admirar a vista. Refletiu que não havia beleza como a da Nova Inglaterra no fim do ciclo.

Conforme a manhã se aproximava do meio-dia, ele repreendeu a si mesmo por enrolar. Encher a cara de cerveja não tinha resolvido o problema, tomar ginger ale também não, e ficar babando nas folhas caídas também não serviria de nada. Mas ele desconfiava que sua concentração no cenário era mais do que uma comunhão com a natureza. Era parte da solução ou o esforço da mente dele para se afastar de uma decisão que, de alguma forma, colocaria a ele e sua noiva em um rumo de vida.

Virar adulto é isso aí, disse a si mesmo.

Sim, mas achava a ideia de escolher uma única coisa péssima. Sabia que precisava ser feito, mas isso não queria dizer que ele precisava gostar. Não era um pouco como escolher a cela de prisão em que você quer pagar sua sentença? Sua prisão *perpétua*? Era bobeira, um exagero... mas nem tanto.

O dilema dele era simples e direto, como a maioria dos grandes dilemas são: onde ele exerceria seu ofício? Cada escolha era cheia de ramificações.

O pai de Phil era sócio sênior de uma firma de direito antiga de Boston do tipo predominantemente branca: Warwick, Lodge, Nestor, Parker, Allburton e Frye. O pai de Sally Ann era sócio sênior no mesmo lugar. John Parker e Ted Allburton eram melhores amigos desde a faculdade. Tinham se casado com menos de um ano de diferença, cada um sendo padrinho do outro. Phil Parker tinha nascido em 1912, Sally Ann em 1914. Os dois eram amigos na infância e continuaram se gostando mesmo durante aquele período difícil da adolescência em que os meninos e as meninas costumam expressar desdém público pelo sexo oposto, sem importar o que sentem no particular.

Os pais dos dois lados talvez tivessem sido as pessoas menos surpresas da face da Terra quando Phil e Sally Ann começaram a "andar juntos", como se dizia na época, mas nenhum dos casais ousou ter esperanças de que o afeto dos filhos sobrevivesse a quatro anos de separação: Sally Ann em Vassar, e Phil em Harvard. Quando aconteceu, os pais ficaram felizes da vida, assim como Phil e Sally Ann (óbvio). Amor não era o problema. Ao menos não diretamente, embora o amor tenha tido seu papel (como quase sempre tem).

Curry era o problema, a cidadezinha perto da divisa entre o Maine e New Hampshire onde os Parker e os Allburton tinham casas de veraneio em terrenos adjacentes voltados para o lago.

Phil era apaixonado por Curry por pelo menos o mesmo tempo que estava apaixonado por Sally Ann, e, pelo jeito, agora tinha que escolher entre os dois. Queria estabelecer sua prática em Curry, embora só tivesse dois mil residentes de ano todo. A área do centro, onde a rodovia 23 atravessava a rodovia 111, era formada por um restaurante, dois postos de gasolina, uma loja de material de construção, o mercado A&P e a prefeitura. Não havia bar nem cinema. Para ter essas coisas, era preciso ir até North Conway, que ficava meio longe. Havia uma escola de ensino fundamental (na época era chamada de primário), mas não de ensino médio. Os adolescentes de Curry faziam o trajeto chato de ônibus até a Patten High, a quinze quilômetros de lá.

E não havia advogado na cidade. Phil poderia ser o primeiro. Os Parker e Allburton achavam que ele era maluco de considerar Curry. John Parker ficou magoado e zangado de o filho estar pensando em não entrar para a firma, onde o avô tinha sido sócio sênior na época das carroças. Também disse que achava difícil acreditar que um jovem que havia se formado *cum laude* na Faculdade de Direito de Harvard pudesse considerar trabalhar no interior de New Hampshire... que ele chamava de interior *esquecido* de New Hampshire (às vezes, depois de um ou dois coquetéis, o interior *miserável*).

— Seus clientes vão ser fazendeiros se processando por causa de vacas que quebraram cercas — disse John Parker. — Seus maiores casos vão envolver caça ilegal ou batidas de carro na rodovia 23. Você não pode estar falando sério.

Mas a consternação no rosto do pai deixava claro que ele sabia que o filho podia estar falando sério, sim.

Ted Allburton ficou ainda mais zangado do que o velho amigo. Tinha um motivo especial para isso, além dos motivos que John já tinha manifestado para o filho: Phil não estaria apenas cometendo um ato voluntário de destruição do próprio futuro. Estava planejando levar uma refém, e a refém era a filha dele.

Como Phil insistiu, Allburton impusera um limite, um limite fundo e firme.

— Vou proibir o casamento.

— Senhor — respondera Phil, mantendo a voz firme e (esperava ele) educada. — Eu amo Sally Ann. Ela me ama. E ela é maior de idade.

— Você quer dizer que ela poderia se casar com você sem meu consentimento. — Ted era um homem grande de ombros largos que gostava de suspensórios (que chamava de suportes). Seus olhos azuis podiam ser calorosos, mas naquele dia soltavam faíscas. — É verdade, ela poderia. E eu gosto de você, Phil. Sempre gostei. Mas se você vai fazer o que está pensando, o casamento aconteceria sem minha bênção. E isso, eu acredito, a deixaria muito infeliz. Na verdade, duvido muito que ela fosse aceitar.

Phil tinha olhado naqueles olhos faiscantes e entendido que Ted Allburton estava pegando leve. Ele *tinha certeza* de que Sally Ann não aceitaria.

Phil não sabia se ela aceitaria ou não, principalmente se o sr. Allburton decidisse não dar um dote em dinheiro. Phil sabia que Sal o entendia melhor do que os mais velhos, que não queriam ou não conseguiam entender de jeito nenhum, e sabia que parte dela queria o mesmo que ele. Afinal, ela também havia passado a infância indo para Curry no verão e em alguns Natais mágicos cheios de neve.

Ela estava disposta a ouvir quando Phil falou que acreditava que Curry e todo o sul de New Hampshire cresceriam.

— Vai começar devagar — dissera ele naquele verão, quando ainda tinha esperanças de que os pais embarcassem no plano hesitante, ainda que não os Allburton. — A depressão só vai terminar daqui a uns sete anos ou mais… a menos que haja mesmo uma guerra. Meu pai acha que vai haver, mas eu não. O crescimento vai começar na área de North Conway e vai se espalhar de lá. Por volta de 1950 vai haver mais rodovias. Mais rodovias trazem mais turistas, e mais turistas trazem mais negócios. As pessoas novas vão chegar de Massachusetts e Nova York, Sal, e vão chegar aos milhares. *Dezenas* de milhares! Pra nadar em lagos límpidos no verão, pra ver as folhas mudarem no outono, pra esquiar no inverno. Seu pai acha que vou viver e morrer pobre. Acho que ele está enganado.

Infelizmente, não foi em 1950, nem em 1945. Foi em 1937, e ele não tinha conseguido convencer ninguém. Não tinha ousado (ainda não, pelo menos) pedir a Sally para se comprometer, o que poderia significar dar as costas para a família… ou fazer com que eles dessem as costas para ela. Parecia horrivelmente injusto, mas deixá-la pendurada no dilema *dele* também era injusto. Por isso, ele disse que iria até lá, passaria o fim de semana e tomaria uma decisão. Ou a firma na avenida Commonwealth ou o escritoriozinho de madeira atrás da prefeitura de Curry e ao lado do posto Sunoco. Boston ou Curry. A moça ou o tigre. E até o momento ele tinha decidido…

— Nadinha — murmurou ele. — Deus do céu!

Ele estava na rodovia 111, voltando para o lago. Seu estômago pedia almoço, mas num tom baixo e bem respeitoso, como se estivesse intimidado pela sua incapacidade de decidir.

O maior desejo de Phil era fazer o pai e a mãe entenderem que a firma não era o lugar certo para ele, que ele seria um pino quadrado tentando entrar em um buraco redondo. O fato de que o negócio tinha sido certo para o pai e o avô dele (sem mencionar o Honorável Theodore Allburton e *seu* pai) não tornava o lugar certo para ele. Phil tinha tentado, de todas as formas que conseguiu pensar, explicar à família que talvez pudesse fazer um trabalho perfeito na casa dupla de tijolos marrons na avenida Comm e ainda assim se sentir desesperadamente infeliz lá. Aquela infelicidade penetraria na sua vida familiar? Podia, e provavelmente penetraria.

— Besteira — respondera o pai. — Quando você amansar, vai amar. Eu amei, e você vai amar também. Um novo desafio todos os dias! Nada de processos pequenos por causa de arados quebrados e carroças roubadas!

Amansar. Que palavra! Essa palavra o assombrou por toda a primavera e todo o verão. Era o que se fazia com cavalos. Eles eram amansados, treinados até ficarem velhos, depois eram enviados para a fábrica de cola. Ele achou que a metáfora, ainda que dramática, era realista.

Sua mãe, que pelo menos percebeu que a consternação do filho era real — algo sério —, foi mais gentil.

— Você só vai saber se a firma é a coisa certa pra você se tentar — disse ela, e esse foi o argumento mais razoável e sedutor apresentado a ele em favor da firma. Porque ele se conhecia.

Tinha sido um bom estudante da lei. Não bom o suficiente para ser brilhante, talvez, mas não havia vergonha em ser muito bom. Ele não era muito rebelde, nem Sally Ann. Se fossem, não estariam tão consternados pela ideia de ir contra o desejo dos pais, afinal não eram mais adolescentes!

Se ele fosse trabalhar na firma, Phil desconfiava que acharia alguns aspectos desafiadores, e desconfiava mais ainda que com o tempo acabaria *amansando*. A ideia de ser o primeiro advogado em uma cidadezinha sonolenta que podia um dia se tornar uma cidade não tão pequena afluente, possivelmente uma cidadezinha importante, diminuiria. Aos poucos no começo, depois, quando os primeiros fios grisalhos aparecessem nas têmporas, mais rápido. Em cinco anos, pareceria mais sonho do que desejo. Haveria crianças e uma casa para cuidar, mais reféns da fortuna, e cada ano (não, cada mês, cada semana, cada maldito *dia*) ficaria mais difícil dar as costas.

Um rumo de vida.

Ele tentou se imaginar contando para Sally Ann que tinha decidido por Curry. Os pais dele os ajudariam a começar (provavelmente), mesmo que os Allburton, não. Ele tinha algumas economias, Sal também (não muito). Seria difícil, mas não impossível (talvez). Ele desconfiava que Ted Allburton estava enganado sobre a filha se recusar a se casar sem a bênção dele, Phil ousava acreditar que conhecia Sal melhor do que o pai dela nesse aspecto, mas como seria um casamento sem essa bênção? Era justo com qualquer um deles começar com amargura em vez de apoio?

Portanto, sua mente ficou indo e vindo, cidade grande ou pequena, mulher ou tigre, enquanto ele seguia por outra das longas colinas da rodovia 111. Uma placa amarela vibrante, pintada à mão, chamou sua atenção. 3 KM ATÉ O HOMEM DAS RESPOSTAS, dizia. Phil sorriu e em seguida riu alto. *Seria bom se esse cara existisse mesmo*, pensou ele. *Eu iria gostar de receber umas respostas.*

Ele seguiu dirigindo e logo passou por outra placa. Essa era azul vibrante. HOMEM DAS RESPOSTAS 1 KM.

Phil chegou no topo de uma subida e ali, no pé da descida, viu uma área vermelha ao lado da estrada. Quando se aproximou, percebeu que era um guarda-sol grande com laterais onduladas. Havia uma mesa embaixo. Um homem estava sentado atrás dela, na sombra. Phil achou que o local parecia aquelas barracas de limonada que se via no verão. Mas aquelas eram com criancinhas esperançosas que muitas vezes tinham se esquecido de acrescentar açúcar na bebida azeda, e não era verão ainda, e sim outono.

Mais curioso do que nunca, Phil parou e saiu do calhambeque.

— Oi.

— Oi você — respondeu o Homem das Respostas, no mesmo tom.

Ele parecia ter uns cinquenta anos. O cabelo ralo era grisalho. O rosto tinha linhas de expressão, mas os olhos eram vibrantes e interessados e não tinham a ajuda de óculos. Ele usava uma camisa branca, uma calça cinza lisa e sapatos pretos. As mãos de dedos longos estavam cruzadas sobre a superfície da mesa. Havia uma bolsa que parecia uma valise de médico junto a um dos pés. Ele parecia ser um sujeito inteligente, e Phil não o achou excêntrico. Ele lembrou a Phil a dezena de advogados de nível mediano e meia-idade da firma: homens sólidos e respeitáveis que não tinham aquele incremento final de capacidade que os levaria a serem sócios. Foi essa sensação de normalidade corporativa confortável que tornou a aparência do homem ali, embaixo de um guarda-sol vermelho, sentado no meio do nada, tão curiosa.

Havia uma cadeira dobrável do outro lado da mesa. A cadeira do cliente, supostamente. Havia três plaquinhas em fila, viradas para o cliente em potencial do Homem das Respostas.

O HOMEM DAS RESPOSTAS

dizia a placa do meio.

25 DÓLARES POR 5 MINUTOS

dizia a placa da esquerda.

PRIMEIRAS DUAS RESPOSTAS GRÁTIS

dizia a placa da direita.

— O que é isso, *exatamente*? — perguntou Phil.

O Homem das Respostas fixou nele um olhar que era irônico, mas não antipático.

— Você parece ser um jovem inteligente — disse ele. — Um jovem que fez faculdade, a julgar pela bandeira na antena do seu carro. E Harvard, ainda por cima! Dez mil homens de Harvard gritam por vitória hoje!

— Certo — disse Phil, sorrindo. — Porque sabem que em Eli, a justa Harvard domina.

O Homem das Respostas sorriu para ele.

— Jovens como você, e garotas, e garotas, estão tão acostumados a fazer perguntas que nem pensam no que estão perguntando. E como os negócios andam lentos hoje, vou fazer o favor de não responder essa pergunta. Ainda restam duas de graça, se você quiser.

Phil pensou que mesmo que o cara tivesse alguns parafusos a menos, o que ele tinha dito fazia sentido. Ele havia feito uma pergunta cuja resposta era óbvia. Por vinte e cinco dólares, aquele cara responderia a perguntas por cinco minutos. Era isso que estava acontecendo ali. Só isso.

— Nossa... você não acha que vinte e cinco pratas por cinco minutos de respostas é meio caro? Não me surpreende que seu ramo de trabalho esteja meio lento.

— Bom, o que é caro? Não, não responda, você não é o Homem das Respostas. Eu que sou. Meus valores variam de acordo com o local e com os potenciais clientes. Já cobrei cem dólares por cinco minutos, e em uma ocasião rara, cobrei mil. Mil pratas! Sim! Mas também já cobrei dez centavos. Você poderia dizer que eu cobro o que podem pagar. Respostas nem sempre são dolorosas, meu jovem, mas respostas certas nunca deveriam ser baratas.

Phil abriu a boca para perguntar se o homem estava falando sério, mas voltou a fechá-la. Já dava para imaginar o Homem das Respostas dizendo: *Sim, estou, e essa é sua segunda pergunta de graça.*

— Como eu saberia que as respostas que você me deu seriam verdadeiras e corretas?

— Você não saberia agora, mas com o tempo — disse o Homem das Respostas. — E isso é...

— A segunda — disse Phil. Ele estava com um sorriso largo, gostando do jogo. — De quanto tempo estamos falando?

Ele correu para botar a mão sobre a boca, mas era tarde demais.

— O dia está lento e vou dar uma terceira de graça pra você — disse o homem atrás da mesa. — A resposta é: depende. E isso ajuda a entender a verdade da minha profissão, se for verdade que você procura, só que não. Entende o que quero dizer sobre ser fácil fazer perguntas que não ajudam no entendimento? Desvaloriza todo o processo de perguntar, né? De *mergulhar* nas questões?

O Homem das Respostas se encostou, entrelaçou os dedos na nuca e olhou para Phil.

— Eu não deveria ficar surpreso com o quanto as perguntas das pessoas inteligentes podem ser inúteis, considerando o tempo que estou neste ramo, mas ainda fico. É *solto*. É *preguiçoso*. Já me perguntei muitas vezes se as pessoas inteligentes realmente entendem que respostas procuram na vida. Talvez só sigam em um tapete mágico de ego, fazendo suposições que costumam estar erradas. É o único motivo para eu pensar no motivo de elas fazerem perguntas tão impotentes.

— Impotentes! Realmente!

O Homem das Respostas continuou como se não tivesse ouvido.

— Você me perguntou como saberia se minhas respostas eram as certas. "Verdadeiras e corretas" foi como você falou, o que foi bem legal. Por isso, eu dei uma de graça para você. Se estivéssemos naquela agitação que precede o Natal, eu teria mandado você voltar para o carro e dar no pé dois minutos atrás.

A brisa soprou, balançou as bordinhas onduladas do guarda-sol e agitou as laterais do cabelo grisalho do Homem das Respostas. Ele olhou para a estrada vazia com uma expressão de melancolia profunda.

— O outono é um período lento pra mim, e outubro é o mês mais lento de todos. Acho que mais pessoas conseguem encontrar respostas sozinhas no outono.

Ele continuou olhando para a faixa preta de estrada que serpenteava pelas árvores ardentes por um momento. Mas seus olhos clarearam, e ele olhou para Phil de novo.

— Por que você não me perguntou alguma coisa específica?

Phil foi pego de surpresa.

— Não sei o que você quer dizer.

— O que você quer saber de verdade é se eu sou uma mentira — disse o Homem das Respostas. — E se você tivesse me perguntado qual era o nome de solteira da sua mãe, por exemplo, ou o nome da sua professora do primeiro ano, algo que eu não teria como saber a menos que eu seja o que digo que sou, você teria descoberto. — Ele balançou a cabeça. — Pessoas sem suas vantagens intelectuais costumam fazer exatamente esse tipo de pergunta. Pessoas *com* essas vantagens, pessoas que estudaram em Harvard, digamos, raramente fazem. Volta ao que eu falei. As pessoas inteligentes trabalham com desvantagem dupla: não sabem as respostas de que precisam e não sabem que perguntas fazer. A educação não inculca disciplina mental. Era de pensar que sim, mas costuma ser o contrário.

— Tudo bem — disse Phil (irritado). — Qual é o nome de solteira da minha mãe?

— Desculpa — disse o Homem das Respostas, e bateu na placa que dizia 25 DÓLARES POR 5 MINUTOS. — Pra isso, você precisa pagar.

— Você me enganou! — exclamou Phil, com humor. Ele não *sentia* humor; sentia exasperação. Com ambos.

— De jeito nenhum — respondeu o Homem das Respostas tranquilamente. — Você se enganou.

Phil ia protestar, mas desistiu. Entendeu o que o homem quis dizer. Era uma espécie de jogo da vermelhinha, só que intelectual.

— Isso foi interessante, senhor, mas vinte e cinco dólares é um valor um pouco alto pra um sujeito que saiu há pouco tempo da faculdade e está pensando em abrir o próprio negócio, então é melhor eu voltar pra estrada. Foi divertido passar um tempo com você.

Quando saiu andando, Phil pensou (não, teve certeza) que o homem sentado embaixo do guarda-sol vermelho diria *como o movimento anda lento e tudo mais, acho que posso fazer cinco minutos por vinte dólares para você. Pode ser até por quinze. Quinze contos, e você pode ficar com a mente tranquila sobre um monte de coisas.* E quando isso acontecesse, Phil decidiu, ele pagaria e se sentaria. O homem era charlatão, obviamente, e péssimo de barganha, mas e daí? Ele tinha uma nota de vinte, uma de dez e duas de cinco na carteira. Mesmo esbanjando ali, sobrava mais do que o suficiente para pagar um tanque de combustível para o calhambeque velho e um bom almoço em restaurante de beira de estrada. Phil achava que só ouvir a pergunta, falada em voz alta em vez de quicando dentro da cabeça, poderia ajudar bem a resolver seu problema.

O autointitulado Homem das Respostas estava certo sobre uma coisa, pensou Phil; ter boas respostas era mais uma questão de fazer boas perguntas.

Mas a única coisa que o Homem das Respostas disse foi:

— Dirija com cuidado.

Phil andou até o carro, passou pelo para-lama meio amassado e olhou para trás. Ainda estava esperando que o Homem das Respostas oferecesse um desconto, mas o Homem das Respostas parecia ter se esquecido totalmente de Phil; estava olhando na direção de Vermont, cantarolando e usando um gravetinho para limpar embaixo das unhas.

Ele vai me deixar ir, pensou Phil, irritado de novo. *Ele que se dane, eu vou fazer exatamente isso.*

Ele abriu a porta do motorista do Chevy, hesitou e a fechou. Pegou a carteira. Tirou a nota de vinte e uma das de cinco.

Só para ouvir as perguntas em voz alta, pensou de novo. *E eu não preciso contar para ninguém que parei no meio da estrada e dei dinheiro para um vidente durante uma depressão.*

Além disso, talvez valesse o gasto de vinte e cinco dólares só para ver o filho da mãe arrogante tateando e inventando desculpas quando Phil perguntasse *mesmo* o nome de solteira da mãe.

— Mudou de ideia? — O Homem das Respostas guardou o graveto de limpar unhas no bolso do peito da camisa e pegou a bolsa.

Phil sorriu e estendeu as notas.

— Pelos próximos cinco minutos, quem faz perguntas *sou eu*.

O Homem das Respostas riu e apontou para Phil.

— Boa, amigo. *Gostei* de você. Mas antes de eu aceitar o dinheiro, tem uma regra que temos que deixar clara.

Ah, lá vem, pensou Phil. *O buraco pelo qual ele pretende se enfiar para sair dessa.*

Da bolsa, o Homem das Respostas tirou o que parecia ser um despertador antiquado estilo Big Ben. Quando o colocou na mesa, Phil viu que era um cronômetro gigantesco, com números de cinco a zero.

— Não sou psiquiatra nem psicólogo. Também não sou vidente, apesar de ter certeza de que é isso que você está pensando. O ponto é o seguinte: não tenta me fazer perguntas com "eu devo…" nelas. Nada de "eu devo isso, ou devo aquilo?". Eu respondo a perguntas, mas não vou resolver seus problemas.

Phil, que tinha planejado perguntar ao sujeito se deveria entrar na firma ou abrir um escritório em Curry, começou a guardar o dinheiro. Mas aí pensou: *Se eu não conseguir elaborar minhas perguntas de uma forma que contorne a proibição dele, que tipo de advogado de tribunal eu vou ser?*

— Tudo bem — disse Phil, e entregou o dinheiro, que foi direto para a bolsa do Homem das Respostas.

— Não posso ficar te chamando de meu filho, meu filho. Seria bom você me dizer seu nome.

— Phil.

— Phil de quê?

Phil abriu um sorriso ardiloso.

— Só Phil. Acho que você só precisa disso, considerando que não vamos passar muito tempo juntos.

— Tudo bem, Só Phil. Me dá um segundo para dar corda nisso aqui. E estou vendo que você está usando um relógio também, parece um ótimo Bulova, então pode verificar junto do meu, se quiser.

— Ah, com certeza — disse Phil. — Eu pretendo fazer meu dinheiro valer.

— E vai. — O Homem das Respostas deu corda no cronômetro enorme com um estalo bem parecido com o do relógio que Phil deixava na mesa de cabeceira durante a graduação. — Está preparado?

— Estou. — Phil se sentou na cadeira do cliente. — Mas se você não souber responder à minha primeira pergunta, vou querer o dinheiro de volta na hora. Ou você vai me dar por vontade própria ou eu vou pegar à força.

— Isso me parece brutal! — disse o Homem das Respostas... mas rindo. — Vou perguntar de novo. Está preparado?

— Estou.

— Vamos começar.

O Homem das Respostas apertou uma alavanca na parte de trás do relógio, que começou a tiquetaquear.

— *Sua* sugestão: qual é o nome de solteira da minha mãe?

O Homem das Respostas nem hesitou.

— Sporan.

O queixo de Phil caiu.

— Como foi que você descobriu isso, cacete?

— Não quero jogar fora o tempo pelo qual você pagou, Phil, mas tenho que observar que você fez uma segunda pergunta, cuja resposta você sabe. Sei porque eu sou, ta-da, o Homem das Respostas.

Phil sentiu como se tivesse levado um gancho de direita. Sacudiu a cabeça para ordenar os pensamentos. O tique-taque do cronômetro grande do Homem das Respostas era muito alto. O ponteiro estava se aproximando do quatro.

— Qual é o nome da minha namorada?

— Sally Ann Allburton. — Sem hesitação nenhuma.

Phil começou a sentir medo. Disse a si mesmo para não sentir, que era um belo dia de outubro, e ele era mais jovem e sem dúvida mais forte do que o homem do outro lado da mesa. Devia ser truque, tinha que ser, mas isso não tornava a situação menos sinistra.

— Tempus está fugitindo, Phil.

Ele balançou a cabeça de novo.

— Tudo bem. Estou tentando decidir se devo...

O Homem das Respostas balançou um dedo para ele.

— O que eu falei sobre essa palavra?

Phil tentou organizar os pensamentos. *Encenação de tribunal*, pensou ele. *Pensa nisso como uma encenação de tribunal. Ele é o juiz. Houve uma objeção à sua linha de interrogatório. Como você contorna?*

— Você pode responder a perguntas sobre eventos futuros?

O Homem das Respostas revirou os olhos.

— Nós já conversamos disso, não? Eu disse que você saberia se minhas respostas eram verdadeiras e corretas *com o tempo*. Essa resposta pressupõe conhecimento do futuro. Para mim, não há futuro nem passado. Tudo está acontecendo agora.

Que baboseira de velha vidente, pensou Phil. Enquanto isso, o ponteiro preto do cronômetro estava chegando no três.

— Sally Ann vai aceitar se casar comigo quando eu pedir?

— Vai.

— Nós vamos morar em Curry? A cidade no fim da estrada?

— Vão.

O ponteiro preto grande do cronômetro chegou no três e continuou.

— Seremos felizes?

— Uma pergunta ampla, cuja resposta você também deveria saber, mesmo sendo tão jovem. Vai haver altos, vai haver baixos. Vai haver concordância e vai haver discordância. Mas, de um modo geral, sim. Vocês dois vão ser felizes.

Ele de alguma forma sabia o nome de solteira da minha mãe, pensou Phil. *E o nome da Sally. O resto é só palpite de vidente. Mas por quê? Por míseros vinte e cinco dólares?*

— Tempus continua fugitindo — disse o Homem das Respostas.

O tique-taque do cronômetro enorme parecia mais alto do que nunca. O ponteiro tinha passado do três e estava chegando perto do dois. Phil não tinha nenhum motivo são para ficar aliviado com o que o Homem das

Respostas estava dizendo, porque era o que ele queria ouvir, não era? E ele não tinha tomado sua decisão sobre Curry? Aquela coisa toda de "estar preso em um dilema" não era drama? Quanto a Sal... ele não sabia que a garota se casaria com ele mesmo que ele tornasse a mudança para a New Hampshire rural parte do acordo? Não com certeza absoluta, não cem por cento, mas uns noventa?

Abruptamente, ele mudou de direção.

— Me diz onde meu pai nasceu. Se puder.

Novamente, o Homem das Respostas não hesitou.

— Ele nasceu no mar, a bordo de um navio chamado *Marybelle*.

Phil sentiu novamente como se tivesse levado um soco no queixo. Era uma história antiga da família, muito valorizada e contada com frequência. Seu avô e sua avó estavam voltando para os Estados Unidos depois de uma peregrinação a Londres, onde os pais deles tinham nascido e passado toda a vida. A vovó tinha insistido em fazer a viagem apesar de estar grávida de oito meses por ocasião do retorno. Houve uma tempestade. O enjoo da vovó foi tão violento que iniciou o trabalho de parto. Havia um médico a bordo, e ele fez o parto do bebê. Ninguém esperava que John vivesse, mas, enrolado em algodão e alimentado com um conta-gotas, ele sobreviveu. E assim, Philip Yeager Parker, formado pela Escola de Direito de Harvard, se tornou possível.

Ele começou a perguntar de novo como o homem do outro lado da mesa, com as mãos ainda cruzadas, podia saber uma coisa dessas, mas desistiu. A resposta seria a mesma: *Porque eu sou o Homem das Respostas*.

As perguntas se entulharam na cabeça dele como uma multidão em pânico tentando fugir de um prédio em chamas. O ponteiro do cronômetro havia chegado ao dois e passado. O tique-taque parecia mais alto do que nunca.

O Homem das Respostas esperou, as mãos cruzadas.

— Curry vai prosperar como eu acho que vai? — disse Phil subitamente.

— Vai.

O que mais? O que mais?

— O pai da Sally... e a mãe, acho... vão voltar a se aproximar de nós?

— Vão. Com o tempo.

— Quanto tempo?

O Homem das Respostas pareceu fazer um cálculo breve enquanto o ponteiro do relógio chegava ao um.

— Sete anos.

Phil sentiu o coração despencar. Sete anos era uma vida. Ele poderia dizer a si mesmo que o Homem das Respostas tinha tirado aquele número do nada, mas não acreditava mais nisso.

— Seu tempo está se esgotando, Só Phil.

Ele via isso, mas não conseguia pensar em outra pergunta além de *quanto tempo vou viver?* e na pergunta concomitante, *quanto tempo Sally Ann vai viver?* Ele queria saber essas coisas? Não queria.

Mas não queria desperdiçar os quarenta ou cinquenta segundos que restavam, então perguntou a única coisa que veio à mente.

— Meu pai diz que vai haver uma guerra. Eu digo que não. Qual de nós está certo?

— Ele.

— Os Estados Unidos vão participar?

— Vão.

— Quanto tempo até entrarmos nela?

— Quatro anos e dois meses.

Só restavam vinte segundos agora, talvez um pouco mais.

— Eu vou participar dela?

— Vai.

— Vou ser ferido?

— Não.

Mas essa não era a pergunta certa. Deixava um buraco.

— Eu vou morrer lá?

O cronômetro grande chegou ao zero e disparou com um som de BRRR-RANG. O Homem das Respostas o silenciou.

— Você fez essa pergunta logo antes do alarme, então vou responder. Não, Só Phil, você não vai morrer na guerra.

Phil se encostou na cadeira e soltou o ar.

— Não sei como você fez isso, moço, mas foi muito intenso. Tenho que acreditar que foi enganação, você devia saber que eu estava vindo aqui, fez umas pesquisas, mas sem dúvida você mereceu seus vinte e cinco contos.

O Homem das Respostas apenas sorriu.

— Mas eu não sabia exatamente aonde estava indo nem que estrada ia pegar... então como *você* poderia saber?

Nenhuma resposta. Claro que não. Seus cinco minutos tinham acabado.

— Quer saber de uma coisa? Estou me sentindo... estranho. Meio tonto.

O mundo pareceu estar se afastando. O Homem das Respostas ainda estava atrás da mesa, mas parecia estar ficando menor. Como se num trilho. O campo de visão de Phil começou a ficar acinzentado. Ele levou as mãos aos olhos para esfregá-los e o cinza ficou preto.

Quando Phil voltou a si, ele estava atrás do volante do Chevrolet, no acostamento da rodovia 111. Seu relógio marcava 13h20. *Eu desmaiei. Pela primeira vez na vida. Mas não dizem que tem uma primeira vez pra tudo?*

Foi um desmaio, sim. Mas ele havia estacionado antes, graças a Deus, e desligado o motor. Provavelmente de fome. Ele tinha tomado seis cervejas na noite de sexta e achava que havia calorias e alguma nutrição na cerveja, mas não tinha comido muito no dia anterior nem naquele, então fazia certo sentido. Mas quando se desmaiava, diferentemente de dormir, era possível sonhar? Porque ele tinha tido um bem estranho. Conseguia se lembrar de todos os detalhes: o guarda-sol vermelho, o cronômetro grande (ou será que dava para chamar aquilo de cronômetro?), o cabelo grisalho do Homem das Respostas. Ele conseguia se lembrar de todas as perguntas e todas as respostas.

Não foi sonho.

— Foi — disse ele em voz alta. — Foi, sim. Claro que foi. Ele sabia o nome de solteira da minha mãe e onde meu pai nasceu porque *eu* sei essas coisas.

Phil saiu do carro e andou lentamente até o local onde o Homem das Respostas tinha estado. A mesa tinha sumido, as cadeiras também, mas ele via as marcas na terra macia onde tinham estado. A visão cinza começou a voltar, e ele deu um tapa forte na própria cara, primeiro em uma bochecha e depois na outra. Em seguida, chutou a terra até as marcas terem sumido.

— Isso nunca aconteceu — disse ele para a estrada vazia e para as árvores alaranjadas. E falou de novo: — *Isso nunca aconteceu.*

Ele voltou para trás do volante, ligou o motor e foi para a estrada. Decidiu que não contaria para Sally Ann sobre o desmaio; ela só ficaria preocupada e provavelmente insistiria para que ele fosse ao médico. Era só fome, mais nada. Fome e o sonho mais vívido que ele já havia tido. Dois hambúrgueres, uma coca e uma fatia de torta de maçã dariam jeito nele, e ele tinha certeza de que havia uma lanchonete em Ossipee, a uns oito quilômetros dali.

Houve uma coisa boa naquele apagão de beira de estrada. Não, na verdade, duas. Ele diria para ela que pretendia se estabelecer na cidadezinha de Curry. Ela ainda daria sua mão em casamento?

Os pais que se danassem.

Phil Parker e Sally Ann Allburton se casaram na Igreja Old South de Boston no dia 29 de abril de 1938. Ted Allburton entrou com a filha na igreja. Essa entrada, que a princípio ele tinha se recusado a fazer, foi resultado da diplomacia da esposa dele e das súplicas gentis da filha. Quando conseguiu pensar com calma nas núpcias iminentes de Sal, o sr. Allburton percebeu que havia um outro motivo para fazer aquele gesto: negócios. John Parker era sócio sênior na firma. Ted reprovava intensamente a decisão de Phil de jogar fora um futuro brilhante em uma comunidade caipira, mas era preciso pensar na firma. Nos anos à frente, não podia haver atrito entre os sócios. Por isso, ele cumpriu seu dever, mas fez com o rosto firme, sem sorrir. Enquanto assistia à cerimônia, dois ditos antigos surgiram na mente de Ted Allburton.

É preciso cuidar dos jovens foi um deles.

Casar correndo é certeza de arrependimento foi o outro.

Não houve lua de mel. Os pais de Phil tinham aberto com relutância o fundo de investimentos do filho, trinta mil dólares, e ele estava ansioso para não desperdiçar nada. Uma semana depois da cerimônia, o rapaz abriu o escritoriozinho ao lado do posto Sunoco. A placa na porta, pintada pela esposa, dizia PHILIP Y. PARKER, ADVOGADO. Na mesa dele havia um telefone e uma agenda cheia de páginas vazias. Não ficaram vazias por muito tempo. Na mesma tarde em que abriu o escritório, um fazendeiro chamado Regis

Toomey foi até lá. Estava usando um macacão e chapéu de palha. Era tudo que o pai de Phil tinha previsto. Toomey se propôs a tirar as botas enlameadas e Phil falou que não precisava.

— Acho que essa lama foi parar aí de forma honrada. Sente-se e me conte por que está aqui.

Toomey se sentou. Tirou o chapéu de palha e o colocou no colo.

— Quanto você cobra? — A palavra saiu em ianque: *coba*.

— Cinquenta por cento do que eu conseguir pra você. Se eu não conseguir nada, vinte e cinco dólares.

Ele não tinha esquecido a plaquinha do Homem das Respostas, e ele, Phil, esperava ter respostas para todo tipo de gente. Começando com aquele homem.

— Me parece justo — disse Toomey. — A questão é a seguinte: o banco quer executar minha hipoteca e leiloar a fazenda. — *Fazena.* — Mas eu tenho um papel… — Ele o tirou do bolso da frente do macacão e o empurrou pela mesa. — … que diz que eu tenho noventa dias de graça. O homem do banco diz que não vale se eu não fiz o último pagamento.

— Você fez?

— Faltaram dez dólares. A esposa foi fazer compras, entende? Por isso ficou faltando.

Phil não conseguiu acreditar.

— Você está dizendo que o banco quer tirar sua fazenda porque faltaram dez dólares de pagamento de hipoteca?

— Foi o que o homem do banco disse. Diz que podem fazer leilão, mas acho que já tem um comprador de olho.

— Vamos descobrir isso — disse Phil.

— Eu não tenho vinte e cinco dólares agora, advogado Parker.

Sally Ann veio da outra sala com um bule de café. Ela estava usando um vestido azul-escuro e um avental de tom um pouco mais claro. O rosto sem maquiagem reluzia. O cabelo louro estava preso. Toomey ficou atordoado.

— Nós vamos pegar seu caso, sr. Toomey — disse ela. — E como é nosso primeiro, não vamos cobrar seja qual for o resultado. Não é, Philip?

— Claro — disse Phil, embora estivesse ansioso pelas vinte e cinco pratas. — Qual é o nome do sujeito do banco?

— Sr. Lathrop — disse Toomey, e fez uma careta como alguém que mordeu uma coisa amarga. — First Bank. Ele é o chefe de empréstimos, responsável pelas hipotecas.

Naquela mesma tarde, Phil se apresentou no First Bank de New Hampshire e perguntou ao sr. Lathrop se os chefes dele gostariam de um artigo no *Union Leader* sobre um banco cruel que tirou a propriedade de um fazendeiro em meio a uma depressão por meros dez dólares.

Depois de uma discussão, uma parte bem calorosa, o sr. Lathrop viu a luz.

— Estou tentado a levá-lo ao tribunal de qualquer modo — disse Phil em tom agradável. — Práticas de negócio injustas... dor e sofrimento... enganação financeira...

— Isso é absurdo — disse o sr. Lathrop. — Você nunca venceria.

— Talvez não, mas o banco perderia de qualquer modo. Acho que quinhentos dólares pagos na conta do sr. Toomey fechariam essa questão com satisfação de ambas as partes.

Lathrop resmungou, mas o dinheiro foi pago. Toomey propôs dividir, mas Phil, com a concordância de Sally Ann, recusou. Ele aceitou os vinte e cinco dólares quando Toomey insistiu, pensando no Homem das Respostas.

A notícia se espalhou, tanto em Curry quanto nas cidades dos arredores. Phil descobriu que vários bancos estavam usando a mesma história de pagamento incompleto para executar hipotecas de fazendas. Em um caso, um fazendeiro da cidade vizinha de Hancock ficou sem pagar vinte dólares três meses antes do fim do pagamento total da hipoteca. A hipoteca da fazenda foi executada e o terreno vendido para uma construtora por doze mil dólares. Phil levou esse caso ao tribunal e conseguiu oito mil dólares para o fazendeiro. Não o valor total, mas melhor do que nada, e a cobertura da imprensa foi ouro.

Em 1939, o escritório dele foi reformado, com telhas novas e uma camada de tinta. Assim como o rosto de Sally Ann, brilhava. Quando o posto Sunoco faliu, Phil o comprou e acrescentou um sócio recém-saído da faculdade. Sally Ann escolheu uma secretária (inteligente, mas mais velha e simples) que também servia de recepcionista, para ajudá-lo a fazer a triagem dos casos.

Em 1941, o negócio estava tendo lucro. O futuro parecia brilhante. Mas quatro anos e dois meses depois do encontro de Phil com o homem sentado debaixo do guarda-sol vermelho na lateral da estrada, os japoneses atacaram Pearl Harbor.

Não muito tempo antes do casamento, Sally Ann Allburton segurou Phil pela mão e o levou para o gramado dos fundos da casa dos Allburton em Wellesley. Os dois se sentaram em um banco junto ao lago de peixes dourados, onde uma camada de gelo tinha derretido recentemente. Ela estava corada e não o olhou nos olhos, mas estava determinada a dizer o que tinha em mente. Phil achou que ela nunca tinha ficado mais parecida com o pai do que naquela tarde.

— Você precisa ter um estoque de camisas de vênus — disse ela, olhando fixamente para as mãos unidas dos dois. — Sabe do que estou falando?

— Sei — disse Phil. Ele já tinha ouvido o nome *touca* e, quando estava na faculdade, *capinha da safadeza*. Tinha usado só uma vez, em uma ida a uma casa de baixa reputação em Providence. Foi uma visita que ainda o enchia de vergonha. — Mas por quê? Você não quer...

— Filhos? Claro que quero filhos, mas só quando tiver certeza de que não vou ter que voltar suplicando para os meus pais, nem você para os seus, para nos ajudarem. Meu pai adoraria e colocaria condições. Coisas que te afastariam do que você realmente quer fazer. Não posso aceitar isso. Não quero.

Ela lançou um olhar rápido na direção do marido para descobrir qual era a temperatura emocional e depois voltou a olhar para as mãos unidas.

— Tem uma coisa pra mulheres chamada *diafragma*, mas, se eu pedir ao dr. Grayson, ele vai contar para os meus pais.

— Um médico pode ser suspenso por um comportamento desses — disse Phil.

— Ele faria mesmo assim. Então... camisas de vênus. Você concorda?

Phil pensou em perguntar como ela sabia dessas coisas e concluiu que não queria saber; algumas perguntas não deviam ser respondidas.

— Concordo.

Nesse momento, ela de fato olhou para ele.

— E você precisa comprar em Portland, Fryeburg ou North Conway. Longe de Curry. Porque as pessoas falam.

Phil caiu na gargalhada.

— Você é danada!

— Eu sou quando preciso ser — disse ela.

O negócio dele prosperou, e várias vezes ele e Sally Ann conversaram sobre parar de usar as camisas de vênus, mas naqueles primeiros anos Phil trabalhava do amanhecer ao anoitecer, muitas vezes no tribunal, muitas vezes viajando, e a ideia de acrescentar um bebê à família parecia mais um fardo do que uma bênção.

E aí, o 7 de dezembro.

— Eu vou me alistar — disse ele para Sally Ann naquela noite.

Os dois tinham ouvido rádio o dia todo.

— Você pode conseguir dispensa. Tem quase trinta anos.

— Não quero ser dispensado.

— Não — disse ela, e segurou a mão dele. — Claro que não quer. Se quisesse, eu te amaria menos. Aqueles japas imundos e traiçoeiros! Além disso...

— Além disso o quê?

A resposta fez com que ele se desse conta, assim como aquele pedido de comprar as camisas de vênus longe de Curry, o quanto Sally era filha do pai dela.

— Além disso, pegaria mal. Seria ruim para os negócios. Você poderia ser chamado de covarde. Só volte para mim, Phil. Prometa.

Phil lembrou o que o Homem das Respostas tinha dito para ele debaixo do guarda-sol vermelho naquele dia de outubro: nem morto nem ferido. Ele não tinha por que acreditar nessas coisas, não depois de tantos anos... mas ele acreditava.

— Eu prometo. Com certeza.

Ela passou os braços pelo pescoço dele.

— Então vem pra cama. E esquece o maldito preservativo. Quero sentir você dentro de mim.

Nove semanas depois, Phil estava em um barracão Quonset em Parris Island, suando e com dores em todos os músculos. Lia uma carta de Sally Ann. Ela estava grávida.

* * *

Na manhã do dia 18 de fevereiro de 1944, o tenente Philip Parker levou seu contingente de 22º Regimento de Fuzileiros Navais para terra no atol de Eniwetok. A Marinha tinha sujeitado os japoneses a três dias de bombardeio, e a inteligência dizia que as forças inimigas estavam enfraquecendo em terra. Diferente da maioria das informações da inteligência naval, essa era verdade. Por outro lado, ninguém tinha se dado ao trabalho de contar aos fuzileiros sobre as dunas íngremes que eles teriam que subir depois que as barcas atracaram. Os japoneses estavam esperando, mas estavam armados com rifles e não com as temidas metralhadoras Nambu. Phil perdeu seis dos seus trinta e seis, dois mortos e quatro feridos, só um seriamente. Quando chegaram ao topo das dunas, os japoneses tinham sumido no meio da vegetação densa.

O 22º Regimento de Fuzileiros Navais foi para oeste, onde se depararam com uma resistência fraca. Um dos homens de Phil levou um tiro no ombro; outro caiu em um buraco e quebrou a perna. Essas foram as únicas casualidades depois do atracamento.

— Um passeio no parque — disse o sargento Myers.

Quando chegaram ao mar do outro lado do atol, Phil recebeu uma mensagem por walkie-talkie do quartel-general incompetente que haviam montado do outro lado das dunas que tinham provocado as piores casualidades. Ainda ouviam fogo disperso vindo do sul, mas o barulho foi diminuindo enquanto eles faziam a refeição do meio-dia. *Um piquenique à beira do mar,* pensou Phil. *Quem poderia imaginar que a guerra poderia ser tão agradável?*

— O que disseram, Loot? — perguntou Myers, quando Phil guardou o aparelho.

— Johnny Walker diz que a ilha está segura — disse Phil.

Ele estava falando do coronel John T. Walker, que era o chefe daquela bagunça, com seu colega coronel, Russell Ayers.

— Não parece segura — disse o soldado de primeira classe Molocky. Ele assentiu em direção ao sul.

Mas às quinze horas os tiros tinham se reduzido a nada. Phil esperou ordens, não recebeu nenhuma, colocou três guardas nos limites do mato alto e disse para o resto dos homens que eles podiam descansar até serem chamados de novo. Às vinte horas, receberam ordens de arrumar as coisas e voltar para o leste, onde reencontrariam a força terrestre principal. Alguns resmungaram por terem que andar de volta pela vegetação densa sendo que logo escureceria, mas ordens eram ordens, então eles arrumaram tudo. Depois que o soldado Frankland quebrou a perna em outro buraco e o soldado Gordon quase furou um olho ao se chocar com uma árvore, Phil mandou uma mensagem para o QG por rádio e pediu permissão para acampar pelo período da noite porque o terreno era difícil.

— Difícil pra caralho mesmo — disse o soldado de primeira classe Molocky.

A permissão foi concedida. Eles acamparam debaixo do mosquiteiro, mas muitos insetos entraram mesmo assim.

— Pelo menos o terreno está seco — disse Myers. — Eu já tive pé de trincheira e não é pra amadores.

Phil adormeceu com o som dos tapas dos seus homens e dos gemidos do soldado Frankland, o da perna quebrada. Acordou logo antes do amanhecer, ciente de que havia formas se movendo ao norte do pequeno acampamento, no escuro. Centenas de formas. Mais tarde, descobriu que Eniwetok era cheio de buracos de aranha. Frankland devia ter quebrado a perna em um; um homem da infantaria japonesa podia estar no fundo, olhando para cima, quando Rangell e o sargento Myers o tiraram de lá.

Myers agora botou a mão no ombro de Phil e murmurou:

— Nem uma palavra, nem um ruído. Pode ser que não nos vejam. Eu acho...

Nessa hora, um dos fuzileiros tossiu. Luzes conflitantes atravessaram a manhã cinzenta, mais cinzenta ainda debaixo da copa das árvores, e identificaram as formas encolhidas envoltas em mosquiteiros. Os tiros começaram. Seis fuzileiros foram mortos dormindo. Outros oito foram feridos. Só um fuzileiro deu um tiro. Myers estava com o braço em volta de Phil; Phil estava com um braço em volta de Myers. Os dois ouviram as balas voarem acima, e várias caíram no chão em volta deles. Houve uma ordem ríspida em japonês, talvez *zenpo, zenpo*, e os japas seguiram em frente, correndo e pisando na vegetação.

— Estão contra-atacando — disse Phil. — É o único motivo em que consigo pensar pra não terem acabado com a gente.

— O objetivo deles seria o QG? — perguntou Myers.

— Só pode ser. Vem. Você, eu, qualquer um que não esteja ferido.

— Você é maluco — disse Myers. Os dentes dele brilharam quando os lábios se abriram em um sorriso. — Gostei.

Phil contou apenas seis homens que foram atrás dos japoneses; podia ter havido mais um ou dois. Os tiros recomeçaram à frente, primeiro esporádicos, depois constantes. Granadas estouraram, e Phil ouviu o ruído da temida Nambu. Foi seguido de outras metralhadoras. Três? Quatro?

O restante do contingente dos fuzileiros saiu da vegetação e viu o outro lado das dunas que tinham dado tanto trabalho no dia anterior. Estava coberto de soldados japoneses a caminho do pouco defendido QG, mas os homens de Phil estavam atrás.

Um japonês grandalhão — talvez o único acima do peso de todo o exército japonês, Phil pensou depois — havia ficado um pouco para trás dos companheiros. Estava carregando uma metralhadora Nambu e carregado de cinturões de munição. Um pouco à frente dele havia outro, mais magro.

Phil puxou a faca e correu para o soldado grandalhão, achando que, se conseguisse pegar aquela metralhadora, poderia fazer um bom estrago. Talvez muito. Enfiou a faca na base do pescoço do japonês. Foi o primeiro homem que ele matou, mas no calor do momento ele mal registrou isso. O japonês berrou e caiu para a frente. O soldado mais magro à frente se virou e ergueu a arma.

— *No chão! No chão!* — gritou Myers.

Phil não foi para o chão porque naquele momento pensou no Homem das Respostas. *Vou ser ferido?*, ele havia perguntado. O Homem das Respostas dissera que não, mas Phil percebera que havia feito a pergunta errada. Fez a pergunta correta um pouco antes de os cinco minutos acabarem. *Vou morrer lá?* A resposta: *Não, Só Phil, você não vai morrer lá.*

Naquele momento em Eniwetok, ele acreditou. Talvez porque o Homem das Respostas sabia o nome de solteira da mãe dele e onde seu pai tinha nascido. Talvez porque não tinha alternativa. O japonês magro abriu fogo com a Nambu. Phil ficou ciente de Myers cambaleando para trás em um jorro de sangue. Destry e Molocky caíram dos dois lados dele. Ele ouviu balas voarem pelos dois lados da cabeça. Sentiu puxões na calça e na camisa, como se estivesse sendo mordido por um cachorrinho brincalhão. Mais tarde, contaria mais de dez buracos na roupa, mas nenhuma bala o acertou nem de raspão.

Ele abriu fogo, movendo a Nambu apropriada da esquerda para a direita, derrubando soldados japoneses como se fossem bonecos. Outros se viraram, momentaneamente imobilizados de choque por esse ataque inesperado pela retaguarda, depois abriram fogo. Balas acertaram a areia na frente de Phil, cobrindo a ponta das botas. Mais acertaram a roupa. Ele estava ciente de pelo menos dois de seus homens atirando também. Puxou outro cinturão de munição do japonês morto aos seus pés e abriu fogo de novo, sem perceber o peso de dez quilos da Nambu, sem perceber que estava esquentando, sem perceber que estava gritando.

Os americanos estavam devolvendo fogo do outro lado da duna; Phil percebeu pelo som dos rifles. Ele avançou, ainda atirando. Andou por cima de soldados japoneses mortos. A Nambu emperrou. Ele a jogou de lado, se curvou, e uma bala arrancou o capacete da sua cabeça e o jogou longe. Phil mal percebeu. Pegou outra metralhadora e voltou a atirar.

Percebeu que Myers estava ao seu lado de novo, metade do rosto coberta de sangue, um pedaço do couro cabeludo pendurado e balançando conforme ele andava.

— *Éééé, seus filhos da puta!* — gritou ele. — *Éééé, seus filhos da puta, bem-vindos aos Estados Unidos!*

Foi tão louco que Phil começou a rir. Ainda estava rindo quando eles chegaram ao alto da duna. Jogou a Nambu de lado e levantou os dois braços.

— *Fuzileiros! Fuzileiros! Não atirem! Fuzileiros!*

O contra-ataque, se é que se pode chamar assim, terminou. O sargento Rick Myers ganhou uma Estrela de Prata (ele disse que preferiria ter o olho direito de volta). O tenente Philip Parker foi um dos quatrocentos e setenta e três recebedores da Medalha de Honra durante a Segunda Guerra Mundial e, embora não tenha ficado ferido, a guerra tinha acabo para ele. Um fotógrafo tirou uma foto da camisa perfurada de balas com o sol brilhando pelos buracos e a foto saiu em todos os jornais no que os fuzileiros de combate chamavam de "mundo". Ele era um herói de verdade e passaria o resto do tempo de serviço nos Estados Unidos fazendo discursos e vendendo Bônus de Guerra.

Ted Allburton o abraçou e o chamou de guerreiro. Chamou-o de filho. Phil pensou: *Que homem ridículo*. Mas o abraçou de boa vontade, sabendo quando uma bandeira branca era erguida.

Ele conheceu o filho, que já estava com quase três anos.

* * *

Às vezes, à noite, deitado acordado ao lado da esposa adormecida, Phil pensava no soldado japonês magro, o que tinha ouvido o grito de morte do compatriota. Via o soldado magro se virar. Via os olhos castanhos arregalados do soldado magro debaixo do capacete, com uma cicatriz no formato de anzol ao lado de um. Uma ferida que poderia ter surgido quando o soldado magro era criança. Ele via o soldado magro abrir fogo. Lembrava-se do som que as balas fizeram ao sussurrar ao redor. Pensava que algumas daquelas balas tinham dado puxões brincalhões na sua roupa, como se não fossem portadoras da morte, ou pior, causadoras de feridas perpétuas. Pensava na certeza que tinha da sobrevivência por causa do Homem das Respostas e, melhor dar nome aos bois, da profecia dele. E naquelas noites Phil se perguntava se o homem debaixo do guarda-sol vermelho tinha visto o futuro... ou o tinha feito. Para essa pergunta, Phil não tinha resposta.

2

Nas viagens de Bônus de Guerra, que consistiam em compromissos para falar nos estados da Nova Inglaterra e às vezes de Nova York, Phil teve a oportunidade de conversar com muitos soldados que tinham servido e ouviu muitas histórias difíceis sobre voltas para casa. Um ex-fuzileiro expressou isso de forma bem sucinta: "No começo, depois de quatro anos separados, nós éramos estranhos dormindo juntos". Phil e Sally Ann foram poupados dessa fase constrangedora, possivelmente (provavelmente) porque tinham crescido juntos, desde a infância. O amor físico entre os dois veio de modo natural. Uma vez, no momento do clímax mútuo, Sally Ann disse "Ah, meu heróóói", e os dois caíram na cama dando risada.

Jacob ficou arredio com ele no começo, ficava agarrado na mãe olhando com expressão de medo para o homem alto que tinha entrado na vida dos dois. Quando Phil tentava segurá-lo, o garoto lutava para ser colocado no chão, às vezes chorando. Ele ia até a mãe, agarrava a perna dela e olhava para o estranho que tinha que chamar de papai.

Uma noite, quando Jake estava sentado entre os pés da mãe brincando com os blocos, Phil se sentou na frente do filho e rolou uma bola de tênis na direção dele. Não esperava nada, então ficou feliz da vida quando Jake rolou a bola de volta. A bola foi de um para o outro. Sally Ann botou o livro de lado para olhar. Phil fez a bola quicar baixo. Jake estendeu as mãos e pegou. Quando Phil riu, Jake riu junto. Depois, ficou tudo bem entre os dois. Melhor do que bem. Phil amava tudo no filho: os olhos azuis, o cabelo castanho fino, o corpo forte. Mais do que tudo, ele amava o potencial do garotinho. Não conseguia ver o homem que Jake poderia se tornar, nem queria. *Que seja surpresa*, pensava ele.

Houve uma noite no final do ano de 1944 em que Jake se recusou a deixar Sal o pegar e o levar para a cama.

— Quero papai — disse ele.

Pode não ter sido a melhor noite da vida de Phil, mas ele não conseguia pensar em nenhuma melhor.

Curry vai prosperar como eu acho que vai?, perguntara ele naquele dia distante que parecia um sonho (embora ele ainda se lembrasse de cada pergunta feita e de cada resposta dada). O Homem das Respostas havia dito que sim, e também acertou. Em parte por causa da fama dele como fuzileiro ganhador da Medalha de Honra, mas mais porque ele pedia um preço justo pelos serviços que prestava e porque era bom no trabalho ("um *fio* da mãe inteligente", os locais diziam), Phil Parker tinha mais clientes do que conseguia aceitar nos anos depois da guerra.

O sócio que ele tinha aceitado em 1939 morreu em um bombardeio em Hamburgo, então Phil acrescentou outra pessoa, depois um segundo e, a pedido de Sal, uma jovem. Isso causou um tanto de reclamação entre os ianques velhos de Curry, mas em 1950 havia pessoas novas na cidade, com ideias novas e dinheiro novo. Um shopping center foi construído na cidade vizinha de Patten; Phil e seus sócios fizeram o trabalho legal e tiveram um bom lucro. Em Curry, a escola primária com cinco salas foi substituída por uma escola nova de oito salas. Phil comprou o prédio antigo por uma ninharia e o lugar virou seu novo escritório: Phil Parker e Associados. Os Allburton iam visitar com frequência a filha, o neto... e, claro, o herói de guerra. Phil tinha quase certeza de que Ted tinha passado a acreditar que sempre havia apoiado a decisão presciente do genro de se mudar para Curry, que estava florescendo.

Phil conseguiu deixar de lado qualquer animosidade que pudesse ter guardado pelo sogro por causa do amor intenso e incondicional de Ted por Jake. No sexto aniversário do menino, Ted deu a ele uma luvinha de beisebol e jogou bola baixa com o neto no quintal até estar quase escuro demais para enxergar e Sally Ann ter que mandar os dois entrarem para jantar.

Por mais pressão que houvesse no trabalho, Phil sempre tentava estar em casa antes de escurecer para poder ter um tempinho com o filho. Quando Jake tinha oito anos, eles estavam a nove metros um do outro, depois doze, jogando bolas altas.

— Joga, pai! — gritava Jake. — Capricha de verdade!

Phil não jogava com a força que poderia, não para um garoto de oito anos, mas aumentou a velocidade dos arremessos aos poucos. Nos fins de semana de primavera e verão, os dois se sentavam juntos para ouvir os jogos do Red Sox no rádio. Às vezes, os três.

Em um dia de novembro, depois de jogarem bola em cinco centímetros de neve, Sally Ann chamou Phil de lado.

— Você jogava quando era criança? Eu não me lembro de você jogar.

Phil fez que não.

— Só uns joguinhos bobos depois da escola às vezes, mas não muito. Sabia correr, mas não era nada bom de arremessos. Os caras me chamavam de Parker Chorão.

— Eu também nunca fiz esportes, mas Jake… ele é bom ou é a minha imaginação misturada com orgulho de mãe?

— Ele é bom. Mal posso esperar pra levá-lo no seu primeiro jogo do Sox.

Isso aconteceu em 1950. Eles se sentaram nas arquibancadas, Phil de um lado, Ted do outro, o garoto no meio, olhando para a grama verde do Fenway Park, com os olhos arregalados, a boca aberta e o saco de pipoca esquecido no colo.

Ted se inclinou e disse:

— Um dia pode ser você lá, Jake.

Jake olhou para o avô e sorriu.

— Eu sei que vai ser — disse ele.

* * *

Em um dia atipicamente quente de outubro de 1951, Phil visitou a nova loja Western Auto em North Conway e voltou dirigindo pela rodovia 111 com um presente para toda a família no porta-malas: uma televisão Zenith, o modelo Regente com tela redonda. Também havia comprado uma antena interna, mas com uma antena externa eles talvez conseguissem ver as estações de Boston. Ele estava pensando que Jake ficaria louco de felicidade com a perspectiva de assistir a Tim Relâmpago em vez de ouvir no rádio.

Havia outra coisa na sua mente também, potencialmente mais importante do que a televisão nova. Naquela manhã, ele havia tido uma conversa com um homem chamado Blaylock Atherton, que por acaso era o republicano encarregado do senado estadual de New Hampshire. Um verdadeiro revolucionário, o senador Atherton, e tinha sido uma conversa interessante de fato. Phil estava pensando na discussão que teria com Sally Ann sobre o assunto quando passou por uma placa amarela presa em uma vareta na lateral da estrada. A frase, 2 KM ATÉ O HOMEM DAS RESPOSTAS, trouxe lembranças vívidas.

Não pode ser ele, não depois de tantos anos, pensou Phil. Mas, no fundo, ele sabia que era.

Depois da divisa de Curry, Phil passou por outra placa, azul dessa vez, anunciando que o Homem das Respostas estava um quilômetro à frente. Ele subiu a colina na extremidade da cidade. Duzentos metros à frente, viu o guarda-sol vermelho. Dessa vez, o Homem das Respostas tinha se acomodado em uma clareira grande não muito longe da nova escola. Era onde ficaria o Corpo de Bombeiros Voluntário de Curry em um ano, mais ou menos.

Com o coração disparado, a nova televisão e Blaylock Atherton já esquecidos, Phil saiu da estrada e desceu do carro. O calhambeque Chevrolet não existia mais. Ele bateu a porta do Buick novo e por um momento só ficou parado, impressionado com o que viu. Mais para atordoado.

Phil tinha envelhecido; o Homem das Respostas, não. Ele estava idêntico àquele dia de outubro, catorze anos antes. O cabelo ralo não ficou mais ralo. Os olhos eram do mesmo azul intenso. A camisa branca, a calça cinza, o sapato preto, tudo igual. As mãos de dedos longos estavam cruzadas sobre a mesa, como antes. Só as placas ladeando a que anunciava que ele era o

Homem das Respostas tinham mudado. A da esquerda dizia 50 DÓLARES POR 3 MINUTOS, e a da direita: SUA PRIMEIRA RESPOSTA GRÁTIS.

Acho que nem a magia é imune à inflação, pensou Phil. Enquanto isso, o Homem das Respostas o olhava com grande interesse.

— Eu conheço você? — perguntou ele, e riu. — Não responde isso! Você não é o Homem das Respostas, eu que sou. Me deixa pensar. — Como uma criatura em um conto de fadas, ele colocou o dedo ao lado do nariz. — Já sei. Você é Só Phil. Queria saber se sua garota ia se casar com você, apesar de já saber que ia, e se você viria morar nessa cidadezinha, apesar de já saber isso também.

— Eram perguntas impotentes — disse Phil.

— Eram, sim. Eram mesmo. Sente-se, Só Phil. Isso se você quiser fazer negócio. Se não quiser, você pode seguir seu caminho livremente. A liberdade é o que torna os Estados Unidos grandiosos, ou é o que dizem por aí.

Um sino tocou alto não muito longe. As portas da nova escola se abriram. Crianças gritando e carregando bolsas de livro e lancheiras saíram correndo pelas portas como se tivesse havido uma explosão. Uma delas sem dúvida era seu filho, embora Phil não conseguisse identificá-lo no meio da multidão; havia muitos garotos usando bonés do Red Sox. Dois ônibus escolares estavam prontos para levar os que moravam a mais de um quilômetro e meio de lá.

Phil se sentou na cadeira do cliente. Começou a perguntar se aquele vendedor estranho de beira de estrada era humano ou algum tipo de ser sobrenatural, mas devia ter aprendido ao menos algumas coisas entre os vinte e cinco e os trinta e nove anos, porque fechou a boca antes de desperdiçar a pergunta gratuita. Claro que o Homem das Respostas não era um ser humano. Nenhum homem continuava idêntico depois de catorze anos e nenhum homem tinha como saber que ele sobreviveria a tiros de metralhadora à queima-roupa em Eniwetok.

O que ele disse foi:

— Parece que seu preço aumentou.

— Pra certas pessoas — disse o Homem das Respostas.

— Então você sabia que eu vinha.

O Homem das Respostas sorriu.

— Você está tentando obter informações fazendo afirmações. Conheço esse truque.

Aposto que conhece, pensou Phil. *Um gato astuto.*

Havia crianças passando pelo local do futuro corpo de bombeiros naquele momento, e embora crianças fossem curiosas por natureza, as poucas que olharam para o terreno baldio afastaram o olhar desinteressadas.

— Elas não nos veem, né?

— Outra pergunta cuja resposta você sabe, meu amigo. Claro que não. A realidade tem dobras, e agora estamos em uma delas. Essa foi sua pergunta gratuita. Se quiser fazer outras, tem que pagar. Caso esteja se perguntando, eu não aceito cheque.

Sentindo-se como um homem em um sonho, Phil pegou a carteira no bolso da calça. Havia três notas de vinte e uma de dez (havia também uma nota de cem para emergências, guardada atrás da habilitação). Ele entregou uma de dez e duas de vinte para o Homem das Respostas, que as fez desaparecer. Ele pegou a bolsa, a mesma, e tirou o mesmo cronômetro enorme. Dessa vez, os números só iam de zero a três, mas o som foi o mesmo quando ele deu corda.

— Espero que você esteja pronto, Só Phil.

Ele achava que estava. Não havia dilema nenhum dessa vez, ele estava perfeitamente feliz com o rumo atual da vida, mas achava que homens e mulheres sempre tinham curiosidade sobre o futuro.

— Estou pronto. Vamos lá.

A frase do Homem das Respostas foi a mesma daquele dia de 1937.

— Vamos começar.

Ele apertou a alavanca na parte de trás do relógio grande. Começou a tiquetaquear, e o único ponteiro começou o trajeto do três até o dois.

Phil pensou na conversa com Blaylock Atherton; não uma proposta, mas uma possibilidade. Um teste.

— Se me pedirem, eu devo…

O Homem das Respostas ergueu um dedo admoestador.

— Você esqueceu o que falei sobre essa palavra? Sou o Homem das Respostas, não seu conselheiro.

Phil não tinha esquecido exatamente; só tinha se acostumado a fazer perguntas que não avançavam as questões. Perguntas impotentes, na verdade.

— Tudo bem, minha pergunta é a seguinte: vou concorrer ao senado dos Estados Unidos?

— Não.

— Não?

— A resposta não vai mudar se você fizer a pergunta de novo. Enquanto isso, tempus está fugitindo.

— É porque Sal não vai querer que eu concorra?

— Não.

O único ponteiro do relógio tinha passado do dois.

— Atherton vai oferecer a oportunidade a outra pessoa?

— Vai.

— Filho da mãe — disse Phil, mas era realmente uma decepção? Era, mas não grande. Ele tinha seu trabalho como advogado, que ainda o envolvia. Também não estava louco para sair de New Hampshire e morar em Washington. Ele era um cara do interior, e achava que sempre seria.

Como tinha feito catorze anos antes, Phil mudou de direção.

— Sal e Jake vão gostar da televisão?

— Vão.

Um breve sorriso passou pelo rosto do Homem das Respostas.

Ao pensar em Jake, outra pergunta passou pela cabeça de Phil. Saiu pela boca antes de ele se dar conta de que talvez não quisesse saber a resposta.

— Meu filho vai jogar beisebol profissional?

— Não.

O ponteiro do relógio tinha passado do um e estava a caminho do zero.

— Algum esporte profissional?

— Não.

Isso foi mais decepcionante do que ouvir que ele não seria convidado a concorrer ao senado, mas era surpreendente? Não era. Os esportes eram uma pirâmide, e só aqueles que tinham talento quase divino chegavam ao topo.

— Vai jogar bola na faculdade?

Não tinha como isso não estar ao alcance de Jacob.

— Não.

Como um jogador perdendo uma série de rodadas e que continua apostando, Phil perguntou:

— No ensino médio? Ele deve...

— Não.

Phil olhou para o Homem das Respostas, intrigado e começando a ficar preocupado. Com medo, na verdade. *Não pergunte*, pensou ele, e um dos ditos favoritos da mãe dele lhe ocorreu: *Não espie pela fechadura para não passar vergonha.*

O ponteiro do relógio do Homem das Respostas chegou ao zero e soltou um BRRRANG rouco logo antes de Phil fazer a última pergunta:

— Meu filho está bem?

— Não posso responder isso, desculpe. Você perguntou um pouquinho atrasado, Só Phil.

— É?

Não houve resposta. Claro que não. O tempo dele tinha acabado.

— Acho que foi. Tudo bem, eu vou de novo. Posso fazer isso, não posso? — Não houve resposta, então Phil respondeu sozinho: — Posso, claro que posso. A placa diz por três minutos. — Ele se curvou e tirou a nota de cem de trás da habilitação. — Só me deixa... Pronto, aqui está...

Ele ergueu a cabeça e viu que a placa dizia 200 DÓLARES POR 3 MINUTOS E SEM RESPOSTAS GRATUITAS.

— Espera — disse ele. — Não era isso que estava escrito. Você me enganou.

Como antes, ou quase, o Homem das Respostas disse:

— Talvez você tenha se enganado.

E, como antes, o Homem das Respostas pareceu estar se afastando, como se sobre trilhos. A escuridão começou a se aproximar. Phil lutou contra, mas sem sucesso.

Voltou a si atrás do volante do Buick, ouvindo uma batida na janela do lado do passageiro.

— Pai? Pai, acorda!

Ele olhou ao redor, primeiro sem saber direito onde estava. Nem quando. Mas aí, viu o filho olhando para ele. Harry Washburn, amigo do garoto, estava junto, os dois usando bonés idênticos do Red Sox. Isso puxou Phil de volta para a realidade. Não 1937, mas 1951. Não um jovem com a tinta ainda molhada no diploma de direito, mas um veterano de guerra que era importante o suficiente naquela parte de New Hampshire para ser considerado um candidato viável para o senado americano. Um marido. Um pai.

Ele se inclinou e abriu a porta.

— Oi, filho. Eu devo ter cochilado.

Jake não estava interessado nisso.

— A gente perdeu o ônibus porque estava jogando bola atrás da escola. Você pode nos dar carona pra casa?

— O que vocês teriam feito se eu não estivesse aqui?

— A gente ia andar, óbvio— disse Jake. — Ou pegar uma carona com a dona Keene. Ela é legal.

— E bonita — emendou Harry.

— Bom, entrem. Comprei uma coisa em North Conway que acho que vocês podem gostar.

— É? — Jake entrou na frente. Harry se sentou atrás. — O quê?

— Você vai ver.

Phil olhou para o local onde estavam a mesa e o guarda-sol do Homem das Respostas. Olhou na carteira e viu a nota de cem dobradinha atrás da habilitação. A menos que a coisa toda tivesse sido sonho, e ele sabia que não tinha sido, achava que o Homem das Respostas a tinha colocado de volta. *Ou talvez eu mesmo tenha feito isso.*

Ele dirigiu para casa.

A televisão foi um grande sucesso. A antena interna só conseguia captar a WMUR de Manchester (a imagem às vezes... bem, com frequência, ficava obscurecida por chuvisco), mas quando Phil instalou a antena externa, os Parker conseguiam ver duas estações de Boston, a WNAC e a WHDH.

Phil e Sal gostavam de programas noturnos como *The Red Skelton Hour* e *Schlitz Playhouse*, mas Jake mais do que gostou da televisão; ele se apaixonou com todo o fervor de um primeiro amor. Assistia a *Weekday Matinee* depois da aula, onde o mesmo filme velho passava a semana toda. Assistia a *Jack and Pat's Country Jamboree*. Assistia a *Boston Blackie*. Assistia a comerciais de cigarro Camel e limpador Bab-O. Aos sábados, ele e os amigos se reuniam como se na igreja para ver *Crusader Rabbit*, *Os batutinhas* e milhares de desenhos velhos.

Sally Ann primeiro achou graça, depois ficou inquieta.

— Ele está viciado naquela coisa — disse ela, sem ideia de que esse grito parental seria repetido por gerações futuras. — Não brinca mais de bola com você quando você chega em casa, só quer ver um filme velho do Hopalong Cassidy que já viu quatro vezes.

Jake queria jogar bola às vezes, ou brincar de rebater atrás da garagem quando Phil arremessava devagar, mas essas ocasiões eram mais raras do que antes. Nos dias pré-televisão, Jake até estaria esperando o pai no degrau de entrada com a luva e o bastão apoiado ao lado.

A verdade era que Phil não se importava com a perda de interesse do filho tanto quanto Sally. Quando o Homem das Respostas disse que Jake não jogaria num time, nem no ensino médio, sua mente primeiro tinha pulado (como a de qualquer pai ou mãe) para possibilidades horríveis. Naquele momento, parecia que o motivo era mais prosaico: Jake estava perdendo o interesse no beisebol, assim como o próprio Phil tinha perdido o interesse em aprender a tocar piano quando era da idade do Jake.

Inspirado em programas como *O cavaleiro solitário* e *Wild Bill Hickok*, Jake começou a escrever seus faroestes. Cada uma tinha um ponto de exclamação e títulos como *Tiros em Laramie!* e *Tiroteio no cânion do homem morto!* Eram sinistros, mas não eram ruins… ao menos na opinião do pai do autor. Talvez um dia ele se tornasse escritor em vez de jogador do Boston Red Sox. Phil achou que seria uma coisa boa.

Blaylock Atherton ligou uma noite e perguntou se Phil tinha pensado melhor em concorrer ao senado, talvez não daquela vez, mas que tal em 1956? Phil disse que estava pensando. Disse para Atherton que Sally Ann não tinha gostado muito da ideia, mas que o apoiaria se a decisão dele fosse essa.

— Bom, não pense demais — disse Atherton. — Na política, temos que pensar adiante. *Tempus fugit*, sabe?

— Já ouvi falar — disse Phil.

Em uma manhã de sábado de fevereiro de 1952, Harry Washburn entrou no escritório de Phil que mais parecia um armário, onde Phil estava lendo depoimentos de um julgamento próximo. Ficou alarmado de ver uma mancha de sangue em uma das bochechas sardentas do Harry e mais na mão dele.

— Você se machucou, Harry?

— Não é meu — disse Harry. — O nariz do Jake está sangrando e não para. Tem sangue na camiseta do Roy Rogers todinha. De cima a baixo.

Phil achou que devia ser exagero até ver com os próprios olhos. Na tela redonda da Zenith, Annie Oakley estava trocando tiros com um bandido, mas nenhum dos quatro ou cinco garotinhos estavam prestando atenção a qualquer outra coisa além de Jake. A camiseta favorita dele, a camiseta de ver filme de caubói sábado de manhã, estava mesmo encharcada de sangue. A parte de cima da calça jeans também.

Jake olhou para o pai e disse:

— Não para.

A voz dele saiu grossa e anasalada.

Phil mandou os outros garotos assistirem ao programa, estava tudo bem, tudo sob controle. Manteve a voz calma, mas a quantidade de sangue para a qual estava olhando o assustou muito. Ele levou Jake para a cozinha, fez com que o filho se sentasse e inclinasse a cabeça para trás, encheu um pano de prato com cubos de gelo e pressionou no nariz do garoto.

— Aguenta firme, Jack-O. Vai parar.

Sally Ann chegou de uma ida ao IGA, viu a camiseta encharcada de Jake e inspirou para gritar. Phil balançou a cabeça, e ela não gritou. Ajoelhada ao lado dele, ela perguntou o que havia acontecido.

— Algum dos seus amigos deu um soco no seu nariz brincando de caubói?

— Não, só começou. Tem sangue no chão, mas não deixei cair no seu tapete azul, pelo menos.

— Caiu em mim também — disse Sammy Dillon. Ele e Harry tinham ido para a cozinha. Os outros meninos estavam atrás deles. — Mas eu lavei tudo.

— Que bom, Sammy — disse Sally Ann. — Acho que é melhor você e os meninos irem pra casa agora.

Eles foram de boa vontade, mas pararam na porta da cozinha para dar uma última olhada no amigo sujo de sangue. Quando as crianças saíram, Sally Ann se inclinou por cima do filho e sussurrou para Phil:

— Acho que não está parando.

— Vai parar — disse Phil.

Não parou. Diminuiu do jorro original, mas continuou saindo. O médico dos Parker na cidade estava de férias, e eles o levaram para o hospital em North Conway, onde Richmond, o médico de plantão, espiou pelo nariz do Jake com uma luzinha e assentiu.

— Vamos consertar isso num piscar de olhos, meu jovem. Mamãe e papai vão esperar lá fora enquanto a gente cuida disso.

Sal queria ficar, mas Phil, por ter uma ideia do que estaria envolvido no processo, pegou a esposa pelo braço, a levou com firmeza para a sala de espera e fechou a porta. Não adiantou de nada, porque, quando o nariz foi cauterizado, os berros de Jake se espalharam pelo pequeno hospital de uma ponta a outra. Phil e Sally Ann se abraçaram, os dois derramando lágrimas, esperando que acabasse. Depois de um tempo acabou… mas não acabou.

O dr. Richmond, com uma lapela do jaleco branco pontilhada com o sangue de Jake, sorriu e disse:

— Menino corajoso. Isso não é nada divertido. Posso falar com seus pais um minuto, Jacob?

Ele os levou para a sala de exames.

— Vocês viram os hematomas?

— Vimos, uns dois nos braços dele — disse Phil. — Ele é menino, dr. Richmond. Deve ter arrumado aquilo subindo em árvores ou algo do tipo.

— No peito também. Ele é brigão?

— Não — disse Phil. — Ele e os amigos brigam às vezes, mas é de brincadeira.

— Quero fazer um exame de sangue — disse o dr. Richmond. — Só por garantia, entendem?

— Ah, meu Deus — disse Sally Ann.

Mais tarde, ela diria para Phil que ela soube, naquela hora ela soube.

— Pra verificar os leucócitos e as plaquetas. Pra descartar coisas sérias.

— Doutor, foi só um sangramento de nariz — disse Phil.

— Traga-o de volta, Phil — disse Sally Ann. Ela estava com uma palidez em volta dos olhos e da boca com a qual Phil ficou muito familiarizado ao longo do ano seguinte.

Phil levou Jake para a sala de exames, e depois de ouvir uma garantia de que tirar sangue seria moleza em comparação à cauterização do nariz, Jake enrolou a manga e aceitou a agulha estoicamente.

Uma semana depois, o médico da família os chamou e disse que lamentava ser o portador de uma notícia ruim, mas parecia que Jake tinha leucemia linfoide aguda.

O filho forte deles desceu a ladeira rapidamente. Com oito meses do que era então chamada de "doença que definha", Jake teve remissão e deu aos pais várias semanas de esperança cruel. E aí veio o golpe. Jacob Theodore

Parker morreu no Hospital Regional de Portsmouth no dia 23 de março de 1953, aos dez anos.

Sal apoiou a cabeça no ombro do marido durante boa parte da cerimônia de despedida de Jake. Ela chorou. Phil não. As lágrimas dele tinham sido usadas durante a última estada de Jake no hospital. Até o final, Sal havia tido esperanças de outra remissão, rezado por isso, mas Phil sabia que Jake estava piorando. O Homem das Respostas tinha praticamente dito isso.

Mais tarde no mesmo dia ele se perguntou se tinha sentido cheiro de gin no hálito dela no funeral. Se sentiu, não teria valido a pena reparar. Os Parker eram da geração Bebida e Cigarro. Sally Ann apreciava coquetéis leves com a mãe e o pai e os amigos desde que tinha dezesseis anos, e sempre havia coquetéis esperando quando Phil chegava em casa. Dois antes do jantar era o habitual. Às vezes, Phil tomava uma ou duas latas de cerveja enquanto eles viam televisão. Sal tomava outro gin com tônica. Só mais tarde Phil olhou para trás e percebeu que um gin e tônica à noite tinha progredido para dois e às vezes três. Mas ela sempre acordava às seis, fazia o almoço para Jake levar para a escola e o café da manhã para os três. Também era a geração de Mulheres Cozinham, Homens Comem.

Ele foi reparar na recepção depois da cerimônia na beira do túmulo. Não tinha como passar batido. Sal estava na cozinha, contando para a sra. Keene uma história de quando Jake perdeu o primeiro dente, que ela havia amarrado um fio no dente mole com a outra ponta na porta do quarto dele.

— Quando bati a porta, o dente saiu voando! — disse Sal, só que dente saiu *dentche*, e Phil viu a sra. Keene, a bonita, como Harry tinha dito no dia em que Phil encontrou o Homem das Respostas pela segunda vez, se afastando dela um passo de cada vez. Afastando-se do bafo. Sal acompanhou cada passo da mulher e começou uma segunda história. Estava com um copinho na mão, virando-o lentamente, e o conteúdo respingou no chão.

Phil a segurou pelo braço e falou que os pais dele queriam falar com ela (não queriam). Sal foi de boa vontade, mas olhou para trás e disse:

— O *dentche* saiu voando! Nossa, que momento!

A sra. Keene abriu um sorriso de pena para Phil. Foi o primeiro de muitos.

Ele levou Sal até a porta da sala e os joelhos dela cederam. O copo caiu da mão dela. Ele o segurou e teve uma lembrança, momentânea mas tão brilhante, de pegar uma bola de Jake atrás da garagem. Ele a levou pelos grupos de pessoas na sala, já sustentando quase todo o peso da esposa. A mãe dele olhou e assentiu: *Tire-a daqui*. Phil assentiu de volta.

Não adiantava tentar levá-la para o andar de cima, então ele meio que a carregou para o quarto de hóspedes e a deitou entre os casacos das pessoas. Ela começou a roncar de imediato. Quando Phil voltou, ele disse para as pessoas que Sal estava tomada de sofrimento e achava que não poderia ver ninguém, ao menos por um tempo. Houve acenos solidários e mais murmúrios de condolências; Deus, tantas condolências que Phil se viu desejando que alguém fizesse uma piada pesada sobre a filha do fazendeiro. Mas ele tinha quase certeza de que havia algumas pessoas (a sra. Keene, por exemplo, e a mãe dele também) que sabiam que não era só dor que tinha se apossado da esposa dele.

Foi a primeira mentira que ele contou sobre ela e a bebida, mas não a última.

Phil sugeriu que eles tentassem ter outro bebê. Sal concordou com uma espécie de falta de interesse inerte de quem não se importa. Às vezes, ele tinha vontade de agarrá-la pelos ombros, com força a ponto de machucar, de deixar hematomas, de *acessá-la*, e dizer que ela não era a única que tinha perdido um filho. Não fez isso. Guardava a raiva para si, sabendo o que a esposa diria: *Você tem seu trabalho. Eu não tenho nada.*

Mas ela tinha. Tinha o Gilbey's Gin e os cigarros Kool. Dois maços por dia. Guardava-os em um estojinho de pele de jacaré que parecia uma carteira. Ela engravidou em 1954. Ele sugeriu que Sal parasse de fumar. Sal sugeriu que ele guardasse os conselhos para si, por mais bem-intencionados que fossem. Ela perdeu o bebê no quarto mês.

— Chega disso — disse ela no leito no Hospital North Conway. — Tenho quarenta anos. Estou velha pra ter um bebê.

Então eles voltaram a usar as camisas de vênus, mas na véspera de Ano Novo de 1956, Phil percebeu que ainda tinha três preservativos em uma caixa de doze que ele tinha comprado em North Conway pouco depois da

Páscoa. Sally Ann se dispunha a levantar a camisola e o aceitar dentro de si, mas quando ele olhava para ela e a via olhando para o teto, sabia que a esposa só estava esperando que ele chegasse ao clímax e saísse de cima. Isso não era propício à intimidade.

Só uma vez, em 1957, Phil falou com ela sobre a bebida. Disse que, se ela precisasse ir para um daqueles spas de reabilitação para parar ou ao menos diminuir, ele tinha encontrado um bom em Boca Raton, bem longe de New Hampshire, ninguém saberia. Ele poderia dizer que Sal tinha ido visitar amigos. Poderia até falar que os dois estavam se separando se ela quisesse, mas ela tinha que parar.

Ela o olhou, a esposa agora acima do peso, com pele ruim, olhos sem vida e cabelo embaraçado. Phil achava os olhos dela particularmente fascinantes. Não havia profundidade neles.

— Por quê? — disse ela.

Na noite de 8 de novembro de 1960, Phil voltou para casa e a encontrou vazia. Havia um bilhete na bancada da cozinha que dizia "O jantar está no forno. Fui para o GD ver os resultados da eleição. S.".

Não havia convite para Phil se juntar a ela, e ele nunca tinha gostado do Green Door em North Conway. Antes, por volta da época em que ele e Sal se casaram, era um bar legal. Mas havia se tornado uma espelunca.

De acordo com o relatório policial, a sra. Parker saiu do Green Door aproximadamente às 0h40 da madrugada de 9 de novembro, pouco depois de Kennedy ter sido declarado vencedor. O barman parou de servi-la às onze, mas permitiu que ela ficasse para ver o resultado.

Ao voltar para casa pela rodovia 16, dirigindo em alta velocidade, o pequeno Renault Dauphine saiu da estrada e bateu em um pilar de ponte. A morte foi instantânea. O relatório post mortem relatou um nível de álcool no sangue de 0,39. Ao receber a notícia de que a filha estava morta, Ted Allburton sofreu um ataque cardíaco. Depois de cinco dias de cuidados intensivos, ele morreu. Os funerais consecutivos quase fizeram Phil desejar estar de volta em Eniwetok.

Três semanas depois da morte da esposa, Phil dirigiu até o Corpo de Bombeiros Voluntário de Curry, onde antes havia um terreno baldio. Era tarde e o lugar estava escuro. Entre as duas partes da porta dupla havia uma cena de manjedoura: Jesus, Maria, José, os reis magos e vários animais. A manjedoura estava, até onde Phil lembrava, no lugar exato em que um guarda-sol vermelho protegera a mesinha do Homem das Respostas um dia.

— Vem aqui e fala comigo — disse Phil para a escuridão com vento. Do bolso do sobretudo, tirou um rolo de notas. — Tenho oitocentos aqui, talvez mil, e tenho algumas perguntas. A primeira é a seguinte: foi acidente ou ela se matou?

Nada. Só o terreno vazio, o corpo de bombeiros vazio, um vento frio do leste e um monte de estátuas de gesso idiotas iluminadas por uma lâmpada elétrica escondida.

— A segunda é *por quê*. Por que eu? Sei que parece autopiedade, e tenho certeza de que é, mas estou curioso de verdade. Aquele amigo idiota do caralho do Jake, o Harry Washburn, ainda está vivo, é aprendiz de encanador em Somersworth. Sammy Dillon também está vivo, então por que não o meu filho? Se Jake estivesse vivo, Sally estaria viva, né? Então me diz. Acho que eu nem quero saber por que eu, afinal, quero saber só *por quê*. Anda, cara. Sai daí, prepara o relógio e pega meu dinheiro.

Nada. Claro.

— Você nunca esteve aqui, né? Foi só produto da porra da minha imaginação, então foda-se você e foda-se eu e foda-se a porra do mundo todo.

Phil passou os três anos seguintes em um estupor de distimia. Fazia seu trabalho, sempre aparecia no tribunal na hora, ganhava alguns casos, perdia outros, não ligava muito. Às vezes, sonhava com o Homem das Respostas, e em alguns sonhos pulava por cima da mesa, derrubava o cronômetro no chão e fechava as mãos no pescoço dele. Mas o Homem das Respostas sempre sumia, como fumaça. Porque, na verdade, ele só podia ser isso, né? Só fumaça.

Aquele período da vida dele terminou graças à Mulher Queimada. O nome dela era Christine Lacasse, mas Phil sempre pensou nela como Mulher Queimada.

Um dia no começo da primavera de 1964, sua secretária entrou no escritório pálida e agitada. Phil achou que havia lágrimas nos olhos de Marie, mas só teve certeza quando ela secou uma com a base da mão. Phil perguntou se ela estava bem.

— Estou, mas tem uma mulher aqui pra falar com você, e eu queria te avisar antes de ela entrar. Ela foi queimada, muito. O rosto dela... Phil, o rosto dela está *horrível*.

— O que ela quer?

— Ela diz que quer processar a New England Freedom Corporation em cinco milhões de dólares.

Phil sorriu.

— Isso seria louco, né?

A New England Freedom fazia negócio nos seis estados, de Presque Isle a Providence. Tinha se tornado uma das maiores construtoras do norte nos anos pós-guerra, que Phil achava que tinham acabado. Eles construíam conjuntos habitacionais, shopping centers, centros industriais e até prisões.

— Melhor você mandá-la entrar, Marie. Obrigado por me preparar.

Não que algo pudesse realmente prepará-lo para a mulher que entrou apoiada em duas bengalas. Pelo lado esquerdo do rosto dela, Phil supôs que devia ter quarenta e tantos anos ou cinquenta e poucos. O lado direito do rosto estava enterrado em uma avalanche de pele que tinha derretido e endurecido. A mão segurando a bengala daquele lado era uma garra. Ao ver a expressão dele, ela ergueu o lado esquerdo da boca em um sorriso que mostrava os poucos dentes que restavam.

— Bonita, né? — disse ela.

A voz era rouca como o grasnir de um corvo. Phil supôs que ela tinha inalado o fogo que a queimou e danificou as cordas vocais. Achava que ela tinha sorte de conseguir falar.

Phil não tinha intenção de responder uma pergunta que devia ser retórica ou mesmo sarcástica.

— Sente-se, srta. Lacasse, e me diga o que posso fazer por você.

— É senhora. Eu sou viúva, sabia? Quanto ao que você pode fazer por mim, você pode processar a NEF. — Ela pronunciou *neff*. — Cinco milhões, nem um centavo a mais, nem um centavo a menos. Não que você vá aceitar, eu apostaria. Já procurei outros seis advogados, inclusive Feld e Pillsbury em Portland, e ninguém quer saber de mim e do meu caso. A NEF é grande demais pra eles. Você poderia me dar um copo de água antes de me expulsar daqui?

Ele interfonou para Marie e pediu que trouxesse um copo de água para a sra. Lacasse. Enquanto isso, a Mulher Queimada ficou mexendo com a mão boa em uma bolsinha que tinha presa na cintura. Ela pegou um frasco de comprimidos e jogou para Phil por cima da mesa.

— Abre pra mim, por favor? Eu consigo, mas dói pra caramba. Quero dois. Não, três.

Phil abriu o frasco marrom, tirou três comprimidos, entregou-os a ela e fechou-o. Marie entrou com a água e a sra. Lacasse tomou os comprimidos.

— É morfina, viu? Pra dor. Falar dói. Bom, tudo dói, mas falar é o pior. Comer também não é divertido. O médico diz que esses comprimidos vão me matar em um ano ou três. Digo que não vão me matar enquanto eu não levar meu caso para o tribunal. Estou cismada com isso, advogado Parker.

"Ah, estão começando a fazer efeito. Que bom. Eu tomaria mais um, mas aí ficaria lenta, começaria a falar as coisas na ordem errada."

— Me diga como posso ajudar — disse Phil.

Ela inclinou a cabeça para trás e soltou uma risada de bruxa. Ele viu que parte do pescoço dela havia escorrido para o ombro.

— Me ajuda a processar tudo daqueles filhos da puta, é assim que você pode ajudar.

E então a Mulher Queimada contou a história dela.

Christine Lacasse tinha vivido com o marido e os cinco filhos em Morrow Estates, uma comunidade construída pela NEF na cidade de Albany, ao sul de North Conway. As luzes da casa viviam piscando e às vezes saía fumaça das tomadas. Ronald Lacasse era motorista de caminhão de longas distâncias, ganhava um bom dinheiro, mas passava a maior parte do tempo fora. Christine Lacasse fazia o cabelo de mulheres em casa, e os secadores ficavam sempre entrando em curto. Um dia, os quadros de distribuição das salas de máquinas do quarteirão de quatro casas pegaram fogo, e eles ficaram sem energia por quase uma semana. Christine, que ainda não era a Mulher Queimada, falou com o superintendente de propriedades, que só deu de ombros e culpou a New Hampshire Power and Light.

— Eu sabia que não era isso — disse ela para Phil, tomando água. — Não caí de um caminhão de feno ontem. Uma onda de energia não faz os quadros de distribuição de quatro casas pegarem fogo. Os fusíveis queimariam primeiro. Outros quarteirões de casas da Morrow Estates tiveram problema com a luz e o aquecimento elétrico, mas nada como as nossas.

Como não obteve satisfação do zelador, ela ligou para o escritório de Portsmouth da NEF, falou com um funcionário e só ouviu desculpas. Ela investigou os figurões da corporação na biblioteca de North Conway, descobriu o número do QG de Boston da NEF, ligou para lá e pediu para falar com o presidente. Disseram que não, pois ele estava ocupado demais para falar com uma dona de casa de East Overshoe, New Hampshire. Ela falou com outro funcionário, provavelmente com salário e ternos melhores do que o funcionário de Portsmouth. Falou para o cara de Boston que às vezes, quando a energia piscava, a parede do salão que ela tinha em casa ficava quente e ela ouvia um zumbido, como se houvesse vespas lá dentro. Explicou que sentia cheiro de algo fritando. O funcionário disse que ela devia estar usando os secadores com uma voltagem alta demais para o sistema elétrico. A sra. Lacasse perguntou se o filho dele tinha filhos ainda vivos e desligou.

Naquele Natal, a NEF colocou luzes de Natal em toda Morrow Estates.

— A corporação fez isso? — perguntou Phil. — Não a Associação de Proprietários do condomínio?

— Não tinha Associação de Proprietários — disse ela para Phil. — Nada do tipo. Todo mundo recebeu um folheto da NEF na caixa de correspondência depois do Dia de Ação de Graças. Disseram que estavam fazendo aquilo pelo *espírito festivo*.

— Pela bondade do coração deles — disse Phil, escrevendo em um bloco.

A Mulher Queimada soltou a risada de bruxa e apontou um dedo deformado e meio derretido para ele.

— Gostei de você. Vai me expulsar como os outros, mas gostei de você. E nenhum dos outros escreveu o que eu falei.

— Você ainda tem o folheto?

— O meu pegou fogo, mas tenho uma pilha de outros iguais.

— Vou querer um. Não, quero todos. Me conta sobre o incêndio.

Ela disse que o marido foi para casa no Natal. Os presentes estavam embaixo da árvore. Duas noites antes da data, com as crianças na cama (os sonhos com doces de Natal eram opcionais), a casa deles e a casa dos Duffy ao lado pegaram fogo. Christine foi acordada por gritos lá fora. A casa estava cheia de fumaça, mas ela não viu chama nenhuma. O que viu pela janela do quarto foi Rona Duffy, a vizinha, rolando na neve, tentando apagar a camisola em chamas.

— Aquela casa deles estava queimando como uma vela de aniversário. Acordei Ronald e mandei ele pegar as crianças, mas ele não foi. Eu já estava saindo pela porta pra jogar neve na Rona. — A sra. Lacasse acrescentou de forma objetiva: — Ela morreu. Os dois filhos estavam com o ex-marido em Ruthland, sorte deles. Os meus não tiveram tanta sorte. Não sei o que aconteceu com eles. Acho que a fumaça deve ter afetado Ronnie antes de ele conseguir chegar neles. Voltei pra pegá-los eu mesma e metade do teto da sala caiu em mim. Advogado Parker, aquela casa queimou rapidinho. Eu saí engatinhando, pegando fogo. E sabe o que aconteceu durante o ano que passei no hospital?

— Ficaram jogando a culpa de um para o outro até a culpa sumir — disse Phil. Não foi isso?

O dedo retorcido apontou para ele de novo. Ela soltou outra risada. Phil pensou que era como os condenados no inferno deviam rir.

— A NEF disse que era culpa da empresa que fez a fiação elétrica. A empresa que fez a fiação elétrica disse que o estado tinha inspecionado as luzes de Natal e as especificações originais de fiação, então era culpa do estado. O estado disse que as especificações não eram iguais à fiação das casas ainda de pé e que a firma de engenharia devia ter trapaceado pra economizar. A firma de engenharia disse que recebeu ordens da New England Freedom Corporation. E sabe o que a New England Freedom Corporation disse?

— Pode nos processar se não gostar — disse Phil.

— Pode nos processar se não gostar é na mosca. Uma corporação grande e antiga contra uma mulher que parece uma galinha que ficou tempo demais no forno. Falei que tudo bem, que a gente ia se ver no tribunal. Eles me ofereceram um acordo, quarenta mil dólares, e eu recusei. Quero cinco milhões, um pra cada filho meu, de catorze a três anos. Eles podem ficar com meu marido de graça, porque ele devia ter tirado as crianças. Já está na hora de eu ir?

Pela primeira vez desde que Sal tinha morrido, talvez pela primeira vez desde que Jake tinha morrido, Phil sentiu uma pontinha de interesse real. E de ultraje. Gostava da ideia de ir contra uma corporação peso-pesado. Não pelo dinheiro, embora sua parte de cinco milhões acabaria sendo conside-rável. Não pela publicidade, porque ele tinha tanto trabalho quanto podia lidar... ou quanto queria fazer. Era outra coisa. Era a oportunidade de fechar as mãos em um pescoço que não sumiria como fumaça.

— Não — disse Phil. — Não está na hora de você ir.

Phil processou a New England Freedom incansavelmente por cinco anos. Seu pai reprovou, disse que Phil estava com complexo de Dom Quixote e o acusou de deixar os outros casos de lado. Phil disse que talvez fosse verdade, mas observou que não precisava mais economizar para enviar o filho para Harvard, e John, que já era o velho John àquelas alturas, nunca mais abriu a boca sobre o caso. A viúva de Ted Allburton disse que entendia e que estava com ele cem por cento.

— Você está fazendo isso porque não pode processar o câncer que le-vou o Jakey — disse ela.

Phil não discordou; podia haver algum elemento de verdade no que ela disse. Mas a verdade era que ele estava fazendo aquilo porque não conseguia tirar o Homem das Respostas da cabeça. Às vezes, quando não conseguia dor-mir, dizia a si mesmo que estava sendo bobo; o Homem das Respostas não era responsável pelos seus infortúnios, nem pelos da Mulher Queimada. Isso tudo era verdade, mas outra coisa também era: quando ele realmente *precisou* de respostas, o homem com o guarda-sol vermelho sumiu. E, como a sra. Lacasse, ele tinha que responsabilizar *alguém*.

Ele levou a NEF para o Tribunal Distrital de Boston antes de a sra. Lacasse ter pneumonia. Ele ganhou. A NEF apelou, como Phil e Christine sabia que fariam, mas ela teve a vitória condicional antes de a pneumonia a levar no outono de 1967. Phil a viu definhar quase diariamente e soube, assim como tinha sabido com Jake, que não havia volta. Acrescentou o ir-mão de Ronald Lacasse ao caso. Tim Lacasse não tinha a sede de vingança da Mulher Queimada, nem o fervor dela; disse para Phil ir em frente, para fazer o que quisesse, e acompanhou o caso do sofá de casa dele na Carolina do Norte. Ele se recusou a pagar qualquer coisa, mas ficaria feliz de receber dinheiro se caísse do céu, se voasse para o sul de Boston ou New Hampshire. A Mulher Queimada não deixou nenhuma propriedade. Phil continuou

516

mesmo assim, pagando as despesas do próprio bolso. Duas vezes, a NEF ofereceu um acordo, primeiro de trezentos mil dólares, depois de oitocentos mil dólares. A publicidade os estava deixando muito incomodados. Tim Lacasse pediu a Phil (de longe) que ele aceitasse o dinheiro. Phil recusou. Ele queria os cinco milhões, porque era o que a sra. Lacasse queria. Um milhão para cada filho. Houve atrasos. Houve adiamentos. A NEF perdeu no Primeiro Circuito e apelou de novo, mas quando a Suprema Corte se recusou a ouvir o caso deles, ficaram sem saída. A conta final pelas luzes de Natal, a gota d'água, e da fiação de merda que Phil provou ser política padrão da NEF (focando em outros conjuntos que a corporação tinha construído) foi de sete milhões e quatrocentos mil dólares concedidos ao suplicante Tim Lacasse. Somados com consideráveis custos judiciais. A NEF, inicialmente sem conseguir acreditar que não conseguiria vencer um advogado de interior de East Overshoe, poderia ter poupado quase dois milhões e meio de dólares se tivesse desistido.

Tim Lacasse ameaçou processá-lo quando Phil informou que os dois dividiriam o prêmio no meio.

— Vai em frente — disse Phil. — Seus três milhões e setecentos vão derreter como neve em abril.

Tim Lacasse acabou aceitando dividir e, em um dia de 1970, Phil pendurou uma foto emoldurada na parede do escritório, onde pudesse vê-la logo cedo todos os dias. A foto mostrava Ronald e Christine Lacasse no dia do casamento. Ele era corpulento e estava sorrindo. Com o vestido branco de noiva, Christine Lacasse estava linda de parar o trânsito.

Abaixo da fotografia havia seis palavras em letra de fôrma que Phil mesmo tinha escrito.

LEMBRE-SE: SEMPRE TEM GENTE PIOR

Depois do julgamento final do processo contra a New England Freedom, um caso que o tornou uma espécie de astro nos círculos legais, Phil poderia ter ingressado em quantos casos quisesse. Mas ele reduziu o ritmo, e como estava confortável financeiramente, começou a pegar um número maior de casos pro bono. Em 1978, catorze anos antes do Innocence Project ser fundado, conseguiu um novo julgamento e um tempo depois a liberdade para um homem que tinha cumprido doze anos de prisão perpétua na Prisão Estadual de New Hampshire.

Óbvio que havia um buraco na sua vida onde antes ficavam Jake e Sal. O trabalho legal não conseguia preenchê-lo, e Phil se tornou cada vez mais ativo na comunidade. Trabalhou como administrador na Biblioteca Pública de Curry e inaugurou o primeiro Festival do Livro de Curry. Fez propagandas nos canais de televisão de New Hampshire para divulgar a campanha de doação de sangue anual do estado. Trabalhou uma noite por semana no banco de alimentos de North Conway (porque sempre tem gente pior) e uma noite por semana em Harvest Hills, o abrigo para animais depois da divisa do estado, em Fryeburg. Em 1979, ele pegou um filhote de beagle lá. Ao longo dos catorze anos seguintes, Frank foi com ele para todos os lugares com o cachorro sempre no banco da frente do carro.

Não voltou a se casar, mas teve uma amiga em Moultonborough, que ele visitava de tempos em tempos. O nome dela era Sarah Coombes. Ele prestava serviços de advogado para ela e pagava a hipoteca da casa. Ele e Frank nem sempre passavam a noite lá, mas Sarah sempre tinha um saco de ração Gaines-Burger na despensa para quando os dois passavam. Essas visitas foram ficando mais raras ao longo do tempo. Quando o dia terminava, era mais provável que Phil fosse para casa para esquentar no micro-ondas a comida que a empregada deixava para ele. Às vezes (nem sempre, mas às vezes), ele ficava abalado com o vazio da casa. Nessas ocasiões, chamava Frank para perto, coçava atrás das orelhas do cachorro e dizia que tem gente pior.

O único serviço que ele recusou na comunidade foi de treinador-auxiliar do time da Liga Infantil de Curry. Esse era um ponto sensível demais para Só Phil.

O tempo foi passando, a história foi contada. Na maior parte, o tempo era bom. Havia cicatrizes, mas nenhuma que o desfigurasse, e o que eram cicatrizes, afinal, além de feridas que tinham cicatrizado?

Ele começou a mancar e precisou de bengala para caminhar. Marie se aposentou. Phil começou a ter artrite nas mãos, pés e quadris. Marie morreu. Ele anunciou sua aposentadoria e a cidadela (Curry estava prestes a se tornar uma cidade pequena) deu uma festança em sua homenagem. Ele ganhou muitos presentes, inclusive uma placa que o proclamava CIDADÃO Nº 1 DE CURRY. Vários discursos foram feitos, culminando no de Phil com uma plateia que quase lotou o auditório da nova escola de ensino médio. Foi um discurso modesto, divertido e, mais do que tudo, curto. Ele estava desesperado para mijar.

O beagle Frank morreu tranquilamente no outono de 1993. Phil o enterrou no quintal, depois de ter cavado os buracos com as próprias mãos, embora as juntas gritassem em protesto a cada movimento com a pá. Quando o túmulo foi preenchido, aplainado e coberto de grama de novo, ele fez uma oração funerária, também curta.

— Eu te amava, amigão. Ainda amo.

Nesse ano, Phil fez oitenta e um anos.

Em 1995, ele começou a sofrer de enxaquecas pela primeira vez na vida. Foi se consultar com o dr. Barlow, que ele ainda via como o médico novo, embora Phil fosse fazer check-up e avaliar a artrite com ele havia dez anos. Barlow perguntou se ele tinha visão dupla quando tinha as dores de cabeça. Phil disse que sim e admitiu que às vezes se via em partes diferentes da casa quando as dores diminuíam, sem lembrar como havia ido parar lá. O dr. Barlow o mandou para Portsmouth para fazer uma ressonância magnética.

— A notícia não é muito boa — disse o médico novo depois de examinar os resultados. — É um tumor cerebral. — E, como se o parabenizando: — É bem raro em homens da sua idade.

Barlow recomendou um neurologista no Mass General. Como Phil não dirigia mais exceto pela cidade, contratou um jovem chamado Logan Phipps para dirigir para ele. Logan falou muito sobre a família, os amigos, a namorada, o tempo, seu emprego de meio-período, seu desejo de voltar a estudar. Sobre outras coisas também. Tudo entrou por um dos ouvidos não muito bons de Phil e saiu pelo outro, mas ele assentiu o tempo todo. Ocorreu a ele nesse trajeto que a pessoa começa a se separar da vida. Não era nada de mais. Era como rasgar um cupom de supermercado devagar, mas sem parar, seguindo a linha pontilhada.

O neurologista examinou Phil e examinou as imagens do cérebro idoso de Phil. Falou que poderia operar e tirar aquele tumor miserável, o que fez Phil pensar em uma música antiga em que uma garota proclamava que ia lavar o cabelo para tirar aquele homem da cabeça. Sal costumava cantá-la no chuveiro, às vezes quando estava lavando o cabelo, coisa que Phil nunca levou para o lado pessoal. Quando Phil perguntou ao neurologista quais eram as chances de ele acordar da operação, e acordar sendo ele mesmo, o neurologista falou que era de cinquenta por cento. Phil disse que lamentava, mas que na idade dele aquele número não era bom o suficiente.

— Suas dores de cabeça podem ficar bem ruins antes...

O neurologista deu de ombros, sem querer dizer *antes do fim*.

— Tem gente pior — disse Phil.

3

Em um dia com muito vento no outono de 1995, Phil se sentou no banco do motorista pela última vez. Não era um calhambeque Chevrolet nem um Buick, mas um Cadillac Seville todo equipado.

— Espero não matar ninguém, Frank — disse ele para o cachorro que não estava lá.

Ele estava livre de enxaquecas no momento, mas uma frieza, uma espécie de *distanciamento*, tinha começado a habitar seus dedos dos pés e das mãos.

Ele dirigiu pela cidade a trinta quilômetros por hora e aumentou a velocidade para cinquenta quando saiu do centro. Vários carros o ultrapassaram, as buzinas tocando.

— Vai se lascar — disse Phil para cada um deles. — Se concordar, late, Frank.

Na rodovia 111, o trânsito diminuiu até quase nada, e ele ficou surpreso quando passou pela placa amarela dizendo 3 KM ATÉ O HOMEM DAS RESPOSTAS? Não ficou. Por que outro motivo ele estava arriscando sua vida e a vida de qualquer outra pessoa que ele pudesse encontrar na direção oposta? Também não acreditava que era a podridão preta no cérebro que estava enviando informações falsas. Chegou à placa seguinte em pouco tempo: em azul, HOMEM DAS RESPOSTAS 1 KM. E ali, depois de uma subida nos arredores do município de Curry, estava a mesa e o guarda-sol vermelho. Phil parou o carro e desligou o motor. Pegou a bengala e saiu com dificuldade de trás do volante.

— Fica aí, Frank. Não vai demorar.

Ele ficou surpreso de ver que o Homem das Respostas estava igualzinho? Os mesmos olhos brilhantes, o mesmo cabelo ralo, as mesmas roupas? Não ficou. Só havia uma mudança que Phil pudesse ver, embora fosse difícil ter certeza com a visão dobrando e às vezes triplicando. Só havia uma placa na mesa do homem das respostas. Dizia

TODAS AS RESPOSTAS GRÁTIS

Ele se sentou na cadeira do cliente com um grunhido e uma careta.

— Você está igual.

— Você também, Só Phil.

Phil riu.

— Por que você não para de brincadeira? — Uma pergunta idiota, ele achava, mas por que não? Hoje, todas as respostas eram grátis.

— É verdade. Por dentro, você continua igual.

— Se você diz, mas eu tenho as minhas dúvidas. Você ainda tem aquele relógio grande na bolsa?

— Tenho, mas hoje não vou precisar.

— Sexta gratuita, é?

O Homem das Respostas sorriu.

— Hoje é terça, Só Phil.

— Eu sei. Foi uma pergunta impotente. Você está familiarizado com isso?

— Estou familiarizado com todos os tipos de pergunta. Qual é a sua?

Phil decidiu que não queria mais perguntar *por que eu*; o Homem das Respostas teria dito que era outra pergunta impotente. Era ele porque era ele. Não havia outro motivo. E Phil não estava mais curioso sobre por quanto tempo viveria. Talvez visse neve cair, mas era certo que não estaria mais por lá para ver derreter na primavera. Só havia uma coisa que o deixava curioso.

— A gente continua? Depois que a gente morre, a gente continua?

— Sim.

Tudo começou a ficar cinzento de novo, a se fechar em volta deles lentamente. Ao mesmo tempo, o Homem das Respostas começou a se afastar. Também muito lentamente. Phil não se importou. Não houve dor de cabeça, isso foi um alívio, e a folhagem, o que ele ainda conseguia ver dela, estava muito bonita. No outono, as árvores ardiam em cores tão intensas no fim do ciclo. E como todas as respostas eram grátis...

— É para o céu que a gente vai? É para o inferno? Uma reencarnação? Nós ainda somos nós mesmos? Lembramos? Eu vou ver minha esposa e meu filho? Vai ser bom? Vai ser horrível? Tem sonhos? Tem dor ou alegria ou alguma emoção?

O Homem das Respostas, quase perdido no cinza, disse:

— Sim.

Phil voltou a si atrás do volante do Cadillac, surpreso de ver que não estava morto. Ele se sentia bem no momento; muito bem, na verdade. Sem dor de cabeça, sem dor nas mãos e pés. Ligou o motor.

— Você acha que consigo nos levar pra casa inteiros, Frank? E sem matar ninguém? Late uma vez se for sim, duas vezes se for não.

Frank latiu uma vez, então a resposta era sim.

Era sim.

Para Jonathan Leonard

POSFÁCIO

Um dia, quando eu estava fazendo a minha caminhada matinal, ouvindo Jeff Healey Band tocando "Highway 49" sem pensar em nada além de como o solo de guitarra é incrível, vi duas figuras de plástico verde usando bonés vermelhos. Elas estavam ladeando a estrada e segurando uma placa de aviso que dizia DEVAGAR! CRIANÇAS BRINCANDO. O conto "Cascavéis" surgiu na minha mente com tudo. Naquele momento de concepção, a única coisa que eu não sabia era que um velho amigo de *Cujo*, um livro que eu havia escrito muito tempo antes, seria o personagem principal.

É assim que funciona para mim às vezes: uma história chega toda formada, esperando o gatilho certo para se declarar. É muito legal. Raramente sei os detalhes (o policial idoso de "Cascavéis", Andy Pelley, veio do nada) ou como as histórias vão terminar; parte da alegria, ao menos para mim, está na descoberta. Por que esse processo funciona, ou como funciona, é um mistério absoluto para mim.

"O sonho ruim de Danny Coughlin" foi assim. Um dia, quando eu estava me vestindo sem pensar em nada além de uma tigela de cereal e levar meu cachorro para dar uma volta, pensei: *O que aconteceria se um homem tivesse um único momento mediúnico? Um sonho que mostrasse a ele onde um corpo estava enterrado? Alguém acreditaria nele ou achariam que ele era o assassino?* Isso foi quando eu estava colocando a camisa. Quando vesti a calça jeans, estava pensando no policial obsessivo, meio parecido com o inspetor Javert de *Os miseráveis*, perseguindo meu protagonista. O resto da história encaixou. Não sabia que meu policial, Jalbert e não Javert, seria obcecado por contagem; ele começou a fazer isso sozinho. Só segui esse caminho específico. Isso me torna um contador de histórias ou um estenógrafo, como William Davis em "Os sonhadores"? Talvez ambos.

Se tenho curiosidade sobre o processo? Como isso tem um papel importante na minha vida, óbvio que tenho. Escrevi sobre escritores na minha ficção e escrevi sobre o *ato* de escrever na não ficção, mas ainda não entendo. Nem entendo por que as pessoas precisam de histórias, nem por que eu, dentre muitos outros, preciso escrevê-las. Só sei que a euforia de deixar a vida comum e rotineira para trás e criar laços com pessoas que não existem parece fazer parte de quase todas as vidas. A imaginação é faminta e precisa ser alimentada. E às vezes, novamente como William Davis em "Os sonhadores", vejo as palavras antes de escrevê-las. Os primeiros parágrafos de "Tela vermelha" e "Finn" existiam semanas e meses antes de eu os colocar no papel. Eu via cada ponto e cada vírgula. Isso me coloca "no espectro", como dizem? Talvez sim, provavelmente, mas quem liga? Contar histórias me entretém e entretém outras pessoas há muitos anos e isso me faz feliz.

Quanto a por que tantas das minhas histórias são sobre assuntos sombrios… esse é outro assunto. Devo pedir desculpas pelo meu material? Não acho. Francisco de Goya fez uma gravura que o mostrava cercado de criaturas fantásticas enquanto ele dormia e chamou de *O sono da razão produz monstros*. Sempre pensei que esse sono e esses monstros são um componente necessário da sanidade. (Verifique a primeira frase de *A assombração da casa da colina*, de Shirley Jackson. Ela expressa isso muito bem.) As histórias de terror são mais apreciadas por quem tem compaixão e empatia. Um paradoxo, mas é verdade. Acredito que são os sem imaginação entre nós, os incapazes de apreciar o lado obscuro do faz de conta, que são responsáveis pelas maiores desgraças do mundo. Em histórias sobrenaturais e paranormais, me esforcei muito para mostrar o mundo real como é e para contar a verdade sobre os Estados Unidos que conheço e amo. Algumas dessas verdades são feias, mas, como diz o poema, cicatrizes viram marcas de beleza quando há amor.

A maioria dessas histórias é nova, e a mais longa nunca foi publicada. Não preciso me aprofundar sobre a origem da maioria; isso só levaria a uma recitação cansativa de onde eu estava quando cada ideia se apresentou. Se eu conseguisse lembrar, claro.

A única que vale a pena citar é "O Homem das Respostas". Meu sobrinho, Jon Leonard, revirou nos meus materiais velhos, muita coisa inacabada e esquecida. Fez uma fotocópia de um fragmento de seis páginas com um bilhete preso, dizendo que era boa demais para não terminar. Li tudo e achei que ele tinha razão. As primeiras páginas foram escritas quando eu tinha trinta anos. Terminei com 75. Enquanto trabalhava nela, tive uma sensação estranha de gritar em um cânion do tempo e ouvir o eco. Isso faz sentido? Não sei. Só sei que foi o que senti.

Já fui chamado de prolífico, o que os Leitores Fiéis do meu trabalho consideram bom e os críticos dele às vezes consideram ruim. Nunca pretendi ser; nunca pretendi não ser. Fiz o que foi me dado para fazer, e na maior parte do tempo tem sido uma alegria para mim. O único inconveniente, podemos chamar de mosca na sopa (ou falha fatal, se você preferir certa pompa), é que a execução nunca, nunquinha, nenhuma vezinha, foi tão esplêndida quanto o conceito original. As duas únicas vezes que cheguei perto de conseguir foram em duas histórias de prisão: *À espera de um milagre* e "Rita Hayworth e a redenção de Shawshank". Todos os outros deixaram a desejar no que eu queria para eles. Mesmo livros longos, como *It: a coisa*, *A dança da morte* e *Sob a redoma*, eu terminei com a sensação de que um escritor melhor teria feito um trabalho melhor. Ainda assim, tenho certo orgulho do que consegui. E tenho orgulho da minha ficção curta, provavelmente porque sempre foi difícil para mim.

Não consigo nem começar a citar todos os editores que trabalharam nesses livros e os tornaram melhores, mas posso agradecer a Julie Eugley por cavar dezenas de histórias antigas, a maioria horrível, e uma ou outra que suplicavam para serem terminadas. Também posso agradecer a Jon Leonard, que trouxe o esquecido "O Homem das Respostas" à minha atenção. Posso agradecer aos meus dois filhos por colaborarem comigo e botarem seus talentos únicos em jogo. Joe me ajudou em dois contos, "A tribo" e "Campo do medo". Owen colaborou comigo em *Belas adormecidas*, um dos meus livros favoritos de todos os tempos. Também quero agradecer aos meus outros colaboradores, Stewart O'Nan, Richard Chizmar e o falecido Peter Straub. Trabalhar com outros escritores sempre é um risco, mas em cada caso colhi muitas recompensas.

Tenho que agradecer à minha editora há muito tempo, Nan Graham, e a Liz Darhansoff, minha agente. Esta entrou no lugar do falecido Chuck Verrill e tirou um peso dos meus ombros. Também preciso agradecer a Robin Furth, minha incansável pesquisadora e amiga. Agradeço mais do que tudo à minha esposa, Tabitha, que me mantém com os pés no chão. Ela sabe ser doce e ácida, às vezes de uma vez só, mas sempre é inteligente à beça. Foi ela que sugeriu que eu precisava dizer mais sobre o irmão de Danny Coughlin e observou que eu tinha mais a dizer sobre a covid-19 em "Cascavéis".

Um grande agradecimento a você, querido leitor, por me permitir habitar sua imaginação e suas terminações nervosas. Você prefere tudo mais sombrio? Tudo bem. Eu também, e isso me torna seu irmão de alma.

P.S.: A primeira frase de *A assombração da casa da colina* é a seguinte: "Nenhum organismo vivo pode existir muito tempo com sanidade sob condições de realidade absoluta; até cotovias e gafanhotos, supõem alguns, sonham".

P.P.S.: A música de Leonard Cohen da qual tirei o título do livro é "You Want It Darker". Peço desculpas por ter mudado o verbo.

23 de abril de 2023

ESTA OBRA FOI COMPOSTA PELA ABREU'S SYSTEM EM WHITMAN
E IMPRESSA EM OFSETE PELA GRÁFICA SANTA MARTA SOBRE PAPEL PÓLEN NATURAL DA
SUZANO S.A. PARA A EDITORA SCHWARCZ EM ABRIL DE 2024

A marca FSC® é a garantia de que a madeira utilizada na fabricação do papel deste livro provém de florestas que foram gerenciadas de maneira ambientalmente correta, socialmente justa e economicamente viável, além de outras fontes de origem controlada.